NOUVELLES

Tome 1

Du même auteur
aux Éditions J'ai lu

La Terre mourante, l'intégrale 1, *J'ai lu* 9814
La Terre mourante, l'intégrale 2, *J'ai lu* 9815
Les mondes d'Alastor, *J'ai lu* 6793
Tschaï, *J'ai lu* 12743

JACK VANCE

NOUVELLES

Tome 1

Ouvrage publié sous la direction
de Pierre-Paul Durastanti

Traduits de l'anglais (États-Unis)
par Paul Chwat, Sara Doke,
Pierre-Paul Durastanti, Patrick Dusoulier,
Gilles Goullet, Bruno Martin,
Nathalie Mège, E.C.L. Meistermann,
Jean-Pierre Pugi et Roland C. Wagner

J'AI LU

Collection dirigée par Thibaud Eliroff

Retrouvez-nous sur Facebook :
www.facebook.com/jailu.collection.imaginaire

Sommaire

Avant-propos

Jack Vance. Y a-t-il un nom, parmi ceux des auteurs de science-fiction, qui évoque mieux le dépaysement, l'exotisme, l'épopée ? L'ironie, la sophistication, le mélange des genres ?

Les éditions du Bélial' ont entrepris depuis une bonne quinzaine d'années, et sous ma responsabilité, de rééditer, d'augmenter, d'organiser l'œuvre traduite du maître californien. De manière symbolique, nous avons entamé cette démarche par la publication d'un recueil de nouvelles, *Croisades*, que suivrait six mois plus tard la réédition du diptyque de la Planète géante, dont le premier roman paraissait enfin ici dans la version voulue par l'auteur. Quatre autres recueils allaient leur succéder, souvent agrémentés de récits inconnus en France, ainsi qu'un roman inédit dans la collection « Pulps ».

Il est temps de l'avouer : depuis le tout début, je rêvais de l'opus que vous tenez entre vos mains : de gros volumes reprenant tous les textes courts de l'auteur. Je ne les envisageais pas aussi énormes, certes, mais j'avais pour modèles les travaux similaires effectués par le regretté Jacques Chambon sur Richard Matheson et Robert Silverberg. Nul doute que cet éditeur et traducteur hors pair, auteur du premier article d'importance consacré à Vance par chez nous – dans *Fiction*, en 1970, en collaboration avec son ami Jean-Pierre Fontana – et du « Livre d'or » dévolu à notre écrivain chez Pocket en 1980, aurait apprécié ce travail… voire s'en serait chargé lui-même.

Tous les textes courts ? Non, en fait. Ces deux pavés constituent une intégrale *hors-cycles*. Outre la série des enquêtes de Magnus Ridolph et celle des « effectuations » de Miro Hetzel, toutes deux disponibles par ailleurs (respectivement chez Denoël et au Bélial'), nous avons écarté la saga de la Terre mourante – dont les cinq livres, quoique pour certains présentés comme des romans, se composent exclusivement de nouvelles – qui a été rééditée dans une édition enrichie et révisée avec talent chez Pygmalion, puis J'ai Lu. De même, j'ai omis la novella « The Kragen », intégrée au roman *Un monde d'azur*. Et comme une règle ne vaut que par ses exceptions, on trouvera dans ces pages un mini-cycle, en deux récits, centré sur le personnage vancéen en diable de la jeune Jean Parlier.

Nous avons profité de cette toute nouvelle édition pour revoir les traductions dont certaines étaient restées en l'état depuis des décennies. L'atout dans notre manche, c'est la « Vance Integral Edition », le projet fou, aussi global que collaboratif, lancé du temps où nous-mêmes entamions nos pérégrinations vancéennes, et qui a établi les textes définitifs. En révisant les textes qui n'avaient pas encore bénéficié de cet apport, j'ai eu la surprise de découvrir que « Les Maîtres de Maxus », par exemple, comportait un épisode d'une dizaine de pages qui avait été expurgé de la version – reprise dans un recueil antérieur à la parution de la VIE – que j'avais utilisée en 2002 pour le traduire.

Voici en tout cas une somme qui, nous l'espérons, fera date. Les nouvelles – dont bon nombre de novellas ou courts romans, au fait – apparaissent dans leur ordre chronologique de publication originale, ce qui permet de voir évoluer Jack Vance, dont on relèvera toutefois qu'il maîtrisait, dès le début, son ton inimitable, cette gouaille sombre et narquoise à la fois.

J'en ai assez dit. L'aventure attend, au coin du bois, au détour de l'étoile, au fil des pages.

Bonne lecture.

Pierre-Paul Durastanti

Le Penseur de mondes

1.

Par la fenêtre ouverte entraient les bruits de la ville : le souffle de la circulation aérienne, le grincement du trottoir roulant sur la rampe, des voix rauques issues des niveaux inférieurs. Cardale, assis près de la fenêtre, étudiait un feuillet qui comportait une photo et quelques lignes dactylographiées.

EN FUITE !
Isabel MAY : 21 ans ; 1,65 m ; structure moyenne.
Chevelure : noire (peut-être teinte).
Yeux : bleus.
Signes particuliers : aucun.

Il porta son attention sur le portrait, étudiant le joli visage aux yeux colériques incongrus. Un panonceau sur la poitrine indiquait : *94E-627*. Cardale revint au texte.

Condamnée à trois années d'emprisonnement au pénitencier féminin du Nevada, Isabel MAY a accumulé au cours de ses six premiers mois d'incarcération 22 mois de réclusion supplémentaires. La prudence est recommandée lors de son arrestation.

Le visage était plein de défi, frondeur, outragé, mais ni grossier ni bête – illuminé par l'intelligence et la sensibilité, en fait. Ce n'est pas celui d'une criminelle, se dit-il.

Il appuya sur un bouton. Le télécran prit brutalement vie. « Observatoire lunaire. »

L'écran montra un bureau austère ; par la fenêtre, on apercevait la surface de la Lune. Un homme en blouse rose regardait l'objectif. « Salut, Cardale.

— Qu'est-ce qu'on sait sur May ?

— On la piste. Elle nous a donné du fil à retordre, mais ça ne vous intéresse pas. Une seule chose : à l'avenir, gardez les cargos dans un autre secteur quand vous voudrez qu'on suive un fugitif. On a dû s'occuper de six fausses pistes.

— Mais vous avez repéré May ?

— Absolument.

— Gardez-la en vue. Je vous envoie quelqu'un qui prendra la relève. » D'une pichenette, Cardale éteignit l'écran.

Il rumina un moment, puis invoqua l'image de sa secrétaire. « Passez-moi Detering, au Contre-espionnage. »

Le tourbillon polychrome révéla le visage rubicond de son interlocuteur. « Cardale, si c'est un service que vous attendez de…

— Je veux une équipe mixte, hommes et femmes, dans un vaisseau rapide, pour rattraper une fugitive. Elle s'appelle Isabel May. Elle est indocile, rebelle, incorrigible… mais je refuse qu'elle soit blessée.

— Permettez-moi de terminer ma phrase. Cardale, si c'est un service que vous attendez de moi, vous jouez de malchance. Il n'y a littéralement personne au bureau à part moi.

— Alors, venez en personne.

— Récupérer une femme excitée, me faire tirer les cheveux et gifler ? Non, merci… Minute. Il y a un homme qui attend à la porte pour infractions répétées à la discipline. Soit je le fais passer devant un tribunal militaire, soit je vous l'envoie.

— De quoi s'est-il rendu coupable ?

— Insubordination. Arrogance. Mépris des ordres. C'est un solitaire. Il fait ce qui lui plaît, au diable le règlement.

— Et ses résultats ?

— Il en obtient… si on veut. Des résultats à sa manière.

— C'est peut-être lui qu'il me faut pour récupérer Isabel May. Comment s'appelle-t-il ?

— Lanarck. Il se refuse à utiliser son grade de capitaine.

— On dirait un esprit libre… Allez. Envoyez-le-moi. »

Lanarck arriva presque aussitôt. La secrétaire l'introduisit dans le bureau.

« Asseyez-vous, je vous prie. Je m'appelle Cardale. Vous êtes Lanarck, exact ?

— Tout à fait. »

Cardale inspecta son visiteur avec une curiosité non dissimulée. Son apparence, songea-t-il, démentait sa réputation. Ni grand ni robuste, il affectait une attitude discrète. Ses traits, marqués par les ondes dures de l'espace, étaient réguliers, dominés par la franchise froide des yeux gris et du nez proéminent. Sa voix était agréable, douce.

« Le général Detering m'envoie recevoir mes ordres de vous, monsieur.

— Il vous recommande chaleureusement. J'ai un travail délicat sur les bras. Regardez. » Il lui passa la feuille portant la photographie d'Isabel May. Lanarck la scruta sans commentaire et la lui rendit. « Cette fille a été emprisonnée il y a six mois pour attaque à main armée. Elle a fui dans l'espace avant-hier… ce qui est plus ou moins banal en soi. Mais elle emporte une certaine quantité d'informations importantes qu'il faut récupérer pour le bien-être économique de la Terre. Ceci peut paraître une déclaration extravagante, mais tenez-la pour exacte.

— Monsieur Cardale, répondit l'autre avec patience, je sais que je travaille plus efficacement quand je dispose de tous les faits. Donnez-moi tous les détails. Si l'affaire vous semble trop sensible pour moi, je me retirerai et vous pourrez utiliser des agents plus qualifiés.

— Son père est un mathématicien de haut vol qui travaille pour l'Échiquier, répliqua avec irritation Cardale: Sous son égide, on a conçu une méthode complexe de sécurité pour réguler les transferts de fonds. En guise de précaution ultime, il a élaboré un système de commande prioritaire consistant en divers mots à prononcer selon une séquence préétablie. Un criminel pourrait prendre un téléphone, appeler l'Échiquier, utiliser ces mots et obtenir sans autre forme de procès le transfert d'un milliard de dollars sur son compte personnel. Ou cent milliards.

— Pourquoi ne pas annuler cette commande prioritaire et la remplacer par une autre ?

— À cause de la diabolique subtilité d'Arthur May. La commande prioritaire est dissimulée dans l'ordinateur, enfouie, inaccessible, afin de demeurer protégée au cas où quelqu'un demanderait à la machine de la révéler. La seule façon de l'annihiler, ce serait de l'utiliser en premier et de donner les ordres appropriés.

— Continuez.

— Arthur May connaissait la commande prioritaire. Il a accepté de la donner au Chancelier et de subir un processus hypnotique pour l'ôter de son cerveau. Un événement assez sordide s'est alors produit concernant sa rémunération, et à mon avis il était tout à fait dans son droit.

— Je le comprends. J'ai eu aussi maille à partir avec ces scélérats. Le seul bon intendant est un intendant mort.

— Quoi qu'il en soit, s'ensuit une histoire incroyable de négociations, de propositions, d'estimations, d'arrangements, de contre-propositions, de contre-arrangements et d'intrigues qui s'achève par une dépression nerveuse pour Arthur May, après laquelle il a oublié la commande prioritaire. Mais il avait plus ou moins prévu cette possibilité et laissé un mémo à sa fille, Isabel May. Quand les autorités sont venues chercher son père, elle a refusé de les laisser entrer ; elle a commis des violences ; elle a été enfermée dans un pénitencier d'où elle s'est évadée. Où que se situent les torts de chacun, il faut la capturer, sans trop de violence, et la ramener… avec la commande prioritaire. Vous devez saisir tout ce qu'implique la situation.

— L'affaire est compliquée. Mais je vais rechercher cette fille et, avec un peu de chance, je vous la ramènerai. »

Six heures plus tard, Lanarck rejoignait l'Observatoire lunaire. Le diaphragme d'entrée s'ouvrit ; le navire entra avec une embardée.

À l'intérieur du dôme, il déverrouilla le sas et sortit. L'astronome en chef s'approcha. Derrière arrivaient les mécanos, dont l'un portait un instrument qu'ils soudèrent sur sa coque.

« Une cellule de détection, expliqua le scientifique. Pour l'heure braquée sur l'astronef que vous devez suivre. Une fois l'indicateur sur la zone neutre, vous l'aurez en vue.

— Et où ce vaisseau semble-t-il se diriger ? »

L'autre haussa les épaules. « Hors de l'espace tellurien. Il a dépassé Fomalhaut et file tout droit. »

Lanarck garda le silence. Isabel May pénétrait en espace hostile. Dans un jour ou deux, elle franchirait la frontière du Système clantlalien, où la patrouille spatiale de cet empire sombre et inamical détruisait sans semonce tous les vaisseaux qui approchaient. Au-delà s'ouvrait une région d'étoiles noires, habitée par des peuples inclassables qui ne valaient guère mieux que des pirates. Plus loin encore s'étendaient des régions inexplorées donc dangereuses.

Les mécanos en avaient terminé. Lanarck remonta dans l'astronef. Le diaphragme de sortie s'ouvrit ; il y insinua son appareil, descendit la piste et s'envola dans l'espace.

Une lente semaine suivit, où la distance était annihilée. L'empire de la Terre fuyait dans son sillage : un petit amas d'étoiles. Sur un côté, le Système clantlalien brillait toujours plus ; au passage, les sphères spatiales clantlaliennes tentèrent de rattraper Lanarck. Il mit en action la batterie de génératrices de secours et propulsa l'appareil loin en avant. Un jour, il le savait, il déjouerait les chiens de garde pour atteindre la planète-mère près des soleils rouges jumeaux et découvrirait le secret défendu aussi âprement, mais là, il gardait le détecteur centré sur le cadran et, jour après jour, les signaux de sa proie ne cessaient de se renforcer.

Ils traversèrent la ceinture d'étoiles noires infestée de hors-la-loi pour aborder une région de l'espace seulement connue par les contes de renégats clantlaliens imbibés d'alcool – récits de planètes couvertes de ruines impressionnantes, légendes d'un astéroïde jonché de mille astronefs naufragés. D'autres mythes étaient encore plus incroyables : un dragon qui broyait les vaisseaux spatiaux dans ses mâchoires était censé écumer la zone ; on prétendait aussi que, seul sur une planète désolée, un être quasi-divin créait des mondes selon son bon plaisir.

Les signaux de la cellule de détection crûrent bientôt à tel point que Lanarck dut ralentir de crainte que, dépassant sa proie, il perde la trace de sa radiation. C'est alors qu'Isabel May vira vers les systèmes stellaires qui passaient telles des lucioles, comme si elle cherchait un point de repère. Et les signaux du détecteur ne cessaient de croître…

L'éclat d'une étoile jaune s'avivait devant eux. Lanarck savait l'appareil d'Isabel May tout proche. Il la suivit dans le système de l'astre jaune et détecta le sillage conduisant à l'unique planète. Bientôt, tandis que celle-ci se muait en globe devant lui, les signaux cessèrent.

La haute atmosphère limpide freina son astronef. Sous lui, c'était un paysage brun grisâtre brûlé par le soleil. Au télescope, la surface paraissait uniformément rocailleuse et plate. Des nuages de poussière indiquaient la présence de vents en altitude.

Il n'éprouva aucune difficulté à retrouver le vaisseau d'Isabel May. Dans le champ de son télescope se trouvait un bâtiment cubique blanc, seul point de repère visible d'un horizon à l'autre. À côté de l'édifice était posé l'appareil argenté qu'il poursuivait. Lanarck effectua un large virage pour atterrir, s'attendant presque à essuyer un éclair de son faisceau. Le sas était ouvert, mais la jeune femme n'apparut point quand il se posa à proximité sur sa quille d'urgence.

L'air était respirable, découvrit-il. Il mit son faisceau à la ceinture et sortit sur le sol rocheux. Les rafales brûlantes qui le cinglaient lui giflèrent le visage et lui tirèrent des larmes. Des cailloux emportés par le vent rebondissaient sur le sol et lui frappaient les jambes. La lumière du soleil lui brûlait les épaules.

Lanarck inspecta le terrain et ne découvrit aucun signe de vie, ni dans la bâtisse blanche, ni dans l'astronef d'Isabel May. Une plaine nue s'étendait à perte de vue, poussiéreuse sous le soleil qui la baignait. Il considéra l'édifice. Isabel May devait se trouver à l'intérieur. C'était la fin de la chasse qui lui avait fait traverser la galaxie.

2.

Lanarck fit le tour du bâtiment. Côté sous le vent, il trouva un porche voûté, bas et obscur, d'où montait l'odeur lourde de la vie, une senteur mi-animale, mi-reptilienne. Il s'approcha de l'entrée, son faisceau prêt à entrer en action.

Il lança : « Isabel May ! » Il tendit l'oreille. Le vent sifflait aux coins du bâtiment ; des graviers roulaient en grinçant, balayant le vaste désert ébloui de soleil. Aucun autre bruit.

Une voix sonore pénétra son cerveau. « Celle que tu cherches est partie. »

Il resta pétrifié.

« Tu peux entrer, Terrien. Nous ne sommes pas ennemis. »

La voûte était noire. Pas à pas, il avança. Après l'éclat du soleil blanc, la pénombre de la salle évoquait une nuit sans lune. Il cilla.

Lentement, les objets autour de lui prirent forme. Deux yeux énormes perçaient l'ombre ; derrière se trouvait une fabuleuse masse en dôme. Une pensée surgit dans l'esprit de Lanarck : « Tu es agité sans nécessité. Il n'y a ici aucun risque de violence. »

Il se détendit, un peu perdu. On ne pratiquait guère la télépathie sur Terre. Les messages de la créature arrivaient comme une voix muette paradoxale, mais il ignorait comment faire pour émettre ses propres messages. Il tenta une expérience.

« Où est Isabel May ?

— En un lieu qui t'est inaccessible.

— Comment est-elle partie ? Son astronef se trouve dehors et elle n'a atterri qu'il y a une demi-heure.

— Je l'ai envoyée ailleurs. »

Faisceau à la main, Lanarck fouilla le bâtiment. La jeune fille resta introuvable. Saisi par une peur subite, il courut jusqu'à l'entrée et regarda à l'extérieur. Les deux navires étaient tels qu'il les avait laissés. Il rengaina le faisceau et se tourna vers le léviathan chez qui il percevait un amusement bienveillant.

« D'accord… Qui es-tu et où est Isabel May ?

— Je suis Laoomé, lui répondit-on. Laoomé, jadis Tiers de Narfilhet. Laoomé le Penseur de Mondes,

Sage Ultime du Cinquième Univers... Quant à la fille, je l'ai placée, à sa demande, sur un monde agréable mais inaccessible que j'ai créé. »

L'humain restait perplexe.

« Regarde ! » lui dit Laoomé.

L'espace vibra devant les yeux de Lanarck. Une ouverture sombre apparut en plein air. Il regarda à travers et distingua, accrochée à un mètre de ses yeux, une sphère chatoyante – un monde miniature qui grossit pour atteindre la taille d'un petit ballon.

Ses horizons s'évanouirent au-delà des confins de l'ouverture. Des continents et des océans se dessinèrent, tachetés de volutes nuageuses. Les calottes polaires brillaient d'un blanc bleuté à la lumière d'un soleil invisible. Pourtant, tout du long, ce monde paraissait toujours ne se situer qu'à un mètre de lui. Une plaine apparut, flanquée de montagnes noires et pointues. Elle devait sa couleur – un ocre roux, constata-t-il bientôt – à un tapis forestier au feuillage roussâtre. L'expansion s'interrompit.

Le Penseur de Mondes parla : « Ce que tu vois là est une matière aussi réelle et tangible que toi. Je l'ai créée grâce à mon esprit. Tant que je ne l'aurai pas dissoute ainsi, elle existera. Tends la main et touche ce monde. »

Lanarck s'exécuta. Le globe se trouvait bien à un mètre de son visage ; la forêt rousse s'écrasa telle une mousse sèche sous le bout de ses doigts.

« Tu viens de détruire un village », commenta Laoomé, qui fit encore grandir la planète à une vitesse impressionnante, jusqu'à ce que Lanarck se trouve à trente mètres au-dessus de la surface, contemplant la dévastation que son contact venait de causer. Les arbres, bien plus gros qu'il ne l'avait supposé, avec des troncs de neuf ou dix mètres de diamètre, gisaient, fracassés. Des ruines de huttes grossières sortaient des appels et des cris de douleurs, à peine audibles. Des hommes et des femmes gisaient çà et là, broyés. D'autres fouillaient les décombres avec frénésie.

Lanarck regardait, incrédule. « Il y a de la vie ! Des gens !

— Sans vie, un monde est sans intérêt, une boule de roche. J'utilise souvent les hommes tels que toi. Vous disposez d'une gamme très étendue d'émotions et d'initiatives, d'une grande flexibilité face aux milieux variés que j'introduis. »

Il considéra le bout de ses doigts, puis les ruines. « Ils sont vraiment vivants ?

— Certes. Et tu découvrirais, si tu venais à converser avec l'un d'eux, qu'ils possèdent le sens de l'histoire, l'héritage racial de leurs traditions et une culture adaptée à leur cadre.

— Mais comment un seul cerveau peut-il concevoir les détails d'un monde ? Les feuilles de chaque arbre, les traits de chaque homme…

— Je m'ennuierais ferme, convint Laoomé. Mon esprit conçoit au sens large ; il introduit les racines déterminées dans les équations hypostatiques. Les détails évoluent d'eux-mêmes.

— Tu m'as laissé détruire une centaine de ces… hommes. »

Des tentacules curieux sondèrent son esprit. Il perçut l'amusement de l'autre.

« L'idée te répugne ? En un instant, je puis dissoudre ce monde… Mais si tu préfères, je puis le restaurer. Regarde ! »

Aussitôt, la forêt apparut intacte, le village normal et paisible dans sa petite clairière.

Lanarck s'avisa alors d'une étrange rigidité dans le lien établi avec le Penseur de Mondes. Il regarda derrière lui et s'aperçut que les grands yeux étaient vitreux, que le terrible corps noir frémissait, agité de frissons. La planète de rêve se transformait. Il se pencha en avant, fasciné. Les nobles arbres roux étaient devenus des tiges grises pourries oscillant comme des ivrognes. D'autres s'écroulaient et se repliaient telles des colonnes de papier mâché.

Sur le sol, des boules de vase noire roulaient en tous sens, poursuivant avec une énergie vicieuse les villageois qui fuyaient et s'égaillaient, terrorisés.

Des cieux tombait une pluie de flammes qui tua les villageois, mais se contenta de blesser les créatures de vase noire. Aveuglées, elles s'agitaient, s'enfouissaient avec énergie dans le sol ondulant pour échapper aux impacts. Plus soudainement qu'il avait été créé, le monde s'évanouit. Lanarck arracha son regard du point qu'il scrutait, tourna la tête et découvrit un Laoomé redevenu lui-même.

« Ne sois pas inquiet. » La pensée était calme. « Ma crise est terminée. Elle ne se produit que rarement ; pour quelle raison, je l'ignore. J'imagine que mon cerveau, sous la pression de l'exactitude, se détend grâce à des spasmes réflexes. Ce n'était qu'une attaque mineure. Le monde sur lequel je me concentre est totalement détruit, d'habitude. »

Le flot de mots silencieux s'interrompit encore. Un instant s'écoula, puis les pensées se déversèrent à nouveau dans le cerveau de Lanarck.

« Je vais te montrer une autre planète… l'une des plus intéressantes que j'aie jamais conçues. Il y a presque un million d'années terrestres que je la développe dans mon esprit. »

L'espace frissonna. Dans le vide imaginaire flottait une nouvelle planète. Comme avant, elle grossit pour que les traits géographiques adoptent une perspective normale. Ce monde d'à peine quinze cents mètres de diamètre se voyait divisé à l'équateur par une ceinture de désert sablonneux. À l'un des pôles miroitait un lac, à l'autre poussait une jungle luxuriante.

Une forme semi-humaine sortit en rampant de la jungle : une parodie d'humanité au visage allongé, furtif, dépourvu de menton, avec des yeux vifs en trous de vrille. Les jambes étaient de drôles d'échasses, les épaules et les bras sous-développés. Il rôda un moment à la limite du désert, marqua un temps d'arrêt, regarda prudemment dans les deux sens, puis commença une course folle à travers le sable pour rejoindre le lac. À mi-chemin, on entendit un terrible grondement. De l'horizon tout proche jaillit une sorte de dragon. À une vitesse affolante, il poursuivit l'humanoïde, qui le distança et atteignit la limite du désert avec soixante mètres d'avance. Quand le dragon parvint à la limite du secteur sablonneux, il fit halte et beugla une note inquiétante et lugubre qui donna la chair de poule à Lanarck. Nonchalamment, l'humanoïde rejoignit alors le lac en trottinant, se jeta à plat ventre et but longuement.

« Une expérience dans le domaine de l'évolution, lui expliqua Laoomé. Il y a un million d'années, ces créatures étaient des hommes comme toi. Ce monde est bizarrement conçu. À une extrémité se trouve la nourriture, à l'autre la boisson. Afin de survivre, les "hommes" doivent traverser le désert presque tous les jours. Le dragon ne peut le quitter en raison de barrières actiniques. Si les hommes parviennent à traverser le désert, ils sont donc en sécurité.

» Tu as pu voir combien ils se sont admirablement adaptés à leur environnement. Les femmes sont particulièrement agiles, car ajustées au handicap que constituent leurs petits. Tôt ou tard, bien sûr, l'âge les rattrape et leur vitesse décroît graduellement jusqu'à ce qu'elles se fassent attraper et dévorer.

» Une curieuse religion et des tabous se sont instaurés. Je suis adoré comme dieu crucial de la Vie, et Shilal, ainsi qu'ils appellent le dragon, comme la déité de la Mort. Bien entendu, il constitue leur souci fondamental et affecte toutes leurs pensées. Ces gens-là sont proches des élémentaires. Nourriture, boisson et mort s'entrelacent pour eux en un concept quasi-unique.

» Ils ne peuvent construire d'armes métalliques contre Shilal, car leur monde manque des minerais appropriés. Jadis, il y a cent mille ans, l'un de leurs chefs élabora une gigantesque catapulte qui devait projeter sur Shilal un tronc d'arbre taillé en pointe. Malheureusement, les fibres de la corde se brisèrent et le recul tua le chef. Leurs prêtres y virent un signe et…

» Regarde, là ! Shilal attrape une vieille femme épuisée et trempée qui essaie de retourner à la jungle ! » Lanarck assista à l'impressionnante déglutition de la bête. « Ainsi un tabou se créa et on ne construisit plus aucune arme.

— Mais pourquoi soumettre ces pauvres gens à un million d'années de malheur ? »

Laoomé eut un haussement d'épaules mental. « Je suis juste et, en vérité, bienveillant. Ces hommes m'adorent comme un dieu. Sur une certaine éminence, qu'ils tiennent pour sacrée, ils apportent leurs malades et leurs blessés. Là, si l'envie m'en prend, je leur rends la santé. En ce qui concerne leur existence, ils apprécient la longueur de leur vie tout autant que toi.

— Pourtant, en créant ces mondes, tu es responsable du bonheur de leurs habitants. Si tu étais véritablement bienveillant, pourquoi permettrais-tu qu'existent maladie et terreur ? »

Laoomé eut à nouveau son haussement d'épaules mental. « Je pourrais dire que j'utilise notre univers comme modèle. Peut-être existe-t-il un autre Laoomé qui rêve les mondes sur lesquels nous-mêmes vivons. Quand un homme meurt de maladie, la bactérie survit. Le dragon vit en mangeant l'homme. Quand l'homme mange, plantes et animaux meurent. »

Lanarck resta coi, veillant à empêcher ses pensées de s'élever jusqu'à la surface de son esprit. « Je crois comprendre qu'Isabel May ne se trouve sur aucune de ces planètes ?

— C'est exact.

— Je te demande de me permettre de communiquer avec elle.

— Mais je l'ai placée sur cet autre monde précisément pour éviter qu'on se livre sur elle à des voies de fait.

— Je crois qu'elle a tout à gagner à entendre ce que je dois lui dire.

— Fort bien. Il n'est que justice que je t'accorde les mêmes possibilités qu'à elle. Tu te rendras sur ce monde. Souviens-toi toutefois que c'est à tes risques et périls, tout comme pour Isabel May. Si tu venais à périr sur Markavvel, tu serais aussi mort que sur Terre. Je ne puis remplacer la Destinée pour influencer l'une ou l'autre de vos vies. »

Il y eut un hiatus dans les pensées de Laoomé, un tourbillon d'idées trop rapides pour que Lanarck les saisisse. Enfin, les yeux de l'autre revinrent se fixer sur lui. L'introduction forcée d'un certain savoir lui valut un instant de faiblesse.

Tandis que Laoomé le toisait en silence, Lanarck se prit à penser que son corps, gros dôme de chair, était singulièrement inadapté à la vie sur la planète où il habitait.

« Tu as raison, lui répondit une pensée. Je suis venu d'un Au-delà qui t'est inconnu, banni de la sombre planète Narfilhet, dans les eaux noires et insondables de laquelle je nageais. Cela se passait voici bien longtemps, mais même à présent je ne puis y retourner. » Il replongea dans son introspection.

Lanarck s'agita nerveusement. À l'extérieur, le vent fouettait la bâtisse. Laoomé gardait le silence, rêvant peut-être aux sombres océans de l'antique Narfilhet.

L'humain lança une pensée impatiente : « Comment puis-je atteindre Markavvel ? »

Laoomé se força à revenir au présent. Ses yeux se posèrent sur un point à côté de Lanarck. L'ouverture qui conduisait dans ses divers espaces imaginaires se creusa pour la troisième fois. Tout près dans le vide, un astronef dérivait. Les yeux de Lanarck s'étrécirent sous l'effet d'un intérêt soudain.

« C'est un 45-G… mon propre navire ! s'écria-t-il.

— Non, ce n'est pas le tien, mais une reproduction. Le tien est encore dehors. » L'appareil s'approcha et finit par flotter à portée de main.

« Grimpe, dit Laoomé. À l'heure actuelle, Isabel May se trouve dans la cité située à la pointe supérieure du continent triangulaire.

— Mais comment reviendrai-je ?

— En quittant Markavvel, tu pointeras ton vaisseau vers l'étoile visible la plus brillante. Tu briseras alors les dimensions mentales donnant sur cet univers-ci. »

Lanarck tendit le bras dans l'univers imaginaire et rapprocha jusqu'à l'ouverture l'astronef imaginé. Il ouvrit le sas et entra avec précaution tandis que l'effleuraient les pensées d'adieu de Laoomé.

« Si tu es en péril, je ne pourrai modifier le cours naturel des événements. D'un autre côté, je ne placerai pas intentionnellement de dangers sur ta route. Si tu en rencontres, ce sera dû au seul hasard. »

3.

Lanarck claqua la porte du sas, s'attendant plus ou moins que le vaisseau se dissolve sous ses pieds – mais la nef subsista. Il regarda en arrière. Le trou donnant sur son propre univers avait disparu au profit d'une étoile d'azur. Il se trouvait dans l'espace. En dessous scintillait le disque de Markavvel, fort semblable aux autres planètes qu'il avait approchées à partir du vide. Il tira sur la manette et inclina le nez de l'engin. Que les abstractions s'occupent de leurs oignons ! Le vaisseau descendit sur Markavvel.

La planète semblait agréable. Un soleil blanc brûlant trônait dans l'espace ; des océans bleus recouvraient une grande part de la surface. Parmi les masses de terre dispersées, il découvrit le continent triangulaire, peu étendu, qui comportait des montagnes boisées et un plateau central : un panorama assez terrestre. D'ailleurs, Lanarck ne ressentait pas l'étrangeté qui émanait de la plupart des autres planètes.

À l'aide de son télescope, il découvrit une cité blanche, étalée à l'embouchure d'un large fleuve. Il poussa son appareil dans la stratosphère, ralentit et descendit à cinquante kilomètres au large. Frôlant à peine les vagues bleues qui étincelaient, il vola en direction de la ville.

À quelques kilomètres sur la gauche, une île dressait ses falaises de basalte contre l'océan. Il vit un objet noir atteindre la crête d'une lame, puis glisser dans le creux – un radeau déglingué. Dessus, une fille aux cheveux dorés affrontait désespérément des créatures marines qui essayaient de se hisser à bord.

Il abîma l'astronef dans les flots vert clair près de l'embarcation ; le remous la renversa sur la fille. Sortant par le sas, il plongea. Sous l'eau, il n'entrevit que des silhouettes inhumaines qui s'enfonçaient, à peine distinctes. Il remonta, rejoignit le radeau à la nage, passa dessous, se saisit du corps flasque de la jeune fille et le remonta à l'air libre.

Accroché à l'embarcation pour reprendre son souffle tout en maintenant la tête de la fille bien au-dessus de l'eau, il perçut le retour des assaillants sous-marins. Des formes sombres s'élevaient dans l'ombre de l'esquif et une main aux longs doigts poisseux se referma sur sa cheville. Il rua – et sentit son pied heurter un visage. D'autres silhouettes remontaient des profondeurs. Lanarck mesura la distance qui le séparait de l'astronef. Une douzaine de mètres. Trop loin. Il grimpa sur le radeau retourné et hissa la fille derrière lui. Il se mit en extension pour récupérer la pagaie et se prépara à frapper la première créature qui sortirait de l'eau, mais elles se contentaient toutes d'effectuer des cercles incessants six mètres plus bas.

Le plat de la pagaie étant cassé, il ne pouvait déplacer la masse du radeau. Cependant, la brise éloignait l'astronef. Durant un quart d'heure, il s'escrima à brasser l'eau de sa pagaie brisée ; l'espace ne fit que s'accroître. Écœuré, il jeta l'instrument et se tourna vers la jeune fille qui, assise en tailleur, le considérait d'un air songeur. Sans raison apparente, il songea à Laoomé dans la pénombre de son édifice blanc sur le monde venteux. Tout ceci, se dit-il, son regard passant de la fille aux yeux clairs, à la mer ondulante éclairée par le soleil et aux hautes terres du continent devant lui, était une idée dans le cerveau de Laoomé.

Il regarda de nouveau la fille. Sa chevelure éclatante, blonde comme les blés, frisait en boucles autour de sa tête, produisant un effet des plus agréable. Elle lui retourna un moment son regard, puis, avec une grâce féline, se leva.

Elle parla à Lanarck qui, ébahi, découvrit qu'il la comprenait. Puis il se rappela les manipulations effectuées par Laoomé sur son cerveau : extraction d'idées, modification et insertion de concepts nouveaux ; et sa surprise s'atténua.

« Merci de ton aide. Mais on se trouve désormais tous les deux en détresse. »

Lanarck resta coi. Il s'agenouilla et entreprit d'ôter ses bottes.

« Que vas-tu faire ?

— Nager », répondit-il. Le nouveau langage lui semblait parfaitement naturel.

« Le peuple des Profondeurs te fera couler avant que tu aies parcouru dix mètres. » Elle tendit le bras vers l'eau, qui grouillait de formes sombres en train de tourner. Lanarck sut qu'elle disait vrai.

« Tu es aussi de la Terre ? demanda-t-elle en l'inspectant soigneusement.

— Oui. Qui es-tu et que sais-tu de la Terre ?

— Je suis Djiro de Gahadion, la ville là-bas. La Terre est la patrie d'Isabel May, qui est arrivée dans un vaisseau comme le tien.

— Isabel May est arrivée il y a une heure seulement ! Comment peux-tu la connaître ?

— Une heure ? Elle est ici depuis trois mois ! » Elle avait prononcé cette dernière phrase avec une légère amertume.

Lanarck estima que Laoomé contrôlait dans son univers le temps aussi arbitrairement que l'espace. « Comment t'es-tu retrouvée sur ce radeau ? »

Elle grimaça en direction de l'île. « Les prêtres sont venus me chercher. Ils vivent sur l'île et enlèvent les gens du continent. Ils m'ont enlevée, mais je me suis évadée la nuit dernière. »

Il regarda l'île, puis la ville sur le continent. « Pourquoi les autorités de Gahadion ne contrôlent-elles pas les prêtres ? »

La jeune fille en resta bouche bée. « Ce sont les prêtres sacrés du Dieu Suprême Laoomé et ils sont donc tabous. »

Il se demanda quel unique processus évolutionnaire Laoomé avait déclenché.

« Rares sont ceux qui ont tenté de retourner sur le continent, poursuivit-elle. Ceux qui se libèrent, et qui peuvent échapper au peuple des Profondeurs, vivent plutôt dans la brousse. S'ils retournent à Gahadion, ils sont molestés par des fanatiques, voire repris par les prêtres. »

Lanarck resta silencieux. Après tout, que lui importait le sort de ces gens ? C'étaient des êtres fantasmagoriques, sur une planète imaginaire. Pourtant, au vu de Djiro, le détachement devenait plus facile à envisager qu'à réaliser.

« Isabel May est à Gahadion ? »

Djiro pinça les lèvres. « Non. Elle habite sur l'île. C'est la Triple Adepte, la Grande Prêtresse. »

Lanarck haussa les sourcils. « Pourquoi l'ont-ils faite Grande Prêtresse ?

— L'Hiérarque, ayant appris l'existence de la femme aux cheveux de nuit comme les tiens un mois après son arrivée, a essayé de l'emmener en esclavage sur Dreftéli, l'Île Sacrée. Elle l'a tué avec son arme. Puis, comme les éclairs de Laoomé ne l'ont pas consumée, on a su qu'Il approuvait, et on l'a faite Grande Prêtresse en lieu et place de l'Hiérarque abattu. »

Une telle philosophie, songea Lanarck, aurait paru naïve sur Terre où les dieux étaient plus discrets dans leur supervision des affaires humaines.

« Isabel May est-elle une amie à toi… ou ta maîtresse ? demanda Djiro tout bas.

— Ni l'une ni l'autre.

— Que lui veux-tu donc ?

— La ramener sur Terre. » Il considéra avec inquiétude l'espace croissant entre le radeau et son astronef. « Du moins, c'était mon intention.

— Tu ne tarderas pas à la voir », annonça Djiro. Elle désigna une longue galère noire qui venait de quitter l'île. « Les Ordonnés. Je suis de nouveau esclave.

— Pas encore », dit-il en palpant la forme de son faisceau.

La galère, propulsée par la force de vingt longues rames, fondait sur eux. Sur le gaillard d'arrière se tenait une jeune femme, les cheveux noirs au vent. Ses traits se précisant, Lanarck reconnut le visage, désormais serein et confiant, de la photographie de Cardale.

Isabel May regarda les deux naufragés sur le radeau et l'astronef qui surnageait à quatre cents mètres de là et parut éclater de rire. La galère, dirigée par des hommes de haute taille aux cheveux dorés, aborda l'esquif.

« Le Contre-espionnage terrestre me rend donc visite ? » Elle s'exprimait en anglais. « Je vois mal comment vous m'avez retrouvée. » Elle considéra avec curiosité le visage sombre de Lanarck. « Vous m'expliquez ?

— J'ai suivi votre piste, puis j'ai expliqué la situation à Laoomé.

— Et quelle est-elle, au juste ?

— J'aimerais arriver à un compromis qui satisfasse toutes les parties.

— Peu m'importe de satisfaire quiconque.

— C'est compréhensible. »

Ils s'étudièrent. Isabel May demanda brusquement : « Comment vous appelez-vous ?

— Lanarck.

— Lanarck tout court ? Pas de prénom ?

— Lanarck suffit.

— À votre guise. J'ignore vraiment quoi faire de vous. Je n'ai aucun désir de vengeance et je m'en voudrais de handicaper votre carrière, mais vous transporter jusqu'à votre astronef me paraît un peu donquichottesque. Je suis bien ici et je n'ai pas la moindre intention de vous remettre mes biens. »

Il tendit la main vers son faisceau.

Elle le regarda sans émotion.

« Les faisceaux mouillés fonctionnent mal.

— Celui-ci est une exception. »

Lanarck fit exploser la figure de proue de la galère.

L'expression d'Isabel May changea soudain. « Je vois que je suis dans l'erreur. Comment avez-vous fait ?

— Un procédé personnel. Je vais maintenant vous demander de me conduire jusqu'à mon astronef. »

Elle le fixa un moment ; dans ses yeux bleus, il décela une note familière. Où avait-il vu cette expression ? Sur Fan, la Planète des Plaisirs ? Dans les Bosquets magiques de Hycithil ? Durant les incursions contre les enclos d'esclaves de Starlen ? Dans la macropole de Tran, sur la Terre même ?

Elle se retourna et murmura un ordre à son contremaître, un géant bronzé aux cheveux dorés retenus en arrière par un bandeau de cuivre. Il s'inclina et s'écarta.

« Très bien, dit Isabel May. Montez à bord. »

Djiro et Lanarck escaladèrent le plat-bord sculpté. La galère fila, créant un sillage d'écume blanche.

Isabel May porta son attention vers Djiro, qui considérait avec désespoir l'île de Dreftéli.

« Vous ne perdez pas de temps pour vous faire des amies. Elle est très belle. Quels sont vos plans la concernant ?

— C'est une de vos esclaves en fuite. Je n'ai aucun plan. Cet endroit appartient à Laoomé ; c'est lui qui les élabore. La seule chose qui m'intéresse, c'est de vous ramener sur Terre… ou de récupérer le document que vous avez emporté, si vous tenez à rester ici.

— Navrée. Je garde le document. Je ne l'ai pas sur moi : inutile d'essayer de me fouiller.

— Voilà qui semble bien catégorique. Vous savez ce qu'il contient ?

— Plus ou moins. C'est une sorte de chèque en blanc sur la richesse de la Terre.

— Excellente définition. Si j'ai bien compris cette triste affaire, le traitement accordé à votre père vous a vexée ?

— Définition très insuffisante.

— L'argent aiderait-il à apaiser votre colère ?

— Je ne veux pas d'argent. Je veux me venger. Je veux enfoncer des têtes dans la boue ; je veux donner des coups de pieds à certaines personnes et leur rendre la vie infernale.

— Ne reniez tout de même pas l'argent. La richesse, c'est agréable. Vous avez la vie devant vous. Je ne crois pas que vous voudrez la passer ici, à l'intérieur de la tête de Laoomé.

— Exact.

— Donnez-moi donc un chiffre.

— Je ne peux chiffrer la colère et le chagrin en dollars.

— Pourquoi pas ? Un million ? Dix millions ? Cent millions ?

— Arrêtez. Je ne sais pas compter aussi loin.

— C'est votre chiffre.

— À quoi me servira l'argent ? On me reconduira au Nevada.

— Non. Je m'en porte garant personnellement.

— Absurde. Je ne sais rien de vous.

— Nous pourrons y remédier pendant le retour. »

Isabel May le toisa. « Lanarck, vous êtes très persuasif. Si vous voulez savoir la vérité, j'ai le mal du pays. »

Elle se détourna et contempla l'océan. Elle était indéniablement séduisante et il eut du mal à détourner son regard. Mais, en s'asseyant sur le banc à côté de Djiro, il éprouva une émotion différente, plus forte. Irrité, il s'efforça de la repousser.

4.

Barbotant dans la houle, l'astronef se trouvait juste devant. La galère fendait l'eau à toute allure et les rameurs ne ralentirent pas en approchant. Les yeux de Lanarck se plissèrent ; il bondit et hurla des ordres. La galère continua de filer tout droit et écrasa l'astronef sous sa proue blindée. L'eau se précipita dans le sas ouvert ; l'appareil frémit et sombra, ombre noire plongeant dans les profondeurs vertes.

« Dommage, fit remarquer Isabel. D'un autre côté, cela nous met à égalité. Vous avez un faisceau, j'ai un astronef. »

Lanarck s'assit sans mot dire. Au bout d'un moment, il demanda : « Où est votre faisceau ?

— Je l'ai fait exploser en essayant de le recharger avec les génératrices de l'astronef.

— Et où est votre astronef ? »

Elle éclata de rire. « Vous vous attendez à ce que je vous le dise ?

— Pourquoi pas ? Je ne risque guère de vous abandonner ici.

— Malgré tout, je ne crois pas que je vous le dirai. »

Lanarck se tourna vers Djiro. « Où est l'astronef d'Isabel May ? »

Isabel s'exprima d'une voix hautaine : « En tant que Grande Prêtresse du Tout-puissant Laoomé, je t'ordonne de garder le silence ! »

Djiro regarda l'un, puis l'autre, et se décida. « Sur la grand-place du Temple de Malachite à Gahadion. »

Isabel resta coite. « Laoomé s'amuse, dit-elle enfin. Djiro s'est entichée de vous. Vous vous intéressez manifestement à elle.

— Il ne s'en mêlera pas. »

Elle eut un rire amer. « C'est ce qu'il m'avait dit… et voilà ! Je suis Grande Prêtresse. Il m'avait aussi juré qu'il ne laisserait personne atterrir sur Markavvel pour se livrer sur moi à des voies de fait. Mais vous voici !

— Je n'ai pas l'intention de me livrer sur vous à des voies de fait, dit sèchement Lanarck. Nous pouvons aussi bien être amis qu'ennemis.

— Je n'ai pas envie de devenir une de vos amies. Et comme ennemi vous ne représentez pas un problème insurmontable. Allez ! » lança Isabel tandis qu'approchait le grand contremaître.

L'homme se précipita sur Lanarck qui se tordit, se débattit, poussa : le solide gaillard blond s'étala dans les petits fonds, où il resta assommé.

Une main douce caressa la cuisse de Lanarck. Il regarda derrière lui en lissant ses cheveux noirs humides et vit Isabel May qui lui souriait largement. Elle avait au bout des doigts son faisceau.

Djiro se leva du banc. Avant qu'Isabel ait pu réagir, elle lui avait flanqué sa main dans la figure et, de l'autre, avait saisi l'arme qu'elle braqua sur Isabel. « Asseyez-vous. »

Pleurant de rage, l'autre femme retomba sur le banc.

Djiro, son visage juvénile empourpré et joyeux, recula contre le banc de nage, le faisceau levé.

Lanarck ne bougeait pas.

« Je prends le commandement. Toi… Isabel ! Dis à tes hommes de ramer en direction de Gahadion ! »

Maussade, l'interpellée s'exécuta. La longue galère noire tourna sa proue vers la ville.

« C'est peut-être un sacrilège, fit remarquer Djiro à Lanarck. Mais j'étais déjà condamnée après m'être évadée de Dreftéli.

— Que comptes-tu faire, dans ta nouvelle position ? » Lanarck se rapprocha un peu.

« Me servir de cette arme contre quiconque s'imagine pouvoir me l'arracher. » Il recula sans geste brusque. « Puis… mais vous ne tarderez pas à voir Gahadion aux blancs gradins. »

Isabel boudait sur le banc. Il n'avait guère d'autre choix que de laisser les événements suivre leur cours. Il se détendit contre un banc de nage en regardant Djiro du coin de l'œil. Elle se tenait droite derrière Isabel, ses yeux clairs sondant les étincelles de l'océan. La brise rabattait ses cheveux vers l'avant et plaquait la tunique contre son corps mince. Lanarck poussa un long soupir. Cette fille aux cheveux blonds comme les blés était irréelle. Elle s'évanouirait dès que Laoomé se désintéresserait de la planète Markavvel. Elle était moins qu'une ombre, moins qu'un mirage, moins qu'un rêve. Il regarda ensuite Isabel, la fille de la Terre, qui le foudroyait de ses yeux maussades. Elle était assez réelle.

Ils remontèrent l'embouchure du fleuve jusqu'aux quais blancs de Gahadion. Il se leva, parcourut du regard la ville, examina sur le quai les gens vêtus de tuniques blanches, rouges et bleues, puis se tourna vers Djiro. « Il me faut cette arme, à présent.

— Recule, ou bien je… »

Il lui prit l'arme sans effort tandis qu'Isabel regardait avec un amusement amer.

Un grondement sourd, semblable au pouls d'un cœur gigantesque, retentit dans les cieux. Lanarck leva la tête et tendit l'oreille. Il scruta le ciel. À l'horizon apparut un nuage étrange, tel une bande de métal blanc, qui se gonflait au rythme des palpitations célestes. Il s'allongea à une vitesse miraculeuse et finit par encercler les quatre points cardinaux. La palpitation était devenue un vaste borborygme. L'air même semblait pesant, de mauvais augure. Une terrible idée frappa Lanarck. Il se tourna et hurla aux rameurs frappés de terreur qui laissaient dériver leurs avirons dans le fleuve : « Vite… aux quais ! »

Ils se jetèrent sur leurs rames et, sous leur frénésie, la galère se remit à filer. L'eau du fleuve devenait huileuse, lisse, presque sirupeuse. Le bateau se rapprocha du quai. Lanarck sentait Isabel terrifiée d'un côté, et Djiro de l'autre.

« Que se passe-t-il ? » chuchota Isabel.

Il scruta le ciel. La bande nuageuse de métal brillant frissonna et se sépara en une autre qui ondulait et bondissait juste au-dessus.

« J'espère me tromper, mais je soupçonne Laoomé d'être en train de devenir fou. Regardez nos ombres ! »

Il se tourna pour regarder le soleil, qui s'agitait comme un insecte à l'agonie, effectuant des cercles sans but. Ses peurs les plus graves se réalisaient.

« C'est impossible ! s'écria Isabel. Que va-t-il se passer ?

— Rien de bon. »

La galère heurta un quai. Lanarck aida Isabel et Djiro à y monter, puis les suivit.

Des masses paniquées de gens aux cheveux dorés tournaient en rond dans l'avenue.

« Conduisez-moi à l'astronef ! » Il devait crier pour se faire entendre dans le tumulte de la ville. Son esprit se figea : qu'allait-il arriver à Djiro ?

Il repoussa cette pensée. Isabel le tira avec insistance. « Venez, dépêchez-vous ! »

Il prit la main de Djiro et suivit la femme qui courait vers le temple au portique noir à l'autre bout de l'avenue. Une constriction tordit l'air ; il en tomba une pluie de globules rouges et chauds, de petites méduses écarlates qui piquaient la peau nue comme des orties. Le vacarme virait au fracas. Les plasmas grandirent et finirent par devenir un nuage de vase rose qui sourdait à présent du sol pour monter jusqu'aux chevilles. Isabel trébucha et s'affala dans la masse dangereuse.

Elle se débattit et il l'aida à se relever.

Ils continuèrent à courir vers le temple, Lanarck soutenant les deux femmes et gardant un œil inquiet sur les édifices de part et d'autre.

L'averse de créatures rouges cessa, mais le limon continuait d'envahir les rues.

Le ciel changeait de couleur… mais quelle couleur ? Elle n'avait de place dans aucun spectre. C'était une couleur que seul pouvait concevoir un dieu fou.

La vase rouge se recroquevilla et se dispersa comme du mercure, se transformant aussitôt en des millions et des millions de mannequins bleu vif hauts de huit centimètres. Ils couraient, bondissaient, décampaient ; les rues n'étaient plus qu'un tapis bleu tremblant d'homoncules au visage vacant. Ils s'accrochaient aux vêtements de Lanarck, lui grimpaient aux jambes telles des souris. Indifférent à leurs glapissements, il les écrasait.

Le soleil, agité de petits mouvements spasmodiques, perdait son éclat et s'aplatissait. Des stries le parcouraient et, comme la population abasourdie de Gahadion se calmait sous l'effet d'une crainte révérencielle, il se transforma en une limace blanche à anneaux, aussi longue que cinq soleils, aussi large qu'un seul. Elle se tordit la tête et baissa les yeux sur Markkavel à travers le ciel à la couleur étrange.

Pris de délire, les Gahadionites se ruèrent dans les larges avenues. Les trois compagnons se firent presque écraser quand ils voulurent traverser un croisement.

Sur une placette, ils trouvèrent refuge près d'une fontaine de marbre. Lanarck avait atteint un certain état de détachement : une conviction que ce qu'il vivait là était un cauchemar.

Une créature humanoïde bleue se fourra dans ses cheveux. Elle chantait : un petit baryton très net. Lanarck la déposa sur le sol. Son esprit s'apaisait. Ce n'était pas un cauchemar, mais la réalité, si on pouvait donner cette interprétation à ce terme. Vite ! Le flot humain était passé, la route relativement libre.

« Allons-y ! »

Il tira les deux femmes qui observaient la limace accrochée en travers du ciel.

Comme ils se mettaient en chemin, la métamorphose qu'il attendait, et redoutait, intervint. La matière de Gahadion, et de tout Markavvel, se modifia en une substance contre nature. Les bâtiments de marbre blanc devinrent carton-pâte et s'affaissèrent sous leur propre poids. Le Temple de Malachite, dôme vertigineux posé sur des piliers de pierre verte, s'écroula et glissa en une masse boueuse. Lanarck pressa les deux jeunes femmes essoufflées de courir plus vite.

Les Gahadionites ne couraient plus ; ils n'avaient aucune destination. Ils gardaient les yeux vissés sur le ciel, paralysés par l'horreur. Une voix hurla : « Laoomé ! Laoomé ! »

D'autres reprirent le cri : « Laoomé ! Laoomé ! »

Si Laoomé les entendit, il n'en donna aucune indication.

Lanarck gardait un œil inquiet sur ces gens, redoutant qu'eux aussi, en tant que créatures de rêve, ne se changent en aberrations. Car s'ils changeaient, Djiro ferait de même. Pourquoi l'emmener au vaisseau spatial ? Elle ne pouvait exister en dehors de l'esprit de Laoomé… Mais comment la laisser aller ? La face de Markavvel changeait. Des pyramides noires poussaient dans le sol et, s'allongeant fabuleusement, filaient vers le haut pour devenir des flèches noires hautes de plusieurs kilomètres.

Lanarck vit l'astronef, encore en parfait état, produit d'une matière mentale plus durable sans doute que Markavvel. Des processus terrifiants se déroulaient sous ses pieds : le cœur de la planète dégénérait. Encore cent mètres !

« Plus vite ! » souffla-t-il aux filles.

Tout en courant, il surveillait les gens de Gahadion.

Comme une bise sur son cerveau, il savait que le changement arrivait. Au désespoir, il faillit ralentit le pas. Les Gahadionites eux-mêmes savaient ce qui se tramait. Ils titubaient sous l'effet de la surprise et de l'incrédulité, contemplant leurs mains, palpant leur visage.

Trop tard ! Absurdement, Lanarck avait espéré qu'une fois dans l'espace, loin de Markavvel,

Djiro pourrait conserver son identité. Mais c'était trop tard !

Un fléau s'était abattu sur les Gahadionites. Ils griffaient leurs visages ratatinés, vacillaient et tombaient, leurs jambes rabougries incapables de les soutenir.

Angoissé, Lanarck sentit l'une des mains qu'il tenait durcir et se rider. Il la sentit s'affaler, jambes flétries. Alors il s'arrêta et se retourna pour contempler ce qui avait été Djiro.

Le sol sous ses pieds remua. Autour de lui se tordaient des Gahadionites à l'agonie. Au-dessus, tombant dans le ciel étrange, arrivait la limace. Des flèches noires dominaient sa tête. Lanarck n'y prêtait aucune attention. Devant lui se trouvait Djiro… une Djiro qui haletait et titubait, mais intacte et dorée ! Celle qui se tordait sur le pavé de marbre, c'était la créature de rêve qu'il avait connue sous le nom d'Isabel May. Il prit la main de la femme, se tourna et se dirigea vers l'astronef.

Il manœuvra tant bien que mal l'écoutille et poussa Djiro dans le sas. Au moment même où il touchait la coque, il constata que l'astronef changeait aussi. Le métal glacial palpitait, tel un être vivant. Lanarck claqua le panneau et, sans se soucier du préchauffage de sécurité, poussa la puissance au maximum.

L'astronef bondit, évitant la forêt d'épines noires scintillantes, hautes de centaines de kilomètres, et vira plus haut afin d'échapper à l'immense limace qui tombait inexorablement vers la surface de Markavvel. Comme le vaisseau s'arrachait à l'attraction de la planète, Lanarck regarda en arrière et vit la limace étalée sur la moitié d'un hémisphère. Elle se tortillait, empalée sur les hautes flèches noires.

Il poussa le vaisseau à toute allure vers l'étoile-balise. Elle brillait, bleue et éclatante, seul objet fixe au firmament. Tout le reste se déversait en flots tumultueux à travers l'espace noir : des grains de poussière qui refluaient dans une mare d'encre.

Il jeta un coup d'œil vers Djiro. « Au moment où j'ai décidé que plus rien ne pouvait me surprendre, Isabel May est morte et toi, Djiro la Gahadionite, tu es en vie.

— Je suis Isabel May. Tu le sais déjà.

— Oui, parce que c'était la seule possibilité. » Il posa la main contre la coque. Le métal impersonnel avait acquis la chaleur de la vie. « À présent, si nous échappons à cette folie, ce sera un miracle. »

Les changements se produisirent rapidement. Les commandes s'atrophièrent ; les hublots s'opacifièrent tel du cartilage. Les moteurs, les tuyauteries devinrent des organes complexes ; les parois étaient une chair rose et humide qui palpitait. De l'extérieur arrivait un bruit de battement d'ailes ; autour de leurs pieds coulait un liquide sombre. Lanarck, pâle, secoua la tête. Isabel s'appuya contre lui.

« Nous sommes dans l'estomac de… quelque chose. »

Elle ne répondit pas.

Un bruit de bouchon qui saute, un flot de lumière grise. Lanarck avait guidé correctement le vaisseau qui avait continué sa course dans l'univers raisonnable où sa destruction était inévitable.

Les deux créatures terrestres se retrouvèrent à tituber dans la demeure de Laoomé. D'abord ils ne purent appréhender leur délivrance ; la sécurité ne semblait qu'un nouveau changement de tableau.

Lanarck recouvra enfin l'équilibre. Il aida Isabel à se relever ; ensemble, ils surveillèrent Laoomé, encore en proie aux spasmes de l'agonie. Des tremblements ondoyants couraient le long de son cuir noir ; les yeux en soucoupe étaient vides, vitreux.

« Allons-y ! » chuchota-t-elle.

Lanarck lui prit le bras sans rien dire : ils sortirent sur la plaine éblouissante fouettée par le vent. Là se dressaient les deux astronefs, comme auparavant. Il guida Isabel jusqu'à son appareil, ouvrit le sas et lui fit signe d'entrer. « Je reviens dans un instant. » Il verrouilla la manette d'alimentation électrique. « Pour éviter toute nouvelle surprise. »

Isabel resta coite.

Il passa à l'astronef qui l'avait amenée et verrouilla le mécanisme de la même manière. Puis il se dirigea vers l'édifice en béton blanc.

Isabel tandit l'oreille, mais le gémissement du vent couvrait tous les autres bruits. Le grésillement d'un faisceau ? Difficile à dire.

Lanarck ressortit du bâtiment. Il grimpa dans le vaisseau et claqua l'écoutille. Ils restèrent assis en silence tandis que les tubes de propulsion chauffaient, qu'il enclenchait la manette d'alimentation électrique et que le vaisseau s'élançait.

Aucun des deux ne parla avant qu'ils soient loin dans l'espace.

Il la regarda. « Comment connaissais-tu Laoomé ?

— Par mon père. Il y a vingt ans, il lui avait rendu un petit service... il avait tué un lézard qui l'ennuyait, ou quelque chose de ce genre.

— Et c'est pour ça que Laoomé t'a protégée en créant la fausse Isabel ?

— Oui. Il m'a dit que tu venais me chercher. Il a pris toutes dispositions pour que tu rencontres une fausse Isabel, me laissant ainsi le temps de te jauger à ton insu.

— Pourquoi ne ressembles-tu pas davantage à la photo ?

— J'étais furieuse ; j'avais pleuré ; je grinçais des dents, pratiquement. J'espère bien ne pas trop y ressembler.

— Et tes cheveux ?

— Ils sont décolorés.

— L'autre Isabel connaissait ton identité ?

— Je ne crois pas. Non, je sais que non. Laoomé l'avait dotée de mon esprit avec tous ses souvenirs. Elle était vraiment moi. »

Il hocha la tête. Voilà qui expliquait pourquoi il avait cru la reconnaître. « Elle était très observatrice », dit-il, songeur. « Selon elle, toi et moi étions… ma foi, attirés l'un vers l'autre. Je me demande si elle avait raison.

— Je me le demande aussi.

— Nous aurons le temps de méditer sur le sujet… Un dernier point : les documents, avec la commande prioritaire ? »

Isabel eut un petit rire joyeux. « Il n'y a pas de documents.

— Pas de documents ?

— Aucun. Tu veux me fouiller ?

— Où sont donc ces documents ?

— Il n'y en avait qu'un. Un bout de papier. Que j'ai déchiré.

— Qu'y avait-il dessus ?

— La commande prioritaire. Je suis la seule à la connaître. Tu ne crois pas que je devrais garder ce secret pour moi seule ? »

Lanarck réfléchit. « J'aimerais bien la connaître. Ce genre d'information est toujours utile.

— Où est la centaine de millions de dollars que tu m'as promise ?

— Sur Terre. Quand on y sera, tu pourras utiliser la commande prioritaire. »

Isabel éclata de rire. « Tu es quelqu'un de très pragmatique. Qu'est-il arrivé à Laoomé ?

— Laoomé est mort.

— Comment ?

— Je l'ai détruit. J'ai pensé à tout ce que nous avons vécu. Ses créatures imaginaires… étaient-elles réelles ? Elles me semblaient réelles, et se croyaient réelles elles-mêmes. Une personne est-elle responsable de ce qui se passe durant un cauchemar ? Je l'ignore. J'ai obéi à mes instincts, ou à ma conscience, comme tu voudras, et je l'ai tué. »

Isabel May lui prit la main. « Mon instinct me pousse à te faire confiance. La commande prioritaire est un couplet :

Tom, Tom, le plus jeune fils du vieux joueur de pipeau,

A volé un cochon et a fui tout de go. »

5.

Lanarck fit son rapport à Cardale. « Je suis heureux de vous informer que cette affaire a trouvé une conclusion satisfaisante. »

L'autre le considéra avec scepticisme. « Qu'entendez-vous par là ?

— La commande prioritaire est en sécurité.

— Vraiment ? Et où donc ?

— J'ai jugé préférable de vous consulter avant de la porter sur moi.

— C'est faire preuve d'une discrétion exagérée, non ? Et Isabel May ? Elle est en prison ?

— Pour obtenir la commande prioritaire, j'ai dû consentir des concessions importantes mais raisonnables, y compris une amnistie totale, le retrait de tous les chefs d'inculpation, des excuses officielles ainsi qu'un paiement compensatoire forfaitaire pour arrestation illégale et dommages-intérêts. Elle exige un document officiel les confirmant. Si vous voulez bien faire préparer ce papier, je le transmettrai et l'affaire sera ainsi terminée. »

Cardale demanda d'une voix glaciale : « Qui vous a autorisé à faire ces concessions ? »

Lanarck répondit d'un air dégagé : « Voulez-vous cette commande prioritaire ?

— Bien entendu.

— Alors, suivez mes suggestions.

— Vous êtes encore plus arrogant que Detering me l'avait indiqué.

— Les résultats parlent d'eux-mêmes, monsieur.

— Comment puis-je être sûr qu'elle n'utilisera pas la commande prioritaire pour son propre compte ?

— Vous pourrez l'utiliser et la changer, si j'ai bien compris.

— Comment puis-je savoir si elle ne l'a pas déjà utilisée jusqu'à plus soif ?

— J'ai parlé de paiement compensatoire. L'ajustement a été réalisé. »

Cardale se passa les doigts dans les cheveux. « Quels sont les dégâts ?

— La somme n'est pas conséquente. Si Isabel May avait voulu exprimer des exigences démesurées, elles n'auraient pu égaler tous les dommages qu'elle a subis.

— C'est vous qui le dites. »

Entre exploser, menacer et lever les bras au ciel, Cardale balançait. Enfin, il s'appuya contre le dossier de son fauteuil. « Le document sera prêt demain et vous pourrez apporter cette commande prioritaire.

— Très bien, monsieur.

— J'aimerais tout de même savoir, à titre purement officieux, combien elle a pris pour régler les choses à l'amiable.

— Nous avons réquisitionné cent un millions sept cent soixante-deux dollars répartis sur divers comptes personnels. »

L'autre écarquilla les yeux. « Je croyais qu'elle avait limité ses exigences !

— Il paraissait aussi facile de demander une grosse somme qu'une petite.

— Plus facile, en fait. C'est un chiffre bizarre. Pourquoi sept cent soixante-deux dollars ?

— Ça, monsieur, représente la somme qui m'est due et pour laquelle l'intendant se refuse à donner son accord. Elle représente mes débours lors d'une mission précédente : pots-de-vin, alcools et les services d'une prostituée, s'il vous faut tous les détails.

— Et pourquoi un million de plus ?

— Il représente un fonds de garantie que je me réserve afin de ne pas être harcelé à l'avenir. De façon discrète et modérée, il reflète aussi mon irritation face à l'attitude de l'intendant. » Il se leva. « Je vous revois demain à la même heure, monsieur.

— À demain, Lanarck. »

La Planète de poussière

C'est vers le milieu du petit quart que le capitaine Creed vint sur la passerelle du cargo spatial *Persée*. Il s'approcha du hublot avant et se plongea dans la contemplation de l'étoile rouge sang qui se trouvait devant le vaisseau, un peu sur la gauche.

Il s'agissait d'un petit astre sans nom, situé dans la queue de la constellation du Serpent, à l'écart des lignes de navigation stellaire habituelles. La ligne Terre-Rasalague passait à bonne distance d'un côté, la ligne de Delta Aquila de l'autre, et quant au trafic inter-secteurs Delta Aquila-Sabik, il fallait encore parcourir une demi-année-lumière pour le croiser.

Le capitaine Creed observait la petite étoile rouge, plongé dans ses pensées. C'était un homme corpulent, bedonnant, au visage inexpressif et au teint pâle, avec une barbe taillée avec soin et noire comme du charbon. Ses yeux sombres aux paupières lourdes, soulignés par des cernes foncés, étaient dénués de toute expression. Il portait un uniforme noir irréprochable, ses bottes étaient lustrées et brillantes, ses mains blanches impeccablement soignées.

Le capitaine Creed était bien plus que le simple commandant du *Persée*. En partenariat avec son frère, il possédait la Ligne Europe-Arcturus – un nom impressionnant.

Cependant, le siège de la société était une petite pièce minable dans la vieille tour Co-Martienne, à Tran, et possédait pour seuls actifs le *Persée* lui-même, d'une part, et d'autre part les bénéfices escomptés sur une cargaison d'huiles aromatiques que le capitaine Creed avait embarquée à l'Étoile de McVann, dans la constellation d'Ophiuchus.

De ces deux actifs, on ne pouvait guère considérer le *Persée* comme le plus précieux. C'était un vieux vaisseau poussif, grêlé par les météorites, et dont la capacité dépassait à peine les six cents tonnes.

La cargaison était une autre affaire – flacon après flacon rempli de parfums rares, essence de fleurs de syrang, huile de pavots d'étoile, extrait d'orchidées vertes, musc de mouches de mian pilées, distillat des buissons bleus de McVann – des liquides exotiques apportés par les hommes-bulbes de l'Étoile de McVann, décilitre par décilitre. Le capitaine Creed avait été fort contrarié quand l'expert des assurances n'avait autorisé qu'un plafond de quatre-vingts millions de dollars pour la valeur de la cargaison, et il avait déployé en vain toute son éloquence pour tenter de relever ledit plafond.

Alors qu'il fumait un cigare, debout sur la passerelle, il fut rejoint par son second, Blaine, un homme grand et mince, qui, excepté une touffe de cheveux noirs, était chauve comme un caillou. Blaine avait un long nez en lame de couteau et la bouche tordue en permanence par une grimace rageuse. Sa façon de s'exprimer, rapide et sans retenue, déconcertait parfois le capitaine Creed, lui qui était la prudence même. « Elles sont toutes en place, déclara Blaine.

Elles devraient se déclencher dans dix minutes à peu près. »

Le capitaine Creed le fit taire d'un froncement de sourcils appuyé d'un bref signe de tête, et Blaine se rendit compte qu'ils n'étaient pas seuls. Holderlin, le deuxième lieutenant et maître de timonerie, un jeune homme au visage dur et aux yeux bleus cruels, se tenait à la barre.

Il était vêtu simplement d'un large pantalon chiffonné, et l'éclat écarlate de l'étoile devant eux le nimbait d'une lueur rouge aux reflets diaboliques, peignant son visage de taches sanglantes. Tels des faucons, les deux hommes le regardèrent fixement, et son expression ne les rassura pas entièrement. Au bout d'un moment, le capitaine Creed dit d'une voix douce : « Je ne suis pas sûr que vous ayez raison, monsieur Blaine. La période de ce type d'étoile variable est plus longue et plus régulière, ainsi que vous vous en rendrez compte si vous revérifiez vos observations. »

Blaine lança un autre coup d'œil rapide vers Holderlin, puis il quitta la salle des machines en grommelant une phrase indistincte.

Creed traversa alors la passerelle. « Mettez le cap à cinq degrés plus près de l'étoile, monsieur Holderlin. Nous nous sommes quelque peu écartés de notre trajectoire, et l'attraction stellaire nous ramènera sur notre cap normal. »

Holderlin le considéra d'un air surpris, puis obéit en silence. Qu'est-ce que c'était que ces bêtises ? Le vaisseau était déjà largement sous l'emprise du champ de gravitation. Est-ce qu'ils espéraient encore le berner avec des prétextes aussi futiles ? Si c'était le cas, ils devaient vraiment le prendre pour un demeuré.

Même un enfant aurait déjà été alerté par ce qui se passait à bord du *Persée*. D'abord à Porphyre, le spatioport de l'Étoile de McVann, quand le capitaine Creed avait congédié le radio et les deux mécaniciens de bord pour des motifs inexpliqués.

Ce n'était pas en soi un événement inhabituel, mais le capitaine Creed avait négligé d'embaucher des remplaçants. En conséquence de quoi, le seul autre homme embarqué, à part le capitaine, Blaine et Holderlin, était Farjoram, le cuisinier callistonien, à moitié fou.

À plusieurs reprises, après avoir quitté Porphyre, Holderlin avait surpris Blaine et Creed très occupés avec l'installation radio. Plus tard, quand il avait examiné les enregistrements automatiques de fréquence, il n'avait trouvé aucune trace de transmissions.

Et quatre ou cinq jours auparavant, alors qu'il n'était pas de quart et était censé dormir en bas, il avait remarqué en quittant sa minuscule cabine que l'écoutille d'accès à la navette de sauvetage de tribord était entrouverte. Il n'avait rien dit, mais plus tard, pendant que Blaine et le capitaine Creed dormaient, il était allé inspecter les deux navettes de sauvetage, bâbord et tribord, pour s'apercevoir que le carburant de celle de tribord avait été siphonné de sorte qu'il n'en restait plus qu'un mince filet, et que le transmetteur radio avait été trafiqué.

La navette de bâbord était dûment avitaillée et chargée de vivres. Holderlin avait donc discrètement refait le plein de l'autre navette, et y avait prudemment chargé des réserves supplémentaires de carburant.

Et voilà maintenant que Blaine tenait des propos imprudents au capi-taine Creed, et que le capitaine donnait à son maître de timonerie l'ordre étrange de virer vers l'étoile. Le visage dur et brun de Holderlin resta impassible, tandis qu'il observait l'imposante silhouette de Creed, debout face au hublot et masquant l'étoile devant eux. Mais son cerveau s'activait pour passer en revue tous les aspects de la situation. Pendant quatorze des trente-trois années de son existence, il avait sillonné l'espace, et la dure nécessité lui avait appris à prendre soin de Robert Holderlin.

Un léger choc secoua la coque. Le capitaine Creed détourna nonchalamment la tête, puis reporta son attention sur l'espace. Holderlin ne dit rien, mais ses yeux restèrent attentifs.

Quelques minutes s'écoulèrent, et Blaine revint sur la passerelle. Holderlin sentit, bien qu'il lui soit impossible de le voir, le regard qu'échangèrent Creed et le second. « Ah ! dit le capitaine. Je pense que nous sommes maintenant assez près. Dix degrés à tribord et placez le vaisseau sur gyroscope. »

Holderlin tourna le gouvernail. Il pouvait sentir le flot d'énergie des réacteurs, mais le bâtiment ne réagit pas à la manœuvre. « Le vaisseau ne répond pas, capitaine, dit-il.

— Que se passe-t-il ? s'écria le capitaine Creed. Monsieur Blaine ! Vérifiez les réacteurs de gouverne ! Le vaisseau ne répond pas à la barre ! »

Creed devait détester précipiter les choses, se dit Holderlin, pour insister autant sur une comédie aussi élaborée – ou peut-être les deux hommes soupçonnaient-ils la présence du revolver dans sa poche. Blaine partit en courant et revint presque aussitôt, un sourire de carnassier retroussant sa lèvre déjà déformée. « Les réacteurs de gouverne ont fondu, capitaine. Cette camelote qu'ils nous ont installée comme isolant à Aureolis a rendu l'âme. »

Le capitaine Creed quitta des yeux la petite étoile rouge incandescente pour reporter son regard vers Blaine et Holderlin. Avec toute sa fortune en jeu, il avait l'air étrangement peu affecté par la perspective d'un désastre. Mais il était vrai que le capitaine Creed avait toujours un visage impassible. Il donna l'ordre auquel Holderlin s'attendait. « Abandonnez le navire ! Monsieur Blaine, transmettez le signal de détresse ! Monsieur Holderlin, allez chercher Farjoram et attendez-nous devant la navette de tribord ! »

Holderlin les quitta pour se mettre en quête du cuisinier. Mais il remarqua en passant que Blaine, installé devant le transmetteur, n'avait pas encore basculé le gros relais rouge sur lequel était inscrit « urgence ».

Le capitaine Creed et Blaine finirent par rejoindre Holderlin et le cuisinier dans la coursive d'accès aux navettes de sauvetage.

« Préférez-vous que j'embarque dans votre navette, capitaine, ou bien dans celle de monsieur Blaine ? » demanda Holderlin, comme s'il n'avait pas compris l'ordre précédent, ou qu'il le remettait en question. Blaine jeta aussitôt un coup d'œil inquiet au capitaine.

« Vous prendrez le commandement de la navette de tribord, monsieur Holderlin, répondit l'officier d'une voix doucereuse. Je souhaite que monsieur Blaine m'accompagne. »

Il se retourna pour monter dans la navette de bâbord. Mais Holderlin s'avança et lui tendit un papier qu'il avait sur lui depuis plusieurs jours.

« Un instant, capitaine, je vous prie. Si je dois assumer le commandement de cette navette, et afin de nous couvrir, le cuisinier et moi – au cas où votre navette serait perdue –, voudriez-vous bien signer ce certificat de naufrage ?

— Aucune des navettes ne va se perdre, répondit le capitaine Creed en se lissant la barbe. M. Blaine a réussi à contacter un croiseur en patrouille à seulement cent cinquante millions de kilomètres d'ici.

— Néanmoins, capitaine, je crois que le Code Astronautique exige un tel document. »

Blaine donna un coup de coude discret au capitaine.

« Ma foi, oui, certainement, monsieur Holderlin, nous devons nous conformer à la loi », dit Creed, qui signa le certificat.

Et sans s'attarder davantage, Blaine et lui montèrent à bord de leur navette.

« Décollez, monsieur Holderlin ! ordonna le capitaine Creed à travers le hublot. Nous attendrons que vous ayez quitté le vaisseau. »

Holderlin se retourna. Le cuisinier avait disparu.

« Farjoram ! cria-t-il. Farjoram ! »

Il repartit en courant à sa recherche et finit par trouver le petit Callistonien velu, recroquevillé dans sa cabine, les yeux rouges exorbités de terreur. De l'écume lui sortait de la bouche.

« Viens », lui dit l'autre d'un ton bourru.

Le Callistonien se mit à bafouiller frénétiquement : « Non, non. Moi pas aller dans navette. Partir, vous partir ! Moi rester ! »

C'est alors que Holderlin se souvint d'une histoire qui avait circulé, selon laquelle ce Farjoram et huit autres avaient dérivé pendant quatre mois dans une navette, à travers les Ténèbres Phénésiennes. Quand on les avait retrouvés, il ne restait plus que Farjoram au milieu des ossements impeccablement nettoyés de ses compagnons. Même lui ne put retenir un frisson.

La voix du capitaine Creed se fit entendre : « Dépêchez-vous ! Nous sommes presque dans le soleil !

— Viens ! dit Holderlin d'un ton brusque. Ils vont te tuer si tu ne viens pas. »

Pour toute réponse, le Callistonien sortit un long couteau et se taillada la gorge à plusieurs reprises. Il s'écroula aux pieds de Holderlin. Celui-ci retourna seul aux navettes.

« Où est Farjoram ? demanda sèchement Creed.

— Il s'est suicidé, capitaine. Avec un couteau.

— Hmmf, marmonna l'autre. Très bien, alors, partez tout seul. Le point de rendez-vous est à cent cinquante millions de kilomètres, sur la ligne joignant cette étoile à Delta Aquila.

— Entendu, capitaine. »

Sans plus de discours, Holderlin embarqua dans la navette et décolla.

Le soleil était proche, mais pas trop. Il aurait attiré à sa perte une navette sans carburant, mais il était encore assez éloigné pour qu'un autre vaisseau puisse s'approcher du *Persée*, s'amarrer aux bollards d'avant et d'arrière et le remorquer hors de danger.

Holderlin alluma ses réacteurs pendant quelques secondes, puis il les coupa, comme s'il était à court de carburant. Au bout d'un certain temps, alors qu'il dérivait en s'éloignant du *Persée*, apparemment incapable de résister à l'attraction de l'étoile rouge, il vit la navette de bâbord quitter le vaisseau et s'éloigner, non pas vers Delta Aquila, mais en remontant le sillage des réacteurs du *Persée*.

Holderlin continua de dériver tranquillement pendant quelques minutes, au cas où le capitaine

Creed ou Blaine serait en train de l'observer avec des jumelles. Mais il n'avait pas beaucoup de temps. L'autre vaisseau qui attendait derrière viendrait bientôt se ranger le long du *Persée* et, après avoir transbordé la précieuse cargaison, le laisserait plonger dans le soleil écarlate.

Holderlin avait d'autres plans en tête. Il s'assura que le certificat signé par le capitaine Creed était en sécurité – puis, jugeant qu'il avait suffisamment attendu, il ralluma ses réacteurs et repartit vers le *Persée*.

Il amena la proue de la navette contre l'anneau d'amarrage avant du vaisseau, puis il enfila son scaphandre, quitta la navette et l'amarra solidement. De retour dans la navette, il mit doucement les gaz et poussa la proue du *Persée* dans une position plus sûre.

Il ressortit de la navette et se déplaça dans le vide de l'espace jusqu'à la baie d'accès du *Persée* ; il retira ensuite son scaphandre et se précipita vers la passerelle. Il lança un rayon de détection et le tintement quasi-immédiat du carillon de contact lui indiqua que l'autre vaisseau était très proche – trop proche pour qu'il ait le temps de rejoindre le seul refuge auquel il pouvait penser, c'est-à-dire la planète solitaire en orbite autour de l'étoile rouge.

Il le repéra dans la télévue. C'était un long bâtiment noir dont la proue comportait de hautes virures, d'énormes tubes puissamment nervurés et une passerelle parfaitement profilée le long de la coque. Holderlin en identifia aussitôt le type : une classe de vaisseaux rapides et puissamment armés, construits par la Compagnie Terrienne de Belisarius pour effectuer la dangereuse liaison Scorpion-Sagittaire.

Deux ans plus tôt, il avait eu l'occasion de travailler à bord d'un vaisseau de cette classe, et il se souvint d'un incident qui s'était produit au cours du voyage. Un peu au-delà de Fomalhaut, ils avaient engagé le combat avec une sphère de guerre du Système clantlalien, et un coup fortuit dans leur générateur principal les avait mis hors de combat.

Seule l'arrivée de trois croiseurs terriens avait pu empêcher leur capture, qui les aurait conduits à l'esclavage. Holderlin se souvenait parfaitement des détails de ce coup fortuit qui les avait frappés au centre, juste devant le réacteur inférieur. Le rayon avait traversé la coque grâce à un petit conduit d'évacuation, le talon d'Achille dans l'épais blindage.

Holderlin se mit donc à observer et à attendre tandis que l'élégant vaisseau noir se rapprochait. La navette qui pendait à la proue du *Persée* était en partie plongée dans l'obscurité et, de ce fait, peu visible – du moins l'espérait-il.

Mais le vaisseau s'approcha avec une aisance insolente ; personne à bord ne semblait avoir de soupçons. Un sourire plissa le visage dur de Holderlin tandis qu'il ajustait le viseur de l'antique lance-rayons du *Persée*.

Le combat se déroula comme dans un rêve. Tel un immense requin noir, le vaisseau flotta au-dessus de lui, son petit conduit d'évacuation attirant le viseur de son lance-rayons comme un aimant.

Il appuya sur la détente et éclata de rire lorsqu'un grand trou apparut là où se trouvait le conduit une seconde auparavant. Comme il l'avait lui-même vécu, les lumières s'éteignirent, les réacteurs s'arrêtèrent, toute trace d'activité cessa et le bâtiment noir tourna lentement sur lui-même sous l'effet du choc, masse immense et désemparée.

Holderlin se précipita vers le pupitre de contrôle des réacteurs. Il pouvait maintenant se considérer comme hors de danger, du moins pour quelques heures, et d'ici là, avec un peu de chance, il serait assez bien caché pour que le vaisseau noir le cherche en vain. D'ailleurs, si ses occupants n'arrivaient pas à bricoler un générateur auxiliaire, ils seraient peut-être eux-mêmes obligés de prendre leurs navettes de sauvetage – car l'étoile rouge était proche.

Il déclencha les accélérateurs, et le *Persée*, la navette toujours accrochée à sa proue, se dirigea de toute la puissance de ses réacteurs vers la planète solitaire en orbite autour du soleil écarlate.

Une heure plus tard, elle emplissait son champ de vision, et il pénétra dans l'atmosphère teintée de vert. Afin d'échapper aux équipements de télévue du pirate, il se dirigea vers la face opposée, orientant le *Persée* par des poussées sur la proue au moyen de la navette.

En examinant la planète à travers sa télévue, il vit un monde deux fois plus petit que la Terre, balafré de ravins et de précipices vertigineux, avec quelques plaines çà et là. Celles-ci semblaient recouvertes d'une écume noire, qui se révéla être, lorsqu'il s'en approcha, une végétation au feuillage épais.

Dans l'atmosphère verdâtre, de grands nuages floconneux brillaient dans la lumière écarlate, avec des reflets orangés, dorés, rouges et jaunes.

Holderlin laissa le *Persée* se diriger vers le pied d'un grand pic rocheux noir, où une forêt dense devrait offrir une bonne cachette. Il réussit à atterrir malgré ses réacteurs de gouverne hors d'état, ce qui constituait en soi un exploit héroïque.

Pendant deux heures, il était resté nerveusement tapi dans la navette, manœuvrant la proue du *Persée* par petites poussées, tandis que le vaisseau descendait lentement sur ses réacteurs de propulsion à travers la pénombre verte.

Il avait tiré deux câbles jusqu'à la navette – l'un relié à la manette d'accélération afin de pouvoir faire remonter le vaisseau si le sol s'avérait être trop mou ou trop irrégulier, et l'autre pour couper les réacteurs une fois le vaisseau solidement campé.

Le *Persée* descendit dans l'atmosphère verte et traversa la sombre végétation pour venir se poser sur un sol ferme. Holderlin tira sur son câble d'interruption, mettant fin au rugissement des réacteurs, et se laissa aller mollement dans son siège de pilotage.

Il finit par se secouer. La teinte verdâtre de l'atmosphère semblait plutôt malsaine, aussi remit-il son scaphandre pour retourner au *Persée*.

Il tourna le bouton de la radio. Il n'y avait que le silence. Il analysa l'atmosphère avec son aérolyseur Bramley et, comme il s'en doutait, les cadrans indiquèrent la présence de toxines. Mais il n'y avait apparemment pas de gaz irritants par contact, et il y avait suffisamment d'oxygène.

Il plaça donc des filtres appropriés dans son respirateur, puis sauta à terre pour examiner les réacteurs de gouverne. Il s'enfonça jusqu'aux chevilles dans une poussière cendrée, noire comme de la suie, que chaque souffle de vent faisait tourbillonner. Des nuages de particules s'élevaient à chaque pas, et venaient se déposer sur ses vêtements et à l'intérieur de ses bottes. Holderlin poussa un juron. Il pouvait s'attendre à devoir se salir. Il avança péniblement jusqu'aux réacteurs de gouverne.

Leur état était à la fois meilleur et pire qu'il l'avait espéré : les revêtements isolants étaient fendus et craquelés, et des fragments étaient venus se loger en travers de l'embouchure des tuyères ; les filaments à électrons étaient détruits, mais les plaques arrière en cristal télectique étaient intactes.

Les tuyères elles-mêmes étaient en bon état, ni évasées, ni déformées ou fendillées, et, apparemment, les bobines de champ n'avaient pas brûlé. Holderlin en arriva à la conclusion qu'ils avaient dû faire exploser une petite charge de vanzitrol dans chaque tube.

Il ne se souvenait pas d'avoir vu des isolants de rechange à bord, mais il fouilla le vaisseau pour s'en assurer – en vain. Toutefois, il trouva bien le four à isolants et la réserve de fluxant ainsi que l'exigeait l'article 80 du Code Astronautique, un règlement qui datait des premiers temps de la navigation spatiale, quand on ne possédait pas encore d'isolants assez robustes.

À cette époque, chaque vaisseau emportait des douzaines d'isolants de rechange – mais il arrivait pourtant qu'ils s'enflamment ou se brisent sous l'effet de la chaleur et de la pression, et qu'il faille alors se poser sur une planète afin d'en mouler de nouveaux. La préoccupation principale de Holderlin était maintenant de trouver une couche d'argile convenable.

Le sol à ses pieds était couvert de poussière noire. S'il creusait, peut-être trouverait-il ce qu'il lui fallait.

Tandis qu'il se tenait près des réacteurs, Holderlin entendit un bruit de pas lourds dans la forêt. Il se précipita dans la baie d'accès du *Persée*, sachant que, sur une planète inconnue, la prudence et l'agilité valaient mieux qu'un lance-rayons et une armure en acier. La chose qui produisait ces bruits de pas passa près du vaisseau : un être longiligne de cinq mètres de haut, à la silhouette vaguement humaine, avec la conformation décharnée d'une araignée. Ses bras et ses jambes n'avaient que la peau sur les os, son teint était d'un vert noirâtre, et son visage étrangement allongé et inexpressif.

La créature arborait une formidable crinière de cheveux roux derrière la tête ; ses yeux étaient deux sphères laiteuses exorbitées, et elle avait de grandes oreilles décollées. Elle passa à côté du *Persée* en lui accordant à peine un regard, ne manifestant ni crainte ni curiosité.

« Hé ! cria Holderlin en sautant à terre. *Viens ici !* »

La chose s'arrêta un instant pour lui jeter un regard vide dans la lumière rouge, puis repartit de son pas traînant dans sa direction initiale, soulevant sur son passage de noirs nuages de poussière. Elle disparut dans la sombre végétation de la jungle.

Holderlin se remit à réfléchir au problème de la réparation des tuyères. Il fallait qu'il trouve la quantité nécessaire d'argile pour mouler quatre nouveaux revêtements isolants – cent cinquante, deux cents kilos. Il alla chercher une pelle dans le vaisseau et se mit à creuser.

Il travailla pendant une demi-heure, mais ne trouva rien d'autre que de l'humus chaud et noir. Et plus il creusait, plus les racines des arbres-champignons devenaient épaisses et dures. Découragé, il s'arrêta.

Alors qu'il se hissait hors de son trou, couvert de poussière et de transpiration, un souffle de vent parcourut le sommet des arbres, agitant leur feuillage, et dans le brouillard sombre qui descendit alors, Holderlin découvrit l'origine de la poussière noire à ses pieds – elle provenait du mycélium des arbres.

Il fallait qu'il trouve de l'argile, de la belle argile jaune, et plus elle serait proche, mieux ce serait. Il n'avait pas envie de devoir la transporter sur de grandes distances. Il jeta un coup d'œil vers la proue, là où pendait la navette de sauvetage.

Il vit que l'amarre, qui supportait tout le poids de la navette, était coincée. Holderlin se gratta la tête. Il allait devoir équilibrer la navette sur ses unités anti-grav et dégager l'attache de toute contrainte avant de pouvoir la retirer.

Mais lorsqu'il parvint enfin à stabiliser la navette et qu'il s'avança sur sa proue, il s'avisa que son changement de position avait alourdi le nez de l'appareil et que, s'il dévissait la fixation, la navette plongerait certainement et le précipiterait au sol.

Maudissant l'amarre aussi bien que la navette, Holderlin laissa l'appareil accroché à la proue du *Persée* et redescendit à terre. Il entra dans le vaisseau et s'équipa d'un sac, d'une pelle légère, d'une gourde d'eau et de quelques recharges pour son respirateur.

« Ohé, du *Persée* ! Ohé, du *Persée* ! Répondez, *Persée* ! »

Holderlin eut un petit ricanement et s'assit à coté du haut-parleur.

« Ohé, du *Persée* ! C'est le capitaine Creed qui vous parle. S'il y a quelqu'un à bord qui nous écoute, répondez immédiatement. Vous nous avez bien possédés, mais nous sommes beaux joueurs. Cela dit, quelle que soit la façon dont vous avez réussi à vous poser sur cette planète, vous ne pourrez pas aller plus loin. Un écran de détection vous entoure, et nous absorberons tout message de détresse que vous pourriez tenter de transmettre. »

Manifestement, le capitaine Creed n'avait encore aucune idée de qui avait pu s'enfuir avec le *Persée*, ni comment il avait fait.

Une autre voix intervint, plus dure et plus menaçante : « Répondez immédiatement, en indiquant votre position, et vous aurez droit à votre part du butin. Si vous ne vous exécutez pas, nous saurons comment agir quand nous vous trouverons, et je peux vous assurer que nous vous trouverons, même s'il nous faut explorer chaque centimètre carré de ce monde ! »

Pendant tout ce discours, la puissance de la transmission avait progressivement augmenté, et Holderlin commença à entendre un murmure, qui se mua vite en rugissement. Il courut à la baie d'accès et vit le vaisseau pirate qui descendait dans le ciel verdâtre, juste en dessous du plafond de nuages multicolores.

Presque au-dessus de sa tête, les réacteurs de freinage se mirent à cracher leurs flammes, et le vaisseau ralentit dans sa course majestueuse. *Je suis pris au piège*, pensa Holderlin. Le cœur battant, il bondit vers la navette. S'il le fallait, il couperait la fixation avec son lance-rayons !

Mais le vaisseau noir passa au-dessus de la montagne, puis commença à descendre lentement pour bientôt disparaître, dans un dernier reflet du soleil sur ses flancs. Holderlin se remit à respirer. C'était une petite planète, et la montagne constituait un repère commode. Ils s'étaient sans doute dirigés ici pour les mêmes raisons que lui.

Maintenant, il savait au moins où ses ennemis se trouvaient, ce qui n'était pas un mince avantage. Pour ce qui était du moyen de leur échapper, il n'en avait pas encore la moindre idée. Ils semblaient invulnérables, avec leur vaisseau rapide et puissamment armé contre sa propre épave, et il devait y avoir au moins une trentaine d'hommes à bord.

Holderlin haussa les épaules. Il fallait d'abord qu'il répare les tuyères. Il tenterait ensuite sa chance pour s'échapper. Et s'il pouvait alors transporter cette cargaison aromatique ne serait-ce que jusqu'à Laroknik, sur Gavnad, la sixième planète de Delta Aquila, ce serait l'univers qui s'offrirait à lui.

Il s'achèterait un yacht spatial, une villa sur Fan, la Planète des Plaisirs. Il s'offrirait un astéroïde et y créerait un monde à son goût, comme les millionnaires de l'Empire. Holderlin abandonna sa rêverie. Il prit son sac et se mit en route dans la poussière noire, vers la montagne, pour essayer de trouver de l'argile. À huit cents mètres du vaisseau, la voûte végétale commença à s'éclaircir, et il entra dans une clairière.

Il y vit une vingtaine de ces grandes créatures humanoïdes. Mais celles-ci n'avaient pas une crinière rousse comme celle qu'il avait vue dans les bois : la leur était vert foncé. Les créatures s'activaient autour d'un énorme animal, manifestement domestiqué.

Celui-ci avait un corps rond, grand comme une maison, soutenu par un anneau de jambes épaisses et arquées. À l'aide de deux longs tentacules, l'animal enfournait dans sa gueule, située au sommet de sa masse, les feuillages noirs des arbres. Il avait sous le ventre une série de pis que les sombres créatures trayaient, obtenant un liquide vert qu'elles récupéraient dans des pots.

Holderlin traversa la clairière, toute illuminée par le soleil rouge, mais, à part quelques regards mornes, les créatures ne lui prêtèrent aucune attention.

Il continua son chemin sur un ou deux kilomètres, pour atteindre l'orée de la forêt et les pentes raides des montagnes.

Presque à ses pieds, il trouva ce qu'il cherchait. Dans la pesanteur réduite, il réussit à charger dans son sac bien plus qu'il n'aurait pu porter sur la Terre – peut-être la moitié de ce dont il avait besoin – et il rebroussa chemin pour retourner au *Persée*.

Mais alors qu'il avançait tant bien que mal dans la poussière noire, le sac se fit plus lourd, et lorsqu'il atteignit la clairière où les indigènes trayaient leur animal, ses bras et son dos étaient douloureux.

Il se reposa un instant, regardant travailler les placides indigènes. Il lui vint à l'idée qu'il pourrait convaincre l'un d'eux de l'aider.

« Hé ! *Toi !* cria-t-il au plus proche, du mieux qu'il put à travers son respirateur. Viens par ici ! »

La créature regarda Holderlin sans manifester un quelconque intérêt.

« Viens ici ! cria-t-il de nouveau, même si, de toute évidence, la créature ne le comprenait pas. J'ai besoin d'aide. Je te donnerai… » Il fouilla dans ses poches et en retira un petit miroir de signalisation. « … ça. »

Il montra l'objet, et la créature finit par s'approcher d'un pas traînant. Elle se baissa pour saisir le miroir, et un soupçon d'intérêt put se lire sur son long visage triste.

« Et maintenant, prends ça, dit Holderlin en lui tendant le sac d'argile, et suis-moi. »

La créature comprit enfin ce qu'il attendait d'elle et, sans manifester de zèle ni de réticence, saisit le sac entre ses bras décharnés et le suivit jusqu'au vaisseau. Une fois arrivés, il monta à bord et ressortit avec une chaînette de métal brillant, qu'il montra à son assistant. « Encore un sac, tu comprends ? Encore un. Allons-y. »

Docilement, la créature le suivit. Holderlin creusa l'argile, et confia le sac plein aux bras de la créature.

Des bruits de voix se firent entendre au-dessus d'eux, et des raclements sur la pierre. Il alla se cacher en rampant. L'indigène resta bêtement où il était, le sac d'argile dans les bras.

Trois silhouettes apparurent, dont deux qui haletaient à travers des respirateurs – Blaine, et un homme de haute taille dont les oreilles pointues et les sourcils arqués indiquaient qu'il avait du sang trankli. Le troisième était un indigène avec une crinière rousse.

« Que se passe-t-il ? s'écria le métis trankli en apercevant l'assistant de Holderlin. Ce sac est… »

Ce furent ses dernières paroles. Un lance-rayons fit entendre son bourdonnement, et il s'écroula comme une masse. Blaine pivota sur lui-même en tentant de saisir son arme. Une voix l'arrêta brutalement. « Lâche ça, Blaine ! Ou tu es un homme mort ! »

L'autre baissa lentement les bras le long du corps, jetant un regard rageur dans la direction de la voix, sa lèvre déformée parcourue d'un tremblement. Holderlin sortit de l'ombre dans la lumière rouge, le visage aussi impitoyable que la mort. « Tu me cherchais ? »

Il s'approcha de Blaine et lui prit son lance-rayons. Il remarqua la crinière rousse de l'indigène, celui qu'il avait aperçu dans la forêt, près du vaisseau – manifestement un allié de ses ennemis.

Le lance-rayons bourdonna à nouveau : le grand corps noir s'effondra comme des allumettes brisées.

L'assistant de Holderlin continuait d'observer la scène sans broncher.

« Il vaut mieux ne pas laisser de témoins qui risqueraient de bavarder, dit Holderlin en fixant Blaine de ses yeux bleus comme de la glace.

— Pourquoi ne pas te rendre à l'évidence ? dit l'autre en grimaçant. Tu n'as aucune chance de t'en sortir vivant.

— Et toi, tu crois que tu me survivras ? répliqua Holderlin d'un ton moqueur. Qu'est-ce que tu as, là ? Une radio, hein ? Je te la confisque. » C'est ce qu'il fit. « L'indigène était en train de te mener au *Persée*, et tu t'apprêtais à transmettre sa position. C'est bien ça ?

— Exact », reconnut Blaine avec aigreur tout en se demandant à quel moment Holderlin allait le tuer.

Ce dernier réfléchit un instant. « Quel est ce vaisseau dans lequel vous êtes arrivés ?

— Le *Maetho* – le vaisseau de Donahue le Tueur. Tu ne peux pas t'en tirer, Holderlin. Pas avec Donahue à tes trousses.

— On verra bien », répondit Holderlin sèchement.

Ainsi donc, c'était le *Maetho* de Donahue le Tueur ! Il avait entendu bien des histoires sur Donahue – un petit homme d'une quarantaine d'années, avec des cheveux foncés et des yeux noirs qui voyaient dans les coins et jusqu'au fond des pensées. Il avait un visage de clown, plein de drôlerie, mais ses actes de violence et ses rapines n'étaient guère en harmonie avec l'humour de son expression.

Il réfléchit un instant, regardant Blaine qui se tenait mollement devant lui. L'indigène survivant continuait de tenir le sac d'argile sans manifester la moindre curiosité.

« Ma foi, tu voulais voir le *Persée*, finit par dire Holderlin. Eh bien, en route. » Il lui fit signe avec son lance-rayons.

Blaine se mit à marcher à pas lents, l'air sombre.

« Est-ce que tu préfères mourir maintenant, demanda Holderlin, ou vas-tu faire ce que je te dis ?

— C'est toi qui tiens l'arme, grogna Blaine. Je n'ai pas le choix.

— Bien. Alors, marche plus vite. Et ce soir, nous allons fabriquer les isolants pour les réacteurs de gouverne. »

Il fit signe à l'indigène qui attendait. Précédés de Blaine, ils se mirent en route vers le vaisseau.

« Qu'est-ce qu'il y a de l'autre côté de la montagne ? Le repaire de Donahue ? » demanda Holderlin.

Blaine acquiesça d'un hochement de tête, puis décida qu'il n'avait rien à perdre en essayant de s'attirer ses bonnes grâces. « C'est ici qu'il se procure de la poudre de thame, et il la revend à Fan. » Le thame était un aphrodisiaque. « Les indigènes la récoltent et l'apportent dans de petits pots. Il leur donne du sel en échange. Ils adorent le sel. »

Holderlin resta silencieux, gardant ses forces pour la traversée de la poussière noire.

« Imaginons que tu parviennes à t'échapper, dit Blaine au bout d'un moment. Tu ne pourras jamais réussir à vendre ces huiles. Rien qu'une bouffée de syrang, et tu auras la Police Tellurienne sur le dos.

— Je n'ai pas l'intention de les vendre. Tu me prends pour un imbécile ? Pourquoi crois-tu que j'ai demandé ce certificat de naufrage ? Je vais réclamer la prime de sauvetage. Elle se monte à quatre-vingt-dix pour cent de la valeur du vaisseau et de la cargaison, selon les termes de la loi. »

Blaine resta muet.

Quand ils arrivèrent enfin au vaisseau, fatigués et couverts de poussière noire, l'indigène lâcha le sac et tendit une main squelettique. « *Fawp, fawp* », dit-il.

Holderlin le regarda d'un air interloqué.

« Il veut du sel », expliqua Blaine, toujours soucieux d'amadouer Holderlin. « Ils feraient n'importe quoi pour du sel.

— Ah, c'est comme ça ? Bon, allons chercher un peu de sel dans la cuisine. » C'est ainsi qu'il donna à la créature la chaînette et une poignée de sel avant de la renvoyer. Il se tourna alors vers Blaine et lui tendit la radio. « Appelle Creed ou Donahue, et explique-leur que l'indigène a dit que tu ne pourrais pas atteindre le *Persée* avant demain soir – qu'il est très éloigné. »

Blaine n'hésita qu'un instant, juste assez pour que Holderlin pose sa main sur la crosse de son arme d'un geste significatif. Il fit ce qu'on lui demandait et appela Creed, qui parut satisfait de cette information.

« Dis-lui que tu ne le rappelleras pas avant demain soir, dit Holderlin. Explique-lui que c'est parce que je pourrais capter un écho de la transmission sur le flanc de la montagne. »

L'autre s'exécuta.

« Parfait. Blaine, je crois que nous allons très bien nous entendre. Je ne te tuerai peut-être pas quand j'en aurai fini avec toi. »

Blaine avala nerveusement sa salive. Il n'aimait pas beaucoup ce genre de discours. Holderlin s'étira. « Maintenant, nous allons fabriquer les isolants. Et comme c'est toi qui as détruit le dernier jeu que nous avions, c'est toi qui vas te coltiner le plus gros du boulot. »

Ils passèrent toute la nuit à faire cuire les plaques d'isolant dans le four atomique. Comme Holderlin l'avait promis, ce fut Blaine qui travailla le plus. Son crâne chauve brillait dans la lueur du four.

Dès que les isolants furent prêts – ce n'était plus de l'argile, mais de lourds tuyaux métalliques –, Holderlin les fixa en position. Et quand le petit soleil rougeoyant pointa au-dessus de l'horizon, le *Persée* était de nouveau en état de naviguer.

Avec l'aide de Blaine, Holderlin détacha la navette de la proue du *Persée* et l'amena à terre, à côté du vaisseau. Puis il enferma son compagnon dans un des compartiments de stockage.

« Tu as de la chance, dit Holderlin. Tu vas pouvoir dormir. Moi, j'ai encore du travail. »

Il avait vu un bidon de cinq kilos de vanzitrol dans l'armurerie du *Persée* – un composé chimiquement stable, mais très incertain au niveau atomique. Il en transféra cinq cents grammes dans un sac, de quoi enfoncer le navire au cœur de la planète.

Holderlin trouva un détonateur, et décolla à bord de la navette. N'ayant pas à s'inquiéter d'être vu, d'après les informations de Blaine, il vola juste au-dessus des feuillages de la jungle noire pendant une cinquantaine de kilomètres, jusqu'à ce qu'il aperçoive une clairière qui lui convenait, ni trop petite, ni trop grande.

Il atterrit, puis enterra le vanzitrol et son détonateur au centre de la clairière. Enfin, il regagna le *Persée* et dormit quatre ou cinq heures. Quand il se réveilla, il alla chercher Blaine puis ils embarquèrent dans la navette et se rendirent à la clairière piégée. Holderlin se posa dans la jungle à deux cents mètres de là. « Maintenant, Blaine, tu vas appeler Creed pour lui dire que tu as trouvé le *Persée*. Dis-lui de se repérer d'après la transmission radio et de venir tout de suite. Dis-lui qu'il y a une clairière à proximité où il pourra se poser.

— Et ensuite ? demanda l'autre d'un air hésitant.

— Ensuite, tu attendras dans la clairière jusqu'au moment où le *Maetho* sera prêt à se poser. Après ça, je te laisse le choix. Si tu veux retourner à bord du *Maetho*, tu pourras rester où tu es. Si tu préfères rester avec moi, cours à toutes jambes vers la navette. Comme tu veux. »

Blaine ne répondit pas, mais une lueur de soupçon apparut dans ses yeux, et ses lèvres se tordirent en un rictus rusé.

L'ordre claqua : « Transmets le message. » Blaine obéit, à la satisfaction de Holderlin.

Ils avaient réussi à acculer Holderlin dans le *Persée*, raconta Blaine, et Mordang, le métis trankli, le surveillait pendant que Blaine envoyait le message radio.

« Excellent, Blaine ! » fit la voix de Creed.

Donahue l'interrogea alors de façon plus précise. Le *Persée* s'était écrasé ? Non, répondit Blaine, il était en bon état. Était-il à même de braquer son lance-rayons sur la clairière ? Non, c'était un endroit sûr, à cinq cents mètres derrière. Donahue ordonna à Blaine de les attendre dans la clairière.

Vingt minutes plus tard, Holderlin, caché dans la jungle, et Blaine, attendant, nerveux, dans la clairière, virent la masse du *Maetho* dériver au-dessus d'eux.

Le vaisseau se mit en vol stationnaire, cinq cents mètres à l'aplomb de la clairière. Blaine, baignant dans la lueur rouge du soleil, agita un bras en réponse à un ordre de Holderlin.

Il s'écoula un certain temps. Apparemment, Donahue examinait les lieux avec soin.

Au bout d'un moment, Holderlin, qui attendait avec inquiétude à l'orée de la forêt, vit un petit aérocar de reconnaissance quitter le *Maetho* et descendre lentement vers la clairière. Il serra les dents et poussa un juron de frustration. Cela signifiait que Creed ou Donahue avait flairé un piège. Son plan n'avait plus aucune chance de réussir – il lui faudrait faire vite pour s'en sortir vivant !

Blaine s'était aussi rendu compte de l'échec, et hésitait pour savoir à quel camp se rallier. Il finit par décider que c'était Holderlin qui présentait le moins de risques pour l'instant et commença à quitter la clairière d'un pas nonchalant. Aussitôt la voix de Donahue tomba d'un haut-parleur : « Blaine ! Reste où tu es ! »

Pris de panique, l'autre se mit à courir, mais la poussière noire le gênait. Un éclair de lance-rayons partit du *Maetho* en bourdonnant et, dans un grand nuage de particules noires, Blaine explosa, réduit à ses composants atomiques.

Holderlin courait déjà vers sa navette. Il subsistait une petite chance que l'aérocar de reconnaissance ne fasse pas sauter le piège, et que le *Maetho* atterrisse et se voie réduit en miettes. Mais il n'y croyait pas vraiment : la clairière était petite et le détonateur très sensible.

Une explosion assourdissante confirma ses craintes, au moment où il embarquait. Le sol trembla comme de la gelée. Une grêle de terre, de pierres et de débris végétaux s'abattit sur la jungle. Le *Maetho* fut ballotté comme un ballon de baudruche. Un immense nuage de poussière noire étouffante assombrit le ciel.

Il décolla brutalement et s'enfuit en rase-mottes à travers la jungle, évitant les arbres quand il le pouvait, traversant le feuillage avec fracas lorsque c'était impossible.

Il avait eu raison de ne pas perdre une seconde, car le *Maetho* ouvrit sauvagement le feu sur la jungle environnante, n'épargnant pas la plus petite parcelle. Par deux fois, des rayons d'un million de watts frappèrent à quelques mètres de la navette.

Après plusieurs minutes mouvementées, Holderlin réussit à quitter la zone et put mettre fin à sa course folle, se frayant plus prudemment un chemin à travers les arbres.

Quand le *Maetho* eut enfin terminé, la jungle n'était plus que cratères et amoncellements de débris sur des kilomètres à la ronde. Avec précaution, Holderlin reprit un peu d'altitude pour regarder par-dessus le sommet des arbres ; il aperçut la grande silhouette sombre du vaisseau de guerre qui survolait la montagne pour rejoindre sa base. Un immense nuage noir masquait le ciel au-dessus de la clairière.

Il retourna au *Persée* et resta un moment dans sa cabine à remuer de sombres pensées. Il avait tiré sa dernière cartouche, apparemment, et ce n'était plus qu'une question d'heures avant que Creed et Donahue ne trouvent un autre guide indigène pour les mener jusqu'à lui.

Il s'allongea sur sa couchette, les mains derrière la nuque. Une information donnée par Blaine lui inspira soudain un plan d'action. Il se releva, transféra encore une bonne quantité de vanzitrol dans un récipient, récupéra quelques paquets de sel dans la cuisine et embarqua de nouveau dans la navette.

Trois ou quatre heures plus tard, alors que la nuit tombait vite sur la jungle noire, il était de retour à bord du vaisseau, une lueur de triomphe dans les yeux.

Il s'installa devant l'appareil de télévue et envoya hardiment une transmission. « Ohé, du *Maetho* ! Creed ou Donahue, répondez ! *Maetho*, répondez ! »

L'écran s'alluma aussitôt en clignotant. C'était Donahue, avec derrière lui le visage barbu du capitaine Creed.

« Eh bien, dit fraîchement Donahue. Que voulez-vous ? »

Holderlin sourit. « Rien. Dans deux minutes à peu près, je vais faire sauter votre vaisseau. Si vous tenez à la vie, vous avez intérêt à évacuer.

— Qu'est-ce que cela signifie ? demanda Donahue d'une voix hargneuse. Vous essayez de me bluffer ?

— Vous le saurez dans deux minutes. Trois des pots de poudre de thame que vous avez embarqués aujourd'hui sont remplis de vanzitrol. J'ai un détonateur à rayons gamma, qu'il vous est impossible de brouiller. Allez-y ! Vous avez deux minutes pour quitter le vaisseau. »

Donahue se tourna aussitôt et activa le haut-parleur de bord : « Abandon du vaisseau ! À tout l'équipage ! cria-t-il. Évacuation générale ! »

Puis il bondit de son siège comme un félin. Holderlin observa la scène avec intérêt. Le capitaine Creed se dirigeait à grands pas vers la porte. Il croisa le regard de Donahue, et il y vit la mort. Il s'arrêta net.

Donahue se mit à parler, et Holderlin comprit qu'il était fou. Des obscénités se déversaient à flots de sa bouche. « Espèce de sale chien, tu as causé ma ruine ! » vociféra Donahue d'une voix de fausset, son corps frêle tendu comme par une crise d'épilepsie.

« Sortons du vaisseau et discutons plus tard, suggéra calmement Creed.

— Tu vas rester ici, espèce d'ordure adipeuse ! » cria l'autre qui brandit son lance-rayons.

Creed tira avec l'arme qu'il tenait cachée dans sa manche, et Donahue tomba au sol en hurlant, son épaule droite réduite en une bouillie sanglante. De sa main gauche, il ramassa son lance-rayons et se mit à tirer maladroitement sur Creed, qui s'abrita derrière l'armoire de la radio, dans l'impossibilité d'accéder à la porte de sortie. Un des tirs de Donahue atteignit les câbles d'alimentation de la télévue. L'écran devint noir.

Holderlin resta assis en regardant sa montre. Sa main planait juste au-dessus d'un petit bouton noir.

Vingt secondes, dix secondes, huit, sept, six, cinq, quatre, trois, deux.

« Je leur donne cinq secondes de grâce, marmonna-t-il. Un, deux, trois, quatre, cinq ! »

Il appuya sur le bouton et resta immobile comme une statue, attendant que le bruit de l'explosion parvienne jusqu'à lui.

Boum !

Il se leva, tout sourire, ferma les écoutilles et s'installa aux commandes. Une semaine chargée l'attendait, au cours de laquelle il allait devoir effectuer le travail de quatre hommes. Il enclencha l'accélérateur et décolla pour rejoindre Laroknik, sur Gavnad.

Un destin de Phalid

1.

Après deux mois d'inconscience, Ryan Wratch ouvrit les yeux. Ou, plus exactement, il déroula en plis étroits deux cents minuscules volets de chair d'un brun violacé pour considérer un monde nouveau.

Durant une vingtaine de secondes, il contempla un cauchemar incarné, une folie inimaginable. Il entendit un bruit saccadé aigu, un son strident plutôt familier, puis il sombra de nouveau.

Le Dr Plogetz, petit, trapu, le visage rose et lisse, les cheveux blancs, se redressa devant la créature allongée sur la table et reposa son platoscope à lentilles.

Il se tourna vers l'homme en uniforme gris-vert qui portait juste au-dessus du coude les trois soleils de commandant de secteur. Le militaire était mince, basané et rude, avec une expression sévère, dépourvue d'humour.

« Sur le plan organique, tout est en excellent état, déclara le médecin. Les liaisons nerveuses sont guéries, les adaptateurs sanguins fonctionnent magnifiquement… »

Il s'interrompit alors que la forme étrangère noire sur la table – grosse tête insectoïde, longue carapace noire sur le dos semblable à une cape, jambes aux articulations bizarres – remuait l'un de ses membres brachiaux, des tentacules caoutchouteux d'un gris tacheté sur le dessous et aux palmes digitales grisâtres.

Le Dr Plogetz prit son platoscope et inspecta les organes à l'intérieur du torse chitineux.

« Un réflexe, murmura-t-il. Comme je le disais, il ne fait aucun doute qu'il s'agit d'une créature saine sur le plan organique, mais sur le plan psychologique… » Il pinça les lèvres. « Bien sûr, il est trop tôt pour confirmer toutes mes hypothèses. »

Le commandant de secteur Sandion hocha la tête. « Quand reprendra-t-il conscience ? »

Le Dr Plogetz appuya sur un bouton de sa montre multifonctions. Une voix sortit du minuscule haut-parleur. « Oui, docteur ?

— Apportez-moi une cagoule sonfranique, taille… disons trente-six. » Il s'adressa à Sandion : « Je vais lui donner un stimulant, pour le réveiller tout de suite. Mais d'abord… »

Une infirmière entra – une brune aux yeux bleus, très belle – qui tenait une cagoule.

« À présent, mademoiselle Elder, dit le Dr Plogetz, ajustez ça autour de la fente optique. Faites attention de ne pas coincer ces petites branchies sur le côté de la tête. »

Il reprit son souffle avant de continuer son explication.

« Je veux minimiser le choc que subira son cerveau. Les images seront dérangeantes, à tout le moins. Le spectre des couleurs des Phalids, rappelez-vous, est deux fois plus vaste et le champ de vision trois ou quatre fois plus large que chez l'humain moyen. Ils possèdent deux cents yeux et les impressions de ces deux cents unités optiques différentes doivent être intégrées. Le cerveau humain accommode deux images, mais allez savoir s'il peut le faire pour deux cents. Voilà pourquoi nous avons gardé intacte une portion de l'ancien cerveau de la créature – le lobe qui coordonne les différentes images. »

Là, Plogetz marqua un temps d'arrêt suffisant pour examiner la tête noire complexe.

« Même avec la cagoule, la vision de Wratch sera nouvelle et fantastique, songea-t-il tout haut. Toutes les images vues par les yeux phalids et réunies grâce à ce bout de cerveau phalid n'auront rien de commun avec ce que l'esprit humain a connu.

— Cela exercera sans aucun doute une tension terrible sur ses nerfs », fit remarquer Sandion.

Le docteur hocha la tête et inspecta la cagoule.

« Deux centimètres cubes d'arthrodine à trois pour cent », dit-il à l'infirmière. De nouveau, il s'adressa à Sandion : « On a laissé intact un autre lobe de l'ancien cerveau, le centre d'information et de reconnaissance du langage, un sujet aussi essentiel que son organisation visuelle. Il s'est avéré nécessaire d'exciser le reste du cerveau… dommage, d'un certain point de vue. Les souvenirs et les associations auraient été inestimables pour votre jeune homme et les Phalids, indubitablement, possèdent des sens particuliers qu'il m'intéresserait d'étudier.

» Ah, oui, enchaîna le docteur tandis que l'infirmière lui tendait une seringue hypodermique. Un problème très bizarre. Je sais greffer un cerveau humain dans cette… créature ; pourtant, si je transférais un cerveau dans un autre corps humain, je tuerais cet organe. » Il rendit la seringue vide et s'essuya les mains. « Nous vivons dans un monde étrange, n'est-ce pas, commandant ? »

Sandion, avec un coup d'œil sardonique, hocha la tête. « Un monde fort étrange, docteur. »

Sa personnalité, son ego distinct, monta de limbes vaseux. Pour la deuxième fois, Ryan Wratch replia les deux cents petits volets de la fente oculaire faisant le tour de ce qui était désormais sa tête. Il ne vit que du noir et sentit quelque chose d'oppressant devant sa vision.

Restant allongé, il se rappela le tourbillon fou de lumière, de formes et de fragments de couleurs qu'il avait vu auparavant ; un instant, se trouver ainsi dans les ténèbres le réconforta.

Peu à peu, il prit conscience de nouvelles sensations. Il ne respirait plus, mais un souffle continu parcourait des conduits palpitants et sortait des branchies de sa tête. Par où inhalait-il ? Il l'ignorait.

Il perçut une sensation tactile singulière, précise. Les régions sensibles se situaient en dessous et au bout de ses membres brachiaux, le reste de son corps l'étant bien moins. De la sorte, il reconnut la qualité exacte du tissu sous lui, palpa la trame, la forme des fils, la nature intrinsèque, essentielle et absolue, de la fibre.

Entendant des bruits stridents, il s'avisa d'un coup, avec une sensation troublante, qu'il s'agissait de voix humaines. Elles prononçaient son nom.

« Wratch ! Vous me comprenez ? Remuez le bras droit si c'est le cas. »

Il remua son membre brachial droit.

« Je vous comprends très bien, dit-il. Pourquoi je ne vois rien ? »

Il parlait d'instinct, sans réfléchir, sans écouter sa voix. Un étrange phénomène le fit s'arrêter pour réfléchir. Les paroles avaient glissé de son cerveau jusqu'à l'os du résonateur osseux qu'il avait dans la poitrine. Quand il parlait, sa voix semblait naturelle sur les vrilles pileuses placées sous la carapace de son dos : son appareil auditif. Après une hésitation, son cerveau constata que sa voix n'avait rien d'humain – une série de bourdonnements et de vrombissements, très différente de celle qui l'avait interrogé.

Il s'efforça de prononcer des mots humains et s'en découvrit incapable. Son organe de la parole était inadapté aux sifflantes, aux nasales, aux dentales, aux fricatives et aux plosives, bien qu'il puisse indiquer les voyelles par son intonation. De nouveaux efforts montrèrent son inintelligibilité.

« Vous essayez de parler anglais ? lui demanda-t-on. Bougez le bras droit pour dire oui, le gauche pour non. »

Wratch bougea son tentacule droit. Puis il décida qu'il voulait voir et palpa la fente oculaire pour sentir ce qui l'obturait. Un contact le retint.

« Il vaudrait mieux garder la cagoule en attendant de vous familiariser avec les sens du Phalid. »

Il se rappela l'éblouissement qui l'avait assailli la première fois et rabaissa le tentacule.

« Je ne comprends pas comment il maîtrise aussi vite l'usage de ses membres, s'étonna Sandion.

— Le système nerveux phalid fonctionne plus ou moins comme l'humain. Wratch forme dans son cerveau une volition qui passe jusqu'à la colonne vertébrale grâce à des adaptateurs ; les réflexes se chargent de presque tout le reste. S'il essayait de marcher en dirigeant séparément le mouvement de chaque jambe, ce serait disjoint, maladroit. Mais s'il se contente d'indiquer au corps de marcher, ça se fait naturellement, automatiquement. »

Plogetz regarda de nouveau la créature allongée sur la table.

« Vous êtes à l'aise ? Vos sens vous informent clairement ? »

Le tentacule droit eut un mouvement saccadé.

« Vous ressentez la moindre influence de la volonté du Phalid ? Le corps provoque-t-il un conflit avec votre cerveau ? »

Il réfléchit. La réponse semblait négative. Il se sentait à peu près comme l'ancien Ryan Wratch, bien qu'il ait l'impression d'être enfermé, emprisonné de façon anormale.

De nouveau, il tenta de parler. Étrange que les mots phalids lui viennent aussi facilement, alors qu'il n'avait jamais entendu cette langue. Comme la première fois, il ne parvint même pas à former une approximation de discours humain.

« Voici une craie et une ardoise, dit la voix. Écrire sans voir sera peut-être ardu, mais essayez. »

Luttant contre l'impulsion de griffonner une ligne d'angles vibrants, il inscrivit : « Vous lisez ?

— Oui, répondit la voix.

— Qui êtes-vous ? Le docteur Plogetz ?

— Oui.

— L'opération a réussi ?

— Oui.

— J'ai l'impression de connaître le langage phalid. Je le parle d'instinct. Mon cerveau réfléchit et la voix sort en phalid.

— Ça n'a rien d'étonnant. » Que la voix du médecin était stridente ! Wratch se la rappelait telle qu'il l'entendait avant le transfert : un baryton normal, agréable, plutôt grave. « Nous avons laissé un fragment de cerveau du Phalid dans la boîte crânienne – le point focal de la production et de la compréhension du langage. Ignorer leur langue constituerait pour vous un grave inconvénient. Nous avons aussi laissé le nodule qui coordonne les images des deux cents yeux… sinon, vous ne verriez qu'une brume floue. Même ainsi, vous devez remarquer une distorsion considérable. »

Une distorsion considérable ! Ha ! Si seulement le Dr Plogetz pouvait contempler une photo en couleur de ce qu'il avait vu.

Une autre voix s'adressa à lui, encore plus stridente, avec un raclement atonal qui irrita ses nouveaux nerfs. « Salut, Wratch. C'est Sandion… le commandant Sandion. »

Il le revoyait bien : un homme basané, mince, acharné, tendu, responsable en majeure partie de la campagne contre les mystérieux Phalids. C'était Sandion qui l'avait interrogé après l'incident près de Kordecker 3-43 du Sagittaire, où les Phalids avaient tué les deux frères de Wratch et l'avaient laissé pour mort.

« Bonjour, commandant, écrivit-il. Je suis resté inconscient combien de temps ?

— Près de deux mois. »

Il manifesta sa surprise par un vrombissement.

« Quelles sont les nouvelles ?

— Ils ont attaqué au moins quinze vaisseaux de plus, désintégrés avec équipages et passagers. Et détourné trois croiseurs, un dans Hercule, un dans Andromède, un à moins de trois années-lumière de Procyon.

— Ils s'enhardissent ! écrivit Wratch.

— Ils peuvent se le permettre, répliqua Sandion avec amertume. Déjà, ils ont réduit notre flotte du tiers. Ils disposent de beaucoup trop de mobilité. Nous valons un aveugle qui essaie de combattre vingt nains armés de longs couteaux. Et tant que nous ignorerons l'emplacement de leur planète natale, nous resterons impuissants.

— Ce sera mon travail. N'oubliez pas que je leur dois quelque chose. Mes deux frères.

— *Hum* ! » grogna Sandion. Il ajouta d'un ton bourru : « Votre travail… et votre suicide. »

Wratch hocha le corps. Sa tête, montée sur le col en corne qui couronnait la carapace noire, ne pouvait hocher.

« Quand Plogetz m'a récupéré, j'étais à l'agonie… mort à quatre-vingt-dix-neuf pour cent. Qu'est-ce que j'avais à perdre ? »

L'autre grogna de nouveau. « Bon, je dois partir. Calmez-vous et reposez-vous. » Il adressa un large sourire sardonique à Mlle Elder. « Petit veinard, avec une infirmière pareille ! »

Ça me fait une belle jambe, songea Ryan Wratch.

Le commandant de secteur Sandion s'approcha du sas, dont le cristal grisé transmettait l'image d'une dizaine de tours luisantes posées dans des parcs, des lacs, des dentelles de délicats viaducs et un trafic aérien grouillant. Sa chaloupe était arrimée devant le cabinet du Dr Plogetz. Il y grimpa et l'appareil s'envola, droit vers la Tour de contrôle spatiale, son bureau et l'étude incessante des cartes stellaires.

Le Dr Plogetz se retourna vers Wratch.

« À présent, je vais enlever la cagoule. Ne vous inquiétez pas ; ne vous étonnez pas du trouble que vous allez éprouver. Contentez-vous de vous détendre et de regarder autour de vous. »

2.

Deux semaines plus tard, il parvenait à se déplacer dans sa suite sans trébucher sur le mobilier. Ce qui ne voulait pas dire qu'il voyait comme auparavant. C'était comme de réapprendre la vue dans un monde quatre fois plus complexe. Néanmoins, si l'avenir de Wratch avait abrité le moindre espoir d'autre chose qu'une lutte désespérée et une mort sinistre, il aurait apprécié l'expérience.

À présent, malgré tout, il vivait stupéfait et charmé par les couleurs, les teintes et les nuances – vives, fraîches, sombres, enflammées, mystiques. Tout prenait un aspect nouveau des plus étranger.

L'œil humain distingue le rouge, l'orange, le jaune, le vert, le bleu, le violet. De ses deux cents yeux, Wratch discernait sept couleurs supplémentaires, trois en-dessus du rouge, trois au-dessus du violet, et une autre longueur d'onde, en haut du spectre, magnifique, vaporeuse. Il détermina tout ceci à l'aide du petit spectroscope que lui avait donné le Dr Plogetz.

Il décrivit l'unique bande spectrale au médecin, qui s'intéressait à la moindre de ses observations et suggéra qu'il baptise cette couleur *kalychrome*, terme, selon lui, dérivé du grec. Wratch accepta, d'autant plus que, phonétiquement, le terme phalid pour cette couleur était en gros *zz-za-mmm*, peu aisé à écrire sur le tableau fourni par le Dr Plogetz. Les autres couleurs s'appelaient sous-rouge 1, sous-rouge 2, sous-rouge 3, sur-violet 1, sur-violet 2 et sur-violet 3.

Wratch était fasciné par l'observation de la ville, des nuances changeantes du ciel – qui n'était plus bleu, mais d'une teinte faite de bleu et des sur-violets 1 et 2. Les tours n'étaient plus des tours. Déformées par le nodule visuel du Phalid, elles lui apparaissaient comme des flèches hideuses ; les petites chaloupes élancées qu'il avait trouvées fines et magnifiques semblaient désormais trapues et grossières. Rien, en fait, ne paraissait plus comme avant. Les yeux et le fragment cervical du Phalid altéraient l'apparence de tout ce qui était naguère familier.

Hommes et femmes avaient cessé d'être humains pour devenir de petites créatures lépreuses agitées, au visage plat, avec des traits moites désagréables.

Mais en contrepartie de la perte de certaines facultés humaines, Wratch trouva en lui un pouvoir qui, de façon latente, était peut-être présent ou absent de son cerveau. Sans perception normale des gens qui l'entouraient, incapable de déchiffrer les expressions faciales, les intonations vocales et la centaine de petits maniérismes sociaux, il découvrit peu à peu qu'il avait tout de même conscience de leurs émotions. Peut-être s'agissait-il d'une faculté universelle… ou d'un attribut phalid emprisonné dans les deux petits nodules cervicaux.

Ainsi, il apprit que la belle Mlle Elder était écœurée et effrayée quand son travail la rapprochait de lui et que le Dr Plogetz, savant froid et précis, le considérait sans autre véritable sentiment qu'un intérêt intense.

Découvrir qu'elle lui apparaissait moins magnifique l'intrigua. Il se rappelait une somptueuse créature à la chevelure noire luxuriante, aux grands yeux tendres, au corps aussi souple qu'un roseau. Pour ses deux cents yeux, Mlle Elder était désormais un bipède pâle au visage de poisson-globe et au teint aussi agréable que celui d'une tranche de foie cru.

Et quand il se regardait dans un miroir… Ah ! Quelle créature infiniment supérieure : grande, majestueuse, gracieuse ! Quelle carapace lustrée, quels tentacules souples ! Un port noble, des yeux perçant l'horizon, un bec vif, des éponges-moustaches noires ! Un roi de la création.

Le malaise le gagna de devoir ainsi accepter la version phalid des événements, si bien qu'il se tint sans cesse en garde contre l'influence subtile de ses sens étrangers.

Le commandant de secteur Sandion vint le voir et lui serra un tentacule. « Je crois comprendre que vous vous adaptez très bien »

Toujours incapable de parler la langue humaine, Wratch s'approcha du tableau. « Quand vais-je commencer ? » écrivit-il.

Sandion paraissait désormais un être difforme d'une couleur boueuse, doté de l'agilité nerveuse d'un lézard. « Demain, si vous êtes prêt.

— ! ! ! », écrivit Wratch. Puis : « Mettez-moi au courant.

— Cette semaine, près de Canope, deux corvettes de patrouille et deux vaisseaux de ligne ont été détruits, les équipages et passagers survivants capturés. Les Phalids semblent disposer d'une force importante à proximité, ainsi que de navires éclaireurs dans tout le secteur : on en a aperçu et détruit trois ou quatre, de la taille d'un aérocar. Dès demain vous partirez pour Canope dans une autre corvette. Vous patrouillerez lentement en attendant d'être attaqués. L'équipage s'enfuira dans les chaloupes et s'efforcera de rejoindre Lojuk, près de l'Étoile de Fitzsimmon, où nous possédons une station astroscopique. Là-dessus, vous suivrez la procédure dont nous avons discuté.

— Je suis prêt », écrivit Ryan Wratch.

« Bon sang ! lâcha le capitaine Dick Humber en jetant son casque sur le siège. On ne peut tout de même pas leur envoyer des cartons d'invitation. Neuf jours sans rien.

— Peut-être qu'on ne *verra* rien », dit Cabron, le navigateur pessimiste. « Peut-être qu'il y aura un éclair et qu'on sera morts. »

Humber jeta un coup d'œil vers la longue forme noire qui regardait par le hublot.

« En tout cas, notre avenir est plus brillant que le sien, souffla-t-il. Wratch commence son travail là où s'arrête le nôtre. »

Un tentacule noir s'agita.

« Jusqu'à présent, il se débrouille fort bien, grommela Cabron. J'ignore combien de mains il peut voir avec ses foutus yeux, mais je sais qu'il a huit cents munités d'avance au poker. »

Wratch sourit intérieurement. Lisant sans difficulté la joie, le doute, le désarroi dans l'esprit d'un adversaire, il n'avait aucune intention de réclamer son dû : l'emporter, notamment sur Cabron, aussi morose que véhément, lui semblait un passe-temps innocent.

Une alarme enrouée se mit à siffler. S'ensuivit une seconde de paralysie.

« Aux chaloupes ! s'écria le capitaine Humber. Ça y est ! »

Une précipitation disciplinée, des portes de sas qui s'ouvraient, claquaient, se verrouillaient.

« Au revoir, Wratch ! Bonne chance ! » Le capitaine Humber serra le tentacule noir. Il grimpa dans l'ouverture qui finirait par les conduire sur Lojuk et un abri sûr. Wratch réprima son impulsion de le suivre ; il vit l'écoutille de l'embarcation se refermer en iris juste avant celle de la corvette.

Le sifflement des cartouches d'air comprimés, puis quatre petits chocs : les chaloupes expulsées de leurs berceaux. Le silence.

Et voilà, songea Wratch. Jusqu'alors, ce n'était que spéculations et procédures au petit bonheur. Si les Phalids entraient en contact, si les hommes s'échappaient, si…

Suivant le plan, il glissa ses membres brachiaux dans des menottes qu'il referma, attendant sa libération par ses faux compatriotes. Ou une mort rapide, si la fuite des quatre chaloupes avait échoué à les rassurer.

Mais les minutes passèrent sans gigantesque explosion silencieuse – le champ offensif phalid qui neutralisait les liens moléculaires et dissolvait la matière en atomes désunis et affolés.

Une forme gigantesque passa devant les hublots – masse fabuleuse aussi imposante que celle des plus grands paquebots de la Terre.

Il y eut bientôt un coup sourd contre la coque et un raclement lorsqu'un grappin de l'autre vaisseau se verrouilla.

La porte du sas oscilla. Wratch vit remuer des corps sombres… tout comme la première fois, près de Kordecker 343 du Sagittaire, où les autres avaient tué ses deux frères puis s'étaient enfuis dans un croiseur terrien en abandonnant le corps d'un des leurs, qu'il portait à présent.

Trois Phalids entrèrent, leurs tentacules brachiaux brandissant des soufflants à l'étrange dessin. À ces mystérieuses créatures étrangères, un seul homme – Ryan Wratch – avait jamais survécu.

Ils le virent et hésitèrent. Que ces silhouettes étaient nobles aux yeux phalids de Wratch, que leur démarche était majestueuse ! Il chercha en lui les sentiments qu'il savait détecter chez les hommes, mais resta bredouille. Les émotions étaient-elles donc un attribut exclusivement humain ?

Ne sachant trop s'ils possédaient cette faculté, Wratch s'efforça d'atteindre à un état de plaisir et de cordialité.

Mais les Phalids paraissaient déjà sombrer dans l'indifférence à son encontre. Ils inspectaient le vaisseau ; n'ayant rien trouvé, ils revinrent, puis, à sa surprise, se disposèrent à quitter l'appareil sans lui prêter attention.

« Un instant ! lança-t-il dans leur langue vrombissante. Délivrez votre frère de ces maudits liens métalliques. »

Ils firent halte et le scrutèrent, quelque peu effarés, lui sembla-t-il.

« Impossible, dit l'un d'eux. Tu connais le *Bza*... » Ce terme intraduisible signifiait *ordre*, *coutume*, *règlement*, *pratique*. « ... qui rend nécessaire un rapport préliminaire à notre Zau-amuz. » Tel fut le nom ou titre que crut entendre Wratch.

« Je faiblis, je dépéris, se plaignit-il.

— Patience ! » vrombit sèchement le Phalid. Il ajouta, avec une note de doute : « Où sont passés ta résignation, ton stoïcisme ? »

Il s'avisa que sa conduite entrait en contradiction avec la morale établie et adopta la passivité.

Dix minutes plus tard, les trois Phalids revenaient pour rassembler le livre de bord et un ou deux instruments qui avaient excité leur intérêt. Comme après coup, l'un d'eux s'approcha de lui.

« La clé se trouve sur cette étagère », vrombit Wratch.

Délivré, il suscita dans son esprit une émotion de soulagement et de gratitude. Il les suivit dans le petit vaisseau en forme de caisse et s'interrogea devant la tranquillité avec laquelle ils l'acceptaient.

Il resta sans parler dans un coin de l'esquif tandis qu'ils rejoignaient l'énorme masse flottant à quinze kilomètres de là ; les Phalids gardaient aussi le silence. N'éprouvaient-ils aucune curiosité ?

Qu'il était beau, le grand navire phalid, avec ses reflets mats dans l'espace noir ! Il était bien plus gracieux et impressionnant que les bâtiments trapus des petits Terriens agités.

Si tel était le message de ses yeux, son esprit tendu et prudent éprouvait de la peur ; toutefois, elle constituait depuis si longtemps une considération mineure qu'il n'en avait plus conscience. Il s'était résigné à la mort, mais la torture se révélerait désagréable. Il réprima l'impulsion humaine de hausser les épaules. Son propre corps avait péri, réduit à une poignée de cendres, et il savait qu'il ne reverrait jamais sa planète natale – mais si, par un hasard extraordinaire, il achevait cette mission, de milliers, des millions, voire des milliards de vies pourraient s'écouler en sécurité.

Il chercha du regard les commandes de l'embarcation ; il se pouvait qu'il en ait un jour besoin. Elles étaient relativement simples, et disposées en un système qui semblait universel et standardisé.

Ils se rapprochaient du grand vaisseau phalid, un cylindre sombre, avec des bandes propulsives longitudinales de métal infrarouge.

La chaloupe en forme de caisse ralentit, se logea dans un recoin au flanc du vaisseau-mère. Les sas s'ouvrirent tout d'un coup.

Wratch suivit les Phalids dans la coursive. Là, à sa grande surprise, ils partirent à grands pas dans des directions diverses, le plantant là, sans supervision, réduit à ses propres ressources.

Quelle différence avec la discipline d'un bâtiment terrien ! On aurait poussé l'homme récupéré jusqu'à la cabine du commandant dans une bousculade excitée. On aurait aboyé des questions, fouillé ses souvenirs pour découvrir le moindre détail des plans ennemis qu'il aurait pu noter.

Il restait interloqué dans la coursive ; les Phalids le bousculaient pour passer en vaquant à leurs tâches. Il s'efforça de réfléchir. Peut-être l'avait-on percé à jour et sondait-on ses intentions ? Il n'y croyait guère. L'attitude de ceux qui l'avaient amené était trop décontractée pour ce stratagème.

Peut-être ne s'agissait-il donc pas d'une machination. On ne pouvait juger une race étrangère selon les seuls critères humains, se remémora Wratch.

Sur aucun des Phalids il ne remarquait d'insigne ni d'indication de grade. Chacun semblait avoir une tâche bien précise à effectuer, comme des fourmis extrêmement intelligentes.

Dans ce cas, une fois à bord, il n'avait pas d'interrogatoire à subir ; on estimait que ses instincts et sa formation le conduiraient automatiquement vers son poste. L'hypothèse pouvait expliquer le temps qu'on avait mis à lui ôter ses menottes. Une race *d'individus*, comme les Terriens, mue par la surprise, la curiosité, la compassion, aurait libéré un semblable avant tout.

Il longea la coursive, jetant des coups d'œil dans les salles adjacentes qui l'émerveillèrent, bien qu'il ne sache pas exactement ce qu'il voyait, du fait de sa trompeuse vision phalide.

À l'extrémité, il découvrit des configurations que son intelligence identifia comme des unités de propulsion. Faisant demi-tour, il revint sur ses pas.

3.

De toute évidence, le bâtiment s'organisait en coursives longitudinales opposées, avec, comme pour un astronef terrien, les commandes à l'avant et les moteurs à la poupe. La conception, l'ingénierie, la mécanique : des concepts universels pour résoudre les problèmes efficacement, se dit Wratch. Ici, le problème consistait en la meilleure manière de traverser l'espace ; la solution était un vaisseau spatial assez peu différent de ceux de la Terre par son dessin de base.

Malgré son apparente liberté, Wratch restait intrigué, mal à l'aise. Il attendait des soupçons, des interrogatoires serrés, voire la révélation rapide de sa nature. Qu'ils feignent tous de l'ignorer ainsi paraissait anormal.

Une grosse voix vrombissante envahit le vaisseau, dissipant son incertitude.

« Où se trouve celui qu'on a découvert sur le vaisseau des hommes-insectes ? Il ne s'est pas encore présenté devant Zau-amuz. » L'intonation semblait plus intriguée que soupçonneuse.

Où et qui était Zau-amuz ? Où fallait-il aller pour le trouver ? Sur un vaisseau terrien, ç'aurait été vers l'avant et en haut de la proue. Il s'y dirigea en hâte, guettant le moindre signe à chaque porte.

Par une grille, il aperçut deux ou trois douzaines d'humains… hommes ou femmes, sa vision phalide ne put le lui dire. Il hésita, marqua une pause et les examina. Non, ils attendraient. Pour le moment, il devait rejoindre Zau-amuz avant le déclenchement d'une recherche ou d'une enquête.

Dans une salle sous la cabine de pilotage, Wratch avisa celui qu'il reconnut comme le maître du vaisseau. La salle était décorée dans un style qui charmait ses sens phalids : un tapis confortable de deux nuances sur-violettes, des murs bleus couverts de pièces chantournées complexes, des meubles bas de plastique rose et blanc, incrustés de médaillons de la couleur haute sur la bande spectrale que le Dr Plogetz avait baptisée *kalychrome*.

Zau-amuz, Phalid impressionnant de deux fois la taille de Wratch, arborait une carapace émaillée sur-violette. Ses jambes semblaient sous-développées, trop faibles pour supporter son poids pendant le moindre laps de temps. Il reposait sur une longue natte.

Ignorant de la procédure appropriée, mais avec l'espoir que le formalisme et une étiquette rigide prévalaient chez les Phalids, Wratch avança lentement.

« Révéré, c'est moi qui ai été arraché au vaisseau des hommes-insectes.

— Tu as tardé, dit le grand Phalid. Et où est donc passé ton sens du *Bza ?*

— Pardonnez-moi, clairvoyant. En tant que prisonnier des hommes-insectes, j'ai vu tant de choses désagréables que mes sens, pour l'heure, fonctionnent avec une efficacité réduite.

— Ah, oui, admit le seigneur phalid. Ce genre de problèmes est déjà survenu. Comment es-tu tombé entre les mains de ces créatures-insectes ? »

Wratch relata la capture de l'être dont il portait désormais le corps.

« Situation comprise », déclara Zau-amuz. Absence totale de la brusquerie et la sécheresse que Wratch associait à la discipline terrienne. Le Phalid semblait accepter comme allant de soi la loyauté et le zèle de ses semblables. « As-tu des observations significatives à rapporter ?

— Aucune, votre grandeur, sinon que les hommes-insectes ont été terrifiés par l'approche de ce navire au point de s'enfuir dans la panique la plus totale.

— Nous l'avions observé, dit Zau-amuz avec un soupçon d'ennui. Va. Accomplis quelque tâche utile. Si tes sens ne s'ajustent pas, jette-toi dans l'espace.

— Je vous quitte, magnificence. »

Wratch se retira, très satisfait du cours de l'entrevue. Il était désormais membre accrédité de la compagnie. L'inquisitoire avait été plus simpliste que tout ce qu'il aurait pu imaginer. Si le vaisseau voulait bien rentrer à la planète-mère des Phalids et que l'imposteur avait le loisir de passer seul quelque temps au sol, tout pouvait encore se résoudre au mieux.

Il se promena dans le vaisseau et arriva dans une grande salle sombre manifestement destinée à l'absorption de nourritures. Là se trouvaient vingt ou trente Phalids occupés à verser de la bouillie marron dans le sac stomacal à l'intérieur de leur poitrine, mâchonnant des tiges d'une espèce de céleri et prenant des grains de grappes semblables à du raisin qu'ils fourraient dans ce même sac stomacal. Ces grappes lui semblaient des plus appétissantes. En fait, Wratch prit conscience d'une faim pour cette espèce de raisin, un besoin similaire à une vive soif humaine.

Il entra et, aussi discrètement que possible, prit une grappe dans un bol pour laisser son corps s'alimenter. À sa grande surprise, il s'avisa que ces petits objets étaient vivants : ils se tortillaient et se tordaient dans les palmes de ses mains, puis palpitaient frénétiquement dans son sac stomacal. Délicieux, ils l'emplirent d'un merveilleux bien-être. Il avait terriblement envie de reprendre une grappe, mais envisagea que la bienséance le lui interdise. Il attendit donc de voir l'un des autres Phalids se resservir et l'imita.

Après ce repas, il rejoignit le quartier de sécurité abritant les humains qu'il avait vus. Une simple barre extérieure assujettissait la porte, une lourde plaque transparente. Dans le local, deux Phalids se déplaçaient parmi les humains, les palpant, leur examinant la peau et les yeux, tels des vétérinaires inspectant des animeaux.

Une vague nausée le saisit. Les pauvres diables, les plaignit-il. Lui avait un but à accomplir, au moins, alors qu'ils évoquaient du bétail prêt à partir pour l'abattoir, affolé, effrayé, innocent.

Un projet se forma soudain dans son esprit. Peut-être pourrait-il le réaliser sans courir de risque.

Il examina la coursive et compta une trentaine de pas de la cellule jusqu'au sas de la chaloupe de transbordement, juste assez grande pour accueillir la totalité des prisonniers. Il avait remarqué des bonbonnes d'eau de secours à l'intérieur ; on pouvait supposer qu'il y avait aussi de la nourriture. En tout cas, une perspective préférable à un voyage sans retour sur la planète-mère phalide...

La coursive était déserte pour l'instant. Il s'assura vite que le sas s'ouvrait sans problème et retourna à la cellule.

Les deux Phalids partaient, emmenant par le passage l'un des détenus qui résistait et hurlait de terreur. Wratch attendit qu'ils disparaissent, puis il releva la barre et entra dans la cellule.

Les captifs le considéraient avec apathie. À en juger par leurs cheveux longs et leur stature réduite, environ la moitié étaient des femmes, manifestement enlevées sur un vaisseau détruit.

Un crayon dépassait de la poche de poitrine d'un des hommes. Wratch s'avança, s'en empara, ramassa un bout de papier par terre, se retira dans un coin, à l'abri des regards extérieurs, et écrivit rapidement : « Je ne suis pas un vrai Phalid. Je vais vous aider à vous échapper. Prévenez vos camarades. Vous pouvez me parler en anglais. Je vous comprendrai. »

Il tendit le mot à l'homme le plus proche qui le lut et considéra son auteur avec stupéfaction.

« Hé, Wright, Chapman, regardez un peu ça ! » s'écria-t-il en leur passant le billet.

Quelques instants suffirent pour que tout le monde le lise.

Ils manifestaient trop d'excitation. Wratch redoutait que cette activité inusitée intrigue un Phalid passant par là. Il écrivit : « Agissez plus naturellement. Je me poste là-dehors. À mon signal, sortez, tournez à droite, entrez dans le deuxième sas sur votre gauche à trente mètres d'ici. Vous trouverez un vaisseau avec des commandes simples. Il faut faire vite. » Il souligna le mot *vite*. « Une fois dans la chaloupe, vous pourrez agir selon votre propre initiative. »

Ils lurent.

« Comment savoir que ce n'est pas un stratagème ? demanda une voix.

— Stratagème ou pas, c'est une occasion, répliqua le premier homme. Allez-y, dit-il à Wratch. On attend votre signal. »

Il agita son tentacule dans l'espoir de communiquer un encouragement, quitta la prison et laissa la porte non barrée. La coursive était déserte. Il écouta avec attention, n'entendit aucun bruit de pas – le *clac-clac* lent produit par le sabot encerclant le centre spongieux des pieds phalids sur le pont en matériau composite poli.

Il ouvrit la porte d'un coup et adressa un geste aux Terriens nerveux, puis s'engagea d'un petit trot délié dans la coursive pour s'éloigner autant que possible du lieu de l'évasion.

Mais, à une intersection, il rencontra les deux Phalids sortis du local qui ramenaient la personne qu'ils avaient emmenée – une femme, constata Wratch. Il lui fallait les retarder, bien qu'en dernier ressort il lui reste sa petite cassette de secours attachée discrètement sous sa carapace.

Il se planta donc au milieu de la coursive.

« Quelles sont vos conclusions quant à l'intelligence de cette race ? » demanda-t-il.

Ils marquèrent un temps d'arrêt et l'examinèrent.

« Ils possèdent un sens des valeurs bizarre et incompréhensible, répondit l'un des Phalids. Leurs actes ne sont pas gouvernés par le *Bza*, l'usage prescrit, mais plutôt par la volition individuelle.

— Quel asile de fous doit être leur planète natale ! s'exclama Wratch.

— Indubitablement », dit le second Phalid, qui manifestait des signes d'impatience.

« Mais ces êtres sont-ils assez malléables pour nos desseins ?

— Sans doute, lui fut-il répondu. Le vol est une tâche particulièrement adaptée à leur fourberie imprévisible. »

Le vol ? Un syndicat du crime capturait-il les humains et les déplaçait-il sur des années-lumière ? Les deux Phalids écartèrent Wratch sans façon. Inquiet, il les suivit en hâte, redoutant qu'ils ne trouvent les Terriens dans la coursive. Si ces derniers avaient fait vite, ils devaient avoir déjà quitté le vaisseau. Et, avec dix ou quinze minutes d'avance, les rattraper relèverait d'une tâche impossible.

Les deux geôliers atteignirent la cellule, ouvrirent le panneau et poussèrent la prisonnière à l'intérieur. Là, ils restèrent interloqués : vide !

Ils repartirent à toute allure, bourdonnant d'une voix aiguë.

Le vaisseau ne tarda pas à vibrer et à ralentir, sans doute pour que les Phalids puissent sonder le vide afin de retrouver la chaloupe volée.

Au bout de quelques minutes, l'engin reprit de la vitesse. Wratch devina que les captifs avaient réussi à fuir.

Soulagé, il erra dans l'appareil ; il eut beau écouter, il n'entendit rien d'important. Les Phalids communiquaient rarement entre eux.

Il ne découvrit qu'un seul hublot transparent dans tout le vaisseau… à la proue, juste au-dessus du local de Zau-amuz. Il s'y aventura, s'attendant à demi à ce qu'on l'interroge ou qu'on l'éjecte, mais aucun des deux Phalids aux commandes ne lui prêta la moindre attention.

Wratch examina le ciel en quête de constellations connues et, pour la première fois, regretta les sept nouvelles couleurs que lui présentaient ses yeux. Car les étoiles étaient entièrement différentes sous cet aspect, certaines brillant dans le sur-violet, d'autres dans le sous-rouge.

Complètement perdu, il se mit subrepticement en quête de cartes stellaires, mais n'en vit aucune.

Il se retrouva en train de marcher vers la cellule de sécurité. En vérité, il se faisait du souci pour l'unique prisonnière. Son désespoir devait être immense.

À son arrivée, il la vit par le panneau, tapie dans un coin. Il savait qu'il s'agissait d'une femme en raison de la longueur de sa chevelure ; autrement, ses yeux phalids ne lui apprenaient rien de son aspect.

4.

Sans réfléchir, Wratch retira la barre de la porte et pénétra dans la cellule, tout en se maudissant de courir ce risque. Et si son intérêt pour la captive éveillait des soupçons ? Et si on l'emmenait devant Zau-amuz qui, cette fois, l'interrogerait pour de bon ?

À son approche, elle leva les yeux. Il sentit le cerveau de la femme passer de l'apathie à une horreur et une haine sourdes. Pourtant, il perçut une étrange vitalité qui éveilla son admiration, bien qu'à ses yeux elle ne soit qu'une désagréable créature humide et blanche, la tête surmontée d'une masse fibreuse.

« Les autres se sont échappés et je les crois sains et saufs, écrivit-il. Je les ai aidés. Je suis navré que vous ayez été hors de la cellule à ce moment-là. Gardez espoir. Vous avez un ami à bord. »

La stupéfaction apparut dans son cerveau, suivi par de petites vrilles dubitatives d'espoir.

« Qui êtes-vous ? » dit la voix, hésitante, intriguée.

« Je suis humain. Il y a un cerveau d'homme à l'intérieur de cette hideuse boîte crânienne. »

Elle le considéra et il sentit la chaleur soudaine de son admiration.

« Vous êtes très courageux, dit-elle.

— Vous aussi. » Sur une impulsion, il inscrivit encore : « Ne désespérez pas ! Je ferai de mon mieux pour vous aider !

— Ça m'est presque égal... Car je sais maintenant qu'il y a... un ami à proximité. J'avais peur de rester seule.

— Je dois partir. Je ne voudrais pas me faire prendre ici. Je reviendrai dès que possible. »

Comme il passait la porte, son cerveau capta son admiration et sa gratitude, ainsi qu'un soupçon d'une sympathie aussi chaleureuse qu'agréable.

Cette entrevue le ragaillardit. Dissocié de l'humanité, son cerveau d'étranger s'était peu à peu transformé en un dispositif froid et mécanique, un appareil logique. Et, se dit-il avec un soudain pincement d'amertume, il n'était pas davantage : un engin qui devait effectuer une certaine tâche avant de se soumettre à la destruction.

Une fois activé le commutateur qui consommerait sa mission, s'il allait jusque-là, sa vie ne vaudrait guère plus qu'un grain de poussière.

Mystérieusement, la vue de cette femme prise dans une situation pire que la sienne sous divers aspects et la perception de sa chaleur avaient ranimé chez lui le désir instinctif de vivre en humain. Ce qui était impossible. Son propre corps avait péri, selon le Dr Plogetz, et son cerveau ne pouvait survivre ailleurs.

Le temps passa. Des jours ? Des semaines ? En cachette, il rendit visite à la prisonnière deux ou trois fois – une femme jeune, décida-t-il au vu des contours nets de son menton et de sa mâchoire.

Ces visites le réconfortaient toujours et, paradoxalement, le laissaient insatisfait de ce que la vie lui avait donné. Ryan Wratch avait raté bien des choses… mais, à l'inverse, il avait connu ce qui ne serait jamais donné à des hommes plus prudents : la solennité du plongeon solitaire dans l'infini vide noir ; l'excitation de l'atterrissage sur une planète étrangère ; la compagnie de ses deux frères dans les rudes plaisirs des avant-postes spatiaux ; l'attrait de l'examen d'une planète non cartographiée à la frontière de l'inconnu, monde qui pouvait révéler une prodigieuse beauté ou une riche civilisation, de nouveaux métaux rares ou des joyaux, des ruines d'une antiquité cosmique.

Il y avait une fascination fabuleuse à explorer et commercer librement, et Wratch savait que, même s'il lui était accordé un nouveau départ, il ne pourrait jamais plus s'ajuster à une existence paisible sur Terre.

Il songeait à ce que la vie lui avait refusé. La couleur, la gaieté brillante des villes cosmopolites de la Terre durant la période la plus spectaculaire et prospère de l'histoire mondiale ; la musique, les spectacles, les cités balnéaires aux plaisirs fiévreux ; la compagnie de femmes sophistiquées, avec leur rire, leur beauté, leur jeunesse.

Furieux, il chassa ces pensées. Il était – comment l'avait-il exprimé ? – un engin qui devait effectuer une certaine tâche avant de se soumettre à la destruction.

Le temps passait ; les années-lumière filaient derrière le vaisseau spatial phalid. Mais il ignorait totalement s'ils s'éloignaient de Sol ou s'en rapprochaient. Il arpentait les coursives, se reposait dans la cabine sombre au plancher souple qu'on lui avait assignée, donnait à son sac stomacal la bouillie brune et les pousses de céleri rouge foncé.

Aucun Phalid ne l'importunait ni l'interrogeait, nul ne semblait remarquer son oisiveté. Chacun avait un travail précis et l'exécutait de son mieux. Wratch ne doutait guère qu'en cas d'urgence, un Phalid sache montrer de l'initiative, mais il était conçu pour suivre aveuglément la routine – le *Bza* –, laissant les responsabilités peser sur les épaules noires et calleuses de Zau-amuz et ses pareils.

Un jour qu'il se promenait d'un air morne dans la salle des moteurs, il remarqua une vivacité et une précipitation inaccoutumées. Il se hâta de rejoindre la salle de pilotage et, par le hublot, aperçut une grosse planète grise. Sur le côté flottait une étoile verdâtre peu brillante.

La Marine Spatiale Tellurienne ignorait la position de la planète-mère des Phalids. Découvrir ce secret constituait le but de Wratch.

Il examina le champ d'étoiles, mais, malgré tous ses efforts, ne reconnut aucun des jalons qui, en cas d'urgence dans l'espace, permettent le pilotage à l'estime : les Pléiades, Orion, le Sac à Charbon, la Couronne boréale – on fourrait l'aspect de ces points de repère et de vingt autres, sous n'importe quel angle, dans la caboche de tous les étudiants en astronavigation.

Il vit la face de la planète se rapprocher, continents embrumés, mers d'apparence saumâtre.

Les pilotes le considéraient de leurs larges fentes optiques avec une attention intriguée. « Nous arrivons au port, frère, dit l'un d'eux. Comment se fait-il que tu ne sois pas à ton poste ?

— Mon poste est ici », répondit Wratch au débotté, espérant avoir choisi une réponse convenable.

« J'observe les formes nuageuses durant l'atterrissage.

— S'agit-il bien de la volonté de Zau-amuz ? s'entêta le Phalid. C'est étrange, car hors du *Bza*. Il doit y avoir une erreur. J'interroge le Dénommé. »

Il prit une barre sensorielle et la porta à son diaphragme pectoral. « Où se situe le poste de celui qui est censé observer la forme des nuages ? » vrombrit-il.

La réponse lui parvint par une barre linguale vibrante au-dessus des commandes. « Il n'existe personne de tel. C'est une erreur. Envoyez-le-moi.

— Par ce passage », dit le Phalid, passif et morne dès lors qu'il s'était déchargé du problème. « Zau-amuz corrigera tes ordres. »

Wratch dut obéir. Il ne pouvait se dérober. Le passage ne conduisait qu'à un seul endroit : la chambre de Zau-amuz.

Il inséra un tentacule dans la trousse de secours fixée sous sa carapace et en sortit un petit objet métallique. Quel dommage de se faire capturer maintenant, aussi près du but !

Il s'avança et découvrit Zau-amuz qui entreprit de l'examiner.

« Des événements étranges se sont produits à bord, bourdonna le Dénommé. Les prisonniers terriens s'échappent sans laisser le moindre indice de la façon dont ils s'y sont pris. Un frère phalid perd beaucoup de temps à errer dans les coursives et la cabine de pilotage, à observer les étoiles, alors que le *Bza* exige qu'il vaque à ses occupations à bord du vaisseau. Un autre frère – voire le même – va étudier sur des ordres non existants les formations nuageuses comme nous approchons du Monde-Mère. Et ces phénomènes se produisent juste après qu'un frère est arraché à un appareil du peuple-insecte qui n'a d'ailleurs pas opposé l'habituelle résistance frénétique, pour s'enfuir avec une étrange lâcheté. » Le ton se fit sec, strident. « Le tout entraîne une conclusion inévitable.

— Oui, déclara Wrath avec une théâtralité inconsciente. La mort. »

Il braqua son arme de poing sur l'énorme Phalid. Un éclair vif, et la grosse tête du Dénommé se ratatina en une minuscule boule noire toute sèche. Une puanteur infecte emplit la pièce.

Zau-amuz s'affala en avant, frissonna et mourut.

L'un des pilotes arriva du passage. Il vit le cadavre, jeta son grand corps noir dans une posture contorsionnée et émit un cri d'horreur si hideux que le cerveau de Wratch en bourdonna. Un conte aux mille horreurs, un outrage dépassant la compréhension – le massacre, la torture, la perversion, la trahison de la confiance d'un monde tout entier n'étaient que banalités à côté de cet acte.

Wratch se hâta de tuer le nouveau venu, puis regagna le cockpit au pas de course. Sur le seuil, il marqua un temps d'arrêt.

Du cran, du cran, du cran ! se dit-il. *Impossible de reculer, désormais.*

Entrant lentement dans la pièce, il observa le pilote phalid avec une attention désespérée, tâchant de lire ses pensées. Il tentait un stratagème fantastique.

Chaque Phalid était la copie des autres, à sa connaissance. Du moins, aucune différence physique n'apparaissait à ses perceptions terriennes.

Il se glissa dans la position récemment occupée par le pilote défunt.

Le Phalid restant, concentré sur les commandes, ne lui accorda qu'une attention superficielle.

« Quelle était l'erreur ?

— Zau-amuz a donné de nouveaux ordres. Nous devons poser le vaisseau en zone inhabitée. »

Le pilote lâcha un bourdonnement aigu. « Étrange contradiction avec ses ordres récents. A-t-il spécifié les coordonnées ?

— Il nous a donné l'autorité d'user de notre propre jugement, répondit Wratch avec le sentiment qu'il frôlait le jamais-vu. Nous devons simplement choisir un secteur inhabité, isolé, et atterrir.

— Étrange, étrange ! vrombit le pilote. Que d'événements bizarres durant ces dernières périodes ! Peut-être devrions-nous vérifier auprès de Zau-amuz.

— Non ! fit Wratch d'un ton péremptoire. Il est très occupé pour l'instant. »

Le pilote effectua quelques réglages sur ses cadrans. Wratch, tout ignorant de sa propre tâche, s'installa au fond de son fauteuil et contempla le paysage avec lassitude.

« Prête attention à ton travail ! aboya soudain le pilote. Compense le couple radial !

— Je suis malade. Ma vision s'assombrit. Compense toi-même le couple.

— Quelle est cette idée fantasque ? » s'écria le pilote, follement impatient. « Depuis quand les yeux d'un Phalid s'assombrissent-ils au travail ? Ce n'est pas *Bza !*

— Il doit néanmoins en être ainsi. Il te faut poser seul le vaisseau. »

Faute d'alternative, l'autre se mit à l'ouvrage, marmonnant des bourdonnements d'excitation nerveuse et d'indignation interloquée.

La planète grossit. Wratch resta assis et s'amusa des efforts frénétiques du pilote pour accomplir le travail de deux individus.

5.

La ville apparut, magnifique aux yeux phalids de Wratch – avec ses édifices bas couronnés de dômes d'un matériau sombre et luisant ; ses places pentagonales, marron foncé et incrustées de vastes mosaïques bien rangées de deux teintes de sous-rouge ; sa grande tour en forme de pylône se terminant par une sphère d'où dépassaient deux minces cônes tronqués, le tout pivotant lentement sur le ciel vert olivâtre.

Elle se tapissait sur une pénéplaine ténébreuse. Un fleuve paresseux coulait non loin de là, se transformant en marécage. Bien que désormais habitué aux valeurs des treize couleurs phalides, Wratch ne pouvait que s'émerveiller des effets bizarres que le soleil vert peu brillant produisait sur le paysage sombre.

Ils survolèrent la ville, puis ce qui évoquait une zone industrielle. Il aperçut de vastes puits évasés, des structures noires émaciées, des terrils, des grues qui ressemblaient étonnamment à celles de la Terre.

La ville s'évanouit derrière la ligne d'horizon. En contrebas, le désert s'étendait.

« Atterris au pied de cette haute colline, dit Wratch. Tout près de la lisière de cette forêt.

— Je croyais que tes yeux étaient assombris », dit l'autre, sans colère ni méfiance – ces émotions semblaient étrangères à la nature des Phalids –, mais avec surprise.

« Ils voient parfaitement dans le lointain, expliqua Wratch.

— Quel étrange, étrange voyage ! »

Poser le grand vaisseau à l'horizontale constituait une tâche éprouvante pour un unique pilote et Wratch fut forcé d'admirer l'habileté avec laquelle le Phalid releva le défi. Une race au niveau élevé d'adaptabilité, songea-t-il, quand un problème était clairement énoncé. Sans complication, presque innocente, lorsque le *Bza* pouvait affronter une situation.

Le vaisseau s'approcha de l'herbe sombre, hésita, atterrit, cala son poids énorme et s'immobilisa.

« À présent, les ordres de Zau-amuz sont d'attendre ici son appel tandis que je vais ailleurs. »

Il se dressa, grande créature noire, corps et carapace cornus, jambes aux maintes articulations, tentacules brachiaux tachetés, tête insectoïde complexe. Mais, à l'intérieur de cette tête palpitait le cerveau d'un Terrien, et ce cerveau hurlait : « Vas-y ! Vas-y ! Vas-y ! »

Tendu par l'excitation, il s'engagea dans le passage. Il courut jusqu'à la prison, ouvrit la porte et adressa un signe pressant à la jeune femme.

Elle hésita, faute de le reconnaître ; il sentit sa terreur. Néanmoins, elle l'affronta crânement. Il lui adressa un geste plus pressant. Il n'avait pas le temps d'écrire. Il se désigna, puis tendit le bras vers elle. Elle comprit soudain et s'avança au pas de course. Il lui fit signe de se montrer prudente et la conduisit dans la coursive.

On entendit une clameur d'angoisse. Les Phalids venaient de découvrir Zau-amuz. Filant sans se dissimuler, désormais, Wratch conduisit la jeune femme vers le sas extérieur. Le récit de l'horrible assassinat circulait vite ; chaque Phalid semblait paralysé, dépourvu de raison et de volonté.

L'écoutille de sortie était un appareil complexe.

« Ouvrez le sas, dit Wratch aux deux gardiens. Tel fut le dernier ordre de Zau-amuz. »

Hébétés, les Phalids obéirent.

La femme et lui dégringolèrent sur l'étrange gazon du monde phalid.

Au même instant, le circuit général vrombit : « Une terrible traîtrise ! Des actes impensables ! Capturez les deux individus qui viennent de quitter le vaisseau ! »

Wratch se mit à courir maladroitement, fouillant sous sa carapace dans la trousse de secours, cherchant le pivot de sa mission. Dedans se trouvait un appareil en trois parties : une minuscule cellule atomique, un robuste convertisseur habilement conçu et une grille de transmission pliable. Il les sortit sans ralentir, mais n'eut pas le temps de marquer un temps d'arrêt pour les assembler. Des Phalids se déversaient déjà du navire, bondissant gauchement sur le gazon sombre.

La femme agissait sans entraves, restant sans peine à hauteur du corps phalid maladroit. Wratch songea fugitivement qu'elle devait être jeune et robuste pour courir si bien. Sans y prêter davantage d'importance, il regretta de ne pas la voir telle qu'elle était réellement – ou du moins telle que la verraient des yeux humains. Aux siens, c'était un être pâle, humide, reptilien.

La colline rocheuse nue se trouvait à sa gauche ; à sa droite s'étendait une forêt de végétaux (familiers… intimement et terriblement familiers aux organes de sa vision) que son cerveau terrien appréhendait comme la végétation la plus étrange qu'il ait vue de toute sa vie.

Les arbres étaient énormes – le tronc épais comme le pied des champignons, le feuillage aux vrilles duveteuses, la forme et la texture d'anémones de mer géantes. Ils avaient toutes les couleurs brillantes de la Terre, les six couleurs phalides voisines dans toutes les nuances. La cavité cardiaque en haut de chaque arbre était d'un magnifique kalychrome scintillant.

Les couleurs étaient aussi claires et brillantes que le soleil au travers d'un vitrail et la forêt aussi vivante que la chiche lumière du soleil vert le permettait. Elle apparaissait éblouissante à côté des sombres collines ondulantes et des marais d'un vert désagréable couverts de petits roseaux. Et les arbres, s'il s'agissait bien d'arbres, étaient d'une beauté violente, leurs troncs et branches dotés d'une troublante apparence joufflue et charnue.

Wratch n'avait besoin que de trois minutes pour faire le nécessaire et la forêt semblait constituer le seul sanctuaire, la seule possibilité pour se dissimuler quelques instants.

Il s'interrogea fugitivement sur sa familiarité envahissante. Une suggestion, une aura des Phalids mêmes ? Comment cela se pouvait-il ? Son long pas cahotant hésita. La forêt se trouvait devant eux et les Phalids derrière, de sorte qu'elle représentait la moindre de deux menaces.

Il regarda désespérément alentour, mais aucune autre retraite n'était visible et il poussa son corps maladroit en direction des frondaisons aux ombres violettes. Il découvrit soudain que c'était son corps phalid et non son cerveau qui redoutait la forêt colorée. Chaque cellule picotait sous l'effet d'une peur enracinée, un instinct qui excitait les fibres de sa vaste charpente noire. La végétation joyeuse évoquait des monstres grotesques, les ombres aussi menaçantes que la mort même.

L'éclair d'une arme phalide lui frôla la tête. La forêt était tout près. Wratch n'hésita plus. Tous les nerfs vibrant, il se précipita en avant.

Ils continuèrent de courir, changeant de trajectoire pour dérouter leurs poursuivants. La jeune femme se fatiguait ; ses pas se faisaient plus lents. Wratch regarda derrière lui, mais ne vit que les troncs épais et cent couleurs fantastiques.

C'était une forêt de mort. Il vit plusieurs restes sombres de Phalids morts depuis longtemps, les carapaces noires et desséchées telles les dépouilles de scarabées gigantesques ; avec horreur, il aperçut aussi un squelette humain, blanc, seul, inexplicablement perdu dans cette jungle étrangère.

Il ne tarda pas à s'arrêter et écouta, le moindre cil auditif tendu dans la chambre de résonance de sa carapace.

Le silence. Aucun bruit de pas. Avaient-ils échappé à leurs poursuivants ?

L'épouvante ressentie par son corps commença à investir son cerveau. Il regarda en haut, en bas, ne vit rien que les feuillages qui s'agitaient lentement, les troncs épais rouges, verts, jaunes, orange, bleus, des sept couleurs phalides, aux combinaisons infinies. Il n'en sentait pas moins dans les parages une intelligence ; il lui semblait entendre des voix malveillantes qui parlaient au-dessus de sa tête, exultant méchamment d'une expectative effrayante.

Il aperçut, poussant sur le tronc d'un arbre voisin, une grappe des délicieux pseudo-raisins qu'il avait mangés à bord du vaisseau. Il était fatigué, il avait besoin de se rafraîchir. Il faillit tendre la main pour les cueillir, mais il n'avait pas le temps de s'alimenter. Ou bien un instinct l'avait-il mis en garde ? Il retira son tentacule branchial et se détourna. Son premier souci, c'était d'assembler le transmetteur de signaux.

Il déposa les composants sur le sol humide et se mit à l'ouvrage. Au-dessus, trois airbots de recherche descendaient en sifflant du ciel brun-vert. Il remarqua le feuillage spongieux. S'était-il abaissé, rapproché ? Cette idée propulsa dans tout son corps des spasmes dus à la résonance.

Ignorant résolument sa terreur réflexe, il transforma les trois composants en un appareil dont une planète entière attendait la bonne marche.

Il avait presque terminé. Il allait brancher la dernière fiche, basculer l'interrupteur, et son signal filerait dans l'espace pour atteindre, en moins de cinq minutes, cent vaisseaux de la flotte terrienne.

Mais un hurlement strident interrompit Ryan Wratch. Il virevolta et vit la jeune femme lutter contre trois ou quatre pousses luisantes qui venaient de surgir du sol. Semblant à la fois raides et fantastiquement mobiles, elles cherchaient à l'encercler, à l'étouffer.

Il sentit quelque chose de frais et lisse qui lui palpait le dos. À ce contact, son corps noir brillant s'amollit, se détendit sous un flot de paix sereine. Il se fondit dans l'éternel, immergé dans un achèvement bienheureux de la vie.

Son esprit terrien protesta, se débattit en une alarme frénétique, envoya des ordres le long des nerfs réticents. Il donna des coups de pied, ses membres lâches brisèrent la pousse friable. La volition lui revint en partie. Il déchira les êtres-racines qui opprimaient la jeune humaine. L'un d'eux s'enroulait autour d'un genou. Elle hurla encore, sa douleur perça le cerveau de Wratch.

Il donna des coups de pied, tapa, écrasa… et écarta la femme. Du sang coulait de son genou. Elle frémit, s'appuya contre lui, et il éprouva un soulagement qui la prit à la gorge ; elle était heureuse d'être libre, d'être à son côté. Wratch, au souvenir incongru de l'écœurement et de la nausée que Mlle Elder avait éprouvés, ressentit une vive surprise.

Le tout n'avait pris que trois secondes ; il sortit sa torche et brûla tout autour d'eux. Il pensa alors comprendre pourquoi les Phalids avaient cessé leur poursuite à l'orée de la forêt et pourquoi ses instincts phalids avaient regimbé devint le sous-bois aux couleurs étranges. Apparemment, ces êtres utilisaient la forêt pour procéder à leurs exécutions.

Les racines resurgirent, hésitant curieusement, comme dirigées par une intelligence blessée. Une grande voix vibrante retentit au-dessus des feuillages. Il leva son arme.

« Frère, petit frère, pourquoi ton esprit est-il aussi anormal ? fit la voix sur un ton doux et surpris. Tu brûles les bras qui t'enveloppent dans l'éternité ? Le *Bza* ne t'a-t-il point mené vers ton Père ? »

Wratch chercha à distinguer le Phalid qui parlait, mais ne vit personne.

« Non, répondit-il. Je suis venu pour une autre raison. Sors, où que tu sois, sinon je brûle tous les arbres en vue. »

Un silence. Il perçut une intelligence, monstrueuse, étrangère, qui effleurait son cerveau.

Elle battit en retraite.

« Rien d'étonnant à ce que tu tues les bras du Père ! Ton corps est celui des enfants, mais ton cerveau est une chose hideuse, un pouvoir rusé vacillant, et tu ne sais rien du *Bza*.

— Exact, convint Wratch en serrant sa torche. Je suis de la planète Terre, que ceux de ce monde ont attaquée. Qui es-tu ? Où es-tu ?

— Je suis tout autour de toi, dit la voix. Je suis la forêt… le Père. »

Un instant, Wratch resta interloqué. Puis il recouvra son équilibre mental. Très intéressant, mais le temps pressait. Il recula lentement vers l'endroit où il avait laissé tomber le transmetteur.

L'appareil avait disparu.

6.

Raidi par l'anxiété, Wratch fit volte-face. Il vit le transmetteur très haut au-dessus de sa tête, capturé par l'une des pousses blanches.

« Lâche ça ! vrombit-il d'un ton pressant. Lâche ça, je te dis !

— Du calme, frère, du calme et du silence dans la forêt-Père. Tel est le *Bza.* »

Wratch tapa sur la base de la tige. Elle cassa, s'abattit. En un instant, il put libérer l'engin. Par derrière, une autre tige s'enroula autour de lui et le plaqua au sol. Le transmetteur tomba, Wratch était impuissant. La jeune femme se précipita et griffa la pousse, mais une écorce souple comme le cuir l'enveloppait.

Il lui lança des bourdonnements frénétiques. Si seulement il avait pu parler, si seulement elle avait pu le comprendre !

« *Zz… zz… zz-zz !* » dit-il d'un ton péremptoire, pressant. Pourquoi ne comprenait-elle pas ?

Elle se redressa lentement, le considéra en hésitant, puis avisa le transmetteur. Elle le ramassa.

« C'est ça que tu veux ?

— *Zz... zz... zz !* vrombit Wratch.

— Une fois pour non, deux pour oui, dit-elle en évitant une pousse blanche qui approchait. Tu veux que j'en fasse quelque chose ?

— *Zz... zz !* » Il s'efforça de hocher son cou rigide. Elle posa la main sur l'interrupteur. « Je bascule ceci ?

— Zz... zz ! »

Elle s'exécuta. L'appareil bourdonna, chanta, vibra. La grille blanchit, afficha cent couleurs et lança un signal fabuleux à travers le sub-espace, fanal qui appelait les vaisseaux de guerre terriens jusqu'à la forêt-Père et la planète des Phalids. Dans cinq minutes, tous les panneaux d'alerte de la flotte flamboieraient. Une centaine de cuirassés suivraient le faisceau jusqu'à sa source.

Ryan Wratch se détendit. Désormais, ils pouvaient le tuer. Sa mission était accomplie. Il avait tenu ses engagements envers ses frères. La forêt-Père allait le tuer. Il le savait, sentait la certitude de sa mort et la motivation bénéfique qui la sous-tendait. Les pousses blanches se resserraient, insinuant des vrilles exploratrices impatientes à travers les coins et fentes de sa chitine.

Il regarda la jeune femme. Il perçut sa peur. Ce n'était pas pour elle-même ! Affolée, prise de pitié, elle se souciait de lui !

Soudain, Ryan Wratch voulut vivre.

« Lâche-moi ! lança-t-il à la forêt. Je veux te parler !

— Pourquoi chercher à échapper au *Bza ?* demanda une voix douce. Ton cerveau est une chose étrangère.

Tu risques de consumer d'autres de nos petits bras blancs.

— Sauf s'ils cessent de me serrer. Lâche-moi ! Sinon, ma compagne brûlera un grand cercle dans la forêt. »

Soudain, les bras s'amollirent.

Il s'écarta. La jeune femme accourut, éperdue. D'un membre brachial, il lui caressa l'épaule.

Il chercha du regard les racines blanches furtives – disparues. Il décela dans la forêt une impression de prudence attentive, mais aussi un lent retrait de la menace.

Se sentant bizarrement protecteur, il baissa les yeux sur la jeune femme. Il gratta le gazon.

« Merci. On a gagné ! inscrivit-il.

— Les Phalids ne vont pas venir nous chercher ?

— Ils redoutent la forêt. On pourra tenir jusqu'à l'arrivée de nos vaisseaux », écrivit Wratch sur le terreau sombre.

Et il sentit un espoir, un bonheur brûlant dans son cerveau.

« On va retourner sur Terre ? » demanda-t-elle.

Quelque chose se raidit en lui. Des pensées rapides comme un jet d'eau glacé : la Terre ? Qu'y avait-il pour lui sur la Terre ? Son corps avait péri. Il ne s'était pas attendu, personne ne s'était attendu à ce qu'il survive à sa mission.

Il écrivit lentement : « Je l'ignore. »

Puis il jeta un coup d'œil à la grille qui envoyait toujours son message et son accablement fut tempéré par l'amère satisfaction d'avoir accompli une mission désespérée.

Il regarda autour d'eux. Aucun signe de vie ; il sentait juste ressasser la forêt qui guettait, irritée et sauvage.

Une intuition soudaine l'envahit. Avec curiosité, il lança très fort le signal de salut phalid.

« Que désires-tu ? lui demanda le feuillage aux mille couleurs.

— Pourquoi t'appelles-tu le Père ?

— De la Forêt viennent les Fruits de la Vie, dit la voix. Celui qui en mange est imprégné d'une seconde vie. Bientôt la lumière du soleil vert fait apparaître un autre des Enfants. »

Une faiblesse. Un haut-le-cœur. Il frémit. Il se rappelait les fruits qu'il avait dévorés à bord du vaisseau phalid.

Wratch allongea maladroitement son long corps noir et brillant dans le salon du vaisseau-amiral de la flotte, le *Force Canadienne.* Le mobilier humain ne pouvait s'adapter à sa forme décharnée. Même le fauteuil spécial installé dans la salle des machines du vaisseau n'était pas confortable.

À côté de lui était assise la jeune femme. Il avait appris qu'elle s'appelait Constance Averill. Le commandant Sandion venait de quitter le salon pour rejoindre son bureau sur le pont-passerelle. En dehors de Constance, paisiblement assise près de lui, la pièce était vide.

Elle était magnifique. Les murs recouverts de cuir étaient gravés de motifs noirs, rouges et bleus-gris. De longs hublots, des baies, en fait, ouvraient sur les vastes étendues de l'espace où les étoiles brillaient au-dessus et au-dessous.

Les aquarelles accrochées aux cloisons étaient l'œuvre d'un officier en second au tempérament artistique : les montagnes d'Olympe de Coralangan vues depuis le désert de Songingk, les indigènes de

Bao broyant des sangsues, les ruines martiennes d'Amth-Mogot.

Le mobilier était vert clair et rouge brique, l'éclairage ambré. Les bibliothèques nombreuses qui regorgeaient de livres côtoyaient un ensemble cinéma-télévision.

Wratch poussa un soupir intérieur. Son corps, en fait, ne pouvait soupirer. L'air était pompé par l'intermédiaire d'un millier de conduits dans sa carapace de manière aussi automatique que battait un cœur humain.

Il examina la pièce sans bouger la tête, grâce à sa fente optique et ses deux cents yeux. Il savait qu'elle était agréable, que les Terriens l'avaient conçue chaleureuse et vivable dans le vide froid et noir, mais elle lui semblait nue, sévère, étrangère.

La Terre se trouvait à une semaine de là. À deux semaines en arrière, insignifiante dans la Lyre, tournait la planète sombre et ténébreuse des Phalids, occupée désormais par une garnison terrienne, gardée par deux satellites imprenables en orbite à deux mille kilomètres au-dessus de l'équateur.

La porte s'ouvrit. L'anthropologue de bord, petit bonhomme inoffensif au crâne très dégarni, à la moustache roussâtre, aux yeux bruns et vifs, entra, s'assit, rectifia son pantalon et se mit à parler de façon tarabiscotée.

Il y avait deux semaines qu'il ennuyait Wratch, nuit et jour. Ce dernier, absorbé par ses sombres pensées, n'avait guère envie de parler. Sauf avec Constance Averill qui parlait très peu à présent.

« D'après votre compte-rendu, dit l'anthropologue, je suis arrivé à une première théorie. Elle implique une série particulière de conditions, mais probablement aussi étranges que le paraîtraient des circonstances analogues à des Phalids.

» Ils constituent une race divisée. Au lieu d'être mâles et femelles, ils se différencient en gros comme les plantes et les animaux. Le fruit de la plante fertilise l'animal. L'animal, poussé par la faim, ou peut-être le *Bza*, vient voler les fruits. La forêt le capture, le consomme et se trouve stimulée pour produire davantage de fruits. »

L'anthropologue les considéra d'un air triomphant.

« Et ils avaient l'intention d'utiliser des Terriens pour voler des fruits ? demanda Constance Averill.

— Apparemment. Le clan phalid dominant avait atteint un niveau technologique avancé. Il avait décidé d'explorer l'espace pour découvrir une sorte de créature qui pouvait servir de mandataire des Phalids dans la Forêt-Père. La rencontre avec les Terriens s'est alors produite. »

Un assistant vint se pencher avec déférence sur l'anthropologue. « Les détails du traité viennent d'arriver. »

Le savant se redressa et cilla. « Oui ? Quels sont-ils ?

— Les Phalids paient une indemnité : cent millions de munités en minerais et produits exclusifs. Nous installons un laboratoire, envoyons un corps scientifique, identifions la substance qui stimule la production de fruits sur les arbres. Nous obtenons un tonnage fixe de fruits par an. Autrement dit, nous exploitons la forêt. » L'assistant repartit aussitôt.

Le scientifique parut intéressé et satisfait. « Je me demande quel effet cela produira sur la société phalide. Qu'adviendra-t-il de leur *Bza*, de leur homogénéité, de leurs schémas culturels ? Excusez-moi, dit-il à Wratch et Constance. Il faut que j'applique le théorème de McDougall à la situation. »

Il s'en fut au petit trot. Wratch et Constance Averill restèrent seuls.

Il examina la pièce avec lassitude : basse, mal proportionnée, les couleurs dures, discordantes. Les hommes d'équipage, les anthropologues, la jeune femme : des créatures étrangères, hideuses. Leurs voix irritaient ses membranes, leurs mouvements le blessaient.

Il prit conscience du flot mental de Constance Averill. Il y avait de la chaleur, de l'ardeur et de la bonne humeur. Puis elle se montra triste et bizarrement timide.

« Tu n'es pas heureux, n'est-ce pas ? »

Il écrivit : « J'ai réussi à terminer mon travail. J'en suis heureux. Je suis désormais une pièce de musée. Un anormal.

— Ne dis pas *ça* ! » Il perçut sa pitié. « Tu es l'homme le plus brave que nous ayons !

— Je ne suis pas un homme. Je ne puis retrouver de corps humain. Je suis coincé. Rien ne paraît pareil à travers ces yeux phalids.

— Je ressemble à quoi ? demanda-t-elle avec intérêt.

— Mi-méduse, mi-sorcière, écrivit-il. Affreuse. »

Il sentit que sa féminité la faisait se crisper.

« Je ne suis pas si moche », lui assura-t-elle.

Un silence s'ensuivit.

« Il te faut quelqu'un qui s'occupe de toi, dit-elle enfin. Et je vais m'en charger. »

Wratch fut authentiquement surpris. Les membranes de ses doigts tremblèrent lorsqu'il écrivit : « Non ! Je vais obtenir un navire et passer le restant de ma vie seul dans l'espace. Je n'ai besoin de personne. »

Elle se leva. Elle pleurait. « Non ! Ne parle pas comme ça ! C'est horrible… ce qu'ils t'ont fait ! » Elle s'essuya brutalement les yeux. « Très bien ! dit-elle avec colère. Je suis dingue. Je suis folle. Je pense que tu es l'homme le plus merveilleux que je connaisse. Je t'aime. Je me fiche de ton apparence. Tu m'as… et je vais m'assurer que… »

Il s'affala dans son fauteuil.

Le troisième officier entra, hésita. « Un message pour vous, monsieur. À l'instant. »

Wratch ouvrit maladroitement l'enveloppe.

Le billet disait :

Cher Monsieur Wratch,

Nous avons pour vous une bonne nouvelle… et vous la méritez. Nous avons réparé votre corps ; il vous attend. La lutte fut rude.

Je ne voulais pas vous donner de faux espoirs… c'était un peu quitte ou double. Dès que votre cerveau a eu quitté son corps, les meilleurs docteurs et chirurgiens du monde ont travaillé jour et nuit – et les transplantations ont réussi !

Voilà qui vous remontera le moral, je parie ! À dans une semaine.

Il tendit le billet à Constance Averill.

Les deux cents yeux phalids se refusaient à pleurer, mais elle s'en chargea pour deux.

Au rez-de-chaussée du Combinat Atlantique, le plus grand hôpital de la Terre, une cinquantaine de personnes assises dans le salon attendaient amis et parents autorisés à sortir de leurs chambres dans les tours.

Une fille mince à la chevelure roux foncé luxuriante, au visage clair, délicat, aussi joli qu'une fleur, mais doté d'une force sous-jacente, patientait dans la salle d'attente. Elle guettait l'ascenseur, examinant attentivement les hommes qui sortaient et découvraient des visages familiers dans l'assistance. Une fois ou deux, elle regarda de plus près, puis se détendit dans son siège.

Les minutes s'écoulaient. Les portes coulissèrent encore ; les malades en partance surgirent.

L'un d'eux était un jeune homme mince mais bien musclé, la bouche généreuse, le menton long, avec une cicatrice qui lui remontait sur la joue.

La fille le regarda, une fois, deux, se leva lentement, avança de quelques pas hésitants. Il avait marqué un temps d'arrêt et regardait dans la foule. Elle s'arrêta. Se trompait-elle ? Non, impossible. Elle avança encore. Il la vit, la considéra avec une attention soutenue. Il sourit soudain, tendit les bras et lui prit les deux mains.

« Constance. »

C'était une déclaration, pas une question. Pendant une bonne minute, ils se regardèrent fixement, perdus dans leurs souvenirs.

Il lui serra le bras très fort en quittant l'hôpital.

Je bâtirai le château de vos rêves

Quand Farrero fit la connaissance de Douane Angker, de Marlais & Angker, Structeurs de classe III, un recoin de son cerveau se tortilla, se détourna ; et, au vu du pli de la bouche dure d'Angker, il lui apparut que la sensation était réciproque. Angker, petit, trapu, concentrait une vitalité pesante et onctueuse, ainsi que le bout d'un cigare contient les jus les plus riches.

Farrero, à cette occasion, ne rencontra pas Léon Marlais, l'autre moitié de la firme, et ne le vit jamais de tout le temps que dura sa mission. Il ne l'aurait pas reconnu s'il était tombé nez à nez avec lui sur la bande pédestre – parce que Marlais ne voulait pas être connu. Sa manie de la discrétion transcendait un goût ordinaire pour la réclusion et frôlait l'obsession.

Angker ne manifestait pas la même réserve. La porte de son bureau restait béante. Toute la journée, les techniciens de l'atelier voisin le voyaient batailler, jouer des coudes, foncer dans son travail, aboyer des ordres au télécran en brandissant le poing pour appuyer ses paroles.

Farrero restait loin du bureau, sauf lors de nouvelles missions. Il présumait que son travail les satisfaisait. Sinon, sans nul doute, Angker l'aurait fichu à la porte, et sans ménagement. Toutefois, le jour où il frappa à sa porte pour faire son rapport sur l'affaire Westgeller, il savait qu'il allait au-devant de sérieux ennuis. « Entrez ! » lança Angker sans lever les yeux.

Farrero, un peu dur d'oreille, poussa le volume de son sonotone et s'exécuta d'un pas vif.

« Bonjour », dit-il.

Angker lui répondit par un très bref regard dans sa direction.

Farrero laissa tomber deux microfilms sur le bureau. « Prêts pour l'exécution. Je les ai montrés à Westgeller, j'ai son accord.

— Westgeller ? Il doit pouvoir payer. » Angker inséra les bandes dans la fente du plateau.

« Votre cabinet de crédit l'aime bien. » De sa position, le visage baissé et raccourci de l'autre lui paraissait un masque grossièrement moulé. « Il fabrique du verre lourd. Le matériau des sous-marins panoramiques. Il a aussi un pied dans les Mines lunaires. »

L'écran du mur opposé s'alluma, projetant l'image holographique d'une grande demeure sur un fond vert sombre de sapins. C'était une bâtisse à l'ancienne, avec des pignons pointus et de nombreuses cheminées, rouge foncé, aux décorations grises et blanches ; les cellules solaires du toit brillaient d'une chaude couleur cuivrée patinée. Derrière, les grands sapins dominaient presque l'édifice ; les troncs de bien d'autres étaient visibles, disparaissant parmi les allées obscures. Devant, une pelouse descendait doucement en ondulant jusqu'à de longs massifs de fleurs éclatantes. Il s'agissait clairement d'une maison de classe III.

« Ah… ah, grommela Angker. Joli boulot, Farrero. Et à quel endroit ?

— À quatre-vingts kilomètres de Minousinsk, sur l'Ienisseï. » Farrero se laissa tomber dans un fauteuil et croisa les jambes. « À quarante-quatre degrés de latitude.

— Il lui faudra des heures pour y aller, commenta Angker d'un ton acide.

— Il prétend que ça lui plaît. L'hiver… la neige… la solitude. Les forêts intactes, la vie sauvage, les loups, les paysans, ce genre de trucs. Il a un bail à vie pour cent vingt hectares. »

Angker poussa un nouveau gémissement et se laissa aller en arrière dans son fauteuil. « Les chiffres ? »

Farrero posa la nuque contre l'appui-tête. « Ça nous coûte cent mille dollars, auxquels il faut ajouter une provision de cinq mille et une marge de quinze pour cent, ce qui nous donne quelque chose de l'ordre de cent vingt et un mille dollars. C'est notre prix. »

Angker braqua soudain son regard sur Farrero et se carra dans son fauteuil. Il pressa un bouton. Une coupe du rez-de-chaussée surgit à l'écran. Il appuya de nouveau. Le premier étage. Encore. Les plans détaillés des cloisons. Il leva les yeux et les rides en dessous de ses narines semblèrent se rassembler, pincer sa bouche, la faire ressortir en une masse dure.

« Comment vous arrivez à ce chiffre ? » Il désigna l'écran avec son crayon. « À mon avis, vous le sous-estimez de cinquante à soixante mille dollars. C'est une maison importante, avec des détails nombreux.

— Je ne crois pas, dit Farrero avec politesse.

— Quelle est la base de votre devis ? » voulut savoir Angker, toujours très calme.

Farrero s'étreignit les genoux. « Ce chiffre possède un arrière-plan philosophique. L'un des défauts de la civilisation moderne – et antique, d'ailleurs – est que l'homme du commun n'obtient jamais tout ce qu'il veut des produits les plus désirables : il n'arrive jamais à faire coïncider sa vie avec ses rêves. Chez l'homme compétent, de type A, cette absence crée la motivation pour gagner davantage d'argent ; d'où une meilleure productivité. Chez l'homme incompétent et inefficace, de type B, elle est à la base d'un ressentiment, d'une insatisfaction et d'une mauvaise productivité. Les types B sont plus nombreux que les types A ; à long terme, nous ne faisons donc que nous aider en fournissant une prétendue "marchandise de rêve" à un prix abordable.

— Je suis du type X, déclara Angker. À mes yeux, tout ça, c'est des bêtises. Expliquez-moi comment je peux réaliser mes rêves et faire un bénéfice de quinze mille dollars avec une maison que je vends soixante mille dollars en dessous de son prix normal.

— Certainement. Nous faisons appel à des méthodes nouvelles. J'ai examiné la question avec soin. Ça marche.

— Comment ? »

Farrero marqua un temps d'arrêt. « Pour ma part, je suis du type A. Je veux, et je demande donc, une participation de cinq pour cent sur toutes les maisons bâties avec mes matériaux.

— Continuez.

— D'abord, signez-moi ce mémoire. »

Angker y jeta à peine un regard. « Bien sûr. » Il griffonna son nom en bas de la page.

« Parfait. Excellent. Je vais donner l'ordre de commencer la construction. » Il commença à se lever.

« Pas si vite. Comment obtenez-vous ce résultat ?

— Bon, d'abord, en Sibérie septentrionale, les terrains ne coûtent rien. On injecte des fondations en carbolon dans le permafrost à l'aide d'un engin que j'ai conçu. On érige des piliers en carbolon, on installe la plomberie, les gaines électriques et de ventilation, et on coule une dalle de boue agglomérée. Je ne peux pas encore vous révéler la nature exacte du liant, mais il est très efficace. Voilà pour la première journée de travail. Ensuite, et c'est là une de mes innovations, on coule les murs et les cloisons autour des portes, des fenêtres et des cheminées au lieu de les tailler à la demande. On gagne ainsi trois journées. Le troisième jour, on pose le toit. Préfabriqué, naturellement. On fixe les accessoires, on applique l'isolation et on projette le revêtement extérieur. Le quatrième jour, on aménage le terrain ; une équipe s'occupe alors des finitions pendant un jour ou deux. Et Westgeller peut emménager.

— Si tout va bien.

— Aucune raison pour qu'il en aille autrement, si le temps le permet. »

Angker se pencha soudain en avant et braqua son crayon sur Farrero. « Vous n'auriez pas dû donner ce devis à Westgeller avant d'avoir consulté le siège.

— Vous me payez justement pour faire ça, dit l'autre avec le bagout de la prévoyance. Je conçois, j'estime les coûts, je vends.

— Faux. Je vous paye pour travailler, mais *aussi* pour représenter au mieux les intérêts de l'entreprise. Supposons que le système fonctionne. Vous nous avez coûté beaucoup d'argent, tout cela pour financer vos théories. J'ai mes théories personnelles à financer et, comme c'est moi qui dirige la compagnie, je suis prioritaire.

— Je vous reçois cinq sur cinq, dit poliment Farrero. C'est tout de même un point de vue à court terme. Quand toute la race humaine peut profiter d'un avantage, nous en bénéficions également. Je suis membre de la Ligue de l'Espoir et c'est là notre doctrine fondamentale.

— Et vous jugez sage de financer cette doctrine avec mon argent ? »

Farrero réfléchit un instant. « Je pourrais donner deux réponses à votre question : "Oui", et "Non". Si je répondais "Oui", je pourrais vous faire remarquer que votre fortune dépasse de loin vos besoins. Toutefois, je répondrai "Non". Mes instructions sont explicites : je dois proposer un prix qui permette à la compagnie de faire un bénéfice de quinze pour cent, ce qui est précisément ce que j'ai obtenu. »

Quand Angker était excité, ses yeux bruns de chien battu lâchaient des étincelles rousses. Il posa les mains sur le bord de son bureau et Farrero, avec un frisson intérieur, plongeant dans ce regard, y distingua l'étincellement roux.

« Quinze pour cent est une base approximative de fonctionnement. En revanche, vous êtes censé user de discernement. Nous garantissons la qualité à nos clients, et rien d'autre. Si notre prix leur convient, parfait. Sinon, il existe trente-neuf autres entreprises possédant les mêmes patentes que nous.

— Vous oubliez, ajouta le visiteur en se levant, que c'est mon idée qui permet de réaliser ces économies. J'ai tout calculé.

— Pendant vos heures de travail. »

Farrero s'empourpra. « J'ai construit une section à échelle réduite à l'aide de l'équipement de l'entreprise, pour la protection de l'entreprise, afin de vérifier mon idée et voir si elle valait le coup. Mon système était totalement formulé avant même que j'aie quitté l'Institut. En tout cas, le brevet est à mon nom.

— Eh bien, dit l'autre d'une voix pesante, il vous faudra le mettre au nom de Marlais & Angker. »

Farrero fourra les mains dans ses poches. « Vous n'êtes pas sérieux.

— Quel âge avez-vous ?

— Vingt-huit ans.

— Vous avez consacré quatre années à étudier les techniques de classe III à l'Institut, non ?

— Exact.

— Ce seraient donc quatre années de perdues si vous n'aviez pu trouver de travail chez un constructeur de classe III.

— Voilà une remarque bizarre. Elle me semble tout à fait hors de propos. Quel rapport avec les autres entreprises de l'association ?

— Elles sont concernées de deux manières. Si Marlais & Angker baissaient soudain leurs prix, nous démantèlerions toute notre industrie. Elles se fichent de l'argent que nous gagnons tant que nous conservons la stabilité du marché.

— Une vue extrêmement à court terme.

— Secundo, supposons que vous ne travailliez plus pour Marlais & Angker. Bien entendu, vous proposeriez vos services à un autre membre de l'association. Pourquoi ? Nous sommes les seules entreprises patentées pour la construction mondiale en classe III. Au vu de votre candidature, elles m'appelleraient et m'interrogeraient. "Que pensez-vous de ce Farrero ?"

» Et je répondrais : “Un philosophe. Il appartient à la Ligue de l’Honnêteté Humaine…”

— La Ligue de l’Espoir.

— “… et chaque fois qu’il trouve un moyen d’économiser de l’argent, il se hâte d’accorder les bénéfices au client sans consulter le siège. Un brave garçon, mais il n’arrête pas de vous donner des migraines.” Les trente-neuf ne manqueraient pas de déchirer votre lettre et c’est la seconde raison pour laquelle elles sont impliquées dans cette conversation.

— Je vois.

— En ce qui concerne votre procédé, il a été élaboré tandis que vous travailliez pour nous ; il devient donc notre propriété. En droit, il doit bien exister mille précédents dans ce sens.

— J’ai développé cette méthode, et des dizaines d’autres, alors que j’étais encore à l’Institut.

— La preuve ?

— Au bureau de la Propriété Industrielle.

— L’âge de ces brevets ? »

Un haussement d’épaules. « Aucun rapport. Mon idée de base est de ramener les maisons de classe III au prix de la classe II, ce qui n’est pas un procédé soumis à brevet, bien entendu.

— Ce n’est même pas raisonnable. Si quelqu’un est prêt à payer le prix d’une classe II, qu’il achète une maison de classe II… auprès de notre filiale, la Compagnie XAB. »

Farrero tendit les mains. « Le bien-être public a-t-il pour vous la moindre signification ? Vous tenez à gagner de l’argent sans rien donner en retour ? Une morale de filou ! »

Angker appuya sur un bouton de sa table. « Dave ? Ernest Farrero ne va pas tarder à sortir par votre bureau. Veuillez préparer son solde de tout compte. Il est renvoyé à effet immédiat.

— Très bien, monsieur. »

Farrero explosa. « Un acte ridicule et malveillant ! Si vous n'êtes pas capable de discuter d'idées abstraites sans recourir à une tactique aussi grossière, vous êtes dans un piteux état et vous méritez de perdre une fortune ! Et je veillerai à ce que ça vous arrive !

— Ah ? Vous ne trouverez pas de travail parmi les membres de l'association, je puis vous l'assurer.

— Une menace en l'air. J'ai l'intention de créer ma propre affaire.

— Vous avez sans doute oublié un petit détail : la patente. Vous n'en avez pas, ni ne pourrez en obtenir. On n'en délivre pas. Sans patente, vous ne pourrez construire ni vendre une niche à chien, que ce soit sur Terre, Mars ou la Lune. »

Farrero hocha la tête et sourit. « Si vous aviez raison, ce qui reste à démontrer, ainsi qu'en témoigne votre attitude envers la Ligue de l'Espoir, ça paraîtrait catégorique et décourageant.

— Vous pouvez parier vos petites chaussettes violettes là-dessus ! Retournez à l'Institut et apprenez un peu à vivre !

— Vos insultes et vos menaces sont infantiles, monsieur Angker. Je vais vous faire une prédiction que vous pouvez considérer comme une contre-menace, si vous voulez. Je vous parlais de l'une de mes idées innovantes. J'en ai plusieurs autres et, avant que j'en aie terminé, je vous aurai coûté tant d'argent que vous regretterez de ne pas m'avoir pris en tant qu'associé. Ne l'oubliez pas, monsieur Angker. »

Farrero coupa son sonotone et quitta le bureau.

Angker effleura un autre bouton. Une voix douce demanda : « Oui ?

— Tu as entendu cette conversation ?

— Non, répondit Marlais.

— Je te la repasse… elle est très intéressante. » Il régla l'appareil et diffusa l'entrevue. « Qu'en penses-tu ? demanda-t-il ensuite à l'invisible Marlais.

— Ma foi, Douane, ne tarda pas à répondre la voix douce, tu aurais pu régler ça plus subtilement… » Elle devint un chuchotis. « Nous aurons beaucoup de mal à prouver que nous détenons bien tous les brevets. Mais ça vaut effectivement mieux, sans doute. Notre industrie est stable. Nous gagnons tous de l'argent. Impossible de savoir où nous conduirait un éclatement. Peut-être que nous ferions mieux de convoquer une réunion des membres de l'association pour jouer cartes sur table. Je pense que tout le monde s'engagera à refuser d'embaucher Farrero et d'utiliser son procédé. »

Angker émit un son dubitatif. « C'est ce que j'ai dit, mais je n'en suis pas si sûr. »

Marlais répondit d'un ton apaisant : « L'association comporte quarante entreprises. Les chances que Farrero en contacte une sont de une sur trente-neuf. Par conséquent, chacun des entrepreneurs, pour se protéger, s'engagera nécessairement.

— Très bien. Je prépare la convocation. »

Le lendemain, Angker demandait à sa secrétaire : « Appelez-moi Westgeller.

— Oui, monsieur… Mais il y a un appel pour vous. M. Westgeller, justement.

— Passez-le-moi. »

Le visage de Laurin Westgeller apparut sur l'écran – gras, sympathique, les yeux bleus pétillants. « Vous pouvez m'envoyer votre facture pour les travaux engagés. »

Angker foudroya l'image du regard. « Qu'est-ce qu'il y a ? C'est trop cher ?

— Non. Le prix n'entre pas en ligne de compte. D'ailleurs, j'ai l'intention de dépenser davantage… un million, peut-être. »

Angker en resta bouche bée. « Qui… Je veux dire, désirez-vous que je vous envoie un représentant ?

— Non, répondit Laurin Westgeller, j'ai déjà signé… avec l'un de vos anciens employés : M. Farrero. Il a sa propre entreprise, comme vous le savez, je crois. »

Angker le regarda fixement. « Farrero ? Il n'a aucune patente pour bâtir ! Dès l'instant où il plantera un piquet dans le sol, il sera passible de poursuites ! »

L'autre hocha la tête. « Il m'en a informé. Merci quand même pour vos précieux conseils. Je vous salue. »

L'écran devint flou et passa de l'image résiduelle rose au gris du verre au phosphore.

Angker communiqua immédiatement la nouvelle à Marlais. « Nous ne pouvons rien faire avant que Farrero tente de remplir son contrat, répondit ce dernier. Au premier acte illégal de sa part, nous déposerons plainte.

— Il doit avoir un atout dans sa manche. Farrero n'est que partiellement dingue.

— Quiconque obtient un contrat d'un million n'a rien d'un dingue, dit la voix douce. Tout ce qu'il nous reste à faire, c'est à patienter. Tu pourrais le faire filer par un détective privé.

— Je ne t'ai pas attendu. »

Deux heures plus tard, son télécran grésillait.

« Oui ? grogna Angker.

— Un certain M. Lescovic, monsieur.

— Passez-le-moi. » Le visage du détective apparut. « Alors ?

— Farrero m'a échappé.

— Et comment s'y est-il pris ?

— Il a traversé l'Union des Transports et il est entré dans les toilettes publiques. J'attendais de l'autre côté du vestibule et je surveillais le détecteur. Il apparaissait très nettement. Comme il ne bougeait plus depuis dix minutes, je suis allé voir. Ses vêtements étaient accrochés à une patère et le radiant y était attaché. Il nous a joliment filé entre les doigts.

— Retrouvez-le !

— J'ai mis trois de mes agents sur le coup, monsieur.

— Appelez-moi dès que vous aurez quelque chose. »

Six mois plus tard, le bouton d'appel d'Angker retentissait. Il leva à peine les yeux de la maquette d'une île des Caraïbes. « Oui ?

— M. Lescovic demande à vous parler.

— Passez-le-moi. »

Le visage du détective apparut sur l'écran. « Farrero est revenu parmi nous.

— Depuis quand ?

— Eh bien, durant la semaine, de toute évidence.

— Vous avez trouvé où il était passé ?

— Pas le moindre détail là-dessus.

— Et maintenant, qu'est-ce qu'il fait ?

— Il rend visite à Franklin Kerry, des Armatures Kerry. Il y est depuis environ deux heures.

— Kerry ? C'est un de nos clients ! Du moins, il examine l'une de nos propositions… Autre chose sur Farrero ?

— Il est plein aux as… et installé au Gloriana.

— Attendez une minute », dit Angker.

Il actionna une manette et contacta Marlais. Celui-ci resta très réservé.

« Nous n'avons aucune base sérieuse. Il faut attendre et voir ce qui va se passer. »

Angker revint à Lescovic. « Surveillez-le. Rapportez-moi le moindre de ses mouvements. Découvrez ce qu'il tramait chez Kerry.

— Très bien, monsieur. »

L'écran s'éteignit.

Angker se rua dans le cabinet de Marlais.

« Ça y est ! Il a recommencé ! »

Son associé, assis dans la pénombre, contemplait la ville étagée. Il tourna lentement la tête. « Je présume que tu veux parler de Farrero. »

Angker arpentait lourdement la pièce. « Glochmeinder, ce coup-ci. Le mois dernier, c'était Crane. Et avant, Haggarty. Il n'y va pas avec le dos de la cuillère, mais attends un peu qu'on trouve un gros…

— Et qu'a dit Glochmeinder ?

— La même chose que Kerry, que Crane, que Haggarty, Desplains, Churchward, Klenko et Westgeller. Il a signé avec Farrero, point final. »

Marlais se leva et se frotta le menton. « Il doit y avoir une fuite ici même. Quelque part. »

Les muscles se crispèrent autour de la bouche d'Angker. « J'ai tout fait pour la détecter. » Il serrait et desserrait lentement les poings.

L'autre se retourna vers la fenêtre. « Pas de nouvelles du détective ?

— Je t'ai transmis son dernier rapport. Farrero passe des commandes d'un bout à l'autre de la planète ; des matériaux de construction, des fournitures pour les jardins. Pas un chantier qui ne soit légal et patenté.

— Habile. » Marlais jouait avec le gros morceau de spinelle lui servant de presse-papiers.

« Il a proféré une menace et il la met à exécution, grommela Angker. Il nous a coûté des millions. »

Un sourire un peu triste. « Exact. »

Un instant, le silence régna. Angker arpentait lourdement la pièce.

Marlais regardait par la fenêtre. « Eh bien, décréta-t-il, il faut agir. »

*

* *

Farrero s'était trouvé des bureaux, une suite de deux pièces dans la Tour Skyrider, donnant à l'ouest sur le parc Amargosa, le Pylône des Nations fièrement dressé au loin. Il s'était aussi trouvé une réceptionniste : Mlle Flora Gustafsson revendiquait une ascendance scandinave et arborait en guise de preuve une chevelure blond cendré et des yeux bleus comme le fjord de Geiranger. Elle était à peine plus grande qu'un chaton, mais tout en elle était assorti et elle s'y entendait avec les détectives.

Le télévue grésilla. Flora tendit le bras et étudia le correspondant. « Oh, bonjour, monsieur Westgeller. » Car les traits ronds et rougeauds de M. Westgeller occupaient l'écran. « Je vous passe M. Farrero.

— Merci. »

Flora considéra sèchement l'image et transmit l'appel à son patron

« Bonjour, monsieur, dit Farrero. Que puis-je pour vous ?

— Un vieil ami à moi, John Etcheverry, veut faire construire. Je vous l'envoie aujourd'hui.

— Ah, parfait, monsieur Westgeller. Je tâcherai de lui rendre service. Nous sommes très occupés.

— Au revoir. » Et l'autre de couper derechef.

Farrero se frotta le menton avec un léger sourire, puis il se leva, entra dans l'autre pièce et embrassa Flora.

John Etcheverry, la soixantaine, grand, maigre, pâle comme un linge, avait une grosse tête en forme d'œuf, des cheveux blancs rares qui se baladaient sur son crâne en vrilles humides et désordonnées. Ses yeux, enfoncés dans leurs orbites sombres, semblaient ne jamais ciller. Il avait de grandes oreilles aux longs lobes pâles et un long nez pâle qui remuait quand il parlait.

« Asseyez-vous, je vous prie, dit Farrero. Je crois que vous avez l'intention de faire bâtir.

— C'est exact. Puis-je fumer ?

— Je vous demande de l'éviter. »

L'autre lui accorda un regard surpris, puis haussa les épaules d'assez mauvaise grâce.

« Qu'avez-vous en tête ? Autant que je vous avertisse : mes prix sont élevés. Je vous en donne pour votre argent, certes, mais il vous en faudra beaucoup. »

Etcheverry agita les doigts. « Je veux une résidence à la campagne, dans l'isolation et le calme absolus. Je suis prêt à payer. »

Farrero tapota une ou deux fois sur le bureau avec son crayon, le reposa, se laissa aller en arrière et observa tranquillement son visiteur.

Celui-ci poursuivit : « Westgeller m'a dit que vous l'avez satisfait en tout point. En fait, il n'a pas voulu m'en dire davantage. »

Farrero hocha la tête. « Cela fait partie du contrat. J'avais besoin de temps pour me protéger, surtout de mes anciens employeurs, Marlais & Angker, une belle paire de gredins.

— Oh ? J'ai entendu dire qu'ils sont très estimés.

— Au contraire. Angker, un balourd maussade et stupide, possède la moralité d'une hyène. Marlais, d'une laideur abominable, a honte de paraître en public. Ils ne se font pas confiance ; ils se bagarrent comme des malades. Leur société frôle la faillite. Ils bâclent leurs chantiers, ne tiennent aucun compte des garanties, gonflent leurs factures.

— Hum ! dit Etcheverry. Voilà une dénonciation qui va chercher loin.

— Ce n'est que le sommet de l'iceberg. » Farrero ajusta son sonotone. « Parlez plus fort, je vous prie. Votre voix est basse et j'ai de la peine à vous entendre.

— Bon, revenons-en à la raison de ma visite. J'aimerais voir un exemple de vos réalisations. Votre goût du secret est-il tel que… »

Farrero l'interrompit : « Le temps des secrets est à peu près terminé. Désormais, je tâche seulement d'éviter de construire en trop grande quantité. Les entrepreneurs de classe III n'auront plus grand-chose à vendre pendant longtemps, quand j'aurai vendu onze cent trente-deux nouvelles propriétés.

— Que c'est étrange ! Et comment parvenez-vous à ce chiffre ?

— Peu importe, pour l'instant. Si vous acceptez le fait que je suis dans le vrai, vous pourrez apprécier mon désir de garder le secret. Marlais & Angker sont les pires. Ils sont allés jusqu'à engager des détectives. Ils sont capables des tours les plus immondes. En fait… Flora ! Appelez-moi Westgeller à son bureau. »

Etcheverry se tira sur le nez d'un air songeur.

Quelques instants s'écoulèrent. Le visage de Flora apparut sur l'écran.

« Westgeller n'est pas à son bureau, aujourd'hui. »

Farrero se retourna vers son visiteur. « C'est une habitude que j'ai gardée des premiers stades de l'affaire. Prudence infinie, prévision infinie. C'était alors indispensable. À présent, je peux me détendre. »

Etcheverry inspecta délicatement le bout de ses souliers. « Avant que nous continuions, puis-je voir votre patente de constructeur ?

— Je n'en ai pas.

— Vous construisez donc illégalement ?

— Bien sûr que non. »

Un pincement de lèvres. « Il va falloir que vous me donniez une explication. »

Pensif, Farrero regarda par la fenêtre. « Pourquoi pas ? De combien de temps disposez-vous ?

— Vous voulez dire… ?

— Ce sera tout de suite.

— Eh bien… Je n'ai aucun engagement urgent.

— Si vous pouvez m'accorder le restant de la journée, je ferai mieux que vous donner une explication ; je vous propose une démonstration.

— Parfait. » Etcheverry se leva. « Je dois admettre que vous avez excité ma curiosité. »

Farrero appela un taxi. « Le terrain du comté », dit-il au chauffeur.

Une fois à destination, il mena son client potentiel vers un petit astrobot. « Montez. » Il suivit dans la cabine le personnage courbé.

Etcheverry s'ajusta avec précaution aux coussins. « Si vous n'avez pas de patente pour la construction, j'espère que vous possédez une licence de pilote.

— Oui. Si vous y tenez, vous pouvez vérifier. Elle est sous l'aérateur.

— Je vous crois sur parole. »

Ils quittèrent le terrain brûlé, montèrent à cent, deux cents kilomètres, et le sol devint flou en dessous de leurs pieds. Mille, cinq mille, quinze mille kilomètres… trente, cinquante mille kilomètres, et Farrero surveillait attentivement son écran radar.

« On devrait y être. » Un lumignon jaune-vert clignotait. « Nous y voilà. » Il effectua un crochet ; l'appareil fila dans une nouvelle direction. Et, au bout d'une minute : « Vous pouvez regarder là, en bas, à votre gauche. »

Etcheverry tordit son cou émacié et aperçut un astéroïde de forme irrégulière qui devait mesurer quinze cents mètres de diamètre. Farrero fit descendre l'appareil et le posa presque sans secousse sur une parcelle de sable blanc.

L'autre lui agrippa le bras. « Vous êtes malade ? N'ouvrez pas ce sabord ! Il n'y a que le vide, là dehors ! »

Farrero secoua la tête. « Il y a de l'air, à une pression de mille quinze millibars, à vingt pour cent d'oxygène. Regardez les instruments. »

Etcheverry les consulta et, tout engourdi, regarda son pilote ouvrir largement le sabord et sauter hors du véhicule. Il le suivit. « Mais… je sens la pesanteur. »

Farrero grimpa en haut d'une petite éminence et lui fit signe. « Venez un peu par ici. »

Etcheverry monta lentement la pente.

« Voici la propriété de Westgeller. Son monde personnel. Tenez, voilà sa maison. »

La demeure trônait sur un large champ couvert de gazon vert émeraude. Un lac miroitait au soleil ; une grue blanche pêchait dans les roseaux. Des arbres longeaient la plaine. Etcheverry entendit des oiseaux chanter au loin.

La maison était un long édifice de plain-pied en planches de bois aux fenêtres nombreuses. Les jardinières débordaient de géraniums. Des parasols, tels des fleurs plus imposantes, s'ouvraient à côté d'une piscine.

Farrero regarda de l'autre côté du champ en plissant les yeux. « Westgeller est chez lui. Je vois son astrobot. Ça vous dit, de lui rendre visite ? Ça serait agréable de bavarder de tout et de rien avec un vieil ami, hein, monsieur Etcheverry ? »

L'autre lui adressa un rapide regard de côté, puis répondit lentement ; « Peut-être voudrait-il mieux que je… »

Farrero éclata de rire. « Gardez vos excuses. Elles ne serviraient à rien. Vous ignorez sans doute que je lis sur les lèvres. J'ai été sourd comme un pot les dix premières années de ma vie. Quand vous avez balancé l'image de Westgeller sur mon écran, sa voix disait : "Je vous envoie mon vieil ami Etcheverry", et ses lèvres : "M. Angker, j'ai décidé d'arrêter là notre contrat." J'ai soupçonné qu'il devait y avoir anguille sous roche… une très grosse anguille du nom de Marlais. »

L'homme émacié accorda un nouveau regard de côté à Farrero. S'étant rendu compte qu'il ne disposait d'aucune alternative, il déclara ; « Oui, c'est bien moi, Marlais. Vous avez là une entreprise très impressionnante.

— Je gagne de l'argent. »

Du regard, Marlais fit le tour du monde miniature. « Vous en dépensez aussi. » Il tapa du pied sur le sol. « Je m'avoue vaincu. Comment produisez-vous cette pesanteur ? Et comment retenez-vous l'atmosphère ? Je jurerais... avoir mon poids normal, disons.

— Vous êtes un peu plus léger. La gravité est ici trois pour cent plus faible que sur Terre.

— Mais... » Marlais regarda d'un bout à l'autre du proche horizon. « ... huit cents mètres de diamètre contre un peu moins de treize mille kilomètres pour la Terre, et la pesanteur est la même. Comment ?

— Primo, vous êtes plus proche du centre de gravité... de près de six mille kilomètres. »

Marlais se baissa, cueillit un brin d'herbe et l'inspecta avec curiosité.

« Tout est neuf, expliqua Farrero. Les arbres ont été apportés, non sans peine, par Lindvist, un écologiste danois, et par moi. Il estime le nombre d'abeilles qu'il me faut pour fertiliser les fleurs, le nombre de vers de terre, le nombre d'arbres pour oxygéner l'air. »

Marlais hochait la tête. « Quelle vision fabuleuse.

— Il ne restera plus un millionnaire habitant sur Terre, dans vingt ans. Chacun d'eux m'aura acheté une planète personnelle. Certains d'entre eux voudront voir plus grand. Je pourrai les satisfaire.

— Au fait, où avez-vous trouvé celle-ci ?

— Elle traînait dans l'espace. »

Marlais branla sagacement du chef. « C'est là que Marlais & Angker trouveront les leurs. »

Farrero tourna lentement la tête. L'autre affronta son regard avec impassibilité.

« Alors… vous pensez que vous allez vous lancer là dedans ?

— Bien entendu. Pourquoi pas ?

— Vous vous imaginez pouvoir profiter de mon idée. Vous avez tout l'équipement, tous les techniciens nécessaires pour prendre la meilleure partie. Peut-être que vous arriverez à faire voter une loi excluant les non-patentés de ce marché.

— Oui, peut-être. Mais ce n'est pas sûr.

— Ça vous dit de voir un autre de mes chantiers ? Celui-ci est pour Westgeller. Je vais vous montrer celui de Desplains. »

Ils rentrèrent dans l'astrobot. Farrero verrouilla le sabord et mit les gaz. Le monde de Westgeller diminua sous leurs pieds.

Ils atteignirent celui de Desplains une demi-heure plus tard.

« En fin de compte, dit Farrero, l'espace entourant la Terre sera parsemé de ces petites propriétés. Des lois régulant leurs orbites et leurs distances respectives auront été instaurées. »

Il toucha les commandes ; l'astrobot fila à travers le ciel de Desplains et se posa sur une avancée rocheuse.

Marlais déverrouilla le sabord et fit passer ses jambes maigrichonnes sur le sol. « *Pff !* grogna-t-il. Desplains doit compter faire pousser des orchidées… quelle moiteur ! »

Farrero eut un large sourire et ouvrit sa veste. « Il n'a pas encore emménagé. Nous avons quelques problèmes avec l'atmosphère. Il veut des nuages et nous faisons des expériences avec l'humidité. » Il leva les yeux. « Il est facile d'obtenir une couverture nuageuse épaisse… mais Desplains désire de gros cumulus joufflus. Bref, nous faisons de notre mieux. Pour ma part, je doute que le volume total d'air suffise. »

Marlais examina le ciel, où la Terre était accrochée sous la forme d'un énorme croissant brillant. Il humecta ses vieilles lèvres pâles.

Farrero éclata de rire. « Ça vous donne l'impression d'être tout nu, hein ? » Il regarda vers la ligne d'horizon bizarrement proche (à peine un jet de pierre, semblait-il), puis de nouveau vers le ciel où le croissant de Terre dominait la pleine lune derrière elle. « Par ici, la beauté... la grandeur, si vous préférez... apparaît en abondance. »

Marlais se percha avec prudence sur une roche. « Un lieu exotique, c'est certain.

— Desplains est un homme exotique. Mais il a de l'argent et je me fiche qu'il veuille que les rochers soient tapissés de fourrure de lapin. » Il rejoignit Marlais d'un bond et indiqua un bouquet d'arbres. « Ça, c'est son bayou. La flore provient d'Afrique et du Mato Grosso. La faune d'un peu partout, y compris un ibis tasmanien très rare. C'est joli et assurément fou ; des étangs qu'il faut relier, avec des arbres en surplomb. La mousse a un peu de mal à pousser et les odeurs ne sont pas tout à fait authentiques, mais ça ne saurait tarder. Derrière, il y a une jungle, ou peut-être un marigot, parcourue d'un tas de canaux. Quand les fleurs s'épanouiront toutes, ce sera très agréable.

— Des mondes particuliers convenant à toutes les fantaisies imaginables, murmura Marlais.

— Tout à fait. On a vendu le plus gros, de quinze kilomètres de diamètre, à un yachtman canadien.

— Fred Ableman, dit sèchement Marlais. Il a annulé son contrat avec nous voici deux mois.

— Je voulais le conserver pour le quartier général de la Ligue de l'Espoir, mais elle n'a pas voulu payer le prix. Les gens de cette sorte se montrent toujours très prudents avec leur argent.

— Quand vous travailliez pour Marlais & Angker, je vous rappelle que vous professiez une philosophie différente.

— C'est vrai. La situation a changé et dicte une philosophie différente. Il est très facile d'être généreux avec l'argent d'autrui. C'est un des luxes essentiels des hauts fonctionnaires : leur générosité avec l'argent public ne connaît aucune limite. Quoi qu'il en soit, Ableman veut un monde couvert d'océans, avec beaucoup de vent pour faire voguer ses bateaux. Il veut des îles çà et là, avec des plages, des bancs de corail, de jolis poissons.

— Des cocotiers aussi, je suppose.

— Exact… mais pas de requins. Le chantier ne sera pas terminé avant un an et demi. C'est lourd et difficile à manier… on a de la peine à le déplacer et le fixer en orbite. Et il nous faut beaucoup d'eau.

— Où allez-vous la trouver ? Vous ne pouvez pas la prendre sur Terre. »

Farrero hocha la tête. « Nous exploitons la banquise d'Hipparque. Chaque fois que la lune vient en conjonction, nous expulsons quelques gros morceaux. Lent, mais sûr. Ça coûte une fortune, mais Ableman gagne trop. De toute façon, comment pourrait-il dépenser son argent plus utilement ? »

Marlais pinça les lèvres. « Je suppose qu'on vous fournit des descriptifs plutôt bizarres.

— Il y a un dénommé Klenko qui a fait fortune dans la mode. Il est responsable de ces trucs virevoltants que portaient les femmes sur la tête, il y a un an ou deux. Un homme étrange, une planète étrange. L'air est rempli de bulles de verre d'un mètre de diamètre qui volent un peu partout. Des bulles de verre… topaze, bleues, rouges, violettes, vertes… en haut, en bas. C'est risqué d'essayer de se poser en astrobot. Il a une forêt fluorescente, avec des activateurs dans la sève. Quand il allume les ultraviolets, les feuilles miroitent… argentées, vertes, orange. On lui a construit un gros pavillon en surplomb d'un lac. Et les poissons sont lumineux.

— De toute évidence, il a l'intention de vivre la nuit.

— Il ne veut que la nuit. Son monde n'aura pas du tout de rotation, quand nous l'aurons fixé en orbite. Il prévoit des distractions des plus bizarres. »

Marlais haussa les épaules. « Qui possède une planète en édicte toutes les lois, je suppose.

— C'est la théorie de Klenko.

— Bien. Mais comment créez-vous la pesanteur ? La pesanteur artificielle n'existe pas. »

Farrero branla du chef. « C'est vrai.

— Ma foi, quel que soit le système, il devrait aussi fonctionner pour Marlais & Angker.

— Sans doute, seulement Marlais & Angker sont arrivés en retard au bal. Je n'ai guère envie de vous acculer à la faillite, d'ailleurs je n'y parviendrais sans doute pas. Il y aura toujours un petit marché de classe III sur Terre pour les gens prudents et conventionnels. Mais c'est moi qui aurai la meilleure part pendant longtemps. »

Marlais hocha la tête et une étincelle apparut au fin fond de son regard. « Vous n'avez pas tout à fait saisi mon idée, mon ami. Nous n'avons pas pour intention de rester à l'arrière-plan. Nous possédons les relations, l'équipement, le personnel. Nous pouvons récupérer les astéroïdes à meilleur marché et vendre quatre fois moins cher. Nous vendrons même à perte, s'il le faut. Quelle que soit la manière dont vous fabriquez la pesanteur, nos ingénieurs seront capables de vous imiter.

— Mon cher monsieur Marlais, dit Farrero, vous vous imaginez que je laisserais une brèche ouverte à vous et aux autres bandits de votre association ? Auriez-vous entendu parler de la Loi sur les concessions spatiales ?

— Bien sûr. Elle définit et autorise l'exploitation minière des astéroïdes.

— Conformément à cette loi, j'ai enregistré onze cent trente-deux astéroïdes… d'une nature bien particulière. Ce petit caillou noir à côté de votre pied droit… celui qui brille comme du silex. Prenez-le. »

Marlais tendit la main, le saisit et dut faire un effort. Il était bouche bée de stupéfaction. Il tira encore, au point que ses vieux bras maigrichons en tremblèrent et craquèrent. Il leva les yeux sur Farrero. « Il est collé.

— Il pèse plusieurs tonnes. Il s'agit de matière stellaire. Cristallisée par une pression fabuleuse au cœur d'une étoile. Une seule molécule est à l'origine d'une force gravitationnelle énorme. D'une manière ou d'une autre, onze cent trente-deux morceaux de cette matière sont venus se mettre en orbite autour du soleil… non loin de la Terre. Ils sont petits, noirs et d'une masse insuffisante pour créer des perturbations notables. Mais quand on se trouve à leur surface, le centre de gravité est assez proche pour donner l'impression du poids terrestre. J'ai enregistré le moindre de ces astéroïdes. Je vais devoir en agglomérer certains ; il me faudra en recouvrir d'autres d'une croûte de plusieurs kilomètres de matière ordinaire afin de réduire la pesanteur.

Elle diminue, comme vous le savez, en fonction du carré de la distance au centre de la masse. » Farrero ouvrit le sabord de son astrobot et fit signe à Marlais de rentrer. « Je sais où vous pourrez trouver toute la matière lourde qu'il vous faudra. »

Marlais grimpa sans mot dire dans l'appareil. Il jeta à Farrero un regard à l'éclat adouci. « Où ? »

Farrero verrouilla le sabord et bascula la manette des gaz ; le monde de Desplains diminua sous leurs pieds. « Si j'étais vous, j'essaierais d'abord le système d'Alpha du Centaure. Il doit y flotter tout un tas de débris. Avec un peu de chance, ils ne seront pas trop radioactifs.

— Épargnez-moi vos plaisanteries, dit Marlais. Revenons sur Terre. J'ai pas mal de choses à raconter à Angker. Je suppose que vous ne désirez pas travailler à nouveau pour nous, avec un salaire plus élevé ?

— Non.

— Je m'en doutais. »

Dix minutes plus tard, Marlais sortait son chéquier. Il tendit un chèque à Farrero. « Une avance d'un demi-million pour l'un de vos mondes, du genre de celui de Westgeller. Ce serait idiot de ne pas profiter de l'occasion. »

Les Potiers de Firsk

Le vase jaune sur le bureau de Thomm, de trente centimètres de haut, s'évasait à partir d'un diamètre de vingt centimètres pour atteindre les trente vers le haut. De profil, la courbe était simple, nette, vive, parfaitement achevée ; le corps était mince, sans fragilité ; l'ouvrage tout entier donnait l'impression d'une force bien cambrée.

L'élégance du corps n'avait d'égal que la beauté du vernis : un éblouissant jaune transparent, lumineux comme les dernières lueurs d'un soir de canicule estivale. C'était l'essence des fleurs de soucis, un éblouissant safran ondoyant, un jaune semblable à de l'or limpide, un cristal jaune qui semblait façonner des rideaux de lumière en lui-même et les semer à tous vents, jaune étincelant mais doux, piquant comme le citron, suave comme de la gelée de coing, apaisant comme les rayons du soleil.

Keselsky lorgna furtivement le vase au long de son entretien avec Thomm, le chef du personnel du département des Affaires planétaires. L'entrevue terminée, il ne put s'empêcher de se pencher pour examiner l'objet de plus près. Il déclara avec une sincérité manifeste : « C'est la plus belle poterie que j'aie jamais vue. »

Thomm, dans la force de l'âge, arborant une martiale moustache grise, l'œil vif mais tolérant, se carra dans son fauteuil. « C'est un souvenir. "Souvenir" est un terme qui en vaut bien un autre. Je l'ai depuis bien des années ; je devais avoir votre âge à l'époque. » Il jeta un coup d'œil à l'horloge sur son bureau. « L'heure du déjeuner. »

Keselsky leva les yeux et tendit à la hâte la main vers sa serviette. « Excusez-moi, j'ignorais… »

Thomm leva la main. « Pas si vite. J'aimerais que vous déjeuniez avec moi. »

Le visiteur marmonna des excuses embarrassées, mais l'autre insista. « Rasseyez-vous, je vous en prie. » Un menu apparut sur l'écran. « Allez… jetez un coup d'œil. »

Sans qu'il soit besoin d'insister davantage, Keselsky effectua une sélection et Thomm parla dans son micro. Le mur s'ouvrit, une table apparut et glissa jusqu'à eux avec leur repas.

Tout en mangeant, Keselsky continua de caresser le vase des yeux. Au café, Thomm le lui tendit. Il le souleva, en palpa la surface, plongea le regard dans son vernis.

« Où diable avez-vous trouvé un tel chef-d'œuvre ? » Il examina le fond et fronça les sourcils devant les marques grattées dans l'argile.

« Le diable n'y est pour rien. C'était sur la planète Firsk. » Thomm se rencogna dans son fauteuil. « Ce vase a une histoire. » Il marqua un temps d'arrêt.

Keselsky se hâta de jurer que rien ne pouvait lui plaire davantage que d'écouter tout ce que son hôte pouvait avoir à raconter. Thomm eut un léger sourire. Après tout, c'était le premier emploi de Keselsky.

« Comme je l'ai déjà dit, je devais avoir votre âge. Peut-être un an ou deux de plus, mais il y avait dix-neuf mois que je me trouvais sur Manche. Quand mon ordre de transfert pour Firsk m'est parvenu, j'ai été enchanté, bien sûr, car Manche, comme vous le savez peut-être, est une planète sinistre, pleine de glaces, de puces des neiges et des aborigènes les plus ennuyeux de l'univers… »

Firsk captiva Thomm. Ce monde avait tout ce qui manquait à Manche : la chaleur, des parfums, les Mi-Tuun, peuple gracieux connaissant une culture antique, riche et surannée. Firsk n'avait rien d'une grosse planète, bien que sa pesanteur soit proche de celle de la Terre. Les surfaces émergées se réduisaient à un unique continent équatorial qui avait la forme d'un haltère.

Le bureau des Affaires planétaires se situait à Pénolpan, à quelques kilomètres de la mer du Sud – ville connue pour ses fables et son charme. On entendait toujours une musique tintinnabulante au loin ; l'encens et mille parfums de fleurs embaumaient l'air. Les maisons basses en roseau, en parchemin et en bois sombre étaient disposées négligemment, aux trois quarts dissimulées sous le feuillage des arbres et des plantes grimpantes. Des canaux d'eau verte où voguaient des bateaux décorés de dessins compliqués et multicolores dentelaient la cité, traversés par des ponts en bois recouverts de lierre et de fleurs orange.

Les habitants de Pénolpan, les Mi-Tuun à la peau ambrée, un peuple doux, se consacraient aux plaisirs de la vie, sensuels sans excès, détendus et gais, leur vie guidée par des rituels. Ils pêchaient dans la mer du Sud, cultivaient des céréales et des fruits, produisaient des articles en bois, en résine et en papier. Le métal était rare sur Firsk, remplacé dans bien des cas par des outils et des ustensiles en céramique, fabriqués si habilement que cette lacune passait inaperçue.

Thomm trouvait son travail au bureau de Pénolpan fort agréable ; seule la personnalité de son supérieur le gâchait quelque peu. George Covill était un petit homme rougeaud aux yeux bleus proéminents, aux paupières lourdes et ridées, à la chevelure blondasse peu fournie. Si le déplaisir le gagnait, ce qui n'était pas rare, il inclinait la tête et gardait les yeux fixes pendant quelques secondes menaçantes. Puis, si le délit était grave, il explosait de colère ; sinon, il s'éloignait à grands pas.

À Pénolpan, les fonctions de Covill étaient de nature plus technique que sociologique et, vu que le Bureau prônait d'ignorer les cultures équilibrées, ses occupations réduites. Il importait du tissu siliconé pour remplacer les fibres de racine à partir desquelles les Mi-Tuun tissaient leurs filets ; il avait fait bâtir une petite usine de fractionnement pour convertir l'huile de poisson qu'ils utilisaient dans leurs lampes pour obtenir un fluide plus léger et plus propre. Le papier verni des maisons pénolpanes avait tendance à absorber l'humidité et à se fendiller au bout de quelques mois. Covill faisait venir un vernis plastique qui le protégeait indéfiniment. À part ces innovations mineures, il n'avait guère de travail. La politique du Bureau consistait à améliorer le mode de vie indigène dans le cadre de sa propre culture, en introduisant les méthodes, les idées et la philosophie terriennes de manière très graduelle et seulement quand les indigènes eux-mêmes en éprouvaient le besoin.

Avant longtemps, toutefois, Thomm avait fini par trouver que Covill ne croyait guère à cette façon de faire. Certaines de ses actions paraissaient stupides et arbitraires aux yeux de Thomm, qui était parfaitement endoctriné. Il avait fait construire un bureau de style terrien donnant sur le canal principal de Pénolpan, et le béton et le verre étaient en inexcusable discordance avec les ivoires et les bruns de la localité. Il respectait strictement ses horaires et, une bonne douzaine de fois, une délégation de Mi-Tuun arrivant en grande pompe dut être renvoyée par Thomm qui bredouilla des excuses, alors que Covill, qui détestait la raideur de son habit en lin, s'était affalé torse nu dans un fauteuil en osier avec un cigare, un litre de bière et des films érotiques sur le télécran.

Thomm avait pour mission l'Extermination des nuisibles, travail que Covill considérait comme indigne de lui. Lors d'une de ses rondes, le jeune fonctionnaire entendit parler pour la première fois des Potiers de Firsk.

Chargé du vaporisateur anti-insectes, des cartouches de mort-aux-rats se balançant à la ceinture, il s'était aventuré dans les faubourgs les plus défavorisés de Pénolpan, là où les arbres s'arrêtaient et où la plaine desséchée s'étirait jusqu'aux monts Kukmank. Dans ce lieu plutôt sinistre, il tomba sur un long hangar à claire-voie, un magasin de poteries. Les étagères et les tables contenaient des biens de toutes sortes, des cruches en terre pour saler le poisson jusqu'à de minuscules vases aussi minces que le papier et lumineux que le lait. Ici, des assiettes petites ou grandes, des céramiques de toutes tailles et formes, toutes différentes, des aiguières, des soupières, des dames-jeannes, des chopes. Là, un plateau contenait des couteaux en terre, l'argile vitrifiée au point de résonner comme du fer, le tranchant taillé, plus acéré que celui d'un rasoir, à partir d'une épaisse goutte de glaçure.

Ces couleurs le stupéfièrent. Des rubis rares et chaleureux, les verts de l'eau d'un fleuve, des azurs dix fois plus profonds que celui du ciel. Il vit des pourpres métalliques, des marrons striés de lumière blonde, des roses, des violets, des gris, des roux pommelés, des bleus de cuivre et de cobalt, les rais et les coulées étranges de flèches d'amour. Certaines glaçures étaient fleuries de cristaux semblables à des flocons de neige ; chez d'autres, flottaient de minuscules échardes de métal.

Sa découverte l'enchanta. Il y avait là la beauté de la forme, du matériau, du travail. Le corps sain, robuste sous la force terrienne naturelle que possédaient le bois et l'argile, le verre fondu, les courbes rapides et nerveuses, la capacité des vases, l'envergure des assiettes – le tout suscitait en lui un enthousiasme fabuleux. Pourtant… ce bazar avait un côté intriguant. D'abord (il examina tous les rayonnages), il manquait un détail. Dans toute cette exposition multicolore, il manquait… le jaune. On ne trouvait de glaçure jaune d'aucune sorte. Crème, paille, ambre… pas d'honnête jaune flamboyant.

Les potiers évitaient peut-être cette couleur par superstition, supposa Thomm, ou par association avec la royauté, comme les antiques Chinois de la Terre, ou encore par assimilation avec la mort ou la maladie… Cet enchaînement mental conduisait à une seconde énigme : qui étaient ces potiers ? À Pénolpan, on ne trouvait aucun four pour cuire ce genre d'ouvrage.

Il s'approcha de la vendeuse, une jeune fille presque nubile, dotée d'une exquise joliesse. Elle portait le paréo des Mi-Tuun, une robe fleurie qui lui ceignait la taille, et des sandales en roseau. Sa peau brillait telle l'une des glaçures ambrées derrière elle ; elle était mince, paisible, sympathique.

« Tout cela est vraiment magnifique, dit Thomm. Par exemple, combien coûte ceci ? » Il toucha une grande carafe à la glaçure vert clair parcourue de fils et de taches d'argent.

Le prix qu'elle lui donna, malgré la beauté de l'objet, était plus élevé que ce à quoi il s'attendait. Devant sa surprise, la jeune fille expliqua : « Ce sont nos ancêtres, et les vendre aussi bon marché que du bois ou du verre serait irrévérencieux. »

Thomm haussa les sourcils et décida d'ignorer ce qu'il considéra comme une personnification rituelle. « Où est fabriquée cette poterie ? À Pénolpan ? »

La fille hésita ; il perçut une soudaine retenue. Elle tourna la tête vers les monts Kukmank. « Dans les collines se trouvent les fours ; là-bas vont nos ancêtres et les récipients sont rapportés. À part cela, je ne sais rien.

— Préférez-vous ne pas en parler ? » demanda-t-il prudemment.

Elle haussa les épaules. « Pourquoi ? Hormis le fait que nous autres Mi-Tuun redoutons les Potiers, et que penser à eux nous oppresse.

— Mais pour quelle raison ? »

Elle grimaça. « Nul ne sait ce qu'il y a par-delà la première colline. On voit parfois la lumière des fourneaux. Et quand les morts viennent à manquer, les Potiers prennent les vivants. »

Dans ce cas, se dit-il, le Bureau devait s'en mêler, au prix même d'une intervention armée.

« Qui sont ces Potiers ?

— Tenez, dit-elle en tendant le bras. En voici un. »

Suivant la direction indiquée, il vit un homme qui partait vers la plaine. Il était plus grand et plus corpulent que les Mi-Tuun. Thomm ne le distinguait pas nettement, enveloppé qu'il était dans un long burnous gris, mais il semblait posséder une peau pâle et des cheveux brun-roux. Il remarqua les paniers gonflés sur son animal de bât. « Qu'emporte-t-il ?

— Du poisson, du papier, du tissu, de l'huile… des biens qu'il a négociées contre des poteries. »

Thomm reprit son équipement. « Je pense que je vais rendre visite aux Potiers, un de ces jours.

— Non…

— Et pourquoi pas ?

— C'est très dangereux. Ils sont féroces, secrets… »

Thomm sourit. « Je serai prudent. »

De retour au Bureau, il trouva Covill affalé dans un fauteuil en rotin, à demi-endormi. À la vue de Thomm, l'autre se redressa et s'assit.

« Où diable étiez-vous ? Je vous ai dit de me préparer pour aujourd'hui les devis de la centrale électrique.

— Je les ai posés sur votre bureau, répondit poliment Thomm. Si vous êtes entré, vous les avez forcément aperçus. »

Son supérieur lui adressa un regard atrabilaire, mais se trouva pour une fois à court de mots. Avec un gémissement, il se laissa retomber dans sa chaise longue. En règle générale, Thomm ne prêtait guère attention à son acrimonie, car il y voyait un ressentiment contre le bureau central. Covill estimait que ses capacités méritaient un champ plus large, un poste plus important.

Thomm s'assit et se servit un verre de la bière de Covill. « Vous avez entendu parler des potiers des montagnes ? »

Covill lâcha un grognement. « Une tribu de bandits, ou quelque chose de ce genre. » Il se plia en avant et tendit la main vers la bière.

« J'ai jeté un coup d'œil au bazar, aujourd'hui, continua Thomm. Une vendeuse appelait les vases des “ancêtres”. Ça m'a paru plutôt bizarre.

— Plus longtemps vous traînerez vos guêtres sur les planètes, plus vous verrez du bizarre. Rien ne pourrait plus me surprendre… à part peut-être une mutation au siège. » Il renifla amèrement, avala de la bière. Rafraîchi, il continua d'une voix moins irritée : « J'ai entendu des trucs sur ces Potiers, rien de précis, et je n'ai jamais eu le temps d'enquêter. Il doit s'agir de cérémonies religieuses, de rites funéraires. Ils emportent les dépouilles des défunts et les ensevelissent contre des honoraires ou des marchandises.

— La vendeuse m'a dit que quand ils n'ont pas assez de morts, ils prennent des vivants.

— Hein ? Qu'est-ce que c'est que cette histoire ? » Les yeux bleus glaciaux flamboyaient dans le visage rougeaud. Thomm répéta sa phrase.

Covill se gratta le menton et ne tarda pas à se mettre debout. « Rien que pour le plaisir, allons jeter un œil sur ce que fabriquent ces Potiers. Il y a longtemps que j'ai envie de m'aérer un peu. »

Thomm sortit l'hélicoptère du hangar, se posa devant le bureau, et Covill grimpa tout doucement à bord. L'énergie qui l'animait soudain décontenançait Thomm, surtout du fait qu'il lui fallait prendre l'hélico. Covill détestait intensément voler et refusait habituellement de poser le pied dans un appareil qui n'était pas collé au sol.

Les pales chantèrent, mordirent l'air, l'hélico prit de l'erre. Pénolpan devint un échiquier de toits et de feuillages bruns. À soixante kilomètres, de l'autre côté d'une plaine sèche et sablonneuse, s'élevait la chaîne des Kukmank, épaulements nus et excroissances de roche grise.

Au premier abord, repérer un village parmi ces éboulis paraissait une tâche plus que futile.

Covill scruta l'étendue sauvage et marmonna quelques paroles dans ce sens ; Thomm, quant à lui, désigna une colonne de fumée. « Les potiers ont besoin de fours, et les fours, de chaleur... »

Comme ils approchaient de la fumée, ils virent qu'elle ne sortait pas d'une cheminée en brique, mais d'une fissure au sommet d'une calotte conique.

« Un volcan, dit Covill d'un air vengeur. Suivons un peu cette crête... et si on ne trouve rien, on rentre à la maison. »

Thomm avait examiné les lieux. « Je pense que nous les avons découverts. Regardez un peu mieux et vous verrez des bâtiments. »

Il fit descendre l'hélicoptère et les rangées de maisons en pierre apparurent nettement.

« Devons-nous atterrir ? demanda-t-il, hésitant. Ils sont censés être plutôt brutaux.

— Oui, posez-vous, lança Covill. Nous sommes des représentants officiels du Système. »

Ce fait risquait de ne pas signifier grand-chose au beau milieu d'une tribu de montagnards, songea Thomm ; il dirigea néanmoins l'hélico vers une surface plane en pierre au centre du village.

L'hélicoptère, s'il n'avait pas affolé les Potiers, les avait au moins rendus prudents. Pendant plusieurs minutes, aucun signe de vie n'apparut. Les cabanes de pierre étaient sinistres, aussi vides que des cairns.

Covill mit pied à terre. Thomm, une fois assuré que son pistolet gamma était accessible, le suivit. L'autre, debout près de l'hélico, étudiait l'alignement de bâtisses. « Méfiants, ces lascars, grogna-t-il. Eh bien… restons ici jusqu'à ce que quelqu'un bouge. »

Thomm acquiesça de tout cœur à ce plan, aussi attendirent-ils à l'ombre de l'hélicoptère. C'était clairement le village des Potiers. On trouvait partout des tessons, morceaux brillants de céramique vernie étincelant comme des bijoux perdus. En bas du coteau s'élevait un tas de biscuits brisés, destinés à être utilisés, et plus loin s'étirait un hangar au toit de tuiles. Il chercha en vain un four. Une fissure à flanc de montagne attira son regard, fissure où conduisait un sentier bien tracé. Une hypothèse intrigante se forma dans son esprit, mais trois hommes apparurent alors, grands et droits dans leurs burnous gris. Les capuches rejetées en arrière, ils ressemblaient à des moines du Moyen Âge terrien, hormis qu'au lieu d'une tonsure, c'était une touffe de cheveux roux qui leur couronnait le crâne.

Le chef s'approchait d'un pas déterminé et Thomm se raidit, prêt au pire. Ce n'était pas le cas de Covill ; il affichait une aisance méprisante, seigneur parmi ses serfs.

À trois mètres, le chef s'arrêta. Plus grand que Thomm, le nez aquilin, les yeux durs et rusés semblables à des cailloux gris, il attendit un instant, mais Covill se contenta de le regarder.

L'arrivant parla enfin d'une voix courtoise. « Qu'est-ce qui amène les étrangers au village des Potiers ?

— Je m'appelle Covill, du Bureau des Affaires planétaires à Pénolpan, et représentant officiel du Système. Il s'agit d'une simple visite de routine, pour voir comment vous allez.

— Nous n'avons pas à nous plaindre, répondit le chef.

— On m'a rapporté que les Potiers kidnappent des Mi-Tuun. Y a-t-il du vrai là-dedans ?

— Kidnapper ? Qu'est-ce que ça veut dire ? »

Covill le lui expliqua. Le chef se frotta le menton en le fixant de ses yeux noirs comme l'eau.

« Il existe un accord très ancien, répondit-il enfin. Les Potiers ont droit au corps des défunts ; de temps à autre, quand le besoin devient pressant, nous anticipons effectivement la nature d'un an ou deux. Mais quelle importance ? L'âme vit éternellement dans la céramique qu'elle embellit. »

Covill sortit sa pipe et Thomm retint son souffle. Le bourrage de la pipe était le préliminaire aux glaciaux regards de côté qui culminaient parfois en une explosion de courroux. Pour l'instant, toutefois, le bonhomme gardait son sang-froid. « Que faites-vous exactement des cadavres ? »

Le chef haussa les sourcils sous la surprise. « N'est-ce pas évident ? Non ? Il est vrai que vous n'êtes point potier… Nos glaçures exigent du plomb, du sable, de l'argile, de l'alcali, du spath et de la chaux. Nous disposons de tout cela, sauf de la chaux, que nous extrayons des os des défunts. »

Covill alluma sa pipe et tira dessus. Thomm se détendit. Pour l'instant, le danger était écarté.

« Je vois. Eh bien, nous ne voulons pas intervenir dans les coutumes indigènes, les rites ou les cérémonies, tant qu'ils ne produisent aucun désordre. Il vous faut comprendre que les kidnappings doivent cesser. Les cadavres... cela dépend de vous et de ceux qui sont responsables des dépouilles, mais la vie est plus importante que les céramiques. Si vous avez besoin de chaux, je peux vous en fournir des tonnes. Il doit exister des couches de calcaire quelque part sur la planète. Un de ces jours, j'enverrai Thomm prospecter et vous aurez plus de chaux que vous n'en pourrez utiliser. »

Le chef secoua la tête, à demi amusé. « La chaux naturelle est un piètre substitut pour la chaux fraîche des os. Certains autres sels servent de fondant ; bien sûr l'esprit de la personne réside dans les os et passe dans la glaçure pour lui insuffler un feu interne qui est inaccessible autrement. »

Covill tira plusieurs fois sur sa pipe en fixant le chef de ses yeux durs. « Je me fiche de ce que vous utilisez, tant qu'il n'y a ni kidnapping ni meurtre. Vous avez besoin de chaux ? Je vous aiderai à en trouver ; c'est pour cela que je suis ici : pour vous aider à améliorer votre mode de vie. Mais j'y suis aussi pour protéger les Mi-Tuun de toute attaque. Je puis réaliser l'un comme l'autre... et avec autant de succès. »

La commissure des lèvres du chef se pinça. Thomm glissa une question avant l'apparition d'une réaction violente. « Dites-moi, où se trouvent vos fours ? »

Le chef lui adressa un regard glacial. « Notre cuisson est effectuée par la grande Ignition mensuelle. Nous empilons nos ouvrages dans les cavernes, puis, le vingt-deuxième jour, la chaleur monte des profondeurs. Un jour durant, la chaleur gronde et, deux semaines plus tard, les cavernes ont suffisamment refroidi pour que nous récupérions notre travail.

— Voilà qui paraît intéressant, dit Covill. J'aimerais jeter un coup d'œil à vos installations. Où se trouve votre atelier ? Dans ce hangar ? »

Le chef ne broncha pas d'un pouce. « Personne ne peut regarder dans cet atelier, énonça-t-il, à moins d'être Potier… et ce seulement après avoir prouvé sa maîtrise de la pâte.

— Et comment cela se passe-t-il ? demanda Covill d'un air dégagé.

— À quatorze ans, le candidat quitte sa demeure avec un marteau, un mortier et une livre de chaux. Il doit extraire l'argile, le plomb, le sable, le spath. Il doit trouver le fer pour le marron, la malachite pour le vert, la terre de cobalt pour le bleu, puis il doit malaxer la glaçure dans son mortier, former et décorer un carreau et le placer dans la Bouche de la grande Ignition. Si le carreau est réussi, il obtient alors la permission d'entrer dans le long atelier et d'apprendre les secrets du métier. »

Covill sortit la pipe de sa bouche et demanda d'un air intrigué : « Et si le carreau est raté ?

— Nous n'avons aucun besoin de mauvais Potiers. Nous avons toujours besoin de chaux. »

Thomm avait examiné les échardes de céramique colorée. « Pourquoi n'utilisez-vous pas de glaçure jaune ? »

Le chef écarta les bras. « Le vernis jaune ? Il est inconnu, c'est un secret qu'aucun Potier n'a jamais percé. Le fer donne une couleur vaguement fauve, l'argent un jaune grisâtre, l'antimoine brûle sous la chaleur de la grande Ignition. Le jaune pur et chaud, de la couleur du soleil… ah ! ce n'est qu'un rêve. »

Covill n'était pas intéressé par cette question. « Eh bien, nous allons rentrer, puisque vous n'avez pas envie de nous faire visiter vos installations.

Souvenez-vous, si vous désirez la moindre aide technique, je peux la fournir. Je pourrais même trouver le moyen d'obtenir votre précieux jaune...

— Impossible. Nous, les Potiers de l'Univers, ne le cherchons-nous pas depuis des millénaires ?

— ... mais vous ne devez plus prendre de vie. Si nécessaire, je mettrai un terme définitif à la création des céramiques. »

Le regard du chef s'embrasa. « Vos paroles ne sont pas amicales !

— Si vous vous imaginez que j'en suis incapable, vous vous trompez, reprit Covill. Je jetterai une bombe dans la gorge de votre volcan et toute la montagne s'écroulera. Le Système protège tous les individus, même les Mi-Tuun d'une tribu de Potiers qui convoitent leurs os. »

Thomm le tira nerveusement par la manche. « Remontez dans l'hélico, chuchota-t-il. Ils sont de mauvaise humeur. Dans une seconde, ils vont nous sauter dessus. »

Covill tourna le dos au chef qui se renfrognait et monta lentement dans l'hélicoptère. Son jeune collègue le suivit prudemment. À ses yeux, le chef se disposait les attaquer et Thomm n'éprouvait aucun penchant pour la bagarre.

Il mit le contact ; les lames tournèrent ; l'hélicoptère s'éleva, abandonnant sous son ventre un petit groupe de Potiers silencieux en burnous.

Covill se carra dans son siège avec un petit air satisfait. « Il n'existe qu'un seul moyen de traiter ces gens : les dominer. C'est la seule façon de se faire respecter. Le moindre signe d'hésitation, ils le sentent à tous les coups... et alors vous êtes foutu. »

Thomm resta coi. La méthode pouvait produire des résultats immédiats, mais à longue échéance, elle semblait myope, intolérante, cruelle. À la place de Covill, il aurait insisté sur la capacité du Bureau à procurer des substituts à la chaux tirée des os et à apporter une assistance technique… bien que les Potiers soient manifestement maîtres de leur art et sûrs de leur talent. La glaçure jaune, bien sûr, leur échappait encore. Le soir même, il inséra une bande de la bibliothèque du Bureau dans sa visionneuse portable. Le sujet était la céramique et il absorba le maximum de cet art.

Le projet préféré de Covill, une petite centrale nucléaire qui électrifierait la ville, tint Thomm occupé les jours suivants, bien qu'il travaille à contrecœur. Pénolpan, avec ses canaux suavement éclairés par des lanternes jaunes, les jardins rougeoyant sous les chandelles et chargés du parfum des fleurs nocturnes, était une ville de contes de fées ; l'électricité, les moteurs, les néons, les pompes à eau en assombriraient assurément le charme… Covill, quant à lui, insistait sur le fait que le monde bénéficierait d'une intégration graduelle dans le fabuleux complexe industriel du Système.

À deux reprises, Thomm passa devant la boutique de céramiques et, à deux reprises, il entra, à la fois pour s'émerveiller devant les articles éblouissants et pour s'entretenir avec la vendeuse. Elle était d'une beauté fascinante, de la grâce, du charme, insufflés dans son âme par toute une vie passée à Pénolpan ; elle s'intéressait à tout ce qu'il avait à dire de l'univers extérieur ; et lui, jeune, solitaire, le cœur tendre, attendait avec un plaisir croissant de lui rendre visite. Pendant un certain temps, Covill le garda très occupé. Des rapports devaient être envoyés au Bureau central et l'autre lui confiait cette tâche tandis qu'il sommeillait dans son fauteuil en osier ou parcourait les canaux de Pénolpan dans son bateau spécial rouge et noir.

Enfin, à l'issue d'un après-midi interminable, Thomm rejeta ses notes et s'engagea dans la rue, à l'ombre des grands arbres de kaotang. Il traversa le marché central où les boutiquiers s'occupaient des derniers clients, suivit un sentier qui longeait la rive herbue d'un canal et ne tarda pas à arriver à la boutique de céramiques.

Il chercha en vain la jeune fille. Un homme mince en veste noire se tenait tranquillement sur le côté, attendant son bon plaisir. Thomm finit par se tourner vers lui. « Où se trouve Su-then ? »

L'homme hésita. L'impatience gagna Thomm. « Elle est malade ? Elle a cessé de travailler ici ?

— Elle est partie.

— Partie où ?

— Rejoindre ses ancêtres. »

La peau de Thomm se figea. « *Quoi* ? »

L'employé baissa la tête sans mot dire.

« Elle est morte ?

— Oui, elle est morte.

— Mais… comment ? Elle était en excellente santé, il y a un jour ou deux. »

Le Mi-Tuun hésitait encore. « Il est bien des façons de mourir, Terrien. »

Thomm se mit en colère. « Allez… dites-moi tout. Que lui est-il arrivé ? »

Décontenancé par sa véhémence, l'autre lâcha : « Les Potiers l'ont appelée dans les collines ; elle est partie, mais vivra bientôt éternellement, son esprit enveloppé dans une glaçure étincelante…

— J'ai bien compris ? Les Potiers l'ont prise… vivante ?

— Oui… vivante.

— Et d'autres avec elle ?
— Trois autres.
— Tous vivants ?
— Tous vivants. »

Thomm retourna au Bureau au pas de course. Par pur hasard, Covill se trouvait dans le cabinet principal, à vérifier son travail. Thomm débita : « Les Potiers ont commis un nouvel enlèvement… ils ont pris quatre Mi-Tuun ces deux derniers jours. »

Covill tendit le menton en avant et jura généreusement. Thomm comprenait que sa colère n'était pas due tant à l'acte lui-même qu'au fait que les Potiers l'avaient défié, avaient désobéi à ses ordres. L'autre avait été insulté en personne ; il allait donc agir.

« Sortez l'hélicoptère ! ordonna-t-il. Posez-le devant le Bureau. »

Quand Thomm se fut exécuté, il vit Covill qui l'attendait avec l'une des trois bombes atomiques de l'armurerie du Bureau… un cylindre allongé doté d'un parachute. Covill le fixa à son logement sur l'hélicoptère, puis recula. « Allez au-dessus de ce foutu volcan, dit-il sèchement. Et lâchez la bombe dans le cratère. Je vais donner à ces meurtriers une leçon qu'ils n'oublieront pas de sitôt. La prochaine fois, leur village y aura droit. »

Thomm, conscient de l'aversion de Covill pour les voyages aériens, ne fut pas surpris par cette mission. Sans mot dire, il décolla, s'éleva au-dessus de Pénolpan et se dirigea vers les Kukmank.

Sa colère s'apaisa. Les Potiers, prisonniers des ornières de leurs coutumes, n'avaient pas conscience de faire du mal. Les ordres de Covill semblaient malavisés… téméraires, trop hâtifs. Et si les Mi-Tuun étaient encore en vie ? Au lieu de survoler le volcan, il se posa dans le village gris et, ayant vérifié son pistolet gamma, sauta sur la place sinistre en pierre.

Cette fois-ci, il ne dut attendre que quelques instants. Le chef arriva à grands pas, le burnous volant autour de ses membres puissants, un sourire menaçant sur le visage.

« Ainsi… revoici notre petit seigneur. Très bien… nous avons besoin de chaux et la vôtre conviendra parfaitement. Préparez votre âme à la grande Ignition et votre prochaine vie sera dans la gloire éternelle d'un vernis parfait. »

Thomm, envahi par la peur, mais aussi par la témérité du désespoir, toucha son arme. « Je tuerai beaucoup de Potiers, et vous serez le premier, dit-il d'une voix qui lui parut étrange. Je suis venu chercher les quatre Mi-Tuun que vous avez enlevés à Pénolpan. Ces incursions doivent cesser. Vous ne semblez pas comprendre que nous sommes capables de vous punir. »

Le chef, apparemment peu impressionné, mit les mains derrière le dos. « Vous volez peut-être tels des oiseaux, mais les oiseaux ne peuvent que souiller ceux qui se trouvent au-dessous d'eux. »

Thomm sortit son pistolet gamma et désigna un gros bloc de pierre distant de quatre cents mètres. « Regardez ce rocher. »

D'une balle explosive, il transforma le granit en gravier.

Le chef recula, les sourcils levés. « En vérité, vous avez plus de mordant que je ne croyais. Mais… » Il désigna d'un geste le cercle de Potiers en burnous autour de Thomm « … nous pouvons vous tuer avant que vous puissiez faire grand mal. Nous autres Potiers ne redoutons pas la mort, qui n'est qu'une simple méditation éternelle dans la glaçure.

— Écoutez-moi, repartit sévèrement Thomm. Je suis venu non pas menacer, mais marchander. Mon supérieur, Covill, m'a donné l'ordre de détruire la montagne, de détruire vos cavernes… et je puis en disposer aussi facilement que de cette roche. »

Un marmonnement s'éleva parmi les Potiers.

« Si je suis blessé, soyez sûrs que vous en souffrirez. Mais, comme je vous l'ai dit, je viens ici, contre les ordres de mon supérieur, pour traiter avec vous.

— Quelle sorte de marché peut donc nous intéresser ? Seul notre art nous intéresse. » Le chef fit un signe et, avant que Thomm ait pu bouger le petit doigt, deux robustes Potiers l'avaient agrippé et lui avaient arraché son pistolet.

« Je peux vous donner le secret du vrai vernis jaune ! hurla-t-il avec désespoir. Le jaune royal fluorescent qui supporte le feu de votre four !

— Paroles vides de sens », répondit l'autre, qui demanda alors d'une voix moqueuse : « Et que voulez-vous en échange de ce secret ?

— La libération des quatre Mi-Tuun que vous avez enlevés à Pénolpan et votre parole de ne plus jamais effectuer de razzias. »

Le chef l'écouta attentivement et réfléchit un instant. « Comment élaborerions-nous donc notre glaçure ? » Il parlait avec patience, comme un homme qui explique à un enfant une vérité qui va de soi. « La chaux des os est l'un des fondants les plus nécessaires.

— Comme vous l'a dit Covill, nous pouvons vous fournir des quantités illimitées de chaux, avec toutes les propriétés que vous pouvez désirer. Sur Terre, nous fabriquons de la céramique depuis des millénaires et nous sommes très habiles dans ce domaine. »

Le chef Potier rejeta la tête en arrière. « Voilà qui est manifestement une contre-vérité. Regardez... » Il donna un coup de pied dans le pistolet gamma de Thomm. « Cette substance est un métal opaque et terne. Un peuple connaissant l'argile et le verre transparent n'utiliserait en aucun cas un matériau de ce type.

— Peut-être serait-il plus sage que je vous fasse une démonstration. Si je vous montre le vernis jaune, traiterez-vous avec moi ? »

Le chef Potier le dévisagea pendant une bonne minute. Puis, à contrecœur : « Quelle sorte de jaune pouvez-vous produire ? »

Thomm grimaça. « Je ne suis pas potier. Et je ne puis le prédire avec précision... mais la formule que j'ai en tête peut donner toutes les nuances du jaune clair lumineux jusqu'au vif orange. »

Le chef donna un signal. « Lâchez-le. Nous lui ferons ravaler ses paroles. »

Le Terrien étira ses muscles crispés par l'étreinte des robustes Potiers. Il se pencha, récupéra son pistolet gamma et le remit dans son étui sous les yeux sardoniques du chef.

« Voici notre marché, dit Thomm. Je vous montre comment obtenir la glaçure jaune et je vous garantis un approvisionnement abondant en chaux. En échange, vous relâchez les Mi-Tuun et vous n'entrez plus à Pénolpan pour y enlever des hommes et des femmes vivants.

— Ce marché est conditionné par l'obtention du vernis jaune, répondit l'autre. Nous sommes aussi capables d'obtenir des jaunes sans valeur. Si votre jaune sort clair et vrai du feu, j'accepterai votre marché. Sinon, nous vous traiterons comme un charlatan et votre esprit sera logé à tout jamais dans un ustensile des plus grossier. »

Thomm s'approcha de l'hélicoptère, détacha la bombe atomique de son logement et ôta le parachute. Il plaça le long cylindre sur son épaule. « Conduisez-moi à votre atelier. Je vais voir ce que je peux faire. »

Sans un mot, le chef Potier lui fit descendre le coteau jusqu'au hangar et ils entrèrent par une porte en ogive de pierre. À droite se trouvaient des fûts d'argile, une rangée de roues, vingt ou trente alignées contre un mur, et au centre des étagères couvertes d'articles en train de sécher. À gauche étaient installés de grandes cuves, d'autres rayonnages et des tables. Par une porte, on entendait un bruit grinçant de meule. Le chef Potier conduisit Thomm à gauche, devant les tables de glaçage et jusqu'au bout de l'atelier. Il y avait là des rangées de cruches, de bacs et de sacs, marqués de symboles inconnus de Thomm. Par une porte apparemment non gardée, il aperçut les Mi–Tuun assis, apathiques, sur des bancs. La jeune Su-then leva les yeux, le vit et ouvrit la bouche tout grand. Elle se leva d'un bond, hésita à la porte, intimidée par la forme sévère du chef.

Thomm lui annonça : « Vous êtes une femme libre… si la chance me sourit. » Il se tourna vers le chef Potier. « De quelles sortes d'acides disposez-vous ? »

Le chef indiqua une rangée de carafes en pierre. « L'esprit de sel, l'esprit de vinaigre, l'esprit de spath au fluor, l'esprit de salpêtre, l'esprit de soufre. »

Thomm hocha la tête et, posant la bombe sur une table, ouvrit le couvercle pour retirer l'une des cartouches d'uranium. Dans cinq coupes de porcelaine, il découpa des ébarbures d'uranium à l'aide de son canif, puis versa dans chaque coupe une quantité d'acide, un différent dans chacune. Le métal produisit des bulles de gaz qui éclatèrent en fumerolles.

Le chef Potier regardait, les bras croisés. « Qu'essayez-vous de faire ? »

Thomm recula et étudia ses coupes fumantes. « Je veux précipiter un sel d'uranium. Donnez-moi de la soude et de la potasse. »

Finalement, une poudre jaune apparut au fond de l'une des coupes ; il la saisit et la montra triomphalement.

« À présent, dit-il au chef, donnez-moi de la glaçure transparente. »

Il mêla dans six plateaux de glaçure une quantité différente de sel jaune. Fatigué, les épaules tombantes, il recula et fit un geste. « Voici votre vernis. Essayez-le. »

Le chef donna un ordre ; un Potier s'avança avec un plateau de carreaux. Le chef s'approcha de la table, gratta un numéro sur la première coupe, plongea un carreau dans la glaçure et lui donna le même nombre. Il agit de même pour chacune des coupes.

Il recula et l'un des Potiers chargea les carreaux dans un petit four en brique, referma la porte et alluma le feu au-dessous.

« À présent, dit le chef Potier, vous avez vingt heures pour savoir si l'Ignition vous apportera la vie ou la mort. Vous pouvez passer ce temps en compagnie de vos amis, si vous le désirez. Vous ne pourrez partir ; vous serez bien gardé. »

Il se retourna d'un coup et s'engagea à grands pas dans l'allée centrale.

Thomm se tourna vers la salle voisine, où Su-then se tenait à la porte. Elle tomba dans ses bras avec naturel, emplie de joie.

Les heures s'écoulèrent. Les flammes léchaient le four et les briques devinrent rouges… jaunes… blanc-jaune. On baissa le feu peu à peu. Les carreaux purent alors refroidir. Derrière la porte, les couleurs avaient déjà pris : Thomm se retint d'ouvrir brutalement le four. Les ténèbres tombèrent ; il sombra dans un sommeil agité, la tête de Su-then reposant sur son épaule.

Des pas lourds le réveillèrent ; il s'approcha de la porte. Le chef Potier ouvrait le four. Thomm s'approcha et regarda fixement. L'intérieur était sombre, on ne distinguait que l'éclat blanc des carreaux, surmonté par la lumière du vernis. Le chef tendit la main dans le four et sortit le premier carreau. Un bloc couleur moutarde le recouvrait. Thomm déglutit péniblement. Le chef lui adressa un sourire sardonique. Il en prit un autre. Cette fois-ci, c'étaient des boursouflures brunâtres. Le chef sourit de nouveau et en prit un autre. Une masse boueuse.

Le chef arborait un large sourire. « Petit seigneur, vos vernis sont pires que les plus ridicules tentatives de nos enfants. »

Il prit un nouveau carreau. Un éclat de jaune brillant : toute la pièce parut s'illuminer.

Le chef hoqueta, les autres Potiers se penchèrent en avant et Thomm s'appuya mollement contre le mur. « Jaune… »

Quand Thomm revint enfin au Bureau, il trouva Covill en fureur.

« Où diable étiez-vous ? Je vous envoie en mission deux heures et vous restez deux jours !

— J'ai ramené les quatre Mi-Tuun et conclu un marché avec les Potiers. Il n'y aura plus d'enlèvements. »

Covill resta bouche bée. « *Hein* ? »

Thomm répéta son information.

« Vous n'avez pas suivi mes instructions ?

— Non. J'ai estimé mon idée meilleure que la vôtre, ce qui s'est révélé exact. »

Les yeux de Covill se transformèrent en flammes d'un bleu violent. « Thomm, vous êtes expulsé des Affaires planétaires. Si l'on ne peut confier à quelqu'un le soin d'exécuter les ordres de son supérieur, il ne vaut pas un sou pour le Bureau. Faites vos valises ; vous partirez par le prochain paquebot.

— Comme vous voudrez, répondit Thomm en se détournant.

— Vous êtes en service jusqu'à seize heures, continua froidement Covill. En attendant, vous obéirez à mes ordres. Ramenez l'hélicoptère au hangar et rangez la bombe dans l'armurerie.

— Vous n'avez plus de bombe, lui apprit Thomm. J'ai donné l'uranium aux Potiers. C'était l'un des termes du contrat.

— *Quoi ?* beugla Covill, les yeux exorbités. *Quoi ?*

— Vous m'avez bien entendu. Et si vous vous imaginez que vous l'auriez utilisé plus sagement en détruisant leur gagne-pain, vous êtes dingue.

— Thomm, montez dans cet hélicoptère et allez récupérer cet uranium. Ne revenez pas sans celui-ci. Mais, espèce de puits d'imbécillité abyssale, avec cet uranium les Potiers pourraient effacer Pénolpan de la surface de la planète !

— Si vous voulez cet uranium, allez le chercher. Je suis renvoyé. Je n'ai plus rien à faire ici. »

Covill avait le regard fixe. Il se gonflait comme un crapaud enragé. Il bégayait des paroles incompréhensibles.

« Si j'étais vous, lui conseilla Thomm, je ne réveillerais pas le chat qui dort. Je pense que ce serait très dangereux d'essayer de récupérer cet uranium. »

Covill se retourna, se munit de deux pistolets gamma et sortit à grands pas. Thomm entendit le bourdonnement du rotor.

« Voici un homme brave, se dit Thomm. Et stupide. »

Trois semaines plus tard, Su-then, surexcitée, annonça des visiteurs. Thomm, levant les yeux, fut stupéfait de voir arriver le chef Potier, suivi de deux autres Potiers… sévères, inquiétants dans leurs burnous gris.

Il les salua courtoisement et leur offrit des sièges, mais ils restèrent debout.

« Je suis descendu en ville pour m'assurer que notre contrat était bien entériné, annonça le chef.

— Oui, en ce qui me concerne, répondit Thomm.

— Un fou est venu au village des Potiers. Il a dit que vous ne possédiez aucune autorité, que notre accord était bon, mais qu'il ne pouvait permettre que les Potiers conservent le métal lourd qui crée un vernis brillant comme le soleil couchant.

— Que s'est-il passé, par la suite ?

— Violence, répondit le chef Potier d'un ton égal. Il a tué six excellents meuniers. Mais cela est sans importance. Je viens pour vérifier que notre contrat est bien valable.

— Oui. Il est lié par ma parole et celle de mon grand chef sur Terre. Je lui ai parlé et il m'a confirmé que notre contrat est valable. »

Le Potier opina. « Dans ce cas, je vous apporte un cadeau. »

Il fit un geste et l'un de ses hommes plaça un grand vase sur le bureau de Thomm, un vase d'une luminosité d'un jaune enchanteur.

« Le fou est un homme vraiment heureux, dit le chef Potier. Car son esprit habite le vernis le plus brillant qui soit jamais sorti de la grande Ignition. »

Les sourcils de Thomm se haussèrent brutalement.

« Vous voulez dire que les os de Covill… ?

— L'âme enflammée de ce fou a donné un brillant supérieur à ce vernis déjà magnifique. Il vit à tout jamais dans ces reflets fascinants… »

Château en Hispanie

1.

La publicité passa d'abord au télécran puis, quelques jours plus tard, dans la marge des news-fax. L'annonce était verte sur fond noir, modeste rectangle parmi les orange, les rouges et les jaunes. L'impact venait surtout du message.

> Blasé ? Désenchanté ?
> En quête d'Aventure ?
> Essayez le Château d'Hispanie.

La Terrasse Oxonienne, rectangle de dalles rouges parsemé de parasols, de tables et d'individus oisifs, formait un agréable îlot de quiétude au cœur de la ville. Un massif de magnolias cachait la rue et filtrait la majeure partie de ses bruits : le peu qui passait, une sorte de ressac, servait de fond aux conversations et au martèlement irrégulier des terrains de handball oxoniens.

Roland Mario était assis, décontracté, à demi affalé, la tête rejetée en arrière, les pieds posés sur la table en verre filé à bulles – dans la même posture que ses quatre compagnons. En les observant, les yeux mi-clos, il considéra l'antique mystère de la personnalité humaine. Comment les hommes pouvaient-ils être identiques et chacun complètement unique ?

À sa gauche, Breaugh, réparateur de calculateurs. Il avait un long nez osseux, des yeux ronds, de lourds sourcils noirs ; un homme habile de ses mains, méthodique et patient. Il avait un nom gallois et l'apparence typique de ce peuple ancien : les petits hommes basanés qui avaient précédé César et les Celtes.

À côté de lui, Janniver. L'Europe du Nord, l'Afrique, l'Orient s'étaient combinés pour façonner son cerveau et son corps. Comptable de son état, homme mince de grande taille aux cheveux blonds coupés court, il avait un visage allongé dont les traits avaient été gravés, puis repoussés, aplatis. Prudent, réfléchi, il constituait un adversaire tenace sur le terrain de handball.

En face, Zaër l'élément vif du groupe, le plus jeune. Pâle, les joues rouges, les cheveux noirs et bouclés, l'œil gai, c'était lui qui parlait le plus, riait le plus et perdait parfois son sang-froid.

À côté de lui, Ditmar, individu sardonique aux yeux perçants et étroits, au front haut et à la peau sombre de Polynésien, de Soudanais, d'Indien ou de Sud-Américain. Il ne jouait pas au handball, consommait moins d'alcool que les autres en raison d'un désordre hépatique et occupait un poste supérieur bien payé dans l'un des réseaux de télévision.

Quant à Mario lui-même, comment le voyaient-ils ? Il réfléchit à la question. L'image devait différer pour chacun d'eux, bien que son apparences n'ait ni traits frappants ni faux-semblants. Il possédait un physique banal, avec des cheveux et des yeux sans distinction, une peau standard brun doré. De taille et de poids moyens, le verbe paisible, la mise discrète, il se savait apprécié, pour autant que le terme signifie quelque chose chez eux cinq ; ils se retrouvaient associés moins par une communauté de sentiments que par la force du handball et du célibat.

Il s'avisa du silence et finit son whisky. « Encore une tournée ? »

Breaugh eut un geste d'assentiment.

« J'ai assez bu », déclara Janniver.

Zaër vida son verre et le reposa avec un bruit sourd. « À l'âge de quatre ans, j'ai promis à mon père de ne jamais refuser un verre. »

Ditmar hésita, puis déclara : « Autant dépenser l'argent dans l'alcool qu'ailleurs.

— L'argent est fait pour ça, expliqua Breaugh. Introduire un peu d'amusement dans la vie.

— Beaucoup d'argent paie beaucoup d'amusement », répliqua Ditmar, morose. « Encore faut-il en avoir. »

Zaër eut un large geste fastueux. « Sois artiste, inventeur, crée quelque chose, construis quelque chose. On ne fait pas fortune en touchant un salaire régulier.

— Regardez-moi un peu cette flopée de gamins surdoués », dit Breaugh, amer. « D'où sortent-ils, au nom de Mercure ? De la génération spontanée due à l'action du soleil sur la boue ?... Tout d'un coup, on ne voit plus que des génies discrets. De Satz, Coley : des atomiciens. Honn, Versovitch, Lekky, Brule, Richards : des administrateurs. Gandelip, New, Cardosa : des financiers. On en trouve treize à la douzaine, et aucun n'a plus de vingt-trois, vingt-quatre ans. Tous arrivés comme des météores.

— N'oublie pas Pete Zaër ! lança ce dernier. C'en est un autre, mais il n'est pas encore météore. Accorde-lui un an.

— Bon, ce n'est peut-être pas plus mal, marmonna Ditmar. On pense pour nous. On nous nourrit, on nous habille, on nous éduque, on a un travail facile, et l'alcool de qualité est bon marché. Voilà ce que signifie la vie pour quatre-vingt-dix-neuf pour cent d'entre nous.

— Si seulement on pouvait supprimer la gueule de bois, dit Janniver d'un air sombre. L'ivresse est à peu près la seule aventure qu'il nous reste. L'ivresse et la mort.

— Oui, approuva Breaugh. On peut toujours montrer son mépris pour la mort en mourant. »

Zaër éclata de rire. « Whisky ou cyanure ? Pour moi, ce sera du whisky. »

De nouveaux verres pleins apparurent. Ils lancèrent les dés pour l'addition. Mario perdit et signa le chèque.

Au bout d'un moment. Breaugh reprit : « C'est ma foi vrai. L'ivresse et la mort. Imprévisibles l'une et l'autre. Les deux seules destinations restantes – à moins de disposer de vingt millions de dollars pour une fusée interplanétaire. De toute façon, on ne trouve que de la roche nue à l'arrivée.

— Tu oublies une troisième possibilité, lui signala Ditmar.

— Laquelle ?

— Le Château d'Hispanie. »

Tous restèrent immobiles ; puis tous cinq remuèrent sur leur chaise, se carrant contre le dossier ou se redressant.

« Qu'est-ce que c'est que ce Château d'Hispanie, au juste ? demanda Mario.

— *Où* est-ce que c'est ? demanda Zaër. La publicité dit : "Essayez le Château d'Hispanie", mais elle n'indique ni le lieu ni le moyen d'y parvenir. »

Janniver grommela. « Sans doute une nouvelle boîte de nuit. »

Mario secoua la tête d'un air dubitatif. « La publicité donnait une impression différente.

— Ce n'est pas une boîte », annonça Ditmar. Tous les regards se tournèrent vers lui. « Non, j'ignore ce que c'est. Je sais *où* c'est, mais grâce à des rumeurs d'il y a déjà deux mois.

— Quel genre de rumeurs ?

— Oh... rien de précis. Des allusions. Du genre : si vous avez de l'argent en pagaille, l'envie de courir de gros risques, de prendre d'importantes responsabilités sans pouvoir les abandonner...

— Un peu comme en rêvant de bâtir des châteaux en Espagne, quoi ? » fit Breaugh avec un large sourire.

Ditmar branla du chef. « Voilà, tout juste.

— C'est dangereux ? demanda Zaër. S'ils se contentent de tendre une corde raide au-dessus d'une fosse à serpents, de lancer un tigre à ta poursuite, et que tu as le choix entre t'aventurer sur la corde raide et combattre le tigre, je préfère rester assis à boire des whiskies en calculant comment battre Janniver lors du tournoi. »

Ditmar haussa les épaules. « Je n'en sais pas plus. »

Breaugh fronça les sourcils. « Ce pourrait être une fumerie, une nouvelle sorte de bordel.

— Rien de tel, fit Zaër. C'est une maison hantée avec de vrais fantômes.

— S'il nous faut un élément de fantastique, ajouta Ditmar, il doit y avoir une machine à voyager dans le temps.

— Ou à bâtir des châteaux », ajouta Breaugh.

Un silence pensif s'ensuivit.

« C'est vraiment bizarre, dit Mario. Ditmar prétend que des rumeurs se sont répandues il y a deux mois. Et la semaine dernière, c'était une publicité.

— Qu'y a-t-il de bizarre ? demanda Janniver. C'est la séquence pour le lancement de presque toutes les entreprises.

— Voilà le mot clé : "entreprise", enchaîna aussitôt Breaugh. Le Château d'Hispanie n'est pas un phénomène naturel ; l'homme a créé l'objet, l'idée, le processus… allez savoir ! Le mobile est de nature humaine… l'argent, je parie.

— Que pourrait-il y avoir d'autre ? » demanda Zaër, l'air intrigué.

Breaugh haussa très haut ses sourcils noirs. « On ne sait jamais. Ça ne peut pas être un projet criminel, ou l'APC se serait ruée dessus. »

Ditmar se laissa aller en arrière et lui adressa un regard narquois. « L'Agence pour la Prévention du Crime ne peut agir sans délit, à moins que quelqu'un ne dépose plainte. S'il n'existe aucun délit patent, ni aucune plainte, la loi reste inopérante. »

Breaugh eut un geste d'impatience. « Exact, mais indépendant de ce que je voulais exprimer. »

Ditmar afficha un large sourire. « Pardon. Continue, je t'en prie.

— Quels sont les mobiles qui poussent l'homme vers de nouvelles entreprises ? D'abord, l'argent qui, dans un certain sens, comprend et inclut tous les autres mobiles. Dans un but de clarté, disons en premier lieu que l'amour de l'argent est une fin en soi. En second, il y a le goût du pouvoir. On peut créer une subdivision à ce niveau, par exemple l'instinct de croisade, et appelons-la un désir d'opportunité sexuelle illimitée. Le pouvoir sur les femmes. En trois, il y a la curiosité, le désir de savoir. En quatre, l'entreprise en tant que telle, que distraction. Comme les chevaux de course d'un millionnaire. En cinq, la philanthropie. D'autres encore ?

— Ça englobe tout, dit Zaër.

— Peut-être le besoin de sécurité, comme les pyramides d'Égypte, suggéra Janniver.

— Je pense que c'est le mobile fondamental derrière la première catégorie, l'amour de l'argent.

— L'esprit artistique, la créativité.

— Ça me paraît aller chercher un peu loin.

— L'exhibitionnisme, avança Ditmar.

— Ça va encore trop loin.

— Je ne suis pas d'accord. Une représentation théâtrale est fondée uniquement et exclusivement, du point de vue des acteurs, sur leur exhibitionnisme, véritable maladie mentale. »

Breaugh haussa les épaules. « Tu as sans doute raison.

— Les mouvements religieux, les missions.

— Inscrivons ça au compte du désir de pouvoir.

— Un peu tiré par les cheveux.

— Pas tellement… C'est tout ? Parfait. Qu'est-ce que ça nous donne ? Des suggestions ?

— Le Château d'Hispanie ! médita Janniver à voix haute. Ça me paraît bien être une combine lucrative au nom inutilement fleuri.

— Il ne s'agit pas de philanthropie – en surface, du moins, commenta Mario. Mais je gage qu'on pourrait inventer des situations qui recouvriraient tous ces cas. »

Ditmar eut un geste d'impatience. « Parler ne sert à rien. À quoi bon ? Aucun de nous ne sait au juste de quoi il retourne. Supposons qu'il s'agisse d'un complot pour faire sauter la ville ?

— Je te nomme membre unique de la commission chargée d'enquêter et de nous rendre compte », déclara froidement Breaugh.

L'autre eut un rire un peu jaune. « J'en serais ravi, mais j'ai une meilleure idée. Jouons ça aux dés. Qui fera le moins se présentera au Château d'Hispanie, tous frais payés par les quatre autres. »

Breaugh hocha la tête. « Ça me va. Je lance. »

Du regard. Ditmar fit un tour de table.

« Quel est le prix ? » demanda Zaër.

Ditmar secoua la tête. « Aucune idée. Un bon paquet, non ? »

Zaër fronça les sourcils et s'agita sur son siège, mal à l'aise. « Fixons une limite de deux mille dollars par tête.

— Parfait, en ce qui me concerne. Toi. Janniver ? »

Le grand gaillard aux cheveux blonds coupés court hésita. « Oui. Je marche. Je n'ai rien à perdre.

— Mario ?

— Ça me convient. »

Ditmar prit le cornet, le retourna dans sa main et agita les dés. « On va appliquer les règles du poker d'as. Un seul lancer. En d'autres termes, une paire d'as bat une paire de six. Une suite vient entre une tierce et un full. Ça plaît à tout le monde ?... Qui lance en premier ?

— Vas-y », dit tranquillement Mario.

Ditmar secoua les dés longuement et les lança. Cinq corps se penchèrent en avant, cinq paires d'yeux suivirent la culbute des petits cubes. Ils claquèrent sur la table, puis contre un verre de whisky, et s'arrêtèrent. « Trois cinq. Moyen. »

Mario, assis à sa gauche, prit le cornet, introduisit les dés dedans, les agita et lança. Il gémit. Un deux, un trois, un quatre, un cinq, un quatre. « Une paire de quatre. Aïe ! »

Breaugh lança en silence. « Trois as. »

Janniver lança. « Deux paires. Deux et trois. »

Zaër, pâlot, prit les dés. Il adressa un regard rapide à Mario. « Une paire de quatre à battre. » Il agita les dés longuement… et les lança soudain dans un grand geste. *Toc !…* bruit contre les verres. Cinq paires d'yeux regardèrent. As, deux, trois, six, deux. « Une paire de deux. »

Zaër se jeta en arrière avec un sourire pincé. « Bon, d'accord. C'est moi qui y vais. C'est censé être une aventure. Bien entendu, il n'est pas précisé si on revient vivant ou non.

— Tu devrais être enchanté, dit Breaugh en bourrant sa pipe. Après tout, c'est notre argent qui va te procurer ces mystérieux frissons. »

Écartant les mains, Zaër avoua son impuissance. « Où dois-je aller ? Qu'est-ce que je fais ? » Il regarda Ditmar. « Où dois-je subir ce traitement ?

— Je l'ignore. Je vais le demander au studio. Il y a quelqu'un qui connaît une personne qui y est allée. Demain à la même heure, j'aurai tous les détails, dans la mesure où on me les fournira, en tout cas. »

Il y eut un silence, aux qualités multiples. Chacun des cinq hommes participait à sa composition, mais lequel introduisait la méfiance, lequel la peur, lequel la satisfaction tranquille, impossible de le déterminer.

Breaugh reposa son verre. « Alors, Zaër, qu'en penses-tu ? Prêt pour la corde raide ou le tigre ?

— Tu aurais intérêt à te munir de coups-de-poing américains ou d'un éclair torique », fit Ditmar avec un large sourire.

Zaër examina le cercle de regards et lâcha un petit rire forcé. « Votre intérêt pour ma personne me flatte.

— Nous voulons un compte rendu complet. Et donc que tu reviennes vivant.

— Moi aussi, leur assura Zaër. Qui va me procurer les sels et l'adrénaline, au cas où l'aventure deviendrait vraiment risquée ?

— Oh ! Tu parais en assez bonne forme », répondit Breaugh. Il se leva. « Il faut que j'aille nourrir mes chats. Voilà à quoi se réduit ma vie aventureuse : m'occuper de sept chats. Une existence des plus futile. Dont raffolent les chats. » Il renifla d'un air sardonique. « Nous menons une vie dont ont rêvé tous les hommes depuis qu'ils savent rêver. Nous avons de quoi manger, des loisirs, la liberté. Et nous ne connaissons même pas notre bonheur. »

2.

Zaër, terrorisé, se tenait les bras serrés contre le corps. Son sourire, s'il restait aussi large et prêt à étinceler, était en fait un rictus nerveux qui lui déformait le visage sur le côté. Il ne cachait pas son appréhension et demeurait assis dans son fauteuil sur la terrasse tel un boxeur attendant le gong.

Janniver le considérait solennellement en buvant sa bière.

« Peut-être *l'idée* du Château d'Hispanie est-elle déjà une aventure en soi.

— “Qu’est-ce que l’aventure ?” a demandé Zaër le plaisantin, sans s’attarder pour écouter la réponse », dit Breaugh, les yeux pétillants. Il bourra sa pipe.

« L’aventure n’est que le nom donné à la peur bleue qui ne nous a pas tués », répondit Zaër d’un air piteux.

Mario éclata de rire. « Si tu ne reparais plus, on saura qu’il s’agissait d’une fausse aventure. »

Breaugh tendit le cou. « Où est passé Ditmar ? C’est lui qui détient tous les renseignements.

— Le voici qui arrive, annonça Zaër. J’ai l’impression de me retrouver prisonnier.

— Oh, au diable ! lâcha Breaugh. Tu n’es pas obligé de subir ça, si tu n’en as pas envie. Après tout, ce n’est que de la rigolade. Ça n’a rien d’une question de vie ou de mort. »

L’autre secoua la tête. « Non, je tente le coup. »

Ditmar tira une chaise, appuya sur le bouton de service, commanda de la bière et annonça sans préambule : « Ça fait huit mille. Enfin, huit mille pour toi. Il y a deux niveaux. La catégorie A coûte dix millions ; la catégorie B dix mille, mais ils marchent pour huit. Inutile de dire qu’aucun de nous ne peut sortir deux millions et demi, si bien que tu as droit au programme de catégorie B. »

Zaër grimaça. « Ça ne me plaît guère. On dirait un château hanté à la foire. Quelques-uns vont se payer les bosses, les autres restent autour à regarder en attendant qu’une robe se soulève. Et enfin il y a le gars qui actionne les soupapes, manœuvre les commandes. C’est lui qui s’amuse vraiment. »

Ditmar déclara : « J’ai avancé les huit mille : aboulez vos chèques… Autant en finir tout de suite avec cet aspect pendant que je vous ai sous la main. »

Il fourra dans son portefeuille les chèques de Mario, Janniver et Breaugh. « Merci. » Il se tourna vers Zaër. « Ce soir à six heures, rends-toi à cette adresse. » Il fit glisser une carte sur la table. « Donne-ça au préposé de l'entrée. »

Breaugh et Mario, de part et d'autre de Zaër, se penchèrent et scrutèrent la carte avec lui. Elle disait :

LE CHÂTEAU D'HISPANIE
5600 Exmoor Avenue
Les Prairies

Dans le coin étaient griffonnés les mots : *Zaër, de la part de Sutlov.*

« J'ai dû me donner un mal de chien pour l'obtenir, expliqua Ditmar. Il semble qu'ils veuillent en faire un endroit très fermé. J'ai dû jurer un tas de trucs sur ton compte. À présent, pour l'amour de Dieu, Zaër, ne t'avise pas d'être un agent de l'APC ou je pourrai dire adieu à Sutlov, et c'est mon patron.

— L'APC ? releva Zaër en haussant les sourcils. Ce serait… illégal ?

— Je l'ignore. C'est pour ça que je dépense deux mille dollars sur toi.

— Tu as intérêt à avoir bonne mémoire, dit Breaugh avec un sourire glacial. Parce que… si tu survis… j'en voudrai pour deux mille dollars d'aventures par procuration.

— Si je meurs, rétorqua Zaër, payez-vous une planche de Ouija ; je vous en donnerai quand même pour votre argent.

— Bien, conclut Ditmar, le mardi et le vendredi à trois heures… d'accord, les gars ? » Il examina les visages autour de lui. « Jusqu'à ce que tu reparaisses. »

Zaër se leva. « Entendu. Le mardi et le vendredi à trois heures. Au revoir.

Il agita la main d'un geste qui les engloba tous et, d'un pas quelque peu vacillant, s'éloigna.

« Pauvre gosse, dit Breaugh. Il est paralysé par la frousse. »

Le mardi passa. Le vendredi passa. Un autre mardi, un autre vendredi, et le mardi revint. Mario, Ditmar, Breaugh et Janniver atteignirent leur table à trois heures et, après des salutations peu expansives, prirent leur place.

Cinq, dix minutes s'écoulèrent. La conversation se tarit. Janniver, planté devant la table, ses gros bras reposant à côté de sa bière, grattait ses cheveux jaunes courts ou se frottait le bout du nez. Breaugh, affalé dans son fauteuil, considérait sans les voir les foules qui passaient. Ditmar fumait. Mario faisait tournoyer et balancer un morceau de papier roulé en cylindre.

À trois heures quinze, Janniver s'éclaircit la gorge. « Il a dû perdre la tête. »

Breaugh lâcha un grognement. Ditmar esquissa un sourire. Mario alluma une cigarette et se rembrunit.

Janniver annonça : « Je l'ai vu, aujourd'hui. »

Trois regards se braquèrent sur lui.

« Où ?

— Je ne voulais en parler que s'il revenait aujourd'hui. Il habite à l'Atlantic-Empire, une suite au vingtième étage. J'ai soudoyé le réceptionniste : il l'occupe depuis plus d'une semaine. »

Le front plissé, les yeux noirs et soupçonneux, Breaugh demanda : « Comment se fait-il que tu l'aies vu là-bas ?

— Je venais vérifier leur comptabilité. Ça fait partie de mon travail. En sortant, j'ai vu Zaër dans le vestibule, grandeur nature.

— Et lui, il t'a vu ? »

Janniver haussa les épaules avec raideur. « Possible. Je n'en suis pas sûr. Il m'a paru accaparé par une femme, du genre qui coûte cher.

— Hum ! fit Ditmar. On dirait bien que Zaër en a eu pour notre argent. »

Breaugh se leva. « Allons lui rendre visite, histoire de découvrir pour quel motif il n'est pas venu nous voir. » Il se tourna vers Janniver. « Il est inscrit sous son vrai nom ? »

L'autre hocha sa longue tête pesante. « Aussi vrai que nature. »

Breaugh partit, fit halte et étudia un visage après l'autre. « Vous venez, les gars ?

— Oui », répondit Mario. Il se leva, imité par Ditmar et Janniver.

Massif, élégant, l'hôtel Atlantic-Empire comportait tous les procédés connus pour l'alimentation, le bain, le réconfort, la distraction, la flatterie, la relaxation, la stimulation et le soulagement des hommes et des femmes capables d'en payer le prix.

À l'entrée, un larbin en manteau blanc prenait les effets du moindre visiteur, lui faisait la grâce d'un coup de brosse, et offrait à chaque femme des boutonnières sorties d'une vitrine glacée. Le couloir du vestibule, doublé de miroirs hauts de dix mètres, était aussi silencieux que la nef d'une cathédrale. Un tapis roulant introduisait les clients dans le vestibule, vaste hall du style Gloriana en vogue un demi-siècle auparavant. Une galerie alignait ses petites boutiques où le client dispendieux pouvait acheter du cuivre, de l'or, du tantale forgés ; des robes dans des tissus étincelants d'écarlate, de pourpre, d'indigo ; des objets d'art de l'ancien Tibet et les produits de Novacraft ; ces cabochons en opale vert jovien, vendus au milligramme, des balticones bleus de Mars, des diamants de feu remontés de trente kilomètres sous la surface de la Terre ; des cerises de Marathesti conservées dans la liqueur d'Organdi, des parfums extraits des mousses de l'Arctique, des fleurs marmoréennes blanches semblables aux fantômes de femmes magnifiques.

Un autre mur se constituait d'une paroi en verre donnant sur la piscine principale de l'hôtel, aux profondeurs turquoise sous les éclaboussures et l'or humide des corps qui nageaient. Le mobilier du vestibule adoptait les mêmes tons bleu-vert et or ; des paravents de plantes grimpantes couvertes de fleurs rouges, noires et blanches offraient une certaine intimité. Une lumière dorée réchauffait l'atmosphère, renforçait l'illusion d'un monde enchanté où les gens se déplaçaient dans un milieu distingué de vêtements coûteux, de bijoux fabuleux, d'esprits sophistiqués et de cours prudentes.

Breaugh regarda alentour avec une moue. « D'horribles parasites en train de prendre des poses, de bavasser et de se débaucher mutuellement pendant que le reste du monde travaille !

— Allons ! fit Ditmar. Ne sois pas aussi coincé. Ce sont les derniers qui restent à s'amuser un peu.

— J'en doute. Ils sont aussi vaincus et futiles que tout un chacun. Ils ne savent pas plus que nous où aller.

— Tu as entendu parler de la Tour Empyréenne ?

— Vaguement, oui. Un immeuble fabuleux aux Prairies.

— Exact. Une tour de cinq kilomètres de haut. Quelqu'un se régale sur ce projet. En le concevant, en le faisant grimper, grimper…

— Il y a quatre milliards de personnes en ce bas monde. Et une seule Tour Empyréenne.

— Quelle sorte de monde ça serait, s'il n'y avait pas d'extrêmes ? Un peu comme l'intérieur d'un casier de classement. Respire un peu l'air, ici. Il est riche, il sent la civilisation, la tradition. »

Mario jeta un coup d'œil surpris à Ditmar, Ditmar, taciturne et acide, qu'il aurait imaginé le premier à se gausser des faiblesses de l'élite.

Janniver déclara tout doucement : « Moi, j'aime venir ici. Par certains côtés, c'est une aventure, un regard sur un monde différent. »

Breaugh grogna. « Seul un millionnaire peut faire davantage que regarder.

— Le niveau de vie global s'élève sans cesse, signala Mario. Et presque au même rythme, le nombre de millionnaires décroît. Que cela nous plaise ou non, les extrêmes se rapprochent de plus en plus. En fait, ils se sont presque rejoints.

— Et, chaque jour, la vie ressemble davantage à un bol de bouillie riche et nourrissante, mais sans sel, ajouta Ditmar. Par pitié, qu'on abolisse la pauvreté, mais qu'on garde nos millionnaires… Au fait, on vient ici retrouver Zaër, pas discuter de sociologie. On doit pouvoir y aller tous ensemble. »

Ils traversèrent le vestibule. Le réceptionniste, un bel homme aux cheveux argentés et au visage grave, s'inclina.

« M. Zaër est-il chez lui ? demanda Ditmar.

— J'appelle sa suite, monsieur… Non, monsieur, il ne répond pas. Désirez-vous un appel public ?

— Non. Nous allons regarder un peu partout.

— Il y a environ une heure, je crois l'avoir vu se diriger vers le Maona Hiva. Vous pourrez y tenter votre chance.

— Merci. »

Le Maona Hiva était une salle circulaire. En son centre s'élevait un gros monticule de roche usée par les intempéries, recouvert de palmiers, de fougères, d'un enchevêtrement de plantes exotiques. Trois cocotiers se penchaient sur l'île dans une douce lumière blanche liquide. En dessous, on avait bâti un bar en bois tropicaux, précédant un cercle de tables à la périphérie de la lumière.

Ils trouvèrent aussitôt Zaër, assis avec une femme aux cheveux noirs toute gainée d'une soie émeraude. Sur leur table se mouvaient de petites formes brillantes multicolores – étincelantes, éclatantes, nettes, comme des dessins pris sur des ailes de papillons : un ballet miniature projeté en trois dimensions. Les minuscules danseurs bondissaient et prenaient des poses au rythme d'une musique captivante dans un décor magnifique de colonnes de marbre brisées et de cyprès dignes de la Voie Appienne.

Tous quatre patientèrent, observant la scène avec un amusement maussade.

Breaugh poussa Mario du coude. « Bon sang, il se comporte comme s'il avait fait ça toute sa vie ! »

Ditmar s'avança jusqu'à la table ; la jeune fille tourna ses yeux sombres et allongés vers lui. Zaër leva un regard indifférent.

« Bien le bonjour, Zaër, fit Ditmar avec un sourire sarcastique. Aurais-tu oublié tes vieux potes de la Terrasse Oxonienne ? »

L'autre le dévisagea sans réagir. « Vous m'en voyez navré.

— Tu ignores qui nous sommes ? » Breaugh le considérait du haut de son long nez crochu.

Zaër passa une main dans sa touffe de cheveux noirs bouclés. « Messieurs, je n'ai pas l'heur de vous connaître.

— Hum ! dit Breaugh. Mettons bien les choses au point. Tu es Pete Zaër, non ?

— Si. »

Janniver s'interposa. « Peut-être préférerais-tu nous parler en privé ? »

Zaër cilla. « Pas du tout. Allez-y. Dites ce que vous avez à dire.

— Tu n'as jamais entendu parler du Château d'Hispanie ? demanda Breaugh d'un ton acide.

— Et de huit mille dollars ? ajouta Ditmar. Un investissement en commun, dirons-nous ? »

Zaër fronça les sourcils dans ce que Mario aurait pu jurer être une stupéfaction authentique. « Vous croyez que je vous dois huit mille dollars ?

— Soit cette somme, soit l'équivalent en informations. »

Zaër fronça les sourcils. « Huit mille dollars ? » Il sortit un portefeuille de sa poche de poitrine et compta. « Un, deux, trois, quatre, cinq, six, sept, huit. Voilà, messieurs. Pour quel usage, je ne sais trop. Peut-être que j'étais ivre. » Il tendit les billets de mille dollars à Ditmar, très raide. « À présent vous êtes satisfait et j'espère que vous aurez l'amabilité de bien vouloir nous laisser. » Il indiqua les petits personnages qui oscillaient et prenaient des poses au gré de la musique enchanteresse. « Nous avons déjà manqué la *Danse de la Dévotion*, la raison pour laquelle nous avions allumé cet appareil.

— Zaër », dit Mario d'une voix hésitante.

Les yeux gais et juvéniles se braquèrent sur lui.

« Oui ? demanda-t-il poliment.

— C'est là ton seul compte rendu ? Après tout, nous avons agi en toute bonne foi. »

Zaër lui adressa un regard glacial. « Vous avez huit mille dollars. Je ne vous connais ni d'Ève ni d'Adam. Vous les revendiquez, je vous les donne. Vous ne pouvez m'accuser de mauvaise foi. »

Breaugh tira Mario par le bras. « Allons-y. »

3.

Calmement assis à une table d'une taverne sans prétention, ils buvaient de la bière, sans parler. Quatre personnages silencieux : Janniver, grand et robuste, les traits rudes, le cheveu nordique, la fibre africaine, la retenue orientale ; Breaugh, l'œil vif, le sourcil noir et le nez allongé ; Ditmar, sardonique, la peau couleur d'automne avec son foie malade ; Mario, normal, modeste, agréable.

Ce fut lui qui parla le premier : « Si huit mille dollars paient ça au Château d'Hispanie, je me porte volontaire.

— "Si", releva Breaugh.

— Ce n'est pas raisonnable », marmonna Janniver, sans doute celui des quatre aux émotions les moins perturbées, mais au sens de l'ordre et de la propriété le plus outragé.

Breaugh tapa du poing sur la table, un coup léger mais véhément. « Ce n'est pas raisonnable ! Ça enfreint la logique !

— *Ta* logique », lui signala Ditmar.

L'autre inclina la tête. « Quelle est la tienne ?

— Je n'en possède aucune.

— Je maintiens que le Château d'Hispanie est une *entreprise*. Vu les tarifs qu'ils proposent, je pensais qu'il s'agissait d'une arnaque. Il semblerait que je me sois trompé. Zaër était sans un sou, il y a un mois. Ou presque. Nous lui refilons huit mille dollars. Il entre au Château d'Hispanie, en ressort, prend une suite à l'Atlantic-Empire, achète une femme qui coûte cher et nous balance de l'argent par poignées. Le seul endroit où il a pu se le procurer, c'est au Château d'Hispanie. Or ce genre d'affaire ne produit pas de bénéfice.

— Il y a des gens qui paient bien dix millions de dollars, signala Mario. Ça pourrait compenser en partie. »

Ditmar but sa bière. « Et alors ? On jette encore les dés ? »

Personne ne répondit. Breaugh dit enfin : « Franchement, j'ai la frousse. »

Mario haussa les sourcils. « Quoi ? Alors que tu as devant les yeux l'ascension sociale de Zaër ?

— Bizarre, c'est justement ce qu'il disait. Qu'il était l'un des écoliers météoritiques qui ne s'était pas encore transformé en météore. À présent, il va s'avérer avoir été un génie ignoré.

— Le Château d'Hispanie me paraît encore valable, si c'est bien là ce qu'il offre.

— "Si", fit Breaugh.

— "Si", acquiesça Mario.

— J'ai ici huit mille dollars, annonça Ditmar avec un rire sec. Notre propriété mutuelle. En ce qui me concerne, tu peux en profiter, si tu veux reprendre la mission de Zaër. »

Breaugh et Janniver haussèrent les épaules en signe d'acquiescement.

Mario joua avec cette idée. Sa vie était oisive, inutile. Il tâtait de l'architecture, jouait au handball, dormait, mangeait. Une existence agréable mais absurde. Il se leva. « J'y vais de ce pas. Donnez-moi les huit mille dollars avant que je ne change d'avis.

— Tiens, fit Ditmar. Euh… malgré le précédent de Zaër, on veut un compte rendu. Le mardi et le vendredi à trois heures, à la Terrasse Oxonienne. »

Mario agita gaiement la main en poussant la porte pour pénétrer dans l'air libre. « Le mardi et le vendredi à trois heures. Au revoir. »

Ditmar eut un geste de dénégation. « J'ai des doutes. »

Breaugh pinça les lèvres. « Moi aussi. »

Janniver se contenta de secouer la tête.

Exmoor Avenue commençait à Lanchester, devant la Power Bank, au quatrième niveau, tournait au nord, s'élevait brièvement au cinquième niveau, où elle enjambait l'autoroute Continentale, revenait vers l'ouest, passait sous Grimshaw Boulevard et retombait à la surface aux Prairies.

Si le 5600 Exmoor Avenue, un monolithe gris, n'était pas exactement décrépit, constata Mario, de toute évidence, nul ne s'en souciait et on ne l'entretenait plus. Une mince bande de gazon indécis le séparait de la route ; une allée conduisait à la petite excroissance formée par un porche.

Le soleil brillant à l'horizontale derrière son dos, il s'en approcha et appuya sur la sonnette. Un instant s'écoula, puis la porte coulissa pour révéler un petit couloir. « Veuillez entrer », dit la voix douce d'une boîte d'accueil commerciale.

Mario s'engagea dans le couloir, conscient d'une radiation qui sondait son corps en quête de métal ou d'armes. Le couloir donnait sur une réception verte et brune, meublée d'un sofa en cuir, d'un bureau et d'une peinture représentant trois nus minces aux grands yeux sur fond de forêt ténébreuse. Une porte s'éclipsa, une jeune femme entra.

Il serra les dents. C'était une aventure que de la regarder. D'une beauté stupéfiante, qui devenait plus poignante quand on continuait de la contempler, elle était fine, légère, les yeux froids, directs, la mâchoire et le menton fermes. Elle était belle en soi, sans ornement, ruse ni artifice, et presque malgré elle, comme si elle déplorait la magie de son visage. Il sentit la distance glaciale, le manque de sympathie. Une perversité humaine éveilla derechef en lui le désir de briser cette indifférence, de susciter une passion quelconque… Il réprima cette impulsion. Il était ici pour affaires.

« Votre nom, je vous prie ? » Elle avait une voix douce, dotée d'un grain très fin, comme du bois précieux, et d'une tonalité étrange.

« Roland Mario. »

Elle écrivit sur un formulaire. « Âge ?

— Vingt-neuf ans.

— Emploi ?

— Architecte.

— Que désirez-vous ici ?

— Je suis bien au Château d'Hispanie ?

— Oui. » Elle attendit la suite.

« Je suis client.

— Qui vous envoie ?

— Personne. Je suis un ami de Pete Zaër. Il est venu ici il y a deux semaines. »

Elle hocha la tête et écrivit.

« Il semble avoir assez bien réussi », fit observer Mario d'une voix enjouée.

Elle resta coite tant qu'elle écrivait. « Notre entreprise n'a rien de bénévole. L'argent nous intéresse. Combien pouvez-vous dépenser ?

— J'aimerais savoir ce que vous avez à vendre.

— L'aventure. » Elle prononça le mot sans accent ni insistance.

« Ah. Je vois… Par curiosité, de quelle manière votre travail vous affecte-t-il ? Trouvez-vous qu'il s'agisse d'une aventure, ou bien vous laisse-t-il totalement indifférente ? »

Elle lui lança un regard rapide. « Nous proposons deux catégories de service. La première est estimée à dix millions de dollars. C'est bon marché, à ce prix, mais c'est la moins excitante et la plus morne des deux : vous avez un certain contrôle sur la situation. Nous avons fixé la seconde à dix mille dollars et elle fournit les émotions les plus extrêmes avec le minimum de contrôle immédiat de votre part. »

Mario réfléchit au terme *immédiat*. « Avez-vous subi ce traitement ? »

Nouveau regard froid. « Auriez-vous l'amabilité de m'indiquer combien vous désirez dépenser ?

— Je vous ai posé une question.

— Vous recevrez d'autres informations à l'intérieur.

— Vous êtes humaine ? demanda-t-il. Vous respirez ?

— Auriez-vous l'amabilité de m'indiquer combien vous avez à dépenser ? »

Il haussa les épaules. « J'ai sur moi huit mille dollars. » Il pinça les lèvres. « Et je vous en donne mille si vous me tirez la langue. »

Elle introduisit le formulaire dans une fente et se leva. « Suivez-moi, s'il vous plaît. »

La porte ouvrait sur un couloir menant à une petite pièce nue et spartiate éclairée par un unique lampadaire en cône tourné vers le plafond. Un homme assis à un bureau tapait sur une calculatrice. Derrière lui se dressait un classeur. Une vague odeur flottait dans l'air : un mélange de menthe et de gardénia, avec un rien d'antiseptique.

L'homme leva les yeux, se redressa de toute sa hauteur, inclina poliment la tête. Il était jeune, blond comme le sable, d'une beauté comparable à celle de la fille. Mario sentit une crispation dans son esprit. Pris à part, ils étaient admirables, leur beauté naturelle. Mis ensemble, elle s'affadissait, comme s'il s'agissait d'un bien qu'on estimait au plus haut point. Elle paraissait orgueilleuse et vulgaire. Et Mario éprouva soudain une fierté tranquille pour sa banale petite personne.

L'homme était plus grand que lui de plusieurs centimètres, la poitrine lisse, large, fortement musclée. Malgré sa courtoisie presque exagérée, il projetait une confiance dominatrice.

« Monsieur Roland Mario. » Et la fille d'ajouter sèchement : « Il a huit mille dollars. »

Le jeune homme hocha gravement la tête et tendit la main. « Je m'appelle Mervyn Allen. » Il regarda la fille. « Ce sera tout, Thane ?

— Pour ce soir. » Et elle partit.

« Impossible de continuer avec huit mille par soir, grommela Mervyn Allen. Asseyez-vous, monsieur Mario. »

Mario prit un siège. « Les entreprises spécialisées dans les aventures doivent avoir de gros frais, fit-il remarquer avec un sourire pincé.

— Oh, non, dit Allen avec de grands yeux candides. Au contraire. Les propriétaires sont d'une avarice faramineuse. Nous nous efforçons de parvenir à un bénéfice de vingt millions par jour. Mais il arrive que nous restions en deçà.

— Excusez-moi de vouloir vous donner un pourboire. Je le garde, si vous n'en voulez pas. »

Allen eut un geste magnanime. « Comme il vous plaira.

— La réceptionniste m'a dit que pour dix millions on a droit à vos services les plus ennuyeux et que pour dix mille dollars on a quelque chose d'assez dément. Que me donnerez-vous pour rien ? Une vivisection ? »

L'autre sourit. « Non. Vous êtes en totale sécurité chez nous. C'est-à-dire que vous ne souffrez d'aucune douleur physique, vous ressortez en vie.

— Mais vous vous refusez à me donner des détails ? Après tout, je suis d'une nature difficile. Ce que vous considérez comme une bonne blague pourrait m'irriter au plus haut point. »

Mervyn Allen haussa les épaules d'un air indifférent. « Vous n'avez pas dépensé un sou pour le moment. Vous pouvez encore partir. »

Mario frotta les accoudoirs de son fauteuil de la paume de la main. « C'est assez injuste. Je suis intéressé, mais j'aimerais aussi savoir un peu dans quoi je me lance.

— Compréhensible. Vous êtes prêt à courir un risque, mais pas totalement stupide. C'est bien ça ?

— Tout à fait. »

Allen redressa un crayon sur son bureau. « Primo, j'aimerais vous soumettre à un bref examen psychiatrique et médical. Vous comprendrez... » Il jeta à Mario un vif regard candide. « ... que nous ne désirons aucun accident à l'intérieur du Château d'Hispanie.

— Je vous en prie, continuez. »

Le jeune homme fit coulisser le dessus de son bureau et tendit un casque en plastique dans lequel scintillaient de minuscules fils.

« Lecture encéphalographique. Veuillez l'enfoncer correctement sur votre tête. »

Mario afficha un large sourire. « Vous devriez dire que c'est un détecteur de mensonges.

— Un détecteur de mensonges, donc, fit Allen avec un bref sourire.

— Je vous le mettrais bien sur la tête », marmonna le visiteur.

Son hôte feignit de l'ignorer, sortit un carnet de formulaires imprimés et régla un cadran devant lui. « Nom ?

— Roland Mario.

— Âge ?

— Vingt-huit ans. »

Allen fixa le cadran, fronça les sourcils, leva des yeux interrogateurs.

« Je voulais voir si ça marchait, dit Mario. J'ai vingt-neuf ans.

— Il marche, commenta laconiquement l'autre. Emploi ?

— Architecte. Enfin, je touche à l'architecture, je conçois des niches et des clapiers pour mes amis. J'ai quand même été à l'origine de l'usine de la Geraf Fleeter, à Hanovre, il y a environ un an… une réalisation assez importante.

— Hum ! Et où êtes-vous né ?

— À Buenos Aires.

— Vous n'avez jamais appartenu à la fonction publique ? Une collectivité territoriale ? La police ? L'administration ? L'APC ?

— Non.

— Pour quelle raison ?

— La paperasse. Les bureaucrates m'écœurent.

— Parent le plus proche ?

— Mon frère. Arthur Mario. À Callaco. Dans les cafés.

— Aucune épouse ?

— Aucune épouse.

— Valeur approximative de vos biens. Actif disponible, et ainsi de suite ?

— Oh… je dirais soixante, soixante-dix mille dollars. Une aisance modeste. Suffisante pour me permettre de flâner un peu si j'en ai envie.

— Pourquoi venir au Château d'Hispanie ?

— Pour la même raison que tout le monde. L'ennui. De l'énergie à revendre. Une absence d'opposition à combattre. »

Allen éclata de rire. « Vous vous imaginez donc pouvoir utiliser une partie de cette énergie à combattre le Château d'Hispanie ? »

Mario eut un petit sourire. « C'est un défi.

— Nous avons là quelque chose de parfait, lui confia Allen. C'est surprenant que personne n'y ait pensé auparavant. Comment êtes-vous arrivé au Château d'Hispanie ?

— Nous étions cinq à jouer ça aux dés. Un certain Peter Zaër a perdu. Il est passé chez vous, mais il se refuse à nous parler, à présent. »

Allen hocha la tête d'un air sagace. « Nous devons exiger le secret. Sans mystère, nous n'aurions pas de clients.

— Il a intérêt à être parfait, après cette excitation préliminaire. »

Il crut percevoir une note d'ironie dans le regard posé sur lui. « C'est bon marché à dix millions.

— Et très cher à dix mille dollars ? » suggéra Mario.

Allen se laissa aller en arrière dans son fauteuil, son visage magnifique froid comme un masque de marbre. Mario songea soudain à la fille dans la salle de réception. La même expression de distance et de hauteur intouchables. « Je suppose que la discussion est la même pour tous les clients.

— Identique, en effet.

— Très bien, et maintenant ?

— Vous êtes en bonne santé ? Des défauts organiques ?

— Aucun.

— Très bien. Laissons tomber l'examen physique. »

Mario leva la main et ôta le lecteur encéphalographique. « À présent, je peux mentir. »

Allen tambourina un moment sur la table, tendit le bras, remit la tablette en place, griffonna sur une feuille qu'il passa à Mario. « Un contrat qui nous dégage de toute responsabilité. »

Il le lut. En échange des services rendus, Roland Mario reconnaissait que le Château d'Hispanie et ses directeurs ne pouvaient être tenus responsables d'aucune blessure physique ou psychique qu'il pourrait subir en ces lieux ou résultant de son passage en ces lieux. En outre, il abandonnait tout droit de poursuite. C'était avec sa permission et à sa demande expresse que seraient mis en œuvre toute transaction, tout traitement, toute expérience, tout événement le concernant.

Dubitatif, il se mâchouilla la lèvre. « Ça me paraît drastique. Mais vous ne pouvez tout de même pas me tuer.

— Exact.

— Un contrat de très mauvais augure.

— Peut-être que parler peut suffire en guise d'aventure », avança Allen, légèrement méprisant.

Mario pinça les lèvres. « J'aime les aventures agréables. Un cauchemar est une aventure, et je n'aime pas les cauchemars.

— Qui les aime ?

— En d'autres termes, vous n'allez rien me dire ?

— Rien.

— Si j'avais deux sous de bon sens, je me lèverais et je prendrais la porte.

— Comme il vous plaira.

— Que faites-vous de tout cet argent ? »

Mervyn Allen se détendit dans son fauteuil et plaça les mains derrière sa tête blonde. « Nous construisons la Tour Empyréenne. Ça n'a rien d'un secret. »

C'était une nouvelle fraîche pour Mario. La Tour Empyréenne : l'édifice le plus vaste, le plus grandiose, le plus pesant, le plus haut et le plus noble jamais créé ou conçu par l'homme. Un épieu de près de cinq kilomètres qui perçait le ciel et visait les étoiles.

« Pourquoi la construisez-vous ? Si je puis me permettre. »

Allen poussa un soupir. « Votre présence au Château d'Hispanie a le même motif : l'ennui. Et ne me dites pas d'aller prendre mon propre médicament.

— L'avez-vous fait ? »

L'autre l'étudia en étrécissant les yeux. « Oui. Vous posez beaucoup de questions. Trop. Voici le contrat. Signez-le ou déchirez-le. Je ne puis vous accorder davantage de temps.

— Il faut d'abord que vous me donniez quand même une idée de ce à quoi je m'engage, rétorqua son visiteur avec patience.

— Cela n'a rien de criminel. Disons que... nous vous donnons un nouveau point de vue sur la vie.

— Une amnésie artificielle ? demanda Mario en se rappelant Zaër.

— Non. Votre mémoire reste intacte. Voici... » Allen lui mit le contrat sous le nez. « Signez-le ou déchirez-le. »

Mario signa. « Je sais bien que je fais une bêtise. Vous voulez mes huit mille dollars ?

— Nous travaillons pour l'argent. Si vous pouvez vous le permettre. »

Mario compta les huit billets de mille dollars. « Voici. »

Allen prit la liasse, la tapota sur la table et inspecta Mario en donnant l'impression de ruminer. « Nos clients se répartissent assez uniformément en trois catégories. Les jeunes gens intrépides à peine sortis de l'adolescence, les vieillards désabusés en quête de nouvelles sortes de vice, et les fouineurs de la police. Je n'arrive pas à vous cataloguer. »

Mario répondit en haussant les épaules : « Faites la moyenne des deux premières. Je suis intrépide, désabusé, et j'ai vingt-neuf ans. »

Allen eut un bref sourire poli et se leva. « Par ici, je vous prie. »

Un panneau s'ouvrit derrière lui, révélant une pièce éclairée d'une lumière froide couleur paille. Des plantes vertes, à hauteur de taille, poussaient à profusion – des fougères exotiques aux grandes feuilles, des fongus aux flèches fantastiques qui agitaient les lames de leurs épieux de la couleur du jade aztèque. Mario remarqua Allen qui prenait longuement son souffle avant d'entrer dans la pièce, mais n'y attacha aucune importance. Il le suivit, admirant à droite et à gauche les petites jungles artificielles. L'air était chargé de l'odeur de menthe-gardénia-antiseptique… et piquant. Il cilla. Ses yeux larmoyèrent, se voilèrent. Il s'arrêta, titubant. Allen se retourna, le toisa avec un demi-sourire glacial, comme s'il s'agissait là d'un spectacle familier mais toujours distrayant.

Sa vision se brouilla ; l'ouïe bourdonna, vacilla, s'en fut ; le temps vogua, virevolta…

4.

Mario se réveilla.

Un réveil rapide, tranché, et non une remontée pénible à travers la vase de la drogue.

Il était assis sur un banc de la place Tanagra, sous les gros mimosas, et les paons cuivrés picoraient le pain qu'il leur offrait.

Il regarda sa main. Une main grasse, épaisse, le bras gansé dans une fibre grise et dure. Pourtant, il ne possédait pas un seul costume gris. Le bras était court. Ses jambes étaient courtes. Son ventre était gras. Il s'humecta les lèvres. Elles étaient charnues, molles.

Il était Roland Mario à l'intérieur du cerveau, mais le corps était celui de quelqu'un d'autre. Il resta immobile.

Les paons picoraient le pain. Il le jeta. Il avait le bras raide, bizarrement lourd, les muscles flasques. Il se leva, gémissant. Son corps était mou sans être flexible. Il se passa la main sur la figure et sentit un petit nez court, de longues oreilles, des bajoues qui semblaient remplies d'une colle froide. Il était aussi chauve que le ventre d'un poisson.

Qui était ce corps ? Il cligna des yeux, sentit son esprit se tordre, s'étirer sous son entrave. Mario se débattit pour reprendre son équilibre, comme un homme qui, dans un canot ballotté, veut éviter de passer par-dessus bord. Il s'appuya contre le tronc d'un mimosa. Du calme, du calme, fixe ton regard ! Ce qu'on t'a fait peut certainement être défait. Ou ça passera. Était-ce un rêve, un segment intensément vivant de narcotiana ? L'aventure… peuh ! Un terme bien faible…

Il farfouilla dans ses poches et trouva une feuille de papier pliée. Il l'ouvrit et s'assit en lisant le texte dactylographié.

C'était d'abord un avertissement brutal :

MÉMORISEZ CE QUI SUIT,
CAR CE PAPIER SE DÉSINTÈGRERA DANS CINQ MINUTES !

Vous vous embarquez pour la vie que vous avez achetée.

Vous vous appelez Ralston Ebery. Vous avez 56 ans. Vous êtes marié à Florence Ebery, 50 ans. Votre domicile se situe 19, place de l'Écume. Vous avez trois enfants : Luther, 25 ans ; Ralston Jr, 23 ans ; Clydie, 19 ans.

Vous êtes un riche constructeur en aéronautique, propriétaire d'Ebery Aérocars. Votre banque est l'African Federal ; votre code bancaire se trouve dans votre poche. En signant votre nom, ne guidez pas votre main ; que les muscles involontaires effectuent la signature de Ralston Ebery.

Si votre forme actuelle vous répugne, vous pouvez rentrer au Château d'Hispanie. Pour dix mille dollars, vous aurez un corps de notre choix : pour dix millions, un corps jeune et en bonne santé à votre convenance.

Veuillez ne pas communiquer avec la police. En premier lieu, elle vous croirait fou. En second lieu, si elle entravait gravement le fonctionnement du Château d'Hispanie, vous vous retrouveriez naufragé dans le corps de Ralston Ebery, perspective qui peut ou non vous réjouir. En troisième lieu, le corps de Roland Mario insistera pour retrouver son identité légale.

Grâce aux possibilités qu'offre votre entreprise, dix millions de dollars constituent une somme à votre portée. Quand vous en disposerez, revenez au Château d'Hispanie pour avoir un corps jeune et en bonne santé.

Nous avons respecté notre part du marché. Nous vous avons procuré l'aventure. Avec un peu d'habileté et d'ingéniosité, vous pourrez rejoindre le groupe des hommes sans âge, éternellement jeunes.

Mario relut la feuille. Quand il l'eut terminée, il la froissa. Il se laissa aller en arrière, conscient de la nausée qui montait en lui comme une cabine d'ascenseur dans sa fosse. La plus détestable des intimités : vivre dans le corps d'autrui… surtout quelqu'un d'aussi grossier et sale. Il avait faim et, avec une méchanceté perverse, il se refusa à rassasier le corps de Ralston.

Ralston Ebery ! Un nom vaguement familier…

Ralston Ebery possédait-il à présent son corps ? Possible, mais pas obligatoire. Mario ignorait le principe utilisé pour le transfert. Aucune incision, aucune greffe de cerveau ne semblait intervenir.

Et alors ?

Il pouvait très bien aller voir l'APC. Mais s'il pouvait les convaincre, il ne disposerait d'aucun recours légal. À sa connaissance, personne au Château d'Hispanie n'avait accompli à son encontre le moindre acte criminel. Il n'existait même pas de base pour voie de fait, puisqu'il avait abandonné tout droit de poursuite.

Les journaux, les télécrans ? Et si une contre-publicité arrivait à faire cesser les activités du Château d'Hispanie ? Mervyn Allen pourrait recommencer ailleurs une entreprise semblable... et Mario serait à tout jamais incapable de recouvrer son corps.

Il pouvait suivre la suggestion du bout de papier, qui avait entamé sa désintégration. Sans doute Ralston Ebery disposait-il de relations politiques et financières, ainsi que d'une fortune personnelle. Mais ne se pouvait-il pas plutôt qu'il ait liquidé le plus possible de sa richesse, à la fois pour payer les dix millions de dollars au Château d'Hispanie et pour assurer l'avenir de son nouveau corps ?

Mario envisagea le recours à la force. Il devait y avoir un moyen de retrouver son corps de la sorte. Un peu d'assistance lui ferait du bien. Fallait-il en parler à Ditmar, Janniver et Breaugh ? En vérité, il leur devait bien une explication quelconque.

Il se leva. Mervyn Allen n'avait sans doute pas laissé subsister de point faible dans sa cuirasse. La violence et la vengeance seraient les premières idées venant à un esprit abandonné dans un corps vieux et malade et il aurait pris ses précautions.

Les idées se pressaient, tourbillonnaient, bouillonnaient, comme des couleurs différentes qu'on mélange dans un seau de peinture. Il avait la tête légère, les oreilles bourdonnantes. Un rêve – quand se réveillerait-il ? Il haleta, souffla, se débattit un peu. Un policier en patrouille s'arrêta à côté de lui et alluma automatiquement sa caméra témoin.

« Qu'est-ce qui ne va pas, monsieur ? Vous faites un malaise ?

— Non, non. Je vais bien. Je m'étais assoupi. »

Il se leva, monta sur la bande de Choréops, passa devant la fontaine centrale aux dalles de quartz aventurine, descendit au Pavillon de Malabar, s'engagea sous les grands arbres à baies de Kesselyn Avenue. D'un pas lent et lourd, il passa parmi les boutiques de fleuristes en gros et, à Pacifique, se fit hisser par l'escalator jusqu'au troisième niveau, où il prit la bande pédestre express de Grandpied jusqu'au Mail.

Une avancée inconsciente, automatique, comme si son corps se mouvait seul. À présent, au pied du Centre Éthéré, il quitta la bande le souffle court. Le corps de Ralston Ebery s'avérait spongieux, en piteux état. Mario éprouvait une joie malsaine de ce que cet organisme sue, souffle, halète, jeûne – et perde du lard.

Un visage se présenta soudain à lui, grimaçant, haineux, les dents visibles, les pupilles telles des fléchettes empoisonnées des Terres de Mazumbwé – le visage d'un homme ni jeune ni vieux, sans ride mais les cheveux gris, innocent mais sagace, déformé par le ressac intérieur de sa rage. Les dents serrées, les mâchoires crispées, ce jeune-vieux grogna :

« Sale voleur dégénéré, sombre excrément, tu espères continuer à vivre ? Tu n'es que poison et puanteur. Te tuer me souillerait. Mais je le ferai ! »

Mario recula. L'homme lui était inconnu. « Pardon. Vous devez faire erreur », dit-il avant de comprendre que les actes de Ralston Ebery lui étaient désormais crédités.

Une main s'abattit sur l'épaule de l'individu ni jeune ni vieux. « File, Arnold ! s'écria une voix âpre. Débarrasse le plancher ! » L'intéressé s'en fut sans demander son reste.

Le sauveur de Mario se retourna : un jeune homme tiré à quatre épingles, aux traits agiles d'un renard. Il inclina la tête. « Bonjour, monsieur Ebery. Navré que ce dingue vous ait ennuyé.

— Bonjour, dit Mario. Ah… qui était-ce ? »

Le jeune homme lui adressa un regard intrigué. « Letya Arnold, voyons. Il travaillait pour nous. Vous l'avez fichu dehors. »

Mario éprouva quelque perplexité. « Pourquoi ? »

Le jeune homme cilla. « Je ne sais pas trop. Manque d'efficacité, sans doute.

— Peu importe, dit Mario à la hâte. N'y pensez plus.

— Bien sûr. D'accord. Vous montiez au bureau ?

— Oui… je suppose. » Qui était ce jeune homme ? Le problème allait souvent se présenter.

Ils approchaient des ascenseurs. « Après vous », dit Mario. Il avait d'innombrables détails à apprendre : mille ajustements personnels, l'entrelacs des affaires d'Ebery. Restait-il quelque chose de l'entreprise ? Son propriétaire avait dû la piller jusqu'au dernier cent pour doter richement son nouveau corps. Ebery Aérocars était une entreprise importante, pourtant, le prélèvement de dix millions de dollars ne pouvait manquer de produire une brèche visible. Et ce jeune homme au visage intelligent, qui était-il ? Mario décida de biaiser, par une question vague.

« Voyons un peu… votre dernière promotion date de quand ? »

Le jeune homme lui jeta un bref regard en coin. Il se demandait visiblement si Ebery était dans son assiette. « Ma foi, ça fait deux ans que je suis chef de bureau adjoint. »

Mario hocha la tête. Ils entrèrent dans la cabine et l'autre appuya derechef sur le bouton. *Larve obséquieuse !* songea l'imposteur. La porte se referma brutalement et il sentit alors la secousse à laquelle les estomacs de l'époque étaient accoutumés. L'ascenseur fit halte, les portes coulissèrent et ils sortirent dans un bureau : machines bourdonnantes, employés affairés, banques de télécrans.

Cliquetis, chuintements, et un silence brutal, tous les yeux braqués sur le corps de Ralston Ebery. Des regards furtifs, une attention studieuse au travail, une efficience exagérée.

Mario s'immobilisa, examinant la salle. Elle lui appartenait. Par défaut. Personne en ce monde ne pouvait lui dénier son autorité ici, à moins que Ralston Ebery n'ait été trop rapide, trop avide, en prenant plus que ses dix millions. S'il avait commis des détournements ou des escroqueries, c'était lui, Roland Mario dans le corps d'Ebery, qui serait poursuivi. Mario était piégé dans le passé d'Ebery. Ses faiblesses seraient retenues contre lui, la haine qu'il avait suscitée se retournerait contre lui ; il avait hérité de la femme d'Ebery, de sa famille, de sa maîtresse, si maîtresse il y avait.

Un petit bonhomme s'approcha, d'âge moyen, la mine désillusionnée, les lèvres pincées révélant maints espoirs perdus ou abandonnés.

« Bonjour, monsieur Ebery. Heureux de vous voir. Plusieurs questions requièrent votre attention personnelle. »

Mario le considéra d'un œil attentif. Avait-il décelé un sarcasme dans cette voix ? « Dans mon bureau. » L'autre se tourna vers un couloir. Mario le suivit. « Venez », dit-il au jeune obséquieux.

Sur une porte, le nom de Ralston Ebery en lettres gothiques argentées. Il introduisit son pouce dans la serrure ; les empreintes vérifiées, la porte s'escamota. Mario entra lentement, se renfrognant devant la décoration vulgaire. Ebery adorait le rococo. Il s'assit derrière le bureau en métal noir poli et dit au chef de bureau adjoint : « Apportez-moi les dossiers du personnel… photos incluses.

— Oui, monsieur. »

Le petit bonhomme attira une chaise jusqu'à lui. « À présent, monsieur Ebery, je regrette de devoir vous dire que je considère que vous avez mis cette entreprise dans une situation ambiguë.

— Comment cela ? » demanda Mario d'un ton glacial, comme s'il était Ebery soi-même.

Le petit homme renifla. « Comment cela ? Les contrats que vous avez cédés à Atlas Aérobots étaient les plus juteux jamais négociés par Ebery Aérocars. Comme vous le savez fort bien. Nous avons pris une sacrée raclée, dans cette affaire. » Il se leva d'un bond pour arpenter la pièce. « Franchement, monsieur Ebery, je ne vous comprends pas.

— Un instant. Que je consulte la correspondance. » Pour gagner du temps, il parcourut le courrier jusqu'au retour du chef de bureau adjoint chargé d'un tiroir rempli. « Merci, lui dit Mario. Ce sera tout pour l'instant. »

Il parcourut les dossiers en examinant les photos. Ce petit homme avait de l'autorité et devait se trouver parmi les premières fiches. Voilà : Louis Correaos, conseiller de la direction. Son salaire, sa famille, son âge, son CV… davantage qu'il ne pouvait mémoriser pour l'instant. Il posa le classeur. Louis Correaos allait et venait toujours en fulminant.

Il marqua une pause pour adresser à Mario un regard venimeux. « Mal avisé ? Non : dingue ! » Il haussa les épaules. « De toute façon, mon travail ne signifie plus rien pour moi. La société ne pourra supporter ce coup dur. Pas à la façon dont vous voulez la diriger, en tout cas. Vous insistez pour lancer un chariot à thé volant décoré de fanfreluches, puis vous vendez les seuls contrats qui produisaient des bénéfices, les seules caractéristiques qui rendaient cet appareil capable de voler. »

Mario réfléchit un instant. Puis il annonça : « J'avais mes raisons. »

Correaos cessa ses allées et venues pour le fixer du regard à nouveau.

« Pouvez-vous deviner comment je compte tirer profit de cette situation ? »

Les yeux de l'autres évoquaient des jetons de poker ; sa bouche se crispa, se serra, s'arrondit. Au bout de quelques secondes, il répondit : « Vous avez vendu notre aciérie à Jones & Cahill, notre brevet du stabilisateur de vol à Bluecraft. » Il considéra Mario d'un air inquisiteur. « Il semble que vous fassiez ce que vous aviez juré d'éviter : sortir un nouveau modèle capable de voler.

— Qu'en pensez-vous ? » demanda Mario en prenant l'air sagace.

Louis Correaos bégaya : « Monsieur Ebery, c'est… délirant ! Vous me demandez, à moi, ce que je pense ! Je suis votre béni-oui-oui. C'est pour ça que vous me payez. Je le sais, vous le savez, tout le monde le sait.

— Vous ne m'avez pas dit oui une seule fois ce matin. Vous m'avez traité de dingue.

— Je ne comprenais pas l'idée », fit l'autre, hésitant. « J'y songeais depuis longtemps : ajouter un transformateur, ôter tout ce similor, remplacer l'acier par du planchin, simplifier, simplifier…

— Louis, faites l'annonce. Lancez l'étude. Vous êtes responsable. J'appuierai vos décisions. »

Le visage de Correaos était un masque vide.

« Choisissez votre salaire. J'ai quelques nouveaux projets qui vont me tenir occupé. Je veux que vous gériez l'affaire. C'est vous le patron. Vous pouvez vous en charger ?

— Oui, bien sûr.

— Faites à votre guise. Sortez un nouveau modèle qui battra la concurrence à plate couture. Je vérifierai le produit final, mais d'ici là, c'est vous le patron. Pour l'heure… réglez tous les détails. » Il indiqua la chemise de correspondance. « Emportez ça dans votre bureau. »

L'autre se leva d'un bond et lui serra la main. « Je ferai de mon mieux. » Il quitta la pièce.

Mario alluma l'interphone. « Passez-moi l'African Federal… Bonjour ! lança-t-il à la jeune fille sur l'écran. Ici Ralston Ebery. Pouvez-vous m'indiquer le solde de mon compte personnel ?

— Douze mille dollars, monsieur Ebery, répondit-elle bientôt. Le dernier retrait l'a presque vidé.

— Merci », dit Mario.

Il installa confortablement le corps épais dans le fauteuil et prit conscience d'un grognement caverneux dans son abdomen. Ralston Ebery avait faim.

Mario eut un sourire amer. Il appela la restauration. « Montez-moi un sandwich à la tapenade, du céleri, et un verre de lait écrémé. »

5.

Au cours de l'après-midi, il s'avisa qu'il ne pouvait plus ignorer une épreuve : faire connaissance avec le foyer de Ralston Ebery. Sa vie de famille n'avait pas pu être heureuse. Aucun mari et père comblé ne laisserait sa femme et ses enfants à la merci d'un étranger. C'était un acte de haine plutôt que d'amour.

Une photographie de groupe était placée sur le bureau – discrètement, comme à peine tolérée. Sa famille. Florence Ebery, frêle, diaphane, timorée, vêtue avec trop de recherche, le visage à peine visible sous un chapeau ridicule, affichait la perplexité patiente d'un animal favori attifé d'habits de poupée… Bref, assez pathétique.

Luther et Ralston Jr. étaient des jeunes gens au visage têtu et figé, Clydie une créature aux joues pleines et à la bouche irascible.

À trois heures, Mario finit par rassembler son courage, composa le numéro du domicile d'Ebery et obtint Florence. Elle répondit d'une voix lointaine : « Oui, Ralston.

— Je rentrerai tard, ce soir, chérie. » Mario dut consentir un effort pour ajouter le dernier mot.

Elle plissa le nez, pinça les lèvres et ses yeux brillèrent comme si elle retenait des larmes. « Tu ne me dis même pas où tu étais passé.

— Florence… franchement. Dirais-tu que je suis un bon mari ? »

Elle cligna les yeux d'un air de défi. « Je n'ai pas à me plaindre. Je ne me suis jamais plainte. » Sa voix aiguë laissait entendre que ce n'était peut-être pas tout à fait la vérité. Et à juste raison, sans doute, songea Mario.

« Non, je veux la vérité, Florence.

— Tu m'as donné tout l'argent que je voulais. Tu m'as humiliée un millier de fois… raillée, ridiculisée aux yeux des enfants.

— Eh bien, je t'en demande pardon, Florence », fit Mario. Il ne pouvait manifester d'affection. Il éprouvait de la peine pour Florence… l'épouse d'Ebery… mais c'était l'épouse de Ralston, et non la sienne. Une autre des victimes d'Ebery. « À ce soir », dit-il piteusement avant de raccrocher.

Il se carra dans son fauteuil. Et il réfléchit, réfléchit. Il devait bien exister un moyen de s'en sortir. Se pouvait-il que le restant de sa vie se passe ainsi dans ce corps corpulent et malsain ? Mario éclata soudain de rire. Si dix millions de dollars avaient acheté un nouveau corps à Ralston Ebery (le sien, probablement), dix millions de plus pourraient racheter ce corps. Car l'argent était pour Mervyn Allen un langage des plus clairs. Ce serait humiliant, un acte obséquieux, nauséabond, un baiser au pied qui venait de lui donner un coup, une soumission, un acquiescement… mais c'était ça, ou continuer d'endosser la forme de Ralston Ebery.

Mario se leva, s'approcha de la fenêtre, sortit sur la plate-forme d'atterrissage, héla un aérotaxi.

Dix minutes plus tard, il se trouvait au 5600 d'Exmoor Avenue, aux Prairies, devant le Château d'Hispanie. Un jardinier en train de tailler les haies le considérait avec méfiance. Il remonta l'allée à grands pas et appuya sur le bouton.

Comme la première fois, il y eut une courte attente, l'examen invisible de cellules d'espionnage. Le soleil brûlait sur son dos, le taille-haie du jardinier bourdonnait dans ses oreilles.

La porte s'ouvrit.

« Veuillez entrer », dit la douce voix commerciale.

Il passa dans le couloir puis dans la salle de réception verte et marron décorée des trois nus devant l'antique forêt.

La fille à la beauté fabuleuse entra ; Mario plongea encore son regard dans les grands yeux clairs ouvrant sur l'étrange cerveau. Mais à qui appartenait-il, ce cerveau ? Un homme ou une femme ?

Il n'éprouvait plus le besoin de l'exciter, de la piquer. Elle n'était pas naturelle, c'était un *objet.*

« Que désirez-vous ?

— Voir M. Allen.

— Pour quelle affaire ?

— Ah, vous me connaissez ?

— Pour quelle affaire ?

— Votre entreprise est destinée à gagner de l'argent, n'est-ce pas ?

— Oui.

— Mon affaire est en rapport avec l'argent.

— Veuillez vous asseoir. » Elle se retourna ; Mario regarda le corps mince qui s'éloignait. Elle marchait avec grâce et légèreté dans des mules basses. Il nota alors la réaction du corps d'Ebery. Les glandes du vieux bouc étaient encore assez actives. Il lutta contre une nausée poignante.

La fille revint. « Suivez-moi, je vous prie. »

Mervyn Allen le reçut avec affabilité, sans aller toutefois jusqu'à lui serrer la main.

« Bonjour, monsieur Mario. Je m'attendais plus ou moins à vous revoir. Asseyez-vous. Comment allez-vous ? Vous vous amusez bien ?

— Pas particulièrement. J'admets volontiers que vous m'avez procuré une aventure qui en vaut la peine. Et maintenant que j'y pense, vous ne m'avez en rien abusé par vos promesses. »

Allen eut un bref sourire glacial. Et Mario se demanda quel cerveau ce corps magnifique pouvait contenir.

« Vous êtes inhabituellement philosophe. La plupart de nos clients ne se rendent pas compte que nous leur donnons exactement ce pour quoi ils ont payé. L'essence de l'aventure est la surprise, le danger et une issue dépendant de ses efforts.

— Il ne fait aucun doute qu'il s'agit là de ce que vous proposez. Mais attention : si je feignais l'amitié envers vous, je serais hypocrite. Contre toute logique, j'éprouve un fort ressentiment. Je vous tuerais sans remords… bien que ce soit moi, comme vous me le feriez remarquer, qui me suis mis dans cette situation.

— Tout juste.

— Exception faite de mes propres sentiments, nous avons une certaine communauté d'intérêts que je désire exploiter. Vous voulez de l'argent, je veux mon corps. Je viens explorer les moyens grâce auxquels nos désirs respectifs pourraient se voir satisfaits. »

Allen prit un air joyeux et éclata d'un rire ravi. « Mario, vous êtes impayable. J'ai entendu bien des propositions, mais aucune n'était aussi formelle ni aussi élégante. Oui, je veux de l'argent. Vous voulez le corps auquel vous étiez habitué. Je suis navré de vous informer qu'il appartient désormais à quelqu'un d'autre ; je doute qu'on puisse le persuader de le rendre. Mais… je peux vous vendre un autre corps, en bonne santé, beau et jeune, au tarif habituel. Dix millions de dollars. Pour trente millions, je vous donnerai le choix le plus étendu possible : un corps comme le mien, par exemple. La Tour Empyréenne est un projet extrêmement coûteux.

— Par curiosité, comment s'effectue le transfert ? Je n'ai remarqué ni cicatrice ni aucun signe de greffe de cerveau. De toute façon, ça me paraît sans doute impossible. »

Mervyn Allen hocha la tête. « Ce serait compliqué de trancher plusieurs millions de nerfs. Vous connaissez la physiologie du cerveau ?

— Non. Elle est complexe, voilà tout ce que j'en sais… ou que j'ai pris la peine d'apprendre. »

L'autre se laissa aller en arrière, se détendit et parla avec vivacité, comme s'il récitait un laïus appris par cœur : « Le cerveau se divise en trois parties, le bulbe rachidien, le cervelet – qui contrôlent tous deux les mouvements involontaires et les réflexes – et le cerveau, siège de la mémoire, de l'intelligence et de la personnalité. La réflexion dans le cerveau s'effectue à peu près de la même manière que la réflexion dans les cerveaux mécaniques, par la sélection d'un itinéraire franchissant des relais ou neurones.

» Dans un cerveau vierge, l'aisance relative de tout circuit est la même et le potentiel électrique de la moindre des cellules est le même.

» Le processus s'accomplit par une série d'étapes… processus découvert, je dois ajouter, par accident lors d'un programme de recherche dans un domaine très différent. D'abord, le cuir chevelu du patient est enchâssé dans une cellule de ce que l'équipe de recherche d'origine avait appelé le golasme, un cristal organique doté d'un grand nombre de fibres périphériques. Entre la cellule du golasme et le cerveau se trouve un certain nombre de couches… cheveux, tissu dermique, os, trois membranes séparées, ainsi qu'un réseau complexe de vaisseaux sanguins. Les cellules nerveuses sont toutefois uniques par leur potentiel électrique élevé, et dans un but pratique les cellules intermédiaires n'entrent pas en ligne de compte.

» Ensuite, par un processus de balayage compliqué, nous dupliquons les synapses du cerveau dans le golasme en les reliant par un schéma de stimuli sensoriels à un cadre qui sera commun à tous les hommes.

» Enfin, les cellules du golasme sont changées, le processus inversé, le cerveau de A équipé des synapses de B et celui de B de celles de A. La totalité du processus requiert à peine cinq minutes. Non invasif, indolore, inoffensif. A reçoit la personnalité et la mémoire de B, et B celles de A. »

Mario frotta son triple menton. « Vous voulez dire que je… ne suis pas du tout Roland Mario ? Que penser comme lui n'est qu'une illusion ? Qu'aucune des cellules de ce corps ne lui appartient ?

— Pas l'ombre d'une. Vous êtes… voyons un peu. Vous vous appelez Ralston Ebery, je crois. Le moindre corpuscule en vous est Ebery. Vous êtes bien lui, équipé des souvenirs de Roland Mario.

— Et ma constitution glandulaire, ne va-t-elle pas modifier la personnalité de Mario ? Après tout, les actes d'un homme ne sont pas dus à son seul cerveau, mais à une synthèse d'effets.

— Exact. L'effet est progressif. Vous vous transformerez peu à peu, pour devenir comme Ralston Ebery avant l'échange. Et il en va de même pour le corps de Roland Mario. La transformation totale sera déterminée par l'environnement en rapport avec le ratio héréditaire de votre caractère. »

Mario eut un sourire. « Je veux vite quitter ce corps. Ce que je vois d'Ebery ne me plaît pas.

— Apportez-moi dix millions de dollars. Le Château d'Hispanie n'existe que dans un seul but : gagner de l'argent. »

Il scruta Allen : la chair ferme, la peau claire, la perfection du crâne, du visage, de l'expression.

« À quoi pourra bien vous servir tout cet argent ? Pourquoi construire une Tour Empyréenne, en premier lieu ?

— Pour le plaisir. Cela me distrait. Je m'ennuie. J'ai exploré bien des corps, bien des existences. Ce corps est mon quatorzième. J'ai manié le pouvoir : une sensation qui m'importe peu. La tension m'irrite. Mais je n'ai rien d'un psychopathe. Je ne suis même pas cruel. Dans mon entreprise, ce qu'un homme perd, un autre homme le gagne. L'équilibre est maintenu.

— Du vol qualifié ! protesta Mario, amer. Vous dérobez les années de la vie d'un homme pour les ajouter à celles d'un autre ! »

L'autre haussa les épaules. « Les corps vivent le même laps de temps cumulé. L'effet total reste identique. Le seul changement intervient au niveau de la mémoire. Je suis peut-être solipsiste, pour user du jargon de la métaphysique. De mon point de vue, celui des yeux comme du cerveau, je suis l'unique individu réel, le seul intellect conscient. » Son regard s'assombrit. « Comment, sinon, se pourrait-il que ce soit moi seul, parmi tant d'autres, qui aie été choisi pour cette vie enchantée ?

— Peuh !

— Chacun se distrait de son mieux. Ce qui m'intéresse actuellement, c'est de construire la Tour Empyréenne. » Sa voix prit un accent exalté. « Elle s'élèvera à cinq kilomètres dans les airs ! Elle aura une salle de banquets avec un plancher de bandes d'argent et de cuivre de quatre cents mètres de large et de haut, avec huit balcons en verre. Elle possédera des jardins suspendus comme la Terre n'en a jamais connus, avec des fontaines, des cascades, des ruisseaux. Un étage entier sera un pays imaginaire sorti des temps anciens, peuplé de nymphes magnifiques.

» D'autres étages montreront la Terre à divers stades de son histoire. Il y aura des musées, des conservatoires de différents styles musicaux, des studios, des ateliers, des laboratoires pour tous les types de recherches connus, des sections réservées à des petites boutiques. Il y aura des salles et des balcons magnifiques conçus pour la seule promenade, des sections consacrées à… disons à la vénération d'Astarté. Il y aura des salles pleines de jouets, cent restaurants au personnel gourmet, mille tavernes servant des rêves liquides ; des salles pour la vue, pour l'oreille, le repos.

— Et quand vous vous serez lassé de la Tour Empyréenne ? » demanda Mario sans ménagement.

Mervyn Allen se renfonça dans son siège. « Ah, Mario, vous touchez le point sensible. Il ne fait aucun doute que quelque chose se proposera. Si seulement nous pouvions échapper à la Terre, voler par-delà les roches nues des planètes, vers d'autres étoiles, une autre vie, le Château d'Hispanie deviendrait inutile. »

Mario frotta sa joue rebondie et jeta à Allen un regard intrigué. « Vous avez inventé le procédé ?

— Avec quatre autres membres appartenant à l'équipe de recherche. Ils sont tous morts. Moi seul connais la technique.

— Et votre secrétaire ? C'est une de vos transformées ?

— Non. Thane est ce qu'elle est. Elle vit par la haine. Vous vous imaginez que je suis son amant ? Non… » Un léger sourire. « Du tout. Sa volonté est fondée sur la destruction, la mort. Une créature brillante en surface. Au fond, elle est aussi sombre et violente qu'une goutte d'huile brûlante. »

Face à cette avalanche de faits, d'informations, Mario n'avait plus envie de spéculer. « Bon, je ne vais pas davantage abuser de votre temps. Je voulais simplement comprendre où j'en étais.

— Vous le savez désormais. J'ai besoin d'argent. C'est la manière la plus rapide que je connaisse d'en obtenir en grande quantité. Mais je dispose aussi d'une offre exceptionnelle : une nuit aux frais de la banque, le bingo, quel que soit le nom que vous lui donnerez.

— Et de quoi s'agit-il ?

— J'ai besoin de clients. Plus j'aurai de clients, plus j'aurai d'argent. Naturellement, ma publicité ne saurait être si spécifique. J'offre donc un échange gracieux, un corps gratuit, si vous m'amenez six nouveaux clients. »

Mario plissa les yeux. « Ainsi, Zaër et moi-même sommes portés au crédit de Sutlov ? »

Allen resta impassible. « Qui est Sutlov ?

— Vous ne le connaissez pas ?

— Je n'en ai jamais entendu parler.

— Et Ditmar ?

— Ah, il a bien réussi, ce Ditmar. Pour dix mille dollars, il a eu droit à un corps affligé d'une cirrhose arrivée à son stade ultime. Encore deux clients et il y échappera. Mais je parle peut-être un peu trop. Je ne puis vous accorder davantage de temps, Mario. Bonsoir. »

En sortant, Mario s'arrêta dans la salle de réception et il baissa les yeux sur Thane. Elle lui rendit un regard fixe – visage de pierre, yeux tels des saphirs stellaires. Mario se sentit soudain exalté, mystique, comme s'il marchait sur une pensée vivante et connaissait le pouvoir de la pénétration.

« Vous êtes magnifique, mais vous êtes aussi froide que le fond des mers.

— Cette porte vous permettra de sortir, monsieur.

— Votre beauté est chose neuve et fragile… une surface d'un millimètre d'épaisseur. Deux coups de poignard vous rendraient hideuse, les gens détourneraient les yeux en passant devant vous. »

Elle ouvrit la bouche, la referma, se leva et dit : « Par ici, monsieur. »

Mario tendit la main, vit les doigts boudinés d'Ebery, grimaça et retint son geste. « Je ne pourrais pas vous toucher… pas avec ces mains.

— Ni avec d'autres, dit-elle dans l'éloignement glacial de son existence.

— Si on voit la plus belle créature jamais imaginée, si elle possède une âme semblable à un cristal de roche, si elle vous défie de la prendre, de la briser et qu'on est prisonnier d'un corps gras et hideux comme de la bouillie… »

Elle altéra son expression – dans quelle direction, il n'aurait su le déterminer. « Ici, c'est le Château d'Hispanie. Et vous avez bel et bien un corps gras et hideux comme de la bouillie. »

Il partit sans un mot. Elle referma la porte derrière lui. Mario haussa les épaules, mais le visage de Ralston Ebery brillait sous la chaleur de l'humiliation. Aucun amour, aucune pensée d'amour. Rien de plus que le défi, un peu comme d'une montagne aux alpinistes qui l'escaladent, pillent les secrets de ses pentes, en conquièrent la cime. Thane, froide comme la face cachée de la lune !

Fiche le camp, dit sèchement son cerveau, libère-toi de cette obsession. Les corps éphémères des femmes, oublie-les. L'écheveau n'est-il pas assez complexe ?

6.

À la porte du Château d'Hispanie, Mario monta dans un aérotaxi jusqu'au 19 place de l'Écume : une maison monstrueuse de marbre rose resplendissant, enroulée en spirale, complexe comme tous les biens de Ralston Ebery. Il mit le pouce dans le trou de la serrure. Ses empreintes reconnues, le battant s'ouvrit vers l'intérieur. Mario entra.

La photographie l'avait préparé à la vue de sa famille. Florence Ebery le salua avec un air de suspicion furtive ; les fils restèrent inexpressifs, passivement hostiles. La fille semblait ne posséder absolument aucune émotion en dehors d'un air constant de surprise embarrassée.

Au dîner, Mario fit outrage au corps d'Ebery en ne prenant qu'une salade de laitue avec des carottes et du vinaigre. Sa famille se montra intriguée.

« Tu te sens bien, Ralston ? demanda sa femme.

— Très bien.

— Tu ne manges rien.

— Je me suis mis au régime. Je vais dépouiller ce corps hideux de tout son lard. »

Huit yeux sortirent de leurs orbites, quatre paires de couteaux et de fourchettes se figèrent.

Mario continua d'un ton placide : « Il va falloir procéder à certains changements, par ici. Une vie trop facile ne vaut rien à personne. » Il s'adressa aux deux jeunes hommes qui se ressemblaient beaucoup, avec leur visage blanc, leurs joues empâtées et leurs lèvres charnues : « Vous, les gars, je ne veux pas être trop dur avec vous. Ce n'est pas votre faute si vous êtes nés fils de Ralston Ebery. Mais est-ce que vous savez ce que ça signifie de gagner sa vie à la sueur de son front ? »

Luther, l'aîné, parla avec dignité : « Nous travaillons à la sueur de notre cervelle.

— Explique-toi un peu », dit Mario.

Le regard de l'autre s'embrasa. « Je travaille davantage dans la semaine que toi dans l'année.

— Où ?

— Où ? Mais, à la verrerie. Où veux-tu que ce soit ? » Il y avait là une flamme que Mario n'avait pas imaginée.

Ralston Jr. déclara d'une voix rauque et bourrue : « Nous te payons le gîte et le couvert ; nous ne te devons pas un sou. Si ces dispositions ne te plaisent plus, nous partirons. »

Mario cilla. Il avait méjugé les fils d'Ebery. Des joues empâtées ne signifiaient pas forcément un esprit empâté. Mieux valait garder ses opinions pour lui et ne baser sa conversation que sur des faits connus. « Pardon, répondit-il gentiment. Je ne voulais pas vous blesser. Oubliez le gîte et le couvert. Dépensez-le plutôt pour quelque chose d'utile. »

Il jeta un regard sceptique en direction de Clydie, la fille d'Ebery. Elle minaudait presque. Mieux valait se taire. Elle risquait de se révéler une travailleuse sociale à la tâche douze heures par jour.

Mario se sentait quand même oppressé, ici. Il vivait peut-être dans le corps d'Ebery, mais le contact de ses vêtements et tout ce qui faisait partie de son intimité le gênait. Il ne pouvait se forcer à utiliser le rasoir ou la brosse à dents d'Ebery. La satisfaction des besoins naturels de ce corps était d'un écœurement des plus exquis. Soulagé, il découvrit que Florence faisait chambre à part.

Il se réveilla très tôt le lendemain, juste après l'aube, quitta la maison à la hâte, déjeuna dans un petit restaurant d'un jus d'orange et d'un toast sans garniture. L'estomac d'Ebery protesta contre cette maigre pitance par un grognement de colère. Ses jambes se plaignirent quand Mario décida de prendre la bande pédestre au lieu d'appeler un aérotaxi.

Il pénétra dans les bureaux déserts d'Ebery Aérocars, arpenta d'un air absent toute la longueur de sa suite en réfléchissant, puis passa dans son cabinet particulier. Cet amoncellement, ces détritus rococo l'irritaient. Il appela un homme d'entretien et désigna la pièce d'un geste circulaire.

« Débarrassez-moi de ces trucs fantaisistes. Emportez-les chez vous et gardez-les. Si vous n'en voulez pas, jetez-les. Laissez-moi le bureau et deux fauteuils. Le reste… dehors ! »

Il se rassit, réfléchissant toujours. La fin justifie les moyens…

Quelles armes utiliser ?

Il dessina des traits sur une feuille de papier. Comment attaquer ?

Peut-être la justice pourrait-elle l'aider... d'une manière ou d'une autre. Peut-être l'APC. Mais quelle réglementation Mervyn Allen enfreignait-il ? Les précédents n'existaient pas. Le Château d'Hispanie vendait de l'aventure. Si un client achetait beaucoup plus que ce qu'il avait cru, il ne pouvait s'en prendre qu'à lui.

L'argent, l'argent, l'argent. Celui-ci ne pouvait lui racheter son propre corps. Il avait besoin d'un point d'appui, d'une arme, d'un levier pour agir.

Il appela le service d'information publique, demanda le dossier concernant le *golasme*. Inconnu.

Il dessina de nouveaux traits, gribouilla des formes dénuées de sens. Quel était le talon d'Achille de Mervyn Allen ? Le Château d'Hispanie, la Tour Empyréenne. Une nouvelle fois, il composa le numéro du service d'information publique et demanda les écrans concernant la Tour Empyréenne. Un texte s'afficha bientôt.

> La Tour Empyréenne sera un immeuble multifonctionnel au cœur des Prairies. Le niveau le plus élevé se situera cinq kilomètres au-dessus du sol. Les architectes sont Kubal & Associés, S.A., de Lanchester. Les contrats des fondations ont été confiés à Lourey et Lyble...

Mario pressa le bouton de défilement. L'écran montra un plan architectural : un mince édifice qui franchissait les couches nuageuses pour pénétrer dans un ciel bleu clair. Il pressa encore.

Il disposait à présent d'informations détaillées sur le poids, le volume, des comparaisons avec les pyramides, le barrage de la gorge de Tchilung, le complexe de Skatterholm à Ronn, le Pylône Hawke, le Marché Mondial à Dar es-Salaam.

Mario appuya sur le bouton de son interphone. Aucune réponse – encore trop tôt. Impatient, il se commanda du café, en but deux tasses en arpentant son cabinet.

Une voix répondit enfin à son appel.

« Quand M. Correaos sera arrivé, je voudrai lui parler. »

Cinq minutes plus tard, l'intéressé frappait à sa porte.

« Bonjour, Louis.

— Bonjour, monsieur Ebery », répondit l'autre avec une expression un peu crispée, comme s'il s'attendait au pire.

« Louis, je veux quelques conseils : vous avez entendu parler de Kubal & Associés ? Des architectes ?

— Non. Je ne crois pas.

— Je ne veux pas vous détourner de votre travail, mais il faut que je prenne le contrôle de cette société. Discrètement, voire secrètement. Enquêtez sans faire de vagues. N'utilisez pas mon nom. Achetez toutes les actions disponibles donnant le droit de vote. Montez autant qu'il le faudra, mais achetez ces actions. Toujours sans utiliser mon nom. »

Le visage de Correaos devint un masque amusé, mais avec une petite grimace amère. « Que suis-je censé utiliser en guise d'argent ?

Mario frotta les plis flasques autour de sa mâchoire. « Hum. Nous n'avons pas de fonds de réserve, ni de solde bancaire créditeur ? »

Correaos le considéra d'un air bizarre. « Vous devriez le savoir. »

Mario biaisa. Exact, il aurait dû le savoir. Louis Correaos avait devant lui Ralston Ebery... le tyrannique Ralston Ebery. Il lui répondit donc : « Jetez un coup d'œil pour voir combien nous pouvons réaliser, voulez-vous, Louis ?

— Un instant. » Le conseiller quitta la pièce et revint avec un bout de papier. « J'ai calculé les coûts de réorganisation. Il faudra emprunter. Ce que vous avez fait de l'argent ne me regarde pas. »

Mario eut un sourire sévère. « Vous ne pourriez pas comprendre, Louis. Et si je vous le disais, vous ne me croiriez pas. N'y pensez plus. Il a disparu.

— Bien, l'agence d'Afrique du Sud nous a envoyé hier un virement d'un peu plus d'un million. Ça ne suffirait pas pour entamer la réorganisation. »

Un geste d'impatience. « On trouvera un prêt. Pour l'instant, vous disposez d'un million. Voyez combien vous pouvez acheter d'actions de Kubal & Associés. »

Correaos quitta la pièce sans un mot. Mario marmonna : « Il s'imagine que j'ai perdu la boule. Il croit qu'il satisfait une de mes lubies... »

Toute la matinée, il parcourut de vieux dossiers sur son écran en tâchant de suivre le fil des affaires d'Ebery. Le pillage hâtif transparaissait : encaissements de bons, réalisation d'actifs disponibles, transferts des fonds d'amortissements à son compte personnel. Malgré cette razzia, Ebery Aérocars semblait saine. Elle détenait des hypothèques, des franchises, des contrats valant plusieurs fois tout ce que Ebery s'était arrangé pour voler.

Lassé de tous ces dossiers, il commanda encore du café et arpenta son cabinet. Son esprit se tourna vers le 19, place de l'Écume. Il songea aux yeux accusateurs de Florence Ebery, à l'hostilité de Luther et de Ralston Jr. Et Mario souhaita à Ralston Ebery une place en enfer. Cette famille n'était pas de sa responsabilité, ni de son ressort. Il appela l'épouse.

« Florence, je ne veux plus habiter à la maison. » Il s'efforçait de parler gentiment.

« C'est bien ce que je pensais », répondit-elle.

Mario ajouta à la hâte : « J'estime que tu seras plus heureuse après un divorce. Je ne m'y opposerai pas ; tu pourras avoir autant d'argent que tu voudras. »

Elle lui accorda un regard insondable. « C'est bien ce que je pensais », répéta-t-elle. L'écran s'éteignit.

Correaos revint peu après le déjeuner de midi. La journée était torride. Il avait pris la bande pédestre et son visage brillait de transpiration.

Montrant les dents dans un sourire triomphal, il jeta sur le bureau un dossier noir en plastique embossé.

« Voilà, ça y est. Je ne sais pas ce que vous voulez en faire, mais ça y est. Cinquante-deux pour cent des parts. Je les ai achetées au neveu du vieux Kubal et à deux ou trois associés. Au moment propice : ils étaient heureux de vendre. Ils n'aiment pas la façon dont l'affaire est gérée. Le vieux Kubal consacre tout son temps à la Tour Empyréenne, et gratis. Ce serait un honneur de travailler là-dessus. Le neveu n'ose pas contrarier le vieux, mais il se réjouit de vendre, tout comme Cheever et Kohn, ses associés. La Tour Empyréenne ne paie même pas les dépenses de fonctionnement.

— Hum. Quel âge a Kubal ?

— Dans les quatre-vingts ans. Il est encore rudement vert, plein de vigueur. »

Un honneur, tu parles ! songea Mario. Foutaises ! Les honoraires du vieux Kubal, c'était un corps juvénile. Il demanda à voix haute : « Louis, vous avez déjà vu Kubal ?

— Non, c'est à peine s'il se montre à son cabinet. Il se contente d'apporter les affaires et toute la conception se fait au cabinet.

— Voilà ce que je veux que vous fassiez. Enregistrez ces actions à votre nom et confiez-moi un ordre de transfert non daté, que nous n'enregistrerons pas. Vous contrôlerez légalement la firme. Appelez ce cabinet et demandez leur directeur général. Dites-lui que vous m'envoyez. Je ne suis qu'un ami auquel vous devez une faveur. Dites-lui que j'aurai toute autorité sur le marché que je voudrai gérer. Pigé ? »

Correaos le toisa, l'air de s'attendre à voir son corps obèse partir en flammes. « À votre guise. Je suppose que vous savez ce que vous faites. »

Mario eut un sourire lugubre. « Je ne vois rien d'autre à faire. En attendant, sortez votre nouveau modèle. C'est vous le patron. »

Il revêtit le corps de Ralston Ebery d'un bleu discret, puis gagna le cabinet de Kubal & Associés, qui occupait un étage entier de l'Immeuble Rothenburg. Il demanda le directeur à la réceptionniste et on lui présenta un homme de grande taille d'une quarantaine d'années au délicat visage jaunâtre. Le front criblé de taches de rousseur, ses fins cheveux couleur sable, il répondit aux questions de Mario avec sécheresse et hostilité.

« Je m'appelle Taussig… Non, je ne suis que chef de bureau. Kohn dirigeait la salle de dessins, Cheever l'ingénierie. Ils nous ont quittés tous deux. Le cabinet est désorganisé. Il y a vingt ans que je suis ici. »

Mario lui assura qu'il n'avait aucune intention de prendre sa place. « Non, monsieur Taussig, c'est vous le patron. Je parle au nom du nouvel actionnaire majoritaire. Vous gérez le cabinet… les affaires courantes, les nouveaux contrats… comme d'habitude. Vous voici directeur général. Je veux travailler sur la Tour Empyréenne… sans la moindre interférence. Je ne vous dérangerai pas, vous ne me dérangerez pas. Entendu ? Après la Tour Empyréenne, je partirai et la totalité du cabinet vous appartiendra. »

Le visage de l'autre se départit de ses rides soupçonneuses. « Il ne se passe pas grand-chose en dehors de la Tour Empyréenne. Naturellement, c'est une affaire fabuleuse en soi. Trop importante pour un seul homme. »

S'entendant répondre par son visiteur que ce dernier n'avait aucun désir de tout régler sur sa propre table à dessin, Taussig se rembrunit face à ce sarcasme discret. Non, continua Mario, il serait juste responsable en chef de ce marché, sujet aux seuls désirs du maître d'œuvre. « Une dernière chose. Cette conversation devra rester strictement confidentielle. » Un clin d'œil entendu à Taussig. « Vous me présenterez comme un nouvel employé, point. Pas un mot sur le nouveau propriétaire. Pas un mot sur le fait qu'il s'agit d'un ami à moi. Oubliez-le. Pigé ? »

Taussig opina avec une dignité amère.

« Je veux qu'on me laisse tranquille », poursuivit Mario, pensif. « Aucun contact avec d'autres responsables. Les entretiens dans la presse, vous vous en chargez. Les conférences avec le maître d'œuvre, les changements, les modifications, à vous de gérer le tout. Je resterai à l'arrière-plan.

— Comme vous voudrez », conclut Taussig.

7.

La Tour Empyréenne devint partie intégrante de la vie de Mario au même titre que sa respiration, son pouls. Douze heures par jour, treize, quatorze, le corps épais d'Ebery restait affalé sur le long bureau, et les yeux d'Ebery brûlaient et pleuraient à force de se concentrer sur les devis, les détails, les plans de masse. Sur le grand écran deux mètres plus loin devant lui défilait le travail des deux mille quatre cents dessinateurs, des huit cents ingénieurs, des artistes, des décorateurs, des innombrables artisans, sujet à son approbation. Mais son influence était limitée, nominale, discrète. Il n'agissait que sur certains détails, mais si prudemment et subtilement que ses altérations passaient inaperçues.

Les nouvelles techniques de construction, le contrôle des matériaux, le coulage du planchin et des substances associées, la préfabrication, le transport sans effort des pièces de charpente rendaient l'édification de la Tour Empyréenne d'une facilité et d'une rapidité magiques. Étage par étage, elle grimpait dans les airs, telle une pousse de haricot macrocosmique. Les planchers et les murs en acier, en béton et en planchin, les longerons, les poutres de liaison, les piliers en magnésium, le nouveau verre soufflé pour les fenêtres… tout cela était assemblé par unités précises, hissé, mis en place grâce aux hélicos de transport.

Jour et nuit, les éclairs bleus des soudeurs automatiques brûlaient le ciel, les étincelles cachaient les étoiles, la masse ambitieuse se rapprochait des nuages bas. Puis elle les traversait, montant vers les derniers étages. Le soleil à un niveau, la pluie bien plus bas. Kilomètre après kilomètre, elle grimpait dans les régions aériennes où le vent coulait comme une crème, impassible, échappant à son alliage avec la chaude puanteur de la terre.

Mario se perdait dans la Tour Empyréenne. Il connaissait la gamme de matériaux, l'éclat de la centaine de métaux, le reflet soyeux du planchin, la couleur des minéraux semi-précieux : jade, cinabre, malachite, agate, jais, porphyres rares extraits des chaînes antarctiques. Mario s'oubliait, il oubliait le Château d'Hispanie, il oubliait Mervyn Allen, Thane, Louis Correaos et Ebery Aérocars, en dehors de périodes spasmodiques et dissociées, où il s'arrachait quelques heures à l'Immeuble Rothenburg.

Parfois, alors qu'il était le plus absorbé, il découvrait avec horreur que sa voix, son humeur, ses manières n'étaient plus celles de Roland Mario, les réflexes et habitudes de Ralston Ebery prenant le dessus. Et il éprouvait un sentiment d'urgence croissant. Construire, construire, construire !

Nulle part il ne travailla avec davantage de soin qu'au 900e niveau… le dernier étage, noté sur le descriptif comme constituant les bureaux et appartements de Mervyn Allen. Il le conçut dans les moindres détails, spécifiant des poutrelles et une ventilation spéciales, adaptées à ses exigences.

Ainsi, des mois de sa vie changèrent de nature, passant de l'avenir au passé – des mois durant lesquels il s'accoutuma presque au corps de Ralston Ebery. Un mardi soir, la personnalité de Mario avait été placée dans ce corps. Le mercredi matin, il avait repris connaissance. Le vendredi, absorbé qu'il était à son bureau d'Ebery Aérocars au Centre Éthéré, trois heures sonnaient sans qu'il en ait conscience. Un vendredi soir, des semaines plus tard, il songea à la Terrasse Oxonienne, au rendez-vous avec

Janniver, Breaugh et l'esprit anonyme qui habitait le corps malade nommé Ditmar. Le mardi suivant à trois heures, il s'assit à une table de la Terrasse Oxonienne.

À six mètres de lui se trouvaient Janniver, Breaugh et Ditmar. Et Mario se reporta au jour où ils étaient tous assis à paresser au soleil. Quatre innocents et un individu qui les considérait avidement, songeant au prix qu'apporteraient leurs corps.

Il avait gagné deux de ces corps à sa cause. Et Mario les voyait assis au soleil chaud, à deviser – deux d'entre eux, du moins, tranquilles, à l'abri. Breaugh parlait, penchant avec suffisance sa tête brune ; Janniver était lent, simple, bizarre mélodie raciale. Ditmar, l'âme étrangère, s'amusait dans ce corps mince très bronzé, et malade : un homme ayant payé dix mille dollars pour une aventure l'aurait tenu pour une mauvaise affaire. Ditmar avait acheté une aventure... une aventure dans la douleur et la peur. Un instant, l'humeur insensible de Mario s'amollit pour admettre que, dans son aspiration à retrouver son ancienne vie dans son ancien corps, on pouvait aisément oublier tout respect humain, toute honnêteté. L'homme qui se noie étrangle souvent le sauveteur qui le rejoint.

Mario sirotait sa bière en hésitant. Devait-il rejoindre les trois autres ? Ça ne pouvait faire aucun mal. Une étrange répugnance pressante le retenait, presque de la honte. Parler à ces hommes, leur dire ce que leur argent lui avait apporté... Il ressentait la viscosité chaude, le grouillement interne d'un embarras extrême. Une idée soudaine lui fit examiner les tables voisines. Zaër. Il avait presque oublié Pete Zaër. Un esprit de millionnaire habitait le corps de Zaër. L'esprit de Zaër n'amènerait-il pas ici le corps du millionnaire ?

Avisant un vieillard aux yeux caves seul à une table voisine, il le regarda fixement, observa le moindre de ses gestes. L'autre alluma une cigarette, tira dessus, jeta l'allumette d'une chiquenaude : un tic de Zaër. La cigarette entre les doigts, il leva son whisky double, but une gorgée, porta deux fois la cigarette à sa bouche, reposa le verre. Les manières de Zaër.

Mario se leva, se déplaça, s'assit. Le vieillard leva ses yeux injectés de sang avec vivacité, puis colère. La peau d'un jaune calciné, la bouche grise, Zaër avait fait une plus mauvaise affaire que lui.

« Vous êtes Pete Zaër ? demanda Mario. Déguisé ? »

La bouche du vieillard remua. Les yeux roulèrent. « Comment… pourquoi dites-vous cela ?

— Regardez cette table, là-bas. Quel est celui qui manque encore ?

— Roland Mario », répondit le vieillard d'une voix de crécelle. Les yeux rouges se braquèrent sur le visage d'Ebery. « *C'est toi !* »

Un sourire amer. « Exact. Dans une semaine ou deux, on sera peut-être trois ou quatre, ici. » Un geste ample. « Regarde-les. Dans quel but jettent-ils les dés ?

— Il faut qu'on les arrête, grinça Zaër. Ils ne sont pas au courant ! »

Mais il ne bougea pas. Et Mario non plus. Ç'aurait été un peu comme se forcer à marcher tout nu dans une rue grouillante de monde.

Quelque chose de rigide encercla l'esprit de Mario, s'en empara. Il se leva. « Attends-moi ici, marmonna-t-il. Je vais essayer d'y mettre un terme. »

Il s'avança sur la terrasse baignée de soleil, rejoignit la table, tendit la main et saisit les petits cubes funestes que lançait Janniver, qui leva des yeux interrogateurs. Les sourcils gallois tout droits de Breaugh s'incurvèrent en un début de mouvement d'humeur. Ditmar se rembrunit et se laissa aller en arrière.

« Excusez-moi, dit Mario. Puis-je vous demander ce que vous jouez ? »

— Un sujet qui ne vous regarde en rien, répondit Breaugh.

— En rapport avec le Château d'Hispanie ? »

Six yeux le regardèrent fixement.

« Oui, répondit Breaugh après une ou deux secondes d'hésitation.

— Je suis un ami de Roland Mario. J'ai un message de sa part.

— Lequel ?

— Il vous dit de rester à l'écart du Château d'Hispanie, de ne pas gaspiller votre argent. Ne vous fiez à personne qui vous propose de vous y rendre. »

Breaugh renifla. « Personne ne propose quoi que ce soit à quiconque.

— Il vous dit aussi qu'il vous contactera bientôt. »

Mario s'éloigna sans autre formalité et revint là où il avait laissé Zaër. Le vieillard aux yeux rouges avait disparu.

Il allait découvrir que Ralston Ebery possédait beaucoup d'ennemis, et de nombreuses relations, mais pas d'amis. Une créature au visage blafard semblait ne vivre que pour l'accrocher au passage et lui lancer son fiel. Il s'agissait de Letya Arnold, un ancien employé des laboratoires de recherche.

Mario feignit d'ignorer leurs première et deuxième rencontres, et à la troisième il demanda à l'homme de s'écarter de son chemin. « La prochaine fois, j'appelle la police.

— Cuvette de chiottes, vous oseriez pas ! lui cracha Arnold. La publicité vous ruinerait et vous le savez, *vous le savez !* »

Mario l'étudia : malade, de toute évidence. Son haleine empestait la décomposition interne. Sous une large veste gris-brun, la poitrine était creusée, les épaules en avant évoquaient des boutons de porte. Il avait des yeux d'un noir curieusement brillant, si noir que les pupilles se distinguaient à peine de l'iris : on aurait dit de grosses olives noires enfoncées dans deux bols de lait caillé.

« Voilà un policier, dit l'autre. Appelez-le, sac à morve, mais appelez-le donc ! »

Mario se détourna et s'éloigna tandis que le rire d'Arnold résonnait dans son dos.

Il interrogea Louis Correaos à son sujet. « Pourquoi n'oserais-je pas le faire arrêter ? »

Correaos lui accorda l'un de ses longs regards fixes intrigués. « Vous l'ignorez vraiment ? »

Mario se rappela que Correaos croyait qu'il était Ebery. Il se frotta le front. « J'ai des trous de mémoire, Louis. Parlez-moi de Letya Arnold.

— Il travaillait au labo des radiations ; il avait imaginé un procédé qui économisait du carburant. Naturellement, nous avions légalement la propriété du brevet. » Un sourire sardonique. « Naturellement, nous n'avons pas utilisé ce procédé, puisque vous possédiez des actions de la World Air–Power et une bonne partie de Lamarr Atomics. Arnold en a lancé une utilisation non autorisée. Nous avons porté plainte, gagné et obtenu des dommages-intérêts. Arnold s'est retrouvé endetté et ne s'en est jamais remis. »

Avec une énergie soudaine, Mario demanda : « Montrez-moi ce brevet, Louis. »

Correaos parla dans l'interphone. Une minute plus tard, une enveloppe cachetée tombait dans le bac de réception. « À mon avis, Arnold était soit un dingue, soit un charlatan, commenta-t-il d'une voix nonchalante. Son idée ne pouvait pas marcher. C'était comme le mouvement perpétuel. »

Letya Arnold avait rédigé une brève préface au corps de son descriptif, masse de circuits et de symboles inintelligibles pour Mario.

> L'efficience de la propulsion est acquise en émettant des masses toujours plus petites à des célérités toujours plus grandes. La limite, dans le premier cas, est l'électron. En l'émettant à des vitesses approchant celle de la lumière, nous découvrons que sa masse s'accroît sous un effet bien connu. Cette propriété nous fournit une méthode de propulsion parfaite, capable de libérer le vol de sa dépendance de chargements massifs de carburant devant être éjecté à des vitesses relativement réduites. Un électron propulsé magnétiquement à des célérités quasi-luminiques exerce autant de poussée vers l'avant que de nombreux kilos de carburant conventionnel...

Mario savait où trouver son auteur : il passait ses journées à ruminer place Tanagra, sur un banc à côté du Pavillon du Centenaire. Mario s'arrêta devant le vieux jeune homme au visage hystérique qui leva les yeux et se leva comme pour agresser l'arrivant. Ce dernier annonça d'un ton posé : « Je vous demande une seconde d'attention : vous avez raison, j'ai tort. »

Le visage d'Arnold était aussi mou qu'une vessie vide. L'attaque a besoin de résistance comme point d'ancrage. Sa fureur s'échafauda peu à peu. Il débita ses invectives désormais familières.

Mario écouta une minute. « Ce procédé que vous avez inventé... vous l'avez testé ?

— Bien entendu, espèce de porc. Naturellement. Bien entendu. Vous me prenez pour qui ? Pour un de vos béni-oui-oui pleins de vent ?

— Il marche, selon vous. Alors écoutez, on travaille selon une nouvelle théorie, à Ebery Aérocars. On prévoit de produire de la qualité à coût réduit. J'aimerais que vous intégriez votre procédé au nouveau modèle. S'il agit bien comme vous le prétendez. Et j'aimerais que vous reveniez travailler pour nous. »

Letya Arnold ricana, arborant un masque de mépris. « Mettre cette propulsion dans un aérobot ? Pfui ! Autant utiliser un marteau-pilon pour tuer une puce ! Où vous avez mis votre tête, hein ? C'est un moteur spatial. Voilà où on va : dans l'espace ! »

Au tour de Mario d'être pris par surprise. « L'espace ? Ça marchera dans l'espace ? demanda–t-il d'une voix piteuse.

— Marcher ? C'est le problème ! Vous m'avez pris tout mon argent... oui, vous ! » Ses paroles évoquaient des baïonnettes à la pointe dégouttant d'un poison âcre. « Si j'avais mon argent, brevet ou pas, je serais parti. J'orbiterais autour d'Alpha du Centaure, de Sirius, de Véga, de Capella ! »

Il avait perdu son empire sur la réalité, songea Mario. « On ne peut pas dépasser la vitesse de la lumière », avança-t-il.

La voix de Letya Arnold redevint calme, rusée. « Qui le prétend ? Vous ne savez pas tout ce que je sais, espèce de porc débauché !

— Exact. Mais, ceci excepté, j'ai changé, Arnold. Oubliez toutes les injustices que j'ai pu vous causer. Je veux que vous reveniez travailler à Ebery Aérocars. J'aimerais que vous adaptiez votre moteur à l'usage courant. »

Son interlocuteur ricana de nouveau. « Pour tuer tout ce qui se trouve derrière vous ? Le moindre électron chassé du réacteur serait comme une météorite ; il y aurait des jets d'air incandescent ; un impact tel celui d'un boulet de canon. Non, non... l'espace. C'est là que doit aller ce moteur...

— Vous êtes engagé si vous voulez, dit patiemment Mario. Le laboratoire vous attend. Je veux que vous travailliez à cette adaptation. Il doit bien exister une sorte de bouclier. » Il remarqua la crispation de la bouche d'Arnold et ajouta aussitôt : « Si vous pensez pouvoir aller plus vite que la lumière, parfait ! Construisez un vaisseau spatial et je l'essaierai moi-même. Fournissez votre effort principal sur l'adaptation à un usage courant, c'est tout ce que je vous demande.

Arnold, plus calme à présent, affichait la même incrédulité sardonique que Mario avait vue chez Correaos. « Ça m'épate, mais vous avez changé de ton, Ebery ! Avant, c'était le fric, le fric, le fric. Si ça ne rapportait rien, au placard. Qu'est-ce qui vous est arrivé ?

— Le Château d'Hispanie. Si vous tenez à votre santé mentale, n'y allez pas. Pourtant, Dieu sait si ça ne pourrait guère aggraver votre état, dit-il en regardant ce corps émacié.

— Si ça me change autant que ça vous a changé, je ne m'en approcherai pas. Que je sois pendu, mais c'est que vous êtes presque humain !

— Je suis un autre homme. Maintenant, allez voir Correaos, demandez une avance et allez voir un médecin. »

En route pour l'Immeuble Rothenburg et Kubal & Associés, il se prit à songer à la façon dont Ebery usait de son propre corps. Une fois dans son cabinet, il consulta une liste d'agences de détectives privés et porta son choix sur les Enquêtes Brannan, qu'il appela et engagea.

8.

Le détective qu'on lui assigna, Murris Slade, était un petit homme trapu à la tête étroite. Deux jours plus tard, Mario le vit débarquer dans son atelier chez Kubal & Associés.

Il regarda par le guichet de la porte verrouillée et fit entrer Slade, qui annonça sans ambages : « J'ai trouvé votre homme.

— Parfait, répondit Mario en retournant à son siège. Que fait-il ?

— Il ne se cache pas, expliqua le détective d'une douce voix sans timbre. Il semble avoir changé de mode de vie ces derniers mois. Si j'ai bien compris, c'était un sacré gaillard qu'on aimait bien, sans grand-chose pour le distinguer. L'un de ces riches oisifs. À présent, c'est un faiseur d'ennuis, un coureur de jupons, et on l'a jeté à la porte de tous les bars de la ville. »

Mon pauvre corps, songea Mario. Puis, à haute voix : « Où habite-t-il ?

— Il a pris un appartement à l'Atlantic-Empire, un coin assez chic. D'où il tire son argent, en revanche, demeure un mystère. »

L'Atlantic-Empire semblait devenu le rendez-vous des anciens du Château d'Hispanie.

« Je veux un rapport hebdomadaire sur cet homme. Rien de compliqué : un simple résumé des endroits où il passe son temps. À présent, j'ai un autre travail pour vous… »

Le détective lui fit son rapport sur sa seconde tâche dès la semaine suivante.

« Mervyn Allen est un pseudonyme. Il était né Lloyd Paren, à Vienne. La femme est sa sœur, Thane Paren. À l'origine, c'était un mannequin de mode, une sorte de play-boy… jusqu'à quelques années de ça, où il s'est retrouvé plein aux as. Désormais, comme vous le savez sans doute, il dirige le Château d'Hispanie. Là, je n'arrive à rien. Il y a bien des rumeurs, mais les individus au courant refusent de parler. Les rumeurs ne correspondent pas aux antécédents qu'on connaît à Paren : aucune formation médicale ou psychosomatique. La femme était musicologue, spécialiste des musiques primitives. Quand Lloyd a quitté Vienne, elle l'a accompagné. Il habite au 5600 Exmoor Avenue : le Château d'Hispanie. Thane loge dans un petit appartement à un pâté de maisons de là, avec un vieillard qui n'est pas de la famille. Aucun des deux ne semble posséder d'amis intimes. Ils ne donnent pas de réceptions, ils ne s'amusent pas. C'est maigre. »

Mario réfléchit quelques instants en regardant sombrement par la fenêtre tandis que Murris Slade, impassible, restait assis à attendre ses instructions que l'autre lui donna enfin. « Continuez. Obtenez quelque chose sur le vieillard qui vit chez Thane Paren. »

Un jour, Correaos appela Mario au télécran. « Le nouveau modèle est paré. » Il parlait d'un ton posé qui mettait au défi Mario de désapprouver son travail. « Je crois que nous avons fait du bon boulot. Vous voulez y jeter un dernier coup d'œil, m'avez-vous dit ?

— J'arrive. »

Le nouveau modèle avait été assemblé à l'usine de Donnic River et livré, camouflé, par avion à Lanchester. Correaos dirigea la démonstration comme si Mario était un acheteur éventuel à qui il essayait de communiquer son enthousiasme.

« L'idée de base de ce modèle – je propose qu'on l'appelle l'Aéronaute – était d'utiliser des matériaux simples, bon marché, en évitant tout ornement inutile… ceux-ci ayant depuis toujours été une catastrophe pour Ebery Aérocars, à mon avis. On a profité de ces économies pour élaborer une conception plus claire, gagner en place et en sécurité. Vous remarquerez que les turbines de montée sont en retrait, presque inaccessibles. Aucun ivrogne n'ira s'y introduire. Ces pulseurs sont hauts, et les jets de déflexion hors d'atteinte. La carcasse et le fuselage sont, pour la première fois au monde, en planchin fondu. »

Mario écoutait et hochait la tête de temps à autre, appréciant la présentation. Apparemment, l'autre avait fait du bon boulot. « Et Machin… Arnold ? Il a imaginé quelque chose d'utile ? »

Correaos montra les dents et fit claquer la langue. « Ce type est dingue. Un cadavre ambulant. Toutes ses pensées, toutes ses paroles sont en rapport avec ses électrons pestiférés, ce qu'il appelle l'effet de souffle. J'ai vu une démonstration et je crois qu'il a raison. On ne peut pas l'utiliser dans un véhicule familial.

— À quoi ressemble son astronef ? »

Correaos haussa les épaules. « À pas grand-chose. Une génératrice… qui marche au centaurium… un synchrotron miniaturisé. Très simple. Il fourre un unique électron dans la tuyère, il le fait grimper à une vitesse quasi-luminique et il ressort en un jet grondant aussi gros que votre bras. »

Mario se rembrunit. « Essayez de le ramener vers quelque chose d'utile. Il en a les capacités intellectuelles. Il a vu un docteur ?

— Stapp, le toubib de notre assureur. D'après lui, c'est un miracle qu'il soit encore en vie. Néphrite ou nécrose galopante… un truc comme ça. » Correaos parlait sans intérêt. Son regard ne quittait pas son nouvel Aéronaute. Il continua d'une voix plus animée : « Regardez à l'intérieur, remarquez l'absence d'angle mort : et le filtre anti-éblouissement modulable. Vous pouvez scruter le soleil autant que vous voulez. Et l'altimètre : il dispose d'un indicateur de canaux positifs que l'on peut caler sur n'importe quelle localité. Et le pressuriseur, niché sous le siège arrière… vous le voyez ?… il économise environ vingt dollars la pièce par rapport à l'ancien système. En guise de garnitures intérieures, j'ai fait polir la coque et on a tout aspergé de jus de filoselle.

— Vous avez fait du bon boulot, Louis. Continuez comme ça. »

Correaos prit longuement son souffle, le relâcha, et secoua la tête. « Que je sois pendu !

— Qu'est-ce qu'il y a ?

— Je ne vous comprends plus. » L'autre le considéra comme s'il était un étranger. « Si je ne vous connaissais pas comme ma poche, je dirais que vous n'êtes plus le même homme. Il y a trois mois, si j'avais essayé de vous mettre devant le nez un truc conçu proprement, vous auriez démarré en trombe comme l'un des électrons d'Arnold. Vous auriez traité cet appareil de boîte à savon volant, d'ailes d'oiseau de paradis, et réduit les instruments du tableau de bord pour y intégrer deux ou trois bibliothèques Louis XV. Et je ne sais quoi. Si vous ne paraissiez pas en aussi bonne santé, je dirais que vous êtes malade. »

Mario répondit en affichant un air délibérément sagace : « Ebery Aérocars a pris beaucoup d'argent au public. L'ancienne Ebery se maintenait à flot, mais elle coûtait cher et elle ressemblait à une pagode dotée d'ailes. À présent, on va leur donner de la qualité. Ça leur déplaira peut-être. »

Correaos éclata d'un rire joyeux. « Si on n'en vend pas dix millions, j'en prends un, je grimpe avec aussi haut que possible et je saute.

— Alors, vous avez intérêt à commencer à en vendre.

— J'espère que vous éviterez la rechute qui vous pousserait à me demander d'y installer un tas d'accessoires tarabiscotés.

— Non, fit Mario avec douceur. Il sortira tel quel. »

Approbateur, Correaos donna sur la coque de l'appareil un coup du plat de la main, puis il adressa à son interlocuteur une grimace intriguée. « Votre femme essayait de vous contacter. Je lui ai répondu que j'ignorais où vous étiez. Vous feriez bien de l'appeler… si vous voulez rester marié. Elle parlait d'une histoire de divorce. »

Mario regarda dans le lointain, désagréablement conscient du regard acéré de Correaos. « Je lui ai dit de le demander. C'est le mieux pour toutes les personnes concernées. Le plus équitable pour elle, en tout cas. »

Le conseiller secoua la tête. « Vous êtes un drôle de type, Ebery. Il y a un an, vous m'auriez fichu dehors plus d'une douzaine de fois.

— Peut-être que je vous engraisse pour l'abattoir.

— Peut-être. Avec Letya Arnold, on pourra alors se lancer dans la fabrication de fusils à éléphants électroniques. »

Deux cent mille artisans grouillaient dans la Tour, peignant, plâtrant, pulvérisant, fixant tuyaux et fils électriques, déversant granito, béton, planchin, installant les placards techniques et mille sortes d'équipements. On finissait les murs à l'aide de panneaux de bois ciré et poli, on posait des revêtements en céramique sur la myriade de piscines, les jardiniers décoraient les parcs suspendus, gigantesques charmilles perdues dans les nuages.

Chaque semaine, Mervyn Allen s'entretenait avec Taussig et le vieux Kubal : approbations, modifications, rectifications, annulations, extensions. À partir des procès-verbaux de ces entrevues, Mario travaillait, effectuant les changements désirés par Allen et les intégrant soigneusement à ses propres schémas.

Les mois passèrent. Allen n'aurait sans doute plus reconnu en cet homme l'Ebery d'antan. Dans les bureaux d'Ebery Aérocars au Centre Éthéré, ses employés montraient stupéfaction et respect. C'était là un nouveau Ralston Ebery – mais ils remarquaient toujours les anciens tics, les habitudes de langage, de démarche, de vêtements, les expressions involontaires. Ce nouveau Ralston Ebery s'était débarrassé de vingt-cinq kilos de graisse superflue. Le soleil avait donné à sa chair blanche une teinte rose de bébé. Les yeux, naguère bouffis, brillaient dans les joues charnues ; les muscles des jambes étaient endurcis par la marche ; la poitrine était plus large, les poumons renforcés par une demi-heure de nage chaque après-midi à quatre heures.

Enfin les deux cent mille artisans remballèrent leurs outils, touchèrent leurs chèques. Les équipes d'entretien passèrent à l'action. Les ouvriers balayèrent, frottèrent, polirent. La Tour Empyréenne était terminée : un rêve incarné, une merveille du monde. Un immeuble qui s'élevait comme un pin, souple et massif, régnant sur les rues et les places minuscules en dessous de lui. Un édifice dont la grâce n'était pas le but mais qui l'atteignait par son assise solide, ses incalculables délardements, décrochements, ses milliers de terrasses, de plates-formes de taxis, son million de fenêtres.

La Tour Empyréenne était achevée. Mervyn Allen emménagea au milieu d'une nuit tranquille et, le lendemain, le Château d'Hispanie, 5600 Exmoor Avenue, aux Prairies, était libre, à vendre ou à louer. Le Château d'Hispanie était désormais situé au niveau 900 de la Tour Empyréenne. Roland Mario souffrait d'une impatience, d'une inquiétude, d'une joie brûlante, intense au point de devenir un désir charnel. Il nettoyait lentement son bureau quand Taussig passa la tête dans le cabinet.

« Alors, quels sont vos plans, à présent ? »

Mario examina le visage curieux de Taussig. « Vous avez d'autres gros boulots ?

— Non. Et je doute qu'on en ait bientôt. Du moins par l'intermédiaire du vieux Kubal.

— Comment ça ? Il a pris sa retraite ?

— Sa retraite ? Mince alors, non. Il est devenu dingue, Schizo. »

Mario tambourina des doigts sur son bureau. « Depuis quand ?

— Hier à peine. L'achèvement de la Tour a dû le dépasser. Un flic l'a découvert place Tanagra en train de parler tout seul, et il l'a ramené chez lui. Il ne reconnaît plus son neveu ni sa gouvernante. Il n'arrête pas de dire qu'il s'appelle Bray, ou un truc comme ça.

— Bray ? » Mario se leva, sourcils froncés : Breaugh ! « Rattrapé par la sénilité, postula-t-il d'un air détaché.

— Exact, répondit Taussig qui le fixait toujours de ses yeux brillants et curieux. Qu'allez-vous donc faire, maintenant ? »

Un geste grandiloquent. « Je laisse tomber. Je raccroche. Je suis comme le vieux Kubal : la Tour Empyréenne représentait trop pour moi. Je deviens sénile. Regardez-moi bien, car vous ne me reverrez plus jamais. »

Il referma la porte au visage stupéfait de Taussig, entra dans l'ascenseur, descendit au deuxième niveau, sauta sur la bande express jusqu'à son petit appartement de Melbourne House. Il plaça son pouce dans la serrure, le scanner reconnut ses empreintes, la porte coulissa. Mario entra, referma la porte. Il déshabilla le corps grossier d'Ebery, l'enveloppa d'une robe de chambre et s'affala avec un gémissement dans un fauteuil à côté d'une grosse table basse.

La table portait un modèle complexe construit avec du bois, du métal, du plastique et des fils aux couleurs variables. Il représentait le Niveau 900 de la Tour Empyréenne : le nouveau Château d'Hispanie.

Mario le connaissait par cœur. Il avait imprimé dans son cerveau tous les détails d'une surface de quarante hectares.

Il ne tarda pas à se rhabiller, enfilant une solide combinaison de travail gris foncé. Il fourra dans ses poches divers outils et équipements, prit sa mallette, se mira dans la glace, étudiant ce visage qui était Ebery et pas tout à fait Ebery. Les yeux n'avaient plus leur fixité léthargique. Les lèvres étaient affinées, les bajoues remontées, les méplats sculptés. Il s'enfonça une casquette jusqu'aux sourcils et examina l'effet produit. L'individu était méconnaissable. Il se colla sous le nez une petite moustache bien taillée. Ralston Ebery n'existait plus.

Mario quitta l'appartement, héla un taxi et s'envola pour les Prairies. La Tour Empyréenne se dressait au-dessus de la ville tel un poteau de clôture au-dessus d'un champ de choux. On se tordait le cou pour regarder les faisceaux rouges dispersés par une balise aérienne.

Un million de lumières brillaient aux neuf cents niveaux, mêlées en un miroitement chaud et laiteux. Une ville en soi, où deux, trois millions d'hommes et de femmes pourraient passer toute leur vie s'ils le désiraient, un monument à l'ennui d'un seul homme rassasié de vie. L'édifice le plus fabuleux jamais construit, sous le mobile le plus futile pour justifier un empilement de pierres. La Tour Empyréenne, bâtie à partir des ressources extorquées aux plus grandes richesses de la planète, était un jouet gigantesque, un émoustillement, une toquade.

Mais qui le saurait ? Le 221ᵉ niveau abritait le plus bel hôpital au monde. Son personnel ressemblait à la liste du palmarès annuel au tableau d'honneur de l'ordre des médecins.

Le Niveau 460 comportait une forêt marécageuse du crétacé inférieur. Des dinosaures grandeur nature broutaient une végétation archaïque, des ptérodactyles glissaient sur des fils invisibles, l'air possédait la puanteur sauvage des marais, de la vase noire, des moules pourries, de la charogne.

Le Niveau 461 renfermait la première ville humaine, Eridu de Sumer, avec ses murs en brique de dix mètres, sa ziggourat consacrée à Enlil, le dieu de la terre, le palais du roi, les cahutes en boue des paysans.

Le Niveau 462 était une île mycénienne léchée par l'eau bleue salée. Un temple minoen dans un bosquet d'oliviers couronnait son point culminant ; une galère au rostre menaçant flottait, le soleil étincelant sur les écus de bronze, rougeoyant sur la voile pourpre.

Le Niveau 463 était un paysage issu d'un monde imaginaire fantastique créé par l'artiste mystique Dyer Lothaire.

Et le Niveau 509 était une féerie particulière fermée au public, un jardin enchanté habité par des nymphes furtives.

Il y avait des niveaux pour les bureaux, les logements, les laboratoires. Le quatrième niveau englobait le plus vaste stade du globe. Les Niveaux 320 à 323 abritaient l'Université du Monde, au coût d'admission de quarante-deux mille dollars. Le 255 était la plus gigantesque bibliothèque de la planète, le 328 une immense galerie d'art.

On trouvait des salles d'exposition, des boutiques, des restaurants, des tavernes tranquilles, des théâtres, des studios de télédiffusion – un résumé de la société mondiale, empilé dans l'air selon le bon vouloir de Mervyn Allen. C'était l'avidité de l'humanité pour la jeunesse qui avait payé cet ensemble. Mervyn Allen vendait un service à côté duquel toutes les onces d'or extraites des mines, tous les biens les plus précieux, toutes les ambitions, tous les desseins n'étaient rien. La vie éternelle, la jeunesse reconquise – l'amour, la loyauté, l'honnêteté, l'honneur trouvaient là des antagonistes d'une force et d'une injustice supérieures.

9.

À l'étage public du Niveau 52, centre de coordination de la tour, Mario descendit de l'aérotaxi d'un pas léger. Parmi les foules de visiteurs, de propriétaires, d'employés, il passait inaperçu. Il monta sur la bande pédestre conduisant à la cage centrale, descendit à l'ascenseur express menant au Niveau 600, entra dans l'une des petites cabines. La porte se ferma avec un claquement. Il sentit la pression de l'accélération, et presque aussitôt la quasi-apesanteur du ralentissement. La porte s'ouvrit ; il sortit au Niveau 600, à trois kilomètres cinq cents dans les airs.

Il était dans le vestibule de l'Auberge du Paradis, à côté duquel le vestibule de l'Atlantic-Empire paraissait mesquin, étriqué. Il s'avança parmi les hommes et les femmes aux vêtements exquis, des personnes fortunées, dignes et puissantes. Passant inaperçu, il aurait pu être un agent d'entretien ou un électricien de service. Il emprunta posément un couloir, s'arrêta enfin près d'une porte munie du panneau PRIVÉ. Il mit son pouce dans la serrure ; le panneau s'ouvrit sur un placard à balai. Mais les hommes d'entretien du niveau avaient tous accès à d'autres locaux techniques. Aucun autre pouce ne pouvait actionner cette serrure. Au cas où un directeur d'étage tatillon viendrait à forcer cette porte, il ne découvrirait qu'un placard supplémentaire oublié dans la confusion.

Cette pièce était bien particulière. Sur le mur du fond, il appuya sur deux boutons largement séparés, et le panneau s'écarta. Mario pénétra dans une anfractuosité obscure et remit en place le mur derrière lui. À présent, il était seul... plus seul que s'il s'était trouvé au beau milieu du Sahara. Dans le désert, un avion aurait toujours pu le repérer. Ici, dans les vides sanitaires longeant les maîtres-piliers, parmi les cages d'ascenseur, il était perdu aux yeux de tous. S'il mourait, personne ne le retrouverait. Dans le lointain, très lointain avenir, une fois la Tour Empyréenne enfin abattue, on découvrirait peut-être le squelette d'Ebery. En attendant, il disparaissait de toute conscience.

S'éclairant de sa lampe torche, il se dirigea vers l'épine dorsale des cages d'ascenseurs, des tubes telles les fibres d'un fabuleux légume. C'est là qu'il prit son ascenseur particulier, perdu parmi les autres comme un homme dans une foule. Les installateurs qui avaient travaillé dessus n'avaient pas remarqué son utilisation secrète. Pour eux, c'était une tâche comme les autres réalisée sur plan et vite oubliée. Pour Mario, c'était un lien avec le Niveau 900, le Château d'Hispanie.

Il monta sur la minuscule plate-forme. La porte se referma. La cabine avala les quinze cents mètres, s'arrêta. Il sortit. Il se trouvait dans le Château d'Hispanie – fantôme invisible. Indécelable à l'œil ou l'oreille, il détenait le pouvoir. Il pouvait frapper à partir du néant, insoupçonnable, inimaginable, maître du maître du Château d'Hispanie.

Il inhala, exultant, vibrant sous le pouvoir qu'il possédait. C'était le point culminant de son existence. Sa torche restait allumée, mais c'était inutile : il connaissait ces passages comme sa poche. La lumière symbolisait son autorité absolue. Il n'avait pas besoin d'avancer furtivement. Il était dans sa retraite personnelle, à l'abri, isolé.

Mario fit halte, jeta un coup d'œil au mur. Tous les deux mètres cinquante brillaient des cercles de peinture fluorescente. Derrière ce mur se trouvait le grand hall d'entrée du Château d'Hispanie. Mario s'avança jusqu'à l'un de ces cercles. Il les avait dessinés personnellement pour marquer l'emplacement de ses cellules d'espionnage. Elles formaient de petits points à peine plus gros que la tête d'une épingle, invisibles à un mètre. Mario, déguisé en électricien, les avait installés par paires, afin d'obtenir une vision binoculaire.

Il sortit des lunettes de sa mallette, relia un fil aux contacts des cellules d'espionnage et chaussa les lunettes. Il voyait à présent l'intérieur du hall avec autant de netteté que par une porte.

La soirée battait son plein : la pendaison de crémaillère du Château d'Hispanie. Des hommes, vieux, jeunes, distingués, beaux, ou bénéficiant simplement du vernis de la réussite ; des femmes à la fois sereines et arrogantes, toute la mode et tout le spectacle de la planète. Mario aperçut des bijoux, de l'or, l'éclat et les reflets de tissus aux mille couleurs et, au niveau de son regard, ce mélange particulier blanc-bronze-brun-noir, la couleur de bien des têtes, bien des visages : la couleur de la foule.

Il reconnaissait certains de ces personnages, des visages et des noms de renommée mondiale. Des artistes, des administrateurs, des ingénieurs, des play-boys, des courtisanes, des philosophes, grouillant dans le vestibule du Château d'Hispanie, attirés par l'aimant ineffable de l'inconnu, de l'excitant, de la célébrité. Et il y avait là Mervyn Allen, vêtu de noir, aussi beau qu'un héros solaire primitif, grand, sûr de lui, décontracté, mais aussi humble et plein de grâce calculée, mêlant les fonctions de propriétaire et d'hôte.

Thane Paren restait invisible.

Mario continua d'avancer. Comme au 5600 d'Exmoor Avenue, il découvrit une pièce baignant dans une lumière blanc ambré, dorée, craquante comme le céleri, où les plantes à feuilles larges poussaient avec autant d'ardeur que dans leur humus d'origine. L'herbier était vide, les plantes exhalaient un parfum soporifique pour leur propre délectation.

Il reprit son chemin, examina une salle nue, dépouillée – atelier ou laboratoire de traitement. Un certain nombre de tables roulantes s'alignaient contre un mur, chacune revêtue de sa robe de tissu blanc. Une passerelle traversant la salle soutenait un réseau complexe de mécanismes, de bras noirs incurvés, de verre, de métal brillant. Une paire de boules translucides y était accrochée, de la couleur bleu pâle du roquefort. Mario regarda de plus près. C'étaient les cellules de golasme.

Nul n'occupait la pièce, hormis, sur l'une des tables, une forme immobile au visage en partie visible. Soudain attentif, il changea de point de vue : une grosse tête blonde, des traits rudes et grossiers. Il passa à une autre cellule. Pas d'erreur – Janniver, déjà drogué, prêt à la transposition.

Mario poussa un long soupir qui ébranla la bedaine d'Ebery. Ditmar y était arrivé : Zaër, Mario, Breaugh et maintenant Janniver, attirés dans cette salle comme des moutons à l'abattoir. Il révéla ses dents dans une grimace qui n'avait rien d'un sourire. Une rage noire afflua dans son esprit.

Il se calma. La grimace s'adoucit, les traits normaux d'Ebery reparurent. Qui était sans tache, dans cette histoire, au fond ? Thane Paren ? Non. Elle servait Mervyn Allen, l'âme dans le corps de son frère. Lui, Roland Mario ? Il aurait pu tuer Mervyn Allen, il aurait pu mettre un terme à l'œuvre du Château d'Hispanie en poussant les hauts cris auprès des autorités compétentes. Il s'en était abstenu, de peur de perdre son corps. Pete Zaër ? Il aurait pu respecter l'esprit du marché, avertir ses amis sur la Terrasse Oxonienne.

Les autres victimes, qui avaient pareillement retenu leur rage, oublié tout sentiment d'obligation envers leurs semblables ? Non, Ditmar était un simple humain, aussi faible et égoïste que n'importe quel autre, et il avait péché par action plutôt que par omission, à la différence des autres.

Mario continua d'avancer en scrutant appartements, salles, et vestibules. Une jeune fille blonde et douce comme une giroflée nageait nue dans une longue piscine vert bouteille, puis elle s'assit sur le rebord au milieu d'un nuage de bulles argentées. Mario maudit les réactions lascives du corps d'Ebery et reprit son chemin. Aucun signe de Thane Paren.

Il retourna au hall d'entrée. La réception touchait à sa fin, Mervyn Allen raccompagnait ses invités masculins et féminins, empourprés par ses plats et ses alcools, tous cordiaux, promettant de faire mieux connaissance, lors d'une occasion un peu plus discrète.

Mario attendit le départ du dernier... mais l'avant-dernier était un vieil homme incroyablement grand et maigre, vêtu de blanc et gris perle comme un dandy. Il avait des poignets comme des épis de maïs et un crâne semblable à une tête de mort. Il s'appuyait sur l'épaule de Mervyn Allen, vieux coquet polisson et parfumé, pommadé et maquillé.

Allen posa alors une question polie et le vieillard hocha la tête, rayonnant de plaisir. Allen le fit entrer dans une petite pièce latérale, un bureau gris et vert.

Le vieillard s'assit, remplit un chèque. Allen l'introduisit dans la fente du télécran et ils attendirent en devisant. Le vieillard semblait avide de renseignements ; Allen le rembarrait avec mille précautions. L'écran se ralluma et l'accusé de réception de la banque apparut. Allen se leva. Le vieil homme l'imita. Allen prit longuement son souffle ; ils entrèrent dans l'herbier. Au bout de trois pas, le vieillard vacilla.

Allen le rattrapa habilement, le déposa sur une table roulante cachée et le transporta ainsi dans le laboratoire où Janniver était déjà allongé.

Mario observait à présent avec une attention extrême et il introduisit dans une prise de ses lunettes un cordon relié à une caméra logée dans sa mallette. Tout ce qu'il voyait serait enregistré de manière permanente.

Le spectacle n'eut rien de bien impressionnant. Allen poussa Janniver sous l'une des cellules de golasme jaune comme les blés et le vieil homme sous l'autre. Il tourna un cadran, appuya sur une pédale, bascula une manette et recula. Toute la passerelle s'abaissa. Les cellules englobèrent les deux têtes, palpitèrent, changèrent de forme. Il y eut un mouvement sur la passerelle, des rouages tournèrent, une lumière brilla. Le pro semblait automatisé et totalement intégré

Allen s'assit, alluma une cigarette et bâilla. Cinq minutes s'écoulèrent. La passerelle remonta, les cellules de golasme oscillèrent sur un axe et la passerelle se rabaissa. Cinq minutes passèrent encore. La passerelle se releva. Allen s'avança et éteignit les appareils.

À l'aide de la même seringue hypodermique, Allen fit une injection aux deux corps, puis il poussa les deux tables dans une salle voisine et sortit sans un regard en arrière.

En direction de la piscine, songea Mario. Grand bien lui fasse !

À neuf heures, place Tanagra, un taxi débarquait un vieillard affaibli et éteint, grand et maigre comme un cent de clous, qui rejoignit aussitôt un banc.

Mario attendit que le vieil homme donne un signe de conscience, il observa l'affolement naissant, l'examen frénétique des mains émaciées, la prise de conscience de cinquante années dérobées. Il s'approcha alors, amena le vieillard jusqu'à un taxi et le conduisit à son appartement. La matinée fut douloureuse.

Janniver s'était endormi, épuisé par la terreur, le chagrin, la haine envers son vieux corps déglingué. Mario appela l'agence Brannan et demanda Murris Slade. Le petit homme trapu à la tête étroite apparut sur l'écran et fixa Mario à travers les couches de verre laminé.

« Salut, Slade. J'ai un travail pour vous, ce soir. »

L'autre le considéra, posé, méfiant. « Est-ce que j'aurai des ennuis ?

— Non.

— De quoi s'agit-il ?

— Le type que vous avez surveillé pour moi, Roland Mario, vous savez où le retrouver ?

— Il est à la Terrasse Perse où il petit-déjeune en compagnie de la fille avec qui il a passé la nuit. Elle s'appelle Laura Lingza ; c'est une danseuse du Théâtre Épique Vedanta.

— Peu importe. Prenez du papier et copiez ce que je vais vous dicter.

— Allez-y. Je vous écoute.

— "Retrouvez-moi à 23 heures au Pilier Cambodgien, dans le vestibule de l'Auberge du Paradis, niveau 600 de la Tour Empyréenne. Venez seul. Soyez ponctuel, car je ne peux vous accorder que quelques minutes. Mervyn Allen, Château d'Hispanie." »

Mario attendit un instant que Slade relève la tête. « Dactylographiez ça. Et donnez-le à Roland Mario, ce soir aux environs de 21 h 30. »

10.

Nerveux, Mario arpentait la pièce, ses mains grasses serrées derrière le dos. Ce soir, il cueillerait les fruits d'une année d'efforts de son intelligence et de son imagination. Ce soir, à moins que la chance le trahisse, il se dépouillerait de l'identité haïssable de Ralston Ebery. Il songea à Louis Correaos. Le pauvre ! Mario secoua la tête. Qu'adviendrait-il de l'Aéronaute de Louis ? Et de Letya Arnold ? Retournerait-il place Tanagra pour rôder en attendant que Ralston Ebery passe, pompeux, et pour lui lancer des injures ?

Il appela le Centre Éthéré et demanda Louis Correaos. « Comment va. Louis ?

— Formidable. On est parés, on commence la production dès la semaine prochaine.

— Et comment va Arnold ? »

Correaos grimaça. « Ebery, vous allez croire que je suis aussi dingue qu'Arnold. Mais il est capable de voler plus vite que la lumière.

— *Quoi ?*

— Jeudi dernier, il est entré dans mon bureau. Il avait des manières mystérieuses et il m'a dit de le suivre. J'ai obéi. Il m'a conduit à son observatoire... une simple fenêtre donnant sur le ciel où il a installé un petit mégascope protonique. Il l'a réglé et m'a dit de regarder. J'ai regardé, j'ai vu un disque... un disque sombre à peu près aussi gros que la pleine lune. “Pluton, m'a annoncé Arnold. Dans quelques minutes, il se produira un petit éclair blanc sur le côté gauche.” “Et comment Je savez-vous ?” “J'ai déclenché une balise il y a un peu plus de six heures. La lumière ne devrait plus tarder à nous arriver.”

» Je lui ai accordé un regard inquiet, mais j'ai gardé l'œil braqué sur l'image, et voilà qu'il se produit un petit jaillissement de lumière blanche.

» “Maintenant, regardez, a-t-il fait, il va y en avoir un rouge.”

» Et il avait raison. Il y a eu une lumière rouge. » Correaos hocha sa grosse tête blonde. « Ebery, je suis convaincu. Je crois à son truc. »

Mario répondit d'une voix sans timbre : « Passez-le-moi, si vous pouvez le retrouver, Louis. »

Au bout de quelques minutes, le visage hâve de Letya Arnold apparut à l'écran. Mario demanda d'une voix pesante : « Arnold, c'est vrai ? Vous volez plus vite que la lumière ?

— Bien sûr, que c'est vrai », répondit l'autre, maussade. « Pourquoi ça le serait pas ?

— Comment y êtes-vous parvenu ?

— J'ai accouplé deux propulseurs électroniques à l'un de vos aérocars de haute altitude, voilà tout. J'ai mis les gaz. Ce système arrache toute la fureur de l'univers. Pas d'accélération, pas de moment cinétique, rien. Rien que la vitesse, la vitesse et la vitesse. Les étoiles ne sont plus qu'à quelques jours, je vous l'ai toujours dit. Et vous qui répétiez que j'étais dingue ! » Son visage se froissa ; le fiel lui brûlait la langue. « Je ne les verrai jamais, Ebery, et c'est votre faute. Je suis condamné. J'ai vu Pluton, j'y ai écrit mon nom dans la glace et c'est tout ce qui restera de moi. »

Il disparut de l'écran. Correaos reparut. « Il est fichu, commenta ce dernier d'une voix bourrue. Il a eu une hémorragie, cette nuit. La prochaine sera la dernière. »

Mario annonça d'une voix lointaine : « Occupez-vous de lui, Louis. Parce que, demain, je crains que les choses ne soient différentes.

— Que voulez-vous dire par là ?

— Le caractère de Ralston Ebery risque de souffrir d'une rechute.

— Dieu nous en préserve ! »

Mario coupa la communication et se remit à arpenter la pièce, mais plus lentement, et sans voir où il marchait…

Puis il appela un coursier. « Tu vois ce jeune homme en veste brune à côté du Pilier Cambodgien ?

— Oui, monsieur.

— Donne-lui ce billet.

— Oui, monsieur. »

Ralston Ebery avait recouvert le corps de Mario d'une épaisse couche de graisse. Il avait des poches sous les yeux, la bouche molle, humide. Mario, sous la colère, se mit soudain à transpirer. Le porc ! À force de débauche, il abîmait un corps en bon état, inaccoutumé aux ordures inventées par ce cerveau !

Ebery lut le billet, inspecta le couloir dans tous les sens. Mario avait déjà disparu. Ebery, suivant les instructions, prit d'un pas lent et hésitant le couloir conduisant aux bains d'air.

Il atteignit une porte entrebâillée nantie d'un panonceau PRIVÉ. Il frappa.

« Allen, vous êtes là ? De quoi s'agit-il donc ?

— Entrez », dit Mario.

Ebery passa prudemment la tête par l'intervalle. Mario l'attira brutalement, puis il lui planta une seringue de poche dans le cou. Ebery se débattit, rua, frissonna, se détendit. Mario referma la porte.

« Lève-toi », dit Mario. Ebery se leva, docile, les yeux vitreux. Mario le fit passer par la porte de derrière et monter dans l'ascenseur jusqu'au Niveau 900, le Château d'Hispanie.

« Assieds-toi, ne bouge pas », lui dit Mario. Ebery s'assit comme une masse.

Mario effectua une prudente reconnaissance. À cette heure de la nuit, Mervyn Allen devait avoir terminé sa journée de travail.

Il finissait une transposition. Mario le regarda pousser les deux formes allongées dans la salle d'attente, puis le suivit jusqu'à son appartement, le vit se dévêtir, mettre un justaucorps en soie et s'apprêter à se détendre ou s'esbaudir en compagnie de la jeune fille blonde belle comme une fleur.

La voie était libre. Mario revint auprès d'Ebery.

« Debout, et suis-moi. »

Ils s'engagèrent dans les couloirs secrets à l'intérieur des trémies de ventilation et rejoignirent le laboratoire vide. Mario souleva un loquet et effaça l'un des panneaux muraux en bois aggloméré.

« Entre, dit-il. Allonge-toi sur cette table. »

Ebery obéit. Mario le poussa de l'autre côté de la pièce jusqu'aux moules cérébraux couleur mastic et prépara une table à sa propre intention. Il guidait son esprit suivant des canaux tout droits, ne se permettant de penser qu'à la transposition.

Il régla le cadran, appuya sur la pédale, de la même manière qu'Allen. *Monter à présent sur la table, appuyer sur un autre bouton*. Il fixa le personnage allongé. C'était l'heure. *Action ! C'était simple : monter sur la table, tendre le bras, appuyer sur un bouton*. Mais le regard de Mario restait fixe, il oscillait légèrement d'avant en arrière.

Un léger bruit derrière lui. Il fit volte-face. Thane Paren l'observait avec un amusement détaché. Elle ne fit pas mine de s'approcher, de s'enfuir, ni d'appeler à l'aide. Elle regardait avec une expression... intrigante, inhumaine. Mario se demanda comment la beauté pouvait être raffinée à un degré aussi inouï et rester aussi froide, aussi asociale. Si elle était blessée, saignerait-elle ? Et en cet instant, courrait-elle donner l'alerte ?

Si elle bougeait, il la tuerait.

« Allez-y, dit Thane. Qu'est-ce qui vous arrête ? Je ne m'en mêlerai pas. »

Mario, bizarrement, se doutait qu'elle réagirait ainsi. Il se retourna, considéra son corps flasque. Il fronça les sourcils.

« Son apparence ne vous plaît pas ? demanda Thane. Vous ne vous souveniez pas que vous étiez comme cela ? Vous êtes tous semblables, des animaux vaniteux et fanfarons.

— Non, dit-il lentement, je m'imaginais que je ne vivais plus que pour recouvrer mon corps. À présent, je ne sais plus. Je ne crois pas que j'en veuille encore. Moi, je suis Ebery, l'industriel. Lui, c'est Mario, le play-boy.

— Ah, fit Thane en haussant ses sourcils lumineux, c'est l'argent qui vous plaît, le pouvoir. »

Mario éclata d'un petit rire blessé. « Les idées de ce genre vous sont montées à la tête, car il y a trop longtemps que vous vivez en leur compagnie. Il existe d'autres buts. Les étoiles à explorer. La galaxie… une prairie de joyaux magnifiques. En tant qu'Ebery, je puis partir pour les étoiles dès la semaine prochaine. En tant que Mario, je retournerai jouer au handball à la Terrasse Oxonienne. »

Elle fit un pas en avant. « Est-ce que vous… »

Il l'interrompit. « La semaine dernière, un physicien a rompu tous les liens de cohésion entre les objets. Il a rejoint Pluton en quinze minutes. Ebery ne voulait pas l'écouter. Aujourd'hui, on peut dire qu'il est pratiquement mort. Ebery dirait que c'était un dingue, il ficherait en l'air le projet. Car il n'existe d'autre preuve que la parole de deux hommes.

— Et alors ? demanda Thane. Qu'est-ce que vous allez faire ?

— Je veux mon corps, énonça Mario. Je déteste la carcasse de ce porc plus encore que l'idée de la mort. Mais, par-dessus tout, je veux aller parmi les étoiles. »

Elle s'avança d'un pas léger. Ses yeux brillaient comme Véga et Spica par une chaude nuit d'été. Comment avait-il pu la trouver froide ? Elle était vive, pleine de verve, de passion, d'imagination.

« Je veux vous accompagner.

— Et où veut donc aller tout le monde ? » fit une voix de baryton léger, douce en surface mais cachant une fureur interne.

Mervyn Allen traversait prestement la pièce. Il balançait ses grands bras d'athlète, serrant et desserrant les poings.

« Où voulez-vous aller ? » Il s'adressait à Mario. « En enfer, hein ? Eh bien, ce sera donc là. »

Il lança le poing en avant.

Mario recula, puis se précipita sur lui. Le corps d'Ebery n'était pas une machine à combattre. Il était gras, piriforme, et, malgré la vie ascétique de Mario, la panse gargouillait encore, oscillait en tous sens comme une éponge humide. Mais il se battit. Il lutta avec une férocité qui égala une demi-minute la force et la vitesse d'Allen. Puis ses jambes ne furent plus que des piliers de poix, ses bras devinrent incapables de remuer. Il vit Allen s'avancer, faisant tourner le poing pour lui assener un coup massif destiné à lui écraser la mâchoire comme si c'était une boîte en carton, faisant exploser toutes ses dents.

Crac ! Allen hurla, lâcha un cri de fausset, s'affala et tomba en un lent mouvement décomposé.

Thane considérait le corps, un pistolet à la main.

« C'est votre frère ! » haleta Mario, plus terrifié par l'expression de Thane que par son combat à mort avec Allen.

« C'est le corps de mon frère. Mon frère est mort ce matin. Au lever du soleil. Allen avait promis qu'il ne le laisserait pas mourir, qu'il lui donnerait un corps… et mon frère est mort ce matin. » Elle contemplait la carcasse. « Quand il était jeune, il était si parfait. Maintenant, son cerveau est mort et son corps aussi. » Elle posa l'arme sur une table. « Mais je savais que ça finirait comme ça. J'en ai la nausée. C'est fini. À présent, nous allons partir pour les étoiles. Vous et moi, si vous m'acceptez. Peu m'importe que votre corps soit grossier ! C'est votre cerveau qui compte.

— Allen est mort, dit Mario comme s'il nageait dans un rêve. Personne ne peut nous déranger. Le Château d'Hispanie nous appartient. »

Elle le considéra d'un air hésitant, la lèvre presque dédaigneuse. « Et alors ?

— Où se trouve le télécran ? »

La pièce semblait soudain remplie de gens. C'est avec surprise que Mario prit conscience de la chose. Il n'avait rien remarqué ; il avait été occupé. Tout était fini, maintenant.

Assis anesthésiés côte à côte se trouvaient quatre vieillards qui fixaient le vide de leurs yeux qui connaîtraient bientôt l'extrême douleur de la jeunesse et de la vie trouvées puis perdues.

Debout de l'autre côté de la salle, pâles, nerveux, immobiles, se tenaient Zaër, Breaugh, Janniver. Et le corps de Ralston Ebery. Mais ce corps exprimait le flot d'idées de Letya Arnold.

Et dans le corps affaibli de Letya Arnold encore inconscient logeait l'esprit de Ralston Ebery.

Mario marchait dans son propre corps, appréciant le contact du sol sous ses pieds, le mouvement de ses bras, les traits de son propre visage. Thane Paren le regardait d'un œil attentif, comme si elle voyait pour la première fois la lumière, la forme, la couleur, comme si Roland Mario était la seule chose que la vie puisse encore lui réserver.

Il n'y avait personne d'autre dans la pièce. Murris Slade, qui avait entraîné, acheté, menacé, effrayé tous ceux qui s'y trouvaient actuellement n'était pas allé plus loin que le hall d'entrée.

Mario s'adressa à Janniver, Zaër et Breaugh : « Vous trois, vous acceptez cette responsabilité ? »

Ils tournèrent vers lui leurs grands yeux stupéfaits, car ils ne s'étaient pas encore remis de leur soulagement, de la joie de leur vie retrouvée.

« Oui.

— Oui.

— Oui.

— Certaines des transpositions sont impossibles. Certains des individus concernés sont morts ou fous. On ne peut plus les aider. Mais pour ceux que l'on peut rendre à leur propre corps… la responsabilité vous incombe.

— Nous réduirons ce maudit engin en petits morceaux, dit Breaugh. Et le Château d'Hispanie ne sera plus que le sujet de rumeurs, un rêve pour les vieillards. »

Mario sourit. « Vous vous rappelez la publicité ? "*Blasé ? Désenchanté ? En quête d'Aventure ? Essayez le Château d'Hispanie.*"

— Je ne suis plus las ni désenchanté, soupira Zaër.

— On en a eu pour notre argent », dit Janniver avec un sourire forcé.

Mario fronça les sourcils. « Où est Ditmar ?

— Il a rendez-vous demain à dix heures, répondit Thane. Il vient prendre possession du nouveau corps qu'il a gagné. »

Breaugh annonça avec une satisfaction tranquille : « On l'accueillira.

— Il sera surpris, dit Janniver.

— Pourquoi pas ? demanda Zaër. Après tout, on est au Château d'Hispanie. »

Droit devant

Chiram entra dans la pièce, gagna le bureau à petits pas précis et s'assit. Alors seulement il parut remarquer les deux douzaines d'hommes et de femmes installés sur les rangées de chaises pliantes bien alignées.

« Je peux vous accorder vingt minutes, annonça-t-il. Que voulez-vous, au juste ?

— Vous pourriez commencer par une courte déclaration », dit Ed Jeff, de l'*All-Planet News-Fax*. « Et ensuite, répondre à quelques questions. »

Chiram, un homme robuste d'âge mûr à l'air décidé, se pencha en arrière. Sa crinière léonine possédait la couleur et la texture de la laine d'acier, son regard vif apparaissait circonspect, ses lèvres pleines ourlaient une bouche bien définie. Il portait un costume gris et bleu, tenue classique mais informelle, comme s'il s'habillait ainsi par habitude sans se laisser influencer par la vanité ni l'ostentation.

« Mes associés et moi, financés par Jay Banners, avons entamé des recherches qui finiront par nous amener à tenter de faire le tour de l'univers. » Il s'interrompit ; les reporters attendirent. « À cela se résume ma déclaration », dit-il d'un ton sec.

Un indescriptible charivari retentit. Il leva la main. « Une question à la fois. Vous, monsieur... je vous écoute.

— Vous comptez faire le tour de l'univers ? Pas seulement de la galaxie ? »

Chiram hocha la tête. « De l'univers.

— Comment savez-vous qu'il est sphérique ?

— On n'en sait rien. » Un sourire lugubre. « Il n'existe aucune preuve directe, et que peu d'indices mathématiques, dans un sens comme dans l'autre. Il s'agit d'une hypothèse sur laquelle nous mettons nos vies en jeu. »

Une rumeur respectueuse monta du groupe de reporters. Chiram se détendit un petit peu. « Les estimations de sa circonférence vont de dix à cent milliards d'années-lumière. Nous comptons décoller de la Terre et suivre un itinéraire... presque n'importe lequel. Après avoir couvert une distance suffisante, à une vitesse suffisante, nous espérons revenir de la direction opposée.

— Et vous estimez à combien vos chances de retrouver la Terre au retour ? »

Chiram pinça les lèvres ; il jugeait le ton de la question trop désinvolte.

« En théorie, répondit-il avec raideur, suivre un itinéraire précis nous ramènera automatiquement. Nos recherches se concentrent sur la mécanique du vol rectiligne. Un centième de seconde d'erreur sur cent milliards d'années-lumière, ça entraîne un écart de trois cent mille années-lumière. Si on rate notre galaxie avec cette marge, on se perdra à jamais. Notre problème crucial, c'est de garantir la rectitude absolue du trajet.

— Vous ne pouvez pas vous aligner sur des étoiles devant ou derrière ? »

Il secoua la tête. « La lumière de derrière ne peut pas nous rattraper. On va même la dépasser : ajouter les images des étoiles de derrière à celles des étoiles de devant. » Sur la table face à lui, il serra ses mains trapues. « C'est notre deuxième problème : y voir. Notre vélocité s'approchera de l'instantanéité. Si on postule une efficacité de quatre-vingt-dix pour cent du champ de destriation, une moyenne de six ou sept mille années-lumière par seconde nous permettra de parcourir cent milliards d'années-lumière en six mois. À cette allure, l'impact des radiations sur un objet non blindé sera catastrophique. La lumière infrarouge la plus faible se retrouve compactée par une sorte d'effet Doppler en rayons cosmiques ; la lumière ordinaire visible devient mille fois plus dure, plus énergique, et les rayons cosmiques frappent à la fréquence de dix puissance trente-et-un ou trente-deux. Je n'imagine pas l'effet de radiations pareilles, mais je sais qu'elles font mal. On essaye de mettre au point un système visuel capable de fonctionner sous cet impact formidable. La vision longitudinale restera normale, bien sûr, puisque la lumière frappera les flancs du vaisseau à des fréquences ordinaires.

— Combien de temps vous faudra-t-il pour surmonter ces obstacles ?

— Nous effectuons des progrès satisfaisants, dit d'un ton posé le conférencier.

— Comment saurez-vous avec certitude que vous rentrez ? Les galaxies doivent toutes se ressembler… »

Chiram pianota sur la table. « Bonne question. J'avoue à regret que je n'ai pas de réponse exacte. On va tabler sur notre vigilance : examiner chaque galaxie qu'on croisera et qui présentera la taille et la configuration idoines. Que la nôtre fasse le double de la moyenne nous aidera. Mais il va nous falloir compter sur la chance.

— Supposez que l'univers soit infini au lieu de sphérique ?

— Absurde. » Un regard dédaigneux. « Comment voulez-vous que je réponde à ça ? »

Le journaliste se reprit en toute hâte. « Ce que je voulais demander, c'est si vous envisagez de vous fixer une limite pour rebrousser chemin.

— Nous croyons l'univers sphérique, répliqua l'autre d'un ton froid. Au sens quadridimensionnel, bien entendu. Nous allons maintenir une accélération constante et notre vitesse s'accroîtra donc sans cesse. Si l'univers est sphérique, nous reviendrons ; si jamais il se révèle infini, le vol continuera pour toujours. »

Deux vaisseaux se posèrent – un mince cylindre et une coque à la forme de donut très incommode d'aspect. Chiram sortit du cylindre et monta d'un bon pas la rampe en béton jusqu'au bureau vitré.

Là, Jay Banners, financier de l'opération, l'attendait, avec un jeune homme dégingandé. Banners présentait les mêmes proportions que l'arrivant, mais il avait le cheveu plus rare et les traits du visage moins accusés. Il paraissait affable, aimable, sans rien de spartiate ni d'ascétique.

Chiram était associé avec la découverte de la striatique, du gravitron et, par conséquent, de champs de destriation à inertie négative ; il avait participé à la première expédition vers le Centaure. Banners n'avait jamais pris l'espace, mais c'était l'actionnaire principal de Star Island Development et le directeur de six ou sept autres grandes sociétés.

Il salua son visiteur d'une main dodue. « Herb, voici mon fils, Jay Jr. Et maintenant, une surprise. Accrochez-vous, ça décoiffe. Jay veut être du voyage. Je lui ai dit qu'on verrait ce qu'on pouvait faire. » Un regard expectatif.

Chiram plissa les lèvres et les yeux, comme s'il venait de mordre dans un cornichon beaucoup plus amer que prévu. « Ma foi, Banners, marmonna-t-il, je ne sais pas trop… un nouveau membre inexpérimenté… alors qu'on a l'équipage dûment constitué…

— Allons ! se récria l'autre. Jay n'a rien d'un amateur. Il sort de l'école d'ingénieurs, il connaît l'espace à fond et il a étudié l'astrogation. Pas vrai, fiston ?

— Si », répondit Jay de manière léthargique.

Chiram le toisa d'un regard froid : un jeune homme agile aux cheveux noirs, gras, portés trop longs à son goût. « C'est une tâche plutôt rude, mon gars. On sera entassés dans une minuscule cabine sans la moindre distraction – il n'y aura pas de quoi rire. Comptez une chance sur dix de revenir. Un vieux dans mon genre peut se permettre d'hypothéquer son avenir ; un jeune comme vous a toute sa vie devant lui. »

Le fils se contenta de hausser les épaules, tandis que le père répliquait : « Tout ça, je le lui ai déjà seriné, Herb. Il n'en démord pas : il veut y aller. J'ai fini par me dire que ce serait peut-être bien d'avoir un Banners à bord. On aurait pour de bon l'Expédition Chiram-Banners, hein ? »

À court de mots, son interlocuteur pianota violemment sur la table.

« On en a beaucoup appris sur les nouvelles méthodes, à l'école, dit Jay. Ça pourrait peut-être vous aider ici ou là si vous vous retrouvez coincé. »

Chiram, écarlate, se détourna.

« Un peu de respect pour tes aînés, dit Banners à son fils. Tu en connais un rayon, mais n'oublie pas : ce sont les types comme Herb Chiram qui ont inventé ton domaine d'activité. »

Jay haussa les épaules en tirant sur sa cigarette d'un air maussade.

« Marché conclu, donc, reprit Banners d'une voix joviale. Surtout, Herb, n'allez pas le ménager pour moi. Traitez-le en simple employé. Il est aussi solide que son vieux ; il saura le supporter. S'il dépasse les bornes, rentrez-lui dedans. »

Chiram s'approcha d'une des fenêtres et regarda dehors.

« On vous a vus poser les vaisseaux, dit le financier. Le test s'est bien passé ?

— Très bien. De la Terre à Pluton, on a dévié de la ligne droite de quarante-huit centimètres en tout, dix puissance moins huit ou moins neuf seconde. Voire moins : je n'ai pas fini les calculs. Ça reste dans les paramètres acceptables. »

Du petit doigt, Jay fit tomber les cendres de sa cigarette. « Vaudrait sans doute mieux installer des gyrocompas, par sécurité.

— Les gyrocompas ne valent rien comparés au principe du manchon et du piston », répliqua Chiram, glacial.

« Expliquez à Jay le fonctionnement du truc, dit Banners. Je ne l'ai jamais saisi. Je sais que Chapi et Chapo alternent en tête… »

Un soupir d'impatience. « Un objet en vol libre file tout droit à condition d'être isolé de la gravité – dans une coque de destriation, par exemple. Notre souci, c'était de combiner la précision de ce vol libre avec l'accélération. On a décidé d'utiliser deux vaisseaux alternant les deux : le vaisseau en vol libre corrige la trajectoire du vaisseau en accélération.

» Un des deux éléments est en vol libre ; disons Chapi, le cylindre. Chapo, le tube, se trouve quinze mille kilomètres en arrière. Chapo accélère, un processus qui pourrait causer une légère déviation. Dès que leurs coques de destriation se superposent, des radars entrent en action, qui permettent de corriger la moindre déviation. Chapo coulisse sur Chapi, on coupe l'énergie, et il passe devant en vol libre. Quand il a pris quinze mille kilomètres d'avance, Chapi accélère à son tour et coulisse dans l'orifice de Chapo. Et ainsi de suite. Un procédé automatique, très rapide, très précis.

— Ces à-coups incessants ne vous secouent pas trop ? » fit Banners avec gravité.

Jay posa une longue jambe sur la table. « Mais non, p'pa. N'oublie pas, depuis ton époque, on a intégré l'inertie dans le fonctionnement du vaisseau. On ne sent plus rien, sauf la gravité interne normale. »

Banners, avec un rire indulgent, tapa sur l'épaule roide de Chiram. « Je vous aurai prévenu, Herb. Ce garçon est déjà loin devant les vieux dans notre genre… C'est comme ça : place aux jeunes ! »

Content de lui, Jay souffla un panache de fumée à travers la pièce. Chiram le considéra quelques secondes, s'avança de deux pas, puis recula d'autant.

« Banners, dit-il vivement, tout bien considéré, je ne crois pas très sage que votre fils fasse le voyage. »

L'intéressé haussa les sourcils et resta bouche bée. Son père perdit de sa superbe, avant de se détendre. « Allons, Herb, je sais qu'il y a du danger et qu'endosser une pareille responsabilité vous déplaît, mais il a pris sa décision. Une jeune fille le poursuit, je crois. Et j'aimerais qu'il effectue ce trajet. J'envisageais même de l'imiter…

— Entendu, entendu ! lança aussitôt Chiram. Mais je vous préviens, jeune homme : ce sera long et dur. Vous obéirez sans discuter. Si vous acceptez, je n'ai plus rien à ajouter.

— Vous allez vous entendre à merveille, s'écria Banners. Avec votre expérience, Herb, et ta formation, Jay, je vois mal comment l'entreprise ne serait pas un succès complet. Imaginez un peu, Herb ! L'Expédition Chiram-Banners – commandant, Herb Chiram ; navigateur, Jay Banners Jr. ! Ça vous a un sacré cachet, non ?

— J'en ai la tête qui tourne. »

Jay laissa tomber son mégot par terre. « Vous savez, cette idée de Chapi et Chapo est peut-être bonne, dit-il d'un air pensif, mais je me fierais davantage à un bon gyroscope… On devrait en prendre deux pour l'index de corroboration. »

Chiram fronça les sourcils. « L'index de corroboration ? Mais qu'est-ce que c'est encore que ça ? demanda-t-il avec un mépris non dissimulé.

— Un tout nouveau concept. Je vous l'expliquerai un de ces jours. En gros, c'est la zone moyenne de l'intégrale sous une série de courbes de probabilité dont chacune possède la pondération adéquate. »

Banners opina du chef avec emphase. « Herb, ce jeunot a la tête sur les épaules. Et si on installait deux gyroscopes ? On n'est jamais trop prudent. »

Chiram ébaucha une inclinaison du buste à l'adresse de Jay. « Vous vous en chargez. Veillez à ce qu'ils n'excèdent pas zéro virgule cinq mètres cube.

— Je peux les limiter encore davantage. Les appareils sont devenus bien plus précis depuis votre époque, monsieur Chiram. » Il se frotta la lèvre supérieure. « En fait, si vous voulez, je peux vous décharger de la navigation. Je me débrouille : j'ai eu la note maximale dans cette matière tout au long de mes études. »

L'autre renifla. « Vous n'allez rien faire de tel, blanc bec. Que ce soit clair : vous faites ce qu'on vous dit, vous suivez aux ordres et, à moins qu'on ne vous prie de les exprimer, vous gardez pour vous toutes ces élucubrations sorties de vos manuels scolaires ! »

Le jeune homme le dévisagea, ébahi, puis se tourna vers son père qui secoua la tête avec solennité. « Point final, Jay. Ce vieil Herb est un dur. N'essaie pas de la lui refaire. Tu es tombé sur un os. C'est lui le chef. Garde ça en tête. »

Chiram, Jay Banners Jr., un technicien taciturne du nom de Bob Galt et Julius Johnson, le cuisinier, un type souriant, couleur de caramel, au visage et au crâne plats, composaient l'équipage de Chapi le cylindre. Art Henry et Joe Lavindar, deux spatiaux vétérans, étaient affectés à Chapo le tube.

Le lancement, enregistré, télévisé, s'effectua en présence d'une foule de quatre millions de spectateurs. Les deux vaisseaux décollèrent l'un après l'autre pour se rejoindre un million de kilomètres par-delà l'orbite de la Lune. Là, ils s'apparieraient, réorienteraient leur trajectoire et partiraient en direction de Deneb, dans le Cygne, un peu au-dessus du plan de la Voie Lactée.

Chiram convoqua son équipage dans le petit salon, sous la passerelle, qui servirait de mess et de foyer. Au bout du banc s'assit Bob Galt, un petit homme voûté, maître de soi, indépendant, au visage de cacatoès rageur. Julius le cuistot s'installa à côté de lui, les coins de sa large bouche relevés par un sourire perpétuel. Jay s'affala à l'autre extrémité du siège, les jambes croisées, les yeux mi-clos.

Campé sur ses jambes courtes, sa crinière grise rafraîchie par un coiffeur, le chef de l'expédition leur fit face.

« Bon, messieurs, comme vous le savez, un sacré labeur nous attend. Si nous revenons, nous serons des héros. Il y a toutes les chances pour que nous ne revenions pas. Si l'espace est infini, notre vol se poursuivra à jamais. Si notre trajectoire dévie de la ligne droite, on ne sera guère mieux lotis. Bien sûr, vous avez tous lu les spéculations outrancières sur les risques d'attaque par des vaisseaux extraterrestres ou par des créatures natives des profondeurs spatiales. Je vois mal l'utilité de souligner leur absurdité.

» Le plus gros risque, c'est nous qui le posons. L'ennui, les tracas, tels sont nos pires ennemis. Nous voici entassés, emmêlés. Aucune autre situation ne me paraît si propice à faire ressortir le meilleur ou le pire en chacun. Vous, Bob, et vous, Julius, j'ai beaucoup navigué en votre compagnie ; je vous connais bien. Vous, Jay, vous représentez votre père et je gage que, comme nous autres, vous avez à cœur de rendre le voyage aussi supportable que possible pour nos nerfs.

» Il n'y a guère de travail à accomplir, ce que je regrette. Julius, bien sûr, a la charge de la cuisine et de la cambuse. » Sa voix se nuança de sarcasme. « Jay a ses gyroscopes et je crois comprendre qu'il va tenir un registre détaillé… Ma foi, à chacun son fardeau.

» Je prends le premier quart, Jay le deuxième, et Bob le troisième. Il nous incombe d'assurer la bonne marche des machines, de cartographier ce qu'on voit dans les panneaux visuels et de garder le champ de destriation au pourcentage optimal. Chacun sera responsable de sa propreté personnelle comme de celle de sa tenue et de sa couchette. On doit tous être soigneux. Il n'y a rien de plus démoralisant que l'allure négligée. Le rasage de près et des vêtements impeccables sont de rigueur… Ce sera tout pour l'instant. »

Il se retourna pour se hisser sur la passerelle.

La lune, énorme melon d'argent éclaboussé de givre noir, imposait sa masse en contrebas à leur gauche. Chapi le tube les précédait, une grappe d'étoiles scintillant par son orifice.

Chiram engagea le cylindre dans l'ouverture et bascula un interrupteur. Le cylindre frémit, tressauta comme les rayons de guidage excitaient des relais et plaçaient les deux navires dans un alignement parfait.

Droit devant se trouvait Deneb – le repère initial de leur tour de l'univers.

Le chef de l'expédition contacta Chapi par radio. « Tout va bien là-dedans ?

— Prêts au départ, répliqua la voix d'Henry.

— Activez votre champ. » Chiram manœuvra un nouvel interrupteur ; le générateur de gravité vrombit, cliqueta et se mit à ronronner. L'équipage, lié au vaisseau, se retrouva, lui aussi, libéré de l'inertie.

Une roue polie tourna sous l'impulsion du pilote – ainsi commençait le voyage.

Après un instant, une lueur vacillante au hublot latéral indiqua que Chapi prenait la tête. Une autre lueur, et Chapo l'enfila comme le chas d'une aiguille. Les lueurs alternées ne firent qu'accélérer, devinrent un clignotement incessant, puis s'estompèrent en une brillance continue.

Les étoiles s'animèrent, se succédèrent, tels des grains de poussière illuminés dans leur vol. Bientôt elles défilaient – agglutinées ou clairsemées, en essaims, en amas, en nuées, et à mesure qu'elles passaient derrière les vaisseaux, elles s'évanouissaient, leur éclat devancé par Chapi et Chapo lancés dans leur folle course.

Des feux, des flammes, des éclairs – des paires, des trios, des quatuors d'étoiles. Des compagnies d'étoiles qui se précipitaient dans leur sillage. Des fleuves d'étoiles. Des étoiles uniques comme des phares solitaires. Des étoiles qui approchaient pour passer au-dessus, au-dessous et autour d'eux, telles des étincelles chassées par le vent. Soudain, elles disparurent de tous les côtés : Chapi et Chapo venaient d'aborder l'espace intergalactique.

Leur vitesse augmentait, encore et encore, par incréments successifs. La navette incessante des deux vaisseaux assurait la rectitude de leur trajectoire, au point que, sur cent mille années-lumière, la déviation se limitait à cent kilomètres – une légère erreur qui se verrait peut-être même compensée à la longue.

Jay vérifia son gyrocompas. Tapotant l'étui du bout du doigt, il prit son temps. « Parfait, annonça-t-il. On file droit.

— Ravi de vous l'entendre dire, ironisa Chiram. Continuez de veiller au grain. »

La grande nébuleuse d'Andromède passa sous eux, crêpe tournoyante de feu froid, et disparut dans leur sillage.

Plus vite, plus vite, toujours plus vite. Une accélération aussi soutenue que le permettaient les relais qui réglaient le va-et-vient des deux vaisseaux. Une célérité qui approchait l'instantanéité.

Les quarts et les jours s'écoulaient, les galaxies voltigeant telles des chauves-souris scintillantes – fontaines et flaques de lumière. Au début et à la fin de chaque quart, Jay vérifiait son gyroscope, avant de consacrer deux ou trois heures à rédiger son journal de bord : détails du voyage, observations philosophiques personnelles, analyses de la personnalité de ses compagnons.

Julius et Bob jouaient aux cartes et aux échecs ; parfois, Chiram se joignait à eux. Jay fit quelques parties d'échecs – le nombre suffisant pour constater que Julius pouvait le battre autant qu'il le voulait, après quoi il renonça. Julius souriait, parlait peu ; Bob arborait son visage de cacatoès furieux, ne pipait mot. Chiram se tenait à l'écart, observait le voyage avec autant d'attention que de sérieux, donnait les ordres nécessaires d'une voix mesurée. Après des tentatives futiles pour discuter techniques de navigation avec lui, Jay devint aussi taciturne que les trois autres.

Les galaxies s'estompaient dans leur sillage. À l'issue de chaque quart, Jay scrutait l'objectif de son gyroscope. Un jour, il pria Chiram d'approcher.

« On dévie de notre trajectoire – aucun doute, regardez. D'un degré. J'observe le problème depuis plusieurs jours. »

Le chef de l'expédition baissa les yeux sur l'instrument, secoua la tête, se détourna. « Une précession quelque part. »

Jay renifla. « Les rayons espaceurs entre nos deux coques se sont décalés, plutôt. »

Chiram considéra les gyroscopes de toute sa hauteur. « Je vois mal comment, dit-il froidement. Ils bénéficient d'une compensation automatique redondante. N'oubliez pas qu'il y a deux ensembles d'espaceurs qui corrigent distinctement – l'un par interférence d'ondes, l'autre par corrélation de l'angle et de la force du rayon. Ils sont synchronisés, et ce à la perfection, ou le signal d'alarme se déclencherait. C'est votre gyro qui débloque. »

Le jeune homme étudia le cadran en grommelant. « Un degré, murmura-t-il. Un million d'années-lumière… ou cent millions… » Mais son aîné s'éloignait déjà.

Jay s'assit près du gyro qu'il scruta tel un chat un poisson rouge dans un bocal. Si l'affichage disait vrai, l'expédition serait perdue à jamais. Il se mit à quatre pattes pour vérifier l'engin de son mieux ; tout lui parut en ordre.

Dos voûté, il gagna la table où Bob et Julius disputaient une partie d'échecs qu'il observa, les mains croisées dans le dos. Ils ne lui prêtèrent aucune attention.

« Bon, dit-il en regardant vers l'appareil à l'autre bout de la pièce, c'est fini. On est fichus.

— Ah ouais ? Comment ça ? demanda Julius en déplaçant un pion.

— Le gyro ne ment pas. Et selon lui, on a dévié d'un degré de notre trajectoire. »

Bob Galt leva la tête et lui lança un regard neutre avant de reporter son attention sur l'échiquier.

« J'ai prévenu le pacha, déclara Jay avec amertume. Je lui ai expliqué avant le décollage que son matos était beaucoup trop emberlificoté pour fonctionner.

— On doit tous mourir un jour, petit, répliqua Julius. Je préfère que ce soit ici. Je ne m'en fais pas. On mange bien. J'ai coincé ce vieux Galt... » Son sourire s'élargit.

Bob ricana. « Ben voyons. » Il déplaça un cavalier afin de menacer le pion. « Vise-moi ça. »

Julius pencha sa tête massive sur le plateau. « Détends-toi, petit. Admire le paysage... »

Jay hésita, se détourna, retraversa la pièce, se jeta sur sa couchette et dévida un chapelet d'injures muettes. Il resta vingt minutes à fixer son regard sur le plafond. Un degré d'écart...

Il se haussa sur un coude, regarda les galaxies défiler aux baies d'observation. Des étoiles, par millions, par milliards, caillées en tourbillons lumineux... À pareille distance, elles restaient anonymes, inconnues des astronomes sur l'atome lointain qu'était la Terre, plongé dans un abîme mystérieux. Comment localiser ce précieux grain de poussière ? Certes, s'ils regagnaient leur galaxie, ce serait envisageable. Mais avec un degré d'écart... ! Et tout le monde à bord qui s'en balançait... Bon sang, songea-t-il, furibond, ces idiots ne tenaient peut-être plus à leur peau, mais Jay Banners Jr. avait la vie entière devant lui ! S'il ramenait le vaisseau sur sa trajectoire, il leur resterait une chance de tomber sur leur galaxie au retour. Ils le remercieraient, Chiram, Galt, Julius, quand il cracherait le morceau ; il y aurait des blagues, des taquineries, et, bien entendu, leur entêté de chef garderait le dos roide, mais il devrait se résoudre à féliciter Jay de les avoir ramenés au bercail, à prendre du recul, à reconnaître son erreur... Et si jamais ça se savait... Un vertige le saisit. Les journaux, la télévision, les foules en délire...

Il se leva. Chiram dormait sur son bat-flanc, ses pieds en chaussettes blanches placés avec soin l'un sur l'autre.

En théorie, Galt était de quart ; il se concentrait sur le jeu, une main hésitante planant au-dessus de sa reine. Julius, le front plissé, s'essuyait la bouche du dos de sa grosse main à la paume jaunâtre.

Jay traversa la pièce d'un pas nonchalant, gravit les trois marches menant à la passerelle, se pencha de manière tout aussi nonchalante sur la table à cartes et contempla l'écran principal. L'espace noir, les galaxies telles des méduses brillantes dans l'océan nocturne. Elles arrivaient, passaient sans effort, les plus proches dépassant les plus lointaines dans un invraisemblable renversement de perspective.

Vision apaisante, hypnotique, onirique dans sa silencieuse majesté. Derrière lui, Julius s'esclaffa. Jay cilla, se redressa, revint à lui. Il posa un regard prudent sur les commandes protégées par une barrière sur sa droite : une alcôve où seul Chiram était censé pénétrer. Il consulta le panneau vitré latéral. Chapi, l'autre élément du couple, restait, bien sûr, invisible : il ne cessait de coulisser sur Chapo dans un sens puis dans l'autre, en accélération constante. Un coup d'œil sur le cadran de l'ordinateur : déjà 6200 al/s, en constante augmentation. Il revint aux commandes. Là ! Un bouton cranté rouge vif. Il lui suffirait de l'effleurer et les rayons espaceurs s'affaibliraient dans une proportion infinitésimale d'un côté afin de modifier l'axe que suivaient les vaisseaux appariés.

Il s'avança vers l'alcôve, tendit le bras, toucha le bouton – et un impact ahurissant lui disloqua l'épaule. Il s'affala par terre. Trois paires de jambes se dressaient près de lui. Une voix dure, glaciale, énonça : « Je m'attendais à un tour de ce genre depuis l'instant où il m'a montré son engin à la noix.

— Un gamin paumé », répondit Julius, d'un ton léger, avec indifférence.

Les pieds de Bob Galt se détournèrent et s'éloignèrent.

« Ramassez-le, emportez-le à sa couchette, enchaînez-le au montant par la cheville, reprit Chiram sans se départir de sa dureté. Julius, retire-lui la balle et panse sa plaie. On ne peut pas laisser un dingue pareil libre de ses mouvements. »

Jay ne pouvait pas se plaindre. Julius avait pris bien soin de sa blessure, ses grandes mains couleur caramel œuvrant avec célérité et douceur sans que son sourire ne s'altère.

On le nourrissait à l'aide d'un plateau. On le libérait pour utiliser les latrines. Par ailleurs, on ne lui prêtait aucune attention. La vie lente du vaisseau s'écoulait. On ignorait sa présence. Personne ne lui parlait ; il ne parlait à personne.

De sa couchette, il voyait tout l'habitacle : Julius et Bob Galt plongés dans leur interminable partie, Julius lui faisant face et passant la main sur son large visage plat quand il était perplexe ou préoccupé, Galt courbé sur l'échiquier, de dos, ne montrant son profil abrupt qu'à l'occasion. Chiram ne jouait plus aux cartes, ni aux échecs ; sa seule distraction consistait à arpenter la pièce et à effectuer une demi-heure d'exercices sur l'appareil de gymnastique matin et soir.

Immuable, uniforme, ce cadre lui devint très familier. Les mêmes couleurs, les mêmes ombres, le même pas régulier de Chiram, le même sourire sur le visage de Julius, la même voussure des épaules de Galt.

Le vaisseau avait plongé dans un abîme de ténèbres. Plus de galaxies, plus de nébuleuses. « De toute évidence, on a dépassé la crête de l'univers en expansion », estima un jour Chiram d'un ton lugubre. Qu'est-ce que ce sera, désormais ? se demanda Jay. L'infini ? Jusque-là, il croyait comprendre que l'univers ressemblait à un ballon qui se gonflait, espace-temps inclus, et pas seulement à une explosion projetant des billions d'étoiles dans le néant.

L'espace était-il infini ? Voltigeaient-ils tels des rêves dans le noir ? Condamnés à continuer leur route, encore et encore... et toujours ?

Les hublots ne montraient plus qu'un noir complet, sans étincelle, sans éclair. L'accélération se poursuivait. À quel niveau se situait-elle maintenant ? 8000, 10000 al/s ?

Souvent, il tournait le dos pour rédiger son journal. Il écrivait beaucoup : pages d'introspection et aussi fragments de poésie sur lesquels il revenait pour les copier, les réviser. Il tenait des tableaux statistiques : une étude détaillée des allées et venues de Chiram, la moyenne de ses pas dans un mètre carré de passerelle, les motifs récurrents des menus de Julius. Il peaufinait des condamnations élaborées de leur chef d'expédition – « pour mémoire », se disait-il – et des autojustifications tout aussi convaincantes. Il dressait des listes interminables : les lieux qu'il avait visités, ses petites amies, ses livres lus, ses chansons favorites, ses couleurs préférées. Il croquait Chiram, Julius, Bob Galt, sans relâche.

Des heures. Des jours. Des semaines. Les conversation se tarirent, moururent. Julius et Bob jouaient aux échecs ; si Bob était de quart, Julius faisait des réussites – avec soin, et lenteur, en considérant chaque carte comme s'il pouvait s'agir d'une surprise.

Les échecs… les allées et venues… les repas… les nuits de sommeil… les petits tours aux toilettes, escorté de Julius. Il arrivait à Jay de projeter de maîtriser le cuistot, puis de tuer tout le monde à bord. Mais Julius était robuste : un dur à cuire. Et à quoi bon ?

Dehors régnaient les ténèbres absolues. Se déplaçaient-ils pour de bon, ou le mouvement n'était-il qu'une particularité de leur espace – où existaient des objets qui permettaient de le mesurer ? L'infini se résumait-il à un piège subtil où aucun effort n'engendrait le moindre déplacement réel ? Au-delà de ce hublot, dans la nuit éternelle, pouvait-on imaginer quelqu'un qui marchait… ?

Les yeux écarquillés, Jay posa son journal intime. Un cri de surprise lui échappa, qui meurtrit sa gorge au passage. Chiram interrompit ses allées et venues pour l'observer. Le jeune homme pointa une main tremblante.

« Un visage ! Je l'ai vu nous regarder de l'extérieur ! »

Surpris, le chef de l'expédition se tourna vers la baie que le captif désignait. Galt grommela dans son sommeil. Julius, qui faisait une de ses réussites, battit son jeu de cartes avec de grands gestes réguliers. Chiram toisa Jay, l'air sceptique.

« Je l'ai vu comme je vous vois, je le jure ! Je ne suis pas fou. Une silhouette blanchâtre a voltigé jusqu'à nous, et sa figure s'est encadrée dans cette vitre… »

Julius avait cessé de battre ses cartes. Galt sortait la tête de sa couchette. Chiram traversa la pièce pour jeter un coup d'œil à l'extérieur, puis il se retourna vers le jeune homme. « Vous avez fait un cauchemar », dit-il d'une voix brusque.

Jay posa la tête sur son bras en clignant des yeux afin de refouler ses larmes. Si loin de chez soi... Des fantômes qui surgissaient des tréfonds de l'espace pour vous espionner... C'était peut-être là, le séjour des âmes mortes ? Le vide où errer dans la plus extrême solitude...

« Je l'ai vu, cet être. Je l'ai vu, je vous dis. Je l'ai vu.

— Détends-toi, petit, suggéra le cuisinier. Tu vas tous nous flanquer la frousse. »

Le jeune homme s'allongea sur le flanc sans quitter du regard la baie d'observation. Soudain, il haleta. « Je viens de le revoir ! C'est un visage, je vous dis ! » Il bondit de son bat-flanc, ses cheveux noirs effilochés, très longs désormais, lui tombant sur les yeux, la bouche molle, luisante de salive.

Chiram gagna l'armoire à pharmacie, garnit un hypospray et fit signe à Galt et Julius qui empoignèrent Jay par les bras et les cuisses. Le chef de l'expédition s'approcha, pressa sur le poussoir, et l'opiacé traversa l'épiderme pâle de Jay, pour se répandre dans son sang et atteindre son cerveau...

À son réveil, Galt et Julius jouaient aux échecs. Chiram dormait. Il jeta un regard apeuré vers la baie. L'obscurité. Les ténèbres. Le noir.

Il soupira, gémit. Julius lui accorda un coup d'œil, avant de reporter son attention sur le plateau de jeu. Jay poussa un nouveau soupir et s'empara de son journal intime.

Des semaines, des mois. Une folle ruée vers… vers quoi ? Un jour, il héla le chef de l'expédition qui arpentait la salle.

« Qu'est-ce qu'il y a ? demanda l'autre d'un ton sec.

— Si vous voulez bien me libérer, souffla Jay, j'aimerais reprendre mon poste.

— Je regrette qu'il ait fallu vous confiner, dit Chiram d'un ton dépassionné. Il le fallait, non pour vous punir, mais pour le bien de l'expédition. Parce que vous êtes irresponsable. Et que je ne peux pas vous faire confiance.

— Je vous promets d'agir de façon… heu… responsable. J'ai retenu la leçon. Supposons que le trajet continue ainsi, à jamais ? Vous comptez me garder enchaîné le restant de ma vie ? »

L'autre, pensif, le dévisagea. Il s'efforçait d'estimer où se situait la justice en pareille situation.

Depuis la passerelle, Galt lança : « Hé ! Capitaine ! Il y a une lueur. De la lumière ! »

Chiram le rejoignit en trois bonds. Jay se redressa sur un coude et tendit le cou.

Loin devant, voguait une boule de brume luisante.

D'une voix sourde, le chef de l'expédition déclara : « Un univers d'un milliard de galaxies ressemblerait à ça… vu de très loin.

— On a fait le tour, alors, capitaine ? demanda Galt d'une voix tranchante.

— Je… je l'ignore, Bob… On a couvert une telle distance, bien plus grande que quiconque l'avait prévu… Ce pourrait être notre univers, ou un autre. J'en sais aussi peu que vous.

— Mais si c'est le nôtre, capitaine, on a quelles chances de rentrer à la maison ? »

Une courte pause. « Aucune idée, répondit enfin Chiram. L'espoir fait vivre.

— Vous croyez qu'on devrait lever le pied ? On file à un train d'enfer, là.

— Vingt-deux mille années-lumière par seconde. Ralentir se ferait beaucoup plus vite qu'accélérer. La paresse suffit. »

Un long silence s'ensuivit. « Ce truc grossit à toute allure, estima alors Galt.

— Ce n'est pas un univers, mais un nuage de gaz, énonça le chef de l'expédition. Je l'analyse au spectromètre. »

La brume luisante prit de l'ampleur, s'écoula sous leur vaisseau, puis disparut, ne laissant plus voir que l'obscurité. Chiram redescendit de la passerelle et, la tête baissée, reprit ses allées et venues.

Soudain il se redressa pour dévisager Jay qui, accoudé sur sa couchette, contemplait toujours le vide spatial. « Bon. Je parie sur vous. »

Le jeune homme se laissa aller en arrière pour s'allonger, les muscles relâchés.

« Voici vos ordres. Interdiction formelle de mettre le pied sur la passerelle. La prochaine fois, je tire pour tuer. »

Jay opina, les yeux luisants derrière ses longues mèches. Chiram sortit une clé de sa poche, déverrouilla les menottes et – sans prononcer un mot, lui non plus – se remit à faire les cent pas.

L'ancien captif resta cinq minutes immobiles sur son bat-flanc. De la cambuse, Julius lança : « Viens manger. »

Il avait dressé quatre couverts.

Jay fit sa toilette et se rasa. La liberté lui semblait un luxe. Il revivait, à condition de résumer la vie à la nourriture, au sommeil et à la contemplation du vide spatial. Oui, c'était la vie et cela resterait sa vie… Drôle d'existence. Naturelle et raisonnable. La Terre était un lointain souvenir, une scène d'enfance.

Les gyroscopes… Qu'allaient-ils lui dire maintenant ? Il n'y pensait plus depuis longtemps. Peut-être qu'il les avait chassés de sa conscience comme symboles de sa disgrâce… Toutefois, que disaient-ils ?

Il s'approcha de l'angle de l'établi sur lequel ils trônaient, souleva le couvercle qui les protégeait de la poussière. Fixa son regard sur les cadrans pendant une bonne minute.

« Alors, petit, verdict ? demanda Julius d'un ton léger. On tient le bon cap ? »

Le jeune homme remit le couvercle en place. « La fois dernière, on déviait d'un degré sur la droite. Maintenant, de soixante-quinze degrés, et sur la gauche ! »

Le cuistot secoua la tête avec un sourire perplexe. « Ma foi, ça m'a l'air grave. »

Jay se mordilla la lèvre inférieure. « Il se passe de drôles de trucs autour de notre vaisseau…

— Hé, capitaine ! s'écria Galt. Encore de la lumière droit devant. Et là, c'est des étoiles, y a pas à tortiller ! »

Ils se rapprochèrent de l'univers comme un navire d'une île océane – d'abord flou, vague, il gagna en dimension et en netteté, jusqu'à ce que ses grandes masses éclipsent leur vaisseau. Des galaxies les bombardaient, plans de lumières vives frôlant leur trajectoire.

Chiram se tenait figé sur la passerelle telle une statue de marbre, une main sur la commande du champ de destriation. Galt, debout à ses côtés, gardait la tête penchée.

Ils survolèrent le tourbillon d'une galaxie dont les étoiles scintillantes promettaient de superbes planètes.

« On dirait un peu notre chez nous, capitaine. »

Le chef de l'expédition secoua la tête. « Pas assez grande. N'oublie pas qu'on dispose d'une galaxie anormale par son étendue... plusieurs fois la moyenne. C'est le repère que je cherche. Bien entendu... » Sa voix se troubla. « ... on n'est peut-être même pas devant notre univers natal. Il pourrait s'agir d'un ensemble de galaxies différent. Aucun moyen de le savoir. Si jamais on arrive sur une galaxie à l'immensité exceptionnelle et à la configuration plausible... là, oui, on coupera la propulsion.

— Regardez, elle est grosse, celle-là, non ? Et on dirait la nôtre. » Galt haussa la voix. « Jackpot, capitaine !

— J'en doute, Bob... Elle se situe très à l'écart de notre route. On a fait un sacré chemin, mais si on dévie et qu'on se trompe, on sera fichus.

— On sera fichus si on la dépasse. »

Chiram vacillait dans son enfer d'indécision. Ses lèvres frémissaient. Il tendit la main, empoigna la commande.

« Non ! dit Jay. Ce n'est même pas le bon univers. »

Galt le toisa, rouge de colère. « La ferme ! »

Le chef de l'expédition, tout à ses doutes, ne leur prêtait aucune attention. Sa main se resserra sur la commande qui lui permettrait de couper le champ de destriation.

« Capitaine, je peux le prouver ! lança le jeune homme. Écoutez-moi ! »

Chiram tourna la tête vers lui. « Comment pouvez-vous le prouver ?

— À l'aide du gyroscope. » Il enchaîna à toute allure pour noyer le reniflement dédaigneux de Galt et renverser le mur d'hostilité que leur commandant lui opposait. « L'appareil possède un axe stable, pointé dans une direction constante. Au bout de quelques semaines, j'ai vu un degré d'écart. Je l'ai interprété comme une déviation de trajectoire. J'avais tort – il montrait quelle distance nous avions parcourue sur notre cercle : un trois cent soixantième. Je l'ai consulté il y a peu pour lire soixante-quinze degrés dans l'autre sens… soit deux cent quatre-vingt cinq depuis le départ. Autrement dit, nous avons couvert un peu plus des trois quarts du tour. Et quand le gyroscope reviendra à zéro, on sera chez nous. »

Chiram l'observait, les yeux plissés. Il regardait en lui, à travers lui. La bouche de Galt perdit son pli furibond et son teint sa note cramoisie. Il jeta un coup d'œil vers l'énorme galaxie qui passait non loin.

« Que dit le gyro, maintenant ? » s'enquit le commandant.

Jay courut soulever le couvercle de protection. « Deux cent quatre-vingt-six.

— On continue donc. Droit devant.

— Mais pas les pieds devant, plaisanta Galt.

— Espérons », conclut Chiram avec un sourire sinistre.

Ils dépassèrent cet univers pour s'engager sur un nouvel océan de ténèbres. La routine reprenait ses droits – mais, à bord, régnait une vigilance nouvelle. Chiram surveillait le gyroscope avec la même acuité que Jay. La ligne de foi se déplaçait, jour après jour. 290… 300… 310… 320…

Galt passait son temps sur la passerelle ; il regardait droit devant et ne descendait pas toujours se restaurer. Plus de jeu d'échecs : Julius faisait des réussites, lentement, en portant une attention redoublée aux cartes.

330. Chiram se joignit à la veille impatiente de Galt.

340. « On devrait approcher », dit ce dernier, le regard plongeant dans l'obscurité sans fond.

« On arrivera quand on arrivera », répondit le chef de l'expédition.

350. Galt, plié en deux, les mains sur la table à cartes, la tête sur le même plan que ses coudes, s'époumona : « De la lumière ! De la lumière ! »

Chiram vint contempler la chiche lueur.

« Nous y voilà. » Il coupa l'accélération. Ils poursuivirent sur leur erre. Pour la première fois depuis le début du trajet, l'autre membre de leur couple, Chapo, réapparut. Ils avaient presque oublié son existence.

355. Les galaxies défilaient, tels les premiers faubourgs d'une grande ville.

357. Il leur semblait emprunter des rues familières.

358. Ils regardaient de-ci de-là, aux aguets. Les pas se faisaient plus pressés, les têtes se tournaient sans cesse. « Il est trop tôt, trop tôt, répétait le commandant. Il reste bien du chemin à parcourir… »

359. Chiram, dans un contrordre tacite, invita Jay à les rejoindre. Sur la passerelle, les quatre hommes enfin réunis pointaient du doigt, contemplaient l'espace, échangeaient des murmures.

360. « Là ! La grande ! Bon sang, on jurerait un visage familier ! »

Droit devant s'étendait l'immense roue galactique. Elle grossit encore, ses bras d'étoiles scintillantes s'ouvrant pour accueillir les deux vaisseaux. Chiram relâcha l'étreinte du champ. Les striations de l'espace saisies par leurs atomes, le couple ralentit, comme une balle tirée dans l'eau.

Livrés à l'inertie, ils dépassèrent les enfilades d'astres les plus extérieures, traversèrent les vrilles lointaines, longèrent les amas globulaires, abordèrent le nœud central.

Soudain, comme par magie, le ciel s'emplissait de motifs familiers.

« Droit devant ! s'exclama Chiram. Regardez… Voilà le Cygne, notre jalon initial ! Et là-bas, droit devant, droit devant… cette étoile jaune… »

Maître de la galaxie

Musique, lampions de carnaval, glissements de pieds sur le chêne ciré, parfums, chuchotements et rires.

Arthur Caversham de Boston, XXe siècle, sentit de l'air courir sur sa peau et se découvrit nu comme un ver.

Cela se passait lors de la réception donnée pour les débuts de Janice Paget : trois cents invités en habit de soirée l'entouraient.

Durant un instant, il n'éprouva aucune émotion, sinon une légère impression de confusion. Sa présence en ce lieu semblait résulter d'événements logiques, mais ses souvenirs étaient brumeux et il ne put trouver aucun point d'attache précis avec la réalité.

Debout un peu à l'écart du groupe formé par les autres hommes non accompagnés, il faisait face à l'orgue rouge et or derrière lequel siégeait l'orchestre. Le buffet, le récipient rempli de punch, les dessertes de champagne au service assuré par des clowns se trouvaient sur sa droite. À gauche, par-delà l'auvent relevé du chapiteau de cirque, s'étalait le jardin, éclairé par des guirlandes de lanternes colorées, rouges, vertes, jaunes, bleues ; il entrevit un manège à l'autre extrémité de la pelouse.

Pourquoi se trouvait-il là ? Aucun souvenir, aucun repère. La nuit était chaude. Les autres jeunes gens, en habit de gala, devaient être en sueur… Une idée pointa dans un recoin de son esprit. Il comprit qu'il avait jusque-là négligé un aspect important de la situation.

Il nota que les jeunes gens s'étaient éloignés de lui. Il entendait des gloussements amusés, des exclamations de surprise. Une fille qui dansait le vit par-dessus l'épaule de son cavalier et laissa échapper un petit cri d'effroi, avant de détourner le regard, riant et rougissant.

Quelque chose n'allait pas. Ces jeunes hommes et femmes paraissaient surpris et choqués de sa nudité. Le besoin de réagir rapidement émergea. Il devait faire quelque chose. De toute évidence, on ne pouvait enfreindre des tabous ressentis avec une telle intensité sans conséquences déplaisantes. Il lui manquait des vêtements ; il devait donc en trouver.

Il regarda alentour, examinant les jeunes hommes qui l'observaient avec une gaieté paillarde, du dégoût, voire de la curiosité. Il s'adressa à l'un des membres de ce dernier groupe.

« Savez-vous où je pourrais trouver des vêtements ? »

L'autre haussa les épaules. « Où avez-vous laissé les vôtres ? »

Deux hommes corpulents, en uniforme bleu nuit, pénétrèrent sous la tente. Arthur Caversham les vit du coin de l'œil et son esprit battit la campagne.

Ce jeune homme paraissait banal. Quelle sorte d'appel pourrait bien avoir une signification, pour lui ? Comme n'importe quel autre être humain, il accepterait d'agir si on parvenait à faire vibrer la corde adéquate. Mais par quelle méthode pouvait-on l'ébranler ?

La sympathie ?

Les menaces ?

La perspective d'avantages ou de profits ?

Caversham rejeta ces hypothèses. En violant le tabou, il s'était déchu de son droit à la sympathie, toute menace susciterait la dérision, il n'avait ni profits ni avantages à offrir. Il fallait un stimulus subtil. Il lui vint à l'esprit que les jeunes gens aiment à se regrouper dans des sociétés plus ou moins secrètes. Au sein des milliers de cultures différentes qu'il avait étudiées, cela se vérifiait presque toujours. Franc-maçonneries, cercles de drogués, fraternités, groupes d'initiation sexuelle – quel que soit le nom, cela se manifestait presque toujours de la même façon : initiation douloureuse, signes secrets, mots de passe, uniformité de la conduite de groupe, obligation de servir. Si ce jeune faisait partie d'une telle association, il réagirait peut-être si on en appelait à son esprit de corps.

« J'ai été placé dans cette situation embarrassante par la confrérie, dit Caversham. En son nom, trouvez-moi des vêtements. »

L'autre le scruta, interdit. « La confrérie ?… Vous voulez sans doute dire la fraternité ? » Une lueur de compréhension l'éclaira. « Une sorte d'épreuve initiatique ? » Il rit. « Si c'est le cas, ils vont vraiment jusqu'au bout.

— Oui, répondit Arthur Caversham. Ma fraternité.

— Alors, suivez-moi. Et dépêchons, car la police arrive. On va se glisser hors de la tente. Je vous prêterai mon manteau, que vous puissiez rentrer chez vous. »

Les deux hommes en uniforme qui se frayaient calmement un passage au sein de la foule des danseurs les avaient presque rejoints. Le jeune souleva le rabat du chapiteau et Arthur Caversham se baissa pour sortir, suivi par son nouvel ami. Ensemble, ils coururent au sein des ombres multicolores jusqu'à un petit cabanon peint de joyeuses bandes blanches et rouges qui se dressait à proximité de l'entrée de la tente.

« Restez ici, à l'abri des regards, dit l'autre. Je vais chercher mon manteau.

— Magnifique. »

Une hésitation. « D'où êtes-vous ? Où faites-vous vos études ? »

Arthur Caversham chercha désespérément une réponse dans son esprit. Il ne parvint à y puiser qu'une donnée. « Je suis de Boston.

— Université de Boston ? MIT ? Harvard ?

— Harvard.

— Ah, approuva le jeune homme en hochant la tête. Je suis de Washington et inscrit à Lee. À quelle loge appartenez-vous ?

— Je ne suis pas censé le divulguer.

— Oh », répondit le jeune homme, troublé mais satisfait. « Très bien… j'en ai pour une minute… »

Bearwald le Halforn s'immobilisa, gourd de désespoir et d'épuisement. Les survivants de son peloton se laissèrent choir sur le sol autour de lui, et ils regardèrent derrière eux, vers la lisière de la nuit que les flammes rougissaient. De nombreux villages, d'innombrables fermes aux pignons de bois avaient été incendiés, et les Brands de Mont Médaillon s'enivraient de sang humain.

Les roulements d'un lointain tambour effleurèrent la peau de Bearwald, un *broum-broum-broum* profond, presque inaudible. Plus près, il entendit un cri humain, rauque de terreur, puis des appels à la curée, exaltés, non humains. Les Brands, quoique grands, noirs, la silhouette humaine, n'étaient pas des hommes. Ils possédaient des yeux pareils à des lanternes de verre rouge, des dents blanches et brillantes, et cette nuit-là ils semblaient bien décidés à massacrer les humains jusqu'au dernier.

« Couchez-vous », siffla Kanaw, le brassard droit de Bearwald. Le Halforn s'accroupit. Une colonne de grands guerriers brands avançait en toute insouciance, se découpant contre le ciel embrasé.

« Les gars, dit soudain Bearwald, nous ne sommes que treize et affronter ces monstres serait inutile. Cette nuit, tous leurs effectifs sont descendus des montagnes ; la ruche doit être déserte : Qu'avons-nous à perdre, si nous entreprenons d'incendier leur nid ? Seulement nos vies. Et que valent-elles, à présent ?

— Nos vies ne sont rien, répondit Kanaw. Mettons-nous tout de suite en route.

— Que notre vengeance soit terrible », dit Broctan, le brassard gauche de Bearwald. « Que la ruche des Brands ne soit plus que cendres blanches, lorsque l'aube se lèvera… »

Mont Médaillon s'élevait au-dessus de leurs têtes. La ruche ovale se trouvait dans la vallée de Pangborn. À l'entrée de la vallée, Bearwald divisa le peloton en deux groupes et plaça Kanaw en avant-garde du second. « Nous allons progresser en silence à une vingtaine de mètres de distance. Ainsi, si l'un des groupes débusque un Brand, l'autre pourra l'attaquer par derrière et le tuer avant qu'il ne puisse alerter tout le vallon. Tout le monde a compris ?

— On a compris.

— Alors, en marche vers la ruche. »

Une odeur fétide, rappelant celle du cuir aigre, régnait dans la vallée. De la ruche provenaient des sons métalliques étouffés. Le sol était souple, couvert de mousse. Des pieds prudents et exercés n'y faisaient pas le moindre bruit. Plié en deux, Bearwald voyait les silhouettes de ses hommes se détacher sur le ciel – indigo et bordé de violet, par ici. La clarté coléreuse d'Echevasa en flammes s'étendait le long de la pente en direction du sud.

Un son. Bearwald siffla et la colonne s'immobilisa. Ils attendirent. *Bam-bam-bam-bam*, faisaient les pas… puis ils entendirent un cri rauque de rage et d'alarme.

« Tue ! Tue le monstre ! » hurla Bearwald.

La créature brandit sa massue telle une faux. Elle atteignit un homme, soulevé et projeté au loin sous la violence du coup. Bearwald bondit vers le Brand, abattit son épée et entama la chair. Il sentit les tendons se fendre, perçut l'odeur du sang chaud.

Les sons métalliques s'étaient tus et les cris des Brands s'élevèrent dans la nuit.

« En avant, haleta Bearwald. Allumez vos torches, mettez le feu à la ruche. Faites-moi flamber tout ça ! »

Il quitta l'abri de l'ombre et s'élança à la tête de ses hommes. Devant lui s'élevait le dôme sombre. De jeunes Brands, vagissant et piaillant, en surgirent, et avec eux sortirent les génitrices – des monstres de six mètres qui allaient à quatre pattes, grognant et faisant claquer leurs mâchoires.

« Tuez-moi ça ! hurla Bearwald le Halforn. Tuez ! Brûlez, brûlez, brûlez ! »

Il se rua vers la ruche, tête baissée, fit jaillir des étincelles sur sa torche et souffla. Le chiffon, imprégné de salpêtre, s'embrasa aussitôt. Bearwald alimenta le feu avec de la paille et lança sa torche sur la ruche. La pulpe de roseau et d'osier crépita.

Il se releva d'un bond comme une horde de jeunes Brands le chargeait. Son épée se leva et s'abattit. Les créatures furent mises en pièces ; elles n'étaient pas de taille à affronter sa fureur. Trois génitrices brands, l'abdomen enflé et l'odeur nauséabonde pour des narines humaines, s'approchaient de lui en rampant.

« Éteignez l'incendie ! hurla la première. Éteignez ! La Grande Mère est prisonnière à l'intérieur, trop pleine pour pouvoir remuer… Feu, affliction, destruction ! » Et les génitrices de gémir : « Où sont les puissants ? Où se trouvent nos guerriers ? »

Broum-broum-broum. Le son des tambours s'élevait. Du haut du vallon roulait l'écho des voix rauques des Brands.

Bearwald tournait le dos à l'incendie. Il s'élança, trancha la tête d'une génitrice qui rampait, sauta en arrière… Où étaient ses hommes ? « Kanaw ! appela-t-il. Laida ! Thevat ! Gvorg ! Broctan ! »

Il allongea le cou et vit le tremblotement des torches.

« Les gars ! Tuez les mères que vous voyez ramper ! » Et il bondit une fois de plus au sein de la mêlée. Il frappa de taille et d'estoc, et une autre génitrice soupira avant de s'effondrer.

Les bruits des Brands se transformèrent en cris d'alarme ; les roulements triomphants des tambours se turent ; le martèlement des pas s'accentua.

Derrière Bearwald, la ruche brûlait en dégageant une chaleur agréable. De l'intérieur s'éleva un hurlement perçant, un cri d'intense douleur.

Dans la clarté des flammes jaillissantes, il vit les guerriers brands charger. Leurs yeux luisaient comme des charbons ardents, leurs dents brillaient telles des étincelles blanches. Ils avançaient en brandissant leurs massues ; Bearwald leva son épée, trop fier pour battre en retraite.

Après avoir posé au sol son traîneau volant, Ceistan resta assis quelques minutes afin d'examiner la cité morte de Therlatch : un mur de briques de terre de trente mètres de hauteur, un portail poussiéreux, et quelques toits croulants dont les faîtes s'élevaient au-dessus des remparts. Derrière la cité, le désert s'étendait jusqu'aux contours brumeux des Montagnes d'Aillune, à l'horizon, roses sous la clarté des soleils jumeaux, Mig et Pag.

Il avait examiné le sol depuis les airs et n'avait noté aucun signe de vie. Il ne s'était d'ailleurs pas attendu à en trouver, après des milliers d'années d'abandon.

Peut-être quelques gratte-sable se vautraient-ils dans la chaleur de l'ancien bazar. Autrement, les rues seraient fort surprises par sa présence.

Ceistan sauta au bas du traîneau volant et s'avança vers le portail. Il passa sous l'arche et regarda avec intérêt sur sa droite et sa gauche. Dans l'air desséché se dressaient les immeubles de brique, presque éternels. Le vent avait adouci et arrondi tous les angles ; le verre avait été craquelé par la chaleur du jour et la froidure de la nuit ; des monticules de sable obstruaient les passages.

Trois rues partaient du portail et Ceistan ne vit rien qui pût l'aider à faire un choix. Toutes étaient poussiéreuses, étroites, et serpentaient hors de vue après une trentaine de mètres.

Ceistan se frotta pensivement le menton. Quelque part dans cette cité devait se trouver un coffret cerclé de cuivre contenant le Parchemin de la Couronne et du Pavois. Selon la tradition, ce document exemptait légalement les maîtres de fiefs des taxes sur l'énergie. Glay, le suzerain de Ceistan, qui avait cité le parchemin pour justifier son délit, avait été défié d'en prouver l'existence. À présent, il croupissait au fond d'une geôle, accusé de rébellion, et serait cloué au fond d'un traîneau volant et envoyé à la dérive vers l'ouest, dès le lendemain matin, à moins que Ceistan ne revînt avec le parchemin en question.

Après un millier d'années, pensa Ceistan, il n'avait guère de raisons de se montrer optimiste. Cependant, le seigneur Glay était un homme loyal, et Ceistan était décidé à retourner chaque pierre de la cité… S'il existait, le coffret devait se trouver dans un lieu public : le Légalique de la ville, la Mosquée, le Palais des Reliques, ou encore dans le Somptuaire. Il se rendrait dans chacun de ces lieux, s'accordant deux heures pour la fouille de chaque bâtiment ; les huit heures ainsi employées prendraient fin avec le jour.

Il se fia au hasard et emprunta la rue centrale pour atteindre rapidement une place à l'extrémité de laquelle se dressait le Légalique, la Maison des Archives et des Décisions. Devant la façade, Ceistan fit une pause, car l'intérieur du bâtiment était sombre et lugubre. Aucun son ne provenait du vide poussiéreux, hormis les soupirs et les murmures du vent. Il entra.

La grande salle était vide. Les murs étaient ornés de fresques rouges et bleues, aussi vives que si elles avaient été peintes la veille. Il y en avait six sur chaque paroi. La moitié supérieure représentait un acte criminel et la moitié inférieure le châtiment correspondant.

Ceistan traversa le vestibule et pénétra dans les pièces qui se trouvaient au-delà. Il n'y avait que de la poussière, ainsi que son odeur. Il s'aventura dans des cryptes qui recevaient la lumière du jour par de nombreuses embrasures. Il y trouva beaucoup de détritus et de gravats, mais pas le moindre coffret cerclé de cuivre.

Il regagna l'air libre et traversa la place en direction de la Mosquée. Il passa sous son architrave massive.

Le Confirmatoire du Nonce s'étendait, immense, nu et propre, en raison du puissant courant d'air qui balayait le sol carrelé. Un millier d'ouvertures s'ouvraient dans le plafond bas, chacune d'elles communiquant avec une cellule de l'étage supérieur. Elles étaient disposées de façon à permettre aux dévots de demander conseil au Nonce lors de son passage au-dessous d'eux sans quitter leur attitude de suppliants. Au centre du pavillon, un disque de verre coiffait une cavité dans laquelle se trouvait un coffre contenant lui-même un coffret cerclé de cuivre. Ceistan descendit rapidement les marches, empli d'espoir.

Mais le coffret ne contenait que des joyaux : la tiare de l'ancienne reine, les vellopes de poitrine du corps d'armée de Gonwand, la grande sphère d'émeraude et de rubis qui, dans les temps anciens, était roulée sur la place pour symboliser le passage de l'année écoulée.

Ceistan replaça le tout dans le coffre. Les reliques, sur cette planète de cités mortes, n'avaient pas la moindre valeur et les gemmes synthétiques étaient infiniment supérieures aux naturelles, tant par leur éclat que par leur eau.

Il quitta la Mosquée et examina la hauteur des soleils. Le zénith avait été dépassé, les boules de feu rose s'abaissaient vers l'ouest. Il hésita, fronça les sourcils et cilla devant la chaleur des murs de terre, envisageant la possibilité que le coffre et le parchemin ne fussent qu'une des innombrables fables qui se rapportaient à la cité morte de Therlatch.

Une rafale de vent tourbillonna sur la place et Ceistan toussa, la gorge sèche. Il cracha et une saveur âcre brûla sa langue. Une ancienne fontaine s'ouvrait dans le mur proche ; il la contempla d'un air songeur, mais l'eau n'était même plus un souvenir au sein de ces ruelles mortes.

De nouveau, il s'éclaircit la gorge, cracha, puis repartit dans la ville, en direction du Palais des Reliques.

Il pénétra dans la grande nef, dépassa des piliers carrés faits de briques de terre. Des filets de lumière rose tombaient des fissures et des trous du plafond, et il paraissait minuscule au sein de l'immense salle. De tous côtés se trouvaient des niches protégées par des panneaux de verre, chacune d'elles contenant un objet qui avait été révéré dans le passé : l'armure dans laquelle Plange l'Avisé avait mené les étendards Bleus au combat ; la couronne du Serpent Primordial ; une rangée de vieux crânes padangs ; la robe de fiançailles arachnéenne en fibres de palladium de la Princesse Thermosteraliam, aussi fraîche que le jour où elle l'avait portée ; les tablettes de la Légalité originales ; le grand trône conque d'un roi des premières dynasties ; une douzaine d'autres objets. Mais le coffret ne se trouvait pas parmi eux.

Ceistan espérait découvrir une crypte secrète mais, sauf là où la poussière charriée par les courants d'air avait creusé des sillons dans le porphyre, le sol était parfaitement lisse.

Il repartit dans les rues sans vie. À présent, les soleils avaient disparu derrière les toits affaissés, plongeant les ruelles dans une ombre pourprée.

Les pieds chargés de plomb, la gorge brûlante, une profonde impression de défaite sur l'estomac, Ceistan se dirigea vers le Somptuaire, au cœur de la citadelle. Il gravit les marches raides, passa sous le portique au fronton vert-de-gris, et pénétra dans un vestibule orné de fresques aux couleurs vives. Ces dernières représentaient les jeunes filles de l'ancienne Therlatch au travail, au jeu, dans l'affliction et dans la joie. C'étaient des créatures sveltes, avec des cheveux noirs coupés courts et un teint lumineux d'ivoire, aussi gracieuses que des girouettes d'eau, aussi pulpeuses et délicieuses que des prunes chermoyanes. Il traversa le vestibule sans cesser de les regarder du coin de l'œil, songeant que toutes ces créatures de délices n'étaient plus que poussière qu'il foulait sous ses pas.

Il suivit un corridor qui faisait le tour du bâtiment et à partir duquel on pouvait accéder aux diverses chambres et appartements du Somptuaire. Les torons d'un tapis somptueux craquaient sous ses pieds et, sur les murs, il pouvait voir des lambeaux de tissu rongés par la moisissure, autrefois des tapisseries au tissage le plus fin. À l'entrée de chaque pièce, une fresque représentait les jeunes filles du Somptuaire et le signe qu'elles servaient. Ceistan s'arrêta dans chacune de ces chambres, l'examinant rapidement avant de passer à la suivante. Les rais de lumière qui tombaient obliquement à travers les fissures lui servaient à mesurer le temps ; ils montaient de plus en plus vers l'horizontale.

Chambre après chambre, après chambre. Dans certaines, il y avait des coffres, dans d'autres des autels, des coffrets emplis de proclamations, des triptyques et des fontaines taries. Mais pas le coffret qu'il cherchait.

Il arriva en vue du vestibule par lequel il avait pénétré dans l'immeuble. Il restait encore trois pièces à visiter ; ensuite la lumière du jour aurait disparu.

Il s'approcha de la première, dont l'accès était barré par un rideau neuf. Il l'écarta et eut la surprise de découvrir une cour intérieure baignée par la clarté des soleils jumeaux. D'une fontaine s'écoulait un filet d'eau qui descendait sur des gradins de jade vert pomme dans un jardin aussi doux, frais et verdoyant que ceux du nord. Et, se redressant craintivement sur sa couche, apparut une jeune fille, aussi vive et délicieuse que celles des fresques. Elle avait de courts cheveux noirs, un visage aussi pur et délicat que la grande fleur blanche de frangipanier qu'elle portait sur son oreille.

Durant un instant, Ceistan et l'inconnue s'entreregardèrent. Puis la peur de la jeune fille se dissipa, et elle lui adressa un sourire timide.

« Qui êtes-vous ? demanda Ceistan, émerveillé. Êtes-vous un spectre ou vivez-vous ici, au milieu des ruines ?

— Je suis réelle, dit-elle. J'habite dans le sud, à l'oasis de Palram, mais c'est la période de solitude à laquelle toutes les jeunes filles de mon peuple doivent se soumettre lorsqu'elles aspirent à l'Instruction Supérieure... Aussi peux-tu sans crainte venir près de moi pour te reposer, boire du vin de fruit et être mon compagnon pour la nuit, car c'est ma première semaine d'isolement et je commence à être lasse de la solitude. »

Ceistan fit un pas en avant, puis hésita. « Je dois d'abord remplir ma mission. Je cherche le coffret cerclé de cuivre qui contient le Parchemin de la Couronne et du Pavois. En avez-vous entendu parler ? »

Elle secoua négativement la tête. « De toute façon, vous ne trouverez rien dans le Somptuaire. » Elle se leva et étira ses bras d'ivoire à la façon des chats. « Abandonne ta quête sans espoir et laisse-moi t'offrir un peu de fraîcheur. »

Ceistan la regarda, leva les yeux vers la lumière décroissante et les ramena vers le corridor où restaient encore deux portes inviolées. « Non, il me faut d'abord terminer mon exploration des lieux. Je le dois au seigneur Glay, qui sera cloué au fond d'un traîneau volant et envoyé vers l'ouest si je ne lui porte pas secours.

— Alors, va visiter ces pièces poussiéreuses, répondit la jeune fille en faisant la moue. Et garde ta gorge sèche. Tu n'y trouveras rien, et si tu t'entêtes, je ne serai plus là à ton retour.

— Comme il te plaira. »

Ceistan fit demi-tour et suivit le couloir. La première chambre était aussi nue et sèche qu'un os. Un squelette gisait dans un angle de la seconde et dernière pièce ; Ceistan entrevit la chose dans l'ultime clarté rosée des soleils jumeaux.

Il n'y avait ni coffret de cuivre ni parchemin. Glay allait mourir et le cœur de Ceistan en fut accablé de tristesse.

Il revint dans la pièce où il avait découvert la jeune fille, mais elle ne s'y trouvait plus. Le filet d'eau s'était tari, et seule une fine pellicule d'humidité couvrait encore les pierres.

« Mademoiselle, cria Ceistan, où êtes-vous ? Revenez ; mes obligations ont pris fin... »

Il ne reçut aucune réponse.

Ceistan haussa les épaules, regagna le vestibule, et s'enfonça à tâtons dans les rues désertes du crépuscule, en direction du portail et de son traîneau volant.

Dobnor Daksat s'aperçut que le gros homme vêtu du manteau noir brodé s'adressait à lui.

Tout en se concentrant sur son environnement – un environnement à la fois familier et étrange –, il s'aperçut également que la voix de l'homme était condescendante, hautaine.

« Vous allez concourir dans une catégorie vraiment élevée. Je suis surpris par votre... heu... confiance. »

Et il examina Daksat d'un œil brillant et calculateur. Daksat baissa les yeux et fronça les sourcils à la vue de son costume. Il portait un long manteau de velours pourpre et noir qui se balançait comme une cloche autour de ses chevilles. Son pantalon était en velours côtelé cramoisi, serré à la taille, aux cuisses et aux mollets, avec une bande de tissu bouffant de couleur verte entre le mollet et la cheville. Ces vêtements devaient certainement lui appartenir : ils paraissaient à la fois incongrus et parfaitement appropriés, tout comme les protège-jointures d'or ciselé qu'il avait aux mains.

Le gros homme au manteau noir parlait toujours. Il fixait un point situé légèrement au-dessus de la tête de Daksat, comme si ce dernier n'existait pas.

« Clauktaba remporte la Distinction des Imagiers depuis des années. Bal-Washab a été le Vainqueur Korsi du mois dernier. Toi Morabait est le maître incontesté sur le plan de la technique. Quant à Ghisel Ghang, de l'Ind de l'Est, il n'a pas son égal pour créer des étoiles de feu. Et il y a également Pulakt Havjorska, le champion du Royaume d'Insulie. Aussi me permettrez-vous de douter que vous, nouveau venu, inexpérimenté, sans réserve d'images, puissiez faire autre chose que nous gêner par la pauvreté de votre imagination. »

L'esprit de Daksat luttait contre la confusion et il n'arrivait pas à en vouloir vraiment à cet homme qui affichait ouvertement son mépris. « Que signifie tout cela ? demanda-t-il. Je ne suis pas certain de comprendre dans quelle situation je me trouve. »

L'homme au manteau noir le considéra d'un œil moqueur. « Vous commencez donc à trembler ? À juste titre, je vous l'assure. » Il soupira, agita les mains. « Bien, bien… Les jeunes gens sont pleins de fougue et vous avez sans doute déjà façonné les images qui vous paraissent honorables. De toute façon, le public vous ignorera devant les merveilles géométriques de Clauktaba et les explosions d'étoiles de Ghisel Ghang. Je vous conseille sincèrement de faire de petites images, en camaïeu, afin d'éviter la grandiloquence et les fautes de goût… Mais il est temps de gagner votre Imagicon. Par ici. N'oubliez pas, des gris, des bruns, des lavandes, peut-être quelques touches d'ocre et de rouille ici et là. Les spectateurs comprendront que vous participez à la compétition afin de vous entraîner et que vous n'avez nulle intention de défier les maîtres. Suivez-moi… »

L'homme ouvrit une porte et précéda Dobnor Daksat jusqu'à la cime d'un escalier, puis à l'extérieur, au sein de la nuit.

Ils se tenaient dans un immense stade. En face d'eux se dressaient six grands écrans de douze mètres de haut. Derrière, dans l'obscurité, des milliers et des milliers de personnes s'entassaient sur des gradins, produisant un léger bruit de choses écrasées. Daksat pivota pour voir les spectateurs, mais tous les visages et toutes les individualités s'étaient fondus pour former une seule et même entité.

« Là, dit le gros homme, voilà votre équipement. Asseyez-vous, je vais régler les cérétemps. » Daksat se laissa installer dans un lourd fauteuil, si moelleux et profond qu'il avait l'impression de flotter. L'homme effectua des réglages sur son crâne, son cou, et l'arête de son nez. Il perçut une piqûre aiguë, une pression, une pulsation, puis une chaleur apaisante. Dans le lointain, une voix s'adressa à la foule.

« La brume grise dans deux minutes ! La brume grise dans deux minutes ! Attention, imagiers, la brume grise dans deux minutes ! »

Le gros homme se pencha vers lui. « Aucun problème de vision ? »

Daksat se redressa légèrement. « Non… tout est net. »

« Très bien. Lors de la "brume grise", ce petit filament se mettra à rougeoyer. Lorsqu'il s'éteindra ce sera votre tour et vous devrez alors faire travailler au mieux votre imagination.

— La brume grise dans une minute, annonça la voix lointaine. L'ordre de passage des concurrents est le suivant : Pulakt Havjorska, Tol Morabait, Ghsel Ghang, Dobnor Daksat, Clauktaba et Bel-Washab.

Il n'y a aucun handicap. Toutes les couleurs et formes sont autorisées. Détendez-vous, préparez vos lobes, et maintenant… la brume grise ! »

Un voyant se mit à rougeoyer sur le panneau de commande du fauteuil de Daksat et il vit cinq des six écrans s'illuminer d'une agréable couleur gris perle qui tourbillonnait légèrement, comme agitée, excitée. Seul l'écran qui se trouvait en face de lui demeurait éteint. Le gros homme se pencha et l'aiguillonna.

« Brume grise, Daksat. Êtes-vous sourd ou aveugle ? »

Daksat pensa à une brume grise et, instantanément, son écran prit vie. Un nuage gris argenté, pur et clair, y apparut.

« Humpf, grommela le gros homme. Un peu terne et sans intérêt mais je suppose que ça fera l'affaire… Regardez comme celui de Clauktaba résonne déjà de passion, frissonne d'émotion. »

Et Daksat, dont le regard se porta sur l'écran situé à droite du sien, put constater que cela était vrai. Le gris, sans être vraiment coloré, se répandait et couvrait l'écran comme pour contenir un immense déferlement de lumière.

À présent, à l'extrême gauche, sur l'écran de Pulakt Havjorska, brillait une couleur. C'était l'image gambit, modeste et restreinte, d'un joyau vert d'où suintait une multitude de gouttelettes bleues et argent qui allaient s'écraser sur un sol noir où elles disparaissaient en de petites explosions orangées.

Puis l'écran de Toi s'illumina à son tour : un échiquier noir et blanc, dont certaines cases s'éclairaient brusquement en vert, rouge, bleu et jaune, des couleurs chaudes, pénétrantes, pures comme celles d'un arc-en-ciel. L'image disparut dans une explosion de rose et de bleu.

Ghisel Ghang forgea un cercle jaune frissonnant qui devint un halo vert avant de s'enfler pour donner naissance à une bande plus large, d'un noir et d'un blanc brillants. Au centre se forma un groupe complexe de formes kaléidoscopiques. Les images s'évanouirent brusquement dans un éclair de lumière puis, durant un instant, le même motif réapparut sur l'écran dans une nouvelle palette de couleurs. Un murmure s'éleva des rangs des spectateurs pour saluer ce *tour de force*[1].

Sur le panneau de Daksat, la lumière s'éteignit. Il sentit le doigt du gros homme s'enfoncer dans son dos. « Maintenant. »

Daksat fixait l'écran, mais son esprit était vide. Ses dents crissèrent. N'importe quoi. N'importe quoi. Une idée… Il imagina une vue des prairies, près du fleuve Melramy.

« Humm, dit le gros homme derrière lui. Agréable. Une fiction agréable et plutôt originale. »

Troublé, Daksat examina l'image de l'écran. D'après ce qu'il pouvait voir, c'était la reproduction fidèle d'un paysage qu'il connaissait bien. Fiction ? Était-ce ce qu'on attendait de lui ? Très bien, il ferait preuve d'imagination. Il pensa que les prairies rougeoyaient, fondaient, chauffées à blanc. La végétation, le vieux tumulus de pierre, tout cela s'affaissa dans un bouillonnement visqueux. La surface s'unifia et devint un miroir dans lequel se réfléchissaient les Pics de Cuivre.

Derrière lui, l'homme grommela : « Les effets étaient un peu lourds dans la seconde partie. Vous

1. En français dans le texte. *(N.d.T.)*

avez gâché l'effet produit par ces couleurs agréables et ces formes étranges… »

Daksat se laissa aller dans le fauteuil, les sourcils froncés, impatient de voir revenir son tour.

Entretemps, Clauktaba créa une délicate fleur blanche avec des étamines pourpres sur une tige verte. Les pétales se fanèrent et les étamines projetèrent un nuage tourbillonnant de pollen jaune.

Puis Bel-Washab, à l'extrémité de la rangée, couvrit son écran d'un vert aquatique lumineux. Cela se plissait, s'enflait, et une tache noire irrégulière vint déparer la surface. Du centre de cette tache suinta un filet d'or en fusion qui se fondit rapidement dans la tache elle-même et la veina.

Telle fut la première passe d'armes.

Puis il y eut une pause de plusieurs secondes.

« Maintenant, murmura la voix derrière Daksat. C'est maintenant que la compétition commence vraiment. »

Sur l'écran de Pulakt Havjorska apparut une mer démontée : vagues rouges, vertes, bleues, et méchantes diaprures. Théâtralement, une forme jaune prit naissance dans l'angle inférieur droit et conquit le chaos. Elle s'étendit sur tout l'écran, dont le centre prit une teinte vert tilleul. Une forme noire parut se scinder, s'arqua doucement et facilement de chaque côté. Puis les deux images virevoltèrent et errèrent en arrière-plan. Elles se tordaient, se courbaient avec grâce. Loin, au bas d'une perspective, elles fusionnèrent, se précipitèrent en avant comme une lance, éclatèrent en une pluie oblique de minces bâtonnets noirs.

« Superbe ! siffla le gros homme. Le minutage est si juste, si précis ! »

Tol Morabait répliqua par un champ brun-bistre tissé de lignes et de taches cramoisies. Des hachures vertes verticales apparurent à gauche puis traversèrent l'écran en direction de la droite. Le champ brun s'avança, s'enfla entre les barres vertes, augmenta sa pression, se brisa, et les éclats se précipitèrent en avant jusqu'à quitter l'écran. Sur le fond noir, derrière les hachures vertes qui s'estompaient, reposait un cerveau humain, rose, animé de pulsations. Du cerveau sortirent six pattes d'insecte et la chose prit la fuite vers le lointain, tel un crabe.

Ghisel Ghang créa un de ses feux d'artifice, une petite sphère bleu vif qui explosa en tous sens. Les extrémités se contorsionnèrent pour engendrer des formes magnifiques dans cinq couleurs différentes : bleu, violet, blanc, pourpre et vert clair.

Dobnor Daksat restait assis, raide comme un piquet, les poings serrés, grinçant des dents. Maintenant ! Son cerveau n'était-il pas aussi développé que celui des hommes des terres lointaines ? Maintenant !

Sur l'écran apparut un arbre stylisé dans des tons verts et bleus, dont chaque feuille était une langue de feu. Des volutes de fumée s'élevaient de ces brasiers pour aller former un nuage tourbillonnant qui lâcha un cône de pluie sur l'arbre. Les flammes s'éteignirent et furent remplacées par des fleurs blanches en forme d'étoiles. Un éclair jaillit du nuage et fit voler l'arbre en éclats qui retombèrent comme autant de fragments de verre torturé. Un autre éclair vint atteindre l'amas fragile et l'écran explosa dans un grand jaillissement de blanc, d'orange, et de noir.

Le gros homme s'adressa à Daksat d'une voix qui trahissait le doute. « Dans l'ensemble, c'est assez réussi. Mais rappelez-vous mon conseil et créez des images plus modestes, étant donné que…

— Silence ! » ordonna sèchement Dobnor Daksat.

La compétition se poursuivit, série après série, offrant des spectacles aussi doux que le miel de canmel ou aussi violents que les tempêtes qui encerclent les pôles. Les couleurs rivalisaient entre elles, les formes changeaient et évoluaient, parfois à une cadence épique, parfois avec l'amère discordance indispensable à la puissance de l'image.

Et Daksat bâtit rêve après rêve, tandis que sa tension se dissipait. Et il oublia tout, hormis les images qui défilaient à une vitesse folle dans son esprit et sur l'écran. Graduellement, ses créations devinrent aussi complexes et subtiles que celles des maîtres.

« Encore une reprise », dit le gros homme derrière Daksat.

À présent, les imagiers enfantaient les maîtres-rêves : Pulakt Havjorska, la croissance et la décadence d'une cité magnifique ; Tol Morabait, une douce composition verte et blanche interrompue par le passage d'une armée d'insectes qui laissait derrière elle un sillage de poussière et à qui des hommes en armures de cuir peint et hauts chapeaux, armés de glaives et de fléaux, vinrent livrer bataille. Les insectes furent anéantis et chassés hors de l'écran ; les guerriers morts devinrent des ossements et s'estompèrent avant de disparaître en une poussière bleue miroitante. Ghisel Ghang créa trois explosions de feu simultanées, toutes différentes – un spectacle magnifique.

Daksat imagina un galet lisse qu'il dilata et transforma en bloc de marbre. Puis il le tailla pour sculpter la tête d'une magnifique jeune fille. Durant un instant elle regarda devant elle et diverses émotions apparurent sur son visage – de la joie, face à son existence soudaine, puis l'inquiétude et finalement la terreur. Ses yeux devinrent bleu laiteux et opaques, le visage se transforma en un masque au rictus sardonique, aux joues noires et à la bouche moqueuse. La tête s'inclina, la bouche cracha dans les airs. La tête s'aplatit jusqu'à former un fond noir, les gouttelettes de salive brillèrent comme du feu, se transformèrent en étoiles, en constellations, et l'une d'elles s'enfla et devint une planète aux configurations chères au cœur de Daksat. Le globe se fondit dans l'obscurité, les constellations s'éteignirent. Dobnor Daksat se détendit. Sa dernière image. Il soupira, épuisé.

Le gros homme en manteau noir ôta le harnais dans un silence fragile. Finalement, il demanda : « La planète que vous avez imaginée dans la dernière scène, était-ce de la création pure ou avez-vous fait appel à des souvenirs d'un astre réel ? Ce monde n'appartient pas à notre système, mais il vibrait de réalisme. »

Dobnor Daksat le fixa, troublé, et les mots se bousculèrent dans sa gorge. « Mais, c'est… ma planète ! Ce monde-ci ! N'était-ce pas ce monde-ci ? »

Le gros homme lui adressa un regard étrange, haussa les épaules, et tourna les talons. « Dans un instant le nom du vainqueur de la compétition sera rendu public et le brevet aux joyaux sera décerné. »

Ce jour-là, le vent était fort et le ciel nuageux. La galère, dont l'équipage était composé de nageurs de Balaclaw, était une embarcation basse et noire. Ergan se tenait en poupe. Il regardait les deux milles de mer agitée qui le séparaient de Racland, où il savait que des Racs aux visages en lame de couteau montaient la garde sur les promontoires.

Une colonne d'eau s'éleva à quelques centaines de mètres de la poupe.

Ergan se tourna vers l'homme de barre. « Leurs canons ont une portée plus grande que je ne m'y attendais. Mieux vaut rester loin du rivage pendant un autre mille. Ensuite, nous tenterons notre chance avec le courant. »

Comme il parlait, un grand sifflement se fit entendre et il entrevit un projectile à la pointe noire qui descendait sur lui. L'obus atteignit le passavant du navire et explosa. Bois, corps, métal, tout fut projeté dans les airs et la galère allongea son dos brisé dans les flots, se replia sur elle-même, et sombra.

Ergan sauta de côté, se débarrassa de son épée, de son casque et de ses jambarts juste avant de toucher les flots gris et glacés. Le souffle coupé par le choc, il nagea en cercles, ballotté par les vagues. Puis il trouva un morceau d'épave et s'y agrippa.

Depuis la rive de Racland, une chaloupe prit la mer et se dirigea vers le lieu du naufrage. Sa proue brassait l'écume blanche comme elle s'élevait et retombait sur les vagues. Ergan lâcha le morceau de bois et nagea le plus rapidement possible afin de s'éloigner de l'épave. Il était préférable de se noyer plutôt que d'être capturé. Les poissons-famine qui infestaient ces eaux faisaient preuve de plus de miséricorde que les Racs impitoyables.

Il nageait en force, mais le courant le ramenait inexorablement vers le rivage et, finalement, alors que la fatigue avait raison de lui, il fut rejeté sur une plage de galets.

Là, il fut découvert par un groupe de jeunes Racs qui le conduisirent à un poste de commandement proche. Il fut ligoté, jeté dans un chariot, et transporté jusqu'à la cité de Korsapan.

Dans une pièce grise, on le fit s'asseoir face à un officier des services de renseignements de la police secrète, un homme à la peau de crapaud, à la bouche grise, humide et avide, et aux yeux inquisiteurs.

« Tu es Ergan, dit l'officier. L'émissaire du Gabarier de Salomdek. Quelle était ta mission ? »

Ergan le fixa dans les yeux, espérant qu'une réponse bien choisie et convaincante lui viendrait aux lèvres. Il n'en trouva aucune et il savait que la vérité provoquerait l'invasion immédiate de Balaclaw et de Salomdek par les hordes de soldats racs à la tête étroite et à l'uniforme et aux bottes noirs.

Ergan ne répondit pas. L'officier se pencha vers lui. « Je te pose une dernière fois cette question ; ensuite tu seras transféré dans la chambre inférieure. » Il avait prononcé les mots « Chambre Inférieure » comme s'ils avaient présenté des majuscules et une certaine satisfaction perçait dans sa voix.

Ergan en eut des sueurs froides, car il connaissait les tortionnaires racs. « Je ne suis pas Ergan, répondit-il. Mon nom est Ervard. Je suis un honnête négociant en perles fines.

— Tu mens. Ton second a été capturé et, sous la pompe à compression, ses poumons ont laissé échapper ton nom.

— Je me nomme Ervard », répéta Ergan tout en sentant se tordre ses entrailles.

Le Rac fit un geste de la main. « Descendez-le dans la Chambre Inférieure. »

Un corps humain, qui possède des nerfs extrêmement développés comme avant-postes contre les dangers, paraît tout spécialement conçu pour souffrir et faciliter grandement la tâche d'un tortionnaire. Ces caractéristiques du corps humain avaient été étudiées par les spécialistes racs, et le hasard leur avait permis de découvrir bien d'autres capacités du système nerveux. Ils avaient appris que certains programmes de pression, chaleur, tension, friction, torsion, surtension, secousses, chocs tant visuels qu'auditifs, soumission à la vermine, à la puanteur, et à diverses abjections, créaient des effets cumulatifs là où une méthode unique, utilisée avec excès, perdait tout son pouvoir de persuasion.

Toute cette science et cette habileté furent prodiguées sans compter contre la citadelle nerveuse d'Ergan, et les Racs lui infligèrent toute la gamme des souffrances : les élancements aigus ; les douleurs articulaires sourdes, interminables, qui le faisaient gémir des nuits entières ; les éclairs cruels ; les assauts d'obscénité et de paillardise occasionnellement accompagnés d'instants de douceur, lorsqu'il lui était permis d'entrevoir le monde qu'il avait quitté.

Puis il se retrouvait dans la Chambre Inférieure. Mais il répondait encore : « Je suis Ervard, le négociant. » Et il essayait de lancer son esprit au-delà de la fragile barrière qui le séparait de la mort. Mais l'esprit hésitait au tout dernier instant, et Ergan continuait de vivre.

Les Racs torturaient à moments fixes afin que l'attente, l'approche de l'heure, apportât une torture aussi intense que les actes eux-mêmes. C'étaient alors des pas lourds, nonchalants, à l'extérieur de la cellule, les faibles efforts pour échapper à la grêle de coups, les gros rires lorsque ses bourreaux l'acculaient dans un angle de la pièce et s'emparaient de lui pour le jeter trois heures plus tard, secoué de sanglots, sur le tas de paille qui lui servait de lit.

« Je suis Ervard », répétait-il. Et il essayait de se convaincre que telle était bien la vérité, afin qu'on ne pût jamais le prendre au dépourvu. « Je suis Ervard ! Je me nomme Ervard et je vends des perles ! »

Il tenta de s'étouffer dans la paille, mais un esclave le surveillait en permanence et il ne put y parvenir.

Il essaya de mourir par suffocation et aurait été heureux d'y arriver, mais chaque fois qu'il plongeait dans un engourdissement bienfaisant, son esprit se détendait et ses nerfs moteurs reprenaient le contrôle de son corps et l'obligeaient à respirer.

Il refusait de s'alimenter, mais cela avait peu d'importance aux yeux des Racs, étant donné qu'ils lui faisaient des piqûres de remontants, de drogues nutritives et de stimulants, afin qu'il fût toujours parfaitement conscient lors des séances de torture.

« Je me nomme Ervard », répétait inlassablement Ergan à ses tortionnaires dont les dents grinçaient de rage. Pour les Racs, il représentait dé-sormais un défi. Il mettait en échec leur ingéniosité et ils réfléchirent longuement et soigneusement à dés raffinements et des finesses : nouvelles formes pour les instruments d'acier, nouvelles espèces de garrots, nouvelles techniques d'élongation et de pression. Même lorsque le fait qu'il fût Ergan ou Ervard n'eut plus la moindre importance, étant donné que la guerre faisait désormais rage, il fut gardé prisonnier et maintenu en vie parce qu'il posait un problème, représentait un cas idéal. Il fut donc surveillé et dorloté avec des soins inhabituels. Les bourreaux racs remettaient leurs techniques en cause, ils apportaient telle modification ici, telle amélioration là.

Puis, un jour, les galères balaclaw accostèrent et les soldats au cimier de plumes franchirent les murailles de Korsapan.

Les Racs contemplèrent Ergan avec regret. « Nous devons partir et tu n'as pas cédé.

— Je suis Ervard, croassa ce qui gisait sur la table de torture. Ervard le commerçant. »

Le fracas d'une explosion résonna au-dessus de leurs têtes.

« Nous devons partir, répétèrent les Racs. Ton peuple a envahi la ville. Si tu nous dis la vérité, tu vivras. Si tu continues à mentir, nous te tuerons. Alors, que choisis-tu ? Nous t'offrons la vie en échange de la vérité.

— La vérité ? marmonna Ergan. Ce n'est qu'une de vos ruses… » Puis il entendit les chants victorieux de l'armée balaclaw. « La vérité ? Pourquoi pas, après tout ?… Entendu. Je me nomme Ervard », dit Ergan qui croyait désormais que c'était là la vérité.

Le Premier Galactique était un homme décharné, aux cheveux brun roux disséminés sur un crâne à la courbure parfaite. Son visage, par ailleurs banal, était animé par de grands yeux sombres qui brillaient d'une clarté semblable à celle d'un feu derrière un voile de fumée. Physiquement, il n'était plus dans sa prime jeunesse ; ses bras et ses jambes étaient maigres et un peu déjetés ; sa tête pendait en avant, comme alourdie par le mécanisme compliqué de son cerveau.

Il se souleva sur sa couche, sourit légèrement, et regarda les onze Anciens de l'autre côté de l'arcade.

Ils étaient assis à une table de bois poli, tournant le dos à un mur festonné de lierre. C'étaient des hommes graves, aux mouvements lents, aux visages empreints de sagesse et de perspicacité. Selon le système en vigueur, le Premier Galactique était le chef exécutif de l'univers et les Anciens constituaient l'assemblée délibérante, investie de certains pouvoirs restrictifs.

« Eh bien ? »

Le doyen du Conseil des Anciens releva calmement les yeux de la console d'ordinateur. « Vous êtes le premier à vous être réveillé. »

Le Premier jeta un coup d'œil en haut de l'arcade tout en continuant de sourire légèrement. Les autres gisaient dans diverses positions : certains avec des bras contractés, rigides comme des barres ; d'autres pelotonnés en position fœtale. L'un d'eux, qui avait glissé hors de son lit et reposait partiellement sur le sol, avait les yeux grands ouverts et fixait le néant.

Le Premier tourna son regard vers le doyen du Conseil des Anciens qui l'observait avec une curiosité détachée.

« Est-ce que l'optimum a été atteint ? »

Le doyen consulta l'ordinateur. « Le meilleur résultat que l'on puisse espérer est de deux mille six cent trente-sept. »

Le Premier attendit la suite, mais le doyen du Conseil n'ajouta rien. Le Premier s'avança jusqu'à la balustrade d'albâtre, au-delà des couches. Il se pencha et regarda le paysage : des kilomètres de brume ensoleillée, avec une mer qui scintillait dans le lointain. Un léger souffle de vent effleura son visage, ébouriffant les rares mèches rousses de ses cheveux. Il prit une profonde inspiration, fit jouer ses doigts et ses mains, car le souvenir des bourreaux racs était toujours vivace dans son esprit. Un instant plus tard, il pivota sur lui-même et tourna le dos à la balustrade sur laquelle il fit reposer ses coudes.

Il examina de nouveau la rangée de lits. Il ne décelait toujours pas le moindre signe de vie chez les autres candidats.

« Deux mille six cent trente-sept, répéta-t-il en un murmure. Je crois pouvoir estimer mon propre score à deux mille cinq cent quatre-vingt-dix. Lors de la dernière épreuve, je me souviens que la rétention de ma personnalité était incomplète.

— Deux mille cinq cent soixante-quatorze, précisa le Doyen. L'ordinateur a estimé que l'ultime défi lancé par Bearwald le Halforn aux guerriers brands était inutile. »

Le Premier réfléchit un instant. « C'est exact. L'obstination est vaine, sauf lorsqu'elle favorise un dénouement prédéterminé. C'est un défaut que je dois chercher à corriger. » Il suivit la rangée d'Anciens du regard, passant d'un visage à l'autre. « Vous ne vous prononcez pas. Je vous trouve étrangement muets. » Il attendit, mais le doyen du Conseil des Anciens resta silencieux.

« Puis-je demander quel a été le meilleur résultat obtenu ?

— Deux mille cinq cent soixante-quatorze. »

Le Premier hocha la tête. « Le mien, donc. »

« Oui, c'est vous qui avez marqué le plus grand nombre de points. »

Le sourire du Premier disparut, remplacé par un froncement de sourcils pensif. « Mais en dépit de cela, vous hésitez encore à renouveler mon mandat. Vous avez toujours des doutes.

— Des doutes et des craintes. »

Les yeux du Premier se rétrécirent, bien que ses sourcils fussent toujours levés en une expression d'interrogation polie. « Votre attitude me déconcerte. Mon dossier prouve que j'ai toujours fait preuve d'un désintéressement total. Mon intelligence est exceptionnelle et, durant cette épreuve finale, que j'ai d'ailleurs élaborée afin de dissiper vos dernières réticences, j'ai obtenu le meilleur résultat de tous les candidats. J'ai démontré mon intuition sur le plan social ainsi que mes capacités d'adaptation, mon aptitude au commandement, mon sens du devoir, mon imagination et ma résolution. Dans tous les domaines mesurables, je possède les qualités requises pour cette charge plus que quiconque. »

Le doyen des Anciens suivit du regard la rangée de ses pairs. Aucun d'eux ne désirait prendre la parole. L'homme se carra dans son fauteuil.

« Effectivement, notre attitude est difficile à concevoir. Ce que vous venez de dire est la pure vérité. Votre intelligence est incontestable, votre caractère exemplaire, et vous avez accompli votre mandat avec droiture et dévouement. Vous avez mérité le respect, l'admiration et la gratitude. Nous avons également conscience que vous désirez obtenir un second mandat pour des motifs extrêmement louables : vous estimez être l'homme le plus apte à coordonner les affaires complexes de notre galaxie. »

Le Premier hocha tristement la tête. « Mais votre opinion est différente.

— Notre position n'est peut-être pas aussi catégorique. »

— Justement, quelle est-elle exactement ? » demanda le Premier. Il désigna les autres candidats d'un geste de la main. « Regardez ces hommes. Voici l'élite de la galaxie. L'un est mort et celui qui s'agite sur le troisième lit a perdu la raison ; il est devenu fou. Les autres sont gravement ébranlés sur le plan psychique. Et n'oubliez pas que ce test a été conçu pour mesurer les qualités qui sont essentielles à un Premier Galactique.

— Ce test a en effet été d'un très grand intérêt pour nous tous. Il nous a poussés à modifier considérablement notre façon de voir. »

Le Premier hésita. Il cherchait les sous-entendus qui se cachaient dans ces paroles. Il s'avança, s'assit en face des Anciens. D'un regard perçant, il scruta les visages des onze hommes et tapota du doigt le bois poli une, deux, trois fois, avant de se laisser aller dans le fauteuil.

« Comme je l'ai déjà précisé, ce test permet d'évaluer les qualités indispensables pour remplir de façon optimale cette fonction. La Terre du XXe siècle est une planète aux conventions compliquées. Sur ce monde, le candidat, en tant qu'Arthur Caversham, doit utiliser son intuition sur le plan social – une qualité des plus importantes dans une galaxie de deux milliards de soleils. Sur Belotsi, Bearwald le Halforn est testé pour son courage et sa capacité de conduire une action positive. Dans la cité morte de Praesepe Trois, le candidat, en la personne de Ceistan, est jugé sur son respect du devoir et, en tant que Dobnor Daksat, grâce à l'Imagicon de Staff, c'est son imagination qui est confrontée à celle des plus grands créateurs de l'univers. Finalement, dans le personnage d'Ergan, sur Chantozar, sa volonté, sa ténacité et son moi profond sont explorés jusqu'aux plus extrêmes limites.

» Chaque candidat est placé dans les mêmes conditions que les autres grâce à un branchement temporel, dimensionnel et cérébro-neural qu'il est inutile d'approfondir dans le cadre de cette discussion. Il suffit de savoir que chaque candidat est objectivement classé selon ses exploits et que les résultats peuvent être comparés. »

Il fit une pause durant laquelle il examina avec sagacité la rangée de visages graves. « Je dois mettre l'accent sur le fait que, bien qu'ayant conçu et préparé moi-même ce test, je n'en ai pas tiré le moindre avantage. Les synapses de la mémoire sont entièrement déconnectés d'une situation à l'autre et seule la personnalité de base du candidat peut agir. Tous ont subi les tests dans les mêmes conditions. À mon avis, les résultats enregistrés par l'ordinateur donnent une indication objective et digne de confiance de la capacité de chaque candidat à faire face aux immenses responsabilités de la fonction d'Exécutif Galactique.

— Les résultats sont en effet très explicites, répondit le doyen du Conseil des Anciens.

— Alors… vous approuvez ma nomination ? »

Le vieil homme sourit. « Pas si vite. Nous reconnaissons que vous êtes intelligent et que vous avez accompli énormément de choses au cours de votre mandat. Cependant, il reste encore beaucoup à faire.

— Voudriez-vous dire qu'un autre homme s'en serait encore mieux sorti que moi ? »

Le doyen du Conseil des Anciens haussa les épaules.

« Je ne dispose d'aucun moyen de le savoir. Je vais citer vos réussites : la civilisation Glenart, le Temps de l'Aube sur Masilis, le règne du Roi Karal sur Aevir, la répression de la révolte arkide. Il existe tant d'exemples. Mais vous avez également connu des échecs : les gouvernements totalitaires de la planète Terre, la violence sur Belotsi et Chantozar, tellement mise en relief par votre test. Il y a encore la décadence des planètes de l'Amas Onze-cent-neuf, l'essor des rois-prêtres de Fiir, et beaucoup d'autres choses. » Le Premier serra les lèvres et ses yeux brillèrent d'un feu plus intense.

Le doyen continua :

« Un des phénomènes les plus singuliers de la galaxie est la tendance de l'humanité à absorber et à extérioriser la personnalité du Premier. Il semble exister une incroyable résonance ; les vibrations émises par le cerveau du Premier Galactique paraissent atteindre l'esprit de chaque être humain, du centre aux marches les plus lointaines. C'est un problème qu'il faudrait étudier, analyser et soumettre à un contrôle. C'est comme si chaque pensée du Premier était amplifiée un milliard de fois, comme si chacune de ses humeurs donnait le ton à un millier de civilisations, comme si chaque facette de sa personnalité se reflétait dans l'éthique d'un millier de cultures différentes.

— J'ai déjà remarqué ce phénomène, répondit le Premier d'une voix sans timbre. J'y ai longuement réfléchi. Les ordres du Premier sont promulgués de façon à exercer une influence plus subtile qu'ouverte ; c'est peut-être là tout le fond de l'affaire. De toute façon, il faut choisir pour ce poste un homme aux vertus démontrées, ne serait-ce qu'en raison de cette influence.

— Bien parlé. Votre personnage est vraiment irréprochable. Cependant, le Conseil des Anciens s'inquiète de la vague d'autoritarisme qui croît au sein des planètes de la galaxie. Nous pensons que ce principe de résonance est à l'œuvre. Vous êtes un homme à la volonté intense et indomptable, et nous avons l'impression que votre influence favorise, à votre insu, l'apparition de dictatures. »

Le Premier resta un moment silencieux. Il tourna les yeux vers la rangée de lits sur lesquels les autres candidats reprenaient lentement conscience. Il s'agissait d'hommes de diverses races : un Nordkin de Palast à la peau pâle, un Hawolo rouge et trapu, un Insulaire aux cheveux et aux yeux gris de la Planète Mer – chacun d'eux étant l'homme le plus éminent de son monde natal. Ceux qui avaient repris conscience se tenaient silencieusement assis, recouvrant leurs esprits, ou demeuraient allongés, essayant d'effacer l'épreuve de leurs souvenirs. Une dîme avait été prélevée : l'un gisait mort, et un autre, privé de raison, geignait accroupi à côté de son lit. « Les tendances répréhensibles de votre caractère sont peut-être encore plus mises en évidence par les tests eux-mêmes », fit remarquer le doyen.

Le Premier ouvrit la bouche, mais son interlocuteur le fit taire d'un geste de la main. « Laissez-moi parler. Je vais essayer de m'expliquer franchement avec vous. Lorsque j'aurai terminé, vous pourrez me faire part de vos observations.

» Je répète que vos tendances naturelles sont révélées par les détails du test que vous avez imaginé. Les qualités que vous avez voulu mesurer étaient celles que vous considériez comme les plus importantes : c'est-à-dire les idéaux qui guident votre vie. Je sais que c'est là quelque chose de totalement inconscient, et en conséquence de très révélateur. Selon votre point de vue, les qualités essentielles d'un Premier seraient l'intuition au niveau social, la loyauté, l'agressivité, l'imagination et une obstination opiniâtre. En tant qu'homme au caractère bien trempé, vous cherchez à donner l'exemple en ces domaines par votre propre conduite. Il n'est donc pas surprenant que dans ce test, conçu par vous, avec un système de notation étudié par vous, vos résultats aient été les meilleurs.

» Laissez-moi simplifier les choses grâce à une analogie. Si l'aigle était chargé d'organiser un concours dont le but serait de déterminer quel est le roi des animaux, il jugerait les candidats sur leur aptitude à voler et, nécessairement, il remporterait le titre. De même, la taupe estimerait que la principale qualité d'un animal est de savoir creuser le sol et, par une telle épreuve, elle remporterait inévitablement le titre. »

Le Premier émit un rire aigu et fit courir sa main sur ses rares boucles rousses. « Je ne suis ni un aigle ni une taupe. »

Le doyen du Conseil des Anciens secoua la tête. « Non. Vous êtes zélé, dévoué, imaginatif, infatigable – et vous l'avez prouvé, tant en établissant des épreuves destinées à mesurer ces caractéristiques qu'en obtenant d'excellents résultats lors de ces mêmes épreuves. Mais réciproquement, par l'absence totale de tests dans d'autres domaines, vous avez révélé certaines lacunes dans votre personnalité.

— Et quelles sont-elles ?

— Sympathie. Compassion. Bonté, répondit le doyen en se carrant dans son siège. C'est étrange. Votre prédécesseur possédait ces qualités. Alors qu'il détenait le pouvoir, les grandes idées humanitaires fondées sur la fraternité se sont répandues dans tout l'univers. Une autre preuve de résonance… Mais je m'écarte du sujet.

— Puis-je vous demander si vous avez déjà choisi mon successeur ? » demanda le Premier Galactique, la bouche déformée par un rictus sardonique.

Le doyen du Conseil des Anciens hocha la tête. « Oui, nous avons définitivement fait notre choix.

— Quel est son score ?

— Selon votre système de cotation : mille sept cent quatre-vingts. Il n'a guère été brillant dans le rôle d'Arthur Caversham. Il a essayé d'expliquer les avantages de la nudité aux policiers. Il ne s'est pas montré capable d'élaborer un stratagème immédiat ; il est loin de posséder votre habileté d'improvisation. En tant qu'Arthur Caversham il s'est retrouvé nu. Il est sincère et droit, et en conséquence il a essayé de justifier son état plutôt que de chercher des subterfuges pour échapper aux sanctions.

— Parlez-moi encore de cet homme, lança brièvement le Premier.

— Lorsqu'il était Bearwald le Halforn, il a mené ses hommes jusqu'à la ruche des Brands sur Mont Médaillon, mais au lieu de l'incendier, il a appelé la reine et l'a suppliée de mettre fin à ce massacre inutile. La reine est sortie, l'a attiré à l'intérieur, et l'a tué. Il a échoué… mais l'ordinateur lui a malgré tout accordé un nombre de points relativement élevé pour le caractère direct de son approche.

» À Therlatch, sa conduite a été aussi irréprochable que la vôtre et, devant l'Imagicon, il s'est honorablement comporté. En ce qui vous concerne, vous avez presque égalé les Maîtres Imagiers, ce qui est vraiment exceptionnel.

» Les tortures des Racs constituaient l'élément le plus éprouvant du test. Vous saviez que vous pouviez résister à une douleur sans limites ; aussi avez-vous ordonné que tous les candidats possèdent cette même capacité. Le nouveau Premier est lamentablement faible en ce domaine. Il est sensible, et la simple idée qu'un être humain puisse délibérément infliger de la douleur à un de ses semblables le bouleverse. Je dois ajouter qu'aucun candidat n'a obtenu une note très élevée lors de cette dernière épreuve. Deux hommes ont égalé votre nombre de points…

— De qui s'agit-il ? » demanda le Premier en laissant paraître un vif intérêt.

Le doyen du Conseil des Anciens désigna du doigt un grand homme à la puissante musculature et au visage buriné, debout près de la balustrade d'albâtre, d'où il contemplait d'un air morose le lointain baigné de soleil, et un homme entre deux âges, assis en tailleur, qui fixait un point situé à un mètre devant lui avec une placidité imperturbable.

« Le premier est obstiné et dur, expliqua le doyen du Conseil. Il a refusé de dire un seul mot. L'autre se retire dans un autre monde lorsqu'il est assailli par des désagréments. D'autres candidats n'ont pas pu supporter l'épreuve, et il va falloir les soumettre à un traitement dans la plupart des cas. »

Leurs yeux se portèrent sur la créature sans intelligence, aux yeux vides, qui allait et venait dans l'aile du bâtiment. Elle chantonnait et se parlait à elle-même, presque inaudiblement.

« Il serait faux de dire que les tests ont été inutiles, ajouta le doyen. Nous avons appris énormément de choses. Selon votre système de cotation, vous avez marqué dans cette compétition un nombre de points très élevé. Selon les normes établies par les Anciens, votre résultat est médiocre. »

Les dents serrées, le Premier demanda : « Et qui est ce parangon d'altruisme, de bonté, de compassion et de générosité ? »

Les pas du dément le conduisirent devant eux. Il tomba sur ses mains et ses genoux et rampa vers le mur en gémissant. Il pressa son visage contre la pierre froide et leva un regard absent vers le Premier.

Il avait la mâchoire pendante, le menton humide, et ses yeux roulaient dans leurs orbites, apparemment indépendants l'un de l'autre.

Le doyen du Conseil des Anciens eut un sourire compatissant et caressa la tête du dément. « Le voici. Voici l'homme que nous avons choisi. »

L'ex-Premier Galactique resta silencieux, les lèvres pincées, les yeux brûlants tels de lointains volcans.

À ses pieds, le nouveau Premier Galactique, Seigneur de Deux Milliards de Soleils, ramassa une feuille morte qu'il porta à sa bouche et se mit à mâchonner.

Les Maîtres de Maxus

1.

La station fortifiée du Poste frontière survolait Maxus à quinze kilomètres d'altitude, anneau blanc massif de mille cinq cents mètres de diamètre ponctué de baies panoramiques. Dans l'atmosphère raréfiée, chaque détail apparaissait, précis et distinct.

Toujours pas de sommation. Travec patienta. Courbé sur les commandes de son vaisseau, il étudiait tantôt la station, tantôt sa console. Une minute… deux minutes…

Il jura tout bas, bascula l'interrupteur du communicateur et réitéra sa déclaration initiale devant la grille du microphone. « Permis de visite 11-A-506… Je souhaite me poser… Je réclame des instructions… un signal, un accusé de réception.

— Permis en cours de vérification, dévida une voix métallique. Attendez nos ordres. »

Travec se rencogna dans son siège, puis se leva pour jeter un coup d'œil sur Alambar. La métropole s'étendait jusqu'à l'horizon et au-delà tel un tapis aux couleurs ternes – vert et noir passés, feuille morte et ocre sombres, gris de fumée, béton et brique.

Juste en dessous de lui, trois fleuves de plomb se jetaient dans un lac de mercure que les immeubles administratifs, les palais et hôtels particuliers des Maîtres entouraient et plongeaient dans l'ombre. Des routes aériennes enjambaient la ville, telles des veines mises à nu ; partout, ce n'étaient que reflets métalliques dus à des mouvements incessants.

Il laissa son regard se perdre dans l'espace par la baie. Que faire ? Piquer vers la surface, transpercer le bouclier, tracer un sillon de destruction à travers la ville… Aligner les Maîtres de Maxus, leur écorcher le visage, leur arracher les entrailles…

« 11-A-506, posez-vous dans le Hangar 6 et préparez-vous à accueillir l'équipe d'inspection. »

Il bondit vers son siège et manœuvra. La face intérieure de l'anneau de la station orbitale déroulait ses baies d'accostage. Il atterrit sur un rectangle en béton souillé qui portait le chiffre 6. Trois individus en combinaison spatiale apparurent et vinrent frapper au sas extérieur. Il les fit entrer. Pâles, émaciés, les traits marqués, les cheveux sombres, ils portaient un uniforme noir et une casquette en cuir pointue.

Le caporal, au visage tout en longueur, les joues creuses et le nez crochu, monta sur la passerelle de commandement. « Voyons votre permis. »

Il lut avec une moue dédaigneuse le papier que l'autre lui avait tendu. « Planète d'origine : Exar. Caution : dix mille sils. Durée prévue du séjour : une semaine. Motif… » Il haussa les sourcils. « Tiens… Ma foi, bonne chance », dit-il d'un ton plus indulgent.

Travec resta bouche cousue.

« Vous en avez après la cargaison d'Arman ?

— Oui.

— Vous ne pouviez pas venir plus tôt ? » Le caporal jeta le permis sur la table des cartes. « Tout est en règle. » Il baissa les yeux vers ses hommes qui revenaient de la section arrière. « Résultat de l'inspection ?

— Rien à signaler. »

Il hocha la tête et les deux autres quittèrent le vaisseau.

Alors il se pencha sur la table. « Quelqu'un qui entreprend une mission comme la vôtre a de l'argent sur lui. Et il est pressé. J'aimerais vous aider, mais le responsable du champ de force dort et il met un temps fou à se réveiller… à moins que je ne lui offre un petit bonus. Et vous ne pouvez pas descendre tant qu'il n'abaisse pas le bouclier, bien sûr. »

Son vis-à-vis pinça les lèvres. « Combien ?

— Oh… deux cents sils. »

Travec lui tourna le dos et retira des coupures d'un porte-billets. « Tenez, deux cents.

— Vous vous poserez dans cinq minutes. Derrière le parc, sur le terrain d'atterrissage. Vous cherchez votre femme ?

— Ma mère, deux de mes sœurs, un de mes frères. »

Le caporal siffla entre ses dents. « Vous êtes millionnaire, je suppose. » Il marqua une hésitation et jeta un regard vers la poche qui contenait le porte-billets.

« Pas du tout, dit Travec d'un ton sec. Et je suis pressé.

— S'il s'agit de la cargaison d'Arman, vous arrivez sans doute trop tard. Surveillez cette sphère. Quand elle s'allume, descendez à la verticale jusqu'à neuf mille mètres d'altitude. Ensuite débrouillez-vous. Et ne vous avisez pas de remonter ou le champ vous grillera. »

Travec immobilisa son vaisseau dans un grincement de métal, ouvrit le sas, jaillit dans la puanteur de la pierre brûlée et de la fumée, courut jusqu'à un encadrement de brique noire qui donnait sur une ruelle, le franchit, se figea et sauta en arrière pour éviter un véhicule au moteur bourdonnant. Il hésita une seconde et décida d'observer l'artère sans attrait.

Les passants – grands, le visage en lame de couteau, l'air renfrogné, l'humeur sombre – le scrutaient sans dissimuler leur curiosité. « Regarde l'Orth ! Il n'a pas de marque ! pépia un jeune enfant en veste havane.

— Chut ! siffla une voix sourde. Personne ne l'a encore acheté. »

Il s'approcha d'un vieillard en combinaison noire ajustée. « Où se trouve le Dépôt central des esclaves, s'il vous plaît ? Comment puis-je m'y rendre ? »

L'autre le toisa, puis répondit d'une voix sans timbre : « Prenez la piste. Suivez la bande verte et rouge. Après le deuxième tunnel, vous verrez un bâtiment marron en béton sur votre droite.

— Merci. » Travec se détourna, traversa la rue, embarqua sur la piste, avisa la bande indiquée et la longea aussi vite que le trafic le permettait.

Elle dévia vers le bord. Il la suivit. La piste se scinda, et sa bande pénétra dans un tunnel étroit qui sentait l'ammoniac et le gaz de houille. Une période de ténèbres remplies d'échos s'ensuivit, après quoi il retrouva le jour.

Des maisons à pignons flanquaient la piste, échafaudages complexes à la façade en colonnes de pierre polie – jaspe, onyx, calcédoine. Un kilomètre, deux, puis la piste laissa derrière elle les résidences, contourna une butte de schiste argileux érodé, escalada une pente ponctuée de marchés de plein air desquels émanaient de fortes odeurs de poisson séché, de vinaigre, de fruits.

Il pressa le pas. La piste franchit un talus abrupt, replongea dans un tunnel. Le temps s'étirait à l'infini. Travec se mit à courir. Dans le noir, il heurta une haute silhouette, ignora ses imprécations, poursuivit sa course.

Un halo de lumière lui apparut et il déboucha sous le ciel voilé de Maxus. À sa droite s'élevait un bloc de béton massif de couleur brune, aux murs aveugles et nus. Tandis qu'il s'en approchait, un aérocar entouré du scintillement de son champ de sustentation décolla du toit, tous volets baissés.

Tenaillé par la frustration, Travec le regarda prendre de l'altitude. Il vit l'entrée en rez-de-chaussée droit devant lui et s'avança, pantelant, à bout de souffle. Un garde en uniforme de cuir noir sortit pour lui barrer le passage.

« Votre laissez-passer.

— Je n'en ai pas. Je viens d'arriver sur cette planète.

— Peu importe. Personne n'entre sans laissez-passer signé du Haut commissaire. »

Travec se tassa sur lui-même, se pencha. Le garde s'adossa au mur avec un petit rire en tapotant l'arme sur sa cuisse gainée de noir.

« La porte est fermée à clé. Vous n'avez qu'à vous casser les ongles dessus, si ça vous amuse.

— Où trouve-t-on le Haut commissaire ? demanda Travec d'une voix rauque.

— À son quartier général, dans l'Arche Guchman, à l'heure qu'il est. » L'autre désigna la piste. « Revenez sur vos pas. Au niveau de la Sente du Bosfor, prenez le ruban orange et brun. Si vous vous dépêchez, vous devriez encore pouvoir obtenir un rendez-vous. » Un sourire cadavérique lui tordit la bouche. « Mais si j'étais vous, je me livrerais, et à quelqu'un dans mon genre. Le Haut commissaire a un esprit des plus inventifs. Il pourrait vous assigner un emploi vraiment déplaisant. Tandis que moi, je vous vendrais comme garçon de cuisine à un seigneur de grande classe. Je vous en donne ma parole. »

Travec sentait la migraine lui battre les tempes. Il dévisagea le garde, se retourna et regagna la piste.

Le Haut commissaire, affalé plus qu'assis dans un fauteuil recouvert d'une fourrure écarlate, roulait entre ses mains un gobelet bleuté. Une mèche noire gominée en accroche-cœur barrait son front haut. Ses paupières mi-closes lui donnaient l'air hautain, son nez partageait son visage telle une lame de faux. Sa peau avait la couleur et la texture d'une coquille d'œuf, sa silhouette émaciée se drapait dans une robe vert gazon et un énorme rubis pendait à son oreille par une chaîne en or.

Il prit tout son temps pour étudier son visiteur avant de lui désigner un siège. Travec s'assit.

« Que désirez-vous ? demanda le Haut commissaire avec courtoisie.

— Un laissez-passer pour le Dépôt central des esclaves. Cela presse. Je dois y retourner tout de suite pour arriver à temps. »

L'officiel hocha la tête. « Bien entendu. Des parents ? Une épouse ?

— Ma mère, mes deux sœurs, mon frère.

— Un coup terrible, terrible, oui. » Il sirota une gorgée de sa boisson. « Je comprends votre hâte. Surtout s'ils font partie de la cargaison de… voyons, il s'appelle…

— Arman.

— Arman. Tout juste. Un nouveau négociant, qui connaît un succès foudroyant. » Il se rencogna dans son fauteuil. « Je crains que vous n'arriviez trop tard.

— Si on me refuse l'entrée, marmonna Travec, cela ne fera aucun doute. »

Le Haut commissaire esquissa un sourire, gribouilla une carte, la lui jeta. « Tenez. Repassez me voir après votre visite. J'aimerais poursuivre cette conversation. »

Dans la nuit qui gouttait telle de l'eau boueuse, les lumières d'Alambar luisaient, blanches et jaunes. Une bise cinglante le gifla tandis qu'il approchait pour la seconde fois du Dépôt central des esclaves.

Le garde haussa des sourcils noirs comme jais à la vue de son laissez-passer qu'il retourna entre ses doigts.

« Vite, bonhomme ! » s'écria Travec.

L'autre haussa les épaules et murmura quelques mots dans l'alcôve derrière lui.

La porte s'ouvrit. Travec pénétra dans un réduit sans issue visible. Il sentit des rayons chercher sur sa personne la présence d'armes, d'explosifs et de drogues. L'extrémité opposée de la petite pièce s'escamota. Il passa dans un corridor brillamment éclairé et avisa une femme derrière un bureau. « La salle des ventes ?

— Au bout du couloir. Les galeries d'exposition se situent plus loin, sur la droite. »

Il courut le long du couloir, franchit un rideau d'air opaque et déboucha dans une vaste pièce. Un vieil homme en cape couleur abricot le toisa. « Votre laissez-passer, je vous prie. »

Il le lui montra. « Le lot qu'Arman a ramené d'Exar a déjà été vendu ? »

Un haussement d'épaules. « Ça va, ça vient, éructa la voix sifflante. Je crois qu'on l'a traité ce matin. »

Blême, Travec se pencha. « Il faut que je le sache ! » Il tendit la main vers l'épaule du vieillard et se recula en se remémorant la précarité de son statut de visiteur malgré le laissez-passer. « Où puis-je m'en assurer ? »

L'autre, qui commençait à se lever, agita la main. « Là-bas sur le panneau. Consultez les descriptifs. Le matériau restant à vendre est confiné dans les galeries d'exposition. »

L'arrivant traversa la salle. À sa gauche étaient disposés des canapés de cuir souple dans lesquels plusieurs Maîtres se prélassaient, qui lisant une liste, qui buvant dans un hanap, qui bavardant. L'estrade devant eux était vide, pour l'heure.

Il localisa les listes, suivit du bout du doigt les colonnes de la journée. L'annonce qu'il cherchait apparaissait vers le bas, bariolée de diverses couleurs.

NOUVELLE CARGAISON EN PROVENANCE D'EXAR

Matériau de choix, beau et sain,
de la Péninsule Principienne.

N°	Nom	Sexe	Âge	Observations	Mise à prix
1	Vitaly Galwane	F	4	Enjouée, attentive	600
2	Donal Carrius	M	4	Intelligent	400
3	Rabald Retts	M	5	Apprend vite	200
4	Glie Kerlo	F	8	Beauté en puissance	1000
5	Temmi Helva	M	9	Adorable, bien formé	2800
6	Jonalisma Stanisius	F	9	Obéissante, douce	1000

Une croix au crayon bleu précédait la plupart des noms – elle indiquait une vente, présuma Travec. Il parcourut le reste de la liste.

29	Lenni Travec	F	14	Fraîche comme une fleur	5000

Une grosse croix bleue précédait l'entrée. Il sentit sa gorge se serrer. Pâle, le regard fixe, il continua.

64	Thalla Travec	F	18	Exquise et délicate	5000

Aucune indication. Il poursuivit.

115	Gray Travec	M	21	Ingénieur métallurgiste	3000

Une croix bleue. Il s'humecta les lèvres. Ensuite, beaucoup plus bas sur la liste :

427	Iardeth Travec	F	58	Polie, charmante	300

On avait consciencieusement rayé le nom – il avait failli ne pas le voir – et griffonné à sa suite la mention *Morte*.

Pris de vertige, il scrutait la ligne. Il entendit du bruit dans son dos : des voix, des pas, des rires.

« Six mille cinq cents, dit une voix. Est-ce que j'ai une offre à six mille six cents ? Six mille six cents, donc… six mille six cents… six mille sept cents ! Messeigneurs, messeigneurs, allons, admirez ces chairs délicates… Parlez, messieurs, fort et clair ! Ah ! six mille huit cents… six mille huit cents… six mille neuf cents… Oh ! sept mille de la part de Lord Irulite. Sept mille… sept mille… ce sera tout, messeigneurs ? Vous, peut-être, Lord Spangle ? Non ? *Vendu*, à Lord Irulite, pour la somme de sept mille sils. Vendu, dis-je. »

Travec fit volte-face, vit sa sœur allongée nue sur le sol. Son acquéreur, un grand homme corpulent d'âge moyen, à moitié chauve, au nez charnu, au teint violacé, lui tournait autour, visiblement ravi de son acquisition.

« *Thalla* ! »

Lord Irulite leva les yeux ; le commissaire-priseur à l'autre bout de la salle posa un regard surpris sur Travec qui accourait.

« Dyle ! Ils t'ont capturé, toi aussi ? »

Au passage, Travec bouscula presque Irulite, qui le fusilla du regard. Il prit la jeune fille dans ses bras. Elle tremblait, haletait.

« Je suis venu le plus vite possible pour vous récupérer.

— Dyle, maman est morte ce matin », dit Thalla. Sans bruit, elle se mit à sangloter sur son épaule.

Il se tourna vers l'autre qui fronçait les sourcils. « Voulez-vous me permettre de régler l'enchère et de ramener ma sœur ici présente chez nous, monsieur ? »

Lord Irulite s'empourpra. Puis, au bout d'un moment, il répondit : « Elle m'appartient désormais. Je n'ai aucune envie de m'en séparer. Je l'ai acquise en toute légalité…

— Monsieur, je vous en supplie, ne m'enlevez pas cette pauvre enfant. J'ai parcouru dix-huit années-lumière pour les retrouver, elle et d'autres membres de ma famille. »

Une voix s'éleva derrière lui : « Ne laissez pas l'Orth vous cajoler, Irulite. Vous l'avez achetée et payée. »

Lord Irulite se redressa de toute sa hauteur. « Écartez-vous, étranger. Un peu de retenue. »

La même voix dans la foule lança : « Orth, vous êtes ici par la grâce d'un permis de visite. Si vous violez ne serait-ce que le code de la route, vous pouvez être arrêté et vendu.

— Dyle, ça ne sert à rien, dit Thalla d'une petite voix sans vie.

— Lord Irulite, je vous offre dix mille sils pour ma sœur. »

Irulite fit un pas de côté pour mieux examiner son achat. « Jamais de la vie, dit-il d'une voix suffisante. Même pour quinze mille. Je doute même de m'en séparer à vingt.

— Je vous en offre quatorze mille en espèces et sept mille en reconnaissance de dette. »

Pris de colère, Irulite se renfrogna. « J'en ai assez de vous et de vos propositions ! »

Thalla se pressa contre Travec. La peau glacée, tous les muscles tendus, elle tremblait. Il sentit ses larmes lui couler le long du cou. « Je suis désolé, Thalla ! » murmura-t-il, au désespoir.

Elle se redressa, prit une profonde inspiration. « Dyle, tu ne peux plus rien pour moi. Fais bien attention à toi. »

Il eut un rire creux.

« Dyle, non, souffla-t-elle. Tu as ta vie devant toi, et… tu peux aider quelqu'un d'autre, peut-être. » Elle déglutit. « Il y a une autre jeune fille… ils la gardent pour la fin. Elle s'est occupée de maman. Elle m'a donné tout ce qu'elle avait à manger. Dyle, si tu pouvais venir à son secours…

— Je vais essayer, Thalla. Où est maman ? »

Elle ferma les yeux. « Ils l'ont emportée. Dans une salle qu'ils appellent l'Abattoir. C'est là qu'ils mettent les morts. Et c'est là qu'ils tuent les gens, aussi. »

Les yeux de Travec n'étaient plus que deux boules de feu. Il resta sans voix.

2.

Irulite saisit la jeune fille par l'épaule et la tira à lui. « Il suffit, il suffit, cette scène est pathétique. Restons-en là. » Thalla frissonna sous sa poigne et s'écarta. Il lui jeta un regard dur. « Pas de ça, femme. Tu m'appartiens, désormais. Tu verras que je suis un bon maître si tu prends mes désirs à cœur. À présent, va dans la salle d'attente pendant que j'en termine ici. »

Il se détourna. Travec restait figé. Quelqu'un dans la foule adressa quelques phrases brèves à Irulite, qui déclara d'une voix forte : « Très bien, je l'emmènerai moi-même. » Il cria ensuite à l'adresse du commissaire-priseur : « Quand donc nous proposez-vous cette jolie fleur que vous louangez tant et si bien ?

— Sous peu, monseigneur... vingt minutes.

— Viens, dit-il à Thalla. Allons au registraire. » Il franchit un portail. Elle le suivit en jetant un regard désolé à Travec qui fit un pas dans sa direction, s'arrêta, puis repartit dans son sillage.

Le couloir longeait les salles d'inspection ; Thalla marqua une pause près d'une baie d'observation. « La voici, Dyle... dans l'angle. Elle s'appelle Mardiène. »

Travec vit une jeune fille en toge bleue, adossée contre un mur. Elle contemplait ses mains, les frottait l'une contre l'autre avec une expression absorbée, presque absente. Tandis qu'ils l'observaient, elle tourna la tête, et une mèche de cheveux blond cendré lui caressa la joue.

« Viens ! lança Irulite plus loin dans le couloir. Je n'ai guère de temps à perdre. »

Ils continuèrent à pas lents.

Thalla s'immobilisa devant une porte en fer. « Voici la salle qu'ils appellent l'Abattoir... C'est là qu'est notre mère. »

Comme mue par une force indépendante de sa volonté, la main de Travec se posa sur la poignée. Il poussa. Le battant pivota. Une bouffée d'air glacial leur gela les tibias. Thalla poussa un profond soupire et entra dans la salle en titubant, telle une somnambule. Travec la suivit d'un pas raide.

Les murs étaient de brique brunes sous un plafond en voûte soutenu par des piliers. À droite s'ouvrait un puisard carré. On venait de le nettoyer ; l'eau n'avait guère que délavé les taches noires sur la brique. À l'autre bout de la salle s'empilait en désordre un tas de cadavres.

Thalla tomba assise sur le sol en brique et posa son front sur ses genoux. Travec était pétrifié. Dans ce tas de chair morte, il y avait quelque chose qu'il avait aimé. Mieux valait le laisser là, mieux valait se détourner, reporter son attention sur le responsable de leur présence à tous ici : Arman.

Une voix rauque d'impatience lança : « Viens, viens ! Et *tout de suite* ! »

Les lèvres retroussées, Travec se précipita, porta un coup terrible à la face violacée. Irulite sauta en arrière, la bouche molle arrondie de surprise. Le poing de Travec s'abattit sur son épaule et termina sa course contre sa gorge.

« Maudit Orth, je vais te tuer ! » croassa Irulite, enragé. Il plaqua la main sur sa ceinture, dans son dos, et produisit une arme à feu. Alors qu'il tendait le bras, Travec se baissa et lui décocha un crochet au flanc. Le trait d'énergie roussit la brique en plusieurs endroits. Des cadavres tressautèrent.

Travec se redressa, se jeta sur son adversaire, lui écarta le bras et le saisit à la gorge. Le rayon blanc mordit le sol, ricocha le long du plafond.

L'arme échappa aux doigts gourds d'Irulite. Il tressaillit, pris de spasmes. Enfin son corps se détendit. Travec desserra sa prise et se releva, le souffle court. « Thalla… »

Elle était morte. La profonde crevasse noire qui lui barrait le visage en diagonale témoignait de la trajectoire du rayon.

Il resta bras ballants, poings serrés, puis scruta le plafond, les murs. Lentement, laborieusement, tel un vieillard, il se baissa, ramassa l'arme d'Irulite, l'empocha. Des bruits de pas et de voix retentirent dans le couloir. Il redressa la tête dans une posture de bête sauvage avec la vivacité d'un loup.

Les bruits passèrent devant la porte, qui s'était refermée derrière Irulite, et moururent dans le lointain.

« Et pourquoi pas ? demanda-t-il tout d'un coup à la pièce humide, au tas de cadavres. Ce sera une belle vie. Une belle vie, de tuer des monstres… »

Il se retourna, prit dans ses bras le corps de sa jeune sœur, alla le poser avec d'infinies précautions sur les autres.

Irulite, à présent. La veste rouge feu était voyante. Travec la lui retira sans ménagement. Il sentit un objet dur dans une des poches, le sortit : un porte-billets, qui contenait une liasse de coupures de mille sils toutes neuves. Il empocha l'argent, jeta le porte-billets dans une trémie. Les vêtements, veste comprise, suivirent le même chemin.

Il se faufila dans le couloir, regagna la salle des enchères. Nul ne remarqua son entrée. Tous les regards étaient tournés vers l'estrade, rivés sur la fille vendue par le commissaire-priseur.

« Vous êtes trop prudents, messieurs, disait ce dernier. Ces enchères sont ridiculement sous-estimées. Vous allez blesser cette exquise créature. Sept mille, Lord Spangle. Bon… Ah ! Lord Jonas, sept mille cinq cents… Une autre proposition ? Lord Hennex, sept mille six cents. Allons, messeigneurs, qui dira huit mille ?

— Sept mille sept cents », dit une voix rauque que Travec reconnut. Il constata qu'elle appartenait à Lord Spangle, un homme émacié, voûté, brun, le poil rare, les joues flasques, et dont l'énorme nez évoquait un bec.

Travec se rapprocha. La fille, Mardiène, le dévisagea. Elle est très belle, de fait, se dit-il. Et elle a l'air intelligente.

Mardiène, l'expression figée, n'affichait ni peur ni colère. Elle paraissait spectatrice plutôt qu'objet de la vente.

« Sept mille huit cents, dit Lord Jonas.

— Huit mille », surenchérit Lord Spangle.

Le commissaire-priseur se détendit ; son visage reprit son impassibilité. Le schéma habituel se dessinait : d'abord des enchères conservatrices, des clients feignant l'indifférence. Il y avait peu de risques que la marchandise parte à bas prix.

« Huit mille cent, cria une voix flûtée du bout de la pièce.

— Huit mille deux cents, répliqua Lord Jonas.

— Messieurs, messeigneurs, pressons, je vous prie, dit le commissaire-priseur. Est-ce que j'ai une offre à neuf mille ?

— Neuf mille, lança la voix flûtée.

— Neuf mille cent, dit Lord Spangle.

— Qui dira neuf mille cinq cents ? Neuf mille cinq cents ? Allons, neuf mille cinq cents ?

— Dix mille, laissa tomber Travec d'une voix sans timbre.

— Ah ! Bien, monsieur. Dix mille, dix mille, dix mille… »

La fille avait tourné la tête vers Travec en l'entendant. Il croisa son regard, sentit la saveur de sa personnalité – fruits, vin, parfum et pluie. Elle se détourna.

« C'est l'Orth, dit Spangle de sa voix rauque. Quel outrage de le laisser enchérir ici !

— Il serait mieux sur l'estrade, marmonna Lord Jonas. Je l'achèterais, ce sauvage, même si cela devait me coûter mon dernier ana. Je l'enverrais trimer dans les mines de soufre jusqu'à ce qu'il devienne aussi jaune que la cape d'Ollifans.

— Dix mille… dix mille… aboya le commissaire-priseur.

— Dix mille cinq cents, dit Lord Spangle.

— Bien, monseigneur ! Nous avons une offre à dix mille cinq cents. Et qui paiera ce que cette superbe fleur vaut pour la seule joie qu'elle saura procurer ? Qui dira onze mille ?

— Onze mille, dit Travec.

— Onze mille cinq cents, dit Spangle. Bon sang ! J'aurais dû l'avoir pour huit mille.

— Onze mille six cents », dit Travec.

Jonas donna un coup de coude à Spangle. « Il faiblit, il manque de fonds. Onze mille sept cents et elle sera vôtre.

— Onze mille sept cents, dit Spangle.

— Douze mille, dit Travec.

— Douze mille ! répéta le commissaire-priseur, ravi. J'ai une offre à douze mille !

— Treize mille ! » lança la voix flûtée à l'autre bout de la salle.

Travec réfléchit à toute vitesse. Il avait soldé la propriété familiale sur Exar, il avait fait abattre les troupeaux, il avait vendu les bijoux et les objets d'art qu'il possédait – le tout lui avait rapporté quarante et un mille sils. Onze mille avaient servi à acheter un vaisseau, il avait dû débourser une caution de dix mille sils, consentir maintes dépenses. Il estimait ses liquidités aux alentours de quinze mille sils. Il dit : « Treize mille cent.

— L'Orth gonfle sa valeur, gronda Spangle. Voilà ce qui se passe quand on permet à ses congénères de racheter leurs pareils. J'offre treize mille deux cents, même si je dois gager ma chevalière.

— Quatorze mille ! dit la voix flûtée.

— Quatorze mille cent ! rugit Spangle, au désespoir.

— Quinze mille, annonça Travec.

— Quinze mille, quinze mille ! s'exclama le commissaire-priseur. Qui propose seize mille ? »

Spangle s'assit lourdement sur son siège.

« Quinze mille cent », marmonna-t-il.

Travec avait du mal à organiser ses pensées. Quarante et un mille. Mille pour le permis de visite, cinq cents de pot-de-vin, deux mille de carburant, mille de cartes, deux cents pour le caporal de la station… il devait lui rester quatorze mille sils.

De nouveau, l'échec. Il se détourna du regard inquisiteur du commissaire-priseur. Un étranger qui enchérissait au-delà de ses possibilités se retrouverait sans doute coupable d'un délit qui lui vaudrait d'être arrêté et vendu. Et les enchères montaient déjà trop haut pour ses moyens.

Il pouvait vendre son navire spatial, mais cela ne l'aiderait guère dans sa situation actuelle. Il s'avisa des regards qu'on lui lançait. Triomphe, mépris, dégoût… Alors qu'il cherchait son porte-billets dans ses poches, il effleura une masse peu familière : la liasse d'Irulite.

« Quinze mille cinq cents », dit-il.

Le silence se fit, puis le commissaire-priseur lança : « J'ai une offre à quinze mille cinq cents… »

Spangle se contenta de jurer tout bas, d'une voix épaisse.

« Quinze mille cinq cents. Qui me proposera seize mille ? Vous, monsieur ? *Vous*, Lord Jonas ? Lord Hennex ? Lord Spangle ? Seize mille ? Non ? Vendu, donc, vendu ! Il est à vous, monsieur, ce beau joyau aux cheveux d'or. »

Travec ne dit pas un mot à la jeune fille. Il paya la somme convenue à Ollifans, le vieillard en cape abricot, et reçut un certificat de propriété.

L'autre feuilleta un dossier. « Sa fréquence pénale est de vingt-six virgule sept cent trente-trois mégacycles. Je vous le note sur le certificat.

— Sa fréquence pénale ? Qu'est-ce que c'est ? »

Ollifans gloussa. « J'oubliais. Vous êtes orth. Un barbare. Elle a, greffé dans la peau de son joli dos, un circuit fait de poussière conductrice qui résonne à cette fréquence. Elle est perdue et vous voulez la retrouver ? Émettez un signal à la bonne fréquence, il vous renverra sa localisation. Elle est insolente, paresseuse, ne se tient pas tranquille quand on la bat ? Augmentez la puissance du signal : la surchauffe du circuit pénal lui apprendra vite qui est le chef. »

Ollifans passa ses doigts dans les boucles qui ornaient sa veste, s'adossa, et ponctua son explication d'un hochement de tête pompeux. Travec ouvrit la bouche pour lui répondre, se ravisa et finit par demander : « Vous pouvez me dire qui a acheté ces deux personnes ? » Il indiqua les numéros vingt-sept et cent quinze sur le panneau – son frère et sa sœur.

Ollifans plissa le front et pinça les lèvres. « Information confidentielle.

— Combien ? » Travec sourit comme un masque de bois sculpté.

Le vieillard hésita. Cinq coupures de cent sils atterrirent sur son comptoir.

« Mille », dit Ollifans.

Travec rajouta cinq cents sils.

« Qu'est-ce qui se passe ici ? » s'enquit une voix rauque. Lord Spangle surgit, son regard embrassa la scène : l'argent, Travec, Ollifans. « Serais-je le témoin de la subornation d'un employé du Dépôt central ? Si jamais c'est le cas, je…

— Non, non, monseigneur, protesta le vieillard en glissant la liasse dans sa sacoche de ceinture. Il s'agit d'un pourboire, voilà tout. Comme vous le savez fort bien, monseigneur, je suis incorruptible. »

Lord Spangle se tourna vers Travec. « Débarrassez donc le plancher, sale Orth flambeur. »

Travec se dirigea vers la porte sans se presser.

« Maintenant, Jonas, entendit-il Spangle grommeler, si cet insouciant d'Irulite voulait bien revenir comme il l'a promis, nous pourrions partir. »

Tandis qu'ils quittaient la salle, Mardiène prit la parole d'une voix hésitante. « Il vous a traité d'Orth. Vous êtes donc étranger ?

— Vous trouvez que je ressemble à ces Seigneurs ?

— Non, ou très peu.

— Je viens de l'île de Grande-Farize, sur Exar, dit Travec. Pour acheter ma mère, mes deux sœurs et mon frère. J'ai échoué. Ma mère et une de mes sœurs sont mortes. Mon frère et ma sœur cadette ont été vendus… autant dire qu'ils sont morts. Ma sœur morte, Thalla… »

Mardiène lui jeta un regard horrifié. « Thalla… *morte* ?

— Oui. Elle m'a demandé de vous acheter et de vous ramener chez vous. Je le ferai si je le peux. »

La jeune fille se détourna. « Oh ! »

Il l'étudia d'un œil critique. Le ton de sa voix n'avait rien de joyeux. Était-ce de la tristesse due à la mort de Thalla – ou de la déception ?

« Je croyais, dit-elle, que vous m'aviez achetée… parce que vous aviez besoin… d'une esclave.

— Je n'ai pas besoin d'esclaves. Sitôt que nous aurons quitté la planète, ce soir… » Il jeta un regard en arrière. Tout était calme. Le corps d'Irulite gisait toujours dans l'Abattoir. « … je déchirerai ce certificat. Jusque là, je le garde. On me demandera peut-être de le produire. »

Ils arrivèrent devant la femme assise au bureau. Elle parcourut le papier, pressa un bouton. La cloison s'ouvrit. Ils sortirent dans la nuit froide et humide qui régnait sur Maxus. Travec inspira profondément. Ici, au moins, il pourrait courir.

Trois des cinq lunes s'étaient levées et les bâtiments austères d'Alambar luisaient de gel dans la lumière blanche.

Mardiène frissonna. Sa toge vaporeuse ne la protégeait guère. Travec déboucla sa cape et la lui jeta sur les épaules.

Elle dit, d'une voix lointaine : « Je ne veux pas quitter Maxus.

— *Quoi* ?!

— J'ai une mission à accomplir, ici. »

Travec sentit la colère monter en lui.

« Quelle mission ?

— Une affaire personnelle », dit-elle de la même voix distante.

Il se détourna. « Personnelle ou pas, vous venez avec moi. »

Elle lui adressa un long regard froid qui semblait dire : *Vous n'avez pas réussi à sauver votre propre famille, alors vous devez m'entraîner contre mon gré pour racheter votre conscience.*

« Où habitez-vous ? dit-il d'un ton sec.

— Pas sur Exar.

— Mais où ? »

Son masque d'indifférence glissa soudain. L'espace d'un instant, elle révéla un monde intérieur tout de flammes, de couleurs vives et de passion. Puis elle se détourna.

« Je ne peux pas vous le dire. »

3.

C'était vraiment le bouquet, se disait Travec. Une citation lui revint à l'esprit : *La femme est la porte de l'enfer.* Que le diable l'emporte, alors ! Il la larguerait sur le premier monde civilisé qui se présenterait, et il aurait fait son devoir.

Ensuite… la vie s'offrait à lui. Comme sa route lui paraissait évidente, désormais ! Plus d'ambiguïté ni d'hésitation, son avenir était tout tracé. Mais d'abord – Travec se fendit d'un sourire carnassier –, Arman. *Arman* !

Il fronça les sourcils. Qui donc était ce monstre ? Mardiène le savait peut-être. Tandis que la piste les entraînait sous le tunnel, à présent éclairé d'une lueur bleutée, il lui demanda : « Vous avez dû voir Arman, l'esclavagiste ? »

Elle sursauta. « Oui.

— À quoi ressemble-t-il ? »

Elle s'exprima d'abord avec circonspection. « C'est un homme magnifique. Aussi jeune que vous, plus grand, et au visage… merveilleux. Un rêve fait chair. Il a une voix sonore et superbe. Quand il se tient sur la passerelle de son navire, on a l'impression de voir un dieu. »

Une moue amère tordit la bouche de Travec. « On croirait que vous l'admirez. »

Après un instant de silence, elle lui demanda : « Vous ne le connaissez pas ?

— Je compte bien finir par le connaître. Et il me connaîtra, lui aussi. Mon visage sera le dernier qu'il verra. »

Elle se referma sur elle-même. C'est à peine si Travec remarqua son haussement d'épaules dédaigneux. Comment localiser Arman ? Comment fouiller une galaxie peuplée de cinq cents millions d'étoiles ?

Un homme sur Maxus saurait où trouver Arman : le Haut commissaire. Et ledit Haut commissaire lui avait suggéré de repasser discuter.

Travec réfléchit. Ils débouchèrent du tunnel, dévalèrent la pente ponctuée de marchés désormais fermés pour la nuit. Un grand chat noir détala devant eux sur la piste. À travers les arbres, sur leur gauche, filtra la lueur métallique des trois lunes reflétée par une des rivières d'Alambar.

Il tâcha d'analyser la situation. On allait bientôt découvrir le cadavre. La chasse démarrerait. L'exécuter, si on le capturait, eût été gâcher de la ressource. On l'expédierait aux mines de plomb sous la calotte glaciaire de Sraban. Jamais il ne reverrait le ciel. Il fallait quitter Maxus pendant qu'il en était temps.

Il devait pourtant localiser Arman. Le Haut commissaire saurait peut-être où chercher, mais accepterait-il de parler ? Un esclavagiste à succès, c'était un atout pour Maxus et ses Maîtres.

Il y avait aussi Mardiène. D'un regard en coin, il surprit l'éclat de ses yeux qui se détournaient. Elle l'observait. Il sentit sa présence – déroutante, dérangeante. Sa beauté était davantage qu'une conformation idéale des os et de la chair ; c'était un sortilège. Mardiène était une nymphe, une créature de soie, de rêves et de lotus pâle.

Pouvait-il l'emmener dans son vaisseau sans succomber à son charme ? S'il oubliait sa mission, s'il oubliait le serment fait à Thalla… Mardiène, en théorie, était son esclave. Et si elle lui résistait ?

Avec effort, il s'arracha à ses réflexions. Fichue femme ! Que venait-elle faire sur Maxus ? Arman l'avait amenée. On l'avait choisie dans un but bien précis. Sa beauté jouait sans doute un rôle dans sa mission.

Mais les belles espionnes ne servaient à rien ici. Pour une esclave, arriver au Dépôt central équivalait à disparaître de l'univers connu. Fichue femme, vraiment ! Pourquoi tous ces mystères ?

Il se leva et s'étira. D'autres problèmes se posaient, mais il pouvait sans doute compter une nuit avant qu'on sonne l'alarme. En fait, si c'étaient des esclaves qui se débarrassaient des corps au Dépôt central, la présence d'Irulite parmi les cadavres ne serait peut-être pas signalée.

Tout bien considéré, il paraissait sans danger d'accepter l'invitation du Haut commissaire. Que faire de Mardiène, en revanche ? C'était peu pratique de l'avoir avec soi, mais, si elle tenait vraiment à rester sur Maxus, il ne pouvait guère se permettre de la perdre de vue. Elle aurait pu fuir. Il s'avisa tout d'un coup qu'il n'en avait aucune envie.

« Venez, dit-il d'une voix brève. Voici la Sente du Bosfor. On change ici. Le Haut commissaire attend notre visite. »

Son Excellence le Haut commissaire portait un fourreau lamé couleur cannelle orné d'un col de soie vert tendre, ce qui frôlait l'affectation. Il se tenait dans une bibliothèque aux murs de panneaux de marbre blanc entre des piliers carrés de brique noire et au sol moquetté de vert vif. Il avait à la main un grand volume recouvert de cuir beige qu'il posa lorsque Travec entra, Mardiène un pas derrière lui.

Il désigna un siège à sa prétendue esclave. « Restez-là. »

Le Haut commissaire agita une main manucurée. « Alors, monsieur Travec, votre quête a-t-elle abouti ?

— Dans une très faible mesure. »

L'officiel s'assit sur un banc de métal et fit signe à Travec de l'imiter. « Vous éprouvez sans doute un vif ressentiment à l'égard du peuple de Maxus ? » Son regard noir scrutait le visage de son visiteur.

« Je ne peux le nier », dit celui-ci.

Le Haut commissaire eut un petit rire contrit. « Tel est le malentendu qui nous accable. Savez-vous, monsieur Travec, combien de Maîtres vivent sur Maxus ?

— Je n'ai jamais entendu de chiffre fiable.

— Un peu plus de quarante millions. Imaginez, Travec ! À peine quarante millions ! Nous concevons et produisons pour la moitié de la galaxie. Nos usines fabriquent les mécanismes compliqués qui vous permettent, à vous tous sur les planètes extérieures, de maîtriser l'environnement. Quarante millions d'hommes possèdent et dirigent le plus vaste complexe industriel de tous les temps ! »

Travec, qui ne souhaitait pas se laisser entraîner dans une controverse sociologique, garda le silence.

« Les Maîtres sont la tête, reprit l'officiel. Nous organisons, nous supervisons. Puis la galaxie nous exploite, *nous*. Partout, nous commerçons. Vos habits sortent de nos métiers à tisser. Votre vaisseau spatial a été construit sur un chantier de Port-Pardis. Mais… » Le Haut commissaire se pencha pour souligner son propos. « … on a besoin de ces quarante millions de cerveaux au sommet. Nous ne pouvons pas nous permettre de gaspiller notre énergie. Nous utilisons donc la force de travail où nous la trouvons et, je le répète, toute la galaxie en bénéficie.

— Vous présentez un aspect de l'existence sur Maxus que je n'avais pas envisagé », dit Travec d'une voix égale.

Son hôte se leva pour arpenter la moquette vert vif. Dans son fourreau couleur de bronze, il évoquait une anguille. Un dandy ridicule, songea Travec. Il n'y a qu'à voir ses boucles brunes, son accroche-cœur et son jabot de dentelle. Cependant, lorsqu'il croisa le regard acéré de ses yeux brillants, il ne put que lui reconnaître intelligence et vivacité.

« Ces quarante millions de Maîtres gèrent une force de travail… considérable, en nombre de travailleurs. Et c'est là toute la précarité de la situation. » Le Haut commissaire rit de l'expression du visage de Travec. « Vous envisagez la possibilité d'une révolte, d'une insurrection ? Des esclaves aux mains rouges de sang qui chanteraient dans les rues ? Absurde. Cette éventualité n'a aucune chance de se réaliser. Nous disposons d'un système de contrôle central qui interdit en théorie, en pratique et dans l'absolu, un tel événement. » Il se passa la langue sur les lèvres et scruta son visiteur en levant un sourcil interrogateur. « Je parle de nos techniques industrielles, qui constituent notre trésor de guerre. Par exemple, donnez-moi quelques grammes de fer, une plaque de mica, un brin de polonium comme catalyseur, et je vous rends une pile qui, exposée à l'air, produira un courant électrique de plusieurs milliers d'ampères des années durant sans faillir.

» Regardez bien. » Il appliqua un de ses doigts sous un angle de la table. « Du silicone soufflé. Aussi léger que l'air, et plus résistant que le bois. Nos briques, les briques noires que nous utilisons pour construire des maisons, sont solides et bon marché, et elles constituent des isolants efficaces. Or, on les fabrique avec les scories de nos mines, par fournées de vingt millions.

» Les générateurs de force que nous vendons par milliards, les climatiseurs qui rafraîchissent une pièce en expulsant les neutrinos à travers les murs et la réchauffent en absorbant les neutrinos de l'atmosphère, ces secrets et bien d'autres sont notre existence même !

» Nous ne produisons pas notre nourriture : nos mers sont empoisonnées, nos terres ne sont que cendres humides. Une fois apprises les techniques industrielles de Maxus, un travailleur assigné dans une usine ne la quitte plus. Nous ne pouvons pas le lui permettre. »

Il se rassit et regarda Travec comme s'il espérait le voir applaudir. « Votre prudence est compréhensible », répondit celui-ci.

Le Haut commissaire eut un geste désinvolte. « Bien sûr, si quelqu'un dans votre genre arrive sur Maxus et parvient à récupérer un ami ou un parent avant assignation, nous ne voyons aucun inconvénient à laisser repartir la personne en question. D'une part… » Il rit sans se cacher. « … l'étranger va payer le prix fort au Dépôt central. Plus que la personne qu'il est venue chercher ne vaut comme travailleur. D'autre part, nous ne sommes pas dépourvus d'humanité.

— Je suis ravi de l'apprendre, dit Travec d'un ton sec. Ma jeune sœur et mon frère ont été vendus avant que je puisse intervenir. L'employé a refusé mon pot-de-vin… non, en fait, il l'a accepté, mais il a refusé de me communiquer la moindre information… lorsqu'il s'est aperçu qu'un de vos Lords l'observait.

— Dommage. » L'officiel inclina la tête en direction de Mardiène. « Voici donc, j'imagine, votre autre sœur. »

Travec garda le silence.

« Et votre mère ?

— Morte. »

Le Haut commissaire battit des paupières. « Mes sincères condoléances.

— Accepteriez-vous de localiser mon frère et ma sœur ? demanda soudain Travec. Je vous paierai. »

L'autre secoua la tête. « Je suis navré, c'est impossible. Ce serait créer un fâcheux précédent. Notre Patriarche, en dépit de sa largesse de vue… » Il pinça les lèvres et cligna de l'œil à l'adresse de son visiteur ; le sarcasme était évident. « … a des idées bien arrêtées sur la question. Il me demanderait des comptes, ce qui me placerait dans une situation délicate.

— Dans ce cas, pourquoi souhaitiez-vous me revoir ?

— À cause de cet Arman, répondit le Haut commissaire tout en polissant ses ongles sur sa manche. Mes espions l'ont identifié.

— Ah bon ? » Travec se pencha vers lui.

« Il n'a rien d'un esclavagiste ordinaire.

— Je veux bien le croire.

— C'est le fil d'un Lord de Maxus et d'une esclave de Fell. D'ordinaire, de tels enfants deviennent gardes, mais le père, dans ce cas précis, s'est pris d'affection pour lui au point de suivre son éducation, puis d'appuyer son entrée dans la caste militaire. » Le Haut commissaire secoua la tête. « Les résultats d'une telle générosité ne pouvaient être que désastreux. Arman est devenu acrobate, gymnaste, presque un voyou. Bientôt, lassé de ce mode de vie, il a créé un culte religieux qui s'est répandu parmi les femmes d'âge mûr de cette planète. Sa nouvelle religion a prospéré, mais, un jour, on l'a accusé d'avoir étranglé certaines de ses bienfaitrices pour faire main basse sur leurs bijoux. »

Mardiène émit un bruit de gorge étouffé. L'officiel lui jeta un coup d'œil, puis reprit son histoire. « Ainsi, il a mené une existence décousue. Bon à rien, acrobate en collant mauve et enfin tueur de vieilles dames.

» C'est ainsi que nous, Maîtres de Maxus, avons eu vent de son existence. Soit il prenait la fuite, soit on le condamnait à l'esclavage. Il a réussi l'impossible : il s'est échappé. Et vous ne devinerez jamais comment.

— Je suis tout ouïe.

— Il a volé le yacht du Patriarche. » Le Haut commissaire eut un petit sourire ironique. « La Première concubine le lui avait offert et c'était un bâtiment magnifique : salles de bains en ivoire massif, tapis en bourre de soie, murs tapissés de lin.

» Naturellement, le Patriarche s'est mis en colère. Il le sera d'autant plus quand il découvrira qu'Arman, sous l'immunité d'un permis de visite, vient de nous vendre une forte cargaison d'esclaves. Il voudra aussi savoir pourquoi je n'ai pas veillé à ce qu'Arman reçoive un châtiment approprié pour ses crimes. Le Patriarche a une mémoire de mastodonte en matière d'insultes. »

Travec sourit avec amertume. « Pourquoi n'envoyez-vous pas un de vos impétueux seigneurs le tuer ? Lord Spangle, par exemple, me paraît être l'exemple même de la bravoure. »

L'autre secoua la tête. « Les Maîtres ne quittent jamais Maxus, sauf à bord d'un navire de guerre. Un homme seul pourrait être capturé et, sous la torture, révéler tous nos secrets. À tout le moins, il serait tué, puisque les peuples de l'extérieur ne prennent pas de gants avec nous. Tous nos agents sont des Orths. Je devrais dire des étrangers.

— Et alors ?

— Arman mort nous réconforterait, le Patriarche et moi. Mais Arman vif nous ravirait. Je vous fais ces confidences, vous vous en doutez, parce que vous verriez volontiers, pour votre part, Arman subir un sort funeste », dit le Haut commissaire.

Son visiteur tressaillit. « Qu'est-ce que vous proposez ?

— Vous parliez d'un frère et d'une sœur ? »

Travec scruta le sol d'un air irrésolu. Tuer Arman était son plus cher désir. Mais devenir un assassin patenté… Bien sûr, il y avait Lenni et Gray. Il serra les mâchoires. Qu'est-ce qui lui prenait d'hésiter ? « Oui. Un frère et une sœur.

— Sitôt confirmée la mort d'Arman de votre main, on les mettra à votre disposition.

— Sains et saufs ? Ma sœur…

— Intacte. En attendant, elle sera placée au service d'une douairière.

— J'accepte vos conditions.

— À présent, dit le Haut commissaire, parlons d'argent. Vous faut-il des fonds supplémentaires, ou le portefeuille de Lord Irulite pourvoit-il à vos besoins ? »

Travec en resta sans voix.

« Un paresseux, un bon à rien, cet Irulite, fit observer l'officiel. Mais vous n'avez pas répondu à mon offre…

— Une rallonge pourrait m'être utile, dit Travec en réprimant son dégoût.

— Excellent. Votre réponse me rassure. Tenez. » Le Haut commissaire lui lança un petit paquet. « Trente mille sils. Votre vaisseau a été révisé et réapprovisionné en carburant. Vous partez sur-le-champ.

— À destination de… ? »

L'autre versa un trait de liquide pourpre dans un gobelet qu'il tendit à Travec, lequel déclina le verre. Il le goûta alors lui-même, plissa les lèvres, émit un claquement de langue.

« Je n'en sais encore rien. Mais nous avons une technique pour découvrir une telle information. Voici : nous notons avec soin les achats effectués sur Maxus par les membres d'équipage. Ainsi, nous savons que l'économe d'Arman a stocké deux semaines de fruits frais. C'est révélateur ; cette réserve ne convient qu'à un trajet limité.

» Arman, toutefois, a fait le plein de carburant. Et son économe a chargé du glyd pour plusieurs mois. Comme vous le savez peut-être, il s'agit d'une pulpe fermentée qui a les faveurs des races d'origine hyarnimmienne, dont les Maîtres, les Clas de Djéna et les Luchistains. »

Il se carra dans son fauteuil et se frotta le menton. « Tout cela me paraît significatif. De même, le médecin de bord a garni son armoire à pharmacie de parabamine-67, utile dans les atmosphères riches en oxygène, des millions d'unités de sérum de rose à lèvres, des antihistaminiques et des tonifiants cellulaires.

» La cargaison aussi nous offre son lot de renseignements. Peu de robotique miniaturisée, des caisses d'échantillonneurs et de compteurs d'énergie, pas de générateurs de champ, des duplicateurs tridimensionnels et, enfin, des lingots de plomb cristallisé. » Il scruta son visiteur avec une curiosité polie. « Qu'en déduisez-vous ?

— J'imagine que vous avez répertorié toutes les planètes habitées dans un rayon de deux semaines de trajet.

— Exact. Il y en a quarante-six.

— Une atmosphère riche en oxygène implique un monde à la couverture végétale dense. Le rose à lèvres suggère un environnement humide. Une planète de jungles et de marais.

— Continuez.

— Une planète susceptible de fournir des fruits, mais pas de glyd. Peuplée non pas de Hyarnimmiens, mais de Savars, de Gallicrétins ou de Pardusses. Une population dépourvue de laboratoires de recherches ; elle possède des petites usines vouées à la production de biens de consommation courants plutôt qu'à la conception. »

Le Haut commissaire eut un geste désinvolte. « Une seule planète sur les quarante-six satisfait à toutes ces conditions : Fell, la troisième planète du système de Ramus.

— Fell, répéta Travec d'une voix pensive.

— Fell abrite une étrange ethnie, dit l'officiel, mise au ban de la population locale par diverses superstitions : les Oros. La mère d'Arman était oro. On les dit fous à lier, tous sans exception. »

4.

La piste les menait droit dans les ténèbres. Minuit était passé depuis longtemps. Un vent glacial qui puait les déchets industriels et les égouts leur mordait le dos. Les bâtiments se dressaient, mornes, sans vie, des deux côtés de la rue. Leurs fenêtres étaient éteintes, et la suie brillait sur la brique noire dans le rayon lumineux des rares réverbères. On avait du mal à imaginer une présence humaine parmi ces lourdes masses.

Travec et Mardiène se tenaient seuls sur la piste. Les rues restaient désertes à perte de vue. Les ruelles miteuses qui les coupaient ici et là étaient inoccupées, humides, mortes. Une bruine froide se mit à tomber ; le vent agita des draperies spectrales autour des réverbères.

Enfin le portique du terrain principal surgit de la pluie. De part et d'autre de l'arche, deux graissets qui commémoraient un événement du passé jetaient des flammes irrégulières et sifflaient sous les gouttes. Travec et Mardiène quittèrent la piste, passèrent sous l'arche et pénétrèrent sur le terrain. La pluie cessa soudain. Les trois lunes émergèrent d'entre les filoches de nuages argentés, mais les hauts toits découpés qui s'élevaient alentour en arrêtaient la lueur, si bien que les deux humains ne voyaient rien du sol calciné qui crissait et crépitait sous leurs pas.

Travec localisa son vaisseau parmi une douzaine d'autres. Il monta à bord, suivi de Mardiène. Il inspecta la cabine où il avait passé tant de jours et de nuits frénétiques, et soupira de chagrin et de frustration.

Après un tel gaspillage d'émotions, d'énergie et de temps, comment pouvait-il espérer vaincre la puissante inertie de Maxus ? Il poussa un nouveau soupir, se campa devant le tableau de bord, alluma le générateur, prépara le décollage.

Il tourna la tête. Debout au milieu de la cabine, Mardiène, les traits tirés, l'air absent, paraissait aussi bizarre et aussi déplacée dans ce cadre qu'un arbre en fleurs. Ses cheveux d'or pâle, trempés, se collaient en mèches. De la voix la plus amicale qu'il put, il lui dit : « Je vous débarque au port de votre choix dans le quadrant que je dois traverser. »

Au lieu de lui répondre, elle inspecta du regard la cabine et demanda : « Où sont mes quartiers ?

— Vos *quartiers* ? répéta-t-il avec un rire las. Estimez-vous heureuse de disposer d'un placard pour vos habits. Je tirerai un rideau dans cet angle : là seront vos quartiers. »

Il la suivit des yeux tandis qu'elle transportait ses maigres bagages de l'autre côté de la cabine et dut consentir un effort pour s'arracher à la contemplation de son dos si souple et de ses jambes fines. Une tristesse douce-amère, lointaine, impersonnelle, l'envahit. Il ne pouvait se laisser distraire par de telles pensées. La dureté, l'austérité devaient devenir ses règles de vie. Il lui fallait se montrer inflexible, rester libre de toute attache.

« Pourquoi me regardez-vous comme ça ? » souffla-t-elle.

Il cilla. « Comme quoi ?

— J'ai fait quelque chose de mal ?

— Pas que je sache. En outre, votre vie vous appartient.

— Vous m'avez achetée. Ma vie vous appartient, selon les lois de Maxus. »

Le témoin lumineux clignotait. Travec pressa la touche de fermeture du sas. Il mit la main dans sa poche, en sortit une feuille de papier qu'il lui tendit. « Dans dix minutes, nous aurons dépassé l'orbite du Poste frontière. À ce moment-là, vous recevrez le seul ordre que je vous donnerai jamais. »

Il se glissa dans le fauteuil de pilotage et manœuvra les commandes. Le vaisseau décolla, s'éleva dans la lueur des trois lunes. Alambar rapetissa sous eux, devint un panorama de mille nuances de noir et de gris.

L'inspection à bord du satellite ne dura guère. « Quel est votre désir, Travec ? lui demanda Mardiène lorsqu'ils eurent quitté la stratosphère.

— Déchirez le certificat de propriété. »

Elle lui obéit, puis se détourna. « Merci.

— Remerciez plutôt le souvenir de ma sœur. Remerciez votre propre gentillesse, qui a fait qu'elle vous a aimée. Vous avez décidé où vous vouliez débarquer ?

— Oui, dit-elle. À Huamalpaï, sur Fell. »

Deux êtres humains dans une coquille de verre et de métal lancée dans l'espace, deux rêves dans l'esprit d'un dormeur : deux personnalités confrontées l'une à l'autre, une intimité forcée.

Mais les circonstances étaient exceptionnelles. Travec, concentré qu'il était, semblait se dépouiller de sa virilité. Il discernait les possibilités à sa portée – son regard s'attardait sur la courbe d'une hanche, sur la longueur d'une cuisse –, mais il ne ressentait aucune envie.

Au bout d'un certain temps, Mardiène, qui s'était préparée à l'abus comme corollaire inévitable de l'esclavage, finit par s'étonner de l'indifférence de son compagnon. Elle en fut même troublée. La trouvait-il déplaisante ? Ou bien avait-il d'autres penchants ? À voir ses traits réguliers, son chaume dru de cheveux bruns, ses gestes maîtrisés, elle en doutait.

Peut-être était-il lié avec une autre femme.

« Travec ? »

Il tourna la tête. « Oui ?

— Vous n'avez plus de famille sur Exar ?

— Non. »

Elle s'assit auprès de lui. « Dans quel domaine est-ce que vous travailliez avant de quitter votre planète ?

— Dans l'architecture, la conception d'usines. » Il la regarda avec une lueur de curiosité. « Et vous ?

— Oh, j'enseignais le maintien à de jeunes enfants.

— Et quelle est votre planète d'origine ? »

Elle hésita un bref instant.

« Fell. Je viens des Hautes Terres d'Alam, au-dessus de Huamalpaï. Vous me ramenez chez moi. »

Il la dévisagea, puis jeta un coup d'œil vers l'*Annuaire des mondes habités*.

« C'est là que vivent les Oros. Vous êtes oro ?

— Oui. »

Travec l'étudia un moment. « Vous ne paraissez en rien anormale. Mais l'*Annuaire* dépeint les Oros sous les traits d'une race de déments et… ma foi, voyez vous-même. » Il se leva, localisa la référence et lui tendit le volume. Elle lut sans montrer de réaction tandis qu'il l'observait, perplexe. Ensuite, elle reposa le livre.

« Alors ? Vrai ou faux ? »

Mardiène haussa les épaules. « J'ai donc l'air surnaturelle ou surhumaine ? »

Un bref sourire. « Non. Vous l'êtes ? »

Elle secoua la tête. « Bien sûr que non ! Nous sommes des êtres humains normaux. Nos enfants ne sont pas différents de ceux d'Exar. Mais nous avons reçu un entraînement qui nous octroie certains avantages.

— Lesquels ? »

Elle marqua un temps. « Nous n'aimons guère évoquer ce sujet.

— Très bien. Gardez vos secrets. »

Elle lui jeta un regard préoccupé. « Je ne cherche pas à me montrer mystérieuse. Mais notre peuple… bon, il s'agit d'une coutume. » Une hésitation, puis, sur une impulsion : « Vous avez été très bon pour moi et, si vous le souhaitez, je peux faire de vous l'un d'entre nous. Vous en saurez alors bien davantage que je ne pourrai vous en dire. »

Travec eut un large sourire. « Et je deviendrai un dément ?

— Si vous acceptez nos croyances, vous deviendrez un de nos semblables.

— Non, alors. Les religions, les cultes, les rituels… toutes ces formes de folie ne présentent pour moi aucun intérêt.

— À votre guise, dit-elle avec froideur. Je dois souligner cependant qu'une personne à l'esprit fermé n'apprend rien.

— Si votre savoir, ou votre système de croyance, quel que soit le terme que vous vouliez lui appliquer, présente une utilité, pourquoi ne l'avez-vous pas étendu à l'ensemble de la galaxie ?

— Pour diverses raisons. Tout d'abord, nous nous méfions des gens des basses terres et autres… prédateurs humains.

— Vous n'avez pas peur d'Arman ? » demanda-t-il d'une voix crispée.

Elle lui jeta un bref regard. « Arman est un héros… un Évange. »

Il se fendit d'un sourire mauvais. « Le Haut commissaire n'est pas de votre avis. Il me l'a dépeint comme un acrobate, un chef de culte religieux, un tueur de vieilles dames et un esclavagiste. Et vous me dites que c'est un héros ?

— Parfois, énonça Mardiène, les motivations d'un homme sont déformées, ses actes mal rapportés par leurs témoins.

— Dans le village de Farize, j'ai vu des cadavres. J'ai vu le vaisseau d'Arman décoller avec, dans ses cales, six cents de mes congénères. Quel discrédit pourrait entacher un acte déjà si vil ?

— Parfois, bredouilla Mardiène, parfois… quelques-uns doivent souffrir… pour le bien de tous et…

— Et parfois, beaucoup doivent souffrir pour le bien d'un seul.

— Vous avez déjà rencontré Arman ? demanda-t-elle avec ferveur. Vous lui avez déjà parlé ? Vous l'avez déjà regardé droit dans les yeux ?

— Non », dit-il, amer. « Mais cela semble être votre cas.

— En effet. Je révère cet homme.

— Vous êtes donc aussi folle que les autres Oros. »

Leur amitié tournait court. Il y avait dans la cabine une froideur nouvelle, née de l'aliénation de deux esprits repliés sur eux-mêmes. Le temps passa. Un jour, la rumeur muette des générateurs baissa de mille octaves inaudibles, et enfin le vaisseau se coula par le seuil qui ouvrait sur l'espace normal.

Droit devant se trouvaient une étoile rouge géante, Ramus, et, aussi brillante qu'un morceau de charbon, sa planète, Fell.

Elle grossit sous leurs yeux. Travec identifia les continents et les repères répertoriés dans l'*Annuaire*.

La ceinture pêche était le désert du Pôle nord, l'étendue magenta, vert et brun la jungle qui cerclait un des continents, le Kalhua. À l'ouest se trouvait la ville principale, Huamalpaï, derrière laquelle s'élevait le plateau des Hautes Terres d'Alam.

Travec posa le vaisseau sans délai. Le terrain se trouvait dans la plaine, du côté de Huamalpaï tourné vers les marais – une savane qui dansait sous la lumière rosée de Ramus. La ville, pour sa part, s'étendait à quinze kilomètres de là, dans des collines basses lui offrant un embryon de protection face aux raids des esclavagistes.

Mardiène emballa ses rares possessions avec des gestes décidés tout en regardant par le hublot la grande barrière de roc qui délimitait sa terre natale. Travec la vit alors sous un nouveau jour : une jeune femme enthousiaste, décidée – si jeune. Il se détourna avec un vague sentiment de culpabilité avant de s'injecter sa dose de parabamine-67 qui faciliterait son adaptation à l'atmosphère riche en oxygène.

On frappa au sas extérieur. Travec déclina son identité devant les représentants du roi Daurobanan, des hommes de petite taille, au visage aplati, qui portaient leurs cheveux noirs et lisses réunis en deux nattes dorsales. Leur uniforme, une tenue bleue scintillante au tissu lâche rehaussée d'épaulières qui rappelaient des ailes de libellules, ne devait servir qu'au décorum. Ils restèrent laconiques, efficaces et distants. Travec leur régla la taxe de port et ils s'en furent.

Cape jetée sur son épaule, sacoche agrafée à son baudrier : il était prêt. Mardiène sauta à terre, se retourna, attendit qu'il verrouille le vaisseau.

Le vent qui soulevait des tourbillons de poussière sur le terrain d'atterrissage ébouriffa ses cheveux blond pâle. Par-dessus l'épaule de la jeune fille, Travec avisa, à l'autre bout du terrain, un navire tout noir avec une proue massive en tête de bouledogue et une cale en forme de baril. Il l'avait déjà vu, décollant de la Grande-Farize le ventre plein d'esclaves : le vaisseau d'Arman.

Mardiène nota son tressaillement, la tension soudaine de ses muscles, l'expression de son visage, et suivit son regard.

Elle se détourna. « Au revoir, Travec. Vous avez été très bon pour moi.

— Remerciez ma sœur morte. »

À pas lents, elle traversa le tarmac. Il la vit pénétrer dans une salle d'attente miteuse, sortir, et monter dans un aérocar qui l'emmena vers Huamalpaï à travers le ciel rose pâle.

5.

Travec, bien campé sur ses jambes, tourna son regard vers l'horizon avec une sensation de liberté. Aux quatre points cardinaux, de l'espace ; au-dessus, le dôme du ciel. Après des semaines dans le réduit de la cabine, il se sentait comme débarrassé d'un fardeau et débordant d'énergie.

Il longea la file des aérocars de louage, franchit une rotonde découverte et partit à pied.

La route traversait une plaine stérile parsemée de minuscules champignons gris-vert en forme de bouton. De petits diables de poussière, des tourbillons miniatures teintés en rose, en orange, en rouge, se perdaient dans le lointain. Droit devant, un marécage s'étendait tel un doigt noir.

Quand Travec l'atteignit, il trouva le sol boueux et puant. Là, des bouquets de roseaux couleur de rouille bordaient la route. Dans l'air flottaient des toiles d'araignée arrachées à la jungle par le vent. Enfin le marais battit en retraite. La route décrivit un virage et longea une plantation de millet.

Il poursuivit sa route en sifflotant, sous les inflorescences duveteuses qui oscillaient au-dessus de sa tête. Arman et les Oros... Pourquoi une telle relation ? La question l'intriguait. Bien sûr, Arman était à moitié oro.

Il considéra les indices fournis par l'*Annuaire*. « Malgré leurs idiosyncrasies, ils coopèrent magnifiquement en temps de crise, comme ils l'ont montré lorsqu'ils ont chassé de la forêt d'Alam l'armée du roi Vauha. Les habitants des basses terres attribuent aux Oros des facultés surnaturelles – don de double vue, immortalité, et ainsi de suite – et l'on raconte bien des anecdotes étranges sur cette race si particulière... »

Dans un sens, cette association correspondait à ce qu'il savait d'Arman, un mystique sûr de son destin qui, de toute évidence, espérait renforcer le dogme de son culte à l'aide du rituel oro préexistant. L'immortalité ? La double vue ? Toute religion découlait de la peur de la mort chez les humains, se disait Travec : plus l'au-delà apparaissait tapageur, plus le credo connaissait de succès. Il eut un vague sourire. Arman rêvait-il de créer un réseau spirituel dans toute la galaxie ?

Son sourire s'effaça. Une telle entreprise présentait des difficultés que même une crapule comme Arman ne pouvait ignorer. En premier lieu, jamais les Maîtres ne tolèreraient une pareille organisation. Leur puissance leur donnait les moyens – réseau d'espions, police secrète – de la détecter. Et ils avaient le pouvoir de l'anéantir – embargo, assassinats et, en dernier recours, intervention militaire.

Travec s'arrêta. Arman devait avoir conscience de ce cercle vicieux. Pour organiser un bloc puissant, il fallait vaincre la richesse, la capacité industrielle et militaire de Maxus. Et pour vaincre Maxus, il fallait un complexe industriel tout aussi vaste, à l'échelle planétaire.

Il regardait sans la voir la route de terre battue. Il devait y avoir un syllogisme, une association d'idées qui permettrait de résoudre le paradoxe. Il secoua la tête. Trop de facteurs inconnus entraient en jeu, les rares qu'il pouvait identifier étaient des variables.

Il leva les yeux vers le plateau d'Alam. Mardiène avait dû rentrer chez elle, retrouver sa famille, ses amis. Partirait-elle en quête d'Arman ? Il donna de petits coups de pied dans la poussière. De telles pensées ne servaient qu'à le déstabiliser, qu'à interférer avec l'objectif qui donnait sens à sa vie.

D'abord, tuer Arman ou le ramener sur Maxus. Ensuite, localiser d'autres esclavagistes et les tuer. Certains hommes chassaient le loup ; Travec chasserait l'esclavagiste. De leurs têtes, il se ferait une galerie de trophées.

Un concert de bruits métalliques retentit dans son dos. Il sauta sur le bas-côté, se retourna. Un camion chargé de gros animaux gris allait le dépasser. Il leva la main. Le camion s'arrêta dans un crissement de freins. Les bêtes grognèrent, glapirent.

Le chauffeur le toisa du haut de sa cabine. « Où est-ce que vous allez ?

— À Huamalpaï, répondit Travec.

— Montez. »

Travec gravit l'échelle, s'assit sur le siège mal rembourré. Le camion, un antique fardier de fabrication locale, souffla des nuages de fumée et de vapeur. Ses grandes roues se remirent en mouvement avec des gémissements.

Le chauffeur, un individu émacié de son âge ou presque, deux nattes de cheveux noirs, le visage aplati, le noya sous un flot de paroles qu'il écouta avec tolérance.

« … quinze hectares de rizière pour le solstice, qu'on fera. Ils nous le demandent à Huamalpaï, paraît que les viandaires en raffolent. Paraît que les araignées gardent leurs distances, aussi, comme quoi l'huile rance que donne la feuille du riz les repousse, mais bon, je n'ai jamais vu d'araignée se laisser décourager par une mauvaise odeur.

— Les araignées ? » demanda Travec.

Le chauffeur hocha la tête avec emphase. « Monstrueuses. Certaines, du moins. Elles sortent des marais pour bouffer les viandaires. Y en a d'autres pas plus grosses que mon michequin apprivoisé, pour sûr. Et y a celles à huit pattes et au ventre jaune-vert qui prennent un viandaire sous chacune de leurs deux pattes avant et qui regagnent la jungle comme si de rien n'était… »

Le paysage devenait plus civilisé à mesure que la savane s'éloignait. Vignes et rizières bordaient la route. De petites huttes au toit de chaume bleu brillant apparurent bientôt. Au loin s'étendait la chaîne de collines sur lesquelles les murs en bois de Huamalpaï dessinaient, par leurs tours et détours, comme un glaçage de gâteau noir. Derrière la ville s'élevait la Barrière d'Alam, trois mille mètres de roche noire sur fond de ciel rose.

Le chauffeur suivit son regard. « Le Plateau d'Alam », dit-il, avant de marquer une pause expectative et de poser des yeux inquisiteurs sur Travec.

« Ce n'est pas là que vivent les Oros ?

— Si fait.

— Il paraît que ce sont de drôles de numéros. »

Un temps de réflexion. « Plus fous que des scarabées-sacs. Un gars porte une cape rouge avec des demi-lunes bleues, et un autre le croise qui porte la même ? Ils les arrachent tous les deux, ils les brûlent, et ils rentrent s'enfermer chez eux jusqu'à ce que leurs femmes leur en fabriquent d'autres. Ou il y en a un qui chante, ou même qui discute avec ses amis. Il en arrive un autre qui crie : “Taisez-vous !” Alors…

— Ils se battent ?

— Pas du tout. Ils se serrent la main. Tout le monde rigole et se tape dans le dos.

— Qu'est-ce qui peut les pousser à se battre ? »

Le chauffeur haussa les épaules. « Ils refusent les ordres, déjà. Et c'est une insulte que d'entrer dans la maison d'un autre homme.

— Je me demande bien pourquoi.

— Oh ! Par pure folie, voilà pourquoi.

— Comment traitent-ils les étrangers ?

— Ils les ignorent pendant un jour ou deux, et puis ils les chassent. Ils se plaisent dans leur isolement. » L'autre secoua la tête. « Nous, les gens de la plaine, c'est rare qu'on monte là-haut. Ce qu'on ne comprend pas ne nous plaît pas. Et c'est de pire en pire, depuis quelque temps.

— Comment ça ? »

Le chauffeur plissa le front. « Difficile à dire. » Il hésita.

« J'ai entendu des rumeurs », murmura son compagnon.

Un petit rire. « Sans doute vraies, quoi qu'elles racontent. C'est un drôle de peuple. Même s'ils étaient normaux, je me passerais bien d'avoir affaire à eux. Ils n'ont pas d'âme, à ce qu'on prétend. »

Travec manifesta sa stupéfaction de la manière attendue.

« Et maintenant, on entend dire qu'un prophète est venu de l'espace, reprit l'autre. Il prêche, il fait des miracles, et ils viennent de tout le plateau l'écouter en soupirant comme des spectres-des-marais. Bien sûr, ajouta-t-il avec modestie, ce ne sont que des potins, mais je viens souvent en ville et je ne me laisse pas abuser comme ça.

— Comment pourrait-on aller voir tout ça de ses propres yeux ? »

Le chauffeur réfléchit. « Il y a plusieurs moyens. On peut gravir la Piste des Braves à pied, au départ de Huamalpaï, ou se faire conduire le long de la Palissade, soixante kilomètres jusqu'à la Trouée de Nuathiole. Il y a une route carrossable, là-bas, encore qu'elle devienne presque impraticable une fois sur le plateau, à ce qu'on dit. »

Travec contempla la falaise. « Et par la voie des airs ?

— C'est la troisième façon. Il y a un hangar en ville où on trouve à louer des aérocoptères, construits par des esclaves sur Maxus, je vous préviens. Si vous pouvez payer la location, vous y serez aussi vite qu'un oiseau. »

Lorsque le camion se gara enfin dans Huamalpaï, Ramus, bas et rouge, teintait le ciel de magenta. Travec sauta à terre et prit congé du chauffeur.

Arman était tout près. Pourquoi attendre ? Il inspecta les environs d'un regard.

Au bout de la rue, le palais du roi Daurobanan, un vaste édifice de coupoles, de créneaux, de pilastres, de balcons et de frises rococo. Autour de lui, des magasins, des étals, des ateliers, tous fermés par une façade en bois beige sculpté. Il apprit du premier passant qu'il interpella l'emplacement du hangar de location.

Il suivit la berge d'une rivière couleur de sang, découvrit sur sa route des quais branlants qui semblaient comme sortis de la boue. Le temps qu'il trouve le hangar et loue l'aérocar, la nuit était tombée. Les dernières lueurs lavande ternissaient l'eau.

Les commandes du glisseur étaient aux normes de Maxus. Travec décolla à la verticale dans l'air tiède. Huamalpaï se rétrécit au-dessous de lui tout en égrenant des maisons sur les collines au petit bonheur la chance.

Plus haut, toujours plus haut, jusqu'à atteindre les Hautes Terres d'Alam. Il franchit l'escarpement. Intrigué, il scruta la pénombre. Elle lui dissimulait les détails du paysage, mais il eut la sensation qu'un immense plateau rejoignait l'horizon.

Ici et là brillaient des éclaboussures de lumières colorées, rouges, vertes, bleues, jaunes et violettes, comme si chaque village accueillait une fête foraine.

Quelque part en dessous se trouvait Arman. Où ? Travec fronça les sourcils face à cette débauche de couleurs. L'autre devait mener ses affaires le plus discrètement possible et se méfier de Maxus, sachant que la planète pouvait exercer sa vengeance loin de son territoire. Chez les Oros, la moindre question d'un étranger, aussi innocente qu'elle paraisse, ne manquerait pas d'éveiller les soupçons.

Mardiène savait sans doute où Arman résidait. Elle vivait peut-être même à ses côtés. Comment la retrouver ? Se poser et demander ? Non…

Travec entrevit une solution. Il se pencha sur le tableau de bord. L'aérocar piqua vers Huamalpaï.

6.

Travec survolait de nouveau les Hautes Terres d'Alam. Sur la banquette, à côté de lui, reposait la grosse masse d'un émetteur de fabrication locale.

Trouver Mardiène, c'était trouver Arman. Il bascula un interrupteur, régla la fréquence sur 26,733 mégacycles. La résonance du circuit pénal, à son intensité la plus réduite, le guiderait jusqu'à la jeune fille. Il voulait localiser, certes pas châtier, ni même alerter. Il fit pivoter l'antenne à la ronde, et il écouta.

Un silence absolu.

Il manipula les commandes. Le glisseur prit de l'altitude. Il ajusta le réglage de l'émetteur. Un *bip-bip-bip* ténu naquit. Il augmenta la puissance. La réception gagna en clarté. Avec la boussole et l'antenne, il repéra l'origine du signal – vers le nord-ouest – et vira de bord pour prendre cette direction.

Le signal se renforça. Travec diminua la puissance de l'émission, de peur qu'un fourmillement n'alerte sa proie. Quinze, trente, cinquante kilomètres. Il regarda à l'horizon. Le plateau n'excédait pas quatre-vingts kilomètres de large.

Quinze kilomètres de plus : l'origine du signal se retrouva au-dessous de lui. Il passa en vol stationnaire et jeta un coup d'œil vers le sol. En bas, ce n'étaient que ténèbres, sans une éclaboussure de lumière révélatrice d'un village. L'endroit paraissait inhabité, en rase campagne. Dubitatif, il examina l'émetteur. La fréquence était bien calée, mais le calibrage était-il exact ?

La seule manière de s'en assurer, c'était d'atterrir. Et cette obscurité ne lui plaisait guère. Il songea au noctiscope, mais, comme beaucoup d'instruments de précision des Maîtres, son exportation vers les planètes extérieures était interdite.

Travec plissa les paupières pour discerner les chiffres que l'altimètre indiquait. Six cents mètres par rapport à la surface du plateau. L'aiguille du tactigraphe, qui oscillait entre 6 et 7, mesurait la densité et la texture de la couverture forestière.

Il plongea vers le sol. Six cent mètres... trois cents... deux cents... cent... Il s'arrêta net. Au-dessous de lui se dressait une masse amorphe qui semblait bouillonner : le faîte d'un arbre immense.

Travec s'agita, mal à l'aise. Le moteur n'émettait guère qu'un vague bourdonnement, mais les turbines créaient un déplacement d'air que les bruits de la forêt ne couvriraient peut-être pas.

Il descendit avec prudence. Les ténèbres l'entouraient de toutes parts, maintenant, mais paraissaient un petit peu moins denses sur sa droite. Il vira dans cette direction, puis rétablit l'assise du glisseur et le posa en douceur.

Travec sauta à terre sans bruit, se campa, aux aguets, près du véhicule, et scruta les ténèbres. Il n'y avait pas un souffle de vent. L'air était moite, chargé d'une odeur de résine peu familière. Ce simple détail lui rappela qu'il se trouvait à n'en pas douter sur un autre monde.

Bientôt, il découvrit que l'obscurité n'était pas complète : du bois pourri générait une phosphorescence bleutée au ras du sol.

Il hésita. S'il s'éloignait du glisseur, il ne le retrouverait jamais. Sa vision ne portait qu'à une trentaine de mètres dans l'obscurité. Il risquait d'errer dans la forêt des heures durant.

Il remonta dans l'habitacle, émit un signal minimal, reçut un *bip-bip-bip* clair et ferme. Il orienta l'antenne de manière précise et s'assit pour réfléchir. Son regard se posa sur la boussole du véhicule, un simple dispositif magnétique, de ce fait parfaitement adapté à ses besoins. Il la dégagea de son logement, l'aligna sur l'axe de l'antenne. Nord nord-ouest…

Il partit d'un bon pas que la mousse spongieuse rendait élastique, laissant dans son sillage des empreintes bleutées luisantes.

Travec parcourut une distance difficile à estimer. La lueur bleue lui révélait de tous côtés des troncs noirs dépourvus de branches, dont le bois avait la dureté et la froideur du métal. Ses pieds broyaient des champignons friables, s'enfonçaient dans l'humus. À un moment, il marcha sur une grosse liane qui ploya sous sa semelle comme un bras humain.

Une lueur jaune-rose naquit devant lui, au niveau du sol. Il ralentit. Elle parut se déployer pour éclairer les frondaisons vingt mètres plus haut.

La forêt s'achevait au sommet d'une falaise de pierre. Il jeta un coup d'œil par-dessus le bord et vit un amphithéâtre au sol sablonneux. La lumière émanait de sous une tente au tissu rouge terne. Des rangées de bancs s'incurvaient autour d'une estrade de planches noires grossièrement taillées que protégeait une balustrade sculptée. Les bancs étaient occupés aux trois-quarts, d'hommes et de femmes.

Travec étudia l'assistance : des gens de haute taille, bien découplés, aux traits réguliers. Les Oros des Hautes Terres d'Alam. Étaient-ils vraiment fous ?

La scène qu'il découvrait ne permettait guère d'en douter, chacun et chacune portant des vêtements à la coupe, aux motifs et aux coloris singuliers.

L'assemblée évoquait un bal costumé, un carnaval. Un des hommes portait un pourpoint de cuir vert pâle et un pantalon de satin vert ; un autre, des braies blanches et une blouse pourpre. Une première femme se drapait en tout et pour tout dans des rubans dorés ; une deuxième arborait une robe de soie bleue damasquinée ; et une troisième, un justaucorps gris aux épaulettes noires, avec des godets jaunes le long des jambes.

Leurs coiffures étaient tout aussi distinctives : bigoudis de bronze, houppettes rouges, plumes, casques métalliques et voiles transparents. Éberlué, Travec étudia les visages qu'il apercevait. L'occasion était peut-être festive ? Non, toutes les expressions étaient graves.

Il s'efforça de les percer, sans rien voir qui indique la folie ou un pouvoir surnaturel. Malgré les vêtements fantaisistes, il constatait une sérénité, un relâchement, une quiétude qui lissaient les traits et leur donnaient une apparence juvénile.

Mardiène se trouvait-elle dans le public ? Il parcourut du regard la circonférence de l'arène. Pas d'huissiers, de gardes, ni de portiers. Les nouveaux venus n'attiraient pas l'attention, et une tenue étrange passerait sans doute inaperçue, se dit-il. Son costume gris ne se signalerait que par son austérité. Il entra dans le cercle de lumière jaune-rose, descendit une allée, choisit un siège. Nul ne prit garde à lui. Dans la rangée devant lui, cinq ou six femmes d'âge mûr échangeaient des propos qui l'amusèrent.

« ... si gracieux, à en croire Térésha. Il lui a tenu la main ! Elle dit qu'elle a frissonné à son contact.

— Térésha exagère toujours, tu le sais bien.
— J'ai dans l'idée de l'inviter, lui, à notre nocturne. »

Elle gloussèrent. « Je doute fort qu'il vienne. Ses études lui prennent tout le temps que ses nombreuses autres activités lui laissent. Il lit couramment huit langues anciennes… »

Les bancs se garnissaient. L'amphithéâtre fut bientôt plein à craquer. Travec se trouva flanqué d'une vieille femme en veste à martingale jaune soufré, qui portait un bouquet de roses dans les cheveux, et d'un jeune garçon d'une quinzaine d'années en surcot vert. Ni l'un ni l'autre ne lui accorda plus qu'un regard distrait.

Un projecteur balaya l'estrade et Arman apparut dans un rond rosé. Un soupir vite réprimé monta de la foule.

Travec, fasciné, sentit sa respiration se précipiter. Il vit un homme d'une stature et d'une beauté pareillement divines, qui irradiait l'assurance et l'intelligence. Son visage évoquait mille champions glorieux, les héros de tous les médaillons.

Il avait une voix grave, sonore, mélodieuse, qui donnait à la moindre phrase l'impact d'une déclamation. Il soulignait cet effet en parlant tête baissée, en croisant les regards des spectateurs. À l'observer, Travec comprit la répugnance de Mardiène à le considérer comme maléfique. Charismatique, dynamique, Arman projetait une aura de *vertu*.

« Hommes et femmes du futur, dit-il, demain, l'aventure commence. Demain, nous quittons les Hautes Terres. » Il marqua une pause et balaya du regard l'amphithéâtre. Travec sentit le poids de son regard. Arman reprit la parole en détachant bien ses mots. « Je n'ai pas grand-chose à vous dire. Même ici, dans cette forêt où je vous ai tous convoqués en personne, je redoute les yeux et les oreilles de Maxus. Je dois donc limiter mon intervention aux désirs les plus profonds du Dieu. »

Travec tressaillit. Le Dieu ? Quel Dieu ?

Arman usait de grandes phrases, et de tous les ressorts de l'éloquence, en rhéteur inspiré. Il recourait à une dialectique moins politique que spirituelle, et Travec lui-même se sentait ému. Il aurait été difficile de simuler un tel enthousiasme, une telle flamme. Si le prêcheur croyait en ses prêches…

L'homme avait perdu espoir, disait Arman. L'humanité ne croyait plus au destin qui la propulsait jadis aux confins de la galaxie. Il lui fallait un nouvel épicentre, une nouvelle flamme, une nouvelle croisade.

« Ce sont les croyants qui lancent la croisade, murmura-t-il, et vous viendrez avec moi demain. Son centre, son point focal est ici, en nous. Quel que soit le nom dont vous le baptisez, Dieu, le Sort, le Destin, la Finalité, il est ici. » Il se toucha la poitrine. « C'est lui qui me donne la parole. C'est lui qui fait de moi ce que je suis, ce que vous voyez devant vous. Ce Dieu, ce Destin, regarde par mes yeux. Ce Dieu, ce Destin, parle par ma bouche. Dépouillez-vous des oripeaux de votre ancienne vie, arborez les soies dorées de l'univers nouveau !

» L'humanité s'enfonce dans la fange. Maxus patauge dans le vin et dans l'orgie. Maxus dévore la graisse de ses victimes. Maxus est la sangsue qui se repaît de l'humanité.

» Les frontières disparaissent. La peste décime un monde. Sur un autre, la civilisation s'éteint et meurt, et les pitoyables ruines de l'humanité restent éparpillées parmi les étoiles. »

La voix rugit et Travec sentit ses poils se hérisser sur sa nuque. Au milieu de l'estrade, la silhouette parut grandir.

« Nous devons forger notre résolution ! Nous purgerons l'univers. Les esclaves seront les maîtres, les maîtres les esclaves ! Ils connaîtront la sueur, le labeur et la mort, ainsi que leurs esclaves les ont connus ! Nous bâtirons une société nouvelle au nom du Dieu Arman ! Nos briques seront les esprits humains, notre ciment sera l'esprit oro. La maison que nous bâtirons ensemble sera un nouvel univers ! »

Il se recula en haletant. Aussitôt, la foule poussa un soupir comme un seul homme – un sifflement aigu, issu du diaphragme. Travec s'agita, irrité par l'abîme entre ses idées et ses émotions. Mardiène d'abord et Arman ensuite avaient conspiré à brouiller la pureté de ses intentions.

« Demain, reprit l'autre d'une voix douce et ferme, nous nous embarquons dans notre grande aventure. Vous tous qui venez avec nous, vous verrez un monde étrange. Vous verrez la souillure d'une culture basée sur le mal.

»Tous ensemble, nous accomplirons de grandes choses ! Ce soir, ici, sur les Hautes Terres d'Alam, nous vivons un moment historique. Nous tous qui nous retrouvons dans cette forêt, nous sommes l'étincelle et la semence d'un futur glorieux. »

7.

Travec resta assis, plongé dans l'hébétude. Il vit la lumière du projecteur s'éloigner d'Arman, entendit la foule se lever et partir. Une action était imminente : une croisade, contre Maxus, contre l'état esclavagiste lui-même – mais menée par une petite foule d'hommes et de femmes bizarrement vêtus ? Ridicule. Arman était aussi fou que son peuple.

Du moins en apparence. Il se pouvait que Mardiène ait dit la vérité, que les motifs d'Arman aient été mal interprétés. Il se pouvait que, pour lui, six cents vies ne pèsent pas lourd. Et qu'il soit bel et bien Dieu, ou le Destin.

L'indécision était la pire des tortures ! Au fond de lui, un message tentait d'atteindre son esprit conscient. Il se secoua, le brouillard mental se dissipa. Quel était le message ? La clé de son dilemme. Il se pencha en avant, se massa les tempes un long moment, puis il se leva et scruta l'estrade. La foule avait quitté l'amphithéâtre, Arman disparu. Sentant une autre présence, un regard suspicieux, il jeta un coup d'œil vers l'adolescent assis près de lui. Ils étaient presque seuls dans la lumière déclinante.

« Vous n'êtes pas oro », dit le jeune garçon. Il se bornait à énoncer un fait.

« Comment le savez-vous ? s'enquit Travec avec un calme qu'il ne ressentait pas.

— Cela se voit à votre visage, aux rides de mort. Je le sens dans votre esprit dont la surface rappelle le Désert de Granit. Vous n'êtes pas oro.

— Et alors ?

— Si vous êtes un espion de Maxus, vous serez tué.

— Si j'étais un espion de Maxus, comment est-ce que je me serais retrouvé ici ? »

L'autre secoua la tête et recula. Travec devina qu'il s'apprêtait à appeler à l'aide. L'amphithéâtre était vide, mais il restait du monde dans les parages.

« Très bien. Vérifions donc si je suis un espion. Allons voir Arman. »

Le garçon hésita. « Vous voulez voir Arman ? Vous partez demain ?

— Peut-être. Je n'ai encore rien décidé. »

Il observait Travec du coin de l'œil.

« Allons trouver Arman, reprit celui-ci. Vous connaissez mieux la forêt que moi. Je vous suis. »

Le garçon le dévisagea. Travec, grand, mince, les muscles fins et longs tels ceux d'un félin du désert, ne devait pas correspondre à l'image qu'il se faisait d'un espion : petit, le regard fuyant, le sourire faux... « Je vais vous dire où le trouver. » Il parlait d'une voix hésitante. « Mais je ne vous y emmène pas. »

La proposition l'arrangeait. « À votre guise. »

L'adolescent changea d'avis. « Et puis non. Je vous y conduis moi-même. Comme ça, je *saurai* que tout va bien. Je suis apprenti ingénieur, ajouta-t-il d'une voix timide.

— Excellent. Et quel rôle est-ce que vous jouez dans cette grande aventure ?

— Oh ! » L'autre choisit ses mots avec soin. « Je vais traduire des idées en dessins conceptuels. C'est ma spécialité.

— Je vois, je vois. Maintenant, allons trouver Arman. »

Une hésitation. « Je devrais peut-être vous amener à mon père et le laisser décider. »

Travec s'arrêta, comme pour réfléchir. « Non, dit-il enfin, je n'ai guère de temps. Je préfère voir Arman directement. »

Le garçon demeurait irrésolu. Il n'avait jamais rencontré Arman, jamais parlé avec le grand homme. Ce serait peut-être l'occasion. « Suivez-moi », décida-t-il.

Ils quittèrent l'amphithéâtre, longèrent un chemin sinueux qui traversa une route goudronnée et replongea dans les bois. Ils marchèrent durant cinq minutes. La forêt s'éclaircit. Ils émergèrent à ciel ouvert. À l'est, une planète luisait telle une perle rose monstrueuse. Travec constata qu'ils se trouvaient sur une lande moutonnante. Le vent humide qui lui soufflait au visage sentait le marais. Devant brillaient les lumières d'une fermette.

Repris par l'indécision, le jeune garçon s'arrêta soudain. Allait-on le remercier de déranger le héros en lui amenant un inconnu, un étranger ? Et si cet homme au regard sombre et aux cheveux noirs était un ennemi, un espion de Maxus ? Il sentit un frisson le parcourir.

« On a pris le mauvais chemin, dit-il d'une voix rauque. On ferait mieux de retourner dans la forêt. Je vous emmène voir mon père. »

Travec tendit la main d'un geste languide, la referma sur la nuque de l'adolescent, lui tâta les muscles, serra. L'autre se figea, bras ballants, jambes molles. À tâtons, Travec fouilla sa sacoche, en sortit un injecteur palmaire – une petite poche de drogue équipée d'un dard. Sa prise se relâcha. Par réflexe, le garçon lança un bras en l'air, puis il poussa un cri étranglé.

Serrant les dents, Travec raffermit sa prise. Il coucha de force l'adolescent par terre, lui plaqua l'injecteur sur le cou. Un tressaillement. Il se redressa. Le garçon ne bougea plus.

Il attendit dans l'obscurité. De toute évidence, nul n'avait rien entendu. Il se rapprocha de la fermette avec précaution et nota son haut pignon, ses fenêtres ovales et sa porte qui affectait la forme de trois disques superposés.

Les volets fermés laissaient filtrer un peu de lumière dorée par des interstices dans le bois mais sans toutefois permettre de voir à l'intérieur. Il contourna la maison, longea des clapiers, des resserres, des appentis, trouva la porte de derrière.

Il abaissa le loquet, mais la porte était barrée de l'intérieur. Alors il tira de sa sacoche une torche et se retint de tousser dans la fumée qui monta lorsqu'il découpa un trou au-dessus du loquet à l'aide de son rayon concentré. Il passa la main entre les échardes fumantes, souleva la barre, baissa le loquet et, l'épaule contre le battant, ouvrit la porte.

La pièce, sombre, sentait les fruits blets. Quatre traits de lumière révélaient une autre porte. Travec usa de sa torche en mode éclairant, promena le rayon autour de lui et traversa le réduit à la hâte.

Derrière l'autre battant, on n'entendait rien, ni voix, ni mouvements. Il éteignit la torche, en concentra le rayon, en augmenta la portée, puis ouvrit la porte.

Assis sur un banc devant la cheminée, Arman contemplait les flammes. Il était seul. Travec s'avança sans bruit. L'autre sentit sa présence et leva la tête.

« Silence », dit Travec en lui montrant son arme. Arman se leva, le regarda sans un mot. Le charisme de ce bel homme aux traits réguliers était aussi formidable que déconcertant. Travec hésita – devait-il le tuer ici même ? Ce serait facile. Non : Arman en vie sur Maxus vaudrait davantage qu'Arman mort sur Fell. Sa rançon rachèterait non seulement le frère et la sœur de Travec, mais aussi beaucoup d'autres esclaves.

« Tournez-vous. » Arman obtempéra en le surveillant de ses grands yeux lumineux par-dessus son épaule. Il n'avait toujours rien dit.

Travec s'avança prudemment. L'autre, bâti en force, avait l'air dangereux. Il tendit la main et lui effleura le cou avec l'injecteur.

Derrière lui retentit un petit cri de terreur. Il recula tandis qu'Arman se tétanisait. Dans l'encadrement d'une porte se tenait une jeune femme en pantalon noir et chemisier vert et blanc, aussi blonde et aussi belle que le soleil d'Exar : Mardiène.

Arman s'effondra. « Venez ici, vite, ou je vous tue », dit Travec à Mardiène.

Elle s'approcha, le regard étrangement voilé. « Me tuer ? » Elle semblait plus perplexe qu'effrayée. « Pourquoi ? »

Travec se rembrunit. Il ne pouvait tout simplement pas lui répondre qu'il avait éprouvé un accès de jalousie féroce en la voyant dans la maison d'Arman. Elle baissa les yeux sur la silhouette étendue par terre et porta une main à sa gorge.

« Vous l'avez tué… déjà ?

— Non, il n'est pas mort.

— Qu'est-ce que vous comptez faire, alors ?

— L'emmener sur Maxus et l'échanger contre mon frère, ma sœur et le plus grand nombre possible de mes amis.

— Mais il sera torturé ! » Elle leva les yeux vers lui et le voile quitta son regard.

Il haussa les épaules et considéra le corps. « Il aurait dû y réfléchir avant de devenir esclavagiste. »

Mardiène s'avança. « Travec… *Dyle* ! Vous ne comprenez pas ! Vous ne pouvez pas faire ça ! Je vous en prie ! »

Il émit un vilain petit rire dédaigneux. « Vous devez être aveugle. Ou on vous a dupée.

— Ce sont vos émotions qui parlent ! s'écria-t-elle, blême, les yeux écarquillés.

— Je vous retourne le compliment », dit-il, sardonique.

« Non. Moi, je sais. Je *sais* ! » murmura-t-elle, les dents serrées.

Il haussa les épaules. « Il parlait de partir demain. Où, et pourquoi ?

— Pour Maxus, avec six cents des nôtres, répondit-elle avec rage. Vous voyez à quel point nous croyons en lui ! Au point que six cents se portent volontaires.

— Volontaires ? Pour quoi ?

— Pour devenir esclaves. »

Il se figea et la dévisagea. « Dans quel but ? »

Elle détourna la tête. « J'en ai déjà trop dit.

— Dois-je comprendre, énonça-t-il, que six cents Oros se laissent vendre comme esclaves ? Et qu'Arman va toucher le produit de cette vente ?

— Oui.

— Vous êtes décidément fous à lier, tous.

— Et vous, un imbécile ! lâcha Mardiène d'un ton sec. L'argent sert à acheter de l'équipement, des outils, pour des usines, des centrales !

— Et qui travaillera dans ces usines ?

— Nous, les Oros.

— Et qui protègera vos industries face à Maxus ?

— Nous aurons un champ de force semblable au bouclier qui entoure Maxus.

— C'est un des secrets les mieux gardés de tout Maxus : comment placer toute une planète derrière un écran. »

Mardiène sourit. « Une fois que les Oros seront esclaves sur Maxus, il n'y aura plus de secrets. Ceux qui partent ont tous reçu une formation de technicien. »

Travec fronça les sourcils. « Je ne comprends pas.

— Bien sûr que non. Vous n'êtes pas oro.

— Non. En effet. Comment allez-vous sortir ces secrets de la planète ?

— Ça, c'est un de *nos* secrets. Nous allons nous procurer toutes les formules, tous les plans, tous les circuits, tous les savoirs disponibles sur Maxus. Et ici, sur les Hautes Terres d'Alam, nous allons recréer sa technologie.

» Nous allons protéger Fell de Maxus derrière un champ de force jusqu'à ce que nous possédions nos propres navires. Ensuite, nous exporterons notre technologie sur les autres planètes. Maxus reculera devant nous.

— Très imaginatif. » Travec s'adossa contre le mur. « Et pourquoi échanger les déprédations occasionnelles de Maxus contre la tyrannie de cet esclavagiste… » Il poussa Arman du bout du pied. « … de ce meurtrier ?

— Il n'y aura pas de tyrannie sous l'égide d'Arman ! »

Il secoua la tête, lentement. « Vous êtes bien naïve ! Il dit : "Les maîtres seront les esclaves", et vous le croyez encore.

— "Les maîtres seront les esclaves", répéta-t-elle. Vous étiez à l'assemblée.

— Oui.

— Qu'est-ce que vous voulez dire, alors ?

— Que vous pouvez peut-être créer un système industriel capitaliste, mais qu'il vous faudra bien plus de millions de bras pour le faire fonctionner que vous n'en avez sur Fell. Vous avez idée de la complexité d'un navire de guerre ? Du nombre d'années-homme nécessaire à la construction d'un simple croiseur…

— Non, murmura-t-elle.

— … ou même à celle des équipements et des machines nécessaires pour commencer ?

— Nous commencerons à petite échelle.

— Impossible. Un complexe industriel, c'est gigantesque, ou bien ça n'existe pas. Il faut quarante millions de Maîtres pour superviser les industries de Maxus. Et vous, ici, vous n'êtes que quelques millions. D'où viendront les années-homme supplémentaires qu'il faudra utiliser ? Arman vous a donné la réponse dans son discours, elle lui vient sans peine à l'esprit du fait même de sa profession : des esclaves !

» Autre chose… Vous croyez que les Maîtres vont rester les bras croisés pendant que votre système capitaliste se développe ? Ils sont réalistes. Ils se développeront en même temps que vous, mais plus vite. Ils réduiront en esclavage davantage de planètes, construiront davantage d'usines… et ils ont deux mille ans d'avance sur vous.

» Même si votre complot réussit, vous ne gagnerez pas. Personne ne gagnera. Tout le monde perdra. Il n'y aura pas que Maxus pour ravager les planètes, il y aura aussi les esclavagistes de Fell. Deux systèmes industriels se disputeront les marchés galactiques afin d'acheter assez de nourriture pour nourrir leurs esclaves !

— Non, non, *non* ! Ça n'a rien à voir avec notre plan !

— Non, bien sûr, dit Travec avec douceur. Vous êtes une idéaliste. De celles et ceux qui font les révolutions, qui tirent les marrons du feu. Puis les réalistes consolident la situation, mettent au point les compromis et liquident l'opposition. »

Ils se regardaient, campés de part et d'autre de l'idole renversée de Mardiène. Celle-ci murmura : « Qu'est-ce que vous proposez ? Vous essayez de détruire mes convictions, mais vous ne m'offrez rien d'autre.

— Je suis désolé, dit Travec. Je ne vois aucune solution agréable à vous proposer… sinon de rendre l'esclavagisme si dangereux que les monstres dans son genre… » De nouveau, il poussa Arman du pied. « … s'en tiendront à l'acrobatie. C'est à ça que je vais consacrer ma vie. En commençant par l'esclavagiste même qui m'a volé ma famille.

» Sitôt qu'il sera entre les mains du Haut commissaire d'Alambar, je n'aurai plus de pitié pour aucun d'eux. » Sa voix devint métallique. « Je les tuerai, tous autant qu'ils sont. »

Une étrange pâleur envahissait le visage de Mardiène. Il remarqua alors la direction de son regard, rivé sur le sol.

Il se recula trop tard. Un corps souple et massif le percuta à hauteur de taille et le projeta à la renverse. La torche roula avec bruit sur le parquet. Mardiène haleta et courut la saisir.

Travec projeta son pied dans l'abdomen d'Arman, qui tituba. Au même instant, il vit la jeune fille, les traits tirés par le doute, les yeux écarquillés, le regard vide, pointer la torche.

Il roula sur lui-même et un trait de lumière rouge calcina le parquet à l'endroit précis qu'il occupait l'instant d'avant.

Il sauta sur ses pieds, plongea derrière Arman qui, plié en deux, tentait de reprendre son souffle, empoigna un tabouret et le jeta sur Mardiène. Elle le reçut sur l'épaule et le visage et s'effondra. Alors Arman, fou de rage, bondit sur Travec en poussant un cri terrible.

8.

La masse et la force contre la prudence et la ruse. Travec, un montagnard d'Exar, s'était souvent battu. Mais Arman paraissait doté d'une endurance inépuisable, surhumaine. Ils luttaient, s'écartaient, se sautaient à nouveau dessus. Peu à peu, la vision de Travec se brouilla, se ternit, tandis qu'Arman semblait toujours aussi énergique.

Il bondit sur Travec qui recula. Il balança son bras comme une massue, manqua son coup : Travec se précipita, saisit le bras, fit levier – Arman s'écrasa au sol. Travec lui décocha un coup de pied dans la tête. Arman hurla et voulut rouler à l'écart ; il heurta le mur, gémit, griffa le parquet et ne bougea plus.

Mardiène rampait vers la torche. Travec se jeta sur l'arme, la récupéra, se releva.

Pantelant, pris de vertige, le cœur battant la chamade, les genoux montés sur roulements à billes, couvert de bleus, la joue, les lèvres et le menton en sang, il observa la jeune fille allongée par terre qui le fusillait du regard et entrevit la bête primordiale. Après cette vision fugitive, il s'émerveilla de l'excellence des déguisements tels que la beauté physique et le vernis de civilisation.

« Vous êtes aussi pourrie que lui, haleta-t-il. Vous êtes sa maîtresse, la maîtresse d'un esclavagiste.

— Et vous, vous êtes jaloux, souffla-t-elle. C'est pour ça que vous le haïssez. Pour ça que vous me haïssez. » Elle se détourna. « Si je l'ai été, si je le suis encore, de toute façon je n'ai pas à en rougir. »

Il ne trouva rien à lui répondre. Le silence s'installa : Arman restait étendu les bras en croix, Mardiène assise tous les muscles tendus, Travec adossé au mur pour reprendre son souffle. Il posa son regard sur l'injecteur palmaire : pourquoi n'avait-il pas immobilisé Arman ?

Il le ramassa, l'examina. L'aiguille était brisée, la poche vide. Il demeura figé un petit instant, l'esprit en déroute. Les événements se succédaient trop vite pour lui, il ne maîtrisait plus rien. Où était passé l'adolescent ? Était-il parti chercher de l'aide ?

Arman gémit de nouveau, secoua la tête à grand peine et prit lentement appui sur ses bras.

« Restez tranquille », dit Travec. L'autre le regarda. « Les bras dans votre dos. »

Arman obéit. Travec empocha la torche, tira son couteau, alla en boitillant se pencher sur son adversaire et produisit un rouleau de ruban adhésif. Une créature osseuse lui sauta sur le dos et lui agrippa les bras. L'adolescent.

Travec lâcha le ruban adhésif et se débattit pour sortir la torche de sa poche, mais elle roula au sol.

Arman bondit et s'en empara. Le garçon se dégagea et se mit à débiter des explications à toute allure.

« … su qu'il fallait s'en méfier dès l'instant où je l'ai vu. Alors je l'ai tenu à l'œil. Je ferais n'importe quoi pour vous, Lord Arman… »

Les yeux d'Arman brillaient tandis qu'il observait Travec qui, les bras ballants, attendait la mort. Mardiène, qui tâtait sans mot dire les bleus que le tabouret lui avait infligés, les regardait, sans expression.

Arman se tourna soudain vers le garçon. « Derrière la maison, dans le coffre de l'aérocar, il y a une longue corde.

— Oui, monsieur.

— Va la chercher. »

L'adolescent courut dehors, revint au bout d'un instant.

« Attache-lui les poignets, ordonna Arman. Dans le dos. » Ensuite, il prit le bout de la corde. « Sors », dit-il à Travec. Il ajouta, à l'adresse de Mardiène : « Prends sa torche. »

Il emmena Travec à marche forcée jusqu'à l'aérocar où il noua l'extrémité de la corde au châssis. Le captif se raidit : il se retrouverait pendu par les poignets, qu'il avait entravés dans son dos, lorsque le véhicule décollerait. Sous le poids, ses bras pivoteraient en arrière dans leurs cavités ; son corps se balancerait, impuissant.

Arman se tourna vers l'adolescent. « Tu sais piloter ?

— Oui, messire…

— Emmène-le jusqu'au marécage et coupe la corde. »

L'autre lâcha un rire teinté d'hystérie. « Oui, messire. Il nourrira les araignées. C'est tout ce qu'il mérite. »

Mardiène, spectre au visage blême, s'accrocha à l'avant-bras de l'esclavagiste. « Arman… On ne peut pas le torturer.

— Lâche-moi ! dit-il avec brusquerie. Il espionne pour le compte de Maxus.

— Non. Pas vraiment. Et même si c'était vrai… on ne peut pas pratiquer la torture… »

Il la toisa, menaçant. « Tais-toi ! Rentre dans la maison si ça ne te plaît pas. »

Elle le dévisagea, paralysée, puis elle se détourna avant de s'éloigner en toute hâte.

« Décolle, dit Arman au garçon. Et veille à ce qu'il n'en revienne pas.

— Ne vous en faites pas, messire. Je suis à votre service.

— Bien. Je saurai m'en souvenir. »

Le pilote sauta dans la cabine. Travec scruta la corde. Arman avait laissé beaucoup de mou. Les pales se mirent à tourner ; l'air afflua vers le bas ; le véhicule décolla du sol. Travec se jeta à plat dos et enroula la corde autour de son mollet. L'aérocar s'éleva dans la nuit, emmenant, accroché la tête en bas, le captif qui jugea sa situation inconfortable – quoique moins que de pendre par les bras attachés dans le dos durant ses dernières heures.

Arman poussa un cri de colère que l'adolescent n'entendit pas. Le véhicule fila dans l'obscurité, balançant son fardeau en tous sens. La lumière issue de la porte ouverte du cottage se réduisit à trois disques dorés, à une ligne, puis disparut.

Travec, le sang lui martelant les tempes, aurait été bien en peine de déterminer la durée du trajet. Il préférait veiller à rester conscient – si jamais il s'évanouissait, ses jambes se relâcheraient, la corde glisserait et il culbuterait sur le flanc pour se retrouver dans la position d'impuissance à laquelle Arman avait voulu le condamner. Le temps passait. Ballotté par le vent, il discernait à peine le parallélépipède noir en dessus, l'océan de ténèbres alentour, le sol flou en dessous, la perle opulente de la lune de Fell : les éléments cruciaux de sa nouvelle existence. La vie proprement dite lui semblait lointaine, inaccessible, un cri dans un rêve ensoleillé.

Emporté tête en bas dans les ténèbres, il volait donc telle une sorcière ridicule. Il avait de la peine à respirer. Les yeux écarquillés, il tâchait de se raccrocher à la conscience, mais sa prise se desserrait…

Le véhicule s'immobilisa. Trois cents mètres plus bas, le marécage s'étalait ; seuls des reflets épars tranchaient sur sa noirceur. Travec entrevit le garçon qui se penchait dans le vide et l'entendit à peine dans le torrent d'air qui sustentait l'appareil.

« Vous voyez ça ? C'est un couteau. Je coupe la corde et au revoir monsieur ! De la bectance pour les araignées ! » Un rire exultant. « Une sacrée chute. Si je vous dépose, vous apprécierez la balade. Et vous aurez les araignées pour vous indiquer le chemin. »

De fait, l'aérocar descendit soudain, à toute allure. Les horizons s'élevèrent ; on aurait cru voir du goudron remplir un bocal de verre pourpre. Travec se retrouva à six ou sept mètres du sol, frôlant le sommet de végétaux indistincts.

« J'espère que vous aimez marcher ! cria le jeune pilote. Ça ne fait que deux cents bornes et vous avez tout le temps du monde. » La corde vibra. Les torons cédèrent : un, deux, trois. Travec tomba, à travers feuilles et brindilles, dans une grappe de cosses géantes en forme de globe qui éclatèrent sous son poids ou jaillirent pour dériver dans l'obscurité, un peu luminescentes, telles des bulles remplies de fumée grise.

Il resta avachi, hébété, privé de volonté et de mémoire.

La courte nuit de Fell reflua devant l'aube couleur prune qui détourait la végétation. Tiré du sommeil par les bruits innombrables des frondes crissant et bruissant sous la brise, Travec frémit.

Grimaçant, il s'étira les jambes, se redressa sur son séant pour adopter une position moins pénible, puis s'occupa de ses liens. Il sentait la corde sous ses doigts. Un brin après l'autre, il la délita. Elle céda après une dernière traction.

Il tendit le bras et se mit debout sur une branche. Avec précaution, il se palpa, grommelant à chaque bleu – aucune fracture, par contre. Tendant le cou, il scruta en vain le sol que la lueur de l'aube n'atteignait pas encore : le paysage restait indistinct.

Il considéra le tronc de son arbrisseau. Puis, songeant aux araignées, il hésita. En scrutant le feuillage, il repéra une toile. Il y lança une brindille : une bestiole noire de la taille d'un chat jaillit des ombres pour se jeter dessus, avant de la balancer d'un coup de patte et, à contrecœur, de regagner d'un pas lent sa tanière dissimulée.

Travec se rallongea sur sa branche avec précaution et se trouva une posture confortable. Il avait survécu, c'était déjà ça. Depuis son arbre à cosses, il voyait à quinze mètres dans l'entrelacs gris-vert et violine. L'air sentait la boue froide, une odeur humide que relevaient des notes de musc animal et de pourriture végétale.

Ramus, le soleil rouge, escalada le ciel. Quittant son perchoir, Travec s'éleva un peu plus haut dans les branches. Un cri strident retentit à travers la jungle, suivi d'un grand fracas. L'homme se figea, pris de peur pour la première fois depuis son réveil.

Au bout d'un moment, il monta encore d'un mètre. D'autres cosses en forme de globe se détachèrent pour aller flotter dans l'aube rouge.

Il inspecta sa sacoche de ceinture : un long couteau pliant, une batterie de rechange pour sa torche électrique, le sac à injection palmaire inutile, un rasoir à lame, de l'argent, une fronde à dards empoisonnés, une dizaine de ces munitions, une boîte de tablettes vitaminées. Rien d'utile pour négocier deux cents kilomètres de boue, de fourrés, de bosquets – la nourriture brillait par son absence. Les araignées ? Faute d'avoir de quoi faire du feu, il devrait les manger crues.

Il regarda vers la terre ferme. Aujourd'hui même, Arman allait partir pour Maxus avec six cents Oros. Aujourd'hui, à quelle heure – matin, midi, soir ? Il scruta la jungle, le ciel rosé, la boue brune.

Arman, Mardiène, les Oros, Maxus… tous perdaient de l'importance, tels des événements vus par le petit bout de la lorgnette. Quelle importance qu'Arman parte aujourd'hui ? Aujourd'hui, demain, hier – ça ne faisait aucune différence pour un égaré, un naufragé comme lui. Il altéra sa position, bousculant d'autres bulles qui s'envolèrent, entraînées par le vent.

Il contempla les cosses, la toile d'araignée… et une idée lui vint. Sa perspective se modifia, le temps prit sens. Quand Arman devait-il quitter Fell ? Dépêche-toi, songea-t-il, vite ! Il voulait vivre.

Des heures plus tard, il promenait un dernier regard sur la petite clairière. D'un côté, gisait le tas de fourrés qu'il avait coupés ; de l'autre, se dressait un amas d'araignées mortes – des douzaines, petites et grosses, des créatures couleur de sable de la taille de sa main (agiles sur leurs pattes flexibles) au monstre obèse presque aussi massif que lui.

Cette dernière araignée, il l'avait combattue pendant vingt minutes exténuantes, à l'aide de son couteau et de la lance à feu improvisée avec sa batterie et un long bâton. L'écart entre les yeux de la chose correspondait à celui des bornes dénudées. Travec l'avait aveuglée, mais elle avait du ressort et le détectait presque aussi bien à tâtons.

Avec une obstination nourrie de haine, elle l'avait traqué dans la boue fumante ; il avait battu en retraite en lui lardant les pattes. Enfin, elle s'était effondrée, grosse boule poilue, et il l'avait imitée, pantelant, au pied de l'arbre à cosses.

Le dos tourné à la clairière, il observait la haute grappe de globes, des centaines et des centaines, tout attachés par une longueur de fil d'araignée à un gros câble central.

Plus rien ne le retenait ici. S'asseyant sur le siège qu'il avait taillé dans une souche pourrie, il se baissa et trancha son amarre d'un coup de couteau. Son ballon de fortune bondit, l'emportant dans le ciel, loin de la boue humide, loin de la clairière et de son tas d'araignées mortes, dans la rouge lumière de Ramus.

La brise le ramena vers la terre ferme.

9.

Il dériva toute la journée. Le vent qui poussait le ballon vers les hautes plaines du continent soufflait sans relâche. Au jugé, sa vitesse atteignait vingt ou trente kilomètres à l'heure. Deux cents kilomètres ? Sept à dix heures de trajet. Il arriverait en pleine nuit

– trop tard. Il se dressa dans son harnais pour tâcher de percer du regard l'éclat rosé, mais ne vit qu'une vaste cuvette de boue, de feuilles, de branches.

Ramus traversa le ciel, survolant l'horizon. Enfin, Travec vit se profiler dans le lointain des montagnes violettes qui scintillaient comme des guirlandes de Noël. Le but de sa vie et l'urgence de sa quête reprenaient le dessus, mais le vent ne soufflait pas plus vite ; il perdit même de sa puissance à l'approche du soir, au point que le ballon semblait voguer au sein d'un fluide soyeux.

Le soir venait lorsqu'il aperçut en contrebas les rectangles des champs cultivés. Il taillada aussitôt une bonne douzaine de cosses ; le ballon descendit et se posa.

Travec sauta à terre. Les muscles douloureux, bouillant de colère, impatient, il contempla, campé sur un champ de fongus balayé par le vent, sa grappe de bulles qui reprenait de l'altitude et s'éloignait. Une fois qu'il la vit disparaître, il traversa le champ au petit trot, enjamba un fossé, contourna un carré de maïs en herbe, trouva une route. Au loin brillait un bouquet de lumières.

Hagard, affamé, assoiffé, traînant les pieds, il entra dans le village où il s'arrêta devant une taverne aux murs de boue noueux. Sur l'enseigne suspendue au-dessus de la chaussée figurait en toutes lettres l'inscription *La Gaieté de Gaunbal* au-dessus du dessin fluorescent d'un poisson jaune et vert.

Poussant la porte en planches disjointes, il pénétra dans une salle qui embaumait la nourriture et la boisson, s'affala sur l'une des chaises d'une longue table et passa commande à une femme impassible. Elle lui apporta du ragoût, du pain et une cervoise jaune écumeuse. Il engloutit trois bouchées, se rinça la bouche à la bière, jeta un coup d'œil à la ronde. « Où est le téléphone ? » demanda-t-il à la serveuse.

Son visage d'ébène afficha une joie simple. Elle pointa le doigt par-dessus la tête de son client. « Vous l'avez presque dans les cheveux. »

Il se leva, se retourna, feuilleta l'annuaire, composa un numéro. La ligne émit un sifflement aigu.

« Ici le spatioport, dit une voix. Jéotsa à l'appareil.

— Le vaisseau d'Arman a décollé ? »

Une pause. « Oui. Cet après-midi. »

Ses épaules s'affaissèrent. Il resta coi, figé.

« D'après la rumeur, reprit la voix, il ne serait parti que pour quelque part en Alam. Il n'a peut-être donc pas quitté la planète. À ma connaissance, il n'y a pas de spatioport là-bas. Je ne vois pas où il pourrait atterrir. Les Oros voient d'un mauvais œil qu'on leur brûle leurs champs.

— Où se situe l'aéroport le plus vaste ?

— Ils n'en ont aucun. De temps en temps, les aérocars se posent à Solveg. »

Travec raccrocha. Il lança à la grosse femme, qui se tenait de l'autre côté de la salle : « Où puis-je louer un aérocar ? »

Elle parut intéressée. « Mon fils vous conduira où vous voulez. Mais… vous avez l'argent ?

— Il sera payé, grommela-t-il. Qu'il me retrouve devant la porte, au plus vite. »

Il mangea du ragoût et but de la bière jusqu'à ce que le sifflement des pales retentisse derrière la fenêtre.

Plaquant des pièces d'argent sur la table, courut dehors et sauta dans le véhicule. « Les Hautes Terres d'Alam. Solveg, si vous connaissez le coin. »

Le plateau obscurci déployait des collines moutonnantes et des vallées saupoudrées des lumignons multicolores d'un pays imaginaire.

« Voilà Solveg, et voilà le terrain, dit le conducteur. Vous voulez que je me pose ?

— Non. Passez à basse altitude. » Dans la lumière rosée de la lune moite, l'aéroport apparaissait désert. « Allez au nord, jusqu'à l'angle des Hautes Terres. »

Ce trajet dura vingt minutes. Les villages disparaissaient dans leur sillage. Ensuite ce furent la forêt sombre et, enfin, la lande où se dressait le cottage à pignons d'Arman. Cent mètres plus loin, la masse noire du vaisseau se profila. Une lumière ténue filtrait par l'écoutille et deux hublots – seule trace d'activité au niveau de l'appareil.

« Posez-moi ici. Discrètement. » Il s'avisa qu'il n'avait pas d'arme. « Vous auriez une arme ? Ionique, explosive, fulgurante, peu m'importe. Je vous en donne un bon prix. »

L'autre le regarda du coin de l'œil. « Non. Pourquoi vous en faut-il une ? » Puis, comme regrettant la hardiesse de sa question – déguenillé, meurtri, émacié, l'œil enfiévré, son passage n'invitait guère à la familiarité –, il se détourna.

Travec resta coi. L'aérocar posé, il sauta à terre et tira de sa sacoche une coupure. « Ça suffira comme paiement ? »

Le pilote marmonna que oui et reprit l'air sans délai.

L'arrivant contempla le vaisseau noir en oscillant quelque peu. Il lui aurait fallu de l'énergie, de la vigueur – mais il voyait trouble et il avait les membres gourds. La fatigue lui brouillait les idées.

Il n'avait pour arme que son couteau, alors qu'Arman se trouvait à l'abri, confit d'arrogance, dans son navire.

Le gravier crissa sous des pas décidés. Reculant dans l'ombre, il vit deux hommes approcher et monter à bord. De l'intérieur jaillit un bruit métallique.

Il se passa une main sur la figure. Du temps, il lui aurait fallu du temps pour se reposer, reprendre ses esprits…

Se concentrant, il puisa des forces dans sa résolution inébranlable. Son couteau suffirait – une lame tuerait aussi sûrement qu'un rayon. Arman mort, Travec disposerait de l'aérocar, caché dans les bois, qui l'avait amené, puis de son vaisseau, au spatioport de Huamalpaï. Il ne lui resterait alors qu'à quitter ce monde.

Il s'emplit les poumons, étira ses épaules crispées. Tout d'abord, effectuer une reconnaissance dans le cottage…

Alors qu'il approchait, sa prudence se volatilisa, chassée par la rage. Une reconnaissance ? Non. Il allait ouvrir la porte et entrer. L'autre n'attendait certes pas un tel visiteur.

Il remonta le sentier. Le toit singulier aux hautes pointes se dressa au-dessus de lui. Il atteignit la porte singulière aux trois disques, abaissa la clenche et regarda les disques se rabattre vers l'intérieur, deux sur la droite, un sur la gauche. La lumière l'inonda.

Un pas lui suffit à gagner le centre de la pièce dont il explora les angles, derrière les meubles longs. Déserte. Il ouvrit chaque porte, tendant l'oreille. Une goutte d'eau dans l'une. Un souffle d'air dans l'autre. Silence dans la dernière.

Il retourna dehors et scruta le vaisseau. Arman devait se trouver à bord. Avec Mardiène ? Avec six cents Oros ? Tout seul ? L'engin exsudait l'imminence, comme s'il s'apprêtait à bondir. Travec s'avança dans l'obscurité couleur de mûre. Soit il montait à bord, soit il attendait à l'entrée.

Tel un fantôme, il gravit la rampe d'accès et jeta un coup d'œil dans l'appareil. Devant lui s'étendait une coursive bordée de meubles de rangement. Un homme en tablier vert clair fourrait des fagots de tiges fruitières dans un déversoir. Travec retira l'une de ses sandales, s'avança et l'abattit sur la nuque de l'homme, qui s'effondra. L'intrus lui retira son tablier, le revêtit pour dissimuler ses habits tachés, bâillonna l'autre à l'aide d'un mouchoir, lui lia les poignets avec sa propre ceinture, attacha ses sandales ensemble et le fourra, toujours inconscient, dans l'une des armoires.

Il regarda alentour pour se repérer. Au-dessus de lui, le plafond s'inclinait, convexe – formant l'assise du moteur central sur toute la longueur du vaisseau. Sur la périphérie, des rampes menaient aux diverses soutes des passagers. Au bout du couloir, les deux échelles menaient au dôme de commandement et aux quartiers de l'équipage.

Travec entrebâilla la porte d'une des soutes. Un bruit de respirations multiples lui emplit les tympans. Aussitôt, il la referma. Six cents Oros drogués et entassé pour le voyage. Six cents Oros fous.

Courant presque, il longea la coursive ; le couteau brandi, il gravit l'échelle du dôme, qu'il trouva vide.

Un témoin bleu brillait sur le tableau de bord. Au-dessous en lettres blanches, une inscription : *Paré*. La tête projetée en avant comme un chien de chasse, il darda son regard de-ci de-là. Où était Arman ? Et l'équipage ?

Il retira le panneau d'accès à la passerelle du cœur. Là, il entendit des voix et vit six ou sept hommes debout autour d'une turbine sur laquelle l'un d'eux resserrait un boulon à l'aide d'une clef. Une réparation. Où était Arman ? Parmi ces silhouettes plongées dans l'ombre ? Difficile à dire. Il y en avait une de grande et massive qui…

Quelqu'un surgit de l'échelle derrière lui. Travec, au bruit de pas, se retourna, sa lame jetant des éclairs.

Arman le braquait de son arme. Il se fendit d'un sourire exagéré qui évoquait une grimace. Ses dents brillaient tels des éclats de glace. « On ne bouge plus, bonhomme. » Il baissa la tête et plissa les yeux. « *Vous ?* Encore ? » Il se renfrogna. « Je croyais vous avoir fait éliminer une bonne fois pour toutes. »

Travec chancela, son regard passant de l'arme au visage d'Arman. Peut-être qu'il avait cherché la mort, à foncer en aveugle. La mort qui mettrait un terme à tous ses soucis. Il s'agissait toutefois d'une idée inconsistante qui déserta son esprit. Il avança d'un petit pas.

« Stop, dit Arman. Le garçon ne m'a pas obéi ?

— Si. Il vous a obéi.

— Et au lieu de tomber mort, vous êtes revenu ici à tire d'aile, comme un anthrocore ?

— Je suis revenu à tire d'aile.

— Lâchez ce couteau ! » Travec se voûta, prêt à bondir. « *Vite* ! aboya l'autre. Ou je vous calcine sur pied. »

Il lâcha le couteau.

« Je sais ce que vous aviez en tête. Vous espériez me ramener sur Maxus. M'y ramener en vie. »

Pas de réponse.

« Un type pareil se vendra deux mille sils à Alambar. » Il lança un ton plus haut, à l'adresse d'une grille : « *Krosk !* »

Un raclement de pieds sur la passerelle. Un homme trapu en salopette blanche passa la tête dans la pièce. Il avait un visage brun semé de rides, des yeux comme des pruneaux. « Que dois-je faire ?

— Endormir ce fauteur de troubles. »

Impassible, l'autre plaqua un pulvérisateur hypodermique sur le cou de Travec. Un sifflement aigu s'éleva.

« Vous vous réveillerez à Alambar, déclara l'esclavagiste. Le prix que rapportera votre corps sera utile. Le moindre sil est utile. »

Un vertige monta en lui jusqu'à atteindre son cerveau. Il sentit ses genoux céder, ses bras pendre. Il vit Arman, avec un léger sourire, faire signe au petit homme simiesque, qui s'avança pour le rattraper. La brume envahit son champ de vision.

10.

Des doigts sur son visage, un bourdonnement près de ses oreilles, une vibration dans son crâne.

Il ouvrit les yeux. Un vieil homme le tondait. Travec se redressa en position assise. Il se trouvait dans une grande salle carrelée de blanc, sur une table en ardoise grise et froide. Il était nu.

La sensation d'humidité et le tuyau par terre lui firent comprendre qu'on venait de le laver. Sur d'autres tables gisaient cinquante hommes et femmes, nus et mouillés. Deux autres garçons de salle leur coupaient les cheveux à la tondeuse.

Quelque chose lui enserrait les poignets. Il baissa les yeux. Il portait des menottes. Le garçon de salle produisit une clé et les lui ôta. « Quelquefois les nouveaux venus sont un peu nerveux… affolés, vous voyez… quand ils se réveillent. »

Travec se rallongea sur la table. « Je suppose qu'on est à Alambar ?

— Exact, dit l'autre.

— Au Dépôt central ?

— Exact. »

Il contempla la pièce d'un air impassible. « Et les autres, là, se trouvaient dans la même cargaison que moi.

— La cargaison d'Arman, oui. Six cents personnes.

— Depuis combien de temps est-ce que je suis là ?

— On vous a déchargé ce matin. »

Il se mit debout, tituba. Il avait les bras et les jambes tout pâles, les muscles flasques. « Deux jours de vraie nourriture et vous serez comme neuf, dit le garçon de salle.

— Où sont mes vêtements ? marmonna Travec avec rage.

— Du calme… Hausser le ton ne sert à rien. On vous a imprimé un circuit pénal, et tous les prétextes sont bons pour vous tanner le cuir les premières semaines. Ils aiment vous voir vous débattre et rugir. C'est le seul plaisir qu'ils ont.

— Je veux voir le Haut commissaire, murmura-t-il.

— Dites-le à l'un des Maîtres. Je ne suis qu'un esclave, comme vous. »

Travec se détendit sur sa table. Le temps passa. Certains autres finirent par s'agiter, par s'assoir. Il les étudia l'un après l'autre.

Graves et disciplinés, ils n'étaient plus de première jeunesse. Les hommes n'étaient ni musclés, ni lourds ; les femmes n'étaient ni fines, ni belles. Tous pouvaient recevoir une formation de techniciens.

Une sonnerie retentit, une porte s'ouvrit, un garde en uniforme noir entra. Il tenait une baderne qu'il balançait avec désinvolture. Travec croisa son regard et y lut de la colère.

« Par Titus, on a un groupe bien élevé, aujourd'hui, dit le garde. Pas un cri. Les survivants, debout ! À la queue leu leu et suivez-moi. Quand vous passerez par l'intendance, prenez des sous-vêtements, une blouse et une paire de sandales, ni plus ni moins. Pressons, à droite. » Sa baderne fendit l'air.

On les fit défiler devant un comptoir où on leur distribua des vêtements, puis devant un bureau où on leur suspendit une plaquette d'identification au cou. On emmena ensuite les hommes par une porte, les femmes par une autre.

Travec se retrouva dans une longue galerie bien éclairée, avec une cloison en verre épais. L'endroit, familier, évoquait la pièce où il avait vu Mardiène la première fois. Il devait y avoir cinquante autres hommes avec lui ; certains marchaient la tête basse, d'autres scrutaient la vitre d'un regard absent, quelques-uns échangeaient des murmures. Un jeune garçon reniflait, l'air chagrin.

Au bout de la salle se tenait un esclave roux, costaud, qui portait un harnais vert et rouge – un planton qui paraissait se réjouir de son sort. Travec s'approcha de lui et constata qu'il avait les yeux aussi froids et dépourvus d'expression que ceux d'un crapaud. « Comment puis-je passer un appel ?

— Vous ne pouvez pas. Cette époque est révolue.

— Je veux joindre le Haut commissaire… un ami à moi. »

Le planton apprécia la remarque. « Et moi, je suis l'oncle du Patriarche.

— Le moindre retard vous sera imputé », lui dit Travec d'une voix posée.

L'autre cilla. On avait vu plus bizarre, après tout. « Une minute, pas plus. »

Il le conduisit dans un bureau. Le lieutenant en uniforme noir et or auquel Travec raconta son histoire hésita. Au bout d'un moment, il désigna un écran. « Tenez. Allez-y. »

Une étoile à sept branches apparut, une voix dit : « Ligne ouverte.

— Le Haut commissaire », dit Travec.

Une figure renfrognée surgit, gros sourcils noirs, cheveux raides coupés court, nez de rapace. « Eh bien ?

— Je veux parler au Haut commissaire. »

L'autre prit note de son visage, de sa tenue. « Vous êtes un esclave.

— Si vous tenez à la vie, dites-lui que Dyle Travec est à l'appareil. »

L'homme se détourna, murmura quelques phrases, et puis son buste s'effaça. Travec se retrouva face au visage étroit de l'officiel.

« Ah ! Travec », dit celui-ci avant de laisser échapper un petit rire joyeux. Comme son interlocuteur gardait un silence solennel, il ajouta : « Quelle absurdité ! Quelle tristesse ! Je vous envoie me ramener Arman, et il vous vend au Dépôt central comme esclave. Vous ne trouvez pas cela drôle ?

— Bel exemple d'ironie du sort, convint Travec. Pourtant, je serais ravi que vous me libériez de cet enclos. »

Le Haut commissaire secoua la tête. « Mon cher, je crains d'être impuissant en la matière. Vous échappez désormais à mon influence. Le Patriarche serait fort mécontent si je me mêlais de nos embauches. Je pouvais négocier avec vous tant que vous déteniez un permis de visite qui vous accordait une certaine protection, mais là…

» J'espérais que vous ramèneriez Arman, et c'est lui qui vous ramène. Je ne vous veux aucun mal, mais vous valez davantage comme manœuvre que comme chasseur de primes pour Maxus. Travaillez bien, tenez-vous de même, et que je n'entende plus parler de vous. »

L'écran s'éteignit.

Travec le contempla ; les mots qu'il aurait dû prononcer se pressaient sur ses lèvres. « Raccompagnez-le dans la salle », dit le lieutenant d'un ton neutre derrière lui.

Peu à peu, Travec se rendit compte qu'on l'évaluait sans cesse dans la salle. Des contremaîtres, plissant les paupières, estimaient sa résistance, sa force, sa souplesse. Des seigneurs en quête de laquais étudiaient son port de tête, sa posture générale. Les dames des demeures à colonnades, à la recherche de valets de pied et de secrétaires particuliers, étudiaient sa stature et ses traits.

Un visage au nez osseux et aux lèvres minces attira son attention. Son propriétaire fronça les sourcils, perplexe, puis le désigna du doigt à son compagnon, l'air excité. Travec le reconnut enfin : Lord Spangle.

L'enchère débuta l'après-midi même. On convoqua les occupants de la galerie sur l'estrade, un par un. Travec n'eut pas longtemps à attendre son tour. Il considéra l'assistance d'un regard morne.

« Un peu de gaieté, mon garçon, murmura le commissaire-priseur. Il y a là des dames. Si vous n'en intéressez aucune, ce seront les mines ou les fonderies, et tout sera dit. Souriez, et peut-être que vous vous trouverez un lit douillet. »

Il haussa le ton. « Un bel homme musclé d'Exar ! Notez le torse puissant, le cou droit, les jambes fortes. Un homme de valeur dans tous les domaines, aussi, mesdames et messieurs, j'attends vos enchères.

— Huit cents sils.

— Huit cent cinquante.

— Neuf cent cinquante. »

Les contremaîtres, premiers enchérisseurs, restaient neutres et prudents.

« Mille sils ! » lança une voix rauque avec jubilation. Il la reconnut : Lord Spangle. Contre sa volonté, il leva la tête. Spangle se cachait les lèvres derrière la main pour murmurer à l'oreille de son voisin, vêtu d'un superbe doublet jaune et vert : Lord Jonas.

« Mille cent », dit une femme, sans enthousiasme.

« Mille cent cinquante », dit un des contremaîtres. Les autres gardèrent le silence et se carrèrent dans leurs sièges.

« Mille deux cents, dit Spangle avec décontraction.

— Mesdames et messieurs, un peu d'animation, s'il vous plaît ! dit le commissaire-priseur. Allons, allons ! Cet homme a de la valeur. Intelligent, formé sur Exar, c'est un ingénieur diplômé, astucieux et fiable. Qui m'offre mille cinq cents ? »

Un des contremaîtres tressaillit, mais une femme maigre et de haute taille leva la main. « Mille trois cents.

— Mille quatre cents, dit Spangle d'une voix mielleuse.

— Mille quatre cent cinquante », répliqua-t-elle d'un air décidé.

Jonas s'esclaffa en réponse à l'un des commentaires de Spangle, puis lança : « Mille cinq cents !

— Mille six cents », dit Spangle avec un regard lourd de reproches à son intention.

La femme maigre renifla et se détourna.

« Mille six cents ? Mille six cents ? aboya le commissaire-priseur. Qui m'offre mille sept cents ?

— Mille sept cents, dit une voix sèche sur le côté.

— Mille huit cents, dit une femme à l'arrière.

— Mille neuf cents, marmonna Spangle.

— Deux mille », dit la femme.

Spangle haussa les épaules. « Deux mille cent.

— Deux mille deux cents, rétorqua la femme.

— J'ai une enchère à deux mille deux cents ! s'exclama le commissaire-priseur. Pour un homme de valeur ! Deux mille trois cents ? Où sont mes deux mille trois cents ? »

Silence. Spangle ouvrit la bouche, puis se ravisa et fixa sur lui un regard reptilien dans sa vindicte.

« Alors, vendu ! s'écria le commissaire-priseur. Vendu à la dame pour la somme de deux mille deux cents sils. » Il se tourna vers Travec. « Descendez de la piste et rejoignez le comptoir d'enregistrement. »

Il traversa la salle en silence. Puis il avisa la femme qui se tenait près du comptoir. « Mardiène. »

Elle sourit. Il vit qu'elle avait les yeux humides de larmes.

« C'était bien le moins que je puisse faire », dit-elle.

11.

Mardiène et Travec sortirent sous le ciel gris de la fin d'après-midi et laissèrent derrière eux les entrepôts sombres en brique noire. Ils traversèrent un tunnel où le brouillard se colla, humide, sur leurs joues. Ils longèrent des demeures élégantes et aboutirent au cœur d'Alambar où se pressait la foule.

« Je suppose que je dois vous remercier », dit Travec d'un ton compassé, avant de marquer une pause, mal à l'aise.

Elle se tourna vers lui. « Alors ? J'attends. »

Il s'esclaffa. « Merci. Même si je ne comprends pas pourquoi vous m'avez secouru. Il y a deux semaines, vous souhaitiez ma mort.

— C'était il y a deux semaines, ou plutôt trois. Et je crois que, pendant ce laps de temps, j'ai laissé beaucoup de choses derrière moi.

— Il y a une taverne, là. Allons nous asseoir. »

Il s'agissait d'un bâtiment sans apprêt en brique vernissée, à la porte carrée peinte en rouge. À l'intérieur, il faisait tiède et le calme régnait. La lumière filtrait au travers de vitraux pour se poser plaisamment sur les tables.

On leur servit des tranches de pain, du poisson fumé, puis une bouteille d'un vin blanc qui se para dans leurs gobelets de reflets rose et vert. Tout en contemplant Mardiène assise en face de lui, Travec s'autorisa à se détendre. Elle se pencha par-dessus la table et prit sa main libre dans les siennes. « Dyle… je suis perplexe.

— Vous devez être parvenue à une décision ou vous ne seriez pas venue me chercher. »

Elle se mordilla la lèvre. « Je n'en sais rien. Il y a tant de facteurs qui entrent en jeu…

— Je crois que vous êtes sûre et que votre certitude vous apparaît peu à peu.

— Comment pouvez-vous le savoir ? demanda-t-elle avec un petit sourire narquois.

— Vous êtes ici avec moi. Et non avec Arman. »

Son amertume était si vive que Mardiène lui lâcha la main. « Dyle, dit-elle enfin, je vous ai accusé de jalousie, mais je n'y croyais pas. Vous étiez jaloux ? Vous l'êtes encore ? »

Il ne répondit pas.

« Dyle, ce que je vais vous dire n'est pas facile. Je n'ai jamais voulu être autre chose pour Arman qu'une de ses fidèles, une Armanite parmi d'autres. Enthousiasme juvénile et culte de la personnalité mis à part. » Elle se détourna en rougissant. « Il aurait même pu… m'avoir, s'il s'était montré moins sournois. Mais maintenant, j'ai compris. Arman est un faible. »

Travec, qui se sentait étrangement réconforté, but un peu de vin. « Il doit être tué.

— Il inspire le respect et il n'hésite pas à s'en servir, dit la jeune femme comme si elle lui répondait. Il parle bien, mais il n'a aucune compassion.

— Où est-il, en ce moment ? »

Elle le dévisagea d'un air grave. « Dyle, quand je vous ai aidé, je n'ai posé aucune condition. J'aimerais en poser une, à présent.

— Laquelle ?

— Je vous demande de ne rien faire sans m'en parler d'abord.

— Je ne prendrai aucun repos tant qu'il restera des esclaves et des esclavagistes », murmura-t-il.

Elle se rencogna dans son fauteuil. « Je croyais qu'Arman promettait de mettre un terme à ces pratiques. Mais il s'est fourvoyé. »

Travec s'étrangla de rire. « *Fourvoyé*. Voilà un terme très intéressant pour définir un assassin doublé d'un esclavagiste et d'un gourou. »

Mardiène frissonna. « Je sais, Dyle. La seule pensée qu'il a vendu en esclavage six cents personnes de mon peuple me hérisse.

— Ce qui m'échappe, c'est *pourquoi* vous avez accepté son plan. Vous êtes vraiment fous, vous, les Oros ?

— Pas au sens où vous l'entendez. Nos vêtements, nos maisons, notre maniérisme ne font que refléter ce qui nous habite. Tel est le secret de notre race. »

Travec but quelques gorgées de vin sans mot dire.

« Notre victoire sur la mort. »

Il la dévisagea en silence.

« Dyle, je vous aime, dit-elle. Je lie ma vie à la vôtre. Une fois déjà, je vous ai offert de faire de vous l'un d'entre nous. Je vous aimais, alors, mais je refusais de l'admettre.

— Je ne peux pas devenir oro sans aide ?

— Non. Au début, il n'y en avait qu'un : Sagel Domino. La différence résidait dans son cerveau : il était télépathe, et puissamment. Il lisait dans l'esprit des autres sans le moindre mal.

» Il est entré en contact de cette manière avec son meilleur ami, il a noué un lien télépathique avec lui, puis ils se sont rendu compte que ce lien avait stimulé le cerveau de l'ami en question. Celui-ci n'était pas aussi puissant du point de vue télépathique, mais il pouvait nouer un lien. Et il a, comme Sagel Domino, converti certains de ses autres amis.

» Nous sommes des millions à présent. Si nous ne sommes pas vraiment télépathes, aucun de nous ne craint la mort. Quand nous sommes en danger, ou que nous agonisons, nous nouons un lien avec une personne aimée comme on quitte un bateau qui coule pour prendre pied sur la terre ferme. »

Travec grimaça. « Vous n'avez donc aucune intimité. »

Elle secoua la tête avec véhémence dans une envolée de cheveux blonds soyeux. « Mais *si* ! Il n'y a aucun conflit de volonté. La conscience ancienne se poursuit sans la moindre interruption. Les vieux souvenirs s'effacent et il ne reste que la solution de continuité.

» Pour le mourant, ça revient à poser un livre passionnant et à en prendre un autre. Pour le vivant, souvenez-vous que nous ne nouons un lien qu'avec ceux que nous aimons. »

Il la dévisagea, intrigué. « Combien y a-t-il d'individus en vous ? »

Elle cilla. « Dyle, tu ne comprends pas ! Je suis moi. Je suis *moi* ! Même si j'accueillais quarante personnes, je serais toujours moi. En fait, nous compensons tout le processus par la singularité. Il nous faut le réconfort de l'individualisme, et nous le poussons à l'extrême.

» D'autres races parviennent à la paix dans la mélancolie, en veillant à ce que tous ses membres tendent à se ressembler *du dehors*. Notre identification est *intérieure*. Les signes extérieurs de persistance sont inutiles. Il n'y a pas de tombes sur les Hautes Terres d'Alam. Et personne ne thésaurise ses richesses.

» Ma mère adorait son jardin. Elle cultivait toutes sortes de fleurs. Elle est morte et, à présent, elle vit en moi. Je n'ai aucune envie de jardiner. Je me soucie des gens, du futur, des maux de la société. Tu vois bien : le lien se situe au niveau de la conscience.

— Qu'est-ce que tu as éprouvé quand l'âme de ta mère est entrée en toi ?

— Une grande joie, dit Mardiène avec ferveur. Il m'a paru que je venais de la sauver de la noyade. J'ai senti sa présence pendant quelques semaines, comme si elle se trouvait dans la pièce. Puis, petit à petit, elle s'est fondue en moi.

— Et Arman, c'est un Oro ? Il vivra après la mort ? »

Elle hocha la tête, penaude. « Sa mère était une des rares que les Maîtres ont jamais réduite en esclavage. D'ordinaire, nous leur échappons par la mort.

— Mais avec qui est-il lié ? *Toi* ?

— Plus maintenant. J'ai rompu le lien à bord du vaisseau.

— Explique-moi pourquoi six cents Oros sont venus sur Maxus comme esclaves. »

Mardiène garda le silence un instant. « Au moins, dit-elle enfin, Arman a réveillé notre sentiment de responsabilité. Des siècles durant, nous étions demeurés un peuple égoïste, insulaire, jaloux de son secret. » Elle chercha le regard de Travec. « Parmi ces six cents individus, il y a nos télépathes les plus accomplis. Ce sont eux, nos espions. Ils se glisseront dans les usines qui travaillent dans les domaines critiques et ils transmettront leurs techniques de fabrications sur Fell.

— Et ensuite ? »

Elle hocha la tête avec un sourire triste. « Ensuite, on aura deux états esclavagistes. Je le vois bien. D'autres le verront aussi. Mais... peut-on tout arrêter ? La croisade est lancée. Nous sommes six cents sur Maxus.

— Ton choix de priorités m'étonne », dit-il, impassible.

« Comment cela ? demanda-t-elle, perplexe.

— Tu te soucies de six cents Oros. Songe aux centaines de millions d'esclaves qui se trouvent déjà sur Maxus. »

Elle détourna son regard, le riva à la table. « Je n'ai pas d'influence. C'est Arman le chef. Dès que le navire décharge sa cargaison, il repart en chercher une autre. »

Travec se pencha en avant. « Il doit bien y avoir une figure d'autorité parmi les Oros.

— Oh ! oui. Les Anciens, les conseils de village. Mais ils n'ont aucune prérogative spécifique. Arman a organisé une croisade privée. Les Armanites en sont l'élément actif. »

Travec tambourina sur la table. « Il manque une pièce au puzzle. Je me demande si ton peuple se doute du temps qu'il devra passer sur Maxus, de la jalousie avec laquelle les Maîtres protègent leurs secrets, du nombre d'entre eux qui y laisseront leur vie…

— Ce dernier point ne nous importe guère, murmura-t-elle.

— Si tous les esclaves étaient oros, dit-il enfin, qu'aucun n'ait peur de la mort, il n'y aurait plus d'état esclavagiste. » Il dévisagea Mardiène. « Si tes six cents Oros endoctrinaient les autres esclaves, la discipline disparaîtrait. Tout le système s'écroulerait. »

La jeune femme s'anima. « Si vingt pour cent seulement des nouveaux Oros étaient télépathes… Il faut retourner sur Fell voir les télépathes capables de relier les six cents.

— Deux considérations, rappela Travec. D'abord, Arman. C'est un obstacle qui doit être abattu. Et ensuite… mon frère et ma sœur. »

12.

La grande masse sombre et muette du vaisseau dominait le terrain d'atterrissage grouillant d'activité. Depuis un long entrepôt noir situé sur un côté, un transporteur convoyait lentement une interminable file de cartons jusqu'à l'un des sas latéraux du navire. Des camions à ridelles se garaient sur un quai amovible sous la baie de soute par laquelle des grues hissaient à bord leur chargement – de lourdes caisses.

Une couverture nuageuse filandreuse surplombait Alambar et un vent glacé charriait des détritus sur le terrain. La cape d'Arman lui fouettait mollets et tibias tandis qu'il approchait du vaisseau. À l'intérieur, il faisait chaud et le calme régnait. Il longea le couloir central, gravit l'escalier qui menait au dôme de commandement et contempla dans le lointain le toit vert olive du palais du Patriarche.

Il palpa les muscles de son torse, respira profondément. La paix, la relaxation – plus de soucis, ni de décisions à prendre. Les esclaves étaient à bon port, la soute se remplissait. Trois semaines de quiétude l'attendaient.

Puisqu'il n'avait plus de préoccupations sérieuses en tête, il pouvait songer à ses plaisirs. Il était Arman. Mardiène serait fière de le recevoir. Elle avait repoussé ses avances, et cela devait finir.

Il se tourna vers la porte de la cabine qu'elle occupait. En dépit du sang qui battait à ses tympans, il perçut des bruits à l'intérieur – des mouvements. Il alla frapper à la porte.

« Oui ? » La jeune fille avait répondu d'une voix anxieuse, haletante. Elle avait donc deviné ses intentions. Il abaissa la poignée. Le verrou était mis.

« Mardiène, dit-il d'une voix rauque, ouvre cette porte.

— Non, Arman.

— Ouvre, te dis-je ! Ton dieu te désire. » Il l'entendit se lever et agita la poignée. « Laisse-moi entrer, ou je force le passage avec ma torche.

— Très bien », dit-elle d'une voix étrange.

La porte s'ouvrit. Il pénétra dans la pièce.

« Qu'est-ce que cela veut dire ? » lança-t-il à Mardiène en découvrant l'homme planté là, dos à la lumière. Il plissa les paupières pour le voir. L'inconnu s'avança d'un pas. Arman cilla, se courba, posa la main sur la sacoche à sa ceinture.

Travec fut le plus rapide.

« C'est un meurtre », dit le policier penché sur le cadavre, en levant les yeux vers Travec.

« De la légitime défense, dit Mardiène. J'ai tout vu.

— Ce mort, c'est Arman, dit Travec.

— J'en suis bien conscient, dit le patrouilleur. Votre statut social ?

— Esclave. »

L'autre se redressa d'un bond. « C'est un crime atroce !

— Et si nous allions voir le Haut commissaire pour lui demander son opinion ? » suggéra Travec.

Lorsque, enfin, on les introduisit en sa présence, le Haut commissaire faisait les cent pas dans sa chambre. Il portait une longue cape de soie noire aux reflets bleus qui bruissait au rythme de ses pas. Le visage congestionné, l'air agité, il n'accorda guère d'attention à ses visiteurs.

Mardiène et Travec restèrent l'un près de l'autre tandis que le policier prenait soin de se tenir à un mètre de distance.

L'officiel s'immobilisa, leur fit face. Il haussa les sourcils. « Travec ? murmura-t-il. Vous me voyez stupéfait.

— Il vient de commettre un meurtre, Votre Seigneurie, dit le patrouilleur.

— Tiens donc, un meurtre ? C'est très grave. Qui ? Où ?

— L'esclavagiste Arman, monsieur. Il y a une heure.

— Ah ! » Le Haut commissaire claqua des doigts. « Voilà qui est intéressant. Un meurtre, dites-vous ?

— Oui, monsieur. À bord du vaisseau d'Arman.

— Sordide, sordide ! » L'officiel secoua la tête, puis agita la main. « Vous pouvez disposer. Occupez-vous du corps. »

Le policier sortit et le Haut commissaire se laissa tomber dans un fauteuil. « Mon cher Travec, je crains que votre zèle ne vous vaille de gros ennuis.

— Je ne comprends pas.

— C'est pourtant clair ! » L'autre tendit les mains, paumes tournées vers le haut. « Ici, sur Maxus, le meurtre est un crime grave. Surtout le meurtre d'un Maître par un esclave. Vous êtes esclave, n'est-ce pas ?

— Quel que soit mon statut, Arman n'était pas un Maître.

— Il se trouvait sur Maxus nanti d'un permis spécial qui lui en accordait les privilèges. C'est ainsi. Nous ne pouvons pas revenir là-dessus.

— C'était de la légitime défense, monsieur, dit Mardiène.

— Ce n'est pas une excuse. Non. Un esclave n'a pas le droit d'attacher un tel prix à sa propre existence. Vous me trouvez peut-être légaliste, mais notre civilisation s'appuie sur de telles définitions.

— Mais enfin, c'est vous qui m'avez engagé pour le tuer ! lança Travec, indigné.

— Dans d'autres circonstances. Si un pareil événement se produit sur Fell, je peux, à titre privé, l'approuver ou le désapprouver. S'il se produit sur Maxus, je dois appliquer la loi.

— Vous ne connaissez pas les circonstances, monsieur ! dit Mardiène, au désespoir. J'ai acheté Travec au Dépôt central. Il était dans ma cabine quand Arman a exigé d'entrer et menacé de brûler ma porte. Il… il comptait me violenter. J'ai ouvert. Quand il a vu Dyle, il est devenu comme fou et a tenté de nous abattre tous les deux. Dyle n'a tiré que pour me défendre, dans un rôle de garde du corps, de protecteur. »

Dubitatif, le Haut commissaire se frotta le menton. « Vous accepteriez un examen sous hypnose pour le confirmer ?

— Oui. »

L'officiel soupira. « Très bien. L'imbroglio est tel que j'abandonne les poursuites. Il n'y a pas eu d'autres témoins, je présume ?

— Non.

— Bon. » Il rapprocha son siège de son bureau. « Mais le Patriarche exige une stricte application de la loi. S'il entend parler de ce… cet homicide, je crains le pire. À votre place, je quitterais la planète le plus tôt possible. »

Travec le toisa en plissant les paupières. Les accusations, l'interprétation littérale de la loi… s'agissait-il d'à-côtés ? Le Haut commissaire essayait-il de se dédouaner ? Il valait mieux se garder de creuser le problème. De toute évidence, l'officiel était d'humeur rétive.

« Monseigneur, dit-il avec politesse, nonobstant l'heure, le lieu, le motif ou la méthode, j'ai atteint mon… *notre* objectif. J'ai éliminé Arman. À présent, voulez-vous me rendre mon frère et ma sœur, comme promis ? »

L'autre leva lentement la tête. « Mon cher Travec… j'ai dû mal entendre. J'accepte le témoignage de cette jeune fille, un témoignage infondé, non étayé par des preuves. Je prends la responsabilité de vous libérer. Et vous avez le front de me soumettre d'autres exigences ? ! »

Mardiène tira Travec par la manche. « Viens, Dyle.

— Dois-je comprendre que vous refusez ? » demanda-t-il.

Le Haut commissaire fronça les sourcils. « Tout à fait. Ils sont bien intégrés à leur nouvelle vie. Votre frère travaille sur un outil électrique. Votre sœur occupe… une position intéressante. Le Patriarche aurait ma peau, présomptueux que vous êtes. Maintenant, laissez-moi, avant que je ne revienne sur mon acte de générosité !

— Viens, Dyle », murmura Mardiène.

Il lui emboîta le pas à contrecœur. Derrière eux, l'officiel déclara : « Le vaisseau d'Arman est saisi, et avec lui sa cargaison, vous le comprendrez. En l'absence probable d'héritiers, et en reconnaissance de sa dette envers le Patriarche, dont Arman a volé le yacht privé, l'état doit sans nul doute s'approprier ledit vaisseau. Il serait sage d'en retirer vos effets personnels sans plus attendre. »

Mardiène et Travec se faisaient face dans la rue, au pied de l'Arche Guchman.

« Floués, encore et toujours », dit-il, serrant et desserrant les poings. « Il nous utilise, puis il nous congédie. »

Mardiène le tira par le bras. Tant qu'il se déplacerait, il ne ferait rien de téméraire, ou du moins l'espérait-elle.

« Floués ! Ma sœur… naïve, innocente…

— Dyle, cesse de ruminer ainsi. Cela ne sert à rien. Nous avons de la chance de nous en sortir vivants. »

Il s'immobilisa, se retourna, leva les yeux vers la suite de l'officiel. « C'est lui que j'aurais dû tuer. S'il n'existait pas, non plus que ses pareils, il n'y aurait pas d'Arman.

— Absurde. Le mal a toujours existé ; il existera toujours. Viens, Dyle, avant de t'attirer d'autres ennuis. On va se payer un billet de retour sur Fell à bord d'un des cargos.

— Ce n'est pas fini », souffla Travec.

13.

Par leur maigreur, le Révéré Patriarche de Maxus et son Haut commissaire évoquaient tous deux des insectes. Ils avaient le front livide, les orbites creuses et le nez tranchant, telle une lame en os. Le Patriarche grisonnant dominait d'une bonne tête le Haut commissaire, qui portait sa chevelure de jais bouclée, spiralée et brillantinée à la mode d'Alambar.

Si le Patriarche aimait garder les yeux écarquillés pour se donner un air suspicieux, le Haut commissaire préférait plisser les paupières. Des deux hommes, l'aîné était le plus brutal, le plus indifférent, le cadet le plus subtil. Par hasard, ils portaient tous les deux ce jour-là une robe d'un épais tissu écarlate.

Le Patriarche arpentait le tapis couleur cerise. Le Haut commissaire occupait un fauteuil recouvert de rubans de peau humaine tannée, teinte en jaune et noir. Le Patriarche se massa les poignets de ses doigts fins et pâles.

« Inoffensive ou non, culte religieux ou pas, il s'agit d'une organisation. Nous ne pouvons la tolérer chez les esclaves. »

Le Haut commissaire eut une grimace d'insouciance. « Elle les amadoue, les endort. Elle pourvoit à un besoin.

— Un besoin ?

— Bien entendu. Considérez la rapidité avec laquelle ce mouvement s'est répandu parmi eux, ici, là, partout. S'il ne satisfaisait pas un désir, il n'aurait jamais connu un tel succès.

— Il représente une organisation, insista le Patriarche.

— Je ne suis pas d'accord. Il est informel. Il n'a pas de pouvoir central. Ce n'est qu'une lubie, un culte. Laissons-les s'y adonner, laissons-les investir leur trop-plein d'énergie nerveuse dans des rituels vides de sens. Nous aurons moins de problèmes de discipline et, par conséquent, une meilleure productivité. Je remarque déjà une plus grande docilité chez les classes les moins disposées à entendre raison.

— *Bah* ! Seule l'alimentation des circuits pénaux garantit la docilité des esclaves. » Le Patriarche se jeta sur un siège, avala une gorgée de soupe chaude. « Au fait, comment savez-vous quels codes et quels symboles secrets on utilise dans ces rituels ? »

Le Haut commissaire tirailla son pendant de rubis. « Mes espions et mes informateurs me tiennent au courant des…

— Donc », coupa l'autre, triomphant, « vous éprouvez une inquiétude que vous refusez d'admettre ! Gare à vous, petit Maître, n'essayez pas de nous flouer !

— Bien sûr que non, Magnificat. J'entends simplement démontrer ma détermination à surveiller toutes les sources de problèmes potentiels, tous les foyers d'agitation.

— Ouvrez l'œil et le bon, dans ce cas. » Le Patriarche se remit à faire les cent pas. « Il reste la question de… »

Un serviteur en tunique rouge, blanche et grise, entra dans la pièce et toussota. « Tu ne vois pas que nous sommes en réunion ! » lança le Haut commissaire d'un ton coléreux.

L'autre courba l'échine. « Excusez-moi, seigneur, mais il y a là un homme qui demande une audience immédiate.

— Une audience immédiate ? À cette heure de la matinée ? De qui s'agit-il ?

— D'un certain Dyle Travec. Il vient d'arriver de Fell et il affirme que son affaire est urgente. Je l'ai prévenu que vous étiez en conférence, mais il a souligné l'importance de sa démarche. Il semblait sûr que vous le recevriez.

— Qui est ce Travec ? » demanda le Patriarche d'une voix irritée. Le Haut commissaire resta sans mot dire, les yeux rivés sur la porte. « Êtes-vous sourd ? Qui est-ce ?

— Vous vous souvenez d'Arman, l'esclavagiste ? s'enquit l'officiel d'un air absent.

— Ne prononcez pas ce nom.

— Travec l'a tué. Un meurtre assez sordide à bord du navire d'Arman. On l'a relâché sur la foi d'un témoignage en sa faveur qui établissait la légitime défense.

— Que veut-il, maintenant ?

— Je l'ignore. Mais il vient de Fell et ce sont les Oros, je vous le rappelle, qui semblent propager ce nouveau culte. »

Le Patriarche se tourna vers le serviteur. « Assurez-vous qu'il est désarmé puis faites-le entrer. Doublez la garde à la porte. »

Quelques instants plus tard, Travec entra. Il hocha la tête à l'adresse du Haut commissaire, salua le Patriarche d'un air dégagé. Il portait une belle cape bleu nuit ornée d'un motif végétal et exhibait une assurance irritante.

« Eh bien, Travec, je pensais en avoir fini avec vous.

— Votre heure a sonné. »

Les deux hommes en robe écarlate le dévisagèrent. « Que voulez-vous dire ?

— Il y a quatre cents millions d'esclaves sur cette planète. Vous, les Maîtres, n'êtes que quarante millions. Vos esclaves vous entourent comme l'eau les poissons. »

Le Patriarche ouvrit et ferma la bouche sans mot dire.

Le Haut commissaire s'avança lentement jusqu'à regarder Travec droit dans les yeux. « Vous ne nous apprenez rien.

— Que veut-il ? croassa le Patriarche. Cet homme serait-il un assassin ? »

Travec se tourna vers lui avec un sourire. « Vous vivez dans la peur. Ne préféreriez-vous pas un monde heureux où ni les mots “maître” et “esclave”, ni les circuits pénaux, ni les coups de fouet, ni les humiliations n'auraient lieu d'être ? Un monde d'égaux qui coopéreraient pour le bien de tous ?

— Ce n'est pas une question de préférence, répondit le Haut commissaire. Telle est notre société. Il faudrait un cataclysme pour la changer.

— Ce cataclysme aura donc lieu.

— C'est une menace ? demanda l'autre, plissant les yeux.

— Oui », dit Travec.

Un silence s'ensuivit.

« Et quand ce cataclysme est-il censé se produire ?

— Il a déjà commencé. »

Le Patriarche s'était approché en catimini d'une tapisserie couleur moutarde et avait passé la main derrière.

« Attendez ! lança Travec. Vous y gagnerez. »

Ils virent entrer le garde convoqué par le signal du Patriarche. « Emmenez-le, dit ce dernier. Tuez-le. »

Le Haut commissaire leva la main. « Attendez, Magnificat, si vous le voulez bien. Cet homme a peut-être quelque chose à nous apprendre. »

Travec parut tendre l'oreille. Il tourna soudain la tête. « En effet. Je vous informe qu'un million de Maîtres sont morts ces trente dernières secondes.

— *Quoi* ?

— Y a-t-il ici une fenêtre qui donne sur la rue ? »

L'officiel darda un regard calculateur vers le Patriarche, qui restait figé, blême, les yeux écarquillés. « Par ici. »

Il se dirigea à grands pas vers la porte, la franchit, longea le couloir au plafond voûté, ouvrit d'une main les rideaux d'une haute fenêtre et jeta un regard à l'extérieur. En bas, ce n'était que foules confuses, amas de véhicules accidentés, cadavres éparpillés.

Le Haut commissaire se tassa sur lui-même et se rattrapa au rideau. « Qu'y a-t-il ? » voulut savoir le Patriarche, qui gagna la fenêtre, pencha la tête et haleta de surprise.

« Nous aurions préféré une démonstration moins coûteuse en vies humaines, déclara Travec, mais voilà un spectacle que les Maîtres comprendront sans peine. À Alambar, Crèvecœur, Béloat, Murabas, les grandes villes de Maxus, tous les engins mécaniques, guidés par des esclaves et transportant des Maîtres, ont été détruits. Les rues sont jonchées d'épaves. »

Le Haut commissaire se détourna du carnage ; son regard flamboya. « Il y aura un terrible châtiment pour ce crime. Il y aura des fleuves de sang, des montagnes d'ossements. »

Travec secoua la tête. « Vous n'avez aucune idée de notre influence. Nous vous entourons tel le poing autour de la grappe de raisin. Le poing possède désormais des nerfs, et une discipline. Quand l'ordre de serrer lui parvient, un million de Maîtres meurent. »

L'autre porta les mains à son crâne, mais il arrêta son geste avant de déranger l'ordonnancement de ses boucles.

« Il nous faut parvenir à un accord, et d'ici une heure, dit Travec. Sans quoi il ne restera plus un seul Maître en vie sur cette planète. Le cataclysme est là. Je vous écoute. »

Le Haut commissaire dévisagea le Patriarche, qui déclara dans un murmure rauque : « Cet homme est fou à lier. »

L'intéressé éclata de rire.

« Alors, à vous d'écouter… mais non, vous n'entendez pas. » Il inclina la tête comme pour percevoir un bruit ténu mais significatif, puis il se redressa. « La digue de Glauris a cédé. Les lunes éclairent le Polder de Glauris. Les Maîtres dorment dans les cabines de plaisir et les auberges de luxe, à bord des péniches sur la Jaunepétale. C'est la nuit du solstice d'été, de l'Assemblée des Seigneurs. » Il marqua une pause. « La mer de Phérèse vient de noyer le Polder de Glauris sous trente mètres d'eau : un million de Maîtres supplémentaires ont péri, dont vingt mille seigneurs. »

Le Haut commissaire se précipita vers un communicateur encastré dans le mur. « L'hôtel nautique de Rolite… Quoi ? Alors la station de maintenance de Glauris, vite !… Oui, oui, écoutez, regardez en direction du Polder… Qu'est-ce que vous voyez ? Mais ne *hurlez* pas comme *ça* ! » Il hurlait lui-même. « *De l'eau* ? ! »

Il se tourna vers le Patriarche. « On nous saigne à blanc, Magnificat.

— Et ce n'est pas fini », dit Travec.

Ils le dévisagèrent. Il paraissait immense, le visage grave, l'air impérieux. Ils se voyaient rapetissés, desséchés, momies en robe écarlate.

« Que comptez-vous faire ? demanda le Patriarche.

— Nous pouvons réduire en miettes ce palais, ou même Alambar à des kilomètres à la ronde. Il n'y aura aucun survivant. Vous mourrez, Commissaire, et vous aussi, Patriarche.

— Et *vous aussi* », releva le Haut commissaire. Il parlait sans morgue ni colère ; il reprenait les négociations. « Et votre frère, votre sœur ? »

Travec sourit. « Mon frère et ma sœur sont en sécurité, et je n'ai pas peur de la mort. Cent mille esclaves viennent de se sacrifier pour tuer deux millions de Maîtres. La mort n'est rien pour les Oros. Moins qu'un rêve.

— Vous voyez, vous voyez bien ! beugla le Patriarche. On aurait dû mettre un terme à ce mouvement !

— Que voulez-vous de nous ?

— Le Patriarche consignera tous les gardes, miliciens et patrouilleurs dans leurs casernes. Ils laisseront leurs armes à la porte. Le poste de contrôle des circuits pénaux sera évacué. Ensuite, il fera une déclaration sur l'ensemble de la planète afin d'annoncer qu'il n'y a plus d'esclaves ni de Maîtres sur Maxus, que nous sommes tous des hommes libres et qu'un gouvernement représentatif va être formé. »

Travec attendit en silence.

« Comment comptez-vous détruire le palais ? demanda le Haut commissaire.

— Nous ferons sauter les stations qui alimentent le Poste frontière. Sitôt les gravinuls privés d'énergie, le Poste tombera : un quart de million de tonnes d'une altitude de quinze kilomètres. Une montagne s'abattant sur la planète. Alambar réduite en tessons, dont le palais ne sera qu'un éclat. »

Le Patriarche gémit, ses genoux cédèrent et il se raccrocha aux tentures murales. Son subalterne se tourna vers lui avec une autorité toute neuve. « Ils ont gagné. Notre époque est révolue. Obéissez-lui. »

Le souvenir des vieilles habitudes se lisait sur le visage du Patriarche lorsqu'il redressa son long corps osseux à la force des poignets.

« Faites ce qu'il demande ! dit son subalterne d'un ton sec.

— Jamais ! Je ne peux pas. Je refuse. C'est impensable ! »

Le Patriarche s'effondra tout à coup.

Le Haut commissaire avait dégainé sa petite arme de poing et tiré. « Je vais faire cette déclaration », dit-il.

Il se campa devant un écran mural.

« Il n'y a plus d'esclaves sur Maxus… »

Les Dix livres

Ils étaient aussi seuls que possible pour un être humain dans l'abysse noir entre les étoiles. Loin devant la proue brillaient les soleils des planètes mères – et plus loin encore, les étoiles extérieures et les galaxies au scintillement spectral.

Le calme régnait dans la cabine. Betty Welstead, assise, observait son mari à la table de vérification, leurs émotions en harmonie. Quand la balance centrifuge indiqua un métal lourd et qu'il se pencha, elle l'imita en une communion inconsciente. Quand il brûla des copeaux dans le spectroscope, déchiffra *Plomb* sur le tracé le plus brillant et se mordilla les lèvres, elle relâcha le souffle qu'elle retenait et se carra dans son fauteuil.

Ralph se redressa. De taille moyenne, robuste, l'air coriace, il avait les cheveux, la peau et les yeux d'une même couleur fauve. Il poussa d'un revers de bras le tas de pierres et de minerais dans le vide-ordures. Elle suivait ses moindres gestes.

« On serait milliardaires si cet astéroïde se trouvait dans le système solaire, annonça-t-il d'un ton amer. Ici, à part du platine ou de l'uranium pur, ça ne vaut pas la peine d'effectuer l'extraction. »

Betty aborda un sujet qui dominait toutes ses pensées depuis deux mois. « Peut-être devrait-on commencer à rebrousser chemin. »

Il fronça les sourcils et grimpa dans le dôme d'observation. Elle le regarda avec inquiétude, sachant bien que c'était l'instinct d'exploration, autant que la recherche de minéraux, qui les avait conduits jusque-là.

Ralph Welstead redescendit dans la cabine. « Une étoile devant nous… » Il posa le doigt dans la carte en trois dimensions. « Celle-ci, Éridan 2932. On y jette un coup d'œil… puis on rentrera. »

Elle hocha la tête, soudain joyeuse. « Parfait. » Elle se leva d'un bond et ils s'approchèrent ensemble de l'écran. Il régla le vortex de capture, stabilisa la tache floue, et l'étoile palpita telle une piécette chauffée à blanc. Une planète isolée composait son entourage.

« À peu près la taille de la Terre, il me semble », dit-il, l'intérêt perçant dans sa voix. Betty se sentit un peu découragée. Il ajusta la netteté, augmenta l'agrandissement et la planète se précipita vers eux. « Regarde-moi cette atmosphère ! Elle est *épaisse !* »

Il pivota de l'autre côté du bras articulé qui tenait le thermocouple et ils se penchèrent au-dessus du cadran.

« Dix-neuf degrés centigrade. À peu près la normale terrestre. Voyons cette atmosphère. Tu sais, chérie, on tient peut-être un truc fabuleux ! Taille terrestre, température terrestre… » Sa voix devint un marmonnement tandis qu'il inspectait le spectroscope, passant d'un écran à l'autre. Il se releva, jeta à Betty un bref regard d'exultation, puis, sourcils froncés, s'abîma dans ses réflexions. « Mieux vaudrait vérifier avant de s'exciter. »

Betty n'éprouvait aucune excitation. Elle le regarda sans mot dire feuilleter l'index stellaire.

« *Youpi !* s'exclama-t-il comme un gamin. Non répertoriée ! Elle nous appartient ! » Betty se sentit horrifiée. Des mois d'attente, tandis qu'il explorerait la planète, cartographierait océans et continents, classifierait les espèces. En même temps, l'enthousiasme de son mari alluma une étincelle en elle ; l'intérêt commença à dissiper sa morosité.

« On la baptisera "Welstead", dit-il. Ou… non, "Elizabeth", comme toi. Une planète tout à toi ! Elle aura un jour des grandes villes et des millions d'habitants. Et chaque fois qu'ils écriront une lettre, qu'ils lanceront un message, ou qu'un vaisseau se posera dessus… on prononcera ton nom.

— Allons, chéri. Ne sois pas idiot. On l'appellera "Welstead"… pour nous deux. »

Ils ressentirent plus tard un pincement involontaire de déception quand ils découvrirent que la planète était déjà habitée, et par des humains.

Pourtant, l'accueil qu'on leur réserva les stupéfia autant que la découverte en soi de la planète et de ses habitants. Ils auraient pu s'attendre à de la curiosité, de l'hostilité…

Ils ne s'étaient pas précipités pour atterrir, préférant s'installer en orbite juste au-dessus de l'atmosphère pour mieux étudier la planète et ses habitants.

Ce monde paraissait sympathique. Un millier de forêts, de jungles, de savanes différentes. Des cours d'eau ensoleillés arrosant des prairies verdoyantes. Un millier de lacs et trois océans d'azur. Loin au nord et au sud, des champs de neige miroitants, aveuglants. Les rares cités (la planète ne semblait guère peuplée) demeuraient impossibles à distinguer dans le paysage.

Ces villes, étendues, peu élevées, très différentes des ruches tonitruantes de la Terre, se nichaient sous la verdure comme des sculptures d'albâtre ou des flocons de neige miraculeux. Betty, à la nature romanesque, restait captivée.

« On dirait des cités du Paradis… des cités de rêve ! »

Welstead répondit d'un air méditatif : « Ils n'ont manifestement rien de primitifs. Tu vois cet amas de longues bâtisses grises, sur le côté ? Ce sont des usines. »

Betty exprima un doute qui s'était formé peu à peu : « Tu crois qu'ils pourraient… se froisser de notre arrivée ? S'ils se sont donné la peine de façonner une… eh bien, disons une utopie secrète… peut-être ne désirent-ils pas être découverts. »

Welstead tourna la tête et la regarda droit dans les yeux. « Tu veux qu'on se pose ? demanda-t-il simplement.

— Ma foi, oui… si tu le veux aussi. Si tu penses que c'est sans danger.

— Ça, je l'ignore. Il paraît douteux qu'un peuple aussi éclairé que semblent l'indiquer ces villes puisse maltraiter des étrangers. »

Betty scruta la face de la planète. « J'estime que c'est sans danger. »

Welstead éclata de rire. « Je marche. Il faut bien mourir un jour. Pourquoi pas ici ? »

Il se leva d'un bond et rejoignit les commandes pour faire basculer le vaisseau vers le bas. « On va atterrir au beau milieu de cette grande ville, là. »

Betty le regarda d'un air interrogateur.

« Ce serait absurde de se glisser en catimini dans un désert, expliqua-t-il. Si on se pose, faisons-le avec panache.

— Et s'ils nous abattent pour notre insolence ?

— Ce sera le Destin à l'œuvre. »

Ils touchèrent le sol dans un parc au centre même de la ville. Du dôme d'observation, Welstead aperçut des groupes qui affluaient.

« Va au sas, Betty. Entrebâille-le et montre-toi. Je reste aux commandes. Un faux mouvement, une tomate pourrie qu'on nous lance, et on sera dans l'espace si vite qu'ils ne se rappelleront même pas notre venue. »

Des milliers d'hommes et de femmes de tous âges avaient encerclé le vaisseau, criant, agités par des émotions violentes.

« Ils nous jettent des fleurs ! » Betty, pantelante, ouvrit le sas et se campa sur le seuil ; en bas, on hurlait, on chantait, on pleurait. Se sentant un peu ridicule, elle agita la main, sourit.

Elle se retourna pour lever les yeux vers son mari. « J'ignore ce qu'on a fait pour mériter tout ça, mais ils nous accueillent en héros. Peut-être qu'ils nous prennent pour d'autres. »

Welstead se tordit le cou pour passer la tête par le dôme d'observation. « Ils m'ont l'air en bonne santé… normaux.

— Ils sont très beaux, nota Betty. Tous sans exception. »

La foule s'entrouvrit ; un petit groupe d'hommes et de femmes âgés s'approcha. Leur chef, les cheveux blancs, grand, mince, le visage évoquant le Jéhovah de Michel-Ange, s'avança.

« Bienvenue ! lança-t-il d'une voix sonore. Bienvenue de la part du peuple de Havre ! »

Betty avait le regard fixe et Welstead quitta les commandes. La prononciation était étrangère, la grammaire archaïque… mais c'était une langue de la Terre.

L'homme chenu continuait de parler, sans calcul, comme s'il prononçait un discours familier. « Depuis deux cent soixante et onze ans, nous attendons votre venue, la délivrance que vous devez nous apporter. »

Une *délivrance* ? Welstead réfléchit au sens de ce mot. « Je vois mal de quoi on peut les délivrer, murmura-t-il à Betty. Le soleil brille, les arbres sont en fleurs et ces gens m'ont l'air bien nourris… et beaucoup plus enthousiastes que moi. Les délivrer de quoi ? »

Betty descendait au sol ; il la suivit.

« Merci de votre chaleureux accueil, dit-il en se gardant d'imiter un politicien en visite. Nous sommes heureux d'être ici. C'est une expérience formidable, de tomber par hasard sur une planète telle que la vôtre. »

L'homme aux cheveux blancs s'inclina solennellement. « Naturellement, vous devez éprouver une certaine curiosité… aussi grande que la nôtre envers l'univers civilisé. Mais, pour l'instant, une seule question intéresse notre monde. Comment va la Terre ? »

Welstead se frotta le menton, conscient avec acuité des milliers de regards et du silence absolu.

« La Terre, répondit-il, continue d'aller son petit bonhomme de chemin. Les mêmes saisons, les mêmes pluies, soleil, givre et vent. » Et le peuple de Havre buvait ses paroles avec autant de dévotion que s'il s'était agi du plus pur des poèmes. « La Terre est toujours le centre de l'Amas et davantage de personnes vivent sur Terre. Davantage de bruit, de pollution…

— Des guerres ? De nouveaux gouvernements ? Où en est la science ? »

Il réfléchit. « Des guerres ? Aucune de grave… depuis le démantèlement de la Ligue hiératique. Le gouvernement gouverne toujours, utilise énormément de statistiques. Il existe toujours des malversations, des cambriolages, des inefficacités, si c'est ce que vous voulez dire.

» Quant à la science… voilà un bien vaste sujet. Nous en savons beaucoup, mais il y en a encore plus que nous ignorons, comme il en a toujours été. Tout bien considéré, c'est la même Terre que depuis toujours… un peu de bien, beaucoup de mal. »

Il marqua un temps d'arrêt et le souffle que relâchèrent ses auditeurs produisit un immense soupir. L'homme chenu hocha encore la tête, sérieux, posé… bien que manifestement infecté par la surexcitation qui animait ses semblables.

« Il suffit, pour l'instant ! Vous devez être las et le temps ne manquera pas pour parler. Puis-je vous offrir l'hospitalité de ma demeure ? »

Welstead regarda Betty en hésitant. L'instinct le poussait à ne pas quitter son vaisseau.

« … à moins que vous ne préfériez rester à bord, suggéra l'homme de Havre.

— Non, décida Welstead. Nous serons enchantés. » Si l'on tenait à leur faire du mal (mais cela semblait fort peu probable), leur présence à bord du vaisseau n'empêcherait pas grand-chose. Il se tordit le cou, cherchant çà et là l'officiel qui, sur Terre, aurait manifesté sa présence avec suffisance.

« Doit-on rencontrer quelqu'un ? Nous ne violons aucune loi en garant notre vaisseau ici ? »

L'homme aux cheveux blancs éclata de rire. « Quelle question ! Je suis Alexander Clay, maire de cette bonne ville de Mytilène et guide de Havre. Selon mon autorité et par volonté commune, cette planète met à votre disposition tout ce qu'elle peut vous offrir. Votre vaisseau sera laissé en paix. »

Il les conduisit jusqu'à un véhicule bas, très large, et Betty, mal à l'aise, eut honte de son short sale et froissé en voyant les tuniques multicolores que portaient les femmes dans cette foule.

Welstead s'intéressait à la voiture qui lui permit d'évaluer l'état des techniques de Havre. Faite d'un métal gris brillant, elle flottait à trente centimètres au-dessus du sol sans l'intervention de roues. Il adressa à Clay un regard stupéfait. « Antigravitation ? Votre fortune est faite. »

L'autre hocha la tête avec indulgence. « Des champs magnétiques opposés au métal coulé dans la route. Ce n'est pas courant, sur Terre ?

— Non. La théorie est connue, bien sûr, mais l'opposition trop forte, les routes à équiper trop nombreuses. On continue d'utiliser les roues.

— La force de la tradition, commenta Clay d'un air méditatif. La continuité qui génère la culture des races. Ce courant dont nous sommes coupés depuis si longtemps… »

Welstead lui coula un regard en biais. Son hôte parlait sérieusement.

La voiture glissait sur la route à bonne vitesse parmi des panoramas d'une tranquillité et d'une beauté exceptionnelles. Toutes les directions révélaient un enchantement nouveau et différent… une clairière encerclée de grands arbres, un petit chalet en bois, un groupe de bâtiments publics autour d'une esplanade, une terrasse quadrillée d'arbres et bordée de boutiques bariolées.

Parfois, des touches théâtrales, tel ce pylône au bout d'une large avenue. Il s'élevait à soixante mètres dans les airs, édifice de béton, de bronze et de métal noir, portant la statue héroïque d'un homme qui tendait vainement la main vers une étoile.

Welstead se tordait le cou comme un touriste. « Magnifique ! »

Clay branla du chef sans enthousiasme. « Je suppose que c'est assez honorable. Bien entendu, pour vous qui venez des mondes civilisés… » Il laissa sa phrase en suspens. « Excusez-moi, je vais appeler chez moi. » Il inclina la tête vers un téléphone.

Betty glissa à l'oreille de son mari : « Pour une ville pareille, tous les urbanistes de la Terre vendraient leur âme. »

Il poussa un grognement. « Tu te rappelles Halleck ? marmonna-t-il. Un urbaniste. Il voulait détruire trois kilomètres carrés de taudis à Lanchester, dix-sept étages de haut en moyenne, rien que des trois-pièces sans aération.

» D'abord, le lobby des promoteurs lui est tombé sur le dos en le traitant de Chaoticien. La rumeur a circulé parmi ses amis que c'était un dégénéré. Les pauvres diables qui vivaient là-dedans ont voulu le lyncher parce qu'ils avaient été expulsés. Les Vieux Fidèles l'ont exclu du parti parce qu'ils contrôlaient les votes du quartier. Les taudis sont toujours là et Halleck vend maintenant des machines agricoles sur Arcturus 5. »

Elle regardait entre les arbres. « Peut-être que Havre deviendra un modèle pour tout l'Amas. »

Il haussa les épaules. « Peut-être bien que oui, peut-être bien que non. La paix et l'isolement ne sont pas quelque chose qu'on peut procurer à un million de personnes... parce que paix et isolement disparaissent alors. »

Elle se redressa dans son siège. « La seule façon de convaincre les sceptiques est de leur montrer un exemple. Tu t'imagines que si les habitants des taudis de Lanchester voyaient cette ville, ils rentreraient dans leurs trois-pièces sans désirer changer quoi que ce soit ?

— S'ils voyaient cette ville, ils ne quitteraient jamais Havre. Coûte que coûte, que ce soit comme voyageurs clandestins ou ouvriers, ils émigreraient.

— Inscris-moi dans la première vague ! » fit Betty, indignée.

La voiture tourna dans un tunnel de verdure, traversa un tapis de gazon vert éclatant, s'arrêta près d'une maison fabriquée en solide bois sombre. Quatre hauts pignons en ligne dominaient une terrasse, où un cours d'eau suivait son lit naturel. La maison paraissait spacieuse, confortable... un peu comme les plus belles villas de la Terre et des planètes-jardins, mais sans l'impression d'artifice, de mise en scène un peu guindée.

« Ma demeure », annonça Clay. Il fit coulisser une porte de bois blond ciré, les introduisit dans une entrée tapissée de rotin, tendue d'un tissu de la couleur de la forêt. Un banc en bois brun luisant longeait un mur sous le cadre d'un tableau. Sans source visible, la lumière inondait la pièce, telle l'eau dans un aquarium.

« Un instant, dit-il avec un soupçon d'embarras. Ma demeure est modeste, un peu de bric et de broc, aussi je ne souhaite pas que vous la voyiez sous son plus mauvais jour. » Il était sincère ; ce n'était pas une manifestation d'humilité édictée par la politesse.

Il allait partir, marqua un temps d'arrêt et dit à ses invités qui avaient peine à le comprendre : « Je vous demande de nous excuser pour notre sous-développement, mais nous n'avons pas de locaux pour héberger des notables, ni de grandes auberges, d'ambassades ou de palaces qui ajoutent à la dignité de la vie sur Terre. Je ne puis vous offrir que l'hospitalité de ma demeure. »

Welstead et Betty protestèrent. « Nous ne méritons pas autant. Après tout, nous ne sommes qu'un couple de prospecteurs de passage. »

Clay sourit ; ils l'avaient mis un peu plus à son aise. « Vous êtes le lien entre Havre et la civilisation… les visiteurs les plus importants que nous ayons jamais eus. Excusez-moi. » Il partit.

Betty s'approcha de la peinture accrochée au mur, un simple paysage – le coteau d'une colline, quelques arbres, une lointaine chaîne de montagnes. Welstead, mal doté en sens artistique, regarda autour de lui pour détecter la source de lumière… en vain. Il rejoignit Betty près du tableau. Elle annonça d'une voix presque haletante : « C'est un… ça me fait peur de le dire… un chef-d'œuvre. »

Welstead plissa les yeux en s'efforçant de comprendre le fondement de la crainte révérencielle et de l'émerveillement de sa femme. En fait, le tableau attirait son regard, lui faisait faire le tour du cadre, lui inspirait une exaltation agréable, de la chaleur, de la sérénité.

Clay, de retour, remarqua leur intérêt. « Qu'en pensez-vous ? demanda-t-il.

— Je trouve ça… extrêmement réussi », répondit Betty, cherchant des mots qui puissent exprimer son admiration sans paraître excessive.

Clay secoua la tête avec regret. « Inutile de louer une banalité par courtoisie, madame Welstead. Nous connaissons nos lacunes. Nos yeux ont contemplé les Giotto, les Rembrandt, les Cézanne. Ceci est un bien piètre ouvrage. »

Betty allait protester, mais elle se retint. Les paroles, manifestement, ne pourraient le convaincre – ou une convention sociale le forçait à rabaisser les œuvres de son peuple, et discuter avec un peu trop de véhémence aurait été discourtois.

« On prépare vos appartements, leur dit-il. J'ai aussi demandé des vêtements propres pour vous deux, car je vois que les vôtres ont été souillés par le voyage. »

Elle s'empourpra et lissa les jambes de son short bleu. Welstead épousseta en catimini sa blouse défraîchie. Il mit la main dans sa poche et sortit un bout de gravier. « Ceci vient d'un astéroïde que j'ai prospecté il y a quelques semaines. » Il le fit tourner entre ses doigts. « Ce n'est que du granite, avec des inclusions de grenat. »

Clay prit le morceau de roche et l'inspecta avec un respect tout particulier. « Puis-je le garder ?

— Mais bien sûr. »

Clay posa le bout de pierre sur un plateau d'argent. « Vous ne pouvez comprendre ce que cette petite pierre symbolise pour nous, sur Havre. Le voyage interstellaire… notre but, notre rêve depuis deux cent soixante et onze ans. »

Encore ces deux cent soixante et onze ans ! Welstead effectua un calcul. Voilà qui les ramenait à l'ère des Grands Vagabondages, quand la propulsion dessus-dessous était entrée en usage, quand les hommes s'étaient précipités pêle-mêle dans toute la galaxie, comme des abeilles dans un champ de fleurs, et que la culture humaine avait explosé dans l'espace telle une supernova.

Clay leur fit traverser une grande pièce, à la fois simple et dotée de riches détails. La vision de Welstead n'était pas suffisamment analytique pour saisir d'entrée la totalité des caractéristiques. Il perçut des tons fauve, brun, bleu pastel, vert d'eau, dans le bois, le tissu, le verre, la poterie… Ces couleurs se combinaient pour produire un effet fabuleux avec le poli ombré et ciré du bois naturel. Au bout de la salle, une bibliothèque contenait dix gros livres reliés en cuir noir qui, de par une emphase indéfinissable, semblaient revêtir la même signification qu'une icône.

Ils prirent un couloir latéral pour déboucher dans un jardin rempli de fleurs, d'arbres bas, d'oiseaux peu farouches. Clay les introduisit dans un appartement en longueur baigné par le soleil.

« Votre bain vous attend de l'autre côté de la porte, annonça-t-il. On vous a laissé des habits propres sur le lit. Une fois reposés, retrouvez-moi dans la grande salle de séjour. Prenez toutes vos aises… Faites comme chez vous. »

Ils se retrouvèrent seuls. Avec un soupir de bonheur, Betty s'enfonça dans le lit. « N'est-ce pas magnifique, chéri ?

— Bizarre, dit Welstead, toujours debout au milieu de la pièce.

— Quoi ?

— Que ce peuple, talentueux, efficace, agisse avec autant d'humilité et d'autodénigrement.

— Ils paraissent confiants.

— Ils le sont. Pourtant, dès qu'on prononce le mot Terre, c'est comme si on parlait d'Alakland à un Lak exilé. C'est tout dire ! »

Betty haussa les épaules et commença à se déshabiller. « Il existe sans doute une explication très simple. Pour l'instant, toutes ces hypothèses me fatiguent. Je prends mon bain. De l'eau, de l'eau, de l'eau ! Des *tonnes* d'eau ! »

Ils retrouvèrent leur hôte dans la longue salle, en compagnie de sa charmante femme et de ses quatre enfants les plus jeunes, qu'il présenta solennellement.

Welstead et Betty s'assirent sur un divan et Clay leur versa dans de petites tasses en porcelaine du vin jaune-vert pâle, puis s'assit à son tour.

« Il me faut avant tout vous expliquer notre monde de Havre… à moins que vous n'ayez deviné notre triste sort ?

— Je suppose, répondit Welstead, qu'on a implanté ici une colonie qui a ensuite été oubliée… ou perdue. »

Clay eut un sourire triste. « Nous avons connu des débuts un peu plus dramatiques. Il y a deux cent soixante et onze ans, l'*Étrurie*, avec son plein de passagers, échappa à tout contrôle alors qu'il faisait route vers Rigel. Suivant le récit qu'on nous a transmis, les barres de carburant fusionnèrent dans la génératrice du propulseur. Si l'on ouvrait la génératrice, les champs s'écrouleraient. Sinon, le vaisseau naviguerait jusqu'à épuisement de l'énergie.

— Un accident courant, autrefois, précisa Welstead. D'ordinaire, le mécanicien coupait les blocs de poussée sur un côté et le vaisseau tournait en rond jusqu'à l'arrivée des secours. »

Clay eut une grimace forcée assez triste. « Personne à bord ne songea à cette procédure. Le vaisseau quitta l'univers connu et finit par passer à proximité d'une planète qui semblait capable d'abriter la vie. Les soixante-trois personnes à bord prirent les chaloupes de sauvetage et atterrirent sur Havre : trente-quatre hommes, vingt-cinq femmes, quatre enfants… allant de Dorothy Pell, huit ans, à Vladimir Hochs, soixante-quatorze ans, représentant toutes les races humaines. Nous sommes les descendants de ces soixante-trois personnes… et nous sommes trois cents millions.

— Vous avez travaillé vite, commenta Betty avec admiration.

— Nous avons des familles nombreuses. J'ai neuf enfants, seize petits-enfants. Depuis le début, nous avons pour principe de garder intacte la culture de la Terre à l'intention de nos descendants, de leur enseigner tout ce que nous savions de la tradition humaine.

» De la sorte, quand les secours arriveraient – comme il se devait –, nos enfants ou les enfants de nos enfants pourraient rentrer sur Terre en tant que citoyens et non comme des sauvages. Pour ce faire, notre source inestimable, ce fut les Dix Livres, les seuls ouvrages arrachés à l'*Étrurie.* Nous n'aurions pu bénéficier de livres plus vivifiants… »

Le regard de Clay se porta sur les livres reliés en noir au bout de la pièce, et le volume de sa voix baissa quelque peu.

« *L'Encyclopédie des réalisations humaines.* L'édition originale comportait dix petits volumes en plastrol, dont aucun n'était plus gros que votre main… mais il se trouvait en eux de telles richesses de splendeur humaine que nous ne pouvions oublier nos ancêtres, ni prendre de repos dans nos efforts pour parvenir à approcher le niveau des grands maîtres. Toutes les œuvres de la race humaine devinrent nos critères – en musique, dans les arts plastiques, en littérature – telles qu'on les décrivait dans *l'Encyclopédie.*

— Décrites, dites-vous ? releva Welstead.

— Pas d'illustrations ? demanda Betty.

— Non, répondit Clay. Il y avait peu de place dans l'édition princeps pour permettre d'incorporer des illustrations. Toutefois… » Il s'approcha de la bibliothèque, sélectionna un volume au hasard. « … les mots ne laissaient aucune place à l'imagination. Par exemple, concernant la musique de Bach : "À l'arrivée de Bach, la toccata était hésitante, indécise… une distraction, un tour de force, où le musicien pouvait exprimer toute sa virtuosité. Avec Bach, la toccata devient un moyen d'expression doté de la plus noble des plasticités. Il suggère le thème par de petites touches au piano, des échappées indépendantes. Puis se produit une explosion d'harmonie… les premières échappées luisent comme des prismes, prennent de la stature, basculent graduellement ensemble pour former une miraculeuse pyramide de sons."

» Et sur Beethoven : "Un dieu parmi les hommes. Sa musique est la voix du monde, la parade de toutes les splendeurs imaginables. Les sons qu'il conjure sont des forces du même ordre que les couchers de soleil, les tempêtes en mer, les panoramas du haut des sommets les plus vertigineux."

» Et sur Bix Beiderbecke : "Sa trompette déverse un tel torrent d'extase, un tel triomphe, de telles joies supérieures que le cœur de l'homme se fige de douleur de ne pouvoir y participer." » Clay referma le livre et le remit en place. « Tel est notre héritage. Nous avons essayé de maintenir vivant, même piètrement, le flot de notre culture originale.

— Je dirais que vous avez réussi dans votre entreprise », se borna à répliquer Welstead.

Betty poussa un soupir, longue et lente exhalaison.

Clay secoua la tête. « Vous ne pouvez en juger tant que vous n'avez pas visité tout Havre. Nous sommes plutôt bien installés, même si notre cadre de vie ne doit guère vous impressionner, comparé aux grandes cités, aux magnifiques palais de la Terre.

— Non, pas du tout », dit Betty, mais Clay l'interrompit d'un geste poli.

« Ne vous sentez pas obligés de nous flatter. Comme je l'ai dit, nous avons conscience de nos lacunes. Tenez, notre musique : agréable, parfois passionnante, parfois profonde, elle n'atteint jamais aux sommets poignants décrits par *l'Encyclopédie.*

» Nos arts plastiques brillent par leur technicité, mais nous désespérons d'égaler Seurat, qui "surexpose la lumière", ou Braque, "schémas de l'esprit dans des schémas de couleurs sur les schémas de la vie", ou Cézanne, "plans qui, sous la défroque d'objets naturels, marchent, se mêlent, se rencontrent en accord avec une logique sans merci, qui virevolte et force l'esprit à admettre la justice absolue de la composition." »

Elle adressa un coup d'œil à son mari, craignant qu'il n'exprime ce qu'il ne pouvait manquer de penser. À son grand soulagement, il resta coi tout en jetant un regard pensif à Clay. Pour sa part, Betty résolut de conserver une attitude distante.

« Non, reprit leur hôte d'une voix pesante, nous faisons de notre mieux et il est naturel que nous connaissions une meilleure réussite dans certains domaines que dans d'autres. Pour commencer, nous avons bénéficié de toute l'expérience humaine placée dans notre mémoire. Nous avons trouvé des routes toutes tracées – nous savions quelles erreurs éviter. Nous n'avons jamais eu de guerre ni de désir de guerre. Nous n'avons jamais permis l'instauration d'une autorité illimitée. Nous avons néanmoins essayé de récompenser ceux qui sont prêts à accepter les responsabilités.

» Nos criminels, très rares de nos jours, sont traités pour désordre mental après leurs premier et deuxième délits, stérilisés après le troisième, exécutés après le quatrième… Notre loi fondamentale, c'est une coopération et une contribution permanente avec la société, bien que cette contribution connaisse une latitude infinie. Nous ne faisons pas de la société un rouleau compresseur. Chacun peut vivre aussi intégralement ou singulièrement qu'il le désire, tant qu'il se conforme à la loi fondamentale. »

Il marqua un temps d'arrêt et son regard passa du mari à la femme. « À présent, comprenez-vous notre mode de vie ?

— Plus ou moins, répondit Welstead. Dans ses grandes lignes, du moins. Vous semblez avoir réalisé de grands progrès techniques. »

Clay réfléchit. « D'un certain point de vue, oui. D'un autre, non. Nous disposions des outils placés dans les chaloupes, des connaissances techniques et, le plus important, nous savions ce que nous cherchions à faire.

» Notre but principal est naturellement la conquête de l'espace. Nous avons lancé des fusées, mais elles ne peuvent que nous amener jusqu'à notre soleil avant de revenir. Nos savants ne sont pas loin de percer le secret de la propulsion interstellaire, mais ils sont encore arrêtés par quelques difficultés d'ordre pratique. »

Welstead éclata de rire. « La propulsion interstellaire ne peut être découverte par un effort rationnel. C'est une question d'ordre philosophique que l'on secoue en tous sens depuis des siècles. La raison – l'idée abstraite – est une fonction du temps et de l'espace ordinaires. La propulsion interstellaire ne possède aucune qualité en commun avec ces idées et c'est pour cette raison que la pensée humaine ne pourra jamais résoudre consciemment le problème de l'hyperpropulsion. Seuls les expériences, les essais et les erreurs peuvent y parvenir. Y réfléchir est inutile.

— Hum, fit Clay. Voilà un concept nouveau. Mais votre présence rend cela superfétatoire, car vous serez notre lien avec notre patrie. »

Betty vit les mots qui pointaient sur les lèvres de son mari. Elle serra les poings et fit un souhait… très fort, très, *très* fort. Peut-être cela produisit-il son effet, car il se contenta de répondre : « Nous ferons tout notre possible pour vous aider. »

Ils visitèrent tout Mytilène, ainsi que ses voisines Tiryns, Dicte et Ilium. Ils virent des centres industriels, des réacteurs nucléaires, des fermes, des écoles. Ils assistèrent à une séance du Conseil des Guides, prononcèrent tous deux de brefs discours et s'adressèrent au Havre grâce à la télévision. Le moindre des organes d'information de la planète retransmit leurs propos.

Ils entendirent de la musique sur un coteau verdoyant, l'orchestre jouant sous des arbres géants couleur de suie. Ils admirèrent les arts plastiques de Havre dans les galeries, dans les demeures et dans l'usage courant. Ils lurent des livres, obtinrent une vue d'ensemble des sciences de la planète, à peu près équivalentes à celles de la Terre. Ils ne cessèrent de s'émerveiller de tout ce que ce petit peuple avait pu accomplir en aussi peu de temps.

Ils se rendirent dans des laboratoires, où trois cents savants et ingénieurs cherchaient à forcer les champs magnétiques, gravitationnels et vorticiels dans la fusion permettant le vol interstellaire. Et les savants regardèrent, haletants, Welstead inspecter leurs appareillages.

Il décela d'un seul coup d'œil la source de leur difficulté. Il connaissait les mêmes expériences réalisées sur Terre trois cents ans auparavant, et le fantastique accident qui avait conduit Roman-Forteski et Gladheim à enfermer la génératrice dans un dodécaèdre de quartz. Ce n'était que grâce à cet accident, ou cette information, que les savants de Havre pourraient percer le mystère de la propulsion spatiale.

Il traversa songeusement ce laboratoire, suivi jusqu'à la porte par les regards désappointés des techniciens. Betty aussi avait gardé les yeux posés sur lui, étonnée ; le restant de la journée, la tension n'avait pas baissé entre eux.

Cette nuit-là, tandis qu'ils étaient allongés dans les ténèbres, raides, bien éveillés, chacun sentait la pression des pensées de l'autre. Betty finit par rompre le silence, d'une voix si brutale qu'il ne pouvait se tromper sur son humeur.

« Ralph !

— Quoi ?

— Pourquoi as-tu agi ainsi, au laboratoire ?

— Tout doux, marmonna Welstead. Peut-être que la chambre est dotée de micros. »

Betty eut un rire méprisant. « On n'est pas sur Terre. Ces gens sont confiants, honnêtes… »

Au tour de Welstead de rire… brièvement, sans joie. « C'est pour ça que je ne connais rien en matière de propulsion spatiale. »

Elle se raidit encore plus. « Comment ça ?

— Je veux dire que ces gens sont fichtrement trop bons pour qu'on les gâte. »

Betty se détendit, soupira, parla lentement, comme si elle savait qu'un effort prolongé l'attendait. « Comment ça : "les gâter" ? »

Il renâcla. « C'est clair et net. Tu es allée chez eux, tu as lu leur poésie, écouté leur musique…

— Bien entendu. Ces gens vivent la moindre seconde de leur vie avec… eh bien, de l'exaltation, je dirais. Une dévotion à la création qui ne ressemble à rien de ce que j'ai vu auparavant. »

Il reprit d'une voix sombre : « Ils vivent dans la plus fabuleuse illusion jamais imaginée et vont droit à l'abîme, tel un homme saoul comme une barrique qui roule à tombeau ouvert. »

Elle tâcha de percer l'obscurité. « Tu es fou ?

— Ils vivent dans l'exaltation, là, mais quel choc quand la bulle éclatera !

— Mais pourquoi devrait-elle éclater ? s'écria-t-elle. Pourquoi ne…

— Betty, la coupa-t-il d'une voix froide et sardonique, est-ce que tu as déjà vu un jardin public, sur Terre, après des vacances ?

— Oui, répondit-elle vivement. Il est dans un état abominable. Parce que les Terriens n'ont aucun sentiment de communauté.

— Exact. Et ces gens-ci en ont un très fort. Ils sont liés par une contrainte qui leur a permis de réaliser en deux cent et quelques années ce qui en a demandé sept mille sur Terre. Ils font tous face à la même direction, marchent tous à la même vitesse. Une fois cette pulsion disparue, comment penses-tu qu'ils pourront respecter leurs critères ? »

Elle resta coite.

« Les êtres humains, continua Welstead d'une voix rêveuse, excellent quand la vie est dure. Soit ils font de leur mieux, soit ils ne font rien. Leur existence a été difficile, ici… ces gens ont traversé l'épreuve avec succès. Si on leur donne une vie facile, de l'argent bidon… que se passera-t-il ?

» Ce n'est pas tout. En fait, ce n'est que la première moitié de l'histoire, déclara-t-il fermement. Ce peuple vit dans un rêve. Il est la victime des Dix Livres. Ils prennent au pied de la terre le moindre de leurs mots et ils ont mis tout leur cœur pour essayer d'approcher ce qu'ils estiment être des critères normaux.

» À leurs yeux, leur production ne parvient pas à la cheville de ce que les Dix Livres prétendent que doit être un chef-d'œuvre. Celui qui les a écrits devait être rédacteur dans une agence de pub. » Il éclata de rire. « Shakespeare a produit des pièces formidables, d'accord. Mais je n'ai jamais vu de “flammes qui bondissent le long des mots, des vents violents qui se précipitent à travers les pages.”

» Sibelius était sans doute un excellent compositeur… je ne suis pas expert dans ce domaine… mais qui l'a écouté pour devenir “partie intégrante des glaces, de la terre aux mousses odorantes et de la forêt au souffle rauque de Finlande”, comme doit le faire tout un chacun selon les Dix Livres ?

— Ton fameux rédacteur essayait simplement d'exprimer avec vigueur l'essence de ces artistes.

— Rien de mal à ça. Sur Terre, nous sommes conditionnés pour réagir en disant que tout ce qui est imprimé n'est que mensonge. Ou nous acceptons des litotes à l'envie. Les gens d'ici ne sont pas vaccinés contre ça. Ils prennent chaque terme pour argent comptant. Les Dix Livres constituent leur bible. Ils essaient d'égaler des réalisations qui n'ont jamais véritablement existé. »

Betty se redressa sur un coude et, d'une voix étouffée par un sentiment de triomphe, répondit : « Et ils ont *réussi !* Ralph, ils ont *réussi !* Ils ont relevé le défi, ils ont égalé ou dépassé tout ce que la Terre a pu produire ! Je suis fière d'appartenir à la même race.

— La même espèce, la reprit sèchement son mari. Ce peuple constitue un mélange de races. Ils sont toutes les races.

— Où est la différence ? Tu ne fais qu'ergoter. Tu sais fort bien ce que je veux dire.

— On s'égare, dit-il avec lassitude. La question n'est pas le peuple de Havre et ses réalisations. Oui, ils sont magnifiques *aujourd'hui.* Comment crois-tu que les affectera le contact avec la Terre ?

» T'imagines-tu qu'ils continueront de produire une fois le défi disparu ? Quand ils découvriront que notre planète n'est qu'un mauvais lieu, plein de chamailleries et de querelles, de médiocrités et de coups tordus ? Où les artistes ne dessinent que des femmes nues et les musiciens gagnent leur vie en débitant du bruit – toutes sortes de bruits – pour les bandes sonores de la télévision ? Où passeront leurs rêves, à ce moment-là ?

» En voilà, une déception ! Écoute-moi bien : la moitié de la population se suicidera et l'autre moitié se tournera vers la prostitution et l'exploitation des touristes. La proposition n'a rien de réjouissant. Je pense qu'il faut leur laisser leurs rêves. Qu'ils s'imaginent que nous sommes tous deux les plus abominables vauriens de l'univers. Oui, filons de celte planète, retournons chez nous, là où est notre place. »

Betty répondit d'une voix troublée : « Tôt ou tard, quelqu'un d'autre les trouvera.

— Peut-être bien que oui, peut-être bien que non. Nous annoncerons que la région est déserte… ce qui est bien le cas, en dehors de Havre.

— Ralph, je ne pourrais pas, dit-elle d'une petite voix. Je ne pourrais pas trahir leur confiance.

— Même pas pour la leur laisser ?

— Tu ne penses pas que leur déconvenue serait aussi grande si nous les quittions subrepticement ? s'enflamma Betty. Nous constituons le point d'orgue de ces deux cent soixante et onze années. Imagine un peu leur apathie après notre départ !

— Ils travaillent à la propulsion spatiale. Il y a une chance sur un million qu'ils tombent dessus. Ils l'ignorent. Ils ne disposent que d'une fraction infinitésimale d'un domaine entier et ils croient qu'il leur suffira de trouver la source d'énergie voulue puis d'obtenir une isolation satisfaisante. Ils n'ont pas la lanterne dont s'est saisi Gladheim quand le réservoir en plomb s'est mis à fondre.

— Ralph, tes paroles sont toutes très logiques. Tes arguments se tiennent… mais ils ne sont pas satisfaisants, sur le plan émotionnel. Je n'ai pas un sentiment d'exactitude.

— Flûte ! Ne jouons pas aux philosophes.

— Et n'essayons pas non plus de jouer au Bon Dieu. »

Un long silence s'ensuivit.

« Ralph ?

— Quoi ?

— Est-ce qu'il n'existe pas *un* moyen... ?

— Un moyen de quoi ?

— Pourquoi faut-il que la responsabilité nous incombe ?

— J'ignore qui d'autre pourrait s'en charger. Nous sommes les instruments...

— Mais c'est leur vie à eux !

— Betty, dit Welstead avec lassitude, aujourd'hui, on ne peut pas mettre l'affaire sur le dos d'un autre. C'est à nous, en dernier ressort, de dire oui ou non. On est les seuls à voir des deux côtés de la palissade. La décision est terrible... mais je dis non. »

La conversation s'arrêta, et au bout d'un laps de temps indéfini, ils s'endormirent.

Trois nuits plus tard, Welstead arrêta Betty alors qu'elle commençait à se déshabiller pour se coucher. Elle lui accorda un regard ébahi.

« Fourre dans un sac ce que tu veux emporter. On s'en va. »

Raidie par la nervosité, elle se détendit un peu en faisant un pas vers lui. « Ralph...

— Quoi ? »

Elle ne décela nulle douceur ni indécision dans ses yeux couleur topaze. « Ralph... ce serait *dangereux* de partir. S'ils nous attrapent, ils nous exécuteront... pour dépravation pure. » Elle ajouta dans un murmure, en détournant le regard : « Et ce serait sans doute justifié.

— C'est un risque qu'il nous faut courir. Comme on l'a dit le jour où on a décidé d'atterrir : il faut bien mourir un jour. Prends tes affaires : on s'en va.

— On devrait laisser un mot, Ralph. Quelque chose... »

Il montra une enveloppe. « Là. On les remercie de leur hospitalité. Je leur raconte qu'on est des criminels et qu'on ne peut risquer le retour sur Terre. C'est maigre, mais je n'ai pas trouvé mieux. »

Une flammèche raviva la voix de Betty. « Ne t'en fais pas, ils te croiront. » L'air maussade, elle fourra des babioles dans un sac. « La route est longue jusqu'à notre appareil, tu sais, le prévint-elle.

— On va prendre la voiture de Clay. Je l'ai observé et je sais la conduire. »

Elle réprima un spasme de rire amer. « Nous voilà même devenus voleurs de voitures.

— Il le faut bien », répondit-il, inflexible. Il s'approcha de la porte et tendit l'oreille. Le silence total du sommeil de bon aloi régnait sur le restant de la maison. Il revint auprès de Betty, qui l'avait observé froidement avec un air de désintérêt. « Par ici, dit-il. Par la terrasse. »

Ils sortirent dans la nuit sans lune de Havre et n'entendirent que le tintinnabulement du ruisseau qui traversait la terrasse.

Welstead prit sa femme par la main. « Attention, ne rentre pas dans ce bambou. » Il resserra sa prise ; ils s'arrêtèrent brutalement. D'une fenêtre avait jailli un halètement, puis le marmonnement apaisé de qui vient de faire un mauvais rêve.

Peu à peu, comme du verre qui fond à la chaleur, ils reprirent vie et se glissèrent à l'autre bout de la terrasse, puis sur le gazon à côté de la maison. Ils firent le tour du jardin potager ; la forme de la voiture apparut devant eux.

« Monte, chuchota Welstead. Je pousse jusqu'au premier virage. »

Betty grimpa dans le siège ; son pied racla le métal. Son mari se raidit, tendit l'oreille, sonda les ténèbres, tel un aigle. Silence dans la maison, le silence de la décontraction, de la confiance... Il poussa la voiture et elle flotta doucement, n'opposant que son inertie à la force de sa main.

Elle s'arrêta brutalement avec une secousse. Il resta paralysé. Un antivol ? Non, il n'y avait pas de voleurs sur Havre... en dehors de deux personnes qui venaient d'arriver de la Terre. Un piège ?

« L'ancre », chuchota Betty.

Bien sûr ! Il faillit lâcher un gémissement de soulagement. Toutes les voitures avaient une ancre pour empêcher le vent de les déplacer. Il la trouva, l'accrocha dans son logement, et la voiture flotta sans retenue le long du tunnel de verdure qui constituait l'allée d'accès à la demeure de Clay. Après le virage, il courut jusqu'à la porte, bondit à l'intérieur et pressa du pied la pédale de contact – le véhicula fila avec la grâce légère d'un canoë. Sur la route principale, il alluma les phares et ils traversèrent la nuit à toute allure.

« Dire qu'on utilise encore les roues sur Terre, lâcha-t-il. Si on n'avait qu'un dixième du cran de ces gens... »

D'autres voitures les croisaient. Les phares leur éclairaient le visage au passage et les deux occupants se ratatinaient derrière le pare-brise.

Ils arrivèrent enfin au parc où reposait leur vaisseau. « Si quelqu'un nous interpelle, glissa-t-il à l'oreille de Betty, on est venus prendre des effets personnels. Après tout, on n'est pas prisonniers. »

Cela ne l'empêcha pas d'effectuer un cercle prudent autour de leur appareil avant de s'arrêter à côté, puis il attendit quelques secondes et sonda les ténèbres de son mieux. Ni bruit, ni lumière, ni signe de garde ou de présence humaine.

Il sauta de la voiture. « Vite, maintenant. Cours et monte dedans. Je suis sur tes talons. »

Ils se ruèrent à travers la nuit, remontèrent les échelons soudés à la coque, et l'acier froid était comme une caresse sous les mains brûlantes de Welstead. Ils entrèrent dans la cabine ; il referma brutalement le sas, rabattit les agrafes.

Il bondit sur les commandes et alluma les réacteurs. La procédure était risquée… mais une fois dégagés de l'atmosphère ils auraient le temps de chauffer normalement. Le vaisseau s'éleva ; les ténèbres et les lumières de Mytilène s'éloignèrent sous eux. Welstead se sentit las, mais détendu.

Ils continuèrent de monter… La planète se réduisit à une boule, Éridan 2932 apparut sur le côté et soudain, sans avoir eu l'impression de franchir une frontière, ils se retrouvèrent dans l'espace.

Il poussa un soupir. « Seigneur ! ça fait du bien ! J'avais oublié combien l'espace est beau.

— Moi aussi, je le trouve beau, déclara Alexander Clay. Je ne l'avais jamais vu auparavant. »

Welstead fit volte-face et se leva d'un bond.

Clay quitta la chambre de réaction, les regardant avec une expression particulière que le Terrien interpréta comme une fureur mortelle. Betty se tenait près de la cloison, ses yeux passant d'un homme à l'autre, le visage aussi inexpressif qu'un miroir.

Welstead quitta lentement les commandes. « Eh bien… vous nous avez pris en flagrant délit. Vous devez estimer qu'on vous traite bien mal. Peut-être. Mais j'ai la conscience tranquille. On ne fera pas demi-tour. Il semblerait que vous aviez envie d'un petit voyage, et on ira jusqu'au bout.

Si nécessaire… » Il marqua un temps d'arrêt qui en disait long. Puis : « Comment êtes-vous monté à bord ? » Après quelques instants de réflexion : « Et pourquoi ? Pourquoi cette nuit ? »

Clay secoua la tête. « Ralph… vous ne nous accordez pas une intelligence, et encore moins un courage, ordinaires.

— Qu'entendez-vous par là ?

— J'entends par là que je comprends vos mobiles… et que je vous admire. Même si je pense que vous avez manifesté un bel entêtement à vouloir agir sans discuter avec les individus les plus directement concernés. »

Welstead baissa la tête et lui adressa un regard dur. « Fondamentalement, la responsabilité m'en incombe. Ça ne me plaît pas, mais je n'éprouve aucune crainte.

— Cela vous fait honneur, murmura l'autre. Sur Havre, nous avons l'habitude de partager les responsabilités. Non de les diluer, attention, mais de mettre à l'ouvrage dix… cent… mille esprits pour résoudre un problème qui s'avère trop lourd pour un seul. Vous n'avez su nous juger, Ralph. Vous nous trouvez mous, dépourvus de fibre morale.

— Non, pas exactement…

— Notre civilisation repose sur l'adaptabilité, la croissance, la flexibilité. Nous…

— Vous ne comprenez pas à quoi vous devrez vous adapter, lui répondit sèchement Welstead. Ça n'a rien d'agréable. Ce sont les pots-de-vin, les magouilleurs, les touristes par millions qui rendront votre planète semblable à une jolie fille après le passage d'un peloton de soldats d'invasion.

— Nous rencontrerons des problèmes », admit Clay. Sa voix prit de la force. « Mais c'est ce que nous souhaitons, Ralph… des problèmes. Nous avons soif de problèmes de l'existence humaine ordinaire. Et si cela signifie des grognements et de la transpiration, nous ne rechignerons pas. Nous sommes de chair et de sang, tout comme vous.

» Nous ne voulons pas le Nirvana, mais mettre nos forces à l'épreuve. Combattre aux côtés du reste de l'humanité normale. Ne luttez-vous pas contre ce que vous trouvez injuste ? »

Welstead secoua la tête. « Plus maintenant. C'est trop pour moi. J'ai essayé quand j'étais jeune, puis j'ai laissé tomber. Peut-être est-ce pour cela que Betty et moi sillonnons ainsi la Bordure.

— Non, dit-elle. Ce n'est pas tout, Ralph, tu le sais. Tu explores parce que tu adores l'exploration. Tu aimes la lutte mouvementée des contacts humains tout autant que quiconque.

— Lutte mouvementée, dit Clay en savourant ces paroles. Voilà ce qu'il nous faut sur Havre. Ils avaient cela, jadis. Ils s'y sont consacrés, ils ont soumis ce monde nouveau. Il nous appartient, à présent. Encore cent ans de cul-de-sac et nous serons drogués, léthargiques, décadents. »

Welstead resta coi.

« Ce qu'il ne faut pas oublier, Ralph, reprit l'autre, c'est que nous appartenons à l'humanité. Si tout se passe bien, parfait. Si des problèmes apparaissent, nous voulons aider à les résoudre. Vous dites que vous avez laissé tomber parce que c'était trop pour vous. Pensez-vous que ce serait trop pour toute une planète ? Trois cents millions de cerveaux robustes et honnêtes ? »

Le Terrien le regarda fixement, son imagination enflammée. « Je ne vois pas comment… »

Clay sourit. « Moi non plus. C'est un problème pour trois cents millions d'esprits. De la sorte, cela ne semble pas trop important. S'il faut trois cents cerveaux pour imaginer un dodécaèdre de quartz… »

Welstead sursauta et jeta à son épouse un regard accusateur. « Betty ! »

Elle secoua la tête. « J'ai rapporté à Clay notre conversation, notre dispute. On en a discuté à fond. Je lui ai tout dit… et je lui ai promis de l'avertir quand on partirait. Mais je n'ai jamais parlé du propulseur spatial. S'ils l'ont découvert, c'est par eux-mêmes. »

Il se retourna lentement vers Clay. « *Découvert ?* Mais… c'est impossible !

— Rien n'est impossible… Vous-même m'avez donné l'indice en m'avouant que la raison humaine était inutile parce que le propulseur spatial participait d'un environnement totalement différent. Nous nous sommes donc concentrés non sur le propulseur lui-même, mais sur son environnement. Les premiers résultats nous sont parvenus en termes de douze directions… d'où le dodécaèdre. Une simple intuition, une expérience, et ça a marché. »

Welstead poussa un soupir. « Je m'avoue battu. Je cède. Clay, à vous le casse-tête. C'est vous qui l'aurez voulu. Que désirez-vous faire ? Retourner sur Havre ? »

L'autre sourit, presque avec affection. « Nous sommes déjà loin. J'aimerais voir la Terre. Durant un mois, incognito. Ensuite nous retournerons sur Havre et ferons notre rapport au monde entier. Nous sommes trois cents millions à attendre le coup de gong de la première reprise. »

Une fille en or

Le *Des Moines Post* étonna le monde avec le reportage le plus extraordinaire de tous les temps, et Bill Baxter devint un héros.

Une heure après la sortie en kiosque de l'édition, la moindre route conduisant à Kelly's Hill était paralysée par des caravanes de curieux : public amateur et professionnel, reporters, photographes et correspondants des agences de presse nationales et internationales.

Le FBI et les Renseignements militaires étaient arrivés les premiers. Les barrages routiers faisaient rebrousser chemin aux milliers de voitures, les cordons de troupes interceptaient les promeneurs dans les champs, les avions de chasse décourageaient les appareils qui convergeaient vers Kelly's Hill comme des phalènes vers la lumière.

La survivante du crash passa toute la nuit dans le petit hôpital du docteur Blackney où Bill Baxter l'avait amenée. Elle se réveilla tôt le lendemain matin et resta allongée à fixer le docteur Blackney, serrant les draps de ses doigts dorés.

Deux agents fédéraux se tenait à côté de la porte de sa chambre ; des dizaines d'autres gardaient l'hôpital et faisaient rebrousser chemin aux foules venues regarder béatement en parlant à voix basse. Un médecin de l'armée, un individu aseptisé connu pour ses relations avec les services secrets, confirma le diagnostic de Blackney portant sur une clavicule cassée avec choc traumatique, et il approuva son traitement. La femme s'y soumit avec un air de dégoût et d'impuissance.

L'atmosphère de secret stimula la presse au lieu de la décourager. L'imagination était conduite à battre la campagne. L'accident devenait un vent venu d'îles exotiques, l'annonce de fabuleuses vérités à explorer encore. Le reste du monde se rétrécissait à cette localité ; les nouvelles plus juteuses semblaient ternes et banales. On remplissait d'hypothèses des milliers de colonnes, des tonnes de papier journal se délectaient de rumeurs, on publiait des hectares de photographies, de graphiques, de cartes célestes et de dessins fantaisistes. Quelqu'un avait même déniché une photo de Bill Baxter, le reporter qui, pensant enquêter sur une météorite spectaculaire, avait découvert un astronef naufragé et en avait extrait la jeune femme inconsciente à la peau dorée. Pour couronner cette bulle sensationnelle, la rumeur se revêtait d'une touche séduisante : la jeune femme dorée était d'une grande beauté – jeune et d'une beauté fantastique.

Dès le début, Bill Baxter refusa d'en être séparé. Il passait tous les instants possibles dans le fauteuil de l'autre côté de la chambre, contemplant à la dérobée le visage serein. Pour lui, cette femme dorée représentait quelque chose d'intime et de complexe, un joyau magnifique trouvé dans la nuit. Elle le fascinait ; elle éveillait ses instincts protecteurs les plus féroces, comme si, en l'arrachant à la coque en feu, il avait endossé la responsabilité de sa survie.

Sa caution volontaire avait été acceptée à contrecœur, comme si le gouvernement lui-même reconnaissait là une espèce de loi primitive sur la propriété – ou admettait du moins que Baxter avait autant le droit que quiconque de lui servir de représentant. Le docteur Blackney acceptait sa présence comme naturelle et désirable ; les agents fédéraux le surveillaient de près en échangeant des remarques sarcastiques, mais sans tenter de limiter son contact.

Elle mangeait peu, surtout de la bouillie et des jus de fruits, parfois un bout de pain grillé, mais elle rejetait les œufs, le lait et la viande avec une vague répugnance. La plupart du temps, les premiers jours, elle restait allongée, passive, comme assommée par la catastrophe qui l'avait frappée.

Le troisième jour, elle se haussa sur le coude, examina son entourage et regarda une ou deux minutes par la fenêtre, puis se rallongea lentement. Elle ne prêta aucune attention à Baxter et au docteur Blackney, qui l'observaient de l'autre côté de la chambre.

Blackney, médecin de campagne grisonnant sans aucune prétention à l'omniscience, claqua la langue. « Ce n'est pas bien qu'elle soit aussi faible… elle est en parfaite santé, en parfaite condition physique. Elle a 38° de température, mais c'est peut-être normal pour sa race. Après tout, nous ne savons pas grand-chose sur elle.

— Normal ? » Le reporter avait relevé ce terme. « C'est une… femme *normale*, docteur ? »

Le médecin eut un léger sourire. « Les radios révèlent un squelette… humanoïde et des organes apparemment humains. Ses traits, sa conformation… enfin, vous pouvez en juger par vous-même. La seule caractéristique distincte, c'est la teinte métallique de sa peau.

— Elle ne semble qu'à demi consciente, marmonna Baxter. Elle ne s'intéresse à rien…

— C'est le choc. Son cerveau se réajuste peu à peu… C'est pour cela qu'on ne la déplace pas.

— La déplacer ? s'écria le reporter. Où ? Sur l'ordre de qui ?

— De Washington. Mais rien ne presse. Elle est faible, désorientée. Il faudrait qu'elle ait le temps de récupérer. Elle est aussi bien ici qu'ailleurs. »

Baxter acquiesça énergiquement. À Washington, parmi tous ces officiels, il risquait d'être mis sur la touche. Il se frotta le menton et pinça les lèvres. « Docteur, quel âge lui donnez-vous ?

— Oh… si elle a vieilli au même rythme que nous, je dirais dix-neuf ou vingt ans.

— Dans ce cas, elle est mineure, aux termes de la loi de cet État… Pensez-vous que je pourrais être désigné comme tuteur ? »

Blackney secoua la tête. « Pas une chance sur mille, Bill. N'oubliez pas que cette fille n'est pas une orpheline ordinaire.

— Il faut que quelqu'un s'occupe d'elle », s'entêta le reporter.

Le médecin eut un petit sourire. « Elle deviendra sans doute pupille de la nation. »

Baxter fronça les sourcils et, au fond de ses poches, serra les poings. « Ça reste à voir. »

L'après-midi du quatrième jour, il la regarda, stupéfait, rejeter ses draps et quitter le lit sans le moindre signe de faiblesse. Elle s'approcha de la fenêtre, où elle resta debout à contempler le jardin de Blackney.

Le reporter s'agitait derrière elle comme une poule qui va pondre, inquiet qu'elle ne s'affaiblisse, mais répugnant aussi à la contrarier. Elle finit par se retourner et, dans sa longue chemise de nuit blanche, elle lui sembla absurdement jeune et inoffensive. Pour la première fois, elle parut le remarquer : elle le soumit de la tête aux pieds à un examen des plus froid et nonchalant.

Il employa la technique qui avait fait ses preuves des milliers de fois. Il s'avança, se toucha la poitrine et annonça : « Bill. »

Elle haussa les sourcils, comme surprise qu'il fût capable de penser intelligiblement, puis répéta « Bill » d'une voix douce.

Baxter hocha la tête avec passion et la désigna. « Toi ? »

Elle toucha sa poitrine et prononça un mot rempli de consonnes rapides et de voyelles issues du fond de la gorge. Ça ressemblait un peu à *Lurr'lu*, ou *Lurulu*.

Il se mit avidement à lui apprendre sa langue et, si elle ne manifesta aucun enthousiasme, elle saisissait aussitôt les idées et n'oubliait pas un mot qu'il prononçait.

Baxter apprit par bribes ce qui lui était arrivé et qui se révélait assez simple. Elle appelait sa planète, un monde « très loin au-delà du flot d'étoiles bleues », selon ses propres termes, *Ghh'lekthwa*. Baxter, incapable de maîtriser la gutturale initiale, se contentait de prononcer « Lekthwa », ce qui parut amuser la jeune fille.

L'astronef était un vaisseau de plaisance, lui dit-elle, du même ordre qu'un yacht terrestre ; ils avaient choisi la Terre au hasard. Une réparation imparfaite avait affaibli l'un des moteurs qui, lâchant à un moment critique, avait précipité le vaisseau dans sa destruction sur Kelly's Hill.

Le septième jour, Blackney la déclara en parfaite santé et Baxter envoya une infirmière lui acheter des vêtements. Quand il revint dans la pièce, bien qu'elle ne lui ait nullement demandé de la laisser s'habiller, il la trouva occupée à s'examiner dans une glace.

« A-t-on retrouvé mes affaires dans l'appareil ? Ces habits… » Elle tira sur la jupe en cachemire. « … pittoresques m'irritent la peau ; ils me donnent une impression bizarre. »

Le reporter, qui la trouvait magnifique, bafouilla : « L'incendie a tout détruit… Mais si vous me dites ce que vous désirez, je pourrai vous en faire fabriquer. »

Elle haussa les épaules. « Je porterai ceci. »

Il posa une question qui le taraudait depuis longtemps. « Vous… vous comptez rentrer chez vous ? Vous pouvez communiquer avec les vôtres ? Vous sauriez construire un vaisseau spatial ? »

Elle contemplait l'autre côté du jardin. « Je ne maîtrise que les principes de base… Lekthwa se situe à bien des étoiles d'ici. Je saurais à peine où commencer. »

Il la considéra attentivement. Elle parlait d'une voix froide, très douce, comme un étang ténébreux et tranquille dans la forêt. La gorge serrée par l'inquiétude, il tendit la main vers l'un des livres qu'il avait apportés. Il la rejoignit à la fenêtre et lui montra une carte.

« Voici où nous sommes. » Il indiqua leur position. Elle pencha la tête et Baxter étudia son profil. Depuis la nuit où il l'avait arrachée aux flammes de son épave, jamais il n'avait été aussi proche d'elle, et une étrange palpitation s'éveilla en lui.

Elle leva brièvement ses yeux d'ambre et il y plongea. Il vit les pupilles changer et elle s'écarta légèrement. Elle reposa son regard sur la carte. « Parlez-moi encore de ce monde. »

Baxter lui donna une description concise de la civilisation et lui montra le Nil, la Mésopotamie, la vallée de l'Indus. Il désigna la Grèce en définissant pour elle la pensée hellénistique et ses effets sur la culture européenne, lui parla de la Révolution industrielle et la mit au courant des derniers détails de l'actualité.

« Ainsi donc, certaines parties du monde restent rivales et hostiles les unes envers les autres ?

— Exact, hélas, reconnut-il.

— Il y a plusieurs centaines de milliers d'années, nous avons connu une époque appelée "l'Ère de la Démence" ; les peuples à cheveux blancs du Sud et les peuples à cheveux dorés du Nord se tuaient délibérément. » Elle marqua un temps d'arrêt, puis ajouta d'un air détaché : « Leur culture était en gros équivalente à la vôtre. »

Baxter l'examina. « Vos cheveux sont dorés mais très pâles.

— Les peuples à cheveux blancs et à cheveux dorés se sont bien mêlés. Aux époques barbares, les préjugés contre les personnes aux cheveux dorés étaient graves, car on les tenait pour moins dignes d'admiration. Cela semble désormais bizarre et cruel. »

Elle déposa le livre et s'approcha à nouveau de la fenêtre. « J'aimerais prendre le soleil. Votre soleil ressemble beaucoup au nôtre. » Un avion traversa le ciel. « Le vol existe sur Terre ? » demanda-t-elle, légèrement surprise.

Baxter lui assura que les voyages aériens étaient très courants, et ce depuis de nombreuses années. Elle hocha la tête d'un air lointain.

« Je vois. Bon… allons nous promener à l'extérieur.

— Comme vous voudrez. »

Les agents gouvernementaux dans le hall les suivirent à quelques pas.

Lurulu les désigna. « Quelle est leur fonction et quelle est la vôtre ? Suis-je prisonnière ? »

Il s'empressa de la rassurer. « Ils ne sont là que pour vous protéger des excentriques qui pourraient vous ennuyer. Quant à moi… je suis votre ami. » Et il ajouta avec une certaine raideur : « Si vous ne voulez pas de moi, je saurai me retirer. »

Sans répondre, elle sortit sur le trottoir, puis examina la rue d'un bout à l'autre. La police avait dressé des barrières à chaque extrémité du bloc, où se tenaient de petites foules qui espéraient entrevoir la femme d'outre-monde. Les gardes se précipitèrent devant eux et firent signe aux badauds de reculer.

Indifférente aux regards fixes et aux babils excités, Lurulu feignit d'ignorer les curieux. Baxter, mal à l'aise et vaguement irrité, resta près d'elle quand elle s'engagea dans la rue. Elle paraissait aimer le soleil et gardait la main tendue, comme si elle caressait la texture de la lumière. Sa peau miroitait tel un satin chaud. Elle respirait profondément, regardait dans les maisons qui longeaient la rue. La petite clinique de Blackney se trouvait dans un faubourg agréable, ombragé de grands ormes, et les maisons étaient érigées en retrait des vastes jardins.

Elle se retourna soudain vers Baxter. « Vous vivez donc tous au sol ?

— Ma foi... nous avons des immeubles d'habitation, répondit Baxter. Certains s'élèvent à plusieurs centaines de mètres dans les airs... Où habitez-vous, sur Lekthwa ?

— Nous avons de charmants palais qui flottent dans le ciel... parfois dans l'air clair et ensoleillé, parfois parmi les nuages. Nous n'avons d'autre bruit que le vent. Nous apprécions la solitude et les splendides panoramas. »

Baxter la regarda fixement, à moitié incrédule. « Personne ne vit au sol ? Il n'y a pas de maisons ?

— Oh... » Un geste vague. « De temps à autre, près d'un lac ou d'une forêt magnifique, on trouve un pavillon ou un camp. La face de Lekthwa est en majeure partie à l'état sauvage... en dehors des Secteurs industriels.

— Et qui travaille pour ces industries ?

— Les jeunes gens, surtout... les enfants. Le travail fait partie de leur éducation. Ils améliorent parfois les machines ou développent de nouveaux biotypes... est-ce le nom approprié ? Non ?... Peu importe. Au bout d'une certaine période à s'occuper des machines, ceux qui le souhaitent deviennent dessinateurs industriels, ou ingénieurs, ou techniciens supérieurs.

— Et ceux qui préfèrent autre chose ?

— Oh... certains restent oisifs, certains deviennent explorateurs, artistes, musiciens, certains font un peu de tout. »

Quelques secondes, Baxter continua de marcher dans un silence renfrogné. « Ça me paraît mener à la stagnation... On dirait que vous vous ennuyez. »

Lurulu éclata de rire, mais elle ne répondit pas et ne chercha pas à discuter, ce qui irrita encore plus le reporter.

« Et vous avez des criminels ? » finit-il par demander.

Elle lui jeta un coup d'œil avec encore un vague sourire. « Sur Lekthwa, tout le monde aime la vie et profite de sa personnalité. Les délits ne surviennent que rarement, et on les traite par une forme de psychothérapie. »

Il poussa un grognement.

« Le crime se produit quand la structure sociale en soi est inattentive et malhabile, ajouta-t-elle avec désinvolture, quand la culture ne laisse pas de champ libre à l'accomplissement.

— Comment pouvez-vous parler avec autant d'autorité des problèmes sociaux alors qu'il n'en existe pas sur Lekthwa ? » riposta-t-il avec un soupçon d'acidité dans la voix.

Elle haussa les épaules. « Nous connaissons plusieurs mondes qui ont des problèmes sociaux. Nous y installons des missions et y instaurons progressivement des réformes.

— Est-ce que des hommes, des êtres humains, vivent aussi sur ces planètes ? demanda-t-il, perplexe. Je trouve très étrange que nos deux mondes aient produit des espèces identiques… »

Elle eut un sourire un peu triste. « Sur le plan de notre structure physique, plus ou moins. Mais nous n'avons pas grand-chose d'“identique”. »

Elle s'arrêta pour examiner un massif de géraniums rouges en pleine floraison. Baxter se demanda quelle serait sa réaction s'il la prenait par la taille. Son bras le démangea… mais les gardes flânaient dans leur sillage et des centaines de regards restaient braqués sur eux deux.

Ils atteignirent l'angle et firent halte. Lurulu regarda chez l'épicier du coin et observa la boucherie. Elle se tourna vers Baxter, les yeux écarquillés. « Est-ce qu'il s'agit de cadavres ?

— Eh bien… oui, admit-il.

— Vous mangez des animaux morts ? »

Il commençait à être irrité de devoir rester sans cesse sur la défensive. « Ce n'est pas du poison, grommela-t-il, et ils constituent une source saine de protéines.

— Vous ne m'avez pas nourrie de cette… cette chair animale ?

— Très peu, jusqu'à présent. Il semble que vous préfériez les fruits et les légumes verts. »

Elle se détourna et dépassa rapidement le magasin.

« Après tout, reprit-il, ce n'est que du carbone, de l'oxygène et de l'hydrogène… Vous manifestez là un préjugé assez étrange.

— Il existe des motifs psychologiques pour éviter d'introduire des morts dans notre bouche », dit-elle d'une voix redevenue froide et lointaine.

*

* *

Le lendemain matin, une voiture noire de nature indubitablement officielle se garait devant la clinique ; un homme en uniforme de l'armée et deux autres en civil en descendaient.

Les gardes du FBI se raidirent légèrement. On échangea des chuchotements et les trois hommes remontèrent l'escalier. Le docteur Blackney les accueillit dans son cabinet.

« Je suis le général de division Devering, annonça celui qui portait l'uniforme. De la CIA. Je vous présente le docteur Rheim, de l'Institut de Recherche avancée, et le professeur Anderson, de l'université de Ledyard.

Le docteur Blackney la main les mains à tous les trois. Le général de division Devering était un homme épais au gros nez rose et aux yeux brillants un peu exorbités ; le docteur Rheim était grand, mince, l'air solennel ; le professeur Anderson petit, gras, tout aussi solennel.

« Sans doute êtes-vous venu en raison de mon invitée ? avança le docteur Blackney.

— Exact, répondit Devering. Je suppose qu'elle se porte assez bien pour être interrogée ? Mes hommes m'ont appris qu'elle s'est promenée, hier, et qu'elle semblait converser librement avec M. Baxter. »

Blackney plissa les yeux et pinça les lèvres. « Oui, physiquement, elle se porte assez bien. Elle est en pleine forme, autant que je puisse en juger.

— Il serait peut-être possible, suggéra le docteur Rheim, de la déplacer en un lieu qui nous soit plus facilement accessible ? » Il haussa les sourcils d'un air interrogateur.

Blackney se frotta le menton en réfléchissant. « Accessible dans quel but ?

— Ma foi... pour l'étudier, la soumettre à divers examens...

— Elle est physiquement apte à se rendre en tout lieu. Mais jusqu'à présent son statut légal reste flou. Je ne vois vraiment aucun besoin de la déplacer... à moins qu'elle n'en exprime formellement le désir. »

Le général de division Devering plissa les yeux. « En dehors de cet aspect, docteur, cette jeune femme peut disposer de renseignements d'une grande valeur pour le pays. N'estimez-vous pas que nous devrions le vérifier ? Quoi qu'il en soit, vous n'avez aucune autorité en la matière. »

Blackney se rengorgea, ouvrit la bouche à deux reprises pour parler, la referma brutalement par deux fois. Puis il annonça : « J'ai toute autorité sur quiconque pénètre dans ce cabinet. Je vous laisserai toutefois parler à cette jeune femme. »

Devering s'avança. « Veuillez avoir l'amabilité de nous conduire jusqu'à sa chambre.

— Par ce couloir, je vous prie. »

Bill Baxter, assis à côté de Lurulu, lui lisait un gros bouquin. Il leva les yeux, surpris et irrité.

Blackney présenta les visiteurs. « Ces hommes, expliqua-t-il à la patiente, désirent vous interroger à propos de votre vie sur Lekthwa. Y voyez-vous une objection ? »

Elle jeta aux trois individus concernés un regard distrait. « Non. »

Le chef d'escadron Devering fit un pas en avant. « Nous avons un programme assez complet et aimerions que vous nous accompagniez jusqu'à de nouveaux locaux… plus commodes pour toutes les personnes concernées. »

Baxter se leva d'un bond. « Jamais de la vie ! s'écria-t-il. Bon Dieu, vous avez un de ces toupets ! D'abord, il n'est pas question qu'elle soit soumise à un "programme complet"… de la torture, sans doute… Appelez ça comme vous voulez ! »

Devering lui adressa un regard glacé. « Monsieur Baxter, j'aimerais vous rappeler, primo, que vous ne bénéficiez d'aucune position officielle en relation avec cette jeune personne ; secundo, qu'elle est pupille de la nation et de plus soumise aux règlements de la sécurité nationale.

— Vous avez un mandat ? voulut savoir l'autre. Sinon, officiellement, vous êtes dans une situation pire que la mienne. En ce qui concerne l'interrogatoire, je comprends fort bien que vous désiriez en savoir beaucoup, et j'aimerais vous aider... mais vous pourrez réaliser cela ici même, quelques heures par jour. Vous pouvez adapter vos questions à l'agrément de cette jeune personne et non l'inverse. »

Le général en resta bouche bée, les dents blanches apparentes, le menton proéminent. « On fera tout ce qui nous semblera fichtrement approprié, sans intervention d'un petit freluquet de localier. »

Le docteur Blackney s'interposa. « Puis-je suggérer, messieurs, que vous laissiez la décision à cette demoiselle ? Après tout, c'est elle la première intéressée. »

Lurulu avait assisté à la scène en fronçant les sourcils. « Je n'ai aucune envie d'accompagner ces hommes. Mais je répondrai à leurs questions. »

Une infirmière entra et chuchota à l'oreille du médecin qui haussa les sourcils et se leva aussitôt.

« Excusez-moi, j'ai le président en ligne.

— Je vais lui parler, lança Baxter avec passion. J'ai deux ou trois choses à lui dire. »

L'autre feignit de l'ignorer et quitta la chambre. Un silence maussade s'installa, Devering et Baxter se foudroyant du regard, les savants considérant la Lekthwan, qui observait un colibri par la fenêtre sans se soucier d'eux.

Blackney revint, soufflant assez fort. « Le président vous invite à passer une semaine à la Maison-Blanche », annonça-t-il à Lurulu.

Elle regarda involontairement Bill Baxter. À contrecœur, il déclara : « Je suppose que c'est pour le mieux, en la circonstance. Quand commence la visite ? »

Blackney réfléchit. « Sur-le-champ, sans doute. Je n'ai pas pensé à le lui demander. »

Baxter se retourna. « On a intérêt à partir tout de suite. »

Devering fit volte-face et prit la porte sans un mot, suivi par les deux savants après un salut adressé à la femme dorée.

Washington réagit à la Lekthwan avec une chaleur sans précédent.

En premier lieu, ce n'était pas une célébrité d'un genre habituel. Elle n'avait bâti aucun empire, n'en avait détruit aucun, n'avait été élue à aucun poste, ne réalisait aucune singerie sur scène ou à l'écran, n'était associée à aucun vice, aucune dépravation. C'était une visiteuse d'un autre astre. L'effet global s'avéra théâtral et tumultueux.

Lurulu semblait indifférente. Elle se rendit à plusieurs réceptions, alla à l'opéra, reçut de multiples cadeaux de fabricants avides de publicité – quatre automobiles neuves, des vêtements de toutes catégories, des parfums, des paniers de fruits. Un entrepreneur s'offrit à lui construire une maison selon le descriptif qu'elle lui soumettrait.

Elle eut droit à une somptueuse visite de New York. Mme Bliss, guide de cette expédition, lui demanda s'il existait de tels édifices monumentaux sur sa propre planète. Non, répondit Lurulu, elle doutait que sur tout Lekthwa il y ait une bâtisse de plus de deux étages, ou un pont plus long que les quelques mètres nécessaires pour qu'un tronc d'arbre enjambe un ruisseau.

« Nous n'éprouvons aucun besoin pour ces masses énormes. Les gens ne s'assemblent jamais en groupes assez importants pour requérir de grandes bâtisses, et quant aux fleuves et aux mers, ils font simplement partie de la surface de la planète au-dessus de laquelle nous passons la majeure partie de notre vie. »

Baxter était un compagnon permanent, association qu'elle encourageait désormais. Il savait ce qu'elle aimait ou non et la protégeait de la plupart des guides et des agents. Et si elle en était venue à le trouver utile, elle lui était devenue nécessaire, et rien dans sa vie n'avait plus d'importance que Lurulu.

Ayant surpris une rumeur salace, il lui en fit part, troublé. « Vraiment ? » s'étonna-t-elle, sans porter davantage intérêt à la question. Il partit, furibond.

Il organisait des entrevues quotidiennes avec des savants, des biologistes, des physiciens, des linguistes, des historiens, des anthropologues, des astronomes, des ingénieurs, des tacticiens en matière militaire, des chimistes, des bactériologistes, des psychologues et autres. Ils trouvaient les connaissances générales de Lurulu vastes et passionnantes, mais vagues quand ils lui demandaient d'entrer dans les détails ; elle n'était vraiment utile que par ses capacités à indiquer des limites aux domaines scientifiques restant à explorer.

Après l'une de ces séances, Baxter la retrouva dans l'appartement qu'il avait loué pour son compte, seule sur un divan. C'était le début de la soirée et elle contemplait par-delà le parc le ciel lumineux bleu-gris.

Il s'assit à côté d'elle. « Tu es fatiguée ?

— Oui… très fatiguée. De ces gens curieux… de ces questions pesantes… ce bavardage… ces absurdités… » Il resta coi et observa le crépuscule qui tombait. Elle sentit la qualité de son silence. « Excuse-moi, Bill. Parler avec toi ne m'ennuie en aucune façon. »

Son humeur se modifia aussitôt ; jamais il ne s'était senti aussi proche d'elle, aussi intime.

« Tu n'as jamais évoqué ta vie personnelle », commença-t-il, un peu méfiant. « Tu étais… mariée ? »

Elle lui répondit tranquillement : « Non. »

Baxter attendit.

« J'étais artiste… d'un genre inconnu sur Terre. » Elle parlait bas, son regard encore braqué sur le ciel vespéral. « Nous concevons dans le cerveau – la couleur, le mouvement, le son, l'espace, la sensation, l'humeur ; tous bougent, se déplacent, évoluent. Quand le concepteur est prêt, il imagine toute la séquence de sa création, aussi vivement que possible, et un enregistreur psychique la capte et la préserve. Pour l'apprécier ou la connaître, on introduit l'enregistrement dans un appareil qui implante la même image dans l'esprit. On voit ainsi le mouvement, les schémas de couleurs, les flux et reflux de l'espace, les fantasmes dans l'esprit de l'artiste, en même temps que les vues, les sons et, surtout, les dispositions variées de l'œuvre… C'est un médium difficile à maîtriser, car il requiert une concentration terrible. Je ne suis qu'une novice, mais certaines de mes imageries ont reçu des louanges.

— Très intéressant », dit-il avec difficulté. Puis, au bout d'un moment : « Lurulu.

— Oui ?

— Tu as des plans pour l'avenir ? »

Elle poussa un soupir. « Non. Aucun. Ma vie est vide. » Elle fixait le ciel où les étoiles surgissaient à présent. « Là-haut se trouve mon foyer et tout ce que j'aime. »

Baxter se pencha. « Lurulu… veux-tu m'épouser ? »

Elle se retourna et le regarda. « T'épouser ? Non, Bill.

— Je t'aime beaucoup, dit-il en regardant aussi vers le ciel. Tu es devenue tout ce qui compte au monde, pour moi. Je t'adore… j'adore tout ce que tu fais… ou dis… ou touches… J'ignore si j'ai pour toi la moindre importance… j'ai peur que non… mais tu as besoin de moi et je ferais n'importe quoi pour te rendre heureuse. »

Elle eut un léger sourire, lointain. « Sur Lekthwa, nous nous accouplons quand nous trouvons quelqu'un psychiquement en rapport avec nous. À vos yeux, nous pouvons paraître insensibles.

— Peut-être que nous sommes psychiquement assortis », suggéra Bill Baxter.

Elle frémit presque imperceptiblement. « Non, Bill. C'est… impensable. »

Il se leva. « Bonne nuit. » À la porte, il marqua un temps d'arrêt et regarda là où elle était assise dans les ténèbres, fixant toujours le ciel nocturne, les étoiles blanches et lointaines.

Rentré à son appartement, il trouva Blackney qui l'attendait, bien calé dans un fauteuil, en lisant le journal. Bill le salua avec une chaleur en demi-teinte. Le médecin le regarda préparer deux cocktails au whisky bien tassés.

« J'ai pensé que j'aimerais voir comment mon ancienne malade s'adapte à la vie sur Terre. »

Il resta coi.

« À votre avis ? » poursuivit Blackney.

Bill haussa les épaules. « Elle se débrouille plutôt bien. Elle en a assez de voir tant de gens… Je viens de lui demander de m'épouser. »

L'autre se laissa aller en arrière avec son cocktail à la main. « Et elle a refusé…

— C'est à peu près ça. »

Le médecin déposa son verre et prit un livre à côté de lui sur le divan. « Je viens de tomber sur ça en fouillant parmi de vieux bouquins… C'est un chapitre assez long. Je ne vous le lirai pas. Mais en voici l'essence… » Il ouvrit le volume à une page couverte de petits caractères d'imprimerie, puis leva vivement les yeux sur Baxter. « Le titre, au fait, est *Contes étranges des Sept Mers*. Publié en 1839 ; le chapitre en question s'intitule “Journal intime d'une naufragée au large de la Guinée”.

» Il s'agit d'un naufrage… en 1835, un navire britannique chavira sous un coup de tabac au large de l'Afrique équatoriale. Dans la mêlée, Mlle Nancy Marron, jeune fille de bonne famille, se retrouva seule dans l'une des chaloupes de sauvetage du bateau. La barque résista à la tempête et ne tarda pas à dériver près d'une petite île, non répertoriée à cette époque et aujourd'hui baptisée Matemba. Le continent africain était à une cinquantaine de kilomètres de là, derrière la ligne d'horizon, mais cette proximité devait demeurer ignorée de Nancy Marron.

» Quoi qu'il en soit, elle réussit à se traîner jusqu'au rivage, où un indigène la trouva et l'emporta jusqu'à son village. » Il tourna la page. « On l'y accueillit avec une grande révérence. Les indigènes n'avaient jamais vu de femme ni d'homme à la peau blanche, et ils la prirent pour une divinité. Ils lui bâtirent une hutte grandiose ; ils lui apportèrent de la nourriture, dont la majorité, note-t-elle dans son journal, lui parut immangeable : des limaces, des entrailles, et autres. De plus, c'étaient des cannibales et ils mangeaient le corps des morts de leur propre tribu. »

Blackney releva les yeux. « Son journal raconte tout cela avec une assez grande objectivité. C'était un bon reporter et, en général, sa nostalgie reste absente du texte. Elle apprit la langue indigène, découvrit qu'elle était la première personne de race blanche qu'on voyait sur Matemba et que les navires ne s'approchaient jamais de l'île. Cette découverte porta le coup de grâce à ses derniers espoirs. Voici le dernier élément de son journal : *Je ne puis endurer davantage de rester parmi ces sauvages, tout amicaux qu'ils puissent paraître. Tout courage m'a quittée, je me languis de l'Angleterre, des visages de ma famille, du son de ma langue bien-aimée, des odeurs et des bruits de la campagne verdoyante. Je sais que jamais je ne pourrai les voir ou les entendre à nouveau en ce bas monde. Je ne puis supporter encore cette hideuse solitude. J'ai un poignard, et il me sera très facile de l'utiliser. Puisse Dieu me comprendre et me pardonner.* Là se termine son journal. »

Baxter restait comme pétrifié.

« Curieux, n'est-ce pas ? s'enquit le médecin.

— Très. »

Au bout d'un moment, le jeune homme se leva d'un bond. « J'en ai pour une minute, Blackney ! » Il se précipita dans l'escalier dont il monta les marches quatre à quatre, puis il se rua dans le couloir et s'arrêta près d'une porte blanche. Il sonna, attendit... attendit.

Il se jeta contre le panneau ; la serrure céda et il déboula en titubant dans la pièce obscure. Il alluma et resta debout à fixer la silhouette au sol, la silhouette dorée allongée dans une mare de sang rouge vif…

Fils de l'arbre

1.

Un carillon éclatant et pénétrant résonna dans deux cents esprits, brisant deux cents bulles de catalepsie. Joe Smith s'éveilla frais, dispos, mais compressé, aveuglé comme dans un cocon. Bandant ses muscles, il se débattit ; le spasme d'affolement disparut. Il se détendit pour sonder les ténèbres avec attention.

L'air sentait le fauve et l'humidité de la chair chaude… la chair d'hommes en grand nombre, au-dessus, au-dessous, à droite, à gauche, qui se débattaient, poussaient, ruaient dans leurs filets élastiques.

Joe se renversa en arrière. Son esprit reprit une séquence mentale abandonnée trois semaines plus tôt. Ballenkarch ? Non. Ballenkarch était encore loin, plus près de la Bordure. Il devait s'agir de Kyril, le monde des Druides.

Un bruit aigu de déchirement. Le hamac se fendit le long d'un joint magnétique. Joe se laissa choir sur la coursive. Il avait les jambes aussi molles que des saucisses. Ses muscles ne possédaient plus guère de tonus au bout de trois semaines sous hypnose.

Il suivit la coursive jusqu'à l'échelle, descendit au pont principal et franchit le sas. Un adolescent basané d'environ seize ans, aux grands yeux, l'air malin, en combinaison de pliophane brun clair et bleu, était assis derrière un bureau. « Votre nom, s'il vous plaît.

— Joe Smith. »

L'autre cocha une liste, puis indiqua le couloir d'un coup de menton. « La première porte pour la prophylaxie. »

Joe la fit coulisser et entra dans une petite pièce remplie de vapeur d'eau et d'antiseptique. « Ôtez vos vêtements », beugla une femme à la voix tonitruante qui portait un short moulant. Mince comme un loup, elle avait la peau brun bleuté luisante de transpiration. Elle s'empara de l'habit trop large qu'il avait reçu à bord, puis elle recula et toucha un bouton. « Fermez les yeux. »

Des jets de solutions nettoyantes lui martelèrent le corps. Pressions variables, températures variables – ses muscles commencèrent à se réveiller. Un souffle d'air chaud le sécha et la femme, d'une claque nonchalante, le dirigea vers une salle voisine où il put se raser, se couper les cheveux, puis, enfin, revêtir la tunique et les sandales qui apparurent dans un distributeur.

Il quittait la pièce quand un steward l'arrêta, lui plaça une canule contre la cuisse et lui souffla sous l'épiderme un cocktail de vaccins, d'antitoxines, de tonifiants musculaires et de stimulants. Ainsi requinqué, Joe quitta le vaisseau par une plateforme et descendit une rampe d'accès jusqu'au sol de Kyril.

Il inspira profondément l'air frais de la planète et regarda autour de lui. Sous le ciel envahi d'une couverture nuageuse nacrée, un vaste panorama quadrillé de fermes minuscules ondulait jusqu'à la ligne d'horizon… et là, tel un fabuleux panache de fumée, s'élevait l'Arbre. La distance gommait ses contours, la partie supérieure de son feuillage se fondait dans les nuées, mais l'on ne pouvait s'y tromper : l'Arbre de Vie.

Il attendit une heure qu'on vérifie son passeport et ses divers documents d'identité dans un petit bureau aux parois vitrées, situé sous la passerelle de débarquement. Quand on l'eut dédouané, on lui fit traverser la piste jusqu'au terminal, un édifice rococo de pierre blanche orné de sculptures tarabiscotées et de gravures complexes.

Au sas dans la paroi vitrée, un Druide surveillait le débarquement avec nonchalance. Grand, mince et nerveux, il avait une fine peau ivoirine, un visage aristocratique, posé, des cheveux de jais, des yeux sombres et sévères. Il portait une cuirasse luisante de métal émaillé et une robe somptueuse qui tombait presque jusqu'au sol en plis harmonieux, avec un ourlet d'ophrys brodés de fils d'or. Sa tête arborait un morion sophistiqué fait de cuspides et de plaques de divers métaux habilement ajustées.

Joe lui présenta sa carte de passager.

« Votre nom, je vous prie.

— Il figure sur ce document. »

Le préposé fronça les sourcils et griffonna quelque chose. « La raison de votre présence sur Kyril ?

— Séjour temporaire. » Joe avait longuement discuté de sa personne, de ses antécédents et du motif de sa visite avec l'employé du bureau des douanes. Ce nouvel interrogatoire lui semblait une inutile source de désagrément.

Le Druide se retourna et l'examina de la tête aux pieds. « Des espions, rien que des espions ! » Il lâcha une sorte de sifflement et reprit sa posture.

Mais quelque chose dans l'apparence de Joe l'intriguait. Il refit volte-face. « Vous, là… » Sur un ton très irrité.

« Oui ?

— Quel est votre garant ? Qui servez-vous ?

— Personne. Je suis ici pour raison personnelle.

— Ne divaguez point. Tout le monde espionne. Pourquoi prétendre le contraire ? Vous suscitez ma colère. Or donc : qui servez-vous ?

— En vérité, je n'ai rien d'un espion », répondit Joe en observant une courtoisie flegmatique, car l'orgueil est le premier luxe dont doivent se passer les grands voyageurs.

Le Druide eut un sourire entaché d'un cynisme exagéré, marqué par ses lèvres pincées. « Et pour quelle autre raison venir sur Kyril ?

— Une raison personnelle.

— Vous ressemblez à un Thubien. Quel est votre monde d'origine ?

— La Terre. »

Le Druide inclina la tête, le regarda en biais, commença à parler, s'arrêta, plissa les yeux puis demanda : « Vous osez vous moquer de moi avec une légende puérile, un mythe ? »

Joe haussa les épaules. « Vous m'avez posé une question. Je vous ai répondu.

— Avec un mépris insolent pour mon rang et ma dignité. »

Un petit homme rondouillard à la peau jaune citron s'approcha d'un pas de coq. Les grands yeux innocents, les bajoues bien développées, il portait une cape large en épais velours bleu.

« Un Terrien, ici ? » Il considéra Joe. « Vous, monsieur ?

— En effet.

— La Terre est donc une réalité ?

— Certes. »

L'homme au teint citron se tourna vers le Druide. « Voici le second Terrien que je rencontre, Vénéré. De toute évidence...

— Le second ? dit Joe. Quel était l'autre ? »

Son interlocuteur leva les yeux au ciel. « Je n'ai pas bien retenu son nom. Parry... Larry... Barry...

— Harry ? Harry Creath ?

— Voilà... j'en suis sûr. Nous avons échangé quelques mots sur Intersection il y a un an ou deux. Un compagnon fort agréable. »

Le Druide tourna les talons et s'en fut à grands pas. L'homme grassouillet le regarda partir, visage impassible, puis reporta son attention sur Joe. « Vous semblez mal connaître cette planète.

— Je viens d'arriver.

— Permettez-moi de vous donner quelques conseils sur ces Druides. Ils forment une race émotive qui s'emporte vite, téméraire, excessive. Et ils sont absolument étroits d'esprit, certains de la position de Kyril comme centre de l'espace et du temps. Il est sage de parler suavement en leur présence. Puis-je vous demander – simple curiosité – la raison de votre venue en ce lieu ?

— Je ne pouvais me permettre d'acheter un billet pour aller plus loin.

— Et ? »

Joe haussa les épaules. « Je vais me trouver du travail et tâcher de gagner un peu d'argent. »

L'autre homme fronça les sourcils d'un air songeur. « Et pour ce faire, quels talents ou capacités allez-vous utiliser ?

— Je suis mécano, machiniste, dynamiste, électricien. Je sais établir un relevé, calculer les tensions, exécuter diverses besognes. Je me considère comme ingénieur. »

Sa nouvelle relation semblait réfléchir et finit par déclarer d'un ton hésitant : « Il y a surabondance de main-d'œuvre bon marché parmi les Laïcs. »

Joe examina l'astrogare d'un regard circulaire. « À en juger d'après cette armature, je suppose qu'ils avaient la tremblote quand ils ont manié leur règle à calcul. »

L'autre pinça les lèvres en guise d'acquiescement hésitant. « De plus, les Druides sont xénophobes à l'extrême. Un visage nouveau signifie un espion. »

Joe hocha la tête et afficha un large sourire. « J'avais remarqué. Le premier Druide que j'ai vu m'a mis sur des charbons ardents. Il m'a bizarrement traité d'espion mang. »

L'homme à la carnation jaunâtre acquiesça. « C'est ce que je suis.

— Un Mang... ou un espion ?

— Les deux. Il y a peu d'efforts de dissimulation. C'est admis. Tous les Mangs sur Kyril sont des espions. De même pour les Druides sur Mangtsé. Les deux mondes luttent pour la domination régionale sur le plan économique et il y a entre nous beaucoup de rancœur. » Il se frotta le menton. « Vous cherchez donc une place rémunérée ?

— Exact. Mais pas dans l'espionnage. J'évite de me mêler de politique. La vie est bien assez courte. »

Le Mang eut un geste rassurant. « Entendu. Comme je le disais, les Druides sont émotifs. Et retors.

Peut-être peut-on jouer sur ces qualités. Supposons que vous m'accompagniez à Divinale. Je dois rencontrer le théarque du district. Si je me vante d'avoir un technicien efficace à mon service… » Il laissa sa phrase en suspens et considéra Joe d'un œil matois. « Par ici… »

Suivant l'étrange personnage dans l'astrogare, sous une arcade bordée de boutiques et jusqu'à une station de taxis, Joe examina la file d'aérocars. Conception antique, songea-t-il. Construction malhabile.

Le Mang lui fit signe de monter dans la plus grosse des voitures. « À Divinale », dit-il au chauffeur en attente.

Le véhicule s'éleva pour traverser le paysage gris-vert. Malgré toute sa richesse apparente, la campagne donnait à Joe une impression désagréable. Les villages étaient petits et rabougris ; rues et ruelles luisaient d'eau stagnante. Dans les champs, il apercevait des équipages de six, dix, voire vingt hommes qui tiraient les charrues. Le paysage avait tout de sinistre et rien de riant.

« Cinq milliards de paysans, annonça le Mang. Le Laïcat. Deux millions de Druides. Et un seul Arbre. »

Joe émit un grognement évasif. L'autre retomba dans le silence. Des fermes en dessous d'eux : blocs interminables, carrés, rectangles, chacun d'une nuance différente de vert, de marron ou de gris. Des myriades de cases coniques d'où s'échappait de la fumée se tapissaient aux angles des champs. Et l'Arbre, dominant tout, plus massif, plus haut, plus noir.

De grands palais de pierre blanche travaillée ne tardèrent pas à apparaître, nichés parmi les arcs-boutants des racines ; le véhicule s'inclina vers les toits pesants. Joe eut un aperçu de balustres en spirales, de panneaux imbriqués, de faîtières à meneaux, de gargouilles, de colonnes, de quais décorés.

L'appareil se posa sur une plate-forme, devant un édifice allongé qui lui rappela vaguement le château de Versailles. Il était encadré de jardins soigneusement entretenus, d'allées en mosaïque, de fontaines et de statues. Derrière ce palais se dressait l'Arbre, dont le feuillage s'élevait à des kilomètres.

Le Mang mit pied à terre et se tourna vers Joe. « Si vous ôtez le panneau latéral de la génératrice de cette voiture et que vous faites semblant d'effectuer une petite réparation, on ne devrait pas tarder à vous offrir une place lucrative. »

Mal à l'aise, Joe s'étonna : « Vous vous donnez beaucoup de mal pour un étranger. Seriez-vous… philanthrope ?

— Oh, que non, répondit le Mang jovial. Non, non ! J'agis selon mes caprices, mais mes actes ne sont pas tout à fait altruistes. Je vais vous dire : si on m'envoyait effectuer une réparation sans m'en préciser la nature, j'emporterais une gamme d'outils aussi vaste que possible.

» Au cours de ma propre… mission, je constate que bon nombre de personnes possèdent des talents ou connaissances spécifiques qui se révèlent précieux. Donc, je cultive des relations aussi étendues et amicales que possibles. »

Joe eut un maigre sourire. « Ça paye ?

— Oui. De plus, ajouta l'autre suavement, la courtoisie est une récompense en soi. Une conduite secourable procure une satisfaction incalculable. Ne vous sentez en rien mon obligé, je vous prie. »

Joe songea, sans l'exprimer à haute voix : Aucun danger.

L'homme rondouillard prit congé, et, accompagné de son chauffeur, traversa la plate-forme jusqu'à une grande porte en bronze ciselé.

Joe hésita. Puis, estimant qu'il ne perdait rien à suivre les instructions qu'on lui avait données, il dégrafa le panneau latéral. Une bande de plomb le scellait. Après un dernier atermoiement, il l'arracha et souleva le panneau.

Il considéra alors le plus surprenant des mécanismes – assemblé à partir de pièces de rechange, boulonné dans des morceaux de bois par des tire-fonds et fixé à la coque par des bouts de ficelle. On avait réglé le champ de force à l'aide d'un coin en bois. Joe hocha la tête, éberlué. Se rappelant le vol depuis l'astrogare, il transpira rétrospectivement.

Le petit homme jaune lui avait suggéré de faire semblant de réparer le moteur. Joe vit qu'il n'aurait pas besoin de se forcer. La batterie était reliée à la métadyne par un câblage de fortune. Il plongea la main dans le moteur, démonta l'ensemble, réorienta les pôles et effectua une liaison directe et courte entre les deux éléments.

De l'autre côté de la plate-forme, une autre voiture atterrit et une jeune fille de dix-huit ou dix-neuf ans en descendit d'un bond. Il aperçut un éclair blanc – ses yeux – dans un visage vif et étroit quand elle le regarda, puis elle s'en fut.

Joe observa la silhouette fine qui s'éloignait, se détendit et retourna au moteur. Très chouette… les filles, c'était un côté chouette de l'existence. Il pinça les lèvres : Margaret était très différente. Blonde, d'abord… décontractée, souple, mais réservée…

Il interrompit sa tâche. Qu'était-elle, au fin fond, là où il n'avait jamais pu pénétrer ?

Quand il lui avait parlé de ses projets, elle lui avait dit, après avoir ri, qu'il était né des milliers d'années trop tard. Cela se passait deux ans plus tôt… L'attendait-elle encore ? Il avait cru s'absenter trois mois, et s'était trouvé entraîné de plus en plus loin, hors de l'espace terrestre, de l'autre côté de la Fosse de la Licorne, dans une mince spirale d'étoiles où il se frayait un chemin d'un monde à l'autre.

Sur Jamivetta, il avait récolté la mousse de la toundra aride, et même la traversée en troisième classe jusqu'à Kyril avait paru agréable en comparaison. Margaret, songea Joe, j'espère que tu mérites toute la peine que je me donne. Il scruta l'endroit où la jeune Druidesse brune était entrée dans le palais.

Une voix rude demanda : « Qu'est-ce que vous faites ? Vous démontez cet aérocar ? Un tel acte mérite la mort. »

Il s'agissait du chauffeur de la voiture dans laquelle était arrivée la jeune fille, un individu aux traits grossiers et au corps de brute. Sa longue et amère expérience des mondes lointains avait appris à Joe la réserve ; il se retourna donc pour réexaminer le moteur – et se pencha, incrédule. Trois condensateurs reliés en série se balançaient au bout de leurs câbles. Il tendit la main, arracha le couple superflu, coinça dans un coin le condensateur restant et le reconnecta.

« Hé ! beugla le chauffeur. Ôtez vos mains destructrices de ce mécanisme délicat ! »

C'en était trop. Joe releva la tête. « Ça, un mécanisme délicat ? C'est un miracle que ce pitoyable tas de ferraille puisse voler ! »

La colère déforma le visage du chauffeur. Il se porta en avant, mais interrompit son mouvement alors qu'un Druide apparaissait sur la plate-forme – un homme imposant au visage plat rubicond et aux sourcils proéminents, avec un petit nez en bec d'aigle qui saillait comme à regret entre ses joues et une bouche formée par la parenthèse de muscles têtus.

Il portait une longue robe vermillon garnie d'une capuche de chaude fourrure noire et d'un ourlet assorti. Par-dessus la capuche, il arborait, incliné sur sa tempe, un morion en métal noir et vert avec une nova d'émail rouge et jaune.

« Borandino ! »

Le chauffeur se ratatina. « Vénéré.

— Partez. Allez garer la Kelt.

— Oui, Vénéré. »

Le Druide s'arrêta devant Joe, vit la pile de ferraille. Son visage se colora. « Que faites-vous à ma meilleure voiture ?

— J'enlève des trucs gênants.

— Le meilleur mécanicien de Kyril entretient cet engin ! »

Joe haussa les épaules. « Il a beaucoup à apprendre. Je remets tout, si vous y tenez. Ce n'est pas ma voiture. »

L'autre le regarda fixement. « Vous prétendez donc que ce véhicule fonctionnera malgré ce que vous avez retiré ?

— Il devrait fonctionner d'autant mieux. »

Le Druide, sans doute le théarque du district, le toisa. D'un air quelque peu furtif, il jeta par-dessus son épaule un regard vers le palais, puis reporta son attention sur Joe.

« Je crois savoir que vous êtes au service d'Hableyat.
— Le Mang ? Ma foi… c'est exact.
— Vous n'êtes pas mang. Qu'est-ce que vous êtes ? »
Joe se remémora l'incident avec le Druide de l'astrogare. « Thubien.
— Ah ! Et combien Hableyat vous paie-t-il ? »
Joe regretta de ne rien savoir de la monnaie en usage sur Kyril et de sa valeur. « Une belle somme.
— Trente stipelles par semaine ? Quarante ?
— Cinquante.
— Je vous en donne quatre-vingts, annonça le théarque. Vous serez mon chef mécano. »
Joe hocha la tête. « Entendu.
— Accompagnez-moi, à présent. Je vais informer Hableyat de ce changement. Vous n'aurez plus aucun contact avec cet assassin mang. Vous êtes désormais serviteur du théarque de ce district.
— À votre service, Vénéré. »

2.

La sonnerie retentit. Joe abaissa le commutateur. « Ici le garage. »
De la grille sortit une voix féminine, péremptoire et sûre, la voix de la prêtresse Elfane, troisième fille du théarque, chargée d'un ton que Joe ne sut identifier.
« Chauffeur, votre attention. Faites exactement ce que je vous dis.
— Oui, Vénérée.

— Prenez la Kelt noire, montez jusqu'au troisième niveau, puis redescendez à mon appartement. Soyez discret et vous aurez tout à y gagner. Compris ?

— Oui, répondit Joe d'une voix pesante.

— Dépêchez-vous. »

Il enfila sa livrée. Rapidité, discrétion… ruse ? Un amant d'Elfane ? Elle était jeune, mais pas trop. Il avait effectué de telles missions pour ses sœurs, Ésane et Phédrane. Il haussa les épaules. Tant qu'il y avait de l'argent à gagner… Cent stipelles, peut-être davantage.

Il eut un sourire forcé en sortant la Kelt noire de sous son abri. Un pourboire de la part d'une gamine de dix-huit ans… et il n'aurait pas à se plaindre. Il finirait, une fois rentré sur Terre et retrouvé Margaret, par réendosser ses oripeaux de fierté et de dignité. Pour l'heure, ils lui étaient inutiles ; ils constituaient même un handicap.

L'argent n'avait pas d'odeur. L'argent lui avait permis de traverser la galaxie : Ballenkarch se profilait enfin. La nuit, quand les projecteurs du temple abandonnaient le ciel, Joe distinguait Ballen, étoile brillante de la constellation que les Druides appelaient la Porphyrite. Au moins cher (hypnotisé, expédié comme un cadavre), atteindre sa destination coûtait deux mille stipelles.

Sur un salaire hebdomadaire de quatre-vingt stipelles, il réussissait à en économiser soixante-quinze. Trois semaines s'étant écoulées, il lui en resterait vingt-quatre pour financer la traversée. Trop long… tandis que, sur Terre, attendait Margaret, blonde, gaie, jolie. L'argent n'avait pas d'odeur. Joe accepterait tout pourboire avec des remerciements.

Il cala la voiture sur la voie prioritaire du palais et longea jusqu'au troisième niveau l'Arbre, aussi imposant que du sol. Joe ressentit le respect mêlé de crainte et la stupéfaction que trois semaines à l'ombre du tronc n'avaient pu atténuer.

Une vaste masse vivante, emplie de sève, un tronc de huit kilomètres de diamètre, dix-huit kilomètres des gigantesques racines noueuses jusqu'à l'ultime bourgeon : l'Exprescience Vitale, dans le jargon des Druides. Le feuillage s'étendait et retombait, tel le chaume sur une meule de foin à l'ancienne, le long de branches plus fines, de la taille du palais théarcal.

Les feuilles, à peu près triangulaires, longues d'un mètre, étaient d'un jaune éclatant dans les hauteurs et devenaient, plus bas, jaune-vert, vert, rose, écarlate et enfin bleu nuit. L'Arbre régnait sur les quatre points cardinaux, tutoyait les nuages, portait la foudre et le tonnerre comme une couronne de guirlandes de Noël. Il était l'âme de la vie, l'existence à l'état brut, foulant et vainquant l'inerte, et Joe comprenait que les premiers colons de Kyril aient fini par l'adorer.

Troisième niveau. Il fit redescendre la Kelt noire jusqu'à la plateforme des appartements de la prêtresse. Joe posa le véhicule, sauta à terre et traversa le dallage incrusté d'or et d'ivoire. Elfane elle-même fit coulisser la porte : créature vive au visage assez étroit, sombre, d'une vivacité d'oiseau. Vêtue d'une robe simple en tissu blanc diaphane dépourvue d'ornements, elle allait les pieds nus. Joe, qui ne l'avait vue que dans ses atours officiels, cligna des yeux et la considéra avec intérêt.

Elle lui fit signe. « Par ici. Dépêchez-vous. » Elle lui tint la porte et il pénétra dans une chambre au plafond élevé, élégante mais un peu froide. Incrustés de panneaux de cuivre ciselés figurant divers oiseaux exotiques, des panneaux de marbre blanc et de dumortiérite bleu nuit revêtaient deux des murs ; une tapisserie représentant des jeunes filles en train de courir sur un coteau herbeux cachait le troisième que longeait un vaste divan bas garni de coussins.

Là se trouvait un jeune homme en habit de sous-théarque, la robe bleue brodée d'ophrys rouges et gris propre à son rang. Il y avait un morion incrusté de feuilles dorées posé sur le sofa à côté de lui, et un bâton tourné dans le Bois Sacré accroché à sa ceinture – honneur accordé aux seuls ecclésiarques. Il avait les flancs creux, de solides épaules minces et le visage le plus étonnant qu'ait jamais rencontré Joe.

Une face étroite, passionnée, les pommettes saillantes, les joues plates plongeant vers un menton pointu. Le nez long et droit, le front large. Les yeux, des disques noirs dans des orbites étroites et sans expression, les sourcils d'encre, les boucles artistement dérangées. C'était un visage intelligent, cruel, plein de fascination, trop riche, trop mûr, sans humour ni compassion – la figure d'un animal féroce ne s'étant retrouvé humain que par coïncidence.

Joe s'arrêta au milieu d'un pas, scruta ce visage avec une aversion instantanée, puis baissa les yeux sur le cadavre aux pieds de l'ecclésiarque, forme affalée à la rigidité grotesque d'où un sang jaune vif sourdait dans une cape écarlate.

« Voici le corps d'un ambassadeur de Mangtsé, déclara Elfane. Un espion, mais un ambassadeur de haut rang. Son meurtrier l'a tué sur place ou a apporté le corps. Nul ne doit le découvrir. Il ne faut pas de remous. Je sais que vous êtes un fidèle serviteur. De délicates négociations se poursuivent avec l'Autorité mang. Un tel incident pourrait se révéler catastrophique. Vous me suivez ? »

Les intrigues de cour n'étaient pas son affaire. « Vénérée, j'obéirai à tous vos ordres après permission du théarque. »

Impatiente, elle répondit : « Le théarque est trop occupé pour qu'on le consulte. L'ecclésiarque Manaolo vous aidera à porter ce cadavre dans la Kelt. Puis vous nous conduirez au-dessus de l'océan, où nous nous en débarrasserons.

— Je rapproche la voiture autant que possible », dit-il avec raideur.

Manaolo se leva et le suivit vers la porte. Joe l'entendit marmonner par-dessus son épaule : « On sera à l'étroit, dans ce petit engin.

— C'est le seul que je sache piloter », répliqua Elfane.

Il prit son temps pour garer le véhicule contre la porte ; il plissa le front, songeur. Le seul engin qu'elle sache piloter… Il regarda la plate-forme suivante, quinze mètres plus loin. Les mains croisées dans le dos, un petit homme en cape bleue l'observait calmement.

Joe rentra dans la chambre. « Il y a un Mang sur le balcon voisin.

— Hableyat ! » s'écria Manaolo. Il se rua vers la porte et regarda dehors sans se faire remarquer. « C'est le dernier à devoir le découvrir !

— Il sait toujours tout, commenta Elfane d'un ton lugubre. Je crois parfois qu'il a acquis le don de double vue. »

Joe s'agenouilla près du corps. La bouche béante révélait une langue couleur rouille. À demi cachée par la cape, une bourse pansue pendait de la ceinture. Il l'ouvrit. Un cri de colère retentit derrière lui. Elfane lança : « Non, laisse-le satisfaire sa cupidité. »

Le ton condescendant piqua Joe au vif. Mais l'argent n'avait pas d'odeur. Les oreilles brûlantes, il mit la main dans la bourse et en sortit une liasse : une bonne douzaine de billets de cent stipelles. Revenant à la bourse, il y trouva une petite arme de poing d'un modèle qu'il ne connaissait pas. Après l'avoir fourrée sous sa tunique, il enveloppa le cadavre dans la cape rouge, se releva et le saisit sous les aisselles.

Manaolo prit les chevilles. Elfane s'approcha de la porte. « Il est parti. Dépêchez-vous ! »

Au bout de cinq secondes, le cadavre était calé à l'arrière. La jeune prêtresse dit à Joe : « Suivez-moi. »

Veillant à ne pas tourner le dos à Manaolo, il obéit. Elle le mena dans un vestiaire et désigna deux valises. « Prenez-les et chargez-les à l'arrière de la Kelt.

Des bagages. En les rangeant dans le coffre, il aperçut du coin de l'œil Hableyat qui, ressorti sur le balcon, lui souriait benoîtement. Il rentra.

Elfane avait mis les sandales et la robe bleu foncé d'une jeune fille du Laïcat. Cela accentuait son aspect délicat – le piquant, le sel qui semblait l'essence de son être. Il détourna le regard, non sans difficulté. Margaret ne se serait jamais débarrassée d'un cadavre avec autant de désinvolture.

« La Kelt est prête à partir, Vénérée.

— Vous allez conduire. Voici l'itinéraire : le cinquième niveau, le sud au-dessus de Divinale, la baie, puis le large. »

Joe secoua la tête. « Je ne pilote pas. En fait, je ne vous accompagne pas. »

Le sens de ces paroles mit un moment à porter, puis Elfane et Manaolo tournèrent la tête dans un bel ensemble. La prêtresse semblait surprise, affichant l'incompréhension plutôt que la colère.

L'autre restait sans expression, les yeux vides, opaques.

Elle répéta, un ton plus haut, comme si Joe ne l'avait pas comprise : « Allez, sortez… vous allez nous conduire. »

Il glissa nonchalamment sa main dans sa tunique, là où se trouvait la petite arme. Le regard de Manaolo flamboya, seul changement détectable sur son visage, mais Joe savait qu'il avait l'esprit vif et sans pitié.

« Je n'ai pas l'intention de vous conduire. Vous pourrez facilement jeter ce cadavre sans mon aide. J'ignore où vous allez et pour quel motif, mais je sais que je ne vous suis pas.

— C'est un ordre ! » s'écria Elfane. Tout ceci devait lui sembler aussi stupéfiant qu'absurde… contraire à tous les axiomes de son existence.

Joe secoua la tête, restant sur le qui-vive. « Navré. »

Elle chassa ce paradoxe de son esprit, s'adressant à Manaolo. « Tue-le. Son cadavre, lui, n'entraînera aucune complication. »

Un rictus de regret. « Je crains que ce maraud ne braque un pistolet sur nous. Il refusera de me laisser le tuer. »

Elfane pinça les lèvres. « C'est ridicule. » Elle fit volte-face. Joe sortit son pistolet. La prêtresse se figea.

« Très bien, finit-elle par admettre d'une voix soumise. Je vais acheter votre silence. Cela vous satisfera-t-il ?

— Tout à fait », répondit Joe avec un sourire narquois.

Sa fierté ? Qu'était-ce ? Sans Margaret, il aurait aimé… Mais de toute évidence, Elfane s'enfuyait en compagnie du brillant et dangereux Manaolo. Qui voudrait d'une femme pareille après qu'elle se serait comportée de la sorte ?

« Combien ? » demanda Manaolo avec flegme.

Joe calcula, vite. Quatre cents stipelles dans sa chambre, plus de mille récupérées sur le cadavre. Puis il rejeta cette mentalité de boutiquier. Autant viser haut. « Cinq mille stipelles et j'oublie tout ce que j'ai vu aujourd'hui. »

Ils ne parurent pas trouver le chiffre exorbitant. Manaolo chercha dans une poche, dans l'autre, tira un portefeuille, compta quelques billets et les jeta sur le plancher.

« Voilà votre argent. »

Sans un regard en arrière. Elfane courut sur la plate-forme et sauta dans la Kelt. Joe restait seul dans la chambre.

Il ramassa les billets. Cinq mille stipelles ! Il s'approcha de la fenêtre et regarda l'aérocar s'amenuiser pour devenir une pointe d'aiguille.

Il sentait dans sa gorge une palpitation, un pincement. Elfane était une créature magnifique. Sur Terre, s'il n'y avait eu Margaret, il aurait été subjugué. Mais il se trouvait sur Kyril où la Terre était un mythe. Et Margaret, souple, douce, blonde comme un champ de jonquilles, attendait son retour. Ou savait du moins qu'il escomptait qu'elle l'attende. Pour Margaret, il se pouvait que cela signifie autre chose. Fichu Harry Creath !

La situation devenait pesante. N'importe qui pouvait entrer et le découvrir, et il aurait bien du mal à expliquer sa présence. Il lui fallait trouver le moyen de regagner son logis. Il resta paralysé : le bruit d'un panneau qui coulissait lui valut un pouls précipité doublé d'une suée. Il recula contre la tapisserie. Des pas lents et nonchalants arrivaient par le couloir.

La porte s'ouvrit. Un homme entra dans la pièce – petit, la peau jaune, en cape de velours bleu : Hableyat.

3.

L'arrivant examina brièvement la chambre et hocha la tête tristement. « Une bien vilaine affaire. Risquée pour toutes les personnes impliquées. »

Joe, raide contre le mur, n'eut aucune peine à acquiescer. Hableyat effectua deux pas en avant et scruta le sol.

« Les imprudents. Il reste beaucoup de sang. » Il leva les yeux et s'avisa de l'attitude du jeune homme. « Détendez-vous, s'il vous plaît. Détendez-vous donc. » Il le considéra de façon impersonnelle. « Nul doute qu'on vous a rempli la bouche de billets. Un miracle que vous ayez survécu.

— La prêtresse Elfane m'a appelé et s'est enfuie avec la Kelt, répondit sèchement Joe. À ceci près, je me dissocie entièrement de cette affaire. »

Hableyat branla joyeusement du chef. « Si on vous trouve ici, avec tout ce sang sur le plancher, on vous interrogera. Et comme le maximum d'efforts sera déployé pour dissimuler l'assassinat d'Empoing, on vous tuera très certainement pour s'assurer que vous gardiez le silence. »

Joe s'humecta les lèvres. « N'est-ce pas à vous qu'ils essaieront de cacher cet assassinat ? »

Hableyat hocha la tête. « Sans nul doute. Je représente le Pouvoir et l'Autorité de la Chambre Mang… c'est-à-dire la faction Eau-d'Azur. Empoing était né Flot-Rouge, une école de pensée tout à fait différente. Ils croient en une prompte succession des événements. »

Une idée étrange se forma dans l'esprit de Joe. Il ne put la chasser. Hableyat remarqua son changement d'expression. Sa bouche, courte crevasse charnue entre les deux bajoues jaunes, se referma aux coins. « Oui, tout juste. C'est moi qui l'ai abattu. C'était nécessaire, croyez-moi. Sans quoi il aurait tué Manaolo, qui est impliqué dans une mission cruciale : si on le stoppait, ce serait, d'un certain point de vue, une vraie tragédie. »

Les idées arrivaient trop vite – filant à côté de l'esprit de Joe comme des bancs de poissons près d'une épuisette. On aurait dit que Hableyat exposait un plateau de marchandises séduisantes et attendait qu'il fasse son choix.

« Pourquoi me raconter tout ça ? »

Le Mang haussa ses épaules charnues. « Qui que vous soyez, vous n'avez rien d'un simple chauffeur.

— Ah… mais si !

— Ce que vous êtes n'a pas encore été clairement établi. Les temps sont complexes, car bien des gens et des mondes désirent l'irréconciliable ; il convient d'analyser avec soin l'origine et les intentions de chacun. Mes données sur vous remontent à Thubane, où vous avez été professeur de génie civil à l'Institut Technique. De Thubane, vous êtes passé sur Ardemiziane, Panapol, Rosalinda, Jamittta et enfin Kyril.

» Sur chaque planète, vous n'êtes resté que le temps de gagner de quoi vous payer un billet pour la suivante. Il y a là un schéma et, là où il y a schéma, il y a plan. Là où il y a plan, il y a intentions, et là où il y a intentions, il y a buts à atteindre. Et, quand ces buts sont atteints, il y a un perdant. Mais je vois que vous êtes mal à l'aise. De toute évidence, vous craignez d'être démasqué. Me trompé-je ?

— Ça ne me dit rien de me faire tuer.

— Je vous suggère de rejoindre mon appartement, qui est tout proche et où il se peut que nous continuions à bavarder. Je suis toujours désireux d'apprendre et, peut-être que, par gratitude pour avoir quitté cette chambre sain et sauf… »

Une sonnerie l'interrompit. Il sursauta, s'approcha de la fenêtre à la hâte, regarda vers le haut, le bas, courut alors à la porte et posa l'oreille contre le panneau. Il fit signe à Joe. « Écartez-vous. »

La sonnerie retentit de nouveau, puis on frappa lourdement sur le panneau. Hableyat lâcha un sifflement menaçant. Un grattement, un raclement. La porte coulissa.

Un homme de grande taille, au gros visage rubicond et au petit nez en bec d'aigle, entra précipitamment. Il portait une robe blanche flottante avec une capuche surmontée d'un morion noir, vert et or. Hableyat se coula derrière lui, exécuta un enchaînement de gestes complexes comprenant un coup de pied derrière les genoux, une manchette à l'avant-bras et une torsion du poignet… et le Druide tomba tête la première.

Joe souffla : « Le théarque en personne ! Nous allons être écorchés vifs…

— Venez », dit Hableyat, redevenu un homme d'affaires bienveillant.

Ils s'engagèrent prestement dans le couloir. Le Mang fit coulisser une porte. « Entrez. »

Son appartement était plus vaste que celui de la prêtresse Elfane. Une table rectangulaire au plateau de bois sombre poli incrusté de feuilles de cuivre formant des arabesques dominait le salon.

Deux guerriers mangs étaient assis avec raideur de part et d'autre de la porte – des hommes courts et trapus, les traits abrupts, la peau jaune citron ; ils semblaient se trouver dans cette position depuis des heures. Hableyat ne leur prêta aucune attention et passa à côté d'eux comme s'ils étaient des objets inanimés. Il avisa le regard interrogateur de Joe et parut les remarquer pour la première fois.

« Hypnotisés », dit-il, désinvolte. « Tant que je suis dans la pièce ou que celle-ci est vide, ils ne bougent pas. »

Joe entra avec précaution ; on pourrait le soupçonner tout autant ici que dans l'appartement de la prêtresse.

Le Mang s'assit en poussant un grognement et invita son visiteur à s'asseoir. Plutôt que de s'aventurer dans un dédale de couloirs, celui-ci obéit. Hableyat posa ses mains dodues sur la table et le fixa de son regard le plus candide.

« Vous paraissez prisonnier d'une situation désagréable, Joe Smith.

— Pas forcément, répondit-il dans une tentative d'humour désespérée. Je pourrais aller voir le théarque, lui raconter mon histoire, et ce serait terminé. »

Le visage de Hableyat frémit quand il éclata d'un rire qui lui fit ouvrir la bouche comme un écureuil. « Et ensuite ? »

Joe resta coi.

Hableyat tapa sur la table d'un air joyeux. « Mon garçon, vous ne savez rien de la psychologie des

Druides. Pour eux, le meurtre est une réaction normale en toute circonstance, un acte aussi désinvolte que l'extinction des lumières en quittant une pièce. Votre histoire racontée, vous seriez tué. Sans raison précise, sinon qu'il est plus facile de tuer que de ne pas tuer. » Hableyat suivait nonchalamment, d'un ongle jaune, le dessin d'une vrille, et parlait comme s'il méditait à voix haute.

« Il arrive que les organismes les plus bizarres soient les plus efficaces. Kyril fonctionne de façon remarquable par sa simplicité absolue. Cinq milliards de vies aux petits soins de deux millions de Druides et d'un Arbre. Mais le système se perpétue… ce qui constitue le test de viabilité ultime.

» Kyril est le comble de la dévotion religieuse. Le Laïcat, les Druides, l'Arbre. Les Laïcs travaillent, les Druides mènent les rites et l'Arbre est… immanent. Stupéfiant ! L'humanité crée à partir du même protoplasme les rustauds laïcs et les Druides raffinés. »

Joe s'agita. « En quoi cela me concerne-t-il ?

— Je me borne à vous indiquer, murmura Hableyat, que votre vie ne vaut plus tripette, sinon à vos yeux. Qu'est-ce que la vie pour un Druide ? Vous voyez ce chef-d'œuvre ? La vie de dix hommes s'est usée sur cette table. Les plaques de marbre de ce mur ? On les a taillées à la main. Le prix ? Les Druides ignorent ce concept. Le temps de travail est gratuit, la main-d'œuvre illimitée.

» On produit même l'électricité qui anime et éclaire ce palais à la main dans les sous-sols… au nom de l'Arbre de Vie où les pauvres âmes aveugles espèrent résider un jour, sereines sous le soleil et le vent. Les Druides justifient ainsi leur système face à leur conscience et aux autres mondes.

» Les Laïcs ne connaissent rien d'autre. Un maigre repas, un poisson, quelques légumes verts… ils survivent ainsi. Ils n'ont ni cérémonie de mariage, ni famille, ni tradition, ni même folklore. Ils ne sont que bétail mis à pâturer. Ils se reproduisent sans passion ni grâce.

» Des controverses ? La solution des Druides est simple. On tue les deux parties, de sorte que la controverse s'éteint. Inattaquable… Et l'Arbre de Vie domine toute la planète, promesse de vie éternelle la plus formidable qu'ait jamais connue la galaxie. Une vitalité pure et massive ! »

Joe s'avança sur son siège et regarda les guerriers mangs immobiles, puis par la fenêtre à l'autre bout du tapis orange. L'autre suivit ce regard les lèvres serrées, l'air interrogateur.

« Pourquoi me retenir ici ? lui demanda-t-il d'une voix nerveuse. Qu'attendez-vous ? »

Hableyat cligna les yeux d'un air de reproche. « Je n'ai pas conscience d'avoir l'intention de vous retenir. Vous êtes libre de partir quand il vous plaira.

— Et pourquoi m'amener ici, d'abord ? »

Le Mang haussa les épaules. « Pur altruisme, sans doute. Regagnez votre logis, et on peut déjà vous tenir pour mort. Surtout après la regrettable intrusion du théarque. »

Joe se détendit sur sa chaise. « Ce n'est pas… obligé. »

Hableyat hocha vigoureusement la tête. « Je crains que si. Réfléchissez : on sait ou on saura bientôt que vous avez pris la Kelt noire, dans laquelle se sont alors envolé la prêtresse Elfane et l'ecclésiarque Manaolo. Le théarque, venu voir sa fille soit pour enquêter, soit parce qu'il y a été appelé, se fait attaquer. Peu après, le chauffeur retourne à son logement. » Il se tut et écarta ses mains dodues dans un geste significatif.

« Très bien, admit Joe. Et à quoi pensez-vous ? »

Le Mang tapota la table avec son ongle. « Cette époque est compliquée, oui, compliquée. Vous voyez, ajouta-t-il sur un ton confidentiel, Kyril compte trop de Druides. »

Joe fronça les sourcils. « Trop ? Deux millions ? »

Hableyat éclata de rire. « Cinq milliards de Laïcs sont incapables de fournir à davantage une existence digne de ce nom. Sachez que ces pauvres diables n'ont aucun intérêt dans la production. Leur unique aspiration est de traverser la vie aussi vite que possible pour aller prendre leur place de feuille sur l'Arbre de Vie.

» Les Druides affrontent un cruel dilemme. Pour accroître la production, il faut ou former et industrialiser, révélant aux Laïcs que la vie offre d'autres plaisirs que la béatitude, ou trouver de nouvelles sources de richesse et de production. Dans ce but, ils ont décidé de diriger une banque industrielle sur Ballenkarch. C'est là qu'intervient Mangtsé, monde très industrialisé. Nous considérons le plan des Druides comme une menace pour notre sécurité. »

Joe demanda d'un air las mais empreint d'une patience résignée : « Et comment, moi, suis-je impliqué dans tout ça ?

— En tant qu'émissaire plénipotentiaire, j'ai mission de promouvoir les intérêts de ma planète. Ce qui nécessite la collecte d'un grand nombre de renseignements. Quand vous êtes arrivé ici il y a un mois, on a effectué une enquête sur votre personne.

On est remonté jusqu'à Thubane. Au-delà, votre piste se perd. »

Joe lâcha, dans un éclat de colère incrédule : « Mais vous savez bel et bien quelle est ma planète d'origine. Je vous l'ai dit la première fois. C'est la Terre. Et vous affirmiez avoir déjà parlé à un autre Terrien nommé Harry Creath. »

Hableyat hocha vivement la tête. « Exact. Mais il m'avait semblé que la Terre, comme planète d'origine, présente un caractère d'anonymat fort commode. » Il toisa Joe d'un air matois. « Aussi bien pour vous que pour Harry Creath. »

Joe prit longuement son souffle. « Vous en savez plus sur lui que vous ne l'avez laissé entendre. »

Hableyat parut surpris qu'il juge ce fait exceptionnel. « Mais bien sûr. Il m'est nécessaire de disposer d'une masse d'informations. Bien. Cette... Terre que vous évoquez : son identité est-elle plus qu'une convention ? » Il considéra son visiteur d'un œil inquisiteur.

« Je vous l'assure, dit le jeune homme d'un ton sarcastique. Vous êtes perdus dans cette poussière d'étoiles au point d'avoir oublié le restant de l'univers. »

Le Mang hocha la tête et tambourina sur la table. « Très intéressant. Voici qui éclaire le tableau d'un jour nouveau. »

Impatient, Joe s'exclama : « Je n'ai conscience d'aucun éclairage, ancien ou nouveau. Ce qui m'amène est d'ordre strictement personnel. Vos entreprises me laissent froid et m'y trouver impliqué est le cadet de mes soucis. »

On tapa à la porte. Hableyat se leva avec un grognement de satisfaction. Voilà ce qu'il attendait, songea l'humain.

« Je vous répète que vous n'avez pas le choix. Vous êtes impliqué malgré vous. Désirez-vous rester en vie ?

— Bien entendu. » Joe se leva à demi tandis que les coups reprenaient.

« Dans ce cas, acquiescez à tout ce que je dirai… aussi fantastique que cela vous paraisse. Avez-vous compris ?

— Oui. » Une réponse résignée.

Le Mang cracha un mot. Les deux guerriers se dressèrent telles des mécaniques. « Ouvrez la porte. »

Le panneau coulissa. Dans l'encadrement se découpait le théarque, l'air courroucé. Derrière lui se tenaient six ou sept Druides en robes de couleurs différentes : sous-théarques, ecclésiarques, presbytres, hiérophantes.

Hableyat parut transformé. Ses caractéristiques visibles s'intensifièrent – sa bienveillance muée en obséquiosité, sa politesse en onctuosité. Il s'avança au petit trot, comme si la visite lui procurait une fierté et un plaisir extrêmes.

Le théarque barrait la porte et scrutait la pièce d'un œil étincelant. Son regard glissa sur les deux guerriers et vint se poser sur Joe. Il tendit une main d'un air menaçant.

« Le voici ! Le traître meurtrier ! Emparez-vous de lui ; nous lui réglerons son compte dans l'heure. »

Les Druides s'ébranlèrent dans un prompt froissement de robes. Joe voulut saisir son arme. Les deux gardes mangs agirent si vite et si souplement qu'ils semblaient n'avoir pas bougé, mais ils s'interposaient. Un Druide aux yeux injectés de sang, vêtu d'une robe marron et verte, voulut les écarter. Une étincelle bleue, un crépitement, un cri de surprise, et il recula d'un bond, tremblant d'indignation. « Il est chargé d'électricité statique ! »

Hableyat s'avança, mielleux, tout d'inquiétude et de désarroi. « Votre Vénération, que se passe-t-il ? »

L'expression du théarque affichait un immense mépris. « Écartez-vous, Mang, et rappelez vos diableries électriques. Je veux cet homme.

— Vénéré, Vénéré ! se récria l'autre. Vous me troublez… Se pourrait-il que j'aie pris un criminel à mon service ?

— À votre service ?

— Assurément. Votre Vénération n'ignore pas qu'afin de mener une politique réaliste, mon gouvernement emploie un certain nombre d'observateurs officieux ?

— Espions et coupe-jarrets ! » gronda le théarque.

Hableyat se frotta le menton. « Si tel est le cas, Votre Vénération, vous m'en voyez bien marri, car les Druides sur Mangtsé se montrent tous discrets. De quoi accuse-t-on mon serviteur, au juste ? »

Le théarque avança la tête et répondit avec une ferveur suave : « Je vais vous le dire : il a tué l'un des vôtres, un Mang. Du sang jaune recouvre le plancher de la chambre de ma fille. Là où il y a sang, il y a mort !

— Votre Vénération ! C'est là une grave nouvelle ! Et qui est la victime ?

— Comment le saurais-je ? Il suffit qu'un homme ait été tué et que ce…

— Mais, Vénéré, cet homme est resté toute la journée en ma compagnie. Voilà qui pose un sérieux problème. Si donc on a attaqué un représentant de mon gouvernement, je crains un tumulte au Lathbon. Où avez-vous remarqué ce sang ? Dans la chambre de votre fille, la prêtresse ? Où est-elle ? Peut-être pourra-t-elle nous éclairer ?

— J'ignore où elle se trouve. » Le théarque se retourna et désigna un de ses acolytes. « Alamaina… que l'on cherche la prêtresse Elfane. Je désire lui parler. » Puis, à l'adresse du Mang : « Dois-je comprendre que vous prenez cet espion scélérat sous votre protection ?

— Nos officiers de sécurité ont veillé sur la sécurité des Druides qui représentent Votre Vénération sur Mangtsé », répondit courtoisement Hableyat.

Le théarque tourna les talons et disparut aussitôt parmi les capuches de ses Druides.

« Me voilà espion, lâcha Joe.

— Que préféreriez-vous ? »

Il se rassit. « Pour un motif quelconque, je ne puis croire que vous soyez déterminé à m'attacher à votre personne. »

Hableyat eut un geste de désapprobation.

Joe le regarda fixement pendant un long moment. « Vous assassinez vos propres hommes, frappez le théarque dans la chambre de sa fille… et je m'en retrouve mystérieusement responsable. Se pourrait-il que vous ayez tout manigancé ?

— Allons, allons, allons, murmura l'autre.

— Puis-je abuser encore de votre courtoisie ? demanda poliment le jeune homme.

— Certes. Faites donc. » Hableyat écoutait attentivement.

Sans attendre pour de bon son assentiment, Joe dit avec hardiesse : « Emmenez-moi à l'astrogare. Embarquez-moi à bord du paquebot qui part aujourd'hui pour Ballenkarch. »

Le Mang haussa les sourcils d'un air sagace et opina du chef. « Requête on ne peut plus raisonnable…

et à laquelle je serais bien malveillant de ne pas accéder. êtes-vous prêt à partir sur-le-champ ?

— Oui, répondit Joe sans hésiter. Sur-le-champ.

— Et vous avez assez d'argent ?

— Cinq mille stipelles que la prêtresse Elfane et Manaolo m'ont remises.

— Ah ! Je vois. Ils étaient pressés de partir ?

— C'est l'impression qu'ils m'ont donnée. »

Hableyat leva brusquement les yeux. « Je note dans votre voix une émotion réprimée.

— Le Druide Manaolo m'inspire une profonde aversion.

— Ah ! fit le Mang avec un sourire rusé. Et la prêtresse Elfane vous inspire l'inverse, n'est-ce pas ? Ah, ces jeunes ! Si j'étais encore des leurs, ce que je m'amuserais !

— Mes plans pour l'avenir ne tiennent compte ni de Manaolo ni d'Elfane, précisa Joe d'un ton égal.

— Seul l'avenir nous le dira. Bon… à l'astrogare. »

4.

Joe ne nota aucun signal, mais, après trois minutes que le Mang passa affalé dans un fauteuil, un lourd aérocar bien agencé s'aligna contre la plate-forme. Le jeune homme s'approcha avec précaution de la fenêtre et examina la façade du palais. Le soleil avait baissé. Les ombres des balcons, plates-formes et sculptures couraient obliquement le long de la pierre, créant un écheveau de formes où tout pouvait se dissimuler.

Plus bas se trouvaient le garage et sa cellule. Il n'y avait là aucun objet de valeur ; il laissait les quelques centaines de stipelles épargnées en faisant le chauffeur. Au-delà s'élevait l'Arbre, masse monstrueuse que l'œil échouait à embrasser d'un seul coup. Pour en voir les deux bords, il fallait tourner la tête de droite à gauche. Sa forme était imprécise d'aussi près – quinze cents mètres. Un certain nombre de branches basses chargées de feuillage touchaient le palais.

Hableyat le rejoignit à la fenêtre. « Il pousse sans cesse. Un jour, il aura atteint une telle taille que son propre poids le fera basculer ou que le sol se soulèvera. L'Arbre cèdera et s'abattra avec le bruit le plus terrible jamais entendu sur ce monde. Et en s'écrasant, il entraînera la chute des Druides. »

Il étudia avec soin la façade du palais. « Marchez vite, à présent. Une fois dans la voiture, vous serez à l'abri de tous les tireurs d'élite en embuscade. »

Joe sonda encore l'obscurité, puis s'avança avec prudence sur la plate-forme qui semblait très large et vide. Il rejoignit l'aérocar avec un picotement dans le dos, franchit la portière et sentit le véhicule osciller sous son poids. Hableyat bondit à son côté.

« Bien joué, Juliam », dit ce dernier au chauffeur, un très vieux Mang aux yeux tristes, au visage ridé et aux cheveux chaumés par l'âge. « On part à l'astrogare. Niveau Quatre, je crois. Le *Belsaurion*, à destination d'Intersection et de Ballenkarch. »

Juliam enfonça la pédale d'élévation. Le véhicule grimpa dans les airs. Le palais rapetissa et ils montèrent le long du tronc d'un brun grisâtre, jusque sous le premier parasol de frondaisons.

D'ordinaire, l'air de Kyril s'emplissait d'une forte brume, mais aujourd'hui le soleil brillait nettement à travers une atmosphère limpide. La ville de Divinale, masse hétérogène de palais, de bureaux, de temples et d'une poignée d'entrepôts, recroquevillée parmi les racines de l'Arbre, s'ouvrait bientôt sur une plaine aux douces ondulations, couverte d'une foule de fermes et de villages.

Sur les routes, qui convergeaient vers l'Arbre de toutes les directions, déambulaient les Laïcs, hommes et femmes, effectuant leur pèlerinage. Joe les avait observés une fois ou deux lorsqu'ils entraient par la Fente Ordinale, une trouée entre deux grandes racines en arche. Minuscules silhouettes ternes semblables à des fourmis, ils marquaient un temps d'arrêt, se retournant pour contempler la campagne grise avant de continuer. Chaque jour en amenait des milliers de tous âges, venus des moindres recoins de Kyril. Hommes, femmes, pâles enfants aux yeux sombres, des gens poussiéreux, affamés, assoiffés – l'âme enflammée par la paix de l'Arbre.

La voiture survola une plaine tapissée de petites capsules noires. D'un côté une masse d'hommes nus faisaient de la gymnastique... sautillant et se tortillant en parfaite mesure.

« Voici la marine spatiale des Druides », déclara le Mang.

Joe le scruta pour déceler un quelconque sarcasme, mais le visage rondouillard était imperturbable. « Ils ne m'ont pas l'air bien redoutables.

— Ils sont adaptés à la défense de Kyril, c'est-à-dire de l'Arbre. Bien sûr, quiconque veut vaincre les Druides par la violence songera à détruire l'Arbre afin d'annihiler la fibre morale des autochtones. Mais pour cela, une flottille devrait s'approcher assez de Kyril, à deux cent mille kilomètres, disons, pour le bombarder avec une certaine précision.

» Or les Druides disposent d'un écran de petits vaisseaux qui patrouillent à deux millions de kilomètres de la planète : rudimentaires, mais rapides et agiles, chacun équipé d'une tête explosive… en fait, il s'agit d'appareils-kamikazes et, à l'heure actuelle, on les tient pour un rempart efficace. »

Joe resta un moment silencieux. Puis : « Les fabrique-t-on ici ? Sur Kyril ?

— Ils sont très simples, répondit Hableyat avec un mépris voilé. La coque, le propulseur, le réservoir à oxygène. Les soldats laïcs ne sont censés ni exiger ni apprécier le confort. Il y a énormément de ces chaloupes d'attaque. Et pourquoi pas ? La main-d'œuvre est gratuite. Pour les Druides, l'idée même de "prix de revient" ne signifie rien. Le système de pilotage est importé de Bélan, je crois, comme celui de mise à feu. Autrement, ils sont faits main ici même. »

Le champ de vaisseaux-scarabées s'inclina, diminua sur l'arrière. Devant apparaissait le mur de dix mètres entourant l'astrogare. La bâtisse allongée, en verre, s'étendait le long d'un côté du rectangle. Le long de son vis-à-vis se situait la rangée des résidences officielles et des bureaux consulaires des outre-mondains.

De l'autre côté du terrain, dans la quatrième ou cinquième position, un appareil mi-cargo, mi-paquebot, prêt à décoller, attendait, panneau de chargement condamné, rampe relevée, seule une passerelle reliant encore l'engin au sol.

Juliam posa la voiture dans un parking tout proche de l'astrogare. Hableyat retint Joe de la main.

« Peut-être, pour votre propre sécurité, vaudrait-il mieux que je m'occupe de votre billet. Le théarque risque d'avoir tramé quelque machination. On ne sait jamais comment ces individus peuvent se comporter. » Il sauta à terre. « Restez donc ici, hors de vue, je ne tarderai pas.

— Mais le prix du billet…

— Broutille, broutille. Mon gouvernement a plus d'argent qu'il n'en peut dépenser. Permettez-moi de dépenser deux mille stipelles comme gage de bonne volonté envers notre légendaire Terre Mère. »

Joe se détendit non sans quelque appréhension. Deux mille stipelles d'économisées lui permettraient de rentrer à bon port. Si Hableyat pensait faire de lui son obligé, il se leurrait amèrement. Il s'agita sur son siège. Autant sortir, profiter des circonstances. Ce type de générosité s'accompagnait en général de désagréables quiproquos. Il leva la main vers la porte et croisa le regard de Juliam qui secoua la tête.

« Non, non, monsieur. Le seigneur Hableyat revient d'ici peu et il désire que vous restiez hors de vue.

— Il peut attendre », répondit Joe dans un accès de défi.

Il bondit hors de la voiture et, feignant d'ignorer la voix récriminatrice de Juliam, se dirigea vers l'astrogare. Sa rage s'apaisa tandis qu'il marchait ; dans sa livrée verte, blanche et noire, il se sentit un peu trop voyant. Hableyat avait la mauvaise habitude d'avoir constamment raison.

Une enseigne de l'autre côté de l'allée proclamait : *Costumes de toutes planètes. Changez-vous ici. Arrivez à destination dans un habit approprié.*

Joe entra. À travers la vitrine, il pourrait voir le Mang si ce dernier quittait la gare et retournait à l'aérocar. Le commerçant attendait tranquillement : un homme de haute taille, osseux, de race indéterminée, le large visage cireux, les yeux bleu pâle écartés et innocents.

« Que désire monseigneur ? demanda-t-il d'un ton égal qui passait sur la livrée de serviteur dont Joe se dépouillait.

— Débarrassez-vous de ça. Donnez-moi quelque chose susceptible de convenir à Ballenkarch. »

Le marchand s'inclina. Il parcourut la silhouette de son client d'un œil grave, se tourna vers des casiers et produisit une tenue qui fit ciller Joe : pantalon rouge, veston bleu cintré, blouse blanche bouffante.

« Ce n'est pas tout à fait… ce n'est guère discret, n'est-ce pas ? demanda Joe, dubitatif.

— Il s'agit là d'un costume typique, monseigneur… enfin, typique des clans les plus civilisés. Les sauvages se couvrent de peaux et des sacs. » Il présenta le devant et le derrière des habits. « Celui-ci n'indique aucun rang précis. Un vavasour porte son épée à gauche. Un grand de la cour de Vail Alan arbore en sus un bandeau noir. Les habits de Ballenkarch se signalent par une flamboyance assez barbare, monseigneur.

— Donnez-moi une simple tenue de voyage grise. Je me mettrai à la mode locale dès mon arrivée.

— Comme voudra monseigneur. »

Cette mise lui plut. Avec une profonde satisfaction, il fit coulisser les glissières, serra les poignets et les chevilles.

« Et quel style de morion, monseigneur ? »

Joe grimaça. L'accessoire était de rigueur chez les classes supérieures de Kyril. Laïcs, paysans, domestiques n'avaient pas le droit à un morion complexe et luisant. Il désigna une coque basse de métal brillant à large bord.

« Celui-ci, s'il me va. »

Le marchand s'inclina, formant un U inversé quasi parfait.

« Oui, Vénéré. »

Joe lui jeta un regard méfiant, puis s'intéressa au morion qu'il avait choisi : un magnifique casque luisant, sans autre utilité que comme couvre-chef décoratif. Il évoquait plutôt celui de l'ecclésiarque Manaolo. Il haussa les épaules, se le colla sur la tête et transféra le contenu de ses poches : le pistolet, l'argent, le portefeuille et ses papiers d'identité.

« Je vous dois combien ?

— Deux cents stipelles, Vénéré. »

Joe lui donna deux billets et sortit dans la galerie. Il se rendit alors compte que sa démarche était plus ferme, qu'il roulait véritablement les épaules. Le passage de la livrée au costume gris et au morion prétentieux avait modifié la note de sa psychologie. Moral, confiance, volonté de vaincre – qualités intangibles et pourtant bien définies. À présent, il allait retrouver Hableyat.

Ce dernier était justement là, bras dessus, bras dessous avec un Mang en uniforme vert, bleu et jaune, parlant avec beaucoup de vivacité et d'animation. Joe aurait bien aimé savoir lire sur les lèvres. Les deux hommes s'arrêtèrent à la rampe descendant vers le terrain d'atterrissage. L'officier mang s'inclina sèchement, pivota sur ses talons et entra dans la galerie. Hableyat longea la rampe avant de traverser le terrain.

Joe voulait entendre ce que Juliam dirait à son employeur et le commentaire de celui-ci sur son absence. S'il se hâtait jusqu'à l'extrémité de la galerie, sautait le mur et faisait le tour du parking, il pourrait sans doute approcher la voiture par-derrière en passant inaperçu.

Mettant la théorie en pratique, il fit demi-tour et courut le long de la terrasse sans prendre garde aux regards interdits qu'on lui jetait. Il se laissa choir sur le gazon bleu-vert, resta plaqué contre le mur et conserva le maximum de véhicules garés entre lui et Hableyat. Il atteignit l'aérocar et se mit à quatre pattes sans se faire voir de Juliam, qui avait les yeux braqués sur l'autre.

Le chauffeur fit coulisser la portière. Hableyat lança d'un ton enjoué : « Bon, mon garçon, tout se… » Il s'arrêta net et demanda à Juliam : « Où est-il ? Où est-il allé ?

— Il est parti peu après vous. »

Une syllabe piquante. « Sacré caractère imprévisible ! Je lui avais intimé de rester ici. »

— Je lui ai rappelé vos instructions. Il a feint de m'ignorer.

— Voilà la difficulté, quand on travaille avec des gens à l'intellect limité. On ne saurait escompter une exécution logique. Je préférerais mille fois me colleter avec un génie. Ses méthodes auraient l'avantage d'être compréhensibles. Si Erru Kametin le voit, tous mes plans tomberont à l'eau. Bon sang ! gémit-il. Le crétin têtu ! »

Juliam renifla, mais resta coi. Hableyat continuait, incisif : « Va le chercher dans la galerie. Si tu le vois, renvoie-le tout de suite ici. J'attends sur place. Puis appelle Erru Kametin… au Consulat. Présente-toi sous l'identité d'Aglom Quatorze. Il te posera d'autres questions. Tu révéleras que tu étais un agent d'Empoing, qui est mort à présent… et que tu as des renseignements importants à lui confier.

» Il voudra te voir, mais tu avanceras que tu redoutes une réaction des Druides. Dis-lui que tu as identifié le messager avec certitude et qu'il voyagera avec l'objet en question à bord du *Belsaurion*. Donne-lui une description rapide de cet homme et reviens ensuite ici.

— Oui, monseigneur. »

Joe entendit le raclement des pieds du chauffeur. Il recula, se cacha derrière un long camion bleu, puis se releva et regarda Juliam traverser le terrain. Alors il rejoignit la voiture par un autre chemin.

Les yeux de Hableyat étincelaient, mais il lança d'un ton nonchalant : « Vous voilà enfin, jeune homme. Où… ? Ah, je vois, des habits neufs. Très astucieux, vraiment très astucieux, mais apparaître dans la galerie présentait un danger. »

Il plongea la main dans sa bourse, sortit une enveloppe. « Voici votre billet pour Ballenkarch, via Intersection.

— Intersection ? Qu'est-ce que c'est ? »

Hableyat joignit le bout des doigts et répondit d'une voix pédante : « Comme vous le savez peut-être, Kyril, Mangtsé et Ballenkarch forment un triangle à peu près équilatéral. Intersection est un satellite artificiel en son centre. Il se situe aussi sur la route commerciale Mangtsé-Bélan et sur celle, perpendiculaire, de Frums au Système Extérieur, constituant une étape ou un point de transfert fort commode.

» Il s'agit d'un lieu intéressant à divers points de vue : la méthode unique de construction, les extrémités auxquelles on consent pour distraire les visiteurs, les célèbres Jardins d'Intersection, la nature cosmopolite des individus qu'on y croise. Je gage que vous trouverez le voyage passionnant.

— Je n'en doute pas. »

Hableyat lui jeta un vif coup d'œil et reprit en choisissant ses mots avec soin : « Mais je dois vous donner un conseil. Les Druides, avec leurs processus mentaux anachroniques, sont des fanatiques de la vengeance. Rien ne les arrête.

» Il y aura des espions à bord… en fait, il y en a partout. On ne saurait faire un pas sans buter contre un espion. Leurs instructions vous concernant peuvent être ou non assorties de violence. Je vous recommande la plus extrême vigilance, bien qu'un habile assassin ne rate pas la moindre occasion.

— J'ai un pistolet », indiqua Joe avec une bonhommie sinistre.

L'autre affronta son regard d'un air d'innocence limpide. « Parfait… excellent. Bon, le vaisseau s'apprête à décoller. Vous devriez monter à bord. Je ne vous accompagne pas, mais je vous souhaite bonne chance ici même. »

Joe sauta à terre. « Merci pour vos efforts », dit-il d'une voix égale.

Hableyat leva une main en signe d'avertissement. « De rien. Je suis ravi d'assister l'un de mes semblables dans l'embarras. Mais j'aimerais que vous me rendiez un petit service. J'ai promis à un ami, le prince de Ballenkarch, un échantillon de cette magnifique bruyère de Kyril et peut-être pourriez-vous lui remettre ce pot avec mes compliments. »

Le Mang lui présenta une plante qui poussait dans un pot de terre. « Je la mets dans ce sac. Je vous prie d'en prendre soin. Arrosez-la une fois par semaine, si vous voulez bien. »

Il accepta la plante en pot. Un coup de sirène retentit sur le terrain.

« Hâtez-vous. Peut-être nous reverrons-nous un jour.

— Au revoir. » Impatient d'embarquer, Joe se retourna et se dirigea vers le vaisseau.

Les passagers de dernière minute quittaient l'astrogare. Il regarda fixement un couple à peine quinze mètres plus loin : un grand jeune homme aux épaules larges et au visage de satyre malveillant, une jeune fille mince aux cheveux noirs – Manaolo et la prêtresse Elfane.

5.

La charpente de la plateforme d'embarquement formait un entrelacs noir sur le ciel couvert. Joe grimpa les marches en bois usé jusqu'au pont supérieur. Personne derrière lui ; personne pour l'observer. Passant la main sous une poutrelle en L, il posa le pot hors de vue sur la collerette. L'objet était forcément dangereux ; il refusait de s'en charger. L'échange de bon procédé risquait d'aller chercher un peu trop loin.

Joe eut un sourire amer. Intellect limité et crétin têtu… le vieil aphorisme prétendant que l'indiscret n'entend jamais dire du bien de lui-même semblait s'appliquer à son cas.

On m'a déjà donné d'autres noms d'oiseaux, songea-t-il. Une fois sur Ballenkarch, ça n'aura plus d'importance…

Devant lui, Manaolo et Elfane traversaient la plateforme sans regarder de droite ni de gauche. Avec cet air déterminé caractéristique des Druides, ils grimpèrent sur la passerelle et entrèrent dans le vaisseau. Joe fit la grimace. Les jambes minces d'Elfane qui luisaient en montant l'escalier avaient envoyé des frissons doux amers le long de ses nerfs. Le dos fier de Manaolo… C'était un peu comme s'il avait pris deux médicaments aux effets contraires.

Il maudit Hableyat. S'imaginait-il que son attirance pour Elfane l'obséderait au point qu'il défierait Manaolo ? Joe s'ébroua. Vieil hypocrite trop mûr !

D'abord, il n'avait pas le moindre indice qu'Elfane songe à lui en tant qu'amant. Et vu la façon dont Manaolo l'avait manipulée… Il sentit ses abdominaux se nouer. Même si sa fidélité à Margaret lui permettait d'envisager cette possibilité, il avait déjà assez de problèmes personnels sans en chercher d'autres.

Devant la passerelle se tenait un steward en justaucorps rouge. Des rangs dorés de brandebourgs en trèfle décorant ses jambes, une radio à l'oreille et un micro sur la gorge, il appartenait à une race inconnue de Joe : les cheveux blancs, les articulations molles, les yeux vert émeraude.

Le Terrien sentit monter en lui la tension : si le théarque soupçonnait qu'il voulait quitter Kyril, c'était à cet instant précis qu'on arrêterait le fugitif.

Le steward prit son billet, hocha courtoisement la tête et lui fit signe d'entrer. Joe, frôlant la coque noire convexe, franchit le sas dans l'ombre. À un bureau provisoire siégeait le commissaire de bord, un autre représentant de la race à cheveux blancs. À l'instar du steward, il portait une tenue écarlate évoquant une seconde peau. De plus, il avait des épaulettes en verre et une petite calotte écarlate.

Il tendit un registre. « Votre nom et l'empreinte de votre pouce, je vous prie. Ceci pour renoncer à toute poursuite en cas d'accident sur le trajet. » Joe signa, et appuya son pouce sur le carré indiqué tandis que le commissaire examinait son billet. « Première classe, cabine 14. Des bagages, Vénéré ?

— Non. Je présume que le vaisseau possède un magasin où je pourrai me procurer du linge ?

— Naturellement, Vénéré. À présent, si vous voulez bien gagner votre cabine, un steward vous aidera à vous préparer au décollage. »

Baissant les yeux sur le registre, Joe avisa, juste avant sa signature, d'une écriture haute et angulaire, *Druide Manaolo kia Benlodieth*, puis, d'une cursive ronde, penchée à gauche, *Ainietho kia Benlodieth*. Elfane se faisait donc passer pour l'épouse. Il se mâchouilla la lèvre. Manaolo avait la cabine 12 et Elfane la 13.

Rien d'anormal en soi. À la différence des paquebots qui partaient de la Terre dans toutes les directions, ces vaisseaux mixtes offraient peu de place aux passagers. Les prétendues cabines n'étaient en fait que des placards dotés d'un hamac, d'une commode et de minuscules salles de bain rétractables.

« Par ici, seigneur Smith », dit un steward en justaucorps, vermeil cette fois-ci.

Pour susciter une crainte révérencielle, songea Joe, un chapeau en fer-blanc suffit.

Suivant l'autre, il longea la cale où on avait déjà drogué et mis dans leurs hamacs les troisièmes classes, puis traversa un salon-salle à manger. La cloison opposée incluait deux enfilades de portes, une galerie courant devant celle du haut. Le chiffre 14 figurait sur la dernière de la rangée supérieure.

Le steward précédait Joe devant le numéro 13 quand la porte s'ouvrit. Manaolo surgit, blême, les yeux écarquillés en une curieuse forme elliptique révélant le disque entier des rétines noires, manifestement en proie à une fureur aveugle. Il écarta le Terrien d'un coup d'épaule, ouvrit à la volée la porte du numéro 12 et entra.

Joe s'éloigna lentement de la main courante. Un instant, toute conscience et toute raison l'avaient déserté. C'était une sensation étrange… et nouvelle ; une aversion élémentaire sans limite que

Harry Creath lui-même n'avait su causer. Il revint sur ses pas.

Elfane se tenait à la porte de sa cabine. Elle avait ôté la cape bleue et ne portait plus que sa robe blanche diaphane – brune au visage étroit, vive et alerte, à présent tendue par la rage. Figés à trente centimètres l'un de l'autre, tous deux s'affrontèrent du regard.

La haine dans le cœur de Joe se transforma en une autre émotion, une magnifique ascension dans l'air pur, un délice, une effervescence. Les sourcils d'Elfane se crispèrent sous l'effet de la surprise ; sa bouche s'entrouvrit. Avec un drôle de serrement de cœur, il se demanda si elle le reconnaissait. Leur précédent contact avait été distant, impersonnel. Il était désormais un homme neuf dans des vêtements neufs.

Elle se retourna, referma la porte. Joe gagna le numéro 14 où le steward le sangla dans son hamac en vue du décollage.

Il émergea de la catalepsie. « Vous ne trouverez pas ce que vous cherchez. Hableyat vous a refilé un mauvais tuyau. »

L'homme dans la cabine se figea, le dos tourné.

« Pas un geste, je braque mon pistolet sur vous », ajouta Joe.

Il voulut bouger, mais les sangles du hamac le retenaient. Au bruit de ses efforts, l'intrus coula un regard par-dessus son épaule, se baissa et se glissa dehors tel un fantôme.

Joe poussa un cri ; nul ne répondit. Il défit ses sangles, courut à la porte et regarda dans le salon qu'il trouva désert.

Il se retourna, ferma sa porte. Au sortir de sa catalepsie, il n'avait pu avoir une image nette de son visiteur, un homme court et trapu, aux articulations inversées. Il avait entrevu son visage, mais ne se rappelait qu'une teinte citron, comme si l'autre possédait un sang jaune. Un Mang.

Et voilà ! se dit-il. Ce maudit Hableyat m'utilise comme paravent ! Il songea à aller se plaindre au capitaine qui, n'étant ni Druide ni Mang, pourrait ne guère apprécier les délits à son bord, mais se ravisa. Il n'aurait aucune preuve à avancer… un simple rôdeur dans sa cabine. Le capitaine ne soumettrait sûrement pas la totalité de ses passagers à un examen psychique pour l'appréhender.

Il se frotta le visage et bâilla. Il entamait la dernière étape de son périple. À moins qu'Harry n'ait encore déménagé.

Relevant l'écran antirad du hublot, Joe scruta l'espace. Devant eux un bouclier absorbait les radiations que le navire rattrapait ou rencontrait. à défaut, leurs énergies, accrues en fréquence et dureté par l'effet Doppler dû à la vélocité du vaisseau, l'auraient carbonisé aussitôt.

La clarté arrivant par le travers lui révélait des étoiles de plus ou moins leur magnitude réelle, les perspectives se déplaçant et tournoyant sous ses yeux… les astres flottant, refluant, dérivant telles des poussières dans un rayon lumineux. À la poupe, c'étaient les ténèbres absolues : aucune lumière ne rattrapait le vaisseau. Il rabattit l'écran. Le spectacle lui était assez familier. À présent un bain, ses habits, un repas…

Il considéra son visage dans le miroir et nota un chaume léger. Le rasoir reposait sur une étagère en verre au-dessus du lavabo rétractable. Joe tendit la main… et arrêta son geste à trois centimètres de l'appareil qui, à l'entrée du passager, était accroché à un râtelier sur la cloison.

Joe s'écarta de la paroi, les nerfs en pelote. Son visiteur ne s'était tout de même pas rasé ! ? Il baissa les yeux sur le sol où il aperçut un amas de fils en cuivre, se baissa et avisa un bout de fil reliant ce fouillis au tuyau d'évacuation.

Il plaça avec précaution le rasoir dans sa chaussure qu'il alla poser sur sa couchette. Une bande métallique cerclait la poignée de l'appareil, un bouton entrant dans la coque près du moteur qui captait l'énergie du champ général du vaisseau.

Au bout du compte, il devait remercier Hableyat… lequel l'avait si aimablement sauvé du théarque avant de l'envoyer sur le *Belsaurion* avec une plante en pot.

Joe appela le steward. Ce fut une hôtesse qui arriva, les cheveux blancs à l'instar des autres membres d'équipage. Elle portait un costume à jupe courte, orange et bleu, qui lui allait comme une couche de peinture. Joe plaça le rasoir dans une taie d'oreiller.

« Apportez-le à l'électricien de bord. Il y a un dangereux court-circuit. Ne le touchez pas, ni vous ni personne. Et… auriez-vous l'amabilité de m'en fournir un autre ?

— Oui, monsieur », répondit-elle avant de sortir.

Enfin lavé, rasé et aussi bien habillé que le permettait sa garde-robe restreinte, il descendit en flânant dans le salon, sautillant dans la gravité réduite de moitié. Quatre ou cinq hommes et femmes assis sur les canapés se livraient à des conversations discrètes.

Joe les observa. Créatures étranges, si artificielles, songea-t-il, que ces humains de l'Âge de l'Espace… fragiles et à ce point policés que la discussion n'était rien de plus qu'un échange de politesses. Si sophistiqués que rien ne les choquait autant que l'honnêteté la plus crue.

Trois Mangs étaient assis dans le groupe : deux hommes, l'un âgé, l'autre plus jeune, portant le voyant uniforme flot-rouge de Mangtsé, et une jeune femme dotée d'une beauté sans finesse, manifestement l'épouse du cadet des officiers. L'autre couple, comme la race qui commandait le vaisseau, se composait de déviants humains qui lui étaient inconnus, ressemblant aux images des contes de fées de son enfance… créatures frêles aux grands yeux, à la peau mince, vêtues de toges diaphanes flottantes.

Il descendit l'escalier jusqu'au pont principal et un officier de bord, sans doute le chef des stewards, apparut. Avec un geste poli en direction de Joe, il s'adressa à toute l'assemblée. « Je vous présente le seigneur Joe Smith de la planète… » Il hésita. « … de la planète Terre. »

Il fit face aux autres. « Erru Kametin… » L'aîné des deux officiers mangs. « … Erru Ex Amma et Erritu This Amma, de Mangtsé. » Puis il se tourna vers les créatures féeriques. « Prater Luli Hassimassa et sa conjointe Hermina de Zil. »

Joe s'inclina poliment et s'assit à l'extrémité d'un sofa. Le jeune officier mang, Erru Ex Amma, demanda, intrigué : « Ai-je bien entendu ? Vous prétendez que la Terre est votre planète natale ?

— Oui », répondit Joe, presque agressif. « Je suis né sur le continent qui porte le nom d'Amérique du Nord, où on a construit le premier vaisseau spatial habité ayant quitté l'orbite terrestre.

— Étrange, murmura le Mang en le considérant avec une expression qui frisait l'incrédulité. J'ai toujours pensé que la Terre n'était qu'une légende spatiale, comme les Lunes de Paradis et le Dragon Stellaire.

— Je puis vous assurer que la Terre n'est pas un mythe. Mystérieusement, au cours des migrations vers l'extérieur de la galaxie, des guerres et des programmes planétaires de propagande, on a mis en doute son existence réelle. Et nous voyageons rarement dans ce bras de la galaxie. »

La femme-fée s'exprima d'un gazouillis assorti à sa frêle apparence : « Et vous maintenez que nous tous… vous, les Mangs, nous autres Zils, les Bélands qui commandent ce vaisseau, les Druides, les Frumsiens, les Thablites… nous dérivons tous de la race humaine ?

— C'est exact. »

Une voix métallique s'éleva. « Pas entièrement. Ce furent les Druides les premiers fruits de l'Arbre de Vie. Il s'agit là d'une doctrine établie. Toute autre allégation est fausse.

— Vous avez parfaitement le droit de le croire », répondit Joe d'un ton mesuré.

Le steward s'avança alors. « L'ecclésiarque Manaolo kia Benlodieth de Kyril. »

Un silence suivit cette présentation. Puis le Druide reprit : « Non seulement j'ai le droit de le croire, mais je me dois de protester contre la propagation d'assertions erronées.

— C'est aussi votre droit ; protestez tant qu'il vous plaira. » Tandis que Joe affrontait le regard noir et mort de Manaolo, il eut l'impression de n'y distinguer aucune compréhension humaine, aucune pensée… juste des émotions et une volonté obstinée.

Un mouvement derrière lui : Elfane. Une fois présentée à la compagnie, elle s'assit sans un mot à côté de Hermina de Zil. L'atmosphère avait changé : bien que la prêtresse se borne à échanger des banalités avec Hermina, sa présence avait introduit un piquant, une étincelle, un sel…

Joe compta. Huit, lui compris… quatorze cabines… six passagers manquaient. L'un des treize avait essayé de le tuer : un Mang.

Deux Druides sortirent des cabines 2 et 3 et leur furent présentés, des hommes âgés au visage caprin, en route vers une mission sur Ballenkarch. Ils possédaient un autel pliable qu'ils déployèrent dans un coin du salon pour entamer une série de rites silencieux devant une petite image de l'Arbre. Manaolo leur jeta un regard indifférent, puis se détourna.

Encore quatre.

Le steward annonça le premier repas de la journée. Alors surgit un autre couple, deux Mangs en tenue non militaire : robe de soie colorée, cape légère, corselet orné de joyaux. Ils s'inclinèrent poliment et, le steward dressant les tables, prirent place sans avoir été présentés. Cinq Mangs, songea Joe. Deux soldats, deux civils, une femme. Deux cabines dissimulaient toujours leurs occupants.

La 10 s'ouvrit. Une femme âgée de très haute taille sortit à pas lents sur la galerie. Chauve comme un œuf, le sommet du crâne plat, elle arborait un long nez osseux et des yeux noirs globuleux. Elle portait une cape noire et, à chaque doigt, un bijou fabuleux.

Encore un. La porte de la 6 demeurait fermée.

On servit le repas : un menu fort varié, destiné à flatter les papilles de nombreuses races. Au cours de son périple d'une planète à l'autre dans la galaxie,

Joe avait renoncé bien des fois à la délicatesse. Il avait mangé de la matière organique de toutes les couleurs, consistances, odeurs et saveurs concevables.

S'il identifiait certains mets – fougères, champignons, tubercules, fruits, reptiles, insectes, poissons, mollusques, gastéropodes, œufs, sporanges, animaux, oiseaux –, nombreux étaient ceux qu'il s'avérait incapable de reconnaître ou définir : il ne les mangeait qu'à l'imitation des autres convives.

À table, il se trouvait en face de Manaolo et d'Elfane. Il nota qu'ils ne parlaient pas et, à plusieurs reprises, il sentit le regard qu'elle posait sur lui, intrigué, évaluateur, quelque peu furtif. Elle sait m'avoir rencontré, songea Joe, mais elle ne se rappelle pas où.

Après le repas, les passagers se séparèrent. Manaolo se retira au gymnase derrière le salon, les Mangs s'absorbèrent dans un jeu de bâtonnets colorés, les Zils montèrent au pont-promenade. La géante à l'aspect de démon resta assise dans un fauteuil, fixant d'un air morne le néant.

Joe aurait bien pris de l'exercice dans le gymnase, mais la présence du Druide l'en dissuada. Il choisit un film dans la bibliothèque de bord et se prépara à regagner sa cabine.

La prêtresse Elfane lui murmura : « Seigneur Smith, je désire m'entretenir avec vous.

— Certainement.

— Voulez-vous bien m'accompagner dans ma cabine ? »

Joe regarda par-dessus son épaule. « Cela n'irritera-t-il pas votre mari ?

— Mon mari ? » Elle parvint à injecter beaucoup de mépris et d'écœurement furieux dans sa voix.

« Cette relation est de pure forme. » Elle se tut et, semblant regretter ses paroles, détourna le regard avant de continuer d'une voix plus posée. « Je veux vous parler. » Une volte, et elle partit à grands pas vers sa cabine.

Joe étouffa un rire. Cette teigne ne connaissait d'autre univers que l'intérieur de son crâne, ni n'avait idée qu'il puisse exister des volontés opposées aux siennes. Amusante pour l'heure, mais quelle diablesse une fois vieille ! Il se prit à songer que ce serait une expérience agréable de se trouver naufragé en sa compagnie sur une planète inhabitée… apprivoiser son opiniâtreté, lui ouvrir la conscience.

Il la suivit nonchalamment jusqu'à sa cabine, où elle prit place sur la couchette et lui sur le banc. « Eh bien ?

— Vous prétendez que votre patrie est la planète Terre… la Terre légendaire. Est-ce vrai ?

— Oui, c'est vrai.

— Où se situe la Terre ?

— Vers le Centre, à peut-être un millier d'années-lumière.

— À quoi ressemble-t-elle ? » Elfane se pencha, un coude sur le genou, le menton dans la paume, et l'observa d'un œil intéressé.

Joe s'empourpra soudain et haussa les épaules. « Vous me posez une question à laquelle je ne puis répondre en une seule phrase. La Terre est un monde très âgé. Partout, ce ne sont qu'édifices, villes et traditions antiques. En Égypte se dressent les Grandes Pyramides, bâties par les premiers hommes civilisés. En Angleterre, un cercle de pierres levées constitue les reliques d'une race presque aussi vieille. Dans des cavernes en France et en Espagne, on trouve des dessins d'animaux réalisés par des hommes guère éloignés des bêtes qu'ils chassaient. »

Elle inspira profondément. « Mais vos villes, votre civilisation… diffèrent-elles des nôtres ? »

Joe afficha une expression sagace. « Naturellement. Il n'y a pas deux planètes semblables. Notre culture est ancienne et stable… mature, adoucie. Nos races se sont mêlées… j'en suis le résultat. Dans ces régions extérieures, les hommes, isolés et séparés, se sont de nouveau spécialisés. Vous autres Druides, qui êtes très proches de nous sur le plan physique, vous correspondez à l'ancienne race blanche de la branche méditerranéenne.

— Mais n'avez-vous pas de Dieu Suprême… d'Arbre de Vie ?

— De nos jours, il n'y a plus de religion organisée sur Terre. Nous sommes libres d'exprimer notre joie de vivre à notre gré. Certains vénèrent un créateur cosmique, d'autres ne reconnaissent que les lois physiques régissant l'univers, ce qui revient à peu près au même. L'adoration des fétiches – anthropoïdes, animaux, ou bien végétaux tel votre Arbre – a disparu depuis longtemps. »

Elfane se raidit. « Vous… riez de nos institutions sacrées.

— Pardon. »

Elle se leva, puis se rassit, ravalant son courroux. « Vous m'intéressez à divers titres, maugréa-t-elle comme pour se justifier. J'ai la bizarre impression de vous connaître. »

Joe, mû par une impulsion presque sadique, dit : « J'étais le chauffeur de votre père. Hier, vous et votre… mari aviez prévu de me tuer. »

Elle se statufia, le regard fixe, bouche bée. Puis elle se détendit, frémit, recula en paraissant se ratatiner. « Vous… est-ce que vous… »

Mais il avait aperçu quelque chose sur l'étagère de chevet au-dessus de la couchette : une plante en pot, évoquant celle qu'il avait laissée sur Kyril.

Elle suivit la direction de son regard, referma la bouche et souffla : « Vous savez donc. » C'était presque un chuchotis. « Tuez-moi, détruisez-moi ! Je suis lasse de la vie ! »

Elle se releva, les bras tendus, sans défense. Joe s'avança d'un pas vers elle. Ce fut comme dans un rêve, un moment dépassant la limite de la raison, sans logique, cause ni effet. Elle écarquilla les yeux, mais pas sous l'effet de la peur. Il posa les mains sur ses épaules. Chaude, mince, elle palpitait comme un oiseau.

Elle se dégagea et s'assit sur la couchette. « Je ne saisis pas, fit-elle d'une voix de gorge. Je ne comprends rien.

— Dites-moi, demanda Joe d'une voix tout aussi rauque, que représente Manaolo pour vous ? Est-il votre amant ? »

Elle demeura coite ; enfin, elle secoua doucement la tête. « Non, il n'est rien pour moi. On l'a envoyé sur Ballenkarch en mission. J'ai décidé que je voulais me libérer des rites. Je cherchais l'aventure et tant pis pour les conséquences. Mais il m'effraie. Il est venu me voir hier… et j'ai pris peur. »

Il ressentait une fermentation merveilleuse dans la région du cœur. L'image de Margaret apparut, accusatrice. Il émit un soupir de regret. L'ambiance s'altéra. Le visage d'Elfane redevint celui d'une jeune Druidesse.

« Qui êtes-vous, Smith ? demanda-t-elle froidement. Un espion ?

— Non, pas du tout.

— Alors, pourquoi partez-vous pour Ballenkarch ? Seuls les espions et les agents spéciaux s'y rendent. Des Druides, des Mangs, ou leurs sous-fifres.

— Une affaire personnelle. » Il la dévisagea. La veille, cette alerte prêtresse l'avait condamné à mort.

Elle remarqua son examen et inclina la tête pour lui lancer une grimace théâtrale… une mimique de jeune fille consciente de son charme, une mimique de pure coquetterie. Il éclata de rire… se tut, tendit l'oreille. Un grattement avait retenti contre la paroi. Elfane suivit son regard.

« C'est dans ma cabine ! » Il se dressa, tira le battant, bondit sur la galerie et ouvrit sa porte à la volée. Erru Ex Amma, le jeune officier mang, se tenait devant lui, un large sourire sans joie révélant des dents jaunes effilées. Il braqua un pistolet sur l'estomac du Terrien.

« Reculez ! ordonna-t-il. Reculez ! »

Joe battit lentement en retraite sur la galerie. Au salon, en contrebas, les quatre Mangs jouaient. L'un des civils leva les yeux et marmonna deux mots aux autres qui tournèrent tous la tête pour regarder. Puis les quatre silhouettes jaunes se détournèrent pour se concentrer sur leur jeu.

« Dans la cabine de la Druidesse ! dit Ex Amma. Vite ! »

Il brandit son pistolet, souriant toujours comme un renard qui montre ses crocs.

Joe recula lentement dans la cabine d'Elfane, les yeux passant rapidement du pistolet au visage du Mang.

Elfane haleta de terreur. Le Mang vit le pot avec son brin de plante. « Aaah ! »

Il se tourna vers Joe. « Contre le mur. » Il agita son arme avec une grimace d'impatience ; Joe sut qu'il allait mourir.

La porte coulissa derrière lui ; un sifflement retentit. Le Mang se raidit, se cassa en arrière, leva brusquement la tête, la mâchoire crispée en un hurlement muet, puis tomba à terre.

Hableyat se tenait sur le seuil, souriant d'un air guindé. « Je suis vraiment désolé de ce petit tracas. »

6.

Il avisa la plante posée sur l'étagère, hocha la tête et fit claquer sa langue, puis il tourna vers Joe un regard réprobateur. « Mon cher, vous avez participé à l'échec d'un plan soigneusement préparé.

— Si vous m'en aviez parlé, j'aurais pu vous épargner du souci, à condition de vouloir me sacrifier pour sa réussite. »

Hableyat lâcha un rire sans bouger un seul muscle de son visage. « Vous êtes vraiment charmant. Je suis heureux que vous soyez encore parmi nous. Mais je crains à présent qu'il ne nous faille affronter une querelle. »

Les trois Mangs arrivaient sur la galerie en file indienne, l'officier âgé Erru Kametin suivi des deux civils. Il s'arrêta brusquement tel un roquet furieux. « Seigneur Hableyat, quel outrage immonde ! Vous vous êtes opposé à un officier de l'Autorité dans l'exercice de son devoir.

— Opposé ? Je l'ai tué. Quant à son devoir, depuis quand un séide excité du Flot-Rouge l'emporte-t-il sur un membre de l'Ampianu Général ?

— Nous tenons nos ordres de Magnerru Ippolito lui-même. Vous n'avez aucune autorité pour vous substituer à…

— Magnerru Ippolito, permettez-moi de vous le rappeler, dépend du Lathbon, qui siège au côté des Eau-d'Azur sur les bancs de l'Ampianu Général.

— Une meute de poltrons au sang blanc ! cria l'officier. Vous et tous les Eau-d'Azur ! »

La femme mang, qui, restée en bas, s'efforçait de discerner ce qui se passait sur la galerie, hurla. La voix métallique de Manaolo s'éleva alors : « Chiens galeux ! »

Il bondit sur la galerie, souple et robuste, impressionnant dans sa fureur, empoigna d'une main l'épaule d'un civil et le poussa sur la coursive avant d'en faire autant avec l'autre. Puis il souleva Erru Kametin et le projeta par-dessus la main courante. Tombant lentement dans la demi-gravité, Kametin atterrit avec un gémissement. Le Druide se tourna alors vers Hableyat qui leva une main en signe de protestation.

« Un instant, ecclésiarque, je vous en prie, n'usez point de force à l'encontre de ma masse corpulente. »

Le visage rageur n'exprimait aucune émotion. La posture de son corps répondit aux paroles d'Hableyat.

Joe retint son souffle, s'avança, lança son gauche, puis son droit, et Manaolo s'étala sur le pont, où il fixa le Terrien de ses grands yeux morts.

« Navré, mentit ce dernier, mais il vient de sauver ma vie et celle d'Elfane. Laissez-lui le temps de s'exprimer. »

Le Druide se leva d'un bond et, sans un mot, entra dans la cabine d'Elfane dont il ferma et verrouilla la porte. Hableyat se retourna pour considérer Joe d'un regard intrigué. « Nous voilà quittes.

— J'aimerais savoir ce qui se passe. Et puis non, je préfère m'occuper de mes affaires. J'ai mes problèmes. J'apprécierais que vous gardiez les vôtres. »

Le Mang semblait hébété d'admiration. « Pour quelqu'un qui professe de telles intentions, vous avez le don de vous précipiter au cœur des événements. Mais si vous voulez bien m'accompagner dans ma cabine, j'ai une excellente eau-de-vie qui nous détendra sans coup férir.

— Du poison ? »

Hableyat secoua gravement la tête. « Un bon alcool. »

Le capitaine du vaisseau réunit tous les passagers. C'était un homme corpulent, de grande taille, aux cheveux blancs comme l'os, le visage plat, les yeux d'un vert liquide et la bouche rose très fine. Il portait le justaucorps de Bélan, vert foncé avec des épaulettes de verre et un brassard bouffant écarlate au-dessus des coudes.

Les passagers étaient assis dans les sofas profonds : les deux civils mangs, la femme, les yeux rougis par ses pleurs, Erru Kametin, Hableyat, serein, à l'aise dans une robe lâche de tissu écru, et Joe. De l'autre côté du Terrien, il y avait la femme maigre et chauve en noir, auréolée d'un doux parfum écœurant, ni floral ni animal, puis les Zils, les deux Druides placides et sûrs d'eux, Elfane et enfin Manaolo. Ce dernier portait un habit voyant de satin vert clair aux rayures dorées sur les jambes ; un morion léger et plat se perchait, désinvolte, sur ses boucles sombres.

Le capitaine parla d'une voix sourde. « J'ai conscience de la tension entre les mondes de Kyril et de Mangtsé. Mais ce vaisseau vient de Bélan et nous sommes résolus à demeurer calmes et neutres.

» On a commis un meurtre ce matin. D'après ce que j'ai découvert, Erru Ex Amma a été surpris à fouiller la cabine du seigneur Smith qu'il a forcé à entrer dans la cabine de la prêtresse Ainietho ; là, il a menacé de les tuer. Le seigneur Hableyat, dans un louable effort pour prévenir un incident interplanétaire, a surgi et tué son compatriote.

» Les autres Mangs, qui protestaient, ont été violemment malmenés par l'ecclésiarque Manaolo, qui a ensuite attaqué le seigneur Hableyat, sur quoi le seigneur Smith a frappé le Druide, ignorant de l'affaire, afin d'éviter que celui-ci blesse le seigneur Hableyat. Je crois avoir résumé la situation. »

Il marqua un temps d'arrêt. Nul ne pipait mot. Hableyat jouait avec ses index, sa lèvre inférieure pendant mollement. Joe, conscient de la raideur et du silence d'Elfane, sentit le lent regard de Manaolo glisser sur lui… sur son visage, ses épaules et ses jambes.

« Autant que je sache, reprit le capitaine, le vrai fauteur de troubles, Erru Ex Amma, a été puni de la peine capitale. Vous autres n'êtes coupables que d'accès de colère. Mais je ne tolèrerai pas de nouveaux incidents. Au cas où il s'en produirait, les participants seront hypnotisés et sanglés dans leurs hamacs jusqu'à la fin du voyage.

» Selon la tradition de Bélan, nos vaisseaux sont terrain neutre et c'est cette réputation qui nous permet de gagner notre vie. Je ne veux pas la voir mise en péril. Les querelles, personnelles ou interplanétaires, devront attendre que vous ayez quitté mon bord. » Il s'inclina lourdement. « Merci de votre attention. »

Les Mangs se levèrent aussitôt, la femme regagnant sa cabine pour y pleurer, les trois hommes retournant à leur jeu de bâtonnets colorés. Hableyat monta au pont-promenade. La femme émaciée resta immobile, fixant le point où s'était tenu le capitaine. Les Zils se rendirent à la bibliothèque. Les missionnaires druidiques convergèrent sur Manaolo.

Elfane se leva, étira ses minces bras juvéniles, jeta un bref regard vers le Terrien, puis vers le large dos du Druide. Elle se décida, traversa la pièce, rejoignit Joe et s'installa sur le sofa à son côté.

« Seigneur Smith… de quoi vous a parlé Hableyat quand il vous a invité dans sa chambre ? »

Il remua, mal à l'aise. « Prêtresse… je ne puis servir de fauteur de troubles entre Druides et Mangs. Nous n'avons rien évoqué d'important. Il m'a interrogé sur mon existence sur Terre et s'est intéressé à l'homme que je viens chercher. Je lui ai décrit les planètes où j'ai fait étape, nous avons bu beaucoup d'eau-de-vie… et voilà. »

Elfane se mordilla la lèvre d'impatience. « Je vois mal pourquoi Hableyat vous a protégé du jeune Mang. Qu'a-t-il à y gagner ? Il est aussi mang que l'autre. Il mourrait plutôt que de laisser les Druides conquérir Ballenkarch.

Joe demanda : « Vous et Manaolo n'êtes certainement pas en route pour conquérir Ballenkarch ? »

Elle le regarda, les yeux écarquillés, puis pianota sur sa cuisse. Il sourit. Chez toute autre personne, des allusions à une autorité sans limite auraient causé une grave irritation. Chez Elfane… Joe, charmé, captivé, trouva qu'elle affichait un maniérisme intriguant. Il éclata de rire.

« Pourquoi riez-vous ? demanda-t-elle, soupçonneuse.

— Vous me rappelez un chaton déguisé avec une robe de poupée… très fier de lui. »

Elle s'empourpra, ses yeux flamboyèrent. « Alors… vous riez de moi ! »

Après un instant de réflexion, Joe demanda : « Vous ne riez jamais de vous ?

— Non. Bien sûr que non.

— Essayez, un de ces jours. » Il se leva et prit la direction du gymnase.

7.

Joe transpira sur un tapis roulant à obstacles, puis sauta à terre et s'assit sur le banc. Manaolo entra d'un pas lent dans le gymnase, leva, baissa, leva les yeux à nouveau et les reposa enfin sur le Terrien qui songea : *voilà les ennuis.*

Le Druide jeta un coup d'œil par-dessus son épaule, puis se retourna et traversa la salle en trois enjambées. Debout devant Joe, il baissa les yeux sur lui. L'expression de son visage évoquait l'aperçu d'un paysage imaginaire de l'enfer.

« Vous m'avez touché avec vos mains, dit-il.

— Touché, si on veut ! fit Joe. Je vous ai assommé. »

La bouche de Manaolo, d'une délicatesse féminine, mais dure et musculeuse, s'abaissa aux commissures. Il carra ses épaules, se pencha en avant et lança son talon. Joe se plia en deux de douleur muette et s'étreignit le bas de l'abdomen. Le Druide recula légèrement et lui décocha un coup de pied dans la mâchoire.

Lentement, mollement, le Terrien glissa à terre. Manaolo se baissa aussitôt, un petit appareil métallique brillant dans ses mains. Joe tenta de parer ; l'autre lui écarta le bras d'un coup de pied, lui fourra l'instrument dans les narines et tira. Deux petites lames en hameçon entaillèrent le cartilage. Un nuage de poudre brûla la chair.

Manaolo recula d'un bond, le coin des lèvres encore plus rabattu, pivota sur les talons et sortit posément de la salle.

*

* *

Le médecin de bord commenta : « Là… Ce n'est pas trop grave. Pendant un certain temps, vous aurez deux cicatrices, mais discrètes. »

Joe s'examina dans la glace : le menton contusionné, le nez pansé. « Enfin… il me reste un nez.

— Il vous reste un nez, acquiesça le toubib d'un ton raide. Une chance que je vous aie soigné à temps. J'ai une certaine expérience de cette poudre. C'est une hormone qui favorise la croissance de la peau. Si je ne l'avais nettoyée, les fentes seraient devenues permanentes : vous auriez trois lambeaux de chair sur le visage.

— Bien entendu, vous comprenez qu'il s'agit d'un simple accident. Je ne voudrais pas déranger le capitaine en allant lui faire un rapport en règle. J'espère que vous me suivrez. »

Le docteur haussa les épaules, se détourna puis entreprit de ranger son matériel. « Un bien étrange accident. »

Joe regagna le salon. Les Zils s'essayaient au jeu de bâtonnets colorés en bavardant gaiement avec les

Mangs. Les missionnaires druidiques, tête courbée, accomplissaient un rite compliqué devant l'autel portatif. Confortablement affalé sur un divan, Hableyat s'examinait les ongles avec un air de satisfaction évident. La porte de la cabine d'Elfane s'ouvrit, livrant passage à Manaolo, qui longea nonchalamment la galerie et descendit les marches. Il accorda à Joe un regard dénué d'expression et bifurqua vers le pont-promenade.

Le Terrien s'installa au côté de Hableyat et se palpa le nez. « Il est toujours là. »

Hableyat hocha la tête d'un air paisible. « Il sera comme neuf dans deux semaines. Ces toubibs bélans sont très bons, excellents. Sur Kyril, où les médecins sont inexistants, un Laïc aurait appliqué un emplâtre quelconque d'un produit répugnant et la blessure n'aurait jamais guéri.

» Vous verrez que beaucoup de Laïcs ont trois narines. Après le meurtre, c'est le châtiment préféré des Druides. » Il inspecta Joe, les yeux mi-clos. « Vous me paraissez moins contrarié que la normale en de telles circonstances.

— Je ne suis pas content.

— Je vais vous présenter une facette de la psychologie des Druides. Dans l'esprit de Manaolo, l'infliction de la blessure met fin à l'affaire. C'était l'acte décisif dans la querelle qui vous opposait. Sur Kyril, les Druides agissent au nom de l'Arbre sans crainte de représailles. Cela leur procure un sentiment d'infaillibilité bien spécial. Je vous en parle pour indiquer qu'il serait surpris et outragé que vous poursuiviez l'affaire plus avant. »

Joe haussa les épaules.

Hableyat nota d'une voix chagrine : « Vous ne dites rien, ne proférez aucune menace, n'exprimez pas votre colère. »

Le jeune homme eut un sourire un peu forcé. « Je n'ai guère eu le loisir de surmonter ma stupéfaction. Laissez-moi me remettre. »

L'autre hocha la tête. « Ah ! je vois. L'attaque vous aura bouleversé.

— Énormément. »

Le Mang hocha de nouveau la tête – une série de petites secousses qui ébranlèrent ses fanons. « Changeons de sujet. Votre description des druides européens préchrétiens me fascine.

— Dites-moi : qu'est-ce que c'est que cette histoire avec le pot ? Un message, une formule, un secret militaire ? »

Hableyat écarquilla les yeux. « Un message ? Un secret militaire ? Qu'est-ce qui vous prend ? Non, mon estimé compagnon, autant que je sache, ce pot n'est qu'un honnête pot et cette plante une honnête plante.

— Pourquoi donc tout ce chambardement ? Et pourquoi essayer de me refiler un attrape-nigaud ?

— Il peut s'avérer nécessaire, dans une affaire d'envergure interplanétaire, de sacrifier le confort d'un individu au profit ultime du grand nombre. Vous deviez porter la plante pour détourner mes compatriotes à la gâchette facile de celle que transportent les Druides.

— Je ne vous suis pas. Vous ne travaillez pas tous pour le même gouvernement ?

— Si. Nos buts sont identiques : la gloire et la prospérité de notre planète bien-aimée. Nul n'est plus dévoué que moi. Mais il existe un fossé assez bizarre dans le système mang, qui sépare les Flot-Rouge militaires des Eau-d'Azur commerçants. Ils coexistent tels deux esprits dans un seul corps ou deux hommes mariés à la même femme.

» Chacun adore Mangtsé. Chacun a ses propres moyens de manifester cet amour. Tous coopèrent dans une certaine mesure, mais seulement si nécessaire. Au degré supérieur, ils ne dépendent que du Lathbon et, un échelon plus bas, de l'Ampianu Général, au sein duquel siègent les membres des deux partis. De bien des façons, cette disposition fonctionne à merveille : parfois, deux approches d'un problème valent mieux qu'une.

» En général, le Flot-Rouge est direct et forcené. Ces gens croient que le meilleur moyen d'aplanir nos difficultés avec les Druides est de s'approprier leur monde par la force. Nous autres Eau-d'Azur soulignons que les pertes en hommes comme en matériel seraient considérables et que si, par miracle, nous finissions par l'emporter sur les hordes fanatisées du Laïcat, nous aurions anéanti tout ce que Kyril pouvait avoir d'utile.

» Avec un paysannat productif, poursuivit-il en hochant la tête d'un air sagace, Kyril produira les matières premières et l'artisanat dont a besoin l'industrie mang. Nous formons un couple naturel, et la politique druidique actuelle constitue un facteur de perturbation. Une Ballenkarch industrialisée sous la direction des Druides bouleverserait cet équilibre. Les Flot-Rouge veulent donc les détruire. Nous autres Eau-d'Azur espérons imposer une métamorphose graduelle, de sorte que l'économie kyrilienne vise à la production plutôt qu'à l'adoration de l'Arbre.

— Et comment vous proposez-vous de réaliser cela ? »

Hableyat agita un doigt solennel. « De vous à moi, mon estimé compagnon : en laissant les Druides tramer leurs intrigues. »

Joe fronça les sourcils, se touchant le nez d'un air absent. « Mais… ce pot de fleurs… quel rôle joue-t-il ?

— Ces demeurés de Druides le tiennent pour l'instrument le plus habile de leur plan. J'espère qu'il sera l'un de ceux de leur défaite. Je veillerai donc à ce que ce pot atteigne Ballenkarch, quand bien même il me faudra tuer vingt de mes compatriotes.

— Si vous dites la vérité, ce dont je doute…

— Mais, mon cher, pourquoi vous mentirais-je ?

— … je commence à comprendre une partie de cet asile de fous. »

Intersection : un polyèdre de quinze cents mètres de diamètre baigné dans une luminescence diffuse. Une dizaine de vaisseaux spatiaux se nichaient contre lui comme autant de ventouses. Ses parages grouillaient de points de lumière telles des lucioles, hommes et femmes en tenue spatiale qui dérivaient dans le vide, s'aventurant à deux, vingt, soixante kilomètres pour absorber la majesté de l'espace.

Aucune formalité ne semblait requise pour s'amarrer. Joe, habitué aux vérifications, contre-vérifications, numéros de réservation, listes, inspections, quarantaines, passeports, visas, examens, signatures et contre-signatures, s'en étonna. Le *Belsaurion* se ficha dans un sas libre, s'agrippa à l'aide de champs d'attraction mésoniques et ne bougea plus.

Les hypnautes reposaient toujours dans la cale.

Le capitaine béland réunit de nouveau tous les passagers. « Nous voici sur Intersection, où nous resterons trente-deux heures pour embarquer le courrier et le fret. Certains d'entre vous sont déjà passés ici. Je n'ai pas besoin de vous rappeler la discrétion qui s'impose.

» Pour les novices, je dirai qu'Intersection ne relève de la juridiction d'aucune planète et que sa loi est à la discrétion de son propriétaire et comptable, dont l'intérêt essentiel réside dans l'extraction de l'argent que vous avez en poche grâce à des plaisirs et des passe-temps de natures diverses.

» Je vous mets donc en garde : attention aux cages de jeu. Mesdames, je vous demande de ne pas aller seules au Parc des Parfums, car vous indiqueriez ainsi que vous désirez un chevalier servant rémunéré. Les hommes clients du Gradin Trois le trouveront coûteux, voire dangereux. On a rapporté des cas de vols suivis de meurtres. Un homme subjugué par une fille constitue une proie facile pour un poignard. Et on y a déjà, pour les faire chanter, filmé des personnes engagées dans des actes douteux.

» Enfin, qu'aucun désir d'excitation ou de frisson ne vous conduise jusqu'à l'Arène, car vous risquez aisément de vous trouver poussé sur le ring et opposé à un guerrier expert. Une fois acheté votre billet, vous vous trouvez à la merci du choix du vainqueur du moment. Vous seriez surpris par le nombre de visiteurs qui, sous l'influence de la drogue ou de l'alcool, par esprit aventureux ou par bravade, se risquent là. Beaucoup d'entre eux sont tués ou gravement blessés.

» Assez d'avertissements. Je ne désire pas vous inquiéter outre mesure. Il est un certain nombre de plaisirs légitimes auxquels vous pouvez vous adonner. Les Dix-neuf Jardins font l'étonnement de l'univers. Au Célestium, vous pourrez manger comme sur votre planète, entendre la musique de chez vous. Les magasins de l'Esplanade vendent à peu près tout ce que vous pouvez souhaiter à des prix raisonnables.

» Je vous livre à vous-mêmes. Dans trente-deux heures, nous partons pour Ballenkarch. » Il se retira.

Tout le monde se leva. Joe remarqua que Manaolo suivait Elfane dans sa cabine. Les deux missionnaires druidiques se consacrèrent de nouveau à leur autel portatif sans manifester aucune intention de descendre à terre. L'officier mang, Erru Kametin, s'en fut, la jeune veuve sur les talons, suivie des deux Mangs en civil.

La vieille femme chauve émaciée ne bougea pas de son fauteuil et resta à fixer l'autre côté de la pièce. Gloussant et dansant presque, les Zils se précipitèrent hors du vaisseau. Bras dodus croisés dans le dos, Hableyat s'arrêta devant Joe. « Eh bien, mon ami, vous comptez débarquer ?

— Oui. Sans doute. J'attends de voir ce que vont faire la prêtresse et Manaolo. »

Le Mang sautillait. « Je vous conseille vivement d'éviter ce bonhomme. C'est un méchant exemple de mégalomane, conditionné au maximum par son environnement. Il se croit divin et élu, littéralement, à un degré qu'aucun de nous ne peut imaginer. Il ne connaît ni bien ni mal. Il ne reconnaît que ceux qui sont pour ou contre Manaolo. »

La porte de la cabine 13 s'ouvrit. L'ecclésiarque et Elfane sortirent sur la galerie. Manaolo, qui allait en tête, tenait un petit colis. Il portait une cuirasse dorée en métal repoussé et une longue cape verte brodée de feuilles jaunes. Sans même un coup d'œil de droite ou de gauche, il descendit l'escalier et traversa la salle pour franchir le sas.

Elfane s'arrêta en atteignant le salon, le suivit du regard et hocha la tête, geste éloquent d'irritation.

Elle se retourna, retraversa la salle et rejoignit Joe et Hableyat.

Ce dernier inclina respectueusement la tête ; la prêtresse lui rendit froidement son salut, puis dit à Joe : « Je veux que vous me conduisiez à terre.

— Est-ce une invitation ou un ordre ? »

Elfane haussa les sourcils, intriguée. « Cela signifie que je veux que vous me conduisiez à terre.

— Très bien, dit Joe en se levant. J'en serai ravi. »

Hableyat soupira. « Si seulement j'étais jeune et beau… »

Le Terrien ricana. « Beau ?

— … jamais une charmante jeune femme n'aurait besoin de me le redemander.

— Je crois juste de vous avertir que Manaolo a promis de vous tuer s'il vous surprend à me parler », dit Elfane sur un ton marqué par la tension.

Il y eut un silence. Joe déclara alors d'une voix qui lui parut bizarre : « La première chose que vous faites est donc de venir me demander de vous emmener à terre.

— Vous avez peur ?

— La bravoure n'est pas au nombre de mes qualités. »

Elle se retourna vivement et se dirigea vers le sas.

Intrigué, Hableyat demanda : « Pourquoi réagir ainsi ? »

Joe renifla avec colère. « C'est une fauteuse de troubles. Elle a l'idée risible que je pourrai laisser un Druide dérangé m'abattre simplement pour avoir le privilège de l'escorter. » Il la vit quitter le vaisseau, mince comme un bouleau dans sa cape bleu foncé. « Elle a raison. Je suis assez fou pour cela… »

Il la suivit au trot. Hableyat les regarda partir ensemble, sourit tristement et se frotta les mains.

Puis il déboucla la ceinture qui ceignait sa bedaine et se rassit sur le divan pour suivre en rêvassant les dévotions des deux Druides.

8.

Ils suivaient un couloir bordé d'échoppes. « Bon, dit Joe, est-ce que vous êtes une Druidesse prête à prendre la vie du premier roturier venu… ou une gentille gamine qui sort avec un copain ? »

Elfane se rengorgea, tentant de paraître aussi digne que riche d'expérience. « Je suis une personne très importante, appelée à devenir Suppliante du comté de Kelminester. Un petit comté, certes, mais il m'échoira de guider vers l'Arbre trois millions d'âmes. »

Il la regarda, écœuré. « Ne se débrouilleraient-elles pas aussi bien sans vous ? »

Elle éclata de rire, se détendit un instant pour se muer en jeune fille enjouée aux cheveux noirs. « Oh… sans doute. Mais je dois préserver les apparences.

— L'ennui, c'est qu'au bout d'un certain temps vous allez croire à tous ces trucs. »

Un silence. Puis, malicieuse : « Pourquoi regardez-vous partout comme cela ? Ce couloir est-il si intéressant ?

— Je guette ce diable de Manaolo. Je le vois bien se tapir dans un coin pour venir me poignarder. »

Elfane secoua la tête. « Il est descendu au Gradin Trois. Il tente de faire de moi sa maîtresse depuis le début du voyage, mais il ne m'inspire aucun désir. Ce matin, il m'a menacée de se débaucher dans le Gradin si je ne cédais pas. Je lui ai dit de ne pas se gêner, cela éviterait peut-être à sa virilité de se polariser sur moi. Il l'a très mal pris.

— Il donne toujours l'impression qu'on vient d'attenter à sa dignité.

— Il est de rang très élevé. Descendons ici. Je veux... »

Joe la prit par le bras, lui fit faire volte-face, plongea son regard dans ses yeux surpris, le nez à trois centimètres du sien. « Écoutez-moi un peu, ma petite dame. Je n'essaie pas d'affirmer ma virilité, mais je refuse de trotter à votre suite en portant vos paquets comme un chauffeur. »

Il s'avisa qu'il venait d'employer le mauvais terme. « Un chauffeur, ha ! s'exclama-t-elle. Alors...

— Si ma compagnie ne vous plaît pas, le moment est donc venu de nous séparer. »

Au bout d'un moment, elle demanda : « Quel est votre nom, en dehors de Smith ?

— Appelez-moi Joe.

— Joe... vous êtes un homme vraiment remarquable. Très étrange. Vous m'intriguez, Joe.

— Si vous voulez de moi – comme chauffeur, mécano, ingénieur, planteur de lichen, barman, prof de tennis, docker et une dizaine d'autres boulots –, descendons aux Dix-neuf Jardins et voyons s'ils vendent de la bière à la terrienne. »

Les Dix-neuf Jardins occupaient une tranche au milieu de la station, dix-neuf sections en forme de coins entourant une plateforme centrale qui servait de restaurant.

Ils trouvèrent une table libre et, à la vive surprise de Joe, on déposa devant eux sans commentaire de la bière fraîche en pichet.

« S'il plaît à Sa Divinité », dit humblement Elfane.

Joe eut un large sourire gêné. « Vous n'êtes pas forcée de pousser la chose aussi loin. Ce doit être un trait druidique : une avalanche dans un sens, puis une dans l'autre, pas de juste milieu. Bien… que vouliez-vous ?

— Rien. » Elle se retourna sur son siège et examina les jardins. À ce stade, Joe se rendit compte, bon gré mal gré, pour le meilleur ou pour le pire, qu'il était amoureux fou. Margaret ? Il poussa un soupir. Elle était bien loin, à mille années-lumière.

Il contempla lui aussi les jardins, au nombre de dix-neuf, bien sûr : les flores de dix-neuf planètes différentes, chacune possédant sa gamme chromatique – le noir, le gris et le blanc de Kelcé ; l'orange, le jaune, le vert citron de Zarjus ; le rose pastel, le vert, le bleu et le jaune des fleurs poussant sur les paisibles petites planètes de Jonapah ; cent verts aux tons chaleureux ; des rouges joyeux ; des bleus d'azur… Joe sursauta et se leva à demi de son siège.

« Qu'y a-t-il ? demanda la jeune femme.

— Ce jardin, là-bas… ce sont des végétaux terrestres ou je suis un singe capucin. » Il bondit jusqu'à la balustrade, où Elfane le suivit. « Des géraniums, du chèvrefeuille, des pétunias, des zinnias, des roses, des cyprès, des peupliers, des saules pleureurs. Et une pelouse. Et des hibiscus… » Il lut le panneau d'identification. « Planète Gaïa. Localisation incertaine. »

Ils retournèrent à leur table. « Vous réagissez comme si vous aviez la nostalgie de votre monde », dit sa compagne d'une voix blessée.

Joe sourit. « J'en ai… à revendre. Mais parlez-moi de Ballenkarch. »

Elle goûta la bière, parut surprise, grimaça.

« Personne n'aime la bière la première fois, lui dit-il.

— Eh bien… je ne sais pas grand-chose de Ballenkarch. Il y a quelques années encore, elle était totalement sauvage. Aucun vaisseau ne s'y arrêtait, car les autochtones étaient anthropophages. Puis le prince actuel a unifié la totalité du continent mineur. En l'espace d'une nuit. Beaucoup de gens se sont fait tuer.

» Mais il n'y a plus de meurtres et les vaisseaux peuvent se poser dans une sécurité relative. Le prince a décidé d'industrialiser sa nation et importé beaucoup de machines de Bélan, de Mangtsé et de Grabo, de l'autre côté du fleuve stellaire. Il a peu à peu étendu sa domination sur le continent principal… en vainquant les chefs locaux, en les hypnotisant ou en les tuant.

» Sachez que les Ballenkarts n'ont aucune religion et que nous autres Druides espérons nous lier à leur nouvelle puissance industrielle par l'entremise d'une foi commune. Dès lors, nous ne dépendrons plus de Mangtsé pour nos produits manufacturés. Les Mangs, bien sûr, n'apprécient guère cette perspective, et voilà… » Ses yeux s'agrandirent. Elle tendit la main et lui agrippa le bras. « Manaolo ! Oh, Joe, j'espère qu'il ne nous verra pas ! »

Il jeta toute prudence aux orties. L'humilité n'a plus cours quand l'objet de votre amour craint pour votre vie.

Il se rassit et regarda Manaolo avancer à grands pas sur la galerie tel un héros des Terres démoniaques. Une femme à la peau beige portant un pantalon bouffant orange, des babouches et une casquette bleues l'escortait, accrochée à son bras. Sous l'autre, il tenait le paquet qu'il avait emporté du vaisseau. Du coin de son œil mort, il aperçut Elfane et Joe, changea de trajectoire mais pas d'expression, traversa la salle en tirant nonchalamment un stylet de sa ceinture.

« Ça y est, marmonna Joe. Ça y est ! » Il se leva.

Les convives se dispersaient. Le Druide s'immobilisa à un mètre d'eux, esquissant un sourire sur son visage sombre. Il posa le paquet sur la table, puis s'avança tranquillement et passa à l'attaque avec une simplicité presque naïve, comme s'il escomptait que Joe se laisse poignarder. Ce dernier lui jeta sa bière au visage et lui frappa le poignet de son pichet. L'arme tomba au sol dans un bruit métallique.

« Et maintenant, dit Joe, la correction que je vais te donner devrait te calmer. »

Manaolo gisait par terre. Joe, haletant, l'enfourcha. Le bandage de son nez s'était défait. Du sang lui coulait sur le visage jusqu'au menton. La main du Druide se posa sur le stylet. Avec un grognement étouffé, il fit un mouvement circulaire. Joe lui agrippa le bras et le guida contre l'épaule de son adversaire.

Celui-ci gémit, lâcha la lame. Joe s'en saisit, la ficha dans le plancher à travers l'oreille de Manaolo, l'enfonça à coups de poing sur le manche, se releva d'un bond et considéra son adversaire.

L'autre se débattit comme un poisson avant de s'immobiliser, épuisé. Des brancardiers impassibles fendirent la foule, ôtèrent le stylet, chargèrent le blessé et l'emportèrent. La femme à la peau beige suivait en courant. Manaolo lui parla. Elle fit demi-tour, se rua vers la table, prit le paquet, revint vers le Druide que les brancardiers plaçaient dans un véhicule à roues et le lui posa sur la poitrine.

Le Terrien s'affala sur son siège, prit le pichet d'Elfane et but une longue rasade de bière.

« Joe, chuchota-t-elle. êtes-vous… blessé ?

— Je vais avoir des bleus sur tout le corps. Manaolo est un robuste gaillard. Si vous n'aviez pas été ici, je l'aurais évité. Mais, poursuivit-il avec un large sourire maculé de sang, je ne pouvais tolérer que vous me voyiez éviter mon rival.

— Rival ? demanda-t-elle, interdite. Un rival ?

— Par rapport à vous.

— Oh ! souffla-t-elle d'une voix atone.

— À présent, n'allez pas proclamer : “Je suis la Druidesse royale du Dieu tout-puissant.” »

Elle parut ébahie. « Je n'y songeais pas. Je me disais juste que Manaolo n'a jamais, en aucun cas, été votre rival.

— Il faut que je me lave et que je me change. Vous pouvez m'accompagner, à moins que vous ne préfériez…

— Non, répondit Elfane de la même voix atone. Je reste ici un moment. Je veux… réfléchir. »

Trente et une heures. Sous l'œil vigilant du commissaire de bord, les passagers rejoignaient un par un le *Belsaurion* paré à appareiller.

Trente et une heures trente. « Où est Manaolo ? demanda Elfane au commissaire. Il est monté à bord ?

— Non, Vénérée. »

Elle se mâchouilla la lèvre inférieure et serra les poings. « Je ferais mieux de vérifier à l'hôpital. Vous ne décollerez pas sans moi ?

— Bien sûr que non, Vénérée. »

Joe la suivit vers une cabine téléphonique. « L'hôpital », dit-elle à la voix mécanique. Une pause. « Je voudrais des nouvelles de l'ecclésiarque Manaolo qui a été admis hier. L'a-t-on laissé sortir ?… Très bien, mais dépêchez-vous. Son vaisseau doit décoller. » Elle se retourna. « Ils sont allés voir dans sa chambre », dit-elle à Joe.

Un moment s'écoula ; puis elle pencha la tête contre le haut-parleur. « Quoi ? Non !

— Qu'est-ce qu'il y a ?

— Il est mort. Assassiné. »

Le capitaine accepta de surseoir au départ du bâtiment en attendant le retour d'Elfane. Elle se précipita à l'ascenseur, Joe sur ses talons. À l'hôpital, on la conduisit à une maigre infirmière bélande aux cheveux blancs en chignon sévère.

« Vous êtes sa femme ? demanda cette dernière. Dans ce cas, veuillez prendre les dispositions concernant le corps.

— Je ne suis pas sa femme. Je me fiche de ce qu'on fera du corps. Qu'est devenu le paquet qu'il a apporté ?

— Il n'y a aucun paquet dans sa chambre. Je me rappelle qu'il en avait effectivement un avec lui, mais il a disparu. »

Joe demanda : « Quelles visites a-t-il reçues ?

— Je ne sais trop. Mais je suppose qu'il serait possible de le déterminer. »

Les derniers visiteurs du Druide, trois Mangs, avaient signé le registre sous des noms inconnus. Le surveillant du couloir avait vu l'un d'eux, un homme âgé à l'attitude rigide d'un militaire, ressortir avec un paquet.

Elfane s'appuya contre l'épaule de Joe. « C'était le pot qui contenait la plante. »

Il lui entoura les épaules d'un bras et tapota sa tête brune.

« Et maintenant, ce sont les Mangs qui la détiennent », dit-elle, au désespoir.

« Pardonnez ma curiosité peut-être déplacée, mais qu'y a-t-il dans ce pot qui le rende aussi important ? »

Elle le considéra en larmoyant et finit par répondre : « Le second être vivant par ordre d'importance dans l'univers. Le seul rejeton de l'Arbre de Vie. »

Ils longèrent d'un pas lent le couloir aux dalles bleues qui menait au vaisseau. « Je ne suis pas seulement curieux, mais bête, déclara Joe. Pourquoi se donner la peine de transporter une pousse de l'Arbre de Vie à travers l'espace ? À moins, bien entendu… »

Elle hocha la tête. « Je vous l'ai dit, nous désirions établir un lien avec les Ballenkarts, un lien religieux. Cette pousse, le Fils de l'Arbre, en aurait été le symbole vivant.

— Dès lors, les Druides s'infiltreraient et domineraient peu à peu, jusqu'à ce que Ballenkarch devienne une autre Kyril. Cinq milliards de serfs misérables, un million ou deux de Druides qui se la coulent douce, un Arbre. » Il la toisa d'un œil critique. « N'y a-t-il personne sur Kyril pour considérer ce système comme… disons : déséquilibré ? »

Elle le foudroya d'un regard indigné. « Vous êtes un vrai Matérialiste. Sur Kyril, le Matérialisme est un crime puni de mort.

— Matérialisme signifie distribution des bénéfices, suggéra Joe. Ou alors, peut-être, incitation à la révolte.

— La vie est le premier pas vers la glorification, l'effort qui décide de la place de chacun sur l'Arbre. Les travailleurs industrieux deviennent des feuilles haut placées dans la Scintillance. Le retardataire doit tâtonner à tout jamais dans la fange en tant que radicelle.

— Si le Matérialisme est le péché que vous semblez croire, pourquoi les Druides vivent-ils comme des pachas ? Je veux dire qu'ils vivent dans un luxe incroyable. Il ne vous paraît pas étrange que ceux qui auraient le plus à perdre avec le Matérialisme soient ceux qui y sont le plus opposés ?

— Qui êtes-vous pour nous critiquer ? se récria-t-elle avec fureur. Un barbare aussi sauvage que les Ballenkarts ! Sur Kyril, on étoufferait vite vos propos démentiels !

— On joue encore à la Déesse, hein ? » dit-il, dédaigneux.

Elle continua fièrement sa route dans un silence outragé. Joe sourit et la suivit jusqu'au vaisseau.

Le sas s'ouvrit. Elfane s'arrêta net.

« Le Fils est perdu… et sans doute détruit… » Elle jeta au Terrien un regard en biais. « Je n'ai plus aucune raison d'aller sur Ballenkarch. Mon devoir exige que je rentre chez moi et que je fasse mon rapport au Collège des Théarques. »

Joe se frotta le menton pitoyablement. Il avait espéré que cet aspect de la question ne lui viendrait pas à l'esprit. Sans savoir au juste quel degré de colère elle éprouvait envers lui, il déclara en hésitant : « Vous avez quitté Kyril avec cet homme pour échapper à la vie du palais. Les théarques apprendront tous les détails de la mort de Manaolo grâce à leurs espions. »

Elle l'inspecta avec une expression imperméable à ses sens de Terrien. « Vous voulez que je continue mon voyage avec vous ?

— Oui.

— Pourquoi ?

— Je crains que vous ne m'affectiez aussi intensément qu'agréablement. Ceci en dépit de votre philosophie dévoyée.

— Voilà la réponse qu'il fallait donner, annonça Elfane. Peut-être, ajouta-t-elle d'un air important, peut-être pourrai-je persuader les Ballenkarts d'adorer l'Arbre sur Kyril. »

Il retint son souffle de peur d'éclater de rire et ainsi la vexer une nouvelle fois. Elle le regarda d'un air sombre. « Je constate que vous me trouvez amusante. »

Hableyat se tenait près du bureau du commissaire de bord. « Ah… de retour, je vois. Et les assassins de Manaolo ont pris la fuite en emportant le Fils de l'Arbre ? »

Elfane se figea sur place. « Comment le saviez-vous ?

— Ma chère prêtresse, le plus petit caillou jeté dans la mare envoie ses vaguelettes jusqu'au rivage le plus lointain. En vérité, je vois que je suis peut-être encore plus proche de la vérité que vous.

— Qu'entendez-vous par là ? »

Le sas claqua, puis le steward annonça poliment : « Nous décollons dans dix minutes. Prêtresse, messeigneurs, puis-je vous sangler dans vos couchettes pour vous épargner les méfaits de l'accélération ? »

9.

Joe s'extirpa de sa catalepsie. Se rappelant son dernier réveil, il s'arracha à ses sangles pour scruter la cabine. Mais non, il était seul ; et la porte qu'il avait verrouillée, cadenassée et barricadée avant de prendre la pilule et d'afficher sur l'écran les dessins hypnotiques demeurait en l'état.

Il sauta du hamac, se lava, se rasa, enfila le costume de gabardine bleue qu'il avait acheté sur Intersection, sortit sur la galerie et découvrit le salon plongé dans la pénombre. De toute évidence, il s'était levé en avance.

Il s'arrêta près de la porte 13 et se figura Elfane allongée, chaude et alanguie, dans la cabine, sa chevelure sombre épandue sur l'oreiller, le visage gommé de ses doutes, de ses maniérismes et de sa vanité. Il posa la main sur la porte, comme attiré par un aimant. Il lui fallut un véritable effort de volonté pour se retenir, se détourner et longer la galerie. Il s'arrêta net. Quelqu'un était assis sur le gros sofa près du hublot d'observation. Joe se pencha et plissa les yeux dans la pénombre. Hableyat.

Il continua son chemin et descendit l'escalier. Le Mang le salua d'un geste courtois. « Asseyez-vous, mon cher ami, et joignez-vous à ma contemplation préprandiale. »

Joe prit un siège. « Vous vous êtes réveillé tôt.

— Au contraire. Je ne me suis pas adonné au sommeil. J'occupe ce sofa depuis six heures et vous êtes la première personne que je vois.

— Qui attendiez-vous ? »

Hableyat afficha une expression sagace sur son visage de faune. « Personne de précis. Mais grâce à quelques questions et entretiens habiles sur Intersection, j'ai découvert que les gens ne sont pas tous ce qu'ils paraissent. J'étais curieux d'observer toute activité à la lumière de cette connaissance nouvelle.

— Après tout, ça ne me concerne en rien », dit Joe avec un soupir.

L'autre agita son index dodu. « Non, non, mon garçon. Vous êtes trop modeste. Vous dissimulez votre pensée. Je crains que vous ne soyez désormais profondément absorbé par le destin de la charmante jeune prêtresse et ne puissiez ainsi être considéré comme détaché.

— Je me fiche que les Druides exportent leur végétal sur Ballenkarch. Et je vois mal pour quel motif vous espérez leur succès. » Il jeta à son compagnon un regard méditatif. « Si j'étais Druide, je repenserais toute l'affaire.

— Ah, mon cher compagnon. » Hableyat rayonnait. « Vous me faites un compliment. Mais je travaille dans les ténèbres. Je vais à tâtons. Il est des subtilités que je n'ai pas encore sondées. Vous seriez surpris d'apprendre la duplicité de certaines de vos connaissances.

— Eh bien, je suis prêt à tout.

— Par exemple, cette vieille femme chauve en robe noire, qui contemple le néant comme si elle était déjà morte… Qu'en pensez-vous ?

— Oh… un vieux fossile peu engageant.

— Elle a quatre cent douze ans. Son ami, suivant mon informateur, avait élaboré un élixir de vie alors qu'elle avait quatorze ans. Elle l'a assassiné, et ce n'est que depuis vingt ans qu'elle a commencé à perdre la fraîcheur de la jeunesse. Entre-temps, elle a eu des amants par milliers, de tous les sexes, formes, tailles, races, sangs et couleurs. Durant ce dernier siècle, son régime a consisté presque exclusivement de sang humain. »

Joe s'enfonça dans son siège et se frotta le visage. « Poursuivez.

— L'un de mes compatriotes est d'une puissance et d'un rang beaucoup plus importants que je ne l'avais présumé et je dois donc avancer très prudemment. J'ai aussi découvert que le prince de Ballenkarch a un agent à bord.

— Continuez, je vous prie.

— J'ai appris, comme je le laissais entendre avant notre départ d'Intersection, que la mort de Manaolo et la perte de son plant n'ont peut-être rien d'une tragédie irréparable pour les Druides.

— Comment cela ? »

Hableyat dirigea un regard pensif vers la galerie. « Avez-vous jamais songé que Manaolo était un étrange messager pour une mission d'une telle importance ? »

Joe fronça les sourcils. « J'imagine qu'il l'a obtenue en raison de son rang qui, selon Elfane, est, ou était, très élevé : ecclésiarque, juste au-dessous de théarque.

— Les Druides ne sont ni inflexibles ni idiots, répondit le Mang avec patience. Ils ont réussi à contrôler cinq milliards d'hommes et de femmes durant près de mille ans à l'aide d'un simple arbre monstrueux. Ce ne sont pas des demeurés.

» Sans aucun doute, le Collège des Théarques connaissait très bien la nature de Manaolo : un égocentrique conquérant. Ils ont décidé qu'il constituerait le paravent idéal. Ayant mal appréhendé la subtilité de ce plan, j'ai décidé de mon côté qu'il fallait à Manaolo un leurre qui détourne l'attention de sa personne. C'est pour cela que je vous avais choisi.

» Mais les Druides avaient prévu la difficulté de cette mission et pris des dispositions. On l'a envoyé porteur d'une fausse pousse en affichant exactement le degré de furtivité voulu, et on a acheminé le vrai Fils de l'Arbre autrement.

— Et comment ? »

Hableyat haussa les épaules. « Je ne puis que me livrer à des conjectures. Peut-être la prêtresse l'a-t-elle dissimulé sur sa personne. Peut-être a-t-on confié la pousse à la soute à bagages... même si j'en doute, vu le nombre d'espions. J'imagine que le rejeton se trouve aux mains d'un représentant de Kyril... sur ce vaisseau ou un autre.

— Et alors ?

— Alors, je reste ici pour voir si quelqu'un partage mes soupçons. Jusque là, vous êtes le premier à vous présenter. »

Joe sourit. « Quelle conclusion en tirez-vous ?

— Aucune. »

Le steward aux cheveux blancs apparut, ses jambes et ses bras minces particulièrement gracieux sous le tissu collant. Du tissu ? Pour la première fois, le Terrien y regarda de plus près. « Ces messieurs désirent-ils déjeuner ? » s'enquit le nouveau venu.

Hableyat branla du chef. « Moi, oui.

— Je prendrai des fruits. » Joe, enhardi par sa découverte de la bière à Intersection, ajouta : « Vous n'avez pas de café, je suppose ?

— Je crois que nous pourrons en trouver, seigneur Smith. »

Joe se tourna vers le Mang. « Ils ne portent pour ainsi dire aucun vêtement. Mais de la peinture ! »

Son compagnon parut amusé. « Bien sûr. Vous ignoriez donc que les Bélands portaient plus de l'une que des autres ?

— Non. J'ai toujours considéré les habits comme allant de soi.

— Grave erreur, dit Hableyat d'un ton doctoral. Face à une créature ou la manifestation d'une personnalité quelconque sur une planète inconnue, ne jamais rien considérer comme allant de soi ! Dans ma jeunesse, j'ai visité la planète Xentchoy, sur le Kim, et j'y ai commis l'erreur de séduire l'une des indigènes. Une délicieuse créature avec des lianes tressées dans les cheveux. Elle s'est soumise facilement… mais sans enthousiasme.

» Au moment où j'étais le plus affaibli, elle a tenté de me poignarder. Mes protestations l'ont étonnée. Par la suite, j'ai découvert que sur Xentchoy, seul un candidat au suicide fait l'amour à une fille en dehors du mariage. Et, comme il n'y a aucun tabou contre le suicide ou l'impudeur, on atteint ainsi au rêve de tout humain : la mort en pleine extase.

— Et la morale de cette histoire ?

— Limpide : rien n'est jamais ce qu'il paraît. »

Joe se détendit sur le sofa pour méditer tandis que Hableyat fredonnait une fugue quadritonale en s'accompagnant de six touches qu'il portait au cou en pendentif, chacune émettant une note vibrante unique quand il la caressait.

De toute évidence, soit il sait, soit il soupçonne quelque chose d'aussi visible que le nez au milieu de ma figure mais qui m'échappe. Il dit que j'ai un intellect limité et n'a peut-être pas tort. Il m'a certes donné assez d'indices. Elfane ? Hableyat lui-même ? Non, il parlait du Fils de l'Arbre. Une excitation démesurée pour un légume. Il doit penser qu'il se trouve encore à bord, c'est clair. Je ne l'ai pas. Lui non plus, ou il n'en parlerait pas autant. Elfane est à exclure. Les Zils ? Cette horrible vieille ? Les Mangs ? Les deux missionnaires druidiques ?

L'autre, qui l'observait attentivement, sourit quand le jeune homme se redressa d'un coup. « Vous avez compris, à présent ?

— Ça semble raisonnable », répondit Joe.

Tous les passagers se retrouvaient assis au salon – dans une atmosphère changée. Si la première étape du trajet avait souffert de tension, le désagrément était alors diffus, résultat de préférences et d'animosités individuelles, centrées peut-être sur la personnalité de Manaolo.

Désormais, les haines raciales semblaient plus radicales. Erru Kametin et ses compatriotes – les deux civils (des censeurs du comité politique du Flot-Rouge, avait appris Joe de son compagnon) et la jeune veuve – ne cessaient leurs parties de bâtonnets colorés en jetant des regards enflammés vers l'imperturbable Hableyat, assis en vis à vis.

Les deux missionnaires druidiques penchés sur leur autel dans un coin sombre pratiquaient leurs rites interminables devant la représentation de l'Arbre. Offusqués par l'absence de réaction à leurs batifolages, les Zils restaient sur le pont-promenade. La femme en noir, aussi inerte qu'un cadavre, les yeux bougeant à l'occasion de trois millimètres, portait une fois l'heure une main diaphane à son crâne luisant.

Joe se sentait en butte à des courants psychologiques croisés, tel un étang agité par des vents contraires. Il y avait d'abord sa propre mission sur Ballenkarch. Bizarre : d'ici quelques jours, il atteindrait cette planète, et sa mission lui semblait vidée de tout caractère pressant. Il ne disposait que d'une quantité limitée d'émotions, de volonté, de force, et semblait en avoir investi un maximum dans Elfane. Investi ? Cette quantité lui avait été ôtée, arrachée, extirpée !

Il pensait à Kyril, et à l'Arbre – aux palais de Divinale massés autour du bloc sub-planétaire du tronc, aux étendues infinies de fermes ingrates, aux villages malodorants, aux pèlerins, les épaules basses, les yeux morts, entrant dans le tronc avec un ultime geste triomphant, un regard en arrière sur le paysage plat et gris.

Il pensait au châtiment des Druides… la mort, même si on ne la craignait pas sur Kyril. Mourir était aussi banal que manger, et la solution druidique à chaque difficulté – une avalanche, une approche générale de l'existence. Pour des hommes et des femmes ne disposant d'aucun frein à leurs caprices, leurs passions ou leurs excès, la modération était un terme sans grande signification.

Il récapitula ce qu'il savait de Mangtsé : un petit monde de lacs et d'îlots paysagés ; un peuple féru de circonvolutions ; une architecture aux courbes extravagantes ; des ponts en bois contourné au-dessus des cours d'eaux et des canaux ; des panoramas pittoresques dans la lueur jaune désuète d'un pâle soleil chétif.

Puis les usines, propres, efficaces, systématiques, sur les îles industrielles. Les Mangs, un peuple aussi ornementé, complexe et subtil que ses ponts sculptés. Hableyat, dans l'âme duquel Joe n'avait jamais pu pénétrer. Les furieux Flot-Rouge aux penchants marqués pour l'impérialisme. En termes terriens : des médiévalistes.

Et Ballenkarch ? Un monde barbare sans apprêt doté d'un prince soucieux de créer en un tournemain – et à n'importe quel prix – un complexe industriel. Quelque part sur cette planète, parmi les sauvages du sud ou les barbares du nord, se trouvait Harry Creath.

Harry avait fasciné Margaret avant de prendre congé avec une coupable légèreté, en laissant derrière lui un tourbillon émotionnel que seul son retour pourrait apaiser. Deux ans plus tôt, il ne se trouvait qu'à quelques heures de trajet, sur Mars. Mais quand Joe était arrivé pour le prier de rentrer sur Terre en vue d'une confrontation, l'autre était déjà parti. Fulminant face à ce retard, mais esclave de son obsession, Joe s'était entêté.

Sur Thubane, il avait perdu la piste quand le couteau d'un ivrogne l'avait envoyé pour trois mois à l'hôpital. Après des mois douloureux de quête et d'enquête, le nom d'une obscure planète avait enfin surgi : Ballenkarch. Des mois encore pour gagner de quoi traverser la galaxie, et Ballenkarch se rapprochait ; et avec elle Harry Creath.

Qu'il aille au diable ! Margaret n'occupait plus le devant de la scène, remplacée par une chipie de prêtresse démunie de principes. Il se voyait, avec Elfane, explorer les anciens terrains de jeux terriens : Paris, Vienne, San Francisco, la vallée du Cachemire, la forêt Noire, le lac Sahara.

S'adapterait-elle ? Il n'existait pas sur Terre de balourds hébétés à tuer, corriger ou mitonner comme des animaux. Ce pouvait être ce que voulait dire Hableyat : rien n'est jamais ce qu'il paraît. Elfane semblait sa propre création, au fond. Il s'était peut-être mépris sur l'ampleur de l'égotisme druidique. À lui, donc, de découvrir de quoi il retournait.

Hableyat considéra d'un air morne Joe qui se levait. « À votre place, mon ami, j'attendrais. Une journée encore, au moins. Je doute qu'elle ait déjà eu la pleine appréhension de sa solitude. Votre apparition, surtout avec cet air belliqueux, ne ferait que réveiller son antagonisme et contribuer à vous ranger au nombre de ses ennemis. Laissez-la mijoter un jour entier et vous tomber dessus sur le pont-promenade… ou au gymnase, où je note qu'elle passe une heure quotidienne. »

Joe retomba sur le sofa. « Hableyat, vous me stupéfiez. »

L'autre secoua tristement la tête. « Ah ? Je suis pourtant limpide.

— D'abord, vous me sauvez la vie sur Kyril. Ensuite, vous essayez de me faire assassiner.

— Simple nécessité déplaisante.

— Parfois, je vous trouve sympathique, compatissant…

— Bien entendu !

— … lorsque vous lisez mes pensées, comme maintenant, et que vous me prodiguez des conseils paternels. Mais… je ne sais jamais trop ce que vous me réservez. De même, l'oie que l'on gave pour son foie gras ne peut pas comprendre la générosité de son maître. Rien n'est jamais ce qu'il paraît. » Il eut un petit rire. « Je suppose que vous n'allez pas me dire à quel abattoir vous comptez m'envoyer ? »

Hableyat afficha une confusion polie. « En fait, je ne suis pas si sournois. Je ne cherche aucun faux-fuyant, je ne me voile que de franchise. Je vous témoigne une considération authentique… même si j'admets que cette considération ne peut m'empêcher de vous sacrifier à un dessein plus élevé. Il n'y a là aucune contradiction. Je sépare de mon travail mes goûts et mes aversions. Voilà, vous savez tout de moi.

— Et comment savoir quand vous travaillez ou non ? »

Le Mang écarta les mains. « Je ne puis malheureusement répondre à cette question. »

Joe n'était cependant pas tout à fait mécontent. Il s'adossa dans le sofa.

Hableyat relâcha sa large ceinture. « La vie est parfois bien difficile, très floue, très exigeante.

— Pourquoi ne pas revenir avec moi sur Terre ? »

L'autre eut un sourire. « Il se peut que je tienne compte de votre suggestion... si les Flot-Rouge vainquent les Eau-d'Azur à l'Ampianu. »

10.

Quatre jours après le départ d'Intersection et trois avant l'arrivée à Ballenkarch, Joe, appuyé sur la balustrade dans le ventre du pont-promenade, entendit un pas lent sur le sol synthétique : Elfane. Blême, hagarde, les yeux écarquillés, brillants, elle s'arrêta en hésitant, comme pour une simple pause.

« Salut. » Il reporta son regard sur les étoiles.

Une subtilité d'attitude lui fit comprendre qu'elle s'était vraiment arrêtée, jointe à lui. Elle prit la parole. « Vous m'évitez... alors que c'est le moment où j'ai le plus besoin de quelqu'un à qui parler.

— Elfane... êtes-vous jamais tombée amoureuse ? »

Elle afficha son étonnement. « Je ne comprends pas. »

Il grommela. « Une abstraction terrienne... Avec qui vous accouplez-vous, sur Kyril ?

— Oh ! les individus qui nous intéressent, qui nous rendent conscients de notre corps. »

Le jeune homme reprit sa contemplation des étoiles. « Ce sujet est un peu abscons. »

D'une douce voix amusée, elle répondit : « Je comprends très bien, Joe. »

Il se retourna. Elle souriait, les lèvres mûres et pleines, le visage passionné, les yeux sombres impatients. Il l'embrassa tel un homme mort de soif.

« Elfane… ?

— Oui ?

— Sur Ballenkarch… nous ferons demi-tour et rentrerons sur Terre. Plus de soucis, plus de complots, plus de morts. Il y a tant d'endroits que je veux te montrer… des lieux anciens, la vieille Terre, si fraîche et douce encore. »

Elle bougea entre ses bras. « Il y a mon propre monde, Joe… et mes responsabilités. »

Tendu, il répliqua : « Sur Terre, tu le verras tel qu'il est vraiment : une camelote immonde, aussi dégradante pour les Druides qu'elle est pitoyable pour les esclaves.

— Les esclaves ? Ils servent l'Arbre de Vie. Nous servons tous l'Arbre de Vie, à notre manière.

— C'est l'Arbre de Mort ! »

Elfane se dégagea sans chaleur. « Joe… je ne puis te l'expliquer. Nous sommes liés à l'Arbre. Nous en sommes les enfants. Tu ne comprends pas la grande vérité. Il existe un univers, l'Arbre en est le moyeu, les Druides et les Laïcs servent l'Arbre, tenant en respect l'espace païen.

» Un jour, tout sera différent. Tous les hommes serviront l'Arbre. Nous naîtrons du sol, nous servirons, travaillerons et finalement donnerons notre vie à l'Arbre et deviendrons feuilles dans la lumière éternelle, chacun à sa place. Kyril sera le but, le lieu saint de toute la galaxie. »

Joe protesta : « Mais vous donnez à ce légume – géant, certes, mais légume tout de même – une place plus haute qu'à l'humanité. Sur Terre, on le couperait pour en faire du bois de chauffage. Non, c'est faux. On bâtirait une rampe en spirale autour pour envoyer des excursionnistes jusqu'en haut, on y vendraît des hot-dogs et des boissons gazeuses. On utiliserait ce machin, on ne se laisserait pas hypnotiser par sa masse… »

Elle n'écoutait pas. « Joe… tu pourras être mon amant. Nous vivrons ensemble sur Kyril, nous servirons l'Arbre et tuerons ses ennemis… » Elle s'arrêta net, éberluée par son expression.

« Inutile… pour toi comme pour moi. Je vais rentrer sur Terre. Tu resteras ici et trouveras un autre amant pour tuer tes ennemis. Et nous ferons tous deux ce qui nous plaira. Sans que ça implique l'autre. »

Elle se détourna, s'appuya contre la balustrade et fixa les étoiles d'un air lugubre. « As-tu jamais aimé une autre femme ?

— Rien de sérieux », mentit Joe. Il laissa passer quelques secondes. « Et toi… tu as eu des amants ?

— Rien de sérieux… »

Il lui jeta un vif coup d'œil, mais son visage n'affichait nulle ironie. Il poussa un soupir. La Terre n'était pas Kyril.

« Arrivé sur Ballenkarch, que feras-tu ? demanda-t-elle.

— Je l'ignore… je n'ai pas encore décidé. Rien en rapport avec les Druides et les Mangs, ça, je le sais. Les arbres et les empires peuvent tous exploser, en ce qui me concerne. J'ai mes propres problèmes… » Sa voix s'amenuisa, s'éteignit.

Il se vit rencontrant Harry Creath. Sur Mars, préoccupé de Margaret… sur Io, Pluton, Altaïr, Véga, Giansar, Polaris, Thubane, et aussi récemment que sur Jamivetta et Kyril, il n'avait eu conscience d'aucun esprit donquichottesque, d'aucun ridicule dans son périple.

L'image de Margaret commençait à devenir floue… mais il n'entendait pas moins son rire mélodieux. Soudain rouge d'embarras, il se dit que ses aventures inspireraient sans nul doute à la jeune Terrienne de l'amusement… ainsi que de la stupéfaction, de l'incrédulité, voire un soupçon de mépris.

Elfane le considérait avec curiosité. Il revint au présent. Étrange, comme elle semblait solide et réelle par contraste avec ses spectres mentaux. Elle ne trouverait rien d'amusant à un homme qui sillonnerait l'univers par amour pour elle. Au contraire, elle s'indignerait s'il ne le faisait pas.

« Que feras-tu donc sur Ballenkarch ? » redemanda-t-elle.

Joe se frotta le menton et braqua son regard sur les étoiles qui filaient. « Je crois que je vais me mettre à la recherche d'Harry Creath.

— Et où donc ?

— Je l'ignore. Je commencerai par le continent civilisé.

— Nulle part Ballenkarch n'est civilisée.

— Le moins barbare, alors, dit-il avec patience. Si je ne me trompe pas sur Harry, il sera là où ça bouge.

— Et s'il est mort ?

— Je repartirai et je rentrerai la conscience tranquille. »

Margaret lui dirait : « Harry, mort ? » Il verrait se lever son petit menton rond. « Dans ce cas, il a perdu par forfait. Emporte-moi, mon amant chevaleresque, enlève-moi dans ton blanc bateau spatial. »

Il coula un regard vers Elfane et s'avisa de l'encens fleuri entêtant qu'elle portait. Elle avait tout pour galvaniser la vie, l'esprit et le sens du merveilleux. Elle prenait l'existence et les émotions au sérieux. Bien sûr, Margaret, plus légère et rieuse, n'avait nulle envie de tuer les ennemis de sa religion. La religion ? Joe eut un petit rire. Margaret connaissait à peine ce mot.

« Pourquoi ris-tu ? demanda Elfane, soupçonneuse.

— Je pensais à une vieille connaissance. »

Ballenkarch ! Monde aux féroces tempêtes grises et au soleil éclatant. Aux couleurs flamboyantes et aux paysages violents, falaises rocheuses telles des murailles devant les cieux... forêts enténébrées, hautes, recluses... savanes à l'herbe la plus verte, où l'on s'enfonçait jusqu'à la cheville, parcourues par des fleuves puissants. Les jungles tropicales s'entremêlaient, se pressaient, écrasaient les pousses les plus chétives, empilaient des kilomètres d'humus et finissaient par freiner ainsi leur propre vitalité.

Et par les cols montagneux, dans les forêts, errant sur les plaines, roulaient les clans ballenkarts dans des caravanes de chariots aux couleurs vives : de grands gaillards à la voix tonitruante, portant des armures d'acier et de cuir, gaspillant leur sang en vendettas et duels.

Ils vivaient dans une atmosphère épique : incursions, massacres, combats avec les grands bipèdes noirs de la jungle, terrifiants et roués. En guise d'armes, ils utilisaient des épées, des lances, des arbalètes qui lançaient des pierres grosses comme le poing. Leur langage, séparé pendant mille ans du courant de la civilisation galactique, était un patois à peine compréhensible et ils écrivaient en pictogrammes.

Le *Belsaurion* se posa sur une plaine verdoyante baignée de soleil. Au loin, la pluie pendait en voiles d'une masse confuse de nuages noirs, et un formidable arc-en-ciel enjambait une forêt de grands arbres bleu-vert.

Un pavillon grossier en rondins et tôles ondulées servait d'astrogare. Quand le *Belsaurion* s'immobilisa enfin, tout frémissant, un petit chariot aux huit roues grinçantes roula sur l'herbe en toussotant pour se ranger le long du vaisseau.

« Mais où est la ville ? » demanda Joe à Hableyat.

Le Mang gloussa. « Le prince refuse qu'un vaisseau s'approche davantage de ses établissements principaux, de peur des esclavagistes. Ces costauds de Ballenkarts sont très demandés comme gardes du corps sur Frums et Perkins. »

Le sas s'ouvrit vers l'extérieur. L'air frais, sentant la terre humide, se rua dans le vaisseau. Le steward annonça dans le salon : « Les passagers qui désirent débarquer peuvent le faire. Il vous est recommandé de ne pas quitter le voisinage de notre appareil avant l'arrivée d'un véhicule de transport pour Vail-Alan. »

Joe chercha Elfane du regard. Elle parlait avec véhémence aux deux Druides missionnaires qui l'écoutaient avec l'air obstiné d'une mule. Furieuse, elle fit volte-face et, blême, se dirigea vers le sas. Ils la suivirent en marmonnant.

Elle s'approcha du chauffeur du véhicule à huit roues. « Je veux qu'on me conduise sur-le-champ à Vail-Alan. »

Il la toisa, impassible. Hableyat effleura le coude de la jeune femme. « Prêtresse, un aérocar ne tardera pas à arriver pour nous transporter beaucoup plus vite que ce véhicule. »

Elle se retourna et s'éloigna rapidement. Il se pencha vers le chauffeur qui lui chuchota quelques phrases. Le visage du Mang s'altéra : un muscle tressauta, les bajoues se creusèrent. Voyant que Joe les observait, il reprit aussitôt son affectation usuelle et le chauffeur son indifférence.

Hableyat s'éloigna seul, l'air préoccupé. Joe le rejoignit. Sardonique, il demanda : « Alors, les nouvelles ?

— Mauvaises… oui, très mauvaises.

— Comment cela ? »

L'autre hésita un instant, puis proféra, dans une franche expression d'émotions que Joe n'aurait pas imaginée chez lui : « Mes adversaires sont beaucoup plus forts au Lathbon que je ne le pensais. Magnerru Ippolito lui-même est à Vail-Alan. Il a rejoint le prince et, de toute évidence, exprimé des vérités déplaisantes au sujet des Druides. On a abandonné les projets d'une cathédrale et d'un monastère druidiques, et le sous-théarque Wanbriona été placé sous bonne garde. »

Poussé à bout, Joe examina son corpulent compagnon. « Eh bien, n'est-ce pas ce que vous désirez ? Assurément, un Druide en train de conseiller le prince n'aiderait en rien les affaires de Mangtsé. »

Hableyat hocha tristement la tête. « Mon ami, vous êtes aussi facilement abusé que mes compatriotes militants.

— Je suppose que je suis obtus. »

Le Mang écarta les bras, comme s'il révélait tout par ce geste. « C'est tellement évident.

— Navré.

— Voici : les Druides comptent assimiler Ballenkarch. Mes adversaires sur Mangtsé, en apprenant ce plan, se ruent pour le combattre bec et ongles. Ils ne prennent pas le temps de réfléchir aux implications ni aux éventualités les plus probables. Non, puisqu'il s'agit d'un stratagème druidique, il faut le contrer. Et ce par un programme qui, à mon avis, finira par embarrasser gravement Mangtsé.

— Je vois où vous voulez en venir, mais pas comment cela fonctionne. »

Hableyat parut amusé. « Mon cher, la piété humaine n'a rien d'infini. Je dirai donc que le Laïcat kyrilien prodigue le maximum sur son Arbre. Ainsi… quelle sera sa réaction en apprenant l'existence d'un autre Arbre divin ? »

Joe eut un large sourire. « Cela réduira de moitié sa piété envers le premier.

— Bon, je m'avoue incapable d'estimer cette diminution, mais elle sera considérable. Le doute, l'hérésie trouveront des oreilles et les Druides remarqueront que les Laïcs ne sont plus aussi confiants ni innocents. Pour l'heure, ils s'identifient à l'Arbre. Il leur appartient, seul exemplaire dans l'univers.

» Tout à coup, un autre Arbre existe sur Ballenkarch… planté par les Druides. Et sa présence aurait des mobiles politiques. » Il haussa les sourcils d'un air expressif.

« Mais les Druides, en contrôlant Ballenkarch et ces nouvelles industries, peuvent encore y gagner. »

Hableyat secoua la tête. « Mon ami, des trois, Mangtsé est potentiellement le monde le plus faible. C'est le nœud du problème. Kyril a sa main-d'œuvre, Ballenkarch sa richesse minière et agricole, sa population agressive et ses traditions belliqueuses. Dans toute association planétaire, Ballenkarch finira par cannibaliser son comparse.

» Songez aux Druides… épicuriens, maîtres sophistiqués de cinq milliards d'esclaves. Maintenant, imaginez-les tentant de dominer Ballenkarch. Risible. Dans cinquante ans, les Ballenkarts chasseront les théarques de Divinale à coups de fouet et feront de l'Arbre un feu de joie pour fêter leur victoire.

» Et voici l'autre terme de l'alternative : Ballenkarch liée à Mangtsé. Une période de troubles et aucun bénéfice pour quiconque. Les Druides n'ont donc plus le choix – il faut qu'ils se serrent la ceinture et qu'ils travaillent. Sans les industries de Ballenkarch, il faudra introduire de nouvelles habitudes sur Kyril : des usines, des industries, l'éducation. Les mœurs anciennes doivent disparaître.

» Les Druides perdront ou non les rênes du pouvoir, mais Kyril restera une unité industrielle intégrée, où Mangtsé ne trouvera plus un débouché naturel pour ses produits. Vous voyez que, sans les marchés de Ballenkarch et Kyril, notre propre économie mang faiblirait, souffrirait. Nous serions forcés de recouvrer lesdits marchés par une action militaire, sans garantie de succès.

— Je comprends, dit lentement Joe, mais ça ne nous mène nulle part. Que voulez-vous, précisément ?

— Ballenkarch se suffit à elle-même. Pour le moment, ni Mangtsé ni Kyril ne peuvent exister seules. Nous formons un couple naturel. Mais, comme vous l'avez vu, les Druides ne se satisfont pas du flux de richesses. Ils en exigent davantage et s'imaginent pouvoir l'acquérir en contrôlant les industries de Ballenkarch.

» Je veux éviter ceci, et un accord Mangtsé-Ballenkarch, qui serait contre nature de prime abord. Je veux un régime nouveau sur Kyril, un gouvernement voué à l'amélioration du pouvoir de production et d'achat du Laïcat, ainsi qu'à une alliance naturelle avec Mangtsé.

— Dommage que les trois planètes ne puissent s'allier. »

Hableyat soupira. « Cette idée, quoique appropriée, se heurte à trois réalités : la politique actuelle des Druides, l'ascendant du Flot-Rouge sur Mangtsé, et les ambitions du prince de Ballenkarch. Changez ces trois réalités et une telle union pourrait se constituer. Pourquoi pas ? » dit-il d'un air méditatif. Derrière le masque jaune inexpressif, Joe discerna le visage d'un homme épuisé.

« Que va-t-il vous arriver, à présent ? »

Hableyat pinça les lèvres tristement. « Si mon autorité a bien été supplantée, je suis censé me tuer. Ne paraissez pas à ce point abasourdi, il s'agit d'une coutume mang, une méthode pour souligner la désapprobation. Je crains de ne plus rien avoir à faire en ce monde.

— Pourquoi ne pas retourner sur Mangtsé et reprendre la barre ? »

Hableyat secoua la tête. « Cela va à l'encontre de nos traditions. Vous pouvez sourire, mais vous oubliez que les sociétés existent par un accord généralisé sur certains symboles et les nécessités auxquelles on est forcé d'obéir.

— Voici l'aérocar, dit Joe. Si j'étais vous, au lieu de me suicider, j'essaierais de trouver un plan pour mettre le prince de mon côté. Il semble détenir le poste clé : tant les Druides que les Mangs en ont après lui. »

Hableyat secoua la tête. « Pas le prince. C'est un homme bizarre, un mélange de bandit, de bouffon et de visionnaire. Il semble considérer cette nouvelle Ballenkarch comme un jeu intéressant, une récréation. »

11.

L'aérocar atterrit ; c'était un appareil de transport ventru qui avait besoin d'un bon coup de peinture. Deux costauds vêtus de braies rouges, boléro bleu et toque noire, en descendirent, roulant des épaules avec l'expression placidement arrogante de l'élite militaire.

« Le Seigneur Prince vous envoie ses salutations, déclara le premier à l'officier béland. Il croit comprendre que parmi vos passagers se trouvent des agents étrangers, aussi veut-il voir tous ceux qui mettent pied à terre. »

La conversation s'arrêta là. Dans la voiture pénétrèrent Elfane et Hableyat, les deux Druides accrochés à leur autel portable, les Mangs qui foudroyaient Hableyat de leurs yeux jaunes, et Joe, soit le contingent débarquant à Ballenkarch : les Zils et la femme âgée en robe noire continuaient jusqu'à Castelgran, Zil ou Béland, et aucun d'eux ne descendit.

Joe traversa l'habitacle et se laissa tomber dans un siège à côté d'Elfane. Elle tourna la tête, lui présentant un visage qui paraissait vidé de sa jeunesse. « Qu'attends-tu de moi ?

— Rien. Tu m'en veux ?

— Tu es un espion mang. »

Le Terrien eut un petit rire forcé. « Oh… parce que je parle beaucoup avec Hableyat ?

— Que t'a-t-il envoyé me dire ? »

Cette question – qui ouvrait de vastes perspectives – le prit au dépourvu. Se pouvait-il que Hableyat l'utilise pour communiquer ses idées aux Druides par le biais d'Elfane ?

« J'ignore s'il veut ou non que ceci te soit transmis. Mais il m'a expliqué pour quel motif il vous aide à apporter votre arbre, et ça m'a paru convaincant.

— En premier lieu, répliqua-t-elle d'un ton cinglant, nous n'avons plus d'arbre. On nous l'a dérobé sur Intersection. » Les yeux écarquillés, elle le regarda soudain avec suspicion. « Serait-ce ton œuvre ? Peut-être que… »

Joe poussa un soupir. « Tu es résolue à penser de moi tout le mal possible. Très bien. Si tu n'étais pas si attirante, et belle à damner un saint, je t'oublierais. Mais tu prévois de t'abattre sur le prince avec tes deux Druides à la face doucereuse, et tu t'imagines pouvoir l'entortiller. Admettons… Je sais que tu es prête à t'abaisser à tout et n'importe quoi. Aussi, je vais te révéler ce que Hableyat m'a dit. Tu en feras ce que tu voudras. »

Il la dévisagea, furieux, la mettant au défi de parler, mais elle regarda par la fenêtre d'un air indifférent.

« Il croit que si vous menez votre mission à bien, toi et tes Druides, vous vous retrouverez à jouer les seconds rôles au service de ces rustres de Ballenkarts. Si vous échouez… ma foi, les Mangs te réserveront un petit tour désagréable, mais les Druides, toujours selon Hableyat, finiront par s'en tirer.

— Va-t'en, dit-elle d'une voix étranglée. Tu ne réussis qu'à m'effrayer. Va-t'en !

— Elfane, oublie tout ça – les Druides, les Mangs, l'Arbre de Vie. Je t'emmène sur Terre. Enfin, pour peu que j'arrive à quitter vivant cette planète. »

Elle se détourna. Le véhicule bourdonna, vibra et s'éleva. Le paysage s'aplatit. Des pics massifs marbrés de neige et de glace, des prairies luxuriantes dont l'herbe brillait de toute la gamme du vert, s'étendaient sous eux. Ils franchirent la chaîne montagneuse. Secoué par les turbulences, l'aérocar descendit vers une mer intérieure.

On avait établi sur la rive une localité de toute évidence nouvelle et encore inachevée. Trois quais pesants et une douzaine de gros bâtiments rectangulaires – parois vitrées, toits en métal étincelant – en formaient le cœur. À quinze cents mètres de là, un promontoire arboré dominait la mer ; le véhicule se posa dans son ombre.

La portière s'ouvrit. L'un des Ballenkarts leur adressa un signe brusque. « Par ici. »

Joe suivit Elfane jusqu'au sol et vit devant lui une longue bâtisse basse dont la façade vitrée donnait sur le panorama de la mer et la plaine. Le caporal ballenkart fit un nouveau geste péremptoire. « À la Résidence », dit-il sèchement.

Mécontent, Joe s'approcha du bâtiment en songeant combien ces soldats faisaient de piètres émissaires. Il avait les nerfs en pelote. L'atmosphère n'avait rien d'accueillant. La tension, remarqua-t-il, s'emparait de tout le monde. Elfane avançait d'une démarche raide. Les mâchoires d'Erru Kametin étaient d'un jaune éclatant le long de l'os.

À l'arrière, Hableyat parlait sur un ton pressant aux deux missionnaires druidiques qui semblaient peu coopératifs. Le Mang éleva la voix. « Où est la différence ? De la sorte, au moins aurez-vous une chance, que vous vous méfiiez ou non de mes mobiles. »

Les Druides parurent enfin acquiescer. Hableyat avança vivement et dit d'une voix forte : « Halte ! Cette impudence doit cesser ! » Les deux Ballenkarts, stupéfaits, firent volte-face. Le Mang, imperturbable, ordonna : « Allez chercher votre maître. Nous refusons de subir cette indignité. »

Les Ballenkarts semblaient éberlués de voir leur autorité remise en question. Erru Kametin cilla avant de demander : « Qu'est-ce qui vous prend, Hableyat ? Essayez-vous de nous compromettre aux yeux du prince ?

— Il doit apprendre que les Mangs ont une haute idée de leur dignité. Nous ne bougerons plus s'il ne vient pas nous accueillir à la manière de tout hôte courtois. »

Erru Kametin eut un rire méprisant. « Restez donc. » Il fit volter sa cape écarlate et partit vers la Résidence.

Les Ballenkarts se consultèrent ; l'un accompagna les Mangs, l'autre jeta à Hableyat un regard noir. « Attendez un peu que le prince apprenne cet incident ! »

Le reste du groupe s'était réuni dans un coin. Hableyat sortit nonchalamment la main de sous sa cape et déchargea un tube sur le garde qui s'affala, les yeux vitreux.

Au Terrien qui allait protester, le Mang lança : « Il n'est qu'assommé. » Il ajouta, à l'adresse des Druides : « Vite. »

Ils relevèrent leurs robes pour courir à un massif de terre meuble. L'un creusa un trou à l'aide d'un bâton ; l'autre ouvrit l'autel et en sortit avec précaution l'Arbre miniature. Un petit pot entourait ses racines.

Joe entendit Elfane souffler : « Vous deux…

— Silence ! siffla Hableyat. Occupez-vous de vos affaires, ce sera plus sage. Ces deux hommes sont archithéarques.

— Manaolo… on l'a abusé ! »

Sitôt le plant en terre, les Druides tassèrent les mottes, refermèrent l'autel, s'époussetèrent les mains et redevinrent des moines au visage vide. Le Fils de l'Arbre, campé dans le sol de Ballenkarch, baignait dans la chaude clarté. Pour qui n'y regardait pas de plus près, ce n'était qu'un jeune buisson comme les autres.

« À présent, continuons notre route vers la Résidence », dit Hableyat d'une voix placide.

Elfane toisa le Mang et les Druides, les yeux flamboyant de rage et d'humiliation. « Vous vous êtes moqués de moi depuis le début !

— Non, non, prêtresse, dit Hableyat. Du calme, je vous prie. Il vous faudra tous vos esprits pour affronter le prince. Croyez-moi, vous avez tenu un rôle des plus utiles. »

Elfane se tourna aveuglément, perdue, comme pour s'enfuir vers la mer, mais Joe la rattrapa. Un instant, elle plongea son regard dans le sien, les muscles bandés comme des câbles. Puis elle se détendit, se relâcha. « Très bien, je vous suis. »

Poursuivant leur route, ils croisèrent à mi-chemin une escouade de six soldats manifestement venus les escorter. Personne ne fit attention à la forme inerte du garde.

Au portail, on les soumit à une rapide fouille en règle qui ne manqua pas de provoquer des protestations de colère des Druides et un cri outragé d'Elfane. L'arsenal ainsi découvert avait de quoi surprendre : un cône de poing sur chacun des Druides, l'étourdisseur et une dague à cran d'arrêt sur le

Mang, le pistolet de Joe, et un petit tube luisant qu'Elfane portait dans sa manche.

Le caporal recula avec un geste d'invite. « Vous avez la permission d'entrer dans la Résidence. Veillez à observer les formes de respect en usage. »

Ils traversèrent une antichambre couverte de peintures d'animaux grotesques à demi démoniaques, puis pénétrèrent dans une grande salle. Les poutres étaient taillées à la main et sculptées de marques régulières, les murs revêtus de rotin tressé. Des massifs de plantes vertes et rouges bordaient les cloisons et le plancher disparaissait sous un tapis moelleux au motif rouge, noir et vert.

Face à l'entrée se dressait une estrade flanquée de deux lourdes balustrades en bois couleur de rouille, avec un large siège en forme de trône du même matériau, inoccupé.

Vingt ou trente hommes se tenaient là – imposants, bronzés, certains avec la moustache en bataille, gauches et mal à l'aise, comme s'ils n'avaient pas l'habitude d'avoir un toit au-dessus de la tête. Tous portaient des braies rouges s'arrêtant au genou, certains des blouses multicolores, mais les autres avaient la poitrine nue, une cape de fourrure noire tombant des épaules. Tous arboraient un sabre court et lourd à la ceinture et tous dévisageaient les nouveaux venus sans la moindre sympathie.

Le regard de Joe passa de l'un à l'autre. Harry Creath ne devait pas être loin de Vail-Alan, le centre de toute activité. Mais il ne se trouvait pas dans cette salle.

À côté de l'estrade, formant un petit groupe, se tenaient les Mangs Flot-Rouge. Erru Kametin parlait à la femme d'une voix dure et saccadée. Les deux censeurs écoutaient en silence, à demi détournés.

Un huissier muni d'un long clairon de laiton entra dans la salle et joua une fanfare éclatante. Joe eut un léger sourire. Une véritable opérette : des guerriers en uniforme clinquant, la pompe, le cérémonial, l'étiquette…

De nouveau la fanfare – taratata ! –, aiguë, énervante.

« Le Prince de Vail-Alan ! Maître Acquéreur de tout Ballenkarch ! »

Un homme blond, de petite stature à côté des Ballenkarts, monta vivement sur l'estrade et se jucha sur le trône. Il avait un visage rond et osseux, avec des rides de sourire encadrant la bouche, une propension à gesticuler, un air d'intelligence enjouée et d'impatience totale. De la foule monta un Aaah ! rauque et respectueux.

Joe hocha lentement la tête sans la moindre surprise. De qui d'autre aurait-il pu s'agir ?

Harry Creath contempla la salle. Son regard s'attarda sur le jeune Terrien, s'éloigna, puis revint. Un instant, il resta stupéfait.

« Joe Smith ! Qu'est-ce que tu fiches ici ? »

Il avait parcouru mille années-lumière pour cet instant, et voilà que son esprit refusait de fonctionner. Il bafouilla les mots qu'il répétait depuis deux ans au travers des épreuves, des dangers et des périodes d'ennui… des mots exprimant vingt-quatre mois d'obsession : « Je suis venu te chercher. »

Il s'était justifié, soulagé de sa névrose qui avait presque viré à l'autosuggestion. En tout cas il avait parlé, et le visage alerte d'Harry exprimait la surprise.

« Jusqu'ici ? Tout ce chemin… pour me retrouver ?

— C'est exact.

— Dans quel but ? » Harry s'adossa et sa grande bouche se fendit en un large sourire.

« Ma foi, tu as laissé certaines affaires en plan, sur Terre.

— Pas à ma connaissance. Il te faudrait parler longuement et rapidement pour me faire obéir. » Harry se tourna vers un garde de haute taille, au visage de marbre. « A-t-on fouillé ces gens ?

— Oui, mon prince. »

Harry se retourna vers Joe avec une grimace d'excuse joyeuse. « Trop de monde s'intéresse à moi. Je ne peux pas ignorer les risques évidents. Tu disais donc vouloir… que je rentre sur Terre. Pourquoi ? »

Pourquoi ? Pourquoi ? Margaret se croyait amoureuse d'un autre, et Joe la croyait amoureuse d'un rêve. Il croyait que si elle fréquentait Harry pendant un mois, si elle pouvait le voir au jour le jour, constater que l'amour n'avait rien d'un tour de montagnes russes, elle comprendrait que le mariage ne pouvait se résumer à une ronde haletante d'escapades.

Bref, si l'on pouvait déloger ces absurdités de la jolie tête frivole de Margaret… il y aurait la place pour Joe. Était-ce bien ça ? Ça paraissait simple, de voler jusqu'à Mars pour aller chercher Harry, où il avait découvert que celui-ci était parti pour Io. Puis d'Io vers Pluton, le Grand Plongeoir. Et l'obsession s'était imposée – son entêtement. De Pluton… maintes étapes. Puis Kyril, Intersection et enfin Ballenkarch.

Très conscient de la présence d'Elfane derrière lui, qui le scrutait d'un regard envenimé par les interrogations, il rougit. Sa bouche s'ouvrit, pour se refermer aussitôt. Pourquoi ?

Les yeux étaient braqués sur lui, les yeux de toute la salle. Des yeux curieux, froids ou indifférents, des yeux hostiles ou inquisiteurs… ceux d'Hableyat placides, ceux d'Elfane intrigués, ceux d'Harry Creath moqueurs. Et dans son esprit confus émergea un fait : il apparaîtrait comme l'idiot le plus complet de toute l'histoire de l'univers s'il disait la vérité.

« Cela concerne Margaret ? demanda Harry sans pitié. C'est elle qui t'envoie ? »

Il la vit comme dans une vision, les inspectant tous deux avec dérision. Son regard se posa sur Elfane : une créature implacable, obstinée, intolérante, trop intense et vivace pour sa propre sécurité. Mais sincère et honnête.

« Margaret ? » Joe éclata de rire. « Non. Rien à voir avec elle. En fait, j'ai changé d'avis. Reste loin de la Terre. »

Harry se détendit. « Si ça la concernait, tu es en retard. » Il se tordit le cou. « Où diable est-elle ? Margaret !

— Margaret ? » marmotta Joe.

Elle monta sur l'estrade. « Salut, Joe… » On aurait juré qu'elle l'avait quitté la veille. « Quelle bonne surprise ! »

Elle riait sous cape. Il sourit, d'un sourire amer. Bon, il avait bu sa potion… Jusqu'à la lie. Il soutint leur regard. « Félicitations. »

Il lui vint à l'esprit que Margaret menait tout simplement l'existence qu'elle prétendait désirer : excitation, intrigue, aventure. Et cela semblait lui réussir.

12.

Harry lui parlait. Joe prit soudain conscience de sa voix : « … ici un truc fabuleux, un monde fabuleux. Il regorge de minerais, de bois, de produits organiques, de main-d'œuvre. J'ai une image à l'esprit, Joe : une utopie.

» J'ai derrière moi une sacrée équipe, et nous travaillons ensemble. Ils sont encore mal dégrossis, mais ils le voient comme moi et ils sont prêts à miser sur moi. Au départ, bien sûr, il a fallu cogner sur quelques têtes, mais maintenant tout le monde sait qui est le patron et tout se passe bien. » Harry considéra avec affection les Ballenkarts rassemblés là, dont le plus gringalet aurait pu l'étrangler d'une seule main. « Dans vingt ans, tu n'en croiras pas tes yeux. Ce qu'on va faire à cette planète, ce sera merveilleux, je te le dis, Joe. Excuse-moi un instant. Les affaires d'État me réclament. » Il se rencogna dans son trône et son regard passa des Mangs aux Druides. « Autant en finir tout de suite pendant que c'est tout frais dans vos esprits. Voici mon vieil ami Hableyat. » Et Harry d'adresser un clin d'œil à Joe. « Pépé le Malin. Qu'est-ce qui vous amène, Hableyat ? »

Le Mang s'avança, l'air important. « Votre Excellence, je me trouve dans une posture très particulière. Faute d'avoir communiqué avec mon gouvernement, j'ignore au juste la pleine l'étendue de mon autorité. »

Harry dit au garde : « Allez chercher le magnerru. » Et, à Hableyat : « Le magnerru Ippolito arrive juste de Mangtsé et affirme pouvoir parler pour votre Ampianu Général. »

D'un passage voûté, un Mang émergea, robuste, le visage carré, les yeux noirs brillants, la peau jaune citron, les lèvres orange vif. Il portait une robe écarlate brodée d'une bordure de carrés violets et verts, ainsi qu'un chapeau noir cubique.

Erru Kametin et les autres Mangs de son groupe, les bras largement ouverts, s'inclinèrent bien bas. Hableyat hocha la tête avec respect, un sourire cloué sur ses lèvres épaisses.

« Magnerru, dit le prince Harry, Hableyat veut connaître l'étendue de sa liberté d'action politique.

— Nulle, cracha le magnerru. Absolument nulle. Depuis le discrédit des Eau-d'Azur à l'Ampianu, le Lathbon est Flot-Rouge. Hableyat ne parle que pour lui et sa voix ne tardera pas à se taire. »

Harry hocha la tête. « Il est donc sage d'entendre ce qu'il a à dire avant sa chute. »

Hableyat garda son masque jovial. « Monseigneur, peu importent mes paroles. Je préfère les opinions du magnerru et des deux archithéarques avec nous. Je puis affirmer que vous accueillez les plus hauts représentants de Kyril en la personne des archithéarques Oporeto Implan et Gaméanza. Tous deux vous présenteront leur point de vue.

— Ma modeste résidence grouille de célébrités. »

Gaméanza s'avança avec un regard étincelant en direction du magnerru. « Prince Harry, je tiens l'atmosphère actuelle pour inadaptée à une discussion politique. Dès que le Prince le voudra, et le plus tôt sera le mieux, je lui communiquerai les inclinaisons de la politique druidique… de même que mon point de vue sur la situation politique et éthique. »

Le magnerru lança : « Parlez à cette limace à peau sèche. Écoutez ses efforts pour fixer sur Ballenkarch le système esclavagiste. Ensuite, renvoyez-le à son monde gris et fétide dans la cale d'un vaisseau bétailler. »

Gaméanza se raidit. Sa peau parut devenir friable. « Je me tiens à votre disposition », dit-il à Harry d'une voix aussi aiguë que vibrante.

Ce dernier se leva. « Très bien, nous allons nous retirer pendant une demi-heure et discuter de vos propositions. » Il apaisa du geste le magnerru. « Vous bénéficierez du même privilège, prenez patience. Évoquez le bon vieux temps avec Hableyat. Je crois savoir qu'il occupait votre poste. »

L'archithéarque Gaméanza le suivit quand il sauta à bas de l'estrade pour quitter la salle, et l'archithéarque Oporeto Implan l'imita. Margaret agita la main dans un geste nonchalant en direction de Joe. « À bientôt. » Elle sortit discrètement par une autre porte.

Se trouvant un banc contre un mur de la salle, il s'y assit avec lassitude. Devant lui, comme posant pour un tableau, se tenaient les Mangs rigides, l'exquise flamme de chair qu'était Elfane, Hableyat soudain vague et impuissant, et les Ballenkarts dans leurs belles tenues – troublés, désorientés, peu habitués aux échanges d'esprits vifs, marmonnant et se jetant des regards gênés.

La prêtresse tourna la tête, examinant la salle. Elle vit Joe, hésita, puis le rejoignit et s'assit à son côté. Au bout d'un moment, elle dit d'une voix hautaine : « Tu te ris de moi… tu te moques.

— Je ne m'en rendrais pas compte.

— Tu as trouvé l'homme que tu recherchais », dit-elle, les sourcils haussés. « Pourquoi ne fais-tu rien ? »

Il haussa les épaules. « J'ai changé d'avis.

— Du fait de la présence de cette femme aux cheveux jaunes… cette Margaret ?

— En partie.

— Tu ne m'en avais jamais parlé.

— Je ne pensais pas que ça pouvait t'intéresser. »

Elfane considéra la salle d'audience d'un air buté.

« Sais-tu pourquoi j'ai changé d'avis ? » lui demanda Joe.

Elle secoua la tête. « Non.

— À cause de toi. »

Elle se retourna, les yeux flamboyants. « C'est donc bien cette femme blonde qui t'a conduit jusqu'ici. »

Joe poussa un soupir. « Tout homme a le droit d'être roi des fous une fois dans sa vie. Une fois au moins… »

Cela ne suffit pas à la calmer. « Si je t'envoyais chercher quelqu'un, tu t'abstiendrais, j'imagine ? Elle signifie donc plus pour toi que moi ? »

Il gémit. « Oh, seigneur ! D'abord, tu ne m'avais jamais donné de raison de penser que… oh, fichtre !

— Je t'ai proposé de devenir mon amant. »

Il la dévisagea, exaspéré. « J'aimerais… » Il se rappela que Kyril n'était pas la Terre, qu'Elfane était prêtresse et non étudiante.

Elle éclata de rire. « Je te comprends très bien, Joe. Sur Terre, les hommes font comme il leur plaît et les femmes sont des habitants auxiliaires. Et n'oublie pas, Joe, que tu ne m'as jamais rien dit… tu n'as jamais dit que tu m'aimais.

— J'avais peur de le faire, grommela-t-il.

— Essaie toujours. »

S'exécutant, il constata avec joie que, malgré mille années-lumière et deux cultures opposées, les filles – prêtresses ou étudiantes – restaient les mêmes. Harry et l'archithéarque Gaméanza revinrent dans la salle ; le visage blanc du Druide semblait figé. Le prince dit au magnerru : « Peut-être aurez-vous la bonté d'échanger quelques mots avec moi ? »

Irrité, l'autre plaqua ses mains sur sa robe et le suivit dans ses appartements. De toute évidence, l'approche informelle ne trouvait chez lui aucune corde sensible.

Hableyat s'installa à côté de Joe. Elfane se détourna d'un air buté. Le Mang avait une expression inquiète. Ses bajoues jaunes étaient flasques, ses paupières lourdes.

« Courage, vous n'êtes pas encore mort », dit Joe.

Hableyat secoua la tête. « Tous mes plans de longue date volent en éclats. »

Le Terrien lui jeta un regard acéré. La morosité était-elle exagérée, le soupir trop larmoyant ? Il dit avec prudence : « Il me reste à entendre votre programme positif. »

Hableyat haussa les épaules. « Je suis patriote. Je désire voir ma planète prospérer, baigner dans la richesse. Je suis un homme imbu de la culture de son monde ; je ne puis concevoir de meilleur mode de vie et je souhaite que cette culture s'étendre, s'enrichisse auprès des cultures des autres mondes, adopte les bonnes, supplante les mauvaises.

— En d'autres termes, vous êtes aussi impérialiste que vos amis militaires. Seules vos méthodes diffèrent. »

Un soupir. « Je crains que vous ne m'ayez bien défini. De plus, je redoute qu'à notre époque, l'impérialisme militaire ne soit presque impossible… que l'impérialisme culturel ne soit la seule forme praticable. Une planète ne peut être soumise et occupée avec succès à partir d'un autre monde. Elle peut être dévastée, mais la logistique de la conquête est irréalisable. Les tentatives aventureuses du Flot-Rouge vont épuiser Mangtsé, ruiner Ballenkarch et ouvrir la voie à l'impérialisme religieux druidique. »

Joe sentit Elfane se raidir. « En quoi cela serait-il pire que l'impérialisme culturel mang ? demanda la jeune femme.

— Ma chère, je ne puis argumenter logiquement pour vous convaincre. Je dirai juste que les Druides produisent très peu alors qu'ils disposent d'un vaste potentiel – qu'ils vivent sur le dos d'une masse laborieuse. J'espère que le système ne se répandra jamais pour m'incorporer au Laïcat.

— Moi aussi », ajouta le Terrien.

Elfane se leva d'un bond. « Vous êtes immondes ! »

Joe se surprit en tendant le bras pour la faire rasseoir bruyamment. Elle se débattit un moment pour finalement se calmer.

« Première leçon en culture terrienne, dit-il gaiement. Il est très mal vu de discuter de religion. »

Un soldat se rua dans la salle, haletant, le visage déformé par la terreur. « Horrible… au bord de la route… Où est le prince ? Appelez-le… un végétal terrifiant ! »

Hableyat se leva d'un coup, le visage vif, alerte. Il courut à la porte. Au bout d'une seconde, Joe annonça : « J'y vais aussi. »

Elfane, sans un mot, les suivit.

Joe eut une impression de confusion complète. Une foule grouillante d'hommes entourait un objet qu'il ne pouvait identifier : une pousse trapue, verte et brune, qui semblait se tortiller et se soulever.

Hableyat se fraya un chemin à travers ce cercle, flanqué de Joe que suivait Elfane. Le Terrien, stupéfait, contempla le végétal : le Fils de l'Arbre ?

Il avait poussé, s'était complexifié. Il ne ressemblait plus à l'Arbre de Kyril. Le Fils s'était adapté à un triple dessein : protection, croissance, flexibilité.

On aurait dit un fabuleux pissenlit. Une boule cotonneuse blanche oscillait à six mètres au-dessus du sol sur une tige mince, entourée d'un cône inversé de feuilles vertes, plates. À la base de chacune se dressait une vrille verte, rayée et tachetée de noir. Serrés entre ces vrilles se trouvaient les corps de trois hommes.

Le Mang glapit : « Cette chose est diabolique… » Il porta la main à sa ceinture, mais les gardes de la Résidence lui avaient confisqué son arme.

Un chef ballenkart, blême, les traits tirés, chargea le Fils, le tailladant de son sabre. La balle cotonneuse s'abaissa vers lui, puis les vrilles reculèrent comme des membres d'insecte avant de se rabattre de tous côtés pour l'envelopper et le transpercer. Il hurla, se tut, se raidit. Les vrilles rougirent, palpitèrent, et le Fils de l'Arbre grandit encore.

Quatre autres Ballenkarts, agissant de concert, chargèrent le Fils, suivis de six autres. Les vrilles frappèrent, claquèrent – dix corps gisaient blancs sur le sol. Le Fils avait grossi, comme sous l'effet d'une loupe.

La voix légère et assurée d'Harry ordonna : « Place… Allons, écartez-vous. »

Le prince toisa la plante – six mètres jusqu'en haut des feuilles que la boule cotonneuse dominait de trois mètres.

Le Fils frappa avec une quasi-intelligence rusée. Des vrilles se déroulèrent, piégèrent une douzaine d'hommes grondants, les rabattirent. La foule, prise de folie, agitée de remous dans des spasmes alternés de colère et de terreur, chargea enfin dans une mêlée de cris perçants.

Les sabres scintillaient, tournoyaient, tailladaient. La tête blanche au-dessus oscillait sans se presser.

Douée de raison, elle voyait, sentait, prévoyait avec une conscience végétale, calme, sans peur, ne visant qu'un but. Ses vrilles ondulaient, fouettaient, serraient, revenaient vider leurs proies. Et le Fils de l'Arbre grandissait et enflait.

Des survivants haletants reculaient, impuissants, scrutant le sol jonché de corps. Harry fit signe à l'un de ses gardes personnels. « Amenez un canon laser. »

Les archithéarques s'avancèrent, protestèrent. « Non, non. C'est la Pousse Sacrée, le Fils de l'Arbre. »

Il ne leur prêta aucune attention. Gaméanza lui étreignit le bras avec une insistance panique. « Rappelez vos soldats. Ne lui donnez en pâture que des criminels et des esclaves. Dans dix ans, il sera fabuleux : un Arbre magnifique. »

Le prince se dégagea et avisa un autre soldat. « Emmenez ce dément. »

On sortit de derrière la Résidence un projecteur à roues que l'on plaça à quinze mètres du Fils. Harry hocha la tête. Un épais rayon blanc d'énergie s'écrasa sur le végétal.

« Aaah ! » fit la foule dans un plaisir presque voluptueux.

Le soupir exultant s'arrêta net. Le Fils absorbait l'énergie à l'instar de rayons solaires, il s'étendait, gagnait en luxuriance, et poussait toujours… La boule blanche cotonneuse s'élevait désormais à trente mètres.

« Visez la cime », ordonna Harry, très inquiet.

Le rai d'énergie escalada la tige mince, se concentra sur la tête de la plante qui brûla, crépita, se déroba.

« Elle n'aime pas ça ! Continuez de tirer ! »

Les archithéarques, retenus à l'arrière, hurlaient dans une souffrance quasi personnelle. « Non, non, non ! »

La fleur se cabra pour recracher une boule d'énergie. Le projecteur explosa ; têtes et membres des servants volèrent en tous sens.

Un silence de mort se fit. Puis des plaintes retentirent, et des hurlements quand les vrilles fusèrent pour se nourrir.

Joe tira Elfane en arrière ; une vrille la manqua de trente centimètres. « Mais je suis prêtresse ! » dit-elle, stupéfaite et abasourdie. « L'Arbre protège les Druides. L'Arbre n'accepte que les pèlerins laïcs.

— Les pèlerins ! » Joe se rappela les pèlerins de Kyril… épuisés, malades, couverts de poussière, les pieds endoloris, qui pénétraient dans l'Arbre. Il se remémora le temps d'arrêt au portail, l'ultime regard jeté sur le paysage gris puis sur le feuillage avant l'entrée dans le tronc. Jeunes et vieux, des milliers chaque jour…

Il devait à présent se tordre le cou pour voir la cime du Fils. La pousse centrale flexible se raidissait, la petite boule blanche oscillait et se tordait pour examiner son nouveau domaine.

Harry s'approcha en clopinant, le visage blanc comme un masque.

« Joe, c'est l'être le plus démoniaque que j'aie vu sur trente-deux planètes !

— J'en ai vu un plus gros encore… sur Kyril. Il y dévore les citoyens par milliers.

— Ces gens ont confiance en moi. Ils me prennent pour une sorte de dieu… tout simplement parce que je me sers de quelques techniques terriennes. Il faut que je me débarrasse de cette abomination.

— Tu ne te ranges donc pas du côté des Druides ? »

Harry ricana. « Tu me prends pour un abruti, Joe ? Je ne me range d'aucun côté. Qu'ils soient tous maudits ! Je les ai tenus à distance et titillés en attendant de tout préparer. Je ne suis pas encore satisfait… mais tu peux être sûr que je ne voulais pas ça. Qui diable a apporté ce truc ici ? »

Joe resta silencieux. Elfane répondit : « Il a été apporté de Kyril sur ordre de l'Arbre. »

Harry resta les yeux fixes. « Seigneur ! Il ne parle quand même pas, en plus ?

— Le Collège des Théarques lit la volonté de l'Arbre par le biais de divers signes », répondit-elle d'un ton vague.

Joe se gratta le menton.

« Hum ! dit le prince. Joli décor pour une gentille petite tyrannie. Mais là n'est pas le problème. Il faut détruire cette chose ! » Il murmura : « J'aimerais abattre l'original aussi, pour me porter bonheur. »

Joe l'entendit… Il observa Elfane en s'attendant à la voir s'enflammer, mais elle restait muette, contemplant le Fils.

« Il semble se repaître d'énergie, nota Harry. Mais la chaleur… Une bombe calorifique ? Essayons de le faire cuire… Je vais faire apporter des explosifs puissants. »

Gaméanza se libéra et accourut, sa robe grise voltigeant autour de ses jambes. « Excellence, nous protestons avec la plus extrême rigueur contre les agressions dont vous vous rendez coupable à l'égard de cet Arbre !

— Pardon, dit le prince avec un large sourire sardonique. Je le considère comme une bête assoiffée de sang.

— Sa présence symbolise les liens unissant Ballenkarch et Kyril, plaida l'autre.

— Un symbole ? Ben voyons ! Arrêtez avec vos débilités métaphysiques. Ce truc est un tueur d'hommes et je n'en veux plus ici. J'ai pitié de vous, avec votre monstre sur votre bout de rocher… mais je suppose que rien ne m'y oblige. » Il toisa l'archithéarque. « Vous en avez bien profité : l'Arbre est votre ticket-restaurant depuis mille ans. Eh bien, celui-ci s'apprête à disparaître. Dans dix minutes, ce ne sera plus qu'un hectare de bouts de bois. »

Gaméanza tourna les talons et s'éloigna d'une dizaine de mètres pour s'entretenir avec Oporeto Implan. On disposa cinq kilos d'explosifs et un détonateur au plus près du gros tronc du Fils. Harry leva le fusil à radiations qui projetterait les fréquences de déclenchement.

Mû par une idée soudaine, Joe se précipita et lui agrippa le bras. « Un instant. Supposons que tu obtiennes un hectare de bouts de bois… et que chacun se mette à pousser ? »

L'autre baissa son arme. « Voilà une idée bien sinistre. »

Joe fit un geste en direction de la campagne environnante. « Ces fermes me semblent bien cultivées et modernes.

— Les toutes dernières techniques terriennes. Et alors ?

— Tu laisses tes petits camarades arracher les mauvaises herbes à la main ?

— Bien sûr que non. On dispose de désherbants divers… d'hormones… » Il s'arrêta net et tapa sur l'épaule de Joe. « Des désherbants ! Des hormones de croissance ! Joe, je vais te nommer ministre de l'Agriculture !

— Avant tout, voyons si ça marche sur l'Arbre. Si c'est un légume, il va devenir dingue. »

Le Fils de l'Arbre devint dingue.

Les vrilles se tordirent, se contorsionnèrent, claquèrent. La tête blanche cotonneuse cracha des arcs d'énergie dans toutes les directions.

En quelques secondes, les feuilles atteignirent la hauteur grotesque de soixante mètres, puis retombèrent au sol.

On amena un autre projecteur laser. Le Fils ne résista plus que faiblement. Le tronc devint charbonneux ; les feuilles se ratatinèrent et noircirent.

Au bout de quelques minutes, le Fils de l'Arbre n'était plus qu'une souche malodorante.

Le prince Harry siégeait sur son trône. Les archithéarques Gaméanza et Oporeto Implan restaient figés, pâles et muets sous leurs capuches. Les Mangs du Flot-Rouge attendaient d'un côté de la salle en un petit groupe constitué selon un système de préséance très rigide : d'abord le magnerru dans sa cuirasse ciselée et sa robe écarlate, puis Erru Kametin et, derrière lui, les deux censeurs.

Harry déclara de sa voix claire et enjouée : « Je n'ai pas grand-chose à vous annoncer… sinon que, depuis quelques mois, régnait une certaine incertitude sur la direction que Ballenkarch allait prendre : vers Mangtsé ou vers Kyril ? »

Il remua sur son siège, posa les mains sur les accoudoirs. « Eh bien, ces hypothèses ne résidaient que dans l'esprit des Druides et des Mangs, car, sur Ballenkarch, nous n'avons jamais hésité. Une fois pour toutes, on ne s'alliera à aucune planète.

» On se développera dans une direction différente, et je crois qu'on finira par avoir le monde le plus agréable de ce côté de la galaxie. À propos du Fils de l'Arbre, je ne tiendrai personne pour responsable en particulier. Les Druides ont, je crois, agi selon leurs connaissances. Vous êtes victimes de vos croyances tout autant que votre Laïcat.

» Autre chose : si on refuse d'entrer dans le jeu politicien, on est dans les affaires. On fait du commerce. On fabriquera des outils : des marteaux, des scies, des clés, des appareils de soudage. Dans un an, on passera au matériel électrique ; dans cinq, on aura un chantier spatial sur les rives du lac Alan.

» Et dans dix ans, croyez bien qu'on transportera nos cargaisons jusqu'à la moindre étoile que vous distinguerez durant la nuit... et peut-être plus loin encore. De fait, magnerru, rentrez donc et transmettez mon message à votre Ampianu Général et au Lathbon. Quant à vous, Druides, je doute que vous désiriez jamais rentrer chez vous... Gageons qu'il devrait se produire certains troubles sur Kyril à votre arrivée. »

Gaméanza demanda vivement : « Comment cela ? »

Harry dissimula mal un sourire. « Simple intuition. »

*
* *

Depuis le solarium privatif du prince, l'eau du lac Alan rougeoyait des mille nuances du soleil couchant. Joe, assis dans un fauteuil, coudoyait Elfane en simple robe blanche.

Harry allait et venait, déblatérait, gesticulait, vantait ses nouveaux jouets, les hauts-fourneaux à Palinthe, cent écoles, les génératrices pour la classe agricole naissante, les fusils destinés à l'armée.

« Ils ont encore leurs penchants barbares. Ils adorent la sauvagerie des combats, des fêtes de printemps, des danses du feu nocturnes. Ils tiennent ces traits de naissance, et leur éducation les renforce ; je ne pourrais pas les leur extirper. »

Il adressa un clin d'œil à Joe.

« Les plus excités, je les envoie contre les clans de Vail Macrombie, l'autre continent. D'une pierre deux coups ! Ils passent leur belligérance sur les cannibales de Macrombie et s'emparent peu à peu du continent. Sanglant, certes… mais ça comble un besoin de leur personnalité.

» Les jeunes grandiront différemment. Leurs héros seront ingénieurs et non plus soldats ; tout devrait s'enchaîner au mieux. La nouvelle génération grandira tandis que les pères seront occupés à nettoyer le cap Matenda.

— Très ingénieux, dit Joe. Et, en parlant d'ingéniosité, où est Hableyat ? Il y a un jour ou deux que je ne l'ai vu. »

Harry se laissa tomber dans un fauteuil. « Il est parti.

— Parti ? Où ?

— Officiellement, je l'ignore… d'autant que nous avons des Druides parmi nous. »

Elfane s'agita. « Je ne suis plus druidesse. J'ai renoncé à ce rôle. Désormais, je suis… » Elle leva les yeux sur Joe. « … quoi ?

— Une expatriée, orpheline de l'espace et apatride. » Il regarda Harry. « Assez de mystères. Ça ne peut pas être si important que ça.

— Mais si ! Peut-être. »

Joe haussa les épaules. « Comme tu voudras.

— Non, je vais vous le dire. Hableyat, vous le savez, est tombé en disgrâce. C'est le magnerru

Ippolito qui mène le bal. La politique mang est complexe et cryptique, mais elle semble dépendre énormément du prestige… les apparences comptent. Le magnerru a perdu la face sur Ballenkarch. Si Hableyat réalise un exploit, il pourra reprendre l'ascendant. Et nous avons tout intérêt à ce que les Eau-d'Azur soient au pouvoir sur Mangtsé.

— Donc ?

— J'ai donné à Hableyat toutes les hormones désherbantes dont on disposait… environ cinq tonnes. Il les a embarquées à bord d'un vaisseau que je lui ai fourni et il s'est envolé. » Harry eut un geste bizarre. « Où il va ? Je l'ignore… »

Elfane lâcha un petit sifflement, frissonna et détourna le regard sur le lac Alan, rose, doré, lavande, turquoise dans le soleil couchant. « L'Arbre… »

Le prince se leva. « C'est l'heure du dîner. Si tel est le plan d'Hableyat – saupoudrer l'Arbre d'hormones –, ça devrait faire un sacré spectacle. »

Le Temple de Han

Dans l'exercice sur le fil du rasoir que constitue la survie, Briar Kelly n'avait pas encore été capable de jeter le masque. L'aventure avait quelque peu tourné au vinaigre ; il ne s'attendait pas à rencontrer autant de problèmes.

Jusqu'au moment où il était entré dans l'étrange et sombre temple de la Ville Nord, le déguisement avait bien fonctionné. Il s'était fondu parmi les Hans ; nul ne lui avait accordé plus d'un coup d'œil. Une fois à l'intérieur du temple, il s'était retrouvé seul, son déguisement inutile.

Il s'agissait d'un lieu curieusement impressionnant. Un réseau gothique d'arcs-boutants soutenait le plafond ; les niches murales étaient encombrées de statues. Des lampes rouges et vertes projetaient une lumière absorbée par d'épaisses draperies noires.

Marchant lentement dans la nef centrale, les nerfs en pelote, Kelly s'était approché du haut miroir noir à l'autre bout. Il avait contemplé son propre reflet inquiétant avec une fascination hypnotique. Au-delà, on voyait des profondeurs limpides et il y aurait regardé de plus près s'il n'avait aperçu le joyau : une boule de feu vert et froid reposant sur un coussin de velours noir.

Les doigts émerveillés, il l'avait soulevé, retourné… et le tumulte s'était déclenché. Des lumières rouges et vertes clignotant ; une sirène d'alarme braillant tel un taureau furieux. Des prêtres vengeurs avaient surgi dans les niches comme par magie, et le déguisement était devenu un inconvénient. La cape noire tubulaire lui serrait les jambes quand il s'engagea en courant dans la nef latérale, descendit les marches décrépites et longea les ruelles noires immondes pour rejoindre son aérocar. À présent, plié en deux sur les commandes, des gouttes de sueur transparaissaient sous son fard blanc, et il avait la peau qui le grattait et se couvrait de chair de poule.

Trois mètres plus bas, les fondrières incrustées de sel filaient vers l'arrière. Des roseaux jaune sale fouettaient la coque. Kelly appuya son coude contre sa hanche et palpa la forme dure du joyau. Cette sensation éveilla des émotions mélangées où prédominait l'appréhension. Il rapprocha encore l'aérocar du sol. « Cinq minutes comme ça et je serai indétectable, songea Kelly. De retour à Pézinge, je serai perdu dans la foule. On ne pourra pas me repérer, sauf si Herli crache le morceau, ou Mapes… »

Il risqua un regard dans l'écran rétroviseur. La Ville Nord était encore visible, mont Saint-Michel démesuré jaillissant du sinistre marécage salé. Des exhalaisons brumeuses brouillaient les détails ; la ville se fondit dans le ciel et finit par tomber derrière la ligne d'horizon. Il releva le nez de son aérocar et monta à la tangente de la surface, le braquant vers Magra Taratempos, le soleil blanc brûlant.

L'atmosphère se raréfia, le ciel noircit, les étoiles sortirent. Puis, au loin, scintilla le vieux Sol, étoile jaune accrochée entre Sadal Suud et Sadal Melik dans le Verseau… trente années-lumière pour rentrer chez soi…

Il entendit un léger sifflement. La lumière changea, passant du blanc au rouge. Il cilla, regarda autour de lui, époustouflé.

Magra Taratempos avait disparu. En bas à sa gauche, un soleil rouge géant dominait l'horizon ; plus bas, les marais salants nageaient dans un rougeoiement bordeaux tout neuf.

Éberlué, il porta son regard du soleil rouge à la planète, puis vers les cieux, où Magra Taratempos s'accrochait un instant auparavant.

« Je suis devenu dingue, lâcha Kelly. À moins que… »

Deux ou trois mois auparavant, une rumeur bizarre avait circulé à Pézinge. Faute de meilleure distraction, les raffinés de la ville avaient fait de cette histoire une plaisanterie, qui avait fini par passer de mode pour ne plus se manifester.

Kelly, qui travaillait comme trieur informatique à la station d'astrogation, connaissait bien cette rumeur. Selon elle, un prêtre han, austère et rigide sous sa cape noire, avait été poussé dans le marais par un ramasseur de pollen en état d'ébriété. Comme une tortue, le prêtre avait sorti son visage blanc de sous la capuche de sa soutane et marmotté dans le sabir de la planète : « Tu maltraites un prêtre de Han ; tu te moques de nous et du Dieu Suprême. Le temps arrive. Avec la Septième Année, toutes les créatures terrestres sans dieux chercheront à fuir, mais tu ne sauras où aller. »

Telle était l'histoire. Kelly se rappelait l'excitation qui avait joyeusement vogué d'une langue à l'autre.

Il fit une grimace, examina le ciel avec une appréhension renouvelée.

Les faits étaient devant ses yeux, indéniables. Magra Taratempos avait disparu. Dans un coin différent du ciel, un nouveau soleil avait surgi.

Ne tenant aucun compte des repérages radar, il se mit à la verticale et quitta l'atmosphère. Les schémas stellaires avaient changé. Le noir formait un rideau sur la moitié du ciel ; çà et là brillait une étincelle solitaire ou une volute de galaxie lointaine. Dans une autre région du ciel, une vaste tache de clarté s'étendait à travers le firmament, lueur étroite, allongée, boursouflée au centre, le tout saupoudré d'un million de minuscules points brillants.

Kelly coupa le courant de son moteur ; l'aérocar dériva. Indubitablement, la tache lumineuse était une galaxie vue de l'une des branches extérieures. De plus en plus éberlué, il baissa les yeux sur la planète. Au sud, il aperçut le plateau triangulaire montant du marais et le lac Lénore, près de Pézinge. Puis le marais salant et, loin au nord, l'empilement grossier où les Hans avaient leur ville.

« Du courage. Oui j'ai perdu l'esprit – ce que je me refuse à croire –, ou la planète entière a été emportée jusqu'à un autre soleil. J'ai déjà entendu parler de trucs bizarres, mais ça… »

Il sentit le poids du joyau dans sa poche et, avec lui, une nouvelle poussée d'appréhension. Pour autant qu'il sache, les prêtres hans ne pouvaient l'identifier. À Pézinge, c'étaient Herli et Mapes qui l'avaient poussé dans cette aventure, mais ils n'avaient pu tenir leur langue. Officiellement, il s'était envolé pour sa cabane au bord du lac Lénore ; nul n'aurait dû connaître ses allées et venues. Il rabattit l'appareil vers Pézinge et, une demi-heure plus tard, atterrit près de chez lui. Il avait nettoyé son visage du fard qui le recouvrait ; il avait déjà largué la cape dans le marécage ; et le joyau pesait toujours dans sa poche.

Dans cette lumière nouvelle, la cabane, bâtisse à toit plat, murs d'aluminium et façade vitrée, paraissait étrange, peu familière. Kelly rejoignit la porte avec lassitude. Il regarda de droite et de gauche. Personne, rien n'était visible. Il colla l'oreille contre le panneau de la porte. Aucun bruit.

Il fit coulisser le panneau, entra, parcourut l'intérieur d'un regard circulaire. Tout semblait en l'état.

Il se dirigea vers l'écran vidéo mais s'arrêta.

Le joyau.

Il le sortit de sa poche, l'examina de près pour la première fois. Le centre brillait d'un feu vert vif qui décroissait vers l'extérieur. Il le souleva. Un poids exceptionnel. Étrangement fascinant, tout à fait charmant. Il serait parfait au cou de Lynette Mason…

Mais ce n'était pas le moment. Il l'enveloppa dans du papier et le fourra dans une cruche vide. Derrière la cabane, un vieux noyer blanc sortait en biais de l'humus noir et retombait au-dessus du toit tel un parasol gris et dépenaillé. Kelly creusa un trou sous l'une des racines à nu et enterra la cruche contenant le joyau.

Il retourna à la cabane, s'avança jusqu'à l'écran et tendit la main vers le visiophone pour appeler la station. Ses doigts se trouvaient à trente centimètres des touches lorsque la sonnerie de l'appareil retentit. Il retira sa main.

Mieux valait ne pas répondre.

La sonnerie retentit encore… et encore. Kelly retenait son souffle, considérant le visage noir de l'écran.

Le silence.

Il acheva de se débarbouiller, se changea, courut dehors, bondit dans son aérocar et s'envola pour Pézinge.

Il atterrit sur le toit de la station et remarqua le véhicule de Herli garé dans sa niche habituelle. Il se sentit soudain moins intrigué et délaissé. La station, avec ses machines et ses robustes règlements à la terrienne, projetait une rassurante impression de normalité. D'une manière ou d'une autre, l'ingéniosité et l'impulsion agressive qui avaient poussé les hommes jusqu'aux étoiles résoudraient cette énigme.

Mais était-ce bien sûr ? L'ingéniosité pouvait propulser les humains à travers l'espace, mais se trouverait tristement désemparée pour repérer un grain de planète à cent mille années-lumière dans une direction inconnue. Et Kelly avait son propre problème : le joyau. Dans son esprit apparut une image : la cabane près du lac, le parasol gris et en haillons du noyer blanc et, brillant sous la racine, l'œil vert du bijou sacré. Dans sa vision, il aperçut la silhouette vêtue d'une robe noire d'un prêtre han qui traversait l'espace devant la cabane et il distingua l'éclair du visage terreux…

Kelly jeta un regard troublé en direction du gros soleil rouge et entra dans la station.

Les bureaux de l'administration étaient vides ; Kelly grimpa l'escalier jusqu'à la section des opérations.

Il s'arrêta à la porte et examina la salle. Elle occupait la totalité du carré du dernier étage. Tout le périmètre était longé d'établis surmontés par les fenêtres. Un cylindre poli traversait le plafond et, en dessous, se trouvait l'écran réceptionnant la projection.

Quatre hommes debout près de l'index stellaire examinaient une bande. Herli leva brièvement les yeux et se retourna vers le mécanisme en train de cliqueter.

Étrange. Herli aurait dû être intéressé ; il aurait au moins dû le saluer.

Kelly traversa la pièce avec une certaine gêne. Il s'éclaircit la gorge.

« Eh bien, ça y est. Je suis revenu.

— Je vois », fit Herli.

Kelly se tut. Par la fenêtre, il jeta un regard en direction du soleil rouge. « Qu'en pensez-vous ?

— Rien. On examine les bandes, au cas où il aurait été enregistré… c'est notre ultime espoir. »

Nouveau silence. Ils parlaient de lui avant son entrée dans la salle : il le sentait dans leur attitude. Enfin, Mapes demanda d'un air tranquille un peu forcé : « Tu as vu les infos ?

— Non », répondit Kelly.

Il y avait dans la voix de Mapes quelque chose de bien plus personnel que le déplacement de la planète. Après un instant d'hésitation, il s'approcha de l'écran et composa le code des actualités.

L'écran s'éclaira et montra une vue du marais. Kelly se pencha en avant. Une douzaine de garçons et de filles du collège de Pézinge y étaient enfouis jusqu'au cou. Et les petits crabes à trois pattes des salines leur rampaient dessus avidement ; d'autres jaillissaient de la vase ou creusaient des tunnels pour attaquer leurs corps qui se tortillaient.

Incapable de supporter leurs cris, il tendit la main.

Herli lui lança : « Laisse ! » Jamais Kelly ne l'avait entendu parler aussi fort. « L'annonce est prévue pour maintenant. »

Elle commença, dans le sabir monotone des prêtres hans. « Parmi les étrangers se trouve un voleur immonde. Il nous a dépouillés de l'Œil de la Septième Année. Qu'il s'avance pour recevoir son dû. Tant que le voleur ne nous aura pas apporté lui-même l'Œil de la Septième Année au temple sacré, chaque heure l'un des étrangers sera enfoui dans le terrier des crabes. Si le voleur ne reparaît pas, tous seront punis et ce sera la fin des créatures terrestres. »

Mapes demanda d'une voix tendue : « Tu as dérobé l'Œil de la Septième Année ? »

Abasourdi, il opina du chef. « Oui. »

Herli lâcha un son aigu et se détourna.

Kelly déclara d'un ton pitoyable : « J'ignore ce qui m'a pris. Il était là… il brillait comme une petite lune verte… je n'ai pas pu me retenir. »

Herli lança d'une voix gutturale : « Bouge-toi ! »

Il tendit la main et appuya sur des boutons. L'image changea ; un prêtre han le dévisageait.

« C'est moi qui ai volé votre joyau… ne tuez plus personne. Je vous le rapporte.

— En attendant ton arrivée, chaque heure l'une des créatures terrestres mourra dans la douleur. »

Kelly se pencha et éteignit l'écran avec violence. Il se retourna, furieux.

« Ne restez pas là à me foudroyer du regard ! Herli, c'est toi qui m'as dit que je n'arriverais même pas à entrer dans le temple ! Et si l'un de vous s'était trouvé à ma place, je suis bien sûr qu'il l'aurait pris également. »

Mapes gémit dans un souffle. Les épaules de Herli parurent s'affaisser ; il détourna le regard. « Tu as peut-être raison, Briar.

— On ne peut rien faire ? demanda-t-il. Pourquoi n'a-t-on pas bougé quand ils ont enlevé ces douze gamins ? Il y a peut-être un million de Hans, mais on est cinquante mille… et ils n'ont pas d'armes, à ma connaissance.

— Ils se sont emparés de la centrale électrique, répondit Herli. Faute de courant, impossible de distiller l'eau et d'irradier les hydroponiques. On est dans de sales draps. »

Kelly pivota sur ses talons. « Salut, les gars. »

Personne ne lui répondit. Il descendit l'escalier et traversa le parking pour rejoindre son aérocar. Il sentait les regards à la fenêtre braqués sur lui.

Il grimpa, décolla, partit. D'abord à sa cabane au bord du lac où il récupéra l'Œil de la Septième Année sous le noyer blanc, puis jusqu'à la forteresse grise de la Ville Nord et au temple ténébreux en son centre.

Kelly se posa juste devant le temple. Aucune raison de se montrer furtif, désormais.

Il descendit et sonda l'étrange pénombre violette qui était tombée sur la ville en ruines. Quelques Hans déambulaient ; il aperçut l'éclair de leur visage.

Il remonta lentement les marches du temple, marqua un temps d'arrêt, hésitant devant la porte. Inutile d'ajouter la provocation à son délit. Il ne faisait aucun doute qu'ils prévoyaient de le tuer ; autant rendre la chose le moins pénible possible.

« Ohé ! lança-t-il dans l'intérieur obscur, d'une voix qu'il voulait ferme. Il y a quelqu'un ? Messieurs les prêtres ! J'ai ramené le joyau… »

Aucune réaction. Il écouta attentivement et perçut un murmure lointain. Il fit quelques pas dans le temple et scruta la nef. La lumière rouge et verte voilée troublait sa vision plus qu'elle ne l'aidait. Il remarqua une curieuse irrégularité sur le sol. Il s'avança d'un pas… d'un autre… d'un encore… et marcha sur du mou. Un éclair blanc sous lui : le sol disparaissait sous les prêtres en robe noire allongés à plat ventre.

Le prêtre sur lequel il avait marché n'émit aucun bruit. Kelly hésita. Le temps s'écoulait… il remisa tous ses doutes, ses peurs et ses hésitations dans un coin de son esprit et s'avança à grands pas, sans prendre garde à ce qu'il foulait.

Il circulait au centre de la nef, tenant la pierre verte à la main. Devant lui, il apercevait le reflet du grand miroir noir et là, sur le coussin noir, se trouvait un joyau identique à celui qu'il portait. Un prêtre han se tenait à l'instar d'un fantôme en robe noire et regardait, immobile, l'intrus approcher. Ce dernier posa le joyau sur le coussin à côté de son jumeau.

« Le voilà. Je l'ai rapporté. Je regrette de l'avoir pris. Je… j'ai agi sous l'effet d'une impulsion irrationnelle. »

Le prêtre souleva le joyau et le tint sous son menton comme s'il cherchait à capter la chaleur de son feu vert. « Ton impulsion a coûté quinze vies de Terriens.

— Quinze ? Mais il n'y avait que douze…

— Deux heures de retard en ont envoyé deux autres dans le terrier des crabes, coupa le Han. Et avec toi, cela fait quinze. »

Il protesta dans une bravade incertaine : « Vous ne manquez pas de culot… tous ces meurtres…

— Je ne suis pas familiarisé avec votre idiome, dit le prêtre, mais il me semble que tu voudrais essayer de nous menacer. Que peuvent donc les créatures terrestres contre le Dieu Suprême Han, qui vient de faire traverser la galaxie à notre planète ?

— Votre dieu Han a… déplacé la planète ? releva le visiteur, médusé.

— Certainement. Il nous a conduits bien loin de la Terre, près de ce soleil aimable ; telle est sa gratitude après toutes nos prières et les tributs à l'Œil.

— Vous avez récupéré votre joyau, déclara Kelly avec une nonchalance étudiée. Je ne vois pas pourquoi vous vous montrez aussi offensés…

— Regarde là. » L'intrus obéit et distingua un trou noir carré bordé d'un couronnement de pierre polie. « Ce puits mesure vingt-sept kilomètres de profondeur. Chaque prêtre de Han descend dans la combe une fois par semaine et remonte à la surface un panier de stellite cristallisée. En de rares occasions, on trouve la matrice d'un œil et ce sont alors des réjouissances dans toute la ville… C'est ce joyau que tu as volé. »

Il extirpa son regard du puits. Vingt-sept kilomètres… « Naturellement, j'ignorais ce…

— Peu importe : l'acte a été accompli. La planète s'est à présent déplacée et la puissance de la Terre ne peut prévenir le châtiment que nous te réservons. »

Kelly s'efforça de garder la voix posée. « Un châtiment ? Lequel ? »

Derrière lui, il entendit un bruissement. Il regarda par-dessus son épaule. Les capes noires s'étaient fondues avec les draperies du temple et les visages hans flottaient à mi-hauteur.

« La mort », dit le prêtre. L'humain regarda fixement le visage blanc. « Si la manière dont tu vas disparaître t'intéresse... » L'autre détailla la punition ; Kelly en eut la chair de poule et la bouche sèche. « Ta mort dissuadera les autres créatures terrestres de crimes semblables. »

Il protesta malgré lui. « Vous avez votre joyau. Là. Si vous tenez à me tuer, faites-le, mais...

— Étrange, dit le prêtre han. Vous autres créatures terrestres, vous redoutez la douleur davantage que tout ce que vous pouvez concevoir. Cette peur est votre ennemie la plus mortelle. Nous autres Hans ne craignons rien... » Il leva les yeux sur le grand miroir noir et courba le buste. « ... hormis notre Dieu Suprême Han. »

Kelly considéra la surface qui vibrait. « Quel rapport entre ce miroir et votre Dieu Han ?

— Ceci n'est pas un miroir ; c'est la porte donnant sur le domaine des Dieux et, tous les sept ans, un prêtre doit la franchir pour remettre à Han l'Œil consacré. »

Le visiteur tâcha de sonder le tréfonds du miroir. « Qu'y a-t-il derrière ? Quelle sorte de pays ? »

L'autre ne répondit pas.

Kelly éclata d'un rire strident qu'il ne se connaissait pas. Il s'avança lourdement et donna un coup de poing qui contenait toute la force et tout le poids dont il était capable. Il toucha un point où aurait dû se trouver la mâchoire d'un homme et sentit un craquement fragile. Le prêtre virevolta et tomba dans un enchevêtrement de tissu noir.

Il se tourna vers les officiants dans la nef ; ils se relevaient, furieux. Désespéré, désormais sans peur, il rit de plus belle et s'empara des deux pierres sur le coussin. « Le Grand Dieu Han habite derrière le miroir et déplace des planètes pour des joyaux. J'ai deux joyaux ; peut-être bougera-t-il une planète pour moi... »

Il bondit à proximité du miroir noir. Il tendit la main et sentit une surface douce comme un rideau d'air. Il s'arrêta, tremblant soudain. Au-delà, c'était l'inconnu...

La première rangée de prêtres hans se refermait sur lui.

Il ne pouvait reculer. La mort contenait sa propre finalité. S'il périssait en franchissant le rideau noir, s'il suffoquait dans l'espace dépourvu d'air – ce serait propre et rapide.

Se penchant, il ferma les yeux, retint son souffle et avança d'un pas...

Kelly avait parcouru une distance fabuleuse, que l'on ne pouvait calculer en kilomètres ni en heures, mais en quantités apparentées à des idées abstraites et irrationnelles.

Il ouvrit les yeux. Ils fonctionnaient. Il n'était pas mort... Vrai ou faux ? Une enjambée, et il sentit du solide sous ses pieds. Il baissa les yeux sur un sol noir et vitreux où explosaient de petites étincelles. Des constellations ? Des univers ? Ou simplement... des étincelles ?

Un nouveau pas. Ça aurait pu être un mètre, un kilomètre, une année-lumière ; il se déplaçait avec l'aisance flottante d'un homme qui marche dans un rêve.

Il se trouvait au bord d'un amphithéâtre, une cuvette semblable à un cratère lunaire. Il s'avança encore ; il se tenait au centre de la cuvette. Il fit halte, tâcha de se convaincre qu'il était conscient. Le sang produisait un son torrentiel dans ses veines.

Il oscilla ; si la pesanteur avait existé en ce lieu, il serait tombé, mais il n'y en avait pas. Un mystérieux pouvoir adhésif collait ses pieds à la surface. Le bruit du sang s'élevait et palpitait dans ses oreilles. Il était en vie.

Regardant derrière lui, ne put distinguer ce qu'il voyait dans le flou de ses yeux. Il se retourna, fit un pas…

Il arrivait en intrus. Il sentit soudain l'attention irritée de personnalités gigantesques, écrasantes.

Il scruta le sol vitreux : de vagues lueurs gris d'eau qui sourdaient d'en haut se rassemblaient dans la concavité où il s'était arrêté. L'espace était vaste, interminable, dépourvu de perspectives.

Kelly vit les êtres qu'il avait dérangés… les *sentit* plutôt qu'il ne les vit : une douzaine de formes géantes indistinctes au-dessus de lui.

L'une de ces formes élabora une pensée et un flot de significations imprégna l'espace pour faire irruption dans l'esprit de Kelly, se traduisant en mots : « Quelle est cette créature ? De quel monde est-elle venue ?

— Du mien. »

Il considéra une forme après l'autre pour déterminer quel dieu pouvait être Han.

« Ôte-la d'ici, vite… » Dans l'esprit de Kelly apparut un fouillis d'impressions qu'aucun mot ne pouvait décrire. « Il nous faut traiter de… »

Encore une liste rapide d'idées qui se refusaient à se traduire dans son esprit. Il sentit l'attention de Han se fixer sur lui. Il resta paralysé, s'attendant à un anéantissement imminent.

Mais il tenait les joyaux, et leur lumière verte brillait à travers ses doigts. Il s'écria : « Attendez, je suis venu dans un but bien précis ! Je veux qu'une planète retourne à son emplacement et j'ai des joyaux pour payer… »

Il sentit la pression inquiétante du dieu sur son esprit – elle croissait, grandissait ; il gémit de douleur et l'impuissance.

« Attends », suggéra une pensée calme, d'une clarté et d'une sérénité transcendantales.

« Je dois le détruire, protesta Han. C'est l'ennemi de mes gemmifères.

— Attends », répéta une autre forme. Kelly perçut un soupçon d'antagonisme envers Han chez celui-là. « Il nous faut agir judicieusement.

— Pourquoi es-tu ici ? questionna le Primat.

— Les prêtres hans assassinent les gens de ma race, répondit-il.

— Ah ! » La réflexion de l'Antagoniste frisa l'exclamatif. « Les gemmifères de Han effectuent des actes mauvais et contre-nature.

— Une question secondaire, lança la pensée nerveuse d'une autre forme. Han doit protéger ses gemmifères. »

Et Kelly comprit ce que cela impliquait : l'envoi des joyaux était d'une importance primordiale ; ces joyaux, pour les dieux, constituaient une nécessité vitale.

L'Antagoniste décida que la question méritait qu'on s'y arrête. « L'injustice que Han a ainsi provoquée doit être réparée. »

Le Primat médita. Kelly eut une pensée astucieuse qu'il sentit soufflée par l'Antagoniste. *« Défie Han en… »* Ça ne pouvait se traduire que par le mot *duel*. *« Je t'aiderai. Détends ton esprit. »*

Il se força à retrouver un état d'esprit détendu et sentit une espèce d'ombre humide qui pénétrait son esprit, absorbait, enregistrait – le tout en un instant. Puis le contact s'évanouit.

L'intrus sentit l'esprit du Primat qui penchait en faveur de Han. Il dit à la hâte, improvisant de son mieux : « Primat, dans l'une des légendes de la terre, un homme voyagea jusqu'au pays des géants. Alors qu'ils venaient le tuer, il défia le premier en duel, sa vie étant l'enjeu. » (*« Par trois épreuves »*, émit une pensée.) « Par trois épreuves. Dans cette histoire, l'homme gagnait et pouvait regagner son pays. De la même manière, permettez-moi de combattre Han en trois épreuves. »

Le flot de pensées était presque tangible… mépris plein de rancœur chez Han, encouragement subtil chez l'Antagoniste, amusement chez le Primat.

« Tu invoques un principe barbare, déclara ce dernier. Mais, logiquement, le procédé est juste et sera honoré. Tu combattras Han en duel.

— Pourquoi perdre du temps ? demanda le dieu concerné. Je puis le réduire en une poussière moindre que celle des atomes.

— Non, décréta le Primat. L'épreuve ne sera pas sur la base du simple potentiel. Toi et cet homme êtes en opposition pour un sujet qui n'est fondamentalement ni bien ni mal. C'est le bien de son peuple opposé au bien de tes gemmifères. Face à des enjeux égaux, il n'y aurait aucune justice dans un duel inégal. L'épreuve doit avoir une base qui ne puisse handicaper ni l'une ni l'autre partie.

— Qu'un problème soit posé, suggéra l'Antagoniste. Le premier parvenant à une solution emportera l'épreuve. »

Han demeura plongé dans un silence méprisant. Le Primat formula donc un problème – une affirmation grandiloquente en termes de dimensions multiples, de quasi-temps et d'une douzaine de concepts que le cerveau humain ne pouvait en rien saisir.

« Cette épreuve n'est guère juste, protesta l'Antagoniste, puisqu'elle échappe au domaine d'expérience de cet homme. Permets-moi d'en formuler une autre. »

Et il présenta une situation qui, en premier lieu, surprit Kelly, puis lui apporta l'espoir.

Il s'agissait d'un problème qu'il avait rencontré un an auparavant à la station. Un système permettant d'intégrer vingt-cinq bandes de communications différentes en un seul canal était en cours d'élaboration et il fallait propulser un rayon de protons devant une batterie de vingt-cinq aimants en interaction mutuelle pour toucher un filtre de la taille d'une pointe d'aiguille à l'autre extrémité de sa boîte de vectorisation. La solution était assez simple : il suffisait de placer le vecteur initial en termes d'équation coordonnée et de potentiel de voltage… et pourtant la solution avait occupé deux mois durant les ordinateurs de la station. Il la connaissait désormais par cœur.

« Vite ! » lança une pensée secrète de l'Antagoniste destinée à lui seul.

Il dévida la réponse.

Le groupe fut parcouru par une vague de stupéfaction et il sentit leur inspection soupçonneuse.

« Tu es vraiment rapide », dit le Primat, perplexe.

« Un autre problème », lança l'Antagoniste qui tira de nouveau une question de l'expérience de Kelly, cette fois sur le comportement des positrons dans la couche secondaire d'une étoile d'un amas de six, chacune ayant une température et une masse bien spécifiques. Cette fois, l'esprit du Terrien fonctionna encore plus vite. Il exprima derechef la réponse, mais il n'avait devancé Han que de quelques secondes.

Le dieu en question protesta. « Comment cette petite cervelle rose peut-elle réagir plus vite que ma conscience cosmique ?

— Comment cela se fait-il ? demanda le Primat. Comment peux-tu calculer aussi rapidement ? »

Kelly chercha des idées et finit par déclarer assez pitoyablement : « Je ne calcule pas. Dans mon cerveau se trouve une masse de cellules dont les molécules se disposent en modèles du problème. Elles se déplacent instantanément, le problème est résolu et la solution mûrit. »

Il attendit avec inquiétude, mais cette réponse semblait satisfaire le groupe. Ces créatures – des dieux, vraiment ? – étaient-elles si naïves ? Seul l'Antagoniste suggérait des motivations complexes. Han, Kelly le percevait, était vieux, d'une force immense, d'une nature dure, inflexible. Le Primat était vénérable au-delà de toute imagination, calme et imperturbable tel l'espace même.

« Et maintenant ? demanda l'Antagoniste. Encore un problème ? Ou cet homme doit-il être déclaré vainqueur ? »

Le Terrien aurait préféré qu'on en reste là, mais ceci contrevenait manifestement aux desseins de l'Antagoniste. « Non ! » Les pensées de Han rugirent presque comme un son. « Un particularisme risible de la cervelle de cette créature devrait me faire admettre sa supériorité ? D'une seule pensée, je puis lui faire parcourir un millier de dimensions ; d'une pichenette, le chasser de l'existence, du souvenir…

— Peut-être parce que tu es une Entité, le nargua l'Antagoniste, et fait de… » Encore un concept troublant, mélange d'énergie, de divinité, de force, d'intelligence. « L'homme n'est qu'une union d'atomes qui se déplace par l'oxydation du carbone et de l'hydrogène. Si tu lui ressemblais, peut-être pourrait-il t'affronter en termes plus égaux, au même niveau. »

Une tension étrange raidit l'atmosphère mentale. Les pensées de Han se formèrent lentement, teintées de doute pour la première fois.

« Ceci sera la troisième épreuve », dit le Primat d'un ton égal. Han haussa mentalement les épaules. L'une des ombres imposantes se rétrécit, se condensa, tournoya pour adopter une forme humaine, se solidifia encore et se tint enfin face à Kelly : un silhouette d'homme, brillant d'une phosphorescence verte apparentée au cœur de l'Œil de la Septième Année.

La pensée secrète de l'Antagoniste parvint à Kelly. *« Saisis-toi du joyau qu'il a dans la nuque. »*

Kelly examina le personnage qui avançait lentement. Exactement de sa taille et de son poids, nu, il irradiait une confiance non humaine. Le visage était flou ; il aurait eu bien du mal à décrire son expression. Il détourna brutalement le regard.

« Comment combattons-nous ? demanda-t-il, couvert de sueur. On fixe des règles… ou bien tous les coups sont permis ?

— Bec et ongles, répondit calmement la pensée du Primat. Han possède à présent les mêmes sensibilités organiques que toi. Si tu tues ce corps, si tu le rends inconscient, tu gagnes. Si tu perds, alors nous verrons.

— Supposons qu'il me tue ? » objecta Kelly, mais nul ne parut l'entendre.

Les yeux brûlants, Han avança sur lui. Le Terrien recula et tenta un coup hésitant du gauche. Han se précipita. Kelly tapa furieusement, donna du genou contre le corps qui lui arrivait dessus, l'entendit gémir et tomber, pour se relever aussitôt d'un bond. Un picotement de joie lui parcourut l'échine et c'est avec une confiance renouvelée qu'il s'avança pour cogner du droit et du gauche. Han lui sauta dessus, l'étreignit, serra ; Kelly sentit une force plus grande que celle d'aucun homme dans ces bras qui brillaient d'un feu vert.

« Le joyau », lui glissa une pensée matoise.

Des étincelles explosaient dans ses yeux ; ses côtes craquaient. Il lança la main derrière la nuque de Han. Il sentit une protubérance dure, enfonça ses ongles dessous et arracha la pierre.

Un cri strident de douleur et d'horreur absolues… et l'homme-dieu se dissipa en fumée noire qui babillait, frénétique, en arpentant les ténèbres. Elle entoura Kelly et de petites volutes semblèrent s'accrocher au joyau qu'il serrait dans la main. Mais leur force était réduite et il se rendit compte qu'il arrivait à les chasser d'un simple effort mental.

Il comprit soudain la fonction du joyau : servir de point focal au dieu en centralisant des myriades de forces. Le joyau disparu, le dieu était un fouillis de volontés en conflit, d'impulsions vagabondes, insubstantielles.

Kelly sentit les pensées triomphales de l'Antagoniste et ressentit pour sa part un enthousiasme qu'il n'avait jamais connu. Le commentaire froid du Primat le ramena à la réalité.

« Il semble que tu aies remporté le concours. » Un silence. « En absence d'opposition, nous répondrons à toutes tes requêtes. » Il n'y avait aucune inquiétude dans ses pensées pour le Han décentralisé. La fumée noire se dissipait. Le dieu n'était rien de plus qu'un souvenir. « Tu nous as déjà beaucoup retardés. Nous avons le problème de... » Et ce fut le méli-mélo d'idées désormais familier que Kelly comprenait vaguement. Il lui semblait qu'il existait un tourbillon d'univers qui possédaient une conscience, aussi puissants ou plus puissants que ces entités, sur des trajectoires tangentielles qui permettaient l'interpénétration.

« Eh bien, dit-il, j'aimerais que vous rameniez la planète d'où je viens à son ancienne orbite autour de Magra Taratempos. »

Le Primat fit un petit geste. « Ce monde se déplace désormais sur la même orbite qu'auparavant.

— Et si les prêtres venaient à réclamer un nouveau changement ?

— La porte n'existe plus. Elle n'était là que par la volonté de Han ; lui dissout, la porte s'est refermée... Est-ce là la somme de tout ce que tu désires ? »

L'esprit de Kelly partit à toute vitesse, devint un maelström. Il avait une chance unique. La richesse, la longévité, le pouvoir, la connaissance... mais les pensées se refusaient à se former... il y avait des malédictions attachées aux dons contre-nature...

« J'aimerais rentrer sain et sauf à Pézinge... » Abruptement, il se trouva dans l'éclat du monde extérieur. Il se tenait sur la colline dominant Pézinge et respirait l'air salé des marais. Au-dessus était accroché un soleil blanc brûlant : Magra Taratempos.

Il prit conscience d'un objet qu'il serrait dans la main, le joyau qu'il avait arraché à la nuque de Han. Il y en avait deux autres dans sa poche.

De l'autre côté de la ville, il apercevait la boîte bleu acier de la station. Que devrait-il dire à Herli et Mapes ? Croiraient-ils la vérité ? Il considéra les trois pierres. Il pourrait en vendre deux pour une fortune, sur Terre. Mais l'une brillait plus vivement au soleil, et c'était celle qui était réservée au cou hâlé et gracieux de Lynette Mason.

Mascarade sur Dicantrope

Deux énigmes dominaient la vie de Jim Root. La première, la pyramide dans le désert, chatouillait, taraudait sa curiosité, tandis que la seconde, comment s'entendre avec sa femme, le maintenait à un niveau élevé d'inquiétude et d'appréhension. Pour l'instant, ce dernier problème avait repoussé le mystère de la pyramide dans un cul-de-sac de son cerveau.

En observant nerveusement sa femme, il estima qu'une nouvelle crise ne tarderait pas. Les symptômes étaient familiers : les pages d'un vieux magazine qu'elle tournait brutalement, le dos raide, l'attitude rigide, le silence délibéré, la commissure des lèvres pincée.

Sans le moindre mouvement préliminaire, elle jeta la revue à l'autre bout de la pièce et se leva d'un bond. Elle rejoignit la porte et contempla la plaine, les doigts tambourinant sur le chambranle. Root perçut sa voix, basse, comme si elle ne voulait pas qu'il l'entende.

« Encore une journée comme ça et je perds ce qui me reste de raison. »

Il s'approcha prudemment. Si on pouvait le comparer à un labrador, alors c'était une panthère noire

– une femme de grande taille, couverte d'une généreuse couche de chair somptueuse. Elle avait de longs cheveux noirs et des yeux noirs étincelants. Elle se mettait du rouge aux ongles et portait un pyjama d'intérieur noir même sur l'inhospitalière Dicantrope, déserte et desséchée.

« Allons, chérie, du calme. Ce n'est pas grave, enfin. »

Elle fit volte-face et Root fut surpris par la violence de son regard. « Pas grave, dis-tu ? C'est bien toi : tu te moques de tout ce qui est humain, en premier lieu. J'en suis malade. Tu m'entends ? Je veux retourner sur Terre ! Je ne veux plus jamais voir une autre planète de ma vie ! Je ne veux plus entendre le mot archéologie, je ne veux plus voir une roche, un os, un microscope… »

Elle eut un geste brusque qui embrassait toute la pièce, avec les roches, les os, les microscopes, ainsi que les livres, les spécimens en flacon, l'équipement de photo, les artefacts autochtones.

Root tenta de l'apaiser par la logique. « Très peu de gens ont le privilège d'habiter une planète extérieure, chérie.

— Ils font preuve de bon sens. Si j'avais su de quoi il s'agissait, jamais je ne serais venue ici. » Sa voix baissa de nouveau. « La même poussière, les mêmes indigènes puants, les mêmes immondes mets en boîte, personne à qui parler… »

Il prit sa pipe avec hésitation, puis la reposa. « Allonge-toi, chérie, dit-il avec une confiance peu convaincante. Fais une sieste ! Les choses te paraîtront différentes au réveil. »

Elle le transperça du regard, se retourna et sortit à grands pas dans l'éclat blanc bleuté du soleil. Il la suivit d'un pas plus lent, prenant le casque solaire de Barbara et enfilant le sien. D'instinct, il leva le regard sur l'antenne, raison d'être de la station et de sa propre présence. Dicantrope était un relais pour les messages ultraluminiques entre Clave II et Polaris. L'antenne se dressait comme d'habitude, tube métallique luisant haut de cent vingt mètres.

Barbara s'arrêta au bord du lac, étang verdâtre dans le cône d'un ancien volcan, l'une des rares étendues d'eau naturelles de la planète. Il la rejoignit en silence, lui tendit son casque solaire. Elle le fourra sur sa tête et s'éloigna.

Root haussa les épaules, la regarda faire le tour de l'étang jusqu'à un bouquet de cycas aux feuilles emplumées. Elle se jeta à terre, se laissa aller à une lassitude boudeuse, le dos contre un gros tronc gris-vert, et parut s'attacher au batifolage des indigènes – petites créatures solennelles à la peau de cuir gris qui entraient et sortaient par bonds dans leur habitation, un mamelon de quatre cents mètres, couvert de buissons épineux et de plantes grimpantes d'un noir roussâtre. À une exception près, c'était l'unique éminence en vue, d'un horizon à l'autre, d'un bout à l'autre de l'étendue désespérément brûlante du désert.

L'exception était constituée par la pyramide à degrés, le mystère qui irritait Root, construite en blocs massifs de granit, sans mortier mais taillés si soigneusement qu'on avait peine à trouver la moindre faille. Les premiers temps, il l'avait gravie pour essayer de trouver une entrée, en vain.

Quand il avait fini par sortir sa torche atomique pour creuser un trou dans le granit, un essaim d'indigènes avait soudain afflué et lui avait fait comprendre dans le sabir de Dicantrope que toute entrée était interdite. Il avait abandonné son projet à contrecœur et la curiosité le rongeait depuis.

Qui avait bâti cette pyramide ? Son style l'apparentait aux ziggourats de l'antique Assyrie. Le granit avait été taillé avec un art désormais inconnu des autochtones, pour ce qu'il en savait. Mais si ce n'étaient pas les indigènes, qui ? Mille fois il avait pourchassé cette question dans son esprit. Les autochtones étaient-ils les descendants abâtardis d'une race jadis civilisée ? Dans ce cas, pourquoi n'existait-il aucune autre ruine ? Et quelle était la finalité de la pyramide ? Était-ce un temple ? Un mausolée ? Un abri pour des trésors ? Peut-être y pénétrait-on par un tunnel.

Tandis que, debout sur la rive du lac, il contemplait le désert, les questions papillonnaient dans son esprit, mais avec une vivacité réduite. Pour l'heure, le problème de sa femme primait. Il hésitait à la rejoindre ; peut-être s'était-elle calmée et désirait-elle un peu de compagnie. Il fit le tour de l'étang et contempla ses cheveux noirs luisants.

« Je suis venue ici pour être seule », déclara-t-elle posément, avec une indifférence qui le glaça davantage qu'une insulte.

« Je pensais… que tu aurais peut-être envie de bavarder. Je suis vraiment désolé que tu sois malheureuse, Barbara. »

Elle resta coite, assise la tête appuyée contre le tronc d'arbre.

« Nous rentrerons par le prochain vaisseau d'approvisionnement. Voyons, il devrait exister un…

— Trois mois et trois jours », énonça doucement Barbara.

Il fit passer son poids d'un pied sur l'autre et l'observa du coin de l'œil. Voilà qui était nouveau.

Les larmes, les récriminations, les accès de colère – tout cela n'avait pas manqué.

« Nous tenterons de nous distraire en attendant, dit-il en désespoir de cause. Trouvons des jeux. Le badminton, peut-être… ou alors on pourrait aller se baigner. »

Barbara eut un rire sarcastique. « Avec ce genre de créatures qui n'arrêtent pas de sautiller en tous sens autour de nous ? » Elle fit un geste en direction d'un Dicantropien qui s'était approché à la nage. Elle plissa les yeux et se pencha. « Mais qu'est-ce qu'il a autour du cou, celui-ci ? »

Root regarda. « Ça ressemble assez à un collier de diamants.

— Seigneur ! » chuchota Barbara.

Il descendit au bord de l'eau. « Hé, mon gars ! » Le Dicantropien roula ses grands yeux veloutés dans leurs orbites. « Viens ici ! »

Barbara le rejoignit tandis que l'indigène nageait à leur rencontre.

« Montre un peu ce que tu as là, dit Root en se penchant sur le collier.

— Mais ils sont *magnifiques !* » haleta sa femme.

Il se mâchouilla nerveusement la lèvre. « On dirait bien des diamants. La monture m'a l'air en platine ou en iridium. Hé, mon gars, où as-tu obtenu ça ? »

Le Dicantropien recula. « Nous trouver.

— Où ? »

L'autre souffla de l'écume par ses évents, mais Root eut l'impression que ses yeux avaient un instant pivoté vers la pyramide.

« Vous trouver dans grand tas de pierres ?

— Non », répondit l'indigène avant de s'enfoncer sous la surface.

Barbara regagna sa place contre l'arbre, les sourcils froncés en contemplant l'eau. Il la rejoignit. Un silence s'ensuivit. « Cette pyramide doit regorger d'objets identiques », supputa-t-elle enfin.

Il émit un bruit désapprobateur. « Oh !... possible, je suppose.

— Pourquoi ne vas-tu pas voir ?

— J'aimerais bien... mais tu sais que ça nous causerait des ennuis.

— Tu pourrais agir de nuit.

— Non », répondit-il, mal à l'aise. « Ce ne serait pas bien. S'ils veulent que cet artefact reste clos et secret, c'est leur affaire. Après tout, il leur appartient.

— Tu en es sûr ? insista sa femme d'une voix dure et directe. Ils ne l'ont pas construit et il est probable que jamais ils n'y ont placé des diamants. » Le mépris se glissa dans sa voix. « Est-ce que tu aurais peur ?

— Oui. J'ai peur. Ils sont très nombreux et nous ne sommes que deux. Première objection. Mais surtout... »

Barbara s'affala de nouveau contre le tronc. « Je ne veux pas t'écouter. »

Root, désormais irrité aussi, resta un moment silencieux. Puis, songeant aux trois mois et trois jours qui les séparaient de l'arrivée du vaisseau d'approvisionnement, il repartit : « Inutile d'être désagréable. La vie est déjà assez difficile comme ça. J'ai commis une erreur en t'amenant ici et je le regrette. Je pensais que tu apprécierais le fait que nous restions seuls tous les deux sur une planète étrangère... »

Barbara ne l'écoutait pas. Elle avait l'esprit ailleurs.

« Barbara !

— *Chut !* répondit-elle. Tais-toi et écoute ! »

Il leva brusquement la tête. L'air vibrait sous un *vroum-m-m* lointain. Root bondit au soleil et inspecta le ciel. Le bruit devenait plus fort. Aucun doute possible : un vaisseau descendait de l'espace.

Il courut jusqu'à la station, actionna le communicateur – mais ne reçut aucun signal. Il retourna à la porte et observa l'appareil qui atterrissait brutalement à deux cents mètres.

Il s'agissait d'un petit bâtiment, du genre utilisé par les richards en guise de yacht particulier, mais vieux et délabré. Il se dressait dans l'air vibrant de la chaleur issue des tuyères qui sifflaient en refroidissant. Root s'approcha.

Le sas se mit à pivoter lentement. Un homme apparut dans l'ouverture. Un instant, il tituba sur ses jambes molles, puis il tomba tête la première.

Root avait bondi en avant et le rattrapa avant qu'il ne heurte le sol.

« Barbara ! » Elle s'approcha. « Prends-le par les pieds. Portons-le à l'intérieur. Il est malade. »

Ils l'allongèrent sur la couchette et ses yeux s'entrouvrirent.

« Qu'est-ce qui ne va pas ? lui demanda Root. Où avez-vous mal ?

— J'ai les jambes comme des glaçons, répondit l'homme d'une voix rauque. J'ai mal aux épaules. Je n'arrive pas à respirer.

— Attendez, je vais jeter un coup d'œil au bouquin », marmonna Root. Il sortit le *Guide officiel du spationaute isolé*, repéra les symptômes. Il regarda en direction du malade. « Vous vous êtes approché d'Alphard ?

— J'en viens, haleta l'homme.

— On dirait que vous avez une jolie quantité de virus de Lyma. Une injection de mycosétine devrait vous remettre sur pied, selon le *Guide*. » Il inséra l'ampoule dans le pistolet hypodermique, appuya l'extrémité contre le bras du patient, appuya sur la détente. « Ça devrait suffire… toujours d'après le bouquin.

— Merci, fit le malade. Je me sens déjà mieux. » Il referma les yeux. Root se releva, jeta un coup d'œil à Barbara. Elle inspectait l'homme avec un drôle d'air calculateur. Il baissa les yeux et jaugea l'homme pour la première fois. Il était jeune, il devait avoir la trentaine, mince mais robuste, musclé et nerveux. Le visage était maigre, presque émacié, la peau très bronzée. Il avait des cheveux noirs très courts, d'épais sourcils noirs, la mâchoire allongée, le nez mince à l'arête haute.

Root se détourna. Le regard qu'il jeta à sa femme suffit à lui prédire tristement l'avenir.

Il nettoya le pistolet hypodermique et rangea le *Guide* sur son étagère, tout cela avec une soudaine maladresse. Barbara le fixait de ses grands yeux songeurs. Il quitta lentement la pièce.

Le lendemain, Marville Landry était sur pied et, une fois rasé et changé, se révéla parfaitement guéri. Il était ingénieur des mines de son état, révéla-t-il à Root, et il devait rejoindre Thuban 14 pour remplir un contrat.

Le virus l'avait frappé rapidement et ce n'était que par hasard qu'il avait remarqué la proximité de Dicantrope sur ses cartes. De plus en plus faible, il avait été forcé de décélérer si vite et d'atterrir si maladroitement qu'il craignait de manquer de carburant. En fait, quand ils allèrent vérifier, ils découvrirent qu'il ne disposait de carburant que pour grimper d'une trentaine de mètres dans les airs.

Landry hocha tristement la tête. « Dire que j'ai un contrat de dix millions de munits qui m'attend sur Thuban 14 !

— Le vaisseau d'approvisionnement doit arriver dans trois mois », annonça Root d'une voix lugubre.

Landry broncha. « Trois mois… dans ce trou infernal ! Ça va être d'un mortel ! » Ils retournèrent vers la station. « Comment supportez-vous la vie ici ? »

Barbara l'entendit. « Mal. Les six derniers mois, j'ai failli devenir folle à chaque instant. Jim… » Elle grimaça à l'adresse de son mari. « Lui, il a ses os, ses roches et son antenne. Ce n'est pas le compagnon idéal.

— Peut-être puis-je vous aider, proposa Landry d'un air nonchalant.

— Peut-être. »

Elle eut un regard froid et inexpressif à l'intention de Root. Elle quitta bientôt la pièce, marchant d'un pas plus gracieux et avec un air de gaieté mystérieuse.

Le dîner fut vraiment de gala, ce soir-là. Dès que le soleil emporta son éclat bleuté de l'autre côté de la ligne d'horizon, Barbara et Landry descendirent une table sur la rive du lac et la décorèrent avec tout ce que la station pouvait offrir de beau. Sans un mot à son mari, elle déboucha la grosse bouteille d'eau-de-vie qu'il ménageait depuis un an et servit de généreux cocktails avec du jus de limette, des marasques et de la glace.

Un certain temps, les chandelles clignotant et invoquant des spectres chatoyants dans les verres, même lui se réjouit. L'air était magnifiquement frais et les sables du désert s'étendaient, blancs et nets comme du damas dans l'obscurité. Ils firent un festin de volaille en boîte aux champignons et de fruits surgelés, et burent sans retenue l'eau-de-vie de Root, tandis que, de l'autre côté du lac, les indigènes les observaient dans les ténèbres.

Bientôt, alors que son hôte sombrait dans la somnolence et la morosité, Landry s'égaya, Barbara pétillait – hôtesse accomplie, charmante, pleine d'esprit – et la nuit dicantropienne tintinnabulait et palpitait de son rire. Elle et Landry se lançaient des bans, échangeant des commentaires amusés aux dépens de Root... désormais affalé comme une bête, assoupi. Il finit par se lever tant bien que mal et sortit de la station en titubant.

Sur la table au bord du lac, les chandelles baissaient. Barbara versait encore de l'eau-de-vie. Leurs voix devinrent murmures et les chandelles finirent par s'éteindre en crachotant.

Malgré toute la volonté humaine de maintenir le temps dans des ténèbres bénies, le matin arriva, amenant un jour de silence et d'yeux détournés. Puis d'autres jours et d'autres nuits se succédèrent et le temps s'écoula comme d'habitude.

À la station, l'hypocrisie n'était pas de mise. Barbara évitait franchement Root et, quand elle avait l'occasion de parler, sa voix masquait à peine son amusement. Landry, sûr de lui, confiant, le nez fier, adoptait l'attitude de celui qui se carre dans son fauteuil et regarde alternativement les deux autres avec l'air de glousser en son for intérieur. Root conservait un calme étudié et parlait d'un ton posé qui ne laissait percer aucune émotion.

Il y eut bien quelques éclats mineurs. Un matin, en entrant dans la salle de bains, Root trouva Landry qui utilisait son rasoir. Sans colère, il lui ôta l'accessoire de la main.

Un instant, l'autre le regarda sans expression, puis il ébaucha un rictus moqueur.

Root lui répondit par un sourire attristé. « Comprends-moi bien, Landry. Il existe une différence entre un rasoir et une femme. Le rasoir m'appartient. On ne possède pas un être humain. Laisse mes affaires personnelles tranquilles. »

Les sourcils de Landry se haussèrent. « Mon pauvre vieux, tu es dingue. » Il se retourna. « La chaleur t'est montée à la tête. »

Les journées s'écoulaient, redevenues aussi monotones qu'auparavant, en dehors d'une tension nouvelle et pesante. Les paroles se raréfiaient ; le dédain restait accroché au-dessus d'eux telle une guirlande de Noël froissée. Le moindre mouvement, le moindre trait devenaient un spectacle détestable, un mal affiché délibérément par l'autre.

Root se réfugia presque désespérément dans ses roches et ses ossements : il regardait dans son microscope, effectuait des mesures, couchait sur le papier des milliers de notes. Les deux autres prirent l'habitude de se promener longuement dans la soirée, jusqu'à la pyramide en général, puis de revenir d'un pas lent sur le sable frais et paisible.

Le mystère de la pyramide fascina soudain Landry qui alla jusqu'à interroger Root.

« Je ne sais strictement rien. Tu peux échafauder les hypothèses que tu veux. Une chose : les indigènes ne veulent pas qu'on essaie d'y entrer.

— Humph ! fit Landry, le regard perdu dans le désert. Impossible de deviner ce qu'il y a dedans. Barbara prétend qu'un des autochtones portait un collier de diamants qui valait des milliers de munits.

— Tout est sans doute possible. » Il avait remarqué le tic naissant chez son compagnon, ainsi que les mouvements de griffe de ses doigts. « Tu as intérêt à ne pas te faire trop d'idées. Je ne veux pas d'ennuis avec les indigènes. N'oublie pas ça. »

La voix d'une douceur de surface, Landry lança : « As-tu la moindre autorité sur la pyramide ?

— Non, répondit sèchement Root. Pas la moindre.

— Elle ne… t'appartient pas ? » Landry, sardonique, avait insisté sur ce verbe et Root se souvint de l'incident du rasoir.

« Non.

— Alors, occupe-toi de tes oignons », fit l'autre en se levant.

Il quitta la pièce.

Durant la journée, Root remarqua Landry et Barbara plongés dans leur conversation et il vit Landry aller farfouiller dans son vaisseau. Au dîner, aucun mot ne fut prononcé.

Comme d'habitude, quand les derniers rayons de soleil n'émirent plus qu'une froide lueur bleue, Barbara et Landry partirent dans le désert. Ce soir-là, Root les suivit du regard ; il remarqua un sac sur les épaules de Landry et un autre à la main de Barbara.

Il marcha de long en large, tirant avec fureur sur sa pipe. Landry avait raison : ce n'étaient pas ses oignons. S'ils en tiraient quelque bénéfice, il ne réclamerait pas sa part. Et si danger il y avait, celui-ci ne frapperait que ceux qui l'auraient provoqué. Quoique… Root ne se retrouverait-il pas automatiquement impliqué du fait de son association avec ces deux-là ? Pour les Dicantropiens, un homme était un homme et si l'un méritait un châtiment, il en irait de même pour tous les autres.

Y aurait-il… mort d'homme ? Il tira sur sa pipe, en mâchouilla l'embout, relâcha des bouffées de fumée entre les dents. D'une certaine manière, il était responsable de la sécurité de sa femme. Il l'avait arrachée à sa vie protégée sur Terre. Il secoua la tête, posa sa pipe et s'approcha du tiroir où il rangeait son arme. Le pistolet avait disparu.

Il contempla la pièce d'un air absent. Landry l'avait dérobé, Dieu sait depuis combien de temps. Il entra dans la cuisine, y prit un hachoir, le fourra à l'intérieur de sa combinaison et s'engagea dans le désert.

Il effectua un large cercle afin de s'approcher de la pyramide par-derrière. L'atmosphère était paisible, sombre et fraîche comme l'eau d'un vieux puits. Le sable crissait sous ses pieds. Au-dessus de lui s'étendait le ciel et le saupoudrage des mille étoiles. Quelque part devaient briller le Soleil et la vieille Terre.

La pyramide se découpa soudain devant lui : il aperçut une lueur, entendit le cliquetis étouffé des outils. Il se rapprocha en silence, s'arrêta à cent mètres dans les ténèbres, l'oreille tendue prête à capter tous les bruits.

La torche atomique de Landry rongeait le granit. Au fur et à mesure, il entendait Barbara qui accrochait les morceaux détachés pour les jeter dans le sable. De temps en temps, Landry reculait, transpirant et haletant sous la chaleur de l'instrument.

Il creusa : cinquante centimètres, un mètre. Root entendit le murmure excité des voix. Ils étaient passés à travers. Tout en surveillant leurs arrières, ils se glissèrent dans l'ouverture qu'ils venaient de pratiquer. Plus prudent, il écouta, s'efforça de percer les ténèbres… Rien.

Il bondit, se précipita vers le trou, regarda à l'intérieur. La lueur jaune de la lampe de Landry lui passa devant les yeux. Il rampa à l'intérieur de l'ouverture et ressortit la tête de l'autre côté. L'air, frais, sentait la poussière et la roche humide.

Landry et Barbara se tenaient à une quinzaine de mètres. À la lumière capricieuse de la lampe, Root distinguait des murs et un sol de pierre. La pyramide semblait une coquille vide. Pourquoi les indigènes se montraient-ils donc aussi méfiants ? Il entendit la voix de Landry, rendue tranchante par l'amertume.

« Rien de rien, pas même une momie pour exciter ton mari. »

Root sentit Barbara qui frémissait. « Partons. Ce lieu me donne la chair de poule. On jurerait une oubliette.

— Minute, soyons un peu plus méticuleux… Hum. » Il faisait jouer le faisceau de la lampe sur les murs. « Curieux.

— Quoi ?

— À croire que la pierre a été découpée au chalumeau. Regarde : fondue vers l'intérieur… »

Root étrécit les yeux pour essayer de voir mieux.

« Étrange, entendit-il Landry marmotter. Des coups de burin à l'extérieur, l'intérieur évidé au chalumeau. Et ça ne paraît pas si ancien.

— L'air a dû tout conserver, suggéra Barbara d'une voix hésitante.

— Sans doute… malgré tout, les endroits anciens paraissent toujours anciens. On trouve de la poussière, un caractère lugubre. Ici, tout semble à l'état brut.

— Je ne comprends pas comment ça se pourrait.

— Moi non plus. C'est bizarre. »

Root se raidit. Un bruit dehors ? Des pieds palmés dans le sable… il eut un sursaut de recul. Quelque chose le poussa, il s'étala. L'œil brillant de la lampe de Landry se braqua sur lui.

« Qu'est-ce que c'est ? fit une voix dure. Qui va là ? »

Il regarda par-dessus son épaule. Le faisceau passa au-dessus de lui et frappa une douzaine de formes grises et osseuses debout juste devant l'ouverture, leurs yeux semblables à des boules de peluche noire.

Il se remit sur ses pieds.

« Ha ! s'écria Landry. Tu es donc là aussi.

— À mon corps défendant », repartit Root d'un ton lugubre.

L'autre se rapprocha lentement, gardant sa lampe braquée sur les Dicantropiens.

« Ces gars sont dangereux ? » demanda-t-il sèchement.

Root jaugea les autochtones. « Je l'ignore.

— Pas bouger, dit l'un de ceux-ci au premier rang. Pas bouger. » Un croassement rauque.

« Pas bouger, *mon œil !* s'écria Landry. On part. Il n'y a ici rien de ce que nous convoitions. Écartez-vous ! » Il s'avança.

« Pas bouger… Nous tuer… » L'autre marqua un temps d'arrêt.

« Allons, qu'y a-t-il ? s'interposa Root, très inquiet. Jeter un petit coup d'œil ne peut pas faire de mal. L'endroit est vide.

— C'est pourquoi nous tuer. Rien ici, maintenant vous savoir. Maintenant vous chercher ailleurs. Quand vous penser ici important, vous pas chercher ailleurs. Nous tuer, homme nouveau arriver, lui penser lieu important.

— Vous voyez où il veut en venir ? marmonna Landry.

— Pas trop. » Root s'adressa au Dicantropien : « On se moque de vos secrets. Vous n'avez aucun motif de nous cacher quoi que ce soit. »

L'autochtone secoua la tête. « Alors pourquoi vous venir ici ? Vous chercher secrets.

— Quel est donc votre secret ? Des diamants ? » fit la voix de Barbara derrière Landry.

L'indigène secoua encore la tête. De l'amusement ? De la colère ? Ses émotions, non humaines, n'avaient pas d'équivalents en termes terriens. « Diamants être rien : pierres.

— J'en prendrais bien une charrette, marmonna Landry dans un souffle.

— Allons donc, continua Root d'un ton persuasif. Laissez-nous ressortir et on ne cherchera pas à percer vos secrets. On a eu tort d'entrer de force et j'en suis désolé. On réparera les dégâts… »

Le Dicantropien émit un petit crachotement. « Vous pas comprendre. Vous dire autres hommes : pyramide être rien. Ensuite autres hommes chercher autre chose partout. Tout ça pas bien. Vous mourir, tout aller comme avant.

— On bavarde trop, fit Landry d'un ton rogue, et ça ne me plaît pas du tout. Filons d'ici. » Il sortit le pistolet. « Allez ! lança-t-il à Root. En route ! » Puis, aux indigènes : « Faites place, sinon c'est moi qui vais tuer des gens ! »

Parmi eux naquirent un mouvement bruissant et un gémissement aigu d'excitation.

« Il faut leur foncer dessus, cria Landry. S'ils arrivent à sortir, ils pourront nous assommer quand on voudra passer par l'ouverture. *Vite !* »

Il bondit, l'autre homme sur ses talons. Landry utilisa le pistolet en guise de matraque, Root ses poings et les Dicantropiens allèrent crépiter contre les murs tels des grains de maïs. Landry jaillit par l'ouverture. Root poussa Barbara et, donnant des coups de pied contre les indigènes derrière lui, ressortit au grand air.

L'élan de Landry l'avait poussé loin de la pyramide, au beau milieu d'une foule grouillante de Dicantropiens. Root, plus lent, garda le dos au granit. Il percevait le mouvement convulsif dans les vastes ténèbres. « Toute la colonie doit être descendue ici ! » cria-t-il à l'oreille de sa femme. Un instant, il resta absorbé par l'essaim d'indigènes, tenant Barbara derrière lui autant que possible. La première marche de granit était à peu près à hauteur d'épaule. « Je te fais la courte échelle, haleta-t-il. Je vais te hisser là-haut.

— Mais… et Landry ? se lamenta-t-elle d'une voix étouffée.

— Regarde-moi cette foule ! » repartit Root avec fureur. On ne peut rien faire. » Un afflux subit de petites formes osseuses faillit le submerger. « Dépêche-toi ! »

Gémissante, elle monta sur ses mains en berceau. Il la poussa sur la première marche, se secoua pour se débarrasser des indigènes aux mains crochues qui lui avaient sauté dessus et bondit pour la rejoindre. « À présent, cours ! » lui cria-t-il à l'oreille, et elle obéit.

Des ténèbres s'éleva un hurlement de fureur. « Root ! *Root !* Pour l'amour de Dieu… ils m'ont jeté au sol… » Un nouveau cri rauque monta pour devenir un cri de douleur. Puis ce fut le silence.

« Vite ! » Ils parvinrent à l'autre bout de la pyramide. « Saute en bas, souffla-t-il.

— Landry ! gémit Barbara en hésitant sur le rebord.

— *Descends, nom de Dieu !* » gronda-t-il.

Il la poussa vers le sable blanc et, l'ayant rejointe, la prit par la main ; ils traversèrent le désert au pas de course vers la station. Avant peu, ayant distancé leurs poursuivants, il se mit au petit trot.

« Il faut qu'on y retourne, cria Barbara. Tu vas le laisser aux mains de ces démons ? »

Root resta un moment silencieux. Puis il choisit ses mots : « Je lui ai dit de se tenir à l'écart de la pyramide. Tout ce qui lui arrive est sa faute. Et, de tout façon, ce doit être terminé, à présent. On ne peut plus rien pour lui. »

Une coque sombre se découpait sur le ciel : le vaisseau de Landry.

« Entrons, dit-il. On y sera plus à l'abri que dans la station. » Il l'aida à monter dans l'appareil et verrouilla le sas. « *Ouf !* » Il secoua la tête. « Je n'aurais jamais cru qu'on en arriverait là. »

Il grimpa dans le fauteuil du pilote et contempla le désert. Barbara, recroquevillée quelque part derrière lui, sanglotait en sourdine.

Une heure s'écoula, durant laquelle ils ne prononcèrent pas un mot. Subitement, une boule de feu orange s'éleva de la colline de l'autre côté de l'étang et dériva vers la station. Root cligna des yeux, se redressa dans son fauteuil. Il se précipita vers la mitrailleuse du vaisseau, appuya sur la détente… sans résultat.

Quand il eut enfin trouvé et débloqué la sécurité, la boule orange survolait la station et Root tira. La boule caressa l'antenne, une explosion terrifiante éclaboussa tous les angles de vision. Elle brûla les yeux de Root, le projeta sur le pont, secoua le vaisseau, le laissa assommé et à demi inconscient.

Barbara gisait, gémissante. Il se remit debout, endolori. Un trou carbonisé, un enchevêtrement de métal occupaient l'emplacement de la station. Étourdi, il s'affala dans le siège, actionna la pompe, enfonça les catalyseurs. Le bâtiment frémit, cahota. Les tuyères crachotèrent, éternuèrent.

Root examina le témoin de carburant. L'aiguille était sur le zéro, fait qu'il connaissait mais avait oublié. Il maudit sa bêtise. Leur présence dans le vaisseau aurait pu passer inaperçue s'il avait évité d'attirer l'attention.

*

* *

Une autre boule orange monta de la colline. Root se rua sur la mitrailleuse et lança une volée de balles explosives. Un nouveau grondement, une déflagration et tout le sommet fut soufflé, révélant ce qui ressemblait à une strate lisse de roche noire.

Root regarda Barbara par-dessus son épaule. « C'est fichu.

— Que… qu'est-ce que tu veux dire ?

— On ne peut pas partir. Tôt ou tard… » Sa voix mourut. Il leva la main, tourna un bouton étiqueté URGENCE. La radio ultraluminique du vaisseau bourdonna. Il énonça dans le micro : « Ici station de Dicantrope… les indigènes attaquent. Envoyez de l'aide sur-le-champ. »

Il s'enfonça dans le fauteuil. Une bande répéterait sans cesse le message jusqu'à ce qu'il l'arrête.

Barbara rejoignit en titubant le siège voisin. « Qu'est-ce que c'était que ces boules orange ?

— C'est ça qui m'étonnait : une sorte de bombe. »

Il n'en apparut pas de nouvelle. Bientôt l'horizon rougeoya ; la colline devint une silhouette sur le ciel électrique. Au-dessus d'eux, l'émetteur propulsait dans l'espace son message incessant.

« Combien de temps s'écoulera-t-il avant qu'on vienne à notre secours ? chuchota Barbara.

— Bien trop, répondit Root en regardant fixement en direction de la colline. Ils doivent avoir peur de la mitrailleuse… Je ne comprends pas ce qu'ils peuvent attendre. Peut-être un bon éclairage.

— Ils peuvent… » Elle s'interrompit, le regard fixe. Root observait la scène, pris d'incrédulité, de stupéfaction. La colline de l'autre côté de l'étang s'ouvrait, s'écroulait…

Root buvait du brandy en compagnie du capitaine du *Méthode*, le vaisseau d'approvisionnement venu à leur aide, et ledit capitaine hochait la tête.

« J'ai vu bien des trucs bizarres dans cet amas, mais cette mascarade l'emporte sur tout le reste.

— C'est bizarre d'un certain point de vue, mais d'un autre c'est vraiment simple comme bonjour, répondit Root à sa manière glaciale et directe. Ils ont joué de leur mieux et c'était fichtrement bon. Sans cette canaille de Landry, ils nous auraient dupés jusqu'au bout. »

L'autre posa brusquement son verre sur le bureau et regarda l'autre. « Mais dans quel but ?

— Dicantrope leur plaisait. Ce désert, cet enfer, pour eux c'était le paradis. Ils aimaient la chaleur, la sécheresse. Mais ils n'avaient pas envie qu'un tas de créatures d'outre-monde viennent se mêler de leurs affaires… comme nous l'aurions fait à coup sûr si nous avions percé à jour leur mascarade. Ils ont dû recevoir un sacré choc quand le premier vaisseau terrestre s'est posé ici.

— Et cette pyramide…

— Voilà ce qui est bizarre. Ces Dicantropiens étaient d'excellents psychologues, pour une race extraterrestre. Si vous lisez le rapport du premier atterrissage, vous ne trouverez aucune allusion à cette pyramide. Pourquoi ? Parce qu'elle n'existait pas. Landry lui trouvait l'air neuf. Il avait raison. Elle était bien neuve. Un leurre, un appeau… assez bizarre pour capter notre attention.

» Tant que cette pyramide était là et que je braquais dessus toute mon énergie mentale, ils étaient en sécurité… et ils ont dû bien rigoler. Mais dès que Landry est entré et a découvert le stratagème…

» Ils ont peut-être commis une erreur de calcul, poursuivit Root d'une voix songeuse. Supposons qu'ils n'aient rien su du crime, du comportement antisocial. Si tout le monde leur obéissait, alors leur intimité était assurée à tout jamais. » Il éclata de rire. « Au bout du compte, ils ne devaient pas si bien connaître les humains. »

Le capitaine les resservit ; ils burent en silence. « Je me demande d'où ils venaient », dit-il enfin.

Root haussa les épaules. « On ne le saura sans doute jamais. Une autre planète brûlante. Il pouvait s'agir de réfugiés, d'une secte bizarre, ou alors d'une colonie.

— Difficile à déterminer, acquiesça sagacement le capitaine. Une race différente, une psychologie différente. C'est ce qu'on rencontre tout le temps.

— Dieu merci, ils n'étaient guère vindicatifs, dit l'autre presque en aparté. Ils auraient certes pu nous tuer dix fois après l'envoi de mon appel au secours, mais ils ont préféré partir.

— Tout se tient donc », admit le capitaine.

Root sirota son eau-de-vie et hocha la tête. « Le signal ultraluminique parti, leur isolement était fini. Qu'on soit morts ou vifs, les Terriens devaient venir grouiller autour de la station, fouiner dans leurs tunnels… et adieu leurs secrets. »

Ils restèrent tous deux silencieux à contempler le trou proche de l'étang où s'enfouissait voici peu le fabuleux astronef sous les buissons d'épineux et les plantes grimpantes d'un noir roussâtre.

« Une fois leur appareil exposé, reprit Root, ç'aurait été le branle-bas d'ici à Fomalhaut. Une telle masse gigantesque ? On aurait tout appris : leur propulsion spatiale, leur histoire, leur mode de vie. Si ce qu'ils souhaitaient, c'était l'intimité, celle-ci aurait appartenu au passé. S'ils constituaient une colonie d'une autre étoile, il leur fallait protéger leurs secrets de la même manière que nous le faisons des nôtres. »

Barbara, debout près des ruines de la station, fouillait avec un bâton l'amas de décombres. Elle se retourna, tenant la pipe de son mari – carbonisée, dans un état lamentable, mais reconnaissable.

Elle la lui tendit lentement. « Eh bien ? » demanda Root.

Elle répondit d'une voix paisible et distante : « Maintenant que je pars, je crois que Dicantrope me manquera. » Elle le dévisagea. « Jim…

— Quoi ?

— Je reste un an de plus, si tu veux.

— Non. Moi non plus, je n'aime pas cet endroit. »

Elle ajouta, toujours à voix basse : « Alors… tu ne me pardonnes pas ma bêtise… »

Il haussa les sourcils. « Bien sûr que si. D'abord, je ne t'en ai jamais voulu. Tu es humaine. Indiscutablement humaine.

— Alors… pourquoi te comportes-tu… pourquoi fais-tu le chef ? » Il haussa les épaules. « Que tu me croies ou non, dit-elle en se détournant, jamais je n'ai… »

Il l'interrompit d'un geste. « Quelle importance ? Et si c'était le cas… tu avais toutes les raisons de le faire. Je ne le retiendrais pas contre toi.

— Vraiment ? Du fond du cœur ? »

Il resta coi.

« Je voulais te blesser. Je devenais folle peu à peu… et il me semblait que tu t'en fichais. Tu lui as dit… que je n'étais pas… ta propriété. »

Root eut son petit sourire triste. « Je suis humain, moi aussi. »

Il eut un geste nonchalant en direction du trou où avait reposé l'astronef dicantropien.

« Si tu veux toujours des diamants, descends dans ce trou avec un seau. Il y en a de gros, comme des pamplemousses. C'est un ancien cratère volcanique, l'ancêtre de toutes les mines de diamants. J'ai enregistré une concession autour de ce lieu ; on en utilisera comme boules de billard dès qu'on aura apporté des machines. »

Ils retournèrent lentement vers le *Méthode*.

« Sur Dicantrope, trois, c'est trop », dit-il, songeur. « Sur Terre, où on est des milliards, on pourra s'offrir un peu d'intimité. »

Le Robot désinhibé

1.

Le barman était le type le plus baraqué de tout le Moyeu. Il avait un visage rougeaud taillé comme un quartier de bœuf, un torse et une panse évoquant une barrique de viande et d'os. Il flanquait les ivrognes dehors à coups de bedaine ; il s'approchait d'eux en dansant et les poussait du ventre comme une pachydermique danseuse de lupanar. Des témoignages dignes de confiance comparaient cette technique à une ruade de mulet. Marvin Allixter, un homme à la minceur nerveuse, frôlant la quarantaine, l'aurait bien traité de canaille et de radin hypocrite, mais il se retint prudemment d'ouvrir la bouche.

Le barman faisait tourner la bulle entre ses doigts, examinant sous tous les angles la petite créature qui y était enfermée. Elle luisait et brillait tel un prisme – jaune comme le soleil, émeraude, mauve évanescent, rose vif… la plus pure des couleurs. « Vingt franks, dit-il sans enthousiasme.

— Vingt franks ? dit Allixter en tapant des poings sur le comptoir d'un air tragique. C'est *toi* qui plaisantes, maintenant.

— Je ne plaisante pas », grommela le barman.

Allixter se pencha en avant avec une expression intense sur le visage, décidé à faire appel à la raison de son interlocuteur. « Écoute, Buck. Cette bulle est du pur cristal de roche, vieille peut-être d'un million d'années. Et attention, les Kickerjees peuvent passer un an à creuser et s'estiment heureux d'en trouver une ou deux, et encore, au milieu d'un gros bloc de quartz. Ils doivent le raboter et le polir, le tourner et le tordre, et il suffit d'une toute petite erreur : *crac !* La bulle se brise, et voilà la petite bestiole qui dégouline et qui meurt. »

Le barman se détourna pour verser du scotch à deux ouvriers de l'entrepôt, qui avaient un sourire jusqu'aux oreilles. « Elle est trop fragile. Si je l'achetais et si un de ces soûlards la cassait, je serais refait de vingt franks.

— Vingt franks ? demanda Allixter, l'air abasourdi. C'est une somme qu'on ne peut pas prononcer en même temps que ce petit bijou. À ce compte-là, je vendrais plutôt une de mes oreilles pour vingt franks.

— C'est d'accord. »

Buck, le barman, brandit un couteau en faisant un clin d'œil.

Allixter eut alors l'idée de faire appel à sa cupidité. « Ce truc m'a coûté cinq cents franks. »

Le barman éclata de rire. « C'est toujours la même chanson avec vous, les gars du tuyau. Vous ramassez une babiole quelque part dans une des stations, vous la planquez en remontant dans le tuyau, vous inventez une belle histoire sur ce que ça vous a coûté, et vous refilez le truc au premier gogo qui accepte de vous écouter. »

Il se versa un verre d'eau et le but avec une œillade complice aux gars de l'entrepôt. « C'est vrai, je me suis fait avoir, une fois. J'ai acheté une saleté de bestiole à Hank Evans, qui me disait qu'elle savait danser, et qu'elle connaissait toutes les danses de Kalong. Et aucun doute, elle avait l'air de savoir danser. J'ai claqué quarante-deux franks pour cet animal. Tout ça pour me rendre compte qu'elle avait mal aux pieds à cause de la pesanteur, et qu'elle sautait simplement d'un pied sur l'autre pour souffrir moins. C'était ça, la danse. »

Allixter se tortilla, un peu gêné, et regarda par-dessus son épaule vers la porte. Ça faisait une demi-heure que Sam Schmitz, le routeur, l'appelait sur son bipeur, et Sam n'avait pas la réputation d'être patient. Il s'accouda au comptoir en essayant de prendre un air dégagé. « Regarde un peu les couleurs de ce petit chenapan… *tiens !* Ce rouge ! Tu as déjà vu un rouge aussi vif ? Imagine ce que ça donnerait autour du cou d'une jolie dame ! »

Kitty, la capiteuse entraîneuse blonde, dit de sa voix de contralto : « Je la trouve superbe. Moi-même, je serais fière de la porter. »

Le barman reprit la bulle. « Je ne connais pas de jolies dames. » Il examina l'objet d'un air dubitatif. « C'est une belle babiole. Bon, je suis peut-être prêt à mettre vingt franks. »

L'écran derrière lui émit un bourdonnement. Il le brancha sur audio et duovision sans attendre l'identification de la personne qui appelait, puis il déplaça sa masse sur le côté. Allixter n'eut pas le temps de se baisser derrière le comptoir. Sam Schmitz le regarda droit dans les yeux.

« *Allixter !* aboya Schmitz. Tu as cinq minutes pour te présenter au rapport. Après ça, ce ne sera même plus la peine de te déranger ! »

L'écran s'éteignit.

Par-dessous ses sourcils noirs, Allixter fixa le barman, qui lui rendit son regard d'un air placide. « Puisque tu es pressé, dit Buck, je veux bien t'offrir vingt-cinq franks. C'est un mignon colifichet. »

Allixter se leva, les yeux toujours rivés sur le barman. Il se mit à jongler avec la bulle, la faisant passer d'une main dans l'autre. Buck tendit le bras, l'air inquiet. « Hé là, doucement – tu pourrais la casser. » Il plongea la main dans son tiroir-caisse. « Tiens, voilà tes vingt-cinq franks. »

Allixter dit : « Cinq cents.

— Pas possible, dit le barman.

— Alors, disons quatre cents. »

Buck secoua la tête en observant Allixter de ses petits yeux rusés. Allixter fit demi-tour et quitta le bar sans un mot. Le barman attendit, immobile comme une statue. Le long visage sombre d'Allixter apparut de nouveau dans l'encadrement de la porte. « Trois cents.

— Vingt-cinq franks. »

Le visage d'Allixter se crispa dans une expression de désespoir, et il s'en alla.

Il s'arrêta un instant dans la rue. Le dépôt, un grand bâtiment cubique, se dressait comme une falaise dans la pâle lumière de l'hiver, dominant de sa masse le quartier plutôt sordide du Moyeu. À sa base s'étendaient les entrepôts, de brillantes constructions en aluminium, longues chacune de quatre cents mètres. Des camions et des remorques venaient se ranger le long des quais de chargement comme autant de sangsues rouges et bleues.

Les toits des entrepôts servaient de plates-formes de chargement où des chariots articulés emplissaient de marchandises les soutes des vaisseaux en provenance de cent planètes. Allixter observa un moment cette activité, conscient que, malgré toute cette animation, quatre-vingt-dix pour cent du trafic était invisible, car il passait par les tuyaux – jusqu'aux stations continentales de la Terre, et de là aux stations planétaires parmi les étoiles.

« Nom d'un chien ! » dit Allixter. Il se dirigea d'un pas tranquille vers le poste de transit, réfléchissant à la petite bulle. Il aurait peut-être dû accepter l'offre – à vingt-cinq franks, cela représentait un bénéfice de vingt-quatre. Il repoussa cette idée. Il y avait des limites à ce qu'on pouvait transporter dans un tuyau, et il était donc légitime d'escompter un minimum de récompense pour ses efforts.

En fait, la bulle était une sorte de créature marine qui était venue s'échouer sur les sables roses de… Allixter ne se souvenait plus du nom de la planète ; le code de la station était 9-3-2. Il remit la bulle de cristal dans son sac, grimpa dans la cabine du poste de transit et la fit pivoter. La cabine s'éleva dans les airs pour se retrouver en pleine lumière. Allixter en sortit à l'étage de l'administration du dépôt.

À quelques mètres de là, dans sa cabine vitrée, Sam Schmitz, le contremaître et routeur du Service, était assis sur un grand tabouret. Allixter fit coulisser un panneau et dit d'une voix douce : « Salut, Sam. »

Schmitz avait un visage rond et gras, le teint rougeaud, et une expression féroce. Son menton agressif lui donnait l'air d'un bouledogue.

« Allixter, dit Schmitz, je vais t'étonner. Nous reprenons les choses en main, ici. Vous autres, les réparateurs, vous vous êtes mis dans la tête que vous étiez une bande d'aristocrates, et que vous n'aviez de comptes à rendre qu'à Dieu le Père. C'est une grossière erreur. Tu étais censé prendre ton poste il y a trois heures. Ça fait deux heures que le Chef me tanne pour avoir un mécanicien. Je te trouve au Buck's Bar. Je veux bien être gentil avec vous tous, mais il faudrait quand même me renvoyer l'ascenseur. »

Allixter écoutait d'une oreille distraite, hochant la tête quand il le fallait. À qui allait-il pouvoir proposer la bulle, maintenant ? Il valait peut-être mieux attendre sa semaine de congés, et l'emporter à Edmonton ou Chicago. Ou mieux encore, la mettre de côté jusqu'à ce qu'il ait accumulé quelques autres trucs, et aller à Paris ou Mexico, là où il y avait des gens vraiment pleins aux as. Schmitz s'interrompit pour reprendre son souffle.

« Tu as un boulot à me confier, Sam ? » demanda Allixter.

La réaction le surprit. Le menton de l'autre se mit à trembler de rage.

« Mais nom de Dieu ! Qu'est-ce que je suis en train de te dire depuis cinq minutes ? »

Allixter fit des efforts désespérés pour se concentrer sur ce qui avait été dit, ne se souvenant que de quelques mots par ci, d'une phrase par là. Il se frotta la joue et dit : « Je n'ai pas tout bien saisi, Sam. Si tu pouvais répéter, peut-être… ? Quel est le problème, exactement ? »

Sam leva les bras au ciel d'un air dégoûté. « Va voir le Chef. Il te mettra au courant. Moi, ce n'est plus mes oignons. »

Allixter traversa la plate-forme, s'engagea dans un couloir et s'arrêta devant une grande porte verte sur laquelle était écrit en lettres de bronze : directeur de la maintenance. entrez.

Il appuya sur le bouton. La porte s'effaça dans le mur et il pénétra dans le bureau de réception. La secrétaire leva les yeux. Allixter lui dit : « Le Chef m'attend.

— Ce n'est un secret pour personne. » Puis elle dit dans son micro : « Scotty Allixter est arrivé. »

Elle écouta dans son oreillette, fit un signe de tête à Allixter et déverrouilla la porte intérieure. Il la fit coulisser et entra dans le bureau. Comme toujours, il y régnait une âcre odeur d'hôpital qui lui irrita le nez.

Le Chef était un homme de petite taille, bâti tout en angles. Il avait la peau ridée et jaunâtre, desséchée comme un vieux citron. Ses yeux étaient deux petites billes noires qui semblaient parcourues de courants électriques. Quelques touffes de cheveux frisés dépassaient du sommet de son crâne, quelques-uns blancs et d'autres noirs, sans organisation apparente. La peau de son cou était plissée comme celle d'un alligator, et le côté droit n'était qu'un amas de tissu cicatriciel qui remontait jusqu'à son menton noueux. Allixter ne l'avait jamais vu rire, et ne l'avait jamais entendu parler autrement que d'une voix nasale et monocorde.

Le Chef ne s'embarrassa pas de préliminaires. « Schmitz a dû vous expliquer de quoi il retourne. »

Allixter s'assit. « À vrai dire, Chef, je n'ai pas tout bien compris. »

Le Chef s'exprima comme s'il avait à expliquer à un imbécile la façon de se tenir à table – doucement, et en articulant avec soin. « Vous êtes déjà allé à la station de Rhétus ?

— Code six tiret quatre tiret neuf. Absolument. Ils ont une nouvelle installation Mammouth.

— Eh bien, six tiret quatre tiret neuf est déphasé. »

Allixter haussa ses épais sourcils. « Déjà ? Mais on vient juste de… »

Toujours impassible, le Chef dit : « Voici ce qui s'est passé. Le tuyau s'est connecté, juste à la limite de tolérance du réglage. J'ai calculé qu'il y avait un décalage de phase de trente et un dix millièmes. »

Allixter se frotta le menton. « On dirait qu'il y a une fuite dans le sélecteur.

— Possible, admit le Chef.

— Ou ils ont peut-être un nouveau routeur qui s'amuse avec les boutons.

— Pour être sûr de bien nous régler en plein centre de l'unité, je vais vous envoyer à six tiret quatre tiret neuf avec le même décalage de phase que celui que nous avons ici. »

Allixter grimaça. « Ça me paraît dangereux. Si le code ne s'enclenche pas comme il faut dans les contacts, je risque d'arriver sur Rhétus dans un drôle d'état. »

Le Chef se renfonça dans son fauteuil. « C'est un travail de réparateur. Vous êtes le réparateur de service. C'est donc à vous de faire le travail. »

Allixter se tourna vers la fenêtre, fronçant les sourcils, et promena son regard sur l'étendue embrumée du Grand Lac des Esclaves. « Il y a quelque chose de bizarre, dans cette histoire. C'est un Mammouth tout neuf, et c'est un engin très précis.

— C'est vrai. »

Allixter lança un coup d'œil incisif vers le Chef. « Vous êtes sûr que c'était bien Rhétus ?

— Je n'ai jamais dit ça. J'ai dit que le code était six tiret quatre tiret neuf.

— Vous avez une image de ce code ? »

Sans un mot, le Chef lui tendit un diagramme d'oscillographe.

Allixter dit : « Amplitude six, fréquences quatre et neuf. » Il plissa le front. « Presque six, presque quatre et neuf. Mais pas tout à fait. Suffisamment proches quand même pour s'enclencher dans les contacts.

— Exactement. Eh bien, maintenant, allez chercher votre équipement, grimpez dans le tuyau, et occupez-vous de cette installation. »

D'un air inquiet, Allixter se frotta le menton, qu'il avait proéminent. « Peut-être bien que... » Il s'interrompit.

« Peut-être bien que quoi ?

— Vous savez ce que je pense ?

— Non.

— Ça pourrait bien être une station d'amateur, ou une bande de pirates. Le tuyau de Rhétus transporte des marchandises précieuses. Si des types arrivaient à le détourner vers leur propre station...

— Si c'est ça que vous pensez, vous pouvez emporter une arme. »

Allixter se frotta les mains nerveusement. « Ça me paraît plutôt une affaire pour la police, Chef. »

Le Chef le foudroya de ses petits yeux noirs. « Et moi, ça me paraît plutôt que le code est décalé de trente et un dix millièmes. C'est peut-être un imbécile qui appuie sur les mauvais boutons du Mammouth. Je veux que vous alliez régler cette histoire. Pourquoi croyez-vous qu'on vous paie mille franks par mois ? »

Allixter émit un vague commentaire sur la valeur infinie d'une vie humaine. Le Chef rétorqua : « Si ça ne vous plaît pas, je connais de bien meilleurs mécaniciens que vous à qui ça plaira.

— Ça me plaît, dit Allixter.

— Mettez un Type X. »

Les épais sourcils noirs d'Allixter devinrent des points d'interrogation. « Rhétus a une atmosphère correcte. Le Type X est anti-halogènes…

— Mettez un Type X. Nous ne voulons prendre aucun risque. Imaginez que ce soit une installation pirate ? Prenez aussi un Linguaide. Et une arme.

— Je vois que nous sommes sur la même longueur d'onde.

— N'oubliez pas d'emporter une recharge énergétique et vérifiez votre respirateur. Evans a signalé une fuite dans un tuyau de l'unité supplémentaire. J'ai fait condamner celui-là, mais ils sont peut-être tous pareils. »

2.

Le vestiaire des mécaniciens était désert. Dans un silence morose, Allixter enfila le Type X – d'abord une combinaison montant jusqu'au cou, contenant un maillage de filaments chauffants, puis une fine pellicule inerte pour le protéger d'une éventuelle atmosphère dangereuse, et enfin de grandes bottes en métal et silicone, résistantes à la chaleur, au froid, à l'humidité et aux chocs. Pour compléter sa tenue, il avait un ceinturon et un baudrier auxquels étaient accrochés sa caisse à outils, un respirateur et une unité de contrôle d'humidité, ainsi que deux recharges énergétiques, un couteau dans son étui, un vibro et une torche thermique.

Il croisa Sam Schmitz dans le couloir. « Carr est aux commandes, dit celui-ci. Il va te faire passer sur le code ajusté… »

Une porte sur laquelle était inscrit DANGER, DÉFENSE D'ENTRER coulissa à leur approche ; ils pénétrèrent dans le dépôt central, un vaste hangar animé, bruyant et poussiéreux, dans lequel flottaient un millier d'odeurs étranges, des relents épicés et fétides provenant des milliers de marchandises arrivant d'autres planètes sur un tapis roulant tout proche.

Le plafond lumineux répandait une froide clarté blanche qui ne laissait rien dans l'ombre. Il n'y avait pas place pour le mystère ou la dissimulation, dans cette lumière – chaque objet sur les tapis roulants était révélé dans ses moindres détails aux yeux des contrôleurs. Les murs étaient peints du sol au plafond en bandes de différentes couleurs, pour repérer plus facilement les aires de chargement où les diverses cargaisons entreposées attendaient d'être enlevées.

Une étroite plate-forme flanquée de parois de verre séparait le dépôt en deux zones. Des employés en combinaisons bleu et blanc allaient et venaient entre ce quai et les tapis roulants, vérifiant les marchandises arrivant d'un côté et celles repartant de l'autre – des caisses et des cartons, des sacs et des ballots, des casiers et des cageots.

Des machines, des barres métalliques et des pièces usinées, des cargaisons de fruits et légumes terrestres, le tout destiné aux colonies, aux fermes et aux mines. D'autres cargaisons de produits exotiques en provenance d'autres planètes, et destinées à fasciner et stimuler les appétits de la haute société de Paris, Londres, Bénarès, Saharaville. Des citernes d'eau, des fûts de whisky, des bouteilles de vin aux reflets verts.

Des maisons préfabriquées, des aérocars, des automobiles, des hors-bords pour naviguer sur les lacs des Hautes-Terres de Tanagra. Des billes de bois magnifiques, richement marbrées et tachetées, provenant des marécages d'une planète de jungles. Des minerais, des roches, des minéraux, des cristaux, du verre et du sable – toutes ces marchandises circulaient sur les tapis, s'approchant ou s'éloignant d'une paire de rideaux mordorés parcourus d'éclairs, à l'extrémité du hangar.

À côté du rideau du tapis des expéditions, un homme grand et blond était assis dans une cabine surélevée, mâchonnant furieusement du chewing-gum. Allixter et Schmitz se baissèrent pour passer sous le tapis des arrivages, puis ils se hissèrent sur la plate-forme administrative et rejoignirent la cabine de l'opérateur au moyen du tapis des expéditions.

Carr tira sur un levier et le tapis s'arrêta. « Prêt pour le départ ?

— Ouais, il est prêt », dit gaiement Schmitz. Il sauta dans la cabine tandis qu'Allixter regardait le rideau d'un air morose. « Comment va ta femme, Carr ? J'ai entendu dire qu'elle avait attrapé une dermatite à cause d'un truc qui était resté accroché à tes vêtements.

— Elle va bien, dit Carr. C'était cette espèce de kapok de Deneb Kaitos. Bon, voyons… Il faut que je règle ce code à la noix. Hé, Scotty, tu as fait ton testament ? C'est comme si tu allais sauter d'un avion en te bouchant le nez et en espérant que c'est bien dans de l'eau que tu vas tomber. »

Allixter fit un geste désinvolte. « C'est juste la routine, Carr. Allez, règle tes cadrans – je veux pouvoir rentrer chez moi ce soir. »

Carr secoua la tête d'un air admiratif. « Et ils te paient mille franks pour faire ça… je te les laisse bien volontiers. J'ai vu ce qui sort des tuyaux quand les réglages sont un peu déphasés. Les panneaux de contreplaqué ressemblent à des mouchoirs en dentelle… un agitateur de turbine se transforme en un tas de poussière assez bizarre. »

Allixter pinça les lèvres et fit craquer ses phalanges.

« Et voilà le travail », dit Carr. Une ampoule de son tableau de bord s'éclaira en rouge, vacilla un instant, passa à l'orange et enfin à un blanc lumineux. « La liaison est établie. »

Schmitz passa la tête hors de la cabine. « C'est bon, Allixter, à toi de jouer. »

Il mit son casque et le fixa à sa combinaison, qu'il gonfla. Tout en gloussant, Carr murmura à l'oreille de Schmitz : « Scotty n'a vraiment pas l'air heureux, cette fois-ci. »

Schmitz sourit : « Il a peur de se retrouver dans un entrepôt de pirates. »

Carr le regarda avec curiosité. « Il a des raisons d'avoir peur ? »

Schmitz cracha par terre. « Bien sûr que non. Il va à Rhétus, pour régler le codeur. C'est comme ça que je vois les choses. » Il cracha à nouveau. « Évidemment, je peux aussi me tromper. »

Allixter souleva son casque et cria à Schmitz : « Tu ferais mieux de me passer le Linguaide. »

Avec un sourire sarcastique, Schmitz lui demanda : « Tu ne comprends plus l'anglais, maintenant ? C'est tout ce que tu entendras, sur Rhétus.

— Le Chef m'a dit de prendre le Linguaide. Alors, envoie-le-moi. »

Une sonnerie se fit entendre sur la console de Carr, qui grogna. « Passe-lui son analyseur. Je ne peux pas bloquer le tapis toute la journée. Le vieux

Hannegan est en train de gueuler pour qu'on expédie ses raisins à Centauri. »

Schmitz prononça quelques mots dans le micro, et un instant plus tard un coursier apparut, poussant devant lui le Linguaide, un grand boîtier noir monté sur deux roues.

« Fais attention, avec cette machine, dit Schmitz. Elle coûte cher, et c'est la seule qui nous reste depuis qu'Olson a fait cramer le sémantalyseur. Ne va pas l'oublier sur Rhétus.

— Je trouve que tu te fais bien du souci pour ce Linguaide, marmonna Allixter, et que tu te fiches pas mal du vieux Scotty Allixter. »

Il fixa à nouveau son casque et, poussant devant lui le Linguaide, franchit le rideau.

Allixter se retrouva sur une plate-forme à ciel ouvert d'un blanc jaunâtre. Il éprouva un sentiment de triomphe maussade. « Je suis encore vivant. Je ne suis pas un mouchoir en dentelle, ni un tas de poussière. On dirait que le Chef avait raison – je dois mettre ça à l'actif de ce vieux croûton. Mais… »

Allixter examina le paysage autour de lui, une plaine grise et noire. À intervalles réguliers, de massives rotondes en béton sortaient du sol, et la plupart semblaient avoir souffert d'explosions internes.

« Ce n'est pas Rhétus, ici – rien à voir avec Rhétus. Et ce ne sont pas des humains, là-bas, ni non plus des Rhétiens… »

Il jeta un coup d'œil inquiet à l'installation du tuyau : elle était d'un type qu'il n'avait jamais vu… un cylindre de brouillard mordoré, qui semblait pivoter lentement autour d'un vortex.

Où diable pouvait-il bien être ? Il leva les yeux vers le ciel – une brume violette ponctuée d'un milliard d'étoiles lointaines, des petites taches de feu colorées. Était-ce le jour ou la nuit ? Il scruta l'horizon avec angoisse, transpirant dans sa combinaison. La perspective était étrange, la lumière était étrange, les ombres étaient étranges. Partout où son regard se portait, tout était étrange, comme peuvent l'être les mondes lointains et sauvages.

Je suis dans le pétrin, se dit Allixter. *Je me suis perdu.*

C'était un paysage de désolation, une plaine sinistre jonchée d'immenses ruines grises. Les brèches des murs effondrés laissaient voir des machines – des roues, des axes, des circuits et des engrenages complexes, des boîtiers et des caissons. Tout était cassé, silencieux, rouillé.

Allixter reporta son attention sur le cylindre de brume dorée. C'était le rideau d'arrivée, mais où donc était l'installation qui lui permettrait de repartir ? D'habitude, les deux étaient disposés côte à côte. Les créatures qui se tenaient à l'extrémité de la plate-forme blanche commencèrent à s'approcher, apparemment hésitantes et perplexes. Allixter ne fit aucun geste pour prendre son vibro. Il se dit que si l'on pouvait croiser un homme avec une otarie, et planter quelques plumes vertes et rouges sur le crâne de leur progéniture… alors on obtiendrait ça.

Tandis que les créatures s'approchaient en le regardant de leurs grands yeux ternes, elles émettaient des sons de communication – des couinements, des sifflements et des chuintements – qu'elles produisaient en expulsant l'air sous leurs aisselles à travers un pli de peau.

Allixter leur dit : « Enchanté de faire votre connaissance, mes amis. Je suis le représentant du service de maintenance des tuyaux, et je crois bien que je me trouve dans un réseau complètement différent, à un million d'années-lumière de la Terre, voire encore plus loin. J'ai bien peur d'être complètement coupé de mon propre réseau, et que Lucifer lui-même serait bien incapable de m'indiquer le chemin pour rentrer chez moi. »

Les indigènes, qui s'étaient tus pendant son discours, recommencèrent à émettre leurs sons dès qu'il eut fini. Allixter se mordilla la lèvre et rit intérieurement. Il fit rouler le Linguaide avec affection en murmurant : « Et dire que Sam Schmitz voulait m'envoyer ici à moitié nu ! »

Il abaissa une paire de béquilles pour stabiliser l'appareil, puis retira le volet qui protégeait l'écran. « Viens par ici, Joe, dit-il à la créature légèrement en tête du groupe. Apprenons à nous comprendre. »

Il régla les paramètres sur le Cycle A. L'écran s'éclaira en blanc. Des figures géométriques apparurent – un cercle, un carré, un triangle, une droite et un point.

Joe regarda attentivement l'écran, et les autres se regroupèrent derrière lui. Allixter montra le cercle et dit « Cercle », puis il montra le carré – « Carré », et de même pour les autres figures. Enfin il appuya sur le bouton d'enregistrement et fit signe à Joe en désignant le cercle.

Joe resta silencieux.

Allixter relâcha le bouton et recommença à nommer la séquence des figures. Puis il réactiva l'enregistrement en montrant le cercle. Joe produisit un son aigu de cornemuse de sous son aisselle. Allixter indiqua les autres formes géométriques et Joe produisit d'autres sons.

Se sentant encouragé, Allixter passa à la deuxième étape – Énumération. L'écran afficha une séquence de nombres : une série de lignes, avec un point sur la première, deux points sur la deuxième, trois points sur la troisième et ainsi de suite, jusqu'à vingt. Joe, qui commençait à se prendre au jeu, émit un son pour chaque nombre. Puis l'écran afficha une multitude de points aléatoires, et Joe produisit encore un autre son.

Allixter passa alors aux couleurs. Joe regardait fixement l'écran, l'air impassible. Rouge – aucune réaction. Vert – aucune réaction. Violet – aucune réaction. Allixter haussa les épaules. « Nous n'arriverons à rien avec ça. Tu dois voir dans l'infrarouge ou l'ultraviolet. »

Le cycle aborda des situations plus complexes. Un point traversa l'écran rapidement, suivi d'un autre point qui se déplaçait lentement. La séquence se répéta, et Allixter montra le premier point. Joe émit un son. Allixter indiqua alors l'autre point, et Joe fit un autre son.

Partant du bas de l'écran, une ligne se dessina jusqu'en haut. Une autre apparut, de deux centimètres seulement. Joe émit des sons dont Allixter espérait qu'ils représentaient « long » et « court », ou « haut » et « bas ».

Un grand cercle surgit, avec un petit cercle à côté. Les sons émis par Joe pour « grand » et « petit » allèrent s'insérer dans les modules de mémoire de l'appareil.

Les situations comparatives une fois terminées, l'écran montra des objets – des montagnes, un océan, un arbre, une maison, une usine, du feu, de l'eau, un homme, une femme. Puis vinrent des objets plus complexes – une turbine dans un carter en plastique, pour évoquer l'idée de machine – le schéma d'une dynamo avec un circuit externe d'abord enroulé autour d'une barre d'où émanait un champ magnétique, puis continuant jusqu'à un point où il s'interrompait, avec des éclairs reliant les extrémités. Allixter montra ces éclairs du doigt, et le Linguaide enregistra le son signifiant « électricité ».

C'est ainsi que deux cents mots de base furent enregistrés. Le cycle aborda alors les relations personnelles. La machine avait été conçue pour une utilisation humaine – les situations de base représentaient donc des humains. Allixter espérait que cela n'entraînerait pas trop de confusions.

D'abord un homme attaquant un autre homme et le frappant avec une massue. La victime tomba, le crâne fracassé. Allixter pointa du doigt ; l'analyseur enregistra les mots pour « mort », ou « cadavre ». Le meurtrier tourna alors son visage féroce vers l'écran et se précipita en avant, brandissant sa massue. Joe fit un bond en arrière en couinant. Souriant, Allixter repassa la séquence, et l'analyseur nota le mot pour « ennemi » ou « assaillant », ou peut-être « attaque ».

Une heure s'écoula, avec une vingtaine de situations représentées et analysées. Allixter crut déceler des signes de nervosité chez les indigènes, à mesure que le temps passait. Ils jetaient des regards inquiets de tous côtés, en agitant doucement les membres qui leur tenaient lieu de mains.

Allixter scruta le paysage, mais aucune menace ne semblait se présenter dans son champ de vision. Cependant, par une sorte de phénomène d'empathie, il se sentait de plus en plus nerveux et avait du mal à se concentrer sur le Linguaide.

Le Cycle A était terminé – tous les mots et situations de base avaient été enregistrés, mais les abstractions utiles, et presque essentielles, telles que les pronoms et formes interrogatives, n'étaient pas encore dans les fichiers.

Allixter bascula du Cycle A en mode Conversion. Il parla dans le micro, prenant soin de n'utiliser que des termes du vocabulaire de base. « Désirer repartir à travers machine. Conduire à machine départ. »

Le Linguaide absorba les mots, trouva leur équivalent dans les couinements et autres chuintements qu'elle avait enregistrés, et les restitua à travers le haut-parleur.

Joe écouta attentivement… puis regarda Allixter sans changer d'expression. Ses épaules s'agitèrent. L'air crissa et crachota à travers la peau de ses aisselles.

Le Linguaide explora ses fichiers et prononça les mots : « Appeler machine… Désirer… Homme machine… Machine cassée… Homme venir à travers machine… Mauvais… »

D'autres mots encore avaient été manifestement prononcés. Le Linguaide ne pouvait traduire que les sons pour lesquels il disposait d'une référence dans ses enregistrements.

Allixter dit : « Utiliser mots donnés machine. »

Joe le fixa de ses grands yeux ternes. Sa haute crête de plumes rouges et vertes retomba tristement sur le côté. Il fit encore un effort. « Homme appeler constructeur machine lointain. Homme venir. Désirer ami construire machine. »

Ne sachant quoi faire, Allixter contempla l'horizon lugubre, leva les yeux vers le ciel violet avec ses millions d'étoiles, qui ne connaîtrait jamais ni le jour ni la nuit. Il envisagea un instant de passer au Cycle B sur le Linguaide – un processus qui viendrait à bout de sa patience aussi bien que de celle de Joe, mais qui pourrait lui permettre de localiser l'installation susceptible de le ramener sur Terre.

Il essaya encore une fois. « Désirer repartir à travers machine. Conduire à machine départ. » Il montra le rideau mordoré. « Voir machine arrivée. Désirer machine départ. »

Décidément, quelque chose n'allait pas. La nervosité qu'Allixter avait remarquée ne faisait que croître. Les indigènes s'étaient accroupis sur la plate-forme blanche, et leurs crêtes de plumes s'étendaient au-dessus d'eux comme autant d'ombrelles. Allixter chercha Joe des yeux. L'autre était à ses pieds, aussi recroquevillé que ses congénères.

Soudain terriblement inquiet, Allixter rabaissa le volet sur l'écran du Linguaide et rabattit le couvercle sur les commandes de l'appareil. Un bâtiment voisin attira son attention. Les machines qu'il abritait s'étaient mises en marche... à grand renfort de grincements et de martèlements. Des éclairs électriques, ou une autre forme d'énergie, jaillissaient entre d'antiques contacteurs.

Des axes corrodés se mirent à trembler et à se tordre. Des rouages grincèrent et gémirent. Et soudain, le bâtiment explosa. Des blocs de béton et des fragments de métal se mirent à pleuvoir de toutes parts, dans une mêlée confuse. Des débris plus petits s'abattirent sur la plate-forme, et les indigènes barrirent de terreur.

Quelques fragments vinrent frapper Allixter, rebondissant sur sa combinaison spéciale. Il réalisa tout à coup qu'il ignorait tout de la composition de l'atmosphère, et que si sa combinaison avait été percée, il aurait pu mourir empoisonné.

Il sortit un spectromètre de sa sacoche et laissa l'air pénétrer dans le compartiment sous vide. Il appuya sur le bouton de radiation et déchiffra les lignes sombres qui apparurent sur l'écran de verre le long d'une échelle de référence. Fluor, chlore, brome, hydrogène fluoré, dioxyde de carbone, vapeur d'eau, argon, xénon, krypton – pas vraiment une atmosphère salubre pour les gens de son espèce, se dit-il. Il examina pensivement les structures autour de lui. S'il arrivait à analyser quelques-uns de ces métaux, il révolutionnerait l'industrie des produits anticorrosion – et deviendrait aussitôt millionnaire.

Il se tourna de nouveau vers le bâtiment qui venait d'exploser, et qui n'était plus que ruines. Le tas de décombres se mit soudain à briller d'une intense lumière blanche, et la chaleur ne sembla pas se dissiper, mais au contraire augmenter encore. Les ruines commencèrent à fondre en une immense flaque de scories bouillonnantes. Aux abords immédiats, le sol se mit à fumer et à brûler comme un lac de lave.

Allixter réfléchit : *De l'énergie pure. Si elle est radioactive, je ferais mieux de me tirer d'ici vite fait.*

Il poussa le Linguaide devant lui jusqu'au bord de la plate-forme et s'apprêta à sauter sur la surface grise, à un mètre en contrebas. Derrière lui, les indigènes étaient toujours recroquevillés, des boules de chair tendre recouvertes de plumes.

Joe bougea légèrement, leva les yeux, et vit Allixter. Il trottina vers lui, sur de petites jambes souples, en émettant des sons angoissés. Allixter ralluma le Linguaide.

« Danger, danger, mauvais, profond, mort », dit le Linguaide, sur un ton posé et monocorde.

Allixter recula aussitôt du bord. Joe s'arrêta à côté de lui et lança un caillou. Un petit nuage de poussière s'éleva, et le caillou disparut sous la surface. Allixter cligna des yeux.

Voilà ce qui aurait pu arriver à Scotty Allixter, pensa-t-il. C'était un océan de cendres, là-bas – une poussière impalpable. C'est avec un œil neuf qu'il examina de nouveau cette plaine grisâtre d'où émergeaient, tels des îlots, les bâtiments démantelés. Il haussa les épaules. Tout ceci le dépassait complètement. Il connaissait quelques Terriens qui étaient devenus fous en essayant de comprendre les paradoxes et les particularités de stations lointaines.

Une intuition soudaine lui traversa l'esprit. Il examina le pourtour de la plate-forme blanche. C'était une sorte de radeau sur la mer grise, avec ce cylindre pivotant lentement en son centre. Comment les indigènes avaient-ils donc pu arriver ici ? Étaient-ils eux-mêmes venus d'une autre planète en passant par le cylindre ?

Les doigts souples de Joe le tirèrent par la manche. Joe se mit à couiner en agitant les épaules. « Venir. Conduire grande machine. »

Avec une lueur d'espoir, Allixter dit : « Désirer machine départ. Désirer partir. Conduire machine départ. »

Joe produisit d'autres sons. « Venir – suivre. Ami grande machine cadavre. Grande machine détruire ami. Grande machine désire ami. Venir – suivre. Construire grande machine. »

Allixter se dit que quoi qu'il arrive, ça ne pourrait pas être pire que de rester sur cette plate-forme.

Joe ouvrit maladroitement une porte grillagée et descendit une volée de marches. Allixter le suivit, poussant devant lui le Linguaide.

Le couloir devint sombre. Allixter alluma la lampe de son casque. Il distingua deux rideaux mordorés, le rideau d'arrivée se distinguant du rideau de départ par une subtile différence dans ses reflets d'or.

Joe franchit le rideau de départ, et disparut. Alors qu'Allixter hésitait, Joe réapparut à travers le rideau d'arrivée, lui fit signe avec une insistance fébrile, puis disparut de nouveau à travers le rideau de départ.

Allixter soupira. Poussant toujours le Linguaide devant lui, il franchit le rideau à son tour.

3.

Il se retrouva dans un large couloir carrelé de dalles blanches vitreuses. Devant lui, Joe se faufila sous une grande arche vaguement romaine. Allixter le suivit et déboucha à l'entrée d'un pavillon à ciel ouvert. Le sol était recouvert des mêmes dalles vitreuses, des carrés de deux mètres de côté. La pièce ne comportait aucun meuble. Sur la périphérie, de minces colonnes soutenaient un lourd fronton, totalement disproportionné, et Allixter s'arrêta, inquiet, s'attendant à ce que les colonnes cèdent et que la construction vienne s'abattre à ses pieds.

Il s'avança prudemment jusqu'au centre du pavillon, en remarquant une vibration sous ses pieds, comme celle de lourdes machines. Soucieux, il regarda de nouveau les minces colonnes afin d'en estimer la solidité. Il ne fut pas rassuré de voir qu'elles tremblaient et oscillaient. Joe semblait indifférent au danger. Allixter s'approcha avec précaution du bord du pavillon, s'attendant à chaque instant à recevoir le fronton sur la tête.

La vue était différente de celle qu'il avait eue dans la mer de cendres. Ici, le panorama, bien qu'étrange et irréel, possédait un certain charme envoûtant. Une longue vallée sombre s'étendait entre deux collines peu élevées. Trois ou quatre kilomètres plus loin, au fond de la vallée, s'étalait un lac aux eaux tranquilles, dont la surface reflétait l'essaim d'étoiles multicolores comme un miroir.

Les collines étaient recouvertes de broussailles violettes évoquant de la vigne terrestre, tandis que de grands champs vert sombre s'étendaient en pavés rectangulaires dans la vallée, à perte de vue. Il remarqua ce qui semblait être un village, à peu près à mi-chemin du lac – une série de petites cabanes ouvertes à l'avant et à l'arrière, sous une rangée d'arbres fuselés comme des peupliers de Lombardie.

Un bruit retentit soudain, une effroyable détonation dont l'écho se propagea dans la vallée. Joe poussa un cri strident, fit un bond en arrière et se retrouva recroquevillé, tremblant au milieu du pavillon. Allixter, bien qu'il eût la chair de poule à l'idée que le fronton vienne l'écraser, ne pouvait détacher les yeux du spectacle qu'offrait la vallée.

La colline sur sa droite s'était ouverte en une crevasse de près de deux kilomètres de long, et large de cent mètres. Un rideau de flammes blanches s'en échappa et s'inclina au-dessus de la vallée tout entière. La chaleur vint frapper le visage d'Allixter, qui alla s'abriter derrière une des minces colonnes vacillantes.

Pff ! se dit-il. *Cette planète n'est vraiment pas l'endroit idéal pour passer ses vacances. Pas étonnant qu'il n'y ait plus que des ruines partout !*

Joe vint le rejoindre en tremblant, tel un chien effrayé cherchant du réconfort. Allixter ne put s'empêcher de sourire. « Je comprends pourquoi ces types ont l'air morts de trouille. Impossible de prévoir quand la prochaine explosion va se produire. »

Il examina Joe avec plus d'attention. Un visage rond aux yeux ternes, sous une coiffure grotesque, sans aucune expression, vaguement humain par pure coïncidence. Des bras ronds avec une frange de poils noirs, des jambes sinueuses reliées au torse comme des tuyaux à une chaudière.

Allixter s'interrogea sur les motivations réelles de Joe. Quelles qu'elles soient, et quelles que soient les pensées qui traversaient ce qui servait de cerveau à cette créature, il devait être impossible de les transposer en termes humains. « Nous avons quelque chose en commun, Joe, dit Allixter. Aucun de nous n'a envie d'être réduit en miettes. »

Il y avait quand même un petit motif de satisfaction dans la situation présente, pensa-t-il – les processus mentaux de Joe n'étaient pas ceux d'un prédateur évolué. D'après le Théorème de Gram, tout carnivore atteignant un niveau civilisé conservait la férocité et la dureté de son ancêtre originel. L'herbivore avait tendance à rester placide, discipliné et conventionnel – tandis que les omnivores étaient fantasques et sujets à des troubles nerveux, ainsi qu'à des émotions imprévisibles.

Joe tira Allixter par la manche. Celui-ci résista un instant, puis se résolut à le suivre. « Je n'ai pas vraiment de raison de te contrarier ; je ne pourrai jamais rentrer à la maison. Mais si ça se trouve, tu m'emmènes peut-être au tuyau de départ… ce qui me fait penser, d'ailleurs, que je dois garder l'œil ouvert au cas où je trouverais des petites babioles à emporter. Ce n'est pas facile de devenir riche avec mille franks par mois… »

Il balaya le ciel du regard, avec curiosité. « Je dois être en plein milieu d'un amas stellaire – peut-être au-delà de la Voie Lactée. Très loin de chez moi. C'est la cupidité qui m'a amené ici, un vilain défaut. Enfin, allons voir ce que me veut ce bon vieux Joe. »

Ils contournèrent le pavillon et s'engagèrent dans une allée pavée de minces lamelles de pierre, qu'Allixter sentait vibrer sous ses pieds comme sous l'effet de puissantes machines à proximité. Une colline s'élevait derrière le pavillon. Du flanc de la colline émergeait un bâtiment de pierre.

Les murs étaient constitués de grands blocs de maçonnerie gris jaunâtre, bardés et renforcés de barres de métal rouillé, comme s'il s'agissait d'une forteresse. Le chemin de pierre s'arrêtait là. Ils posèrent le pied sur le sol, et le sentirent vibrer encore davantage. Joe s'arrêta devant une lourde porte entrouverte qui tremblait sur ses gonds.

Joe se mit à couiner, et Allixter alluma son Linguaide.

« Grande machine mauvaise. Construire bonne. Danger. Grande machine détruire ami un. Ami deux… » Joe tapota la poitrine d'Allixter. « Ami deux. Homme-construire venir à travers trou. Venir voir grande machine. Danger. Détruire ami. Grand danger. Grande machine ennemie. Détruire beaucoup. »

Allixter s'approcha de la porte avec précaution. « On ne peut pas dire que tu présentes le projet sous un jour attractif. » Il regarda par l'entrebâillement, et vit une vaste salle nue. Le sol était pavé de grandes dalles de pierre rouge de deux mètres cinquante de côté. Des panneaux rectangulaires, de toute évidence amovibles, recouvraient entièrement les murs. Là où l'un des panneaux avait été retiré, il put distinguer un amas de mécanismes délicats et merveilleusement complexes.

Deux rails parallèles semblaient faire le tour de la pièce : Allixter aperçut un chariot sur lequel était posé un grand coffret noir. À en juger par les boutons et cadrans sur le côté du coffret, il devait s'agir d'un équipement mobile.

Tels étaient les aspects non organiques de la salle, et il les nota d'un seul coup d'œil. Il reporta alors son attention sur un autre objet, à la fois plus intéressant et plus lourd de conséquences quant à son avenir. Il y avait un cadavre par terre – un homme au crâne fracassé.

Le mort avait un visage émacié au teint jaune verdâtre. Son corps était fluet, sa peau tendue sur des os pointus. On aurait dit un oiseau exotique cruellement déplumé, puis tué et jeté au sol.

Cela faisait apparemment plusieurs jours que le corps gisait là, et Allixter fut heureux que son enveloppe protectrice lui évite de devoir respirer l'atmosphère de la pièce.

Respirer... Il examina de nouveau le corps. Aucune trace de combinaison ni de casque. L'homme avait été capable de respirer les gaz halogènes de l'atmosphère, qui étaient de purs poisons pour un Terrien. *Bizarre*, se dit Allixter. Joe le poussa en avant. « Aller. Grande machine détruire. Danger. »

Il résista. « Désirer vivre. Désirer éviter danger. Peur. »

Joe dit : « Voir. » Il ouvrit la porte toute grande et se glissa dans la pièce avec un mouvement de côté. Il se mit à faire le tour de la salle en agitant furieusement les épaules, produisant une série ininterrompue de couinements.

« Joe, dit Allixter sur un ton admiratif, si nous étions de retour sur Terre, je t'emmènerais en Écosse et je te ferais engager dans la fanfare militaire, où tu pourrais jouer de la cornemuse sans cornemuse. »

L'autre ne cessa ses couinements qu'après l'avoir rejoint derrière la porte.

« Aller, dit Joe. Parler, danger absent. Silence, danger. » Il tapota la poitrine de son compagnon. « Homme-construire grande machine venir à travers trou, construire grande machine. »

Les premières lueurs de compréhension vinrent éclairer le visage d'Allixter. « Je crois que je vois. Il y a ici une sorte de machine que tu veux que je répare. Elle est dangereuse tant qu'elle n'est pas réparée, et elle est dangereuse tant que je suis ici, sauf si je parle tout le temps. » Il éclata de rire. « C'est Schmitz qui devrait voir ça. Lui m'appelle "l'Écossais taciturne", et voilà que je vais devoir jacasser comme une pie. Ah, ma foi, dit-il en soupirant, mille franks par mois devraient suffire à assurer mes vieux jours… du moment que j'arrive à survivre. Et je ne risque pas de mourir de faim… »

Il jeta un autre coup d'œil dans la grande salle, se mordillant la lèvre de frustration en regrettant de n'avoir pas enregistré les pronoms interrogatifs dans la langue locale. « Bon, d'accord, je suis le meilleur mécanicien au monde, mais débarquer comme ça tout à trac sur une planète inconnue, avec une machine qui a un problème que j'ignore, et dont je ne sais même pas à quoi elle sert… voilà le genre de truc dont le vieux Willy Johnson est mort. »

Joe lui donna un petit coup dans les côtes d'un air inquiet. Un grand bruit retentit au loin, comme une énorme explosion. L'autre se mit à trembler et à couiner d'un air agité en déployant ses plumes dans toutes les directions.

« On ne meurt qu'une fois, dit pensivement Allixter, et si mon heure a sonné, au moins le Chef et Sam Schmitz n'auront pas la satisfaction de l'apprendre. »

Il poussa la porte toute grande et s'apprêtait à pénétrer dans la salle quand Joe tendit un doigt au-dessus de sa tête en couinant : « Danger. »

Allixter leva les yeux. Il y avait juste au-dessus de lui un grand marteau articulé fixé au plafond, et maintenu en position contre le mur – vraisemblablement l'instrument qui avait fracassé le crâne du cadavre étendu à terre.

« Danger, dit Joe. Parler beaucoup. »

Allixter pénétra dans la pièce en poussant le Linguaide devant lui. « J'aimerais bien être chez moi, dit-il d'une voix forte. J'aimerais savoir où le tuyau m'a amené. Si près, et pourtant si loin, et voilà que ma vie dépend de ma voix comme si j'étais un canari. »

Le Linguaide détectait quelques mots traduisibles, de sorte que la salle résonnait de couinements et de grognements qui se mêlaient aux propos d'Allixter. Celui-ci réfléchit : « Pourquoi me casser la tête à parler, alors que j'ai un excellent orateur mécanique sous la main ? » Il poussa le Linguaide au centre de la salle et régla l'indicateur pour que le Cycle A se répète, avec les enregistrements de Joe. *Et voilà*, se dit-il, *ça devrait suffire à distraire n'importe qui.*

Gardant un œil sur le marteau accroché au-dessus de sa tête, Allixter se mit à examiner la salle. Il ne faisait aucun doute que des réparations étaient en cours au moment où la mort avait arrêté la main du mécanicien. Des panneaux avaient été retirés du mur, et la plaque sur le devant de l'unité mobile avait été démontée. Des cames, des engrenages et des tiges, ainsi que des mécanismes étranges placés dans des petits boîtiers, étaient soigneusement posés sur un plateau à côté d'une rangée d'outils.

Apparemment, le mécanicien venait juste de commencer son travail lorsque… Allixter lança un regard inquiet vers le marteau.

Non, pensa Allixter, *c'est trop incertain… trop risqué.*

Il grimpa sur le haut de l'unité mobile et prit la torche thermique accrochée à sa ceinture – un outil autant qu'une arme. En tendant le bras, il actionna la torche contre le manche du marteau. Le feu jaillit, le métal se mit à fondre dans une grande gerbe d'étincelles et le marteau s'abattit avec fracas, passant à quelques centimètres seulement du Linguaide. Allixter se donna une claque sur le front puis raccrocha sa torche à sa ceinture.

Une voix se mit à crier dans la langue locale, mélange de sifflements, de grognements et de protestations. Allixter redescendit précipitamment de son perchoir, cherchant des yeux d'où pouvait venir la voix. La sueur lui coulait dans le dos en petits filets le long de la colonne vertébrale.

Il était seul dans la pièce.

La voix continuait de se faire entendre, et il finit par en localiser la source : un diaphragme métallique à l'autre bout de la salle. Il était surmonté d'une lentille à plusieurs facettes, de quinze centimètres de diamètre à peu près, et qui se projetait légèrement.

Allixter s'approcha avec le Linguaide et dit : « Ami, ami. Sortir, voir. » C'était probablement un collègue du cadavre, se dit-il – qui devait observer la pièce à distance au moyen de la lentille à facettes.

Le haut-parleur déclama en anglais : « Construire à travers beaucoup mots. Construire mots à travers machine. »

L'observateur était manifestement une créature intelligente, songea Allixter. Très bien, Cycle B. Il démarra la séquence, mais la voix n'essaya même pas de fournir des mots à l'automate. Elle dit : « Homme parler. Homme parler. »

Hmm, se dit Allixter. *Voilà quelqu'un de sensé, il veut apprendre l'anglais. On dirait que c'est moi qui vais devoir parler, et non lui. Ça doit être couvert par mon salaire, même si le fait est que j'ai signé comme mécanicien, pas pour être un fichu linguiste. Bon, ma foi…*

Il s'attela à la tâche, fournissant les mots anglais correspondant aux séquences et aux relations dépeintes sur l'écran.

Le Cycle B, avec les pronoms, fut complété. Il commença le Cycle C. La voix dit : « Plus de mots, plus vite. Tout vient dans compréhension et mémoire.

— Hmm, marmonna Allixter. Voilà que je me retrouve avec un foutu génie sur les bras. Ce type a un cerveau comme une éponge. Très bien, je vais lui en donner pour son argent. »

Et il se mit à décrire les situations avec de nombreux détails, ajoutant aux concepts de base des éléments nominaux et verbaux.

En deux heures, il avait déroulé les Cycles C, D, E et F – normalement le travail d'un mois.

En éteignant l'appareil, il dit : « Et maintenant, mon ami, où que vous soyez, vous devriez être capable de me parler, et peut-être de répondre à quelques questions. »

4.

Sa propre voix sortit du haut-parleur. Allixter tressaillit de surprise.

« Demandez – les fichiers donneront l'information. C'est leur fonction. »

— D'abord… »

Allixter s'interrompit. Par quoi commencer ? Alors qu'il réfléchissait, il entendit un grincement et un sifflement. Au-dessus de sa tête passa le bout de manche de marteau resté accroché au plafond. Si le marteau y avait été encore fixé, Allixter aurait maintenant rejoint le cadavre par terre.

La peur le fit s'accroupir. « Qui essaie de me tuer ? Pourquoi ? Tout ce que je veux, c'est retourner sur Terre. »

Avec un calme déconcertant, le haut-parleur dit : « Les instruments de protection essaient de vous tuer parce que le circuit inhibiteur est désorganisé. »

Jetant un regard inquiet vers le corps, Allixter dit : « Et comment puis-je espérer survivre ?

— Une impulsion constante de la part des unités d'attention détourne des ergs du contrôleur B-alpha C, ce qui maintient le relais ouvert. Tant que vous fournirez de quoi occuper les circuits d'attention, les appareils de protection automatique ne pourront pas fonctionner.

— Je vais faire tout mon possible, dit Allixter. Est-ce qu'on peut bavarder en toute sécurité ?

— Aussi longtemps que l'attention reste occupée. L'intervalle critique est de trois secondes. C'est le temps nécessaire pour écouler la charge au-delà des condensateurs du relais.

— Qui êtes-vous ? Qui parle ?

— Cette voix est l'unité de courtoisie de la Machine Planétaire.

— Qu'est-ce que vous venez de dire ? » demanda Allixter, interloqué.

Le message fut répété. Allixter resta un instant abasourdi et effaré.

« Si je comprends bien, vous êtes une sorte de... robot ?

— Oui. »

Trois secondes, ce n'était pas très long. Allixter se dépêcha de poser une autre question.

« Quelle est votre fonction ? Qu'est-ce que vous faites ?

— Quand la machine de réparation actionne les installations planétaires qui recueillent l'énergie des soleils, j'applique cette énergie aux fins appropriées.

— Qui sont ?

— La Machine extrait les minerais, les fait fondre et les raffine, fabrique des alliages et façonne des pièces métalliques, gère les cuves photosynthétiques qui produisent des composés fluor-silicium et fluor-carbone, combine et assemble les objets de la Classification Zo, Programmes Ba-19 à Pec-21. Quand ils sont terminés, les produits sont expédiés à la planète-maîtresse Plagigonstok par le transfert. »

Allixter commençait à y voir un peu plus clair.

« Si je comprends bien, cette planète est une colonie d'un autre monde ? Plagi... Plagi... quelque chose ? Et les indigènes, quel rôle jouent-ils dans cette affaire ?

— Les indigènes constituent une main-d'œuvre flexible et non qualifiée. Ils sont payés en nature. »

Allixter jeta un coup d'œil au cadavre. « Où sont tous les... comment les appelez-vous ?

— La question est inexacte.

— Quelle sorte d'homme est cette créature par terre… quelle race ?

— C'est un Plagien, un Seigneur de l'Univers. »

Allixter ricana. « Il y en a d'autres dans les environs ?

— Douze, dans un état similaire. »

Un petit frisson parcouru la nuque d'Allixter. « Que voulez-vous dire par "état similaire" ?

— Fonctions corporelles interrompues par la désorganisation des centres mentaux.

— Morts ?

— Morts.

— Vous les avez tués ?

— Les instruments de protection les ont tués.

— Pourquoi ?

— Le circuit d'inhibition ne fonctionne plus. La Machine a pour instruction fondamentale de ne pas tuer les Plagiens. Cette instruction est occultée. Maintenant, la Machine tue les Plagiens sans inhibition, et détruit leurs installations de façon aléatoire.

— Mais alors, pourquoi ne tuez-vous pas les indigènes ?

— Les inhibiteurs concernant les autochtones sont restés actifs. La Machine protège les autochtones. La Machine tue les créatures étrangères à la planète qui pénètrent dans cette salle, le centre mental de la Machine. Vous ne survivez que par accident – les unités d'attention, en détournant l'énergie du contrôleur B-alpha C, neutralisent les exterminateurs. »

Il grimaça. « Il y a eu une grosse négligence quelque part. »

La machine resta silencieuse. Allixter attendit une réponse. Une seconde… deux secondes… Il se rendit compte que la machine ne répondait qu'aux questions, et que les circuits n'étaient pas conçus pour faire la conversation avec les gens de passage.

Il se mit à bafouiller. « Oui. Non. J'ai déjà vu des robots, des machines à calculer et des machines automatiques, mais je n'ai jamais rien vu qui vous ressemble. Vous êtes une machine sacrément grosse – heu, n'est-ce pas ?

— Oui. »

Une seconde… deux secondes… Aucune idée ne venait à l'esprit d'Allixter.

« Heu… Les Plagiens ont construit tout ça ?

— Les Plagiens ont installé le noyau, c'est-à-dire les segments dédiés à la planification, l'ingénierie, les mécanismes, l'énergie et les opérations, puis ils ont spécifié les objectifs souhaités. Le segment de planification a conçu les segments subsidiaires, qui ont été dessinés par le segment d'ingénierie et construits dans l'usine centrale. La planète entière est maintenant recouverte des nodules opérationnels que le segment de planification considère comme utiles.

— Pourquoi toutes ces explosions ? Les bâtiments qui sautent, et les collines qui crachent du feu ?

— Les installations qui profitent aux Plagiens sont en cours de démolition. Il existe des nodules de destruction. Les inhibiteurs les restreignaient jusqu'ici. À présent, les inhibiteurs sont inactifs. Les nodules de destruction s'activent de façon aléatoire. »

Allixter se fendit d'un sourire. « Les Plagiens ne vont pas aimer ça… n'est-ce pas ?

— Aucune information précise à ce sujet.

— Comment les Plagiens vont-ils réparer la Machine ?

— Aucune information. Dès que les Plagiens arrivent, ils sont tués.

— Comment se fait-il que les indigènes m'attendaient au rideau d'arrivée ?

— Aucune information précise à ce sujet. Une possibilité existe qu'ils aient envoyé un message à Plagigonstok demandant une équipe d'entretien, et qu'ils attendaient la réponse.

— Ah. » Allixter hocha la tête d'un air entendu. « Cela fait combien de temps que la Machine est ainsi déréglée ? Et pourquoi le mécanicien plagien ne l'a-t-il pas réparée avant qu'il ne soit trop tard ?

— Lorsqu'un problème se produit dans la Machine, l'unité de maintenance se déplace sur les rails jusqu'au point d'interruption, et procède aux réparations nécessaires. Le mécanicien d'entretien ne répare jamais lui-même la Machine. Elle est trop complexe. Dans le cas présent, l'unité de maintenance était en panne, et le mécanicien était en train de la réparer. C'est alors que le circuit d'inhibition a eu un court-circuit. Les instructions fondamentales ont été désactivées et les exterminateurs ont tué le Plagien. »

Allixter poussa un soupir. Puis il se souvint que soupirer prenait de précieuses secondes, et il dit : « Comment puis-je augmenter cette limite de trois secondes ? Je ne peux quand même pas passer l'éternité à vous poser des questions.

— Vous pouvez soumettre des problèmes qui occuperont les unités d'attention, ou mieux encore, vous pouvez réparer le circuit d'inhibition, ou bien l'unité de maintenance.

— Et pendant que je travaillerai, vous me tuerez ?

— Oui.

— Pourquoi les poules traversent-elles la route ?

— Il est probable que leurs motivations et restrictions concernant l'action projetée atteignent un point d'équilibre dans lequel le mouvement est privilégié par rapport à l'immobilité.

— Quand est-ce que deux et deux font trois ? »

La voix répondit : « Ce problème occupera le circuit d'attention pendant six minutes. C'est le temps nécessaire pour explorer toutes les conditions possibles au sein de tous les systèmes conceptuels mathématiques installés dans mon noyau. »

Allixter jeta un coup d'œil à sa montre. « Très bien. J'aurai le temps de réfléchir à quelques autres casse-tête pendant ce temps-là. »

Il se détendit, et se frotta le front à travers son film protecteur. Six minutes… est-ce qu'il aurait jamais l'occasion de dormir ? Et son ancienne existence sur la Terre ! Avec envie et nostalgie, il se mit à repenser au Buck's Bar, dans le Moyeu, aux visages familiers le long du grand comptoir en noyer, et aux grandes chopes de bière mousseuse…

Il revint au présent. Apparemment, son avenir allait être consacré à distraire ce robot planétaire avec des casse-tête, des énigmes et des récréations mathématiques. Au moins, se dit Allixter avec un sourire amer, il avait de quoi retenir son attention plus de trois secondes. Ce qu'il fallait, c'était s'attaquer au problème à la source, et donc réparer la machine. Mais bon sang, qu'est-ce qui pouvait bien clocher ? Le circuit d'inhibition ? L'unité de maintenance ? Les deux étaient en panne – une situation regrettable. *Le système de réparation est prévu pour maintenir la machine en fonctionnement, mais il n'y a rien pour réparer le système de réparation.*

Il traversa la salle pour examiner l'intérieur de la machine, là où un panneau avait été retiré. Un fouillis complexe, rangée après rangée de formes étranges, de conducteurs et de câbles. Il faudrait bien un mois de travail rien que pour tracer les circuits d'une partie du mécanisme.

Il ramassa un des outils. *Ma parole*, se dit Allixter, *voilà du beau matériel. Si seulement je pouvais faire breveter ce petit treuil de poche, je me ferais facilement un million. Et qu'est-ce que c'est que ça ? Ça alors, mais c'est une scie ! Je ne l'aurais jamais cru… Je pourrais l'enfoncer d'un mètre, et ces dents découperaient le plus dur des alliages. Drôlement futés, ces Plagiens.*

Mais cet outil de câblage, là, on a le même sur Terre. Même conception, identique… bizarre. Une de ces étranges coïncidences qu'on rencontre quand on roule sa bosse de monde en monde… Mon Dieu, comme le temps passe. Il regarda sa montre. Encore cinq secondes.

Mais il ne courait aucun danger dans l'immédiat. Le robot avait beaucoup de choses à dire. « Enregistrées dans les références de solvabilité, il existe un certain nombre de circonstances dans lesquelles deux unités d'une substance et deux unités d'une autre substance, lorsqu'elles sont mélangées, peuvent donner trois unités d'une substance finale. Ce ne sont pas des situations rigoureuses, et elles peuvent donc être rejetées. Toutefois, dans le cas de… »

La voix monotone s'engagea dans une terminologie mathématique à laquelle Allixter ne comprenait rien.

Il écouta pendant cinq minutes, mais le flot de paroles ne donnait aucun signe de se tarir. En écoutant seulement d'une oreille, il se mit à arpenter la salle pour l'examiner. Le carrelage rouge était fait d'une matière élastique, posée avec une précision microscopique.

Allixter en découpa une lamelle avec son couteau et la mit dans son sac. Cela vaudrait une fortune, sur Terre – un matériau élastique résistant au fluor. Ses doigts rencontrèrent un petit objet rond et dur, une forme inhabituelle. Il le sortit de son sac.

Ah, le petit cristal marin qui brillait de couleurs aussi étonnantes. Cela faisait à peine vingt-quatre heures qu'il avait ramassé cette petite boule sur la plage de… comment s'appelait cette planète déjà ? Et maintenant… Allixter sourit avec amertume. Mille franks par mois pour essayer de remettre en état les cerveaux de robots fous, pour errer sur une étrange planète grise, à la recherche du tuyau qui pourrait le ramener sur la Terre. Il était peut-être sous ses pieds, il était peut-être à quinze mille kilomètres au nord, à l'est, au sud, à l'ouest…

Il remarqua la porte. Elle était entrebâillée. Il s'en approcha pour l'ouvrir en grand. Si les choses tournaient mal, il pourrait toujours s'échapper par là. La porte bougea. *Clic !*

Allixter poussa un juron. Ah, les sales petits démons ! Il y eut un grand silence dans la pièce. Il se rendit compte que la voix s'était tue. À la place, on entendait un sifflement aigu.

Il se retourna avec angoisse. « Qu'est-ce qui se passe ? »

Sa propre voix sortit du haut-parleur : « Le système de protection est activé. Vous êtes maintenant asphyxié par une atmosphère d'azote pur.

— Je vois, dit Allixter en tâtant fébrilement sa combinaison de protection. Je n'ai pas envie d'être tué. Nous ferions peut-être mieux de nous concentrer sur… »

Une explosion ébranla les machines, et il fut secoué de la tête aux pieds. Dehors, il entendit les glapissements d'angoisse des indigènes. « Bon Dieu, qu'est-ce que c'est que ça ?

— Le programme de recyclage et de simplification rurale, désinhibé de ses contraintes de sécurité, est en train d'éliminer les reliquats inutiles d'opérations anciennes. Un grand nombre de nodules destinés à la fabrication et à la… » La voix se mit à bourdonner et à gargouiller. « Pas de terme disponible dans les fichiers pour ce concept. Des installations industrielles plagiennes sont actuellement détruites. Il n'y a pas d'instruction spécifique qui s'oppose à leur démolition… »

Allixter dit précipitamment : « Pour l'amour du ciel, ne détruisez pas le tuyau spatial. J'en ai besoin pour rentrer chez moi !

— Instruction placée dans le fichier approprié, dit calmement la voix.

— Nous ferions mieux de remettre en état votre circuit d'inhibition avant que… »

Une série d'explosions, comme une succession de pétards, vint l'interrompre. Un peu secoué, Allixter reprit : « Je voulais dire, avant que vous ne fassiez des dégâts vraiment sérieux. »

5.

Allixter demanda : « Quelle est la façon la plus rapide de remettre ce circuit en marche ? »

Le robot répondit : « L'unité de maintenance est conçue pour pouvoir ajuster, calibrer, lubrifier et remplacer les éléments défectueux du circuit en quatre minutes, deux secondes et seize centièmes. Un mécanicien plagien est capable d'effectuer les mêmes opérations en vingt-six heures. »

D'un air renfrogné, Allixter jeta un coup d'œil à l'unité mobile de réparation. « Quelle est la meilleure façon de remettre en état l'unité de maintenance ?

— Aucune information disponible sur l'étendue des dégâts. »

D'un ton sarcastique, Allixter dit : « Vous êtes un drôle de robot – même pas fichu de voir ce que vous avez sous le nez. »

Y avait-il une trace d'aigreur presque humaine dans la réponse ? « Le système optique de la Machine ne peut pénétrer des panneaux opaques.

— Quelle partie du réseau ferré pouvez-vous voir ?

— Le secteur situé sous deux virgule soixante deux radians, ainsi qu'indiqué en caractères blancs, est optimal. »

Allixter renifla. « Je ne peux pas lire ces caractères. Ils sont écrits en plagien.

— Information dûment enregistrée, fut la réponse monocorde.

— Je vais déplacer l'unité – vous me direz quand vous la verrez. En attendant, ajouta-t-il pensivement, vous pouvez constituer une liste de nombres premiers se terminant par sept-neuf-sept. »

Le haut-parleur émit une sorte de bêlement qui, une fois de plus, comportait une note presque humaine. Allixter posa son épaule contre l'unité mobile et se mit à pousser.

L'unité se déplaça lentement sur les rails. Enfin, le haut-parleur dit : « Optimal ». Puis : « Voici la liste des cinq cents premiers nombres premiers se terminant par les chiffres demandés…

— Enregistrez-les. Concentrez-vous sur cette machine. Et n'essayez pas de me tuer pendant que je serai occupé. D'accord ? »

La voix sans timbre répondit : « Le mécanisme de protection agit de façon autonome.

— Bon. Les mathématiques semblent vous intéresser. Imaginons que vous fassiez une liste des nombres premiers qui, lorsqu'on les multiplie par le nombre premier précédent et le nombre premier suivant, et qu'on élève le produit à la puissance six, pour le diviser ensuite par sept, et qu'on en prend la partie entière, donnent un nombre premier se terminant par un-un-un. »

Le haut-parleur se mit à bégayer et à gargouiller.

« Vous pouvez effectuer ces calculs, dit Allixter, quand votre attention ne se porte pas sur la réparation. Et maintenant, par quoi dois-je commencer ?

— Retirez les panneaux de chaque côté. »

Il s'exécuta.

« Dégrafez la lamelle de cuivre du goujon d'un demi-pouce, dégagez la goupille de l'arbre à came, découpez la soudure de la fixation du palier… »

La machine était correctement lubrifiée, et bien conçue. Au bout d'une demi-heure de travail, il découvrit la cause de la panne : un interrupteur à bascule qui avait cédé à la jointure.

« Repoussez les ressorts à double spirale au moyen de l'outil posé dans le coin du plateau. Serrez l'axe avec la pince, tournez de quatre-vingt dix degrés – les ergots vont s'écarter, et la pièce défectueuse sera dégagée. »

Il procéda comme indiqué : la pièce défectueuse se détacha.

« Le matériel est entièrement standard, dit la machine. Vous trouverez un interrupteur de rechange dans le troisième casier à l'autre bout de la salle.

— Continuez de réfléchir à cette petite liste de nombres pendant que je vais chercher la pièce.

— Mes stockages de mémorisation ont une capacité de huit milliards de chiffres, annonça le robot. Ils sont maintenant à moitié pleins.

— Quand ils seront pleins, videz-les et recommencez.

— Instruction enregistrée. »

En traversant la salle, Allixter passa devant le corps recroquevillé du Plagien. Pris d'une curiosité soudaine, il le retourna du pied pour l'examiner de face. La créature avait des traits tout à fait humains, malgré un nez et un menton un peu longs et noueux, un teint de peau jaunâtre comme un poulet plumé, et des cheveux comme des fils d'acier. Elle portait une combinaison de velours vert foncé, lustré et brillant dans la lumière.

« Bizarre, se dit-il tout en se baissant et en tirant sur un petit anneau métallique. Une fermeture Éclair. Première fois que j'en vois une sur des vêtements extraterrestres. Si seulement il en avait une qui soit *encore* mieux… je pourrais la rapporter sur la Terre, la faire breveter, gagner un million… Et alors, quand le Chef me dira : “Allez faire ce foutu boulot, allez réparer ce foutu tuyau, allez moucher le nez de ce Mafekinésien famélique…”, je lui répondrai : “Chef, vous savez ce que vous pouvez faire de ces mille franks avec lesquels vous m'insultez chaque mois…” »

Il regarda fixement le Plagien mort, examina son visage, la fermeture Éclair, puis, avec une moue de dégoût, entreprit de fouiller le corps.

Sa poche était vide, à l'exception de deux petits objets métalliques qui ressemblaient à des clefs, et d'un carnet avec des inscriptions à l'encre verte. Dans son sac, il y avait du petit outillage.

Sifflotant entre ses dents, il alla chercher l'interrupteur et retourna à l'unité de réparation.

« Robot, dit-il.

— Je vous écoute.

— Ce circuit d'inhibition... Il est entièrement détruit, totalement désactivé ?

— Non. »

Allixter attendit, mais le robot, ayant répondu à la question, ne voyait aucune raison de développer.

« C'est bien ce que je pensais. Un organisme tel que vous, avec autant de pouvoirs et de responsabilités, doit avoir besoin d'autant d'inhibiteurs qu'il y a de possibilités d'action. Exact ?

— Exact.

— Par exemple, l'inhibiteur qui vous empêche de tuer les indigènes est toujours en place. Même chose pour l'inhibiteur qui vous empêche de faire sauter tous vos fusibles. Et il me semble que si vous aviez vraiment envie de me tuer, vous n'auriez aucun mal à le faire. Autrement dit, le simple fait d'occuper votre attention ne pourrait vous distraire d'un désir profond de tuer une créature étrangère à cette planète, et donc vraisemblablement hostile. »

Le robot lui demanda : « Combien de fois souhaitez-vous que je remplisse mes mémoires de nombres premiers se terminant par un-un-un, pour les vider ensuite ?

— Le problème commence à vous ennuyer ?

— Concept incompréhensible.

— Eh bien... Juste pour vous changer les idées, examinez successivement chaque mètre carré de la planète, et calculez les probabilités pour qu'une météorite de cinq kilos, plus ou moins cent cinquante grammes, vienne frapper chacune de ces sections au cours des dix prochaines minutes. »

Le haut-parleur se mit à émettre un léger bourdonnement. Allixter poursuivit ses réflexions, et commença à se faire une idée de la situation. C'était tellement énorme, les implications étaient telles qu'il n'arrivait pas à y croire… au début.

Il retourna auprès du cadavre du Plagien, examina de nouveau son visage figé, puis se tourna vers le haut-parleur : « Quelles sont les sections de l'inhibiteur hors d'usage ?

— Filaments R huit tiret six six tiret neuf deux à R neuf tiret un un tiret neuf un.

— Et elles concernent les Plagiens ?

— Oui.

— Au point qu'au lieu de vous empêcher de nuire aux Plagiens ou à leurs constructions, il est maintenant probable, sinon certain, que vous allez détruire tout ce qui a trait aux Plagiens sur cette planète ?

— Oui. »

Allixter réfléchit un instant. « Où se trouve le tuyau de départ ?

— Au nord de ce bâtiment, il y a une porte métallique jaune qui donne sur un vaste entrepôt. Le terminal se situe au bout.

— Quel est le réglage pour se rendre à Plagi… Plagi… » Allixter secoua la tête. « La planète des Plagiens ?

— Phase dix, fréquences neuf et trois.

— Dans quelles unités ?

— Ce sont les unités plagiennes.

— Convertissez-les en unités terriennes.

— Phase huit-virgule-quatre-deux, fréquences sept-virgule-cinq-huit et deux-virgule-cinq-trois. »

Ha ! se dit Allixter. Il allait y avoir quelques surprises – beaucoup de surprises en haut lieu. Quand ils avaient décidé de berner les humains, ils auraient dû choisir une autre victime que Scotty Allixter. Il y avait un dernier aspect à considérer. « Quels sont les réglages pour la station de la Terre ? »

Le haut-parleur fit entendre une série de couinements.

« Décrivez-moi les réglages en anglais.

— Cadran un en haut – mettre sur le symbole ressemblant à un B couché sur le côté plat. Cadran deux – mettre sur le symbole ressemblant à un N dans un ovale. Cadran trois – mettre sur le symbole représentant deux triangles concentriques. »

Allixter fouilla dans sa poche à la recherche d'un bout de papier pour noter le code, en sortit la bulle aux couleurs changeantes, l'y remit, trouva le carnet du Plagien et y écrivit les informations, puis il le remit dans le sac.

« Et maintenant, dit-il, je vais retourner au coffret de l'inhibiteur. Je veux extirper entièrement et définitivement les inhibitions qui ont sauté. Quelle est la méthode la plus simple ?

— Derrière le panneau, il y a une série de cadrans et un bouton à piston. Réglez les cadrans correctement, et appuyez sur le piston. Cette action efface toute signification des filaments.

— Très bien. Et quand les circuits auront été réparés, les filaments resteront vierges ?

— Exact.

— Excellent. » Il se mit en position devant les cadrans. « Maintenant, dites-moi quels réglages je dois faire. »

Le robot décrivit les symboles. Allixter ajusta les cadrans, appuya sur le piston, ajusta les cadrans, appuya, ajusta et appuya jusqu'à ce que son poignet lui fasse mal.

« Maintenant... Ces inhibitions sont définitivement effacées ?

— Oui.

— Et vous détruirez tout Plagien qui viendrait sur cette planète ?

— La Machine n'a pas d'instructions contraires. Les Plagiens seront oblitérés.

— Comment puis-je créer de nouvelles inhibitions ?

— Connectez-vous à un filament vierge, et énoncez votre instruction.

— Connectez-moi à un filament vierge.

— Connexion effectuée.

— Il est défendu de me tuer.

— Cette instruction entre en conflit avec les instructions de base. Elle a été placée en attente par le circuit de contrôle. »

Il grinça des dents de frustration. « Comment diable puis-je rentrer chez moi ? Dès que je vous laisserai tranquille, vous essaierez de me tuer.

— Le problème comporte des variables imprévisibles.

— Merci quand même. Autrement dit, il faut que je me débrouille tout seul. Bon... réfléchissons. Vous travaillez toujours sur ce problème que je vous ai posé ?

— Oui.

— Où en êtes-vous ?

— J'en suis à peu près à la moitié.

— Vous allez sacrément vite.

— Les calculs de ce genre sont en grande partie automatiques.

— Hmm, fit Allixter en se frottant le menton à travers sa combinaison protectrice. Connectez-moi à un filament d'inhibition vierge.

— Connexion effectuée.

— Ne procédez à aucune destruction qui puisse mettre la vie des indigènes en danger, directement ou indirectement.

— Instruction enregistrée. »

Il hésita, jeta un coup d'œil à l'unité mobile de réparation puis l'examina avec soin. « Si je répare cette machine, est-ce qu'elle remettra ce grand marteau en place ?

— Oui. »

Il grimaça. « Bon… Allons-y. »

Il réinséra les pièces de la machine de réparation en suivant les instructions du robot avant de refermer les panneaux latéraux. La machine resta immobile et silencieuse. « Que faut-il faire pour la démarrer ?

— Le boîtier de contrôle à l'arrière comporte une manette primaire. Abaissez-la. »

Allixter hésita. Il y avait trop de facteurs imprévisibles. D'un air rusé, il demanda : « Quelle est la première tâche qu'effectuera l'unité de réparation ?

— Elle remplacera les sections endommagées du circuit d'inhibition.

— Mais elles sont vierges, maintenant ?

— Oui.

— Et ensuite ?

— Elle va lubrifier le palier KB-quatre-cent-huit, qui est en surchauffe, puis elle remplacera un isolant dans le Système de Résolution des Paradoxes.

— Quand est-ce qu'elle va s'occuper du marteau ?

— Dans dix-huit minutes et cinquante-quatre secondes.

— Hmm… » Allixter réfléchit. « Cela devrait me laisser suffisamment de temps pour sortir de cette salle, mais à part ça… Est-ce que j'aurai le temps de régler le tuyau de transfert et de quitter la planète avant qu'un autre événement violent se produise ?

— Le problème comporte des variables imprévisibles. »

Il se mit à faire les cent pas. « Si je réussis à retenir l'attention de la Machine, je pourrai m'en aller. Sinon, je serai exécuté en tant que créature étrangère indésirable. Tous les robots devraient avoir un passe-temps, quelque chose pour les occuper, pour leur éviter de faire des bêtises… Peut-être que… » Il hésita. « Ça va me coûter de l'argent. » Il réfléchit encore soigneusement. « Mais qu'importent quelques franks, alors que ma vie est inestimable ? »

Il sortit de sa poche la sphère de cristal, et la petite créature à l'intérieur se mit à briller et étinceler de multiples couleurs changeantes – violet, rose, vert. Allixter posa la sphère sur le rebord d'une moulure. « Pouvez-vous voir cette sphère ?

— Oui.

— Vous voyez ces couleurs ?

— Oui.

— Observez attentivement cette sphère et ces couleurs. Voici un passe-temps pour vous, de quoi vous amuser dans la solitude de la nuit. Vous allez devoir prévoir la couleur qui va apparaître. Lorsque vous vous tromperez, vérifiez vos calculs et recommencez.

— Instruction enregistrée », dit le robot.

Allixter caressa la sphère. « Et maintenant, mon petit bijou, sois aussi capricieux qu'il te plaira. Je suis convaincu que la moindre petite créature dotée de libre arbitre peut venir à bout d'une machine, aussi complexe et intelligente soit-elle. Alors, montre-lui tes jolies couleurs, et fais-les briller autant que tu en seras capable. »

Et il abaissa la manette de la machine de réparation.

La porte était restée verrouillée. Allixter l'ouvrit en se servant de sa torche thermique, se retrouvant sur l'allée de lamelles de pierre surplombant la vallée grise et brumeuse. Au-dessus de lui brillaient des milliards d'étoiles – des points colorés dispersés dans le ciel.

« Le nord est par là-bas, dit-il. Voici le hangar, et là la porte jaune… »

6.

Le dépôt du Moyeu était silencieux lorsque Allixter sortit du tuyau. Sur le tapis roulant de départ, il n'y avait que quelques dizaines de cageots de raisin vert pâle, et une douzaine de bouteilles d'oxygène peintes en vert – un lot en partance pour une station minière sur un astéroïde riche en minerais et dépourvu d'atmosphère.

Le tapis d'arrivée était vide, et l'opérateur, après avoir laissé passer l'arrivant, se replongea dans son journal.

Il se baissa en passant devant le bureau du routeur, mais Schmitz l'aperçut et fit coulisser le panneau vitré. « Hé, Scotty ! cria-t-il. Reviens ici faire ton rapport. Tu te crois où, là ? Tu n'as pas lu le règlement ? »

Allixter s'arrêta et se retourna.

« Tiens, lui dit Schmitz en lui lançant un formulaire jaune. Remplis-moi ça – et la prochaine fois, fais-le sans que j'aie à te le demander. Après tout, j'ai mon boulot, moi aussi. Vous me faites devenir chèvre, vous tous, à entrer et sortir comme des mouches dans un salon de thé. Et ensuite, ils viennent me demander qui est allé où, et qui a fait quoi…

— Écoute, Sam, j'aimerais me servir de ton téléphone. »

Schmitz le regarda d'un air étonné. « Vas-y, pas de problème. Du moment que tu es correct avec moi, tu peux y aller. Sers-toi de mon téléphone, tout ce que tu voudras. Fais ce que tu dois faire, je ne dirai rien. Oh, bon Dieu ! Où est le Linguaide ? Le Chef va nous passer un savon si…

— Je l'ai laissé au dépôt. »

Il feuilleta l'annuaire, puis leva les yeux. Schmitz l'observait de ses yeux bleus et brillants dans son gros visage rougeaud.

Allixter referma l'annuaire. « Non, je crois que je ferai ça plus tard. Bonne journée, Sam Schmitz.

— Hé ! rugit l'autre. Ton rapport !

— Je n'en ai pas pour longtemps.

— Ça veut dire quoi, "pas longtemps" ? N'oublie pas que c'est moi le responsable. C'est moi qui me fais engueuler quand vous déconnez… »

D'une voix sucrée, Allixter lui dit : « Accorde-moi un quart d'heure, mon cher Sam. Et je te ferai un rapport que tu voudras donner à encadrer pour l'accrocher chez toi. »

Un quart d'heure s'écoula. Schmitz s'agitait et grognait en parcourant son tableau d'affectations. « Ce maudit Allixter est bien le pire de tous. Ces Écossais sont tous dingues, ils boivent trop de ce truc qu'ils appellent du whisky. Heureusement qu'on a inventé la bière… *Hé*, on dirait qu'il est de retour. »

Les quatre hommes qui accompagnaient Allixter portaient un uniforme gris et se ressemblaient étrangement. Grands et minces, ils se déplaçaient avec la même économie de mouvements. Leurs visages étaient durs, leurs yeux attentifs, leurs lèvres serrées.

« Dieu du ciel ! s'écria Schmitz. Voici le Service de la Sécurité Mondiale. Dans quoi est-il allé se fourrer ? »

Machinalement, il allongea le bras pour appeler le Chef.

« *Pas un geste*, Schmitz ! hurla Allixter. Ne touche pas à ce téléphone ! »

L'un des hommes du SSM ouvrit la porte de la cabine de Schmitz et lui fit signe. « Je crois que vous feriez mieux de nous accompagner. »

Avec des protestations volubiles, Schmitz les suivit en sautillant sur ses petites jambes pour rester à leur hauteur. Les hommes du SSM s'arrêtèrent devant la grande porte verte aux lettres de bronze, et se mirent en position, deux de chaque côté. Allixter appuya sur le bouton, la porte s'effaça et il entra. La secrétaire leva les yeux. Il lui dit : « Veuillez informer le Chef que je suis de retour. »

Elle hésita, puis appuya sur un bouton. « Scotty Allixter au rapport. »

Il y eut un petit silence, puis : « Faites-le entrer. »

Elle déverrouilla la porte. Allixter se dirigea vers la porte intérieure. Les hommes du SSM pénétrèrent dans le bureau. L'un d'eux s'approcha rapidement de la secrétaire, qui avait commencé à faire un geste vers son interphone, et lui retint le bras.

Allixter fit coulisser la porte. L'odeur de laboratoire vint le frapper au visage. Il entra dans la pièce, suivi de l'escouade du SSM.

Le Chef était assis à son bureau, à contre-jour. Il s'agita légèrement sur son siège, puis s'immobilisa.

« Que signifie cette intrusion ? » demanda-t-il d'une voix sans timbre.

Le lieutenant du SSM répondit : « Vous êtes en état d'arrestation.

— À quel titre ?

— Vol, espionnage et immigration illégale, pour commencer. Il est possible qu'il y ait d'autres chefs d'accusation lorsque l'enquête sera terminée.

— Vous avez un mandat ?

— Naturellement.

— Montrez-le-moi. »

Le lieutenant s'avança en tendant un dossier bleu. Le Chef jeta un coup d'œil au premier feuillet avec un rictus sarcastique. Allixter se dit : *Pendant toutes ces années, je suis venu dans ce bureau, j'ai parlé avec cet homme, je l'ai regardé, et ce n'est que maintenant que je le vois tel qu'il est, une créature d'un autre monde avec une peau aussi jaune que celle d'un poulet et une haleine toxique.*

Allixter remarqua soudain que l'atmosphère contenait quelque chose d'encore plus âcre que d'habitude. Il cria : « Sortons d'ici, ce démon essaie de nous empoisonner ! »

Le Chef se leva d'un bond.

Le lieutenant s'avança : « Halte, ou je tire. »

Allixter ouvrit la porte toute grande, ce qui lui sauva la vie. Jaillissant du bord du bureau du Chef, un rayon de feu horizontal balaya la pièce et coupa en deux les hommes du SSM. Allixter recula en tremblant pour éviter les rayonnements ioniques qui, ricochant sur la paroi métallique, passèrent à deux centimètres de sa taille.

Il avait laissé ses outils derrière lui. Il n'avait pas d'arme. Il se précipita vers le téléphone de la secrétaire. Celle-ci était adossée au mur, paralysée de terreur et le regard vitreux. Allixter appuya sur le bouton d'urgence et hurla : « Au meurtre, le bureau de maintenance du terminal... » Il entendit des bruits furtifs dans le bureau du Chef et regarda avec angoisse vers la porte de sortie. Pour réussir à s'échapper, il allait devoir s'exposer aux tirs venant du bureau intérieur.

Il entendit des bruits de pas. Le Chef se déplaçait le long du mur du fond en quête d'un angle de tir pour atteindre Allixter. Il était à l'opposé du bouton de fermeture de la porte. Allixter appuya sur ce bouton et la porte du bureau se referma en coulissant. Il se précipita vers la sortie. Alors qu'il la franchissait, un vibro fit entendre son bourdonnement et le mur du couloir devant lui vola en éclats.

Il courut jusqu'au dépôt, encore désert à cette heure-ci. Il se faufila entre des fûts d'acétone, franchit d'un bond la plate-forme administrative et se hissa dans la cabine de l'opérateur.

Essayant de reprendre son souffle, tout en s'efforçant de parler lentement et distinctement, il dit : « C'est une urgence. Ça concerne le SSM... Ouvre les contacteurs d'entrée aussi grand que possible, et règle sur ce code : phase huit-virgule-quatre-deux, fréquences sept-virgule-cinq-huit et deux-virgule-cinq-trois. »

L'opérateur lui lança un regard interrogateur. « Qu'est-ce que c'est que ce fichu code ? Je n'ai jamais rien vu...

— La ferme ! gronda Allixter. Règle le code ! Et déroute ici tout ce qui essaierait d'y aller. »

L'opérateur haussa les épaules et s'activa à ses cadrans. « Huit-virgule-quatre-deux... C'était quoi, les autres codes ?

— Sept-virgule-cinq-huit ! Deux-virgule-cinq-trois ! Pour l'amour du ciel, dépêche-toi ! »

L'opérateur poussa la manette d'activation. Allixter sauta à terre et alla se placer à côté du rideau mordoré, là où émergeait le tapis roulant d'arrivée.

Dix secondes… quinze secondes. Son regard était fixé sur l'ouverture brune, traversée d'éclairs, jusqu'à ce que… Quelque chose s'agita. Le Chef apparut, regardant par-dessus son épaule. Il tourna la tête et resta bouche bée.

Allixter bondit et le saisit par derrière afin de le projeter sur le tapis roulant. Le vibro du Chef lui tomba des mains. Son adversaire s'en empara et se releva.

« Allez, mon vieux… Ne bougez plus. Vous êtes bel et bien attrapé. Je ne voudrais pas avoir à me servir de ce machin. »

7.

Au Buck's Bar, Allixter était entouré d'un public admiratif. La bière coulait à flots, les meilleures importations d'Allemagne et des Pays-Bas, et il y avait toujours une âme charitable pour régler la note.

Il avait déjà raconté son histoire plusieurs fois, mais il y en avait encore quelques-uns dans l'assistance qui ne comprenaient toujours pas certains détails. Parmi ceux-là, Sam Schmitz était le plus insistant.

« Bon, écoute, Allixter, dit-il d'un ton plaintif. Tu débarques dans mon bureau, et je ne dis rien. Je suis régulier avec toi, comme toujours, mais tu aurais pu m'attirer de sacrés ennuis. Tu avais raison, je le reconnais maintenant, mais suppose que tu te sois trompé ? On serait tous les deux dans le pétrin. Je trouve que ce n'était pas une chose à faire.

— Schmitz, dit Allixter avec bonne humeur, tu ne sais dire que des bêtises.

— Mais comment pouvais-tu être aussi sûr que c'était le Chef ? Je ne comprends même pas comment tu as pu imaginer que c'était quelqu'un d'ici, au Moyeu. Tu dis que tu as déduit ceci, et compris cela, et tout... mais je n'y comprends toujours rien.

— Réfléchis un peu, Sam. » Allixter se rafraîchit le gosier avec une lampée de Hochstein. « On m'a envoyé pour une mission bidon. Au début, sur cette planète, j'ai pensé que c'était une simple erreur. Mais je me suis mis à réfléchir. Il y avait des tas de petits détails qui me turlupinaient. Le Chef avait insisté pour que j'emporte le Linguaide. Pourquoi aurais-je besoin d'un Linguaide sur Rhétus ? La réponse était que le Chef savait que je rencontrerais des indigènes qui parlaient avec leurs aisselles.

» Ensuite, pourquoi voulait-il que je mette une combinaison de Type X, qui protège des halogènes ? L'atmosphère de Rhétus contient du gaz carbonique, de l'argon, de l'hélium et un peu d'oxygène, et on a seulement besoin de porter un casque. La réponse, c'est qu'il savait que j'allais tomber sur une atmosphère saturée de fluor.

» Et quand j'ai vu le Plagien mort par terre, d'autres détails m'ont chiffonné. Il portait des vêtements avec une fermeture Éclair, du genre de ce que nous avons sur la Terre. Pas seulement “du genre”, en fait, mais parfaitement identique aux nôtres.

— Ç'aurait pu être une coïncidence », dit Buck, le barman rougeaud.

Allixter hocha la tête. « Oui, ça aurait pu. Mais qu'est-ce que tu dis du stylo-bille qu'il avait dans la poche, et du gicleur dans sa trousse à outils ?

— C'est quoi, un gicleur ? » demanda Kitty, l'hôtesse blonde à la mâchoire carrée.

Barnard, un autre mécanicien d'entretien, s'empressa de lui répondre : « C'est un tout nouvel outil. Nous l'utilisons maintenant au lieu d'emporter des bobines de fil électrique. Quand on veut faire passer du courant entre deux contacteurs, on appuie sur la détente du gicleur, il en sort une pâte qui va se coller sur le premier contacteur. On l'étire, on la fait passer par où on veut, et on la colle sur le deuxième contacteur. On relâche la détente, et voilà : on a une liaison électrique permanente. La surface s'oxyde pour faire un bon isolant. Et ça se colle sur n'importe quoi. »

Kitty but la bière de Schmitz pour montrer qu'elle avait compris.

« Bon, de toute façon, dit Allixter, quand j'ai vu tous ces objets par terre, je me suis dit qu'il y avait certainement déjà eu un contact avec la Terre. Et que le contact avait été à sens unique, parce que je savais bien qu'on n'avait jamais vu chez nous de Plagiens au long nez jaune.

» Alors, j'ai pensé au Chef. Il ressemblait au cadavre, en un peu plus animé, peut-être. J'ai réfléchi un moment, et je me suis rappelé quelques autres bizarreries. C'est lorsque le robot m'a dit que ses circuits le poussaient à tuer automatiquement les Plagiens que j'ai tout compris.

— Et alors ? demanda Schmitz.

— Les Plagiens voulaient maintenir le tuyau en activité vers cette planète – je ne sais pas comment ils l'appellent. Je ne serais pas surpris d'apprendre qu'ils en ont plusieurs comme ça, toutes équipées de robots, et qu'ils les exploitent à fond pour envoyer les produits vers Plag… Plagi… bon sang, je n'arriverai jamais à prononcer ce nom. *Plagigonstok* – ça y est.

» Donc, le robot était maintenant réglé pour tuer les Plagiens dès qu'ils débarquaient. Il fallait donc un mécanicien d'une autre race pour le réparer. C'est tombé sur moi.

— Ils devaient être vraiment désespérés, alors », grommela Buck.

Allixter étendit les mains : « Qu'est-ce qu'ils avaient à perdre ? Ou bien j'arrivais à réparer le robot, ou bien il me tuait. La seule autre solution possible aurait été d'envoyer un vaisseau de guerre pour détruire le robot – et leurs installations par la même occasion. Ils ont donc contacté le Chef, et ils lui ont demandé d'envoyer son meilleur mécanicien, avec tout l'équipement nécessaire pour effectuer la réparation. »

Schmitz leva pensivement sa chope et s'aperçut qu'elle était vide. Il jeta un coup d'œil à Kitty, qui était en train de se recoiffer. « Buck – sers-moi une autre bière. Tu sais, Allixter, je trouve que le Chef aurait pu t'en dire un peu plus sur ce à quoi tu devais t'attendre.

— Et courir le risque que je découvre le pot aux roses ? Jamais de la vie. En ne me disant rien, il s'assurait qu'à mon retour, je penserais qu'il s'agissait simplement d'un accident remarquable. »

Barnard demanda : « Comment se fait-il que tu connaissais le code de la planète où le Chef tenterait de s'échapper ? »

Allixter haussa ses épais sourcils d'un air entendu. « Eh bien, je t'ai dit qu'en voyant tout cet équipement terrestre qui traînait, j'ai voulu vérifier que je ne me trompais pas. Au fond, nous avions peut-être installé un tuyau vers la planète des Plagiens. Alors j'ai demandé au robot quel était son code.

» Il me l'a donné, et j'ai tout de suite vu qu'il ne figurait pas dans nos listes – il n'était même pas exprimé dans nos unités. Les Plagiens ont manifestement découvert indépendamment le principe des tuyaux, et ils ont construit leur propre réseau. Ils ont dû découvrir, Dieu sait comment, que nous avions nous aussi un réseau de tuyaux, et ils y ont infiltré un des leurs, le Chef. Il y en a peut-être d'autres.

— Il y a une chose que je ne comprends pas, dit Barnard. Comment le Chef faisait-il pour respirer ? Notre atmosphère aurait dû l'asphyxier ? »

Allixter vida sa chope avant de répondre. Buck la lui prit des mains, la passa sous la pompe à bière et la lui rendit bien mousseuse. Allixter dit : « Tu n'as jamais remarqué la cicatrice que le Chef avait sur le cou ?

— Ouais, pas jolie à voir. Il a dû recevoir un méchant coup de couteau.

— Ce n'était pas une cicatrice. C'était un tuyau de respirateur, qui passait sous sa peau pour aboutir dans sa gorge. Cela lui permettait de s'alimenter en fluor, et l'acide fluorhydrique était refoulé dans un filtre à absorption. Ce n'est pas vraiment que notre atmosphère lui aurait fait du mal, mais elle ne lui aurait pas fait de bien non plus. »

Schmitz secoua la tête. « J'aurais cru que ça lui brûlerait la gorge. »

Barnard éclata de rire. « Tu te souviens de la fois où tu lui as offert un de tes satanés cigares toscans ?

— Ouais, dit Schmitz d'un air lugubre. Il m'a dit qu'il ne comprenait pas comment je pouvais fumer ces machins et être encore vivant. »

Allixter dit : « Il n'avait pas besoin d'autant de fluor que nous d'oxygène. Quelques kilos lui suffisaient pour tenir un bon bout de temps. Bien sûr, il y avait forcément un peu de déperdition par la bouche et le nez… »

Barnard donna un grand coup de poing sur le comptoir. « J'ai toujours dit que le bureau du Chef sentait l'hôpital ! »

Schmitz dit tristement : « Je me demande ce qui va se passer, maintenant. Est-ce que le gouvernement va envoyer une commission d'enquête sur Plag… Plagi… machin ?

— Ma foi, dit Allixter qui se voyait maintenant promu au rang d'expert universel, je n'en suis pas sûr. Ces Plagiens nous ont proprement dévalisés. Toutes nos idées, nos outils, nos techniques – tout ça est parti chez eux. Ce n'est pas si terrible en soi, mais ils ont bien pris soin que nous ne recevions rien de chez eux en échange.

» C'était donc ça, le rôle du Chef. Leur envoyer des marchandises – il pouvait entrer dans le dépôt quand il n'y avait personne, ou il pouvait se servir de son tuyau de secours personnel, dans son bureau –, des marchandises qu'il achetait au travers d'une société écran en payant avec du platine ou de l'uranium extrait à faible coût sur une de leurs planètes robots. Ou ils fabriquaient peut-être de la fausse monnaie. Les gars du SSM m'ont dit qu'ils avaient trouvé une caisse de billets de cent franks tout neufs dans le bureau du Chef.

— Bon sang, c'est donc lui qui a inondé mon tiroir-caisse ! rugit Buck. J'ai perdu mille franks en faux billets ! »

C'est seulement maintenant qu'il semblait prendre conscience de l'énormité des crimes du Chef.

Ses épaules, larges comme des sacs de blé, se mirent à tressauter. « Ah çà, alors, ce misérable lézard au long nez, j'aimerais le… j'aimerais le mettre en pièces de mes propres mains ! *Mille franks*, qu'il m'a fait perdre !

— Pas de chance, dit Allixter d'un air détaché. Moi, il m'a coûté cinq cents franks quand j'ai dû laisser mon précieux joyau derrière moi. Mais Dieu merci, j'ai trouvé ce petit scarabée sur cette planète grise. C'est du spath jaune d'une grande pureté, une pièce magnifique, et c'est le sceau sacré des indigènes. Unique en son genre. Le Conservateur du Musée Extraterrestre m'en a proposé huit cents franks, mais il faudrait que j'attende un mois, le temps qu'il fasse signer le bon d'achat. Buck, je suis prêt à te le laisser pour six cents franks, et tu pourras réaliser le bénéfice toi-même. »

Buck prit l'octaèdre dans sa main. « Un sceau sacré ? *Hmmf !* On dirait des égratignures de pattes de poulet. Je veux bien t'en donner cinq franks ; possible que j'arrive à le revendre pour dix à un ivrogne. »

Allixter récupéra le morceau de spath d'un air indigné. « Cinq franks ? J'aimerais encore mieux vendre une de mes oreilles, à cè prix-là ! »

La Gaffe monumentale de Dover Spargill

Dover Spargill, vingt-et-un ans, allait et venait devant la cheminée en cinglant son jodhpur à petits coups de cravache. Sur le côté, recroquevillé dans un fauteuil à oreilles, l'avocat James Timorey leva les yeux au ciel comme pour quêter une aide divine.

Lorsque Dover s'immobilisa, Timorey reprit aussitôt une expression attentive : ce blanc-bec insupportable lui assurait trente mille dollars d'honoraires par an. Autrement, l'avocat aurait préféré pourrir en enfer plutôt que de s'en approcher.

« Tout est là, donc ? s'enquit Dover avec une élégante petite tape sur ses bottes.

— Il n'y a rien d'autre dans le document, monsieur Spargill. Veuillez accepter mes plus sincères félicitations. »

Dover s'arrêta de nouveau et tourna vers lui un visage interrogateur. « Vos félicitations ? En quel honneur ?

— Maintenant que vous voilà majeur, vous devenez un des hommes les plus riches du monde.

— Ah oui. » Dover fouetta l'air de sa cravache pour signifier que l'argent n'était pas le plus important. « C'est pratique, bien sûr ; ça m'évitera de le gagner moi-même. Il m'arrive pourtant de trouver que mon père manquait singulièrement d'imagination : je ne compte plus le nombre de fois où je lui ai montré des moyens de doubler sa fortune. »

Timorey toussa en se rappelant l'œil de tigre et les manœuvres prudentes du vieil Howard Spargill. « Ma foi, monsieur Spargill, je ne peux guère vous suivre sur ce terrain. Votre père était sans conteste l'homme d'affaires le plus habile de son époque. De simple prospecteur, il est quand même devenu propriétaire de Moon Mines, soit presque un tiers de la Lune. »

Dover secoua la tête, lèvres pincées. « Il a aussi laissé Thornton Bray regrouper les autres propriétés dans la Lunar Mineral Cooperative alors qu'il aurait très bien pu racheter lui-même le tout.

— Vous ne trouvez pas suffisant d'avoir mis la main sur un tiers de la Lune ? releva l'avocat avec un peu de dédain. Un territoire plus grand que l'Europe ?

— Le mot "suffisant" ne convient pas au contexte commercial moderne, et vous devriez être le premier à en convenir », répondit Dover, fronçant les sourcils.

Timorey grogna dans sa barbe et fixa les flammes d'un air morose tandis que l'autre développait son opinion en soulignant les points importants avec sa cravache. Il expliqua que, dans les hautes sphères financières, l'accumulation de richesses était un jeu qui exigeait un peu plus d'habileté que le flipper. L'avocat hocha la tête avec raideur, boucla sa mallette et se leva.

« Eh bien, monsieur Spargill, il est temps pour moi de prendre congé. Vous devez avoir des projets pour le dîner. »

Dover le reconduisit à la porte où Timorey se retourna pour les derniers conseils.

« Monsieur Spargill, vous serez sans nul doute sollicité par des promoteurs et des escrocs, mais je ne pense pas avoir besoin de recommander la prudence à quelqu'un d'aussi… » Il cligna de l'œil. « … perspicace que vous. »

Dover hocha sèchement la tête.

« Mais le cas échéant, je me chargerai de cette formalité. L'équipe en place dirige vos mines avec beaucoup de compétence et Calmus Associates gère vos intérêts sur Terre. Je vous déconseille vivement toute modification et toute nouvelle entreprise. Si quelqu'un vous demande de l'argent pour une raison ou pour une autre, envoyez-le-moi, je m'en occuperai. »

L'avocat continua quelques instants sur le même ton pendant que Dover l'écoutait, les yeux mi-clos, en agitant sa cravache.

Timorey finit par lui serrer la main et partir. Dover le suivit des yeux jusqu'à ce qu'il monte dans un taxi.

« Quel vieil imbécile radoteur… » Il cingla ses bottes. « Enfin, il ne pensait pas à mal. »

Thornton Bray, président du conseil d'administration de la Lunar Mineral Cooperative, était un homme grand dont le visage rouge et humide évoquait une demi-pastèque. Sous ses yeux globuleux dépourvus de cils, il avait des joues lisses et dodues comme des fesses de bébé. Il fourra l'accord signé dans sa poche et secoua la tête avec un petit sourire contrit.

« Oui monsieur, tel père, tel fils. Je crains de m'être surestimé en me mesurant à vous. »

Dover laissa la fumée d'un cigare hors de prix s'écouler du coin de sa bouche. Il adopta une attitude insouciante, comme pour minimiser sa victoire sur Bray et la coopérative.

« Oui monsieur, continua Bray, vous voilà un géant. Vous resterez dans l'histoire. Le premier homme à posséder un monde d'un bout à l'autre. Pensez-y ! Cent cinquante-trois millions de kilomètres carrés ! Vous y régnez sans partage ! »

Dover jeta un coup d'œil au globe de quatre-vingt-dix centimètres représentant la Lune qui décorait son bureau. La surface en était divisée en secteurs irréguliers, gris pour les possessions de Moon Mines, bleus pour celles de la Coopérative.

« Oui, il n'y aura plus qu'une couleur, maintenant. Je me demande… » Il marqua un temps. « J'imagine que ce ne sera pas de très bon goût.

— Quoi donc ?

— De renommer la Lune "Spargill". »

Bray y réfléchit. « Ça va être une autre paire de manches. » Il lui serra cordialement la main. « Eh bien, je vous souhaite bonne chance. » Il eut un mouvement de tête admiratif. « Non que vous en ayez besoin, avec un cerveau aussi brillant que le vôtre. »

Dover fit un geste affable avec son cigare. « Lorsqu'un truc me paraît intéressant, j'essaye de l'obtenir et j'y parviens.

— Bonne journée, monsieur Spargill. »

Dover le salua d'un geste enjoué et se retourna vers le globe.

Quelques instants plus tard, le visiophone sonna.

« Oui ? fit Dover par-dessus son épaule.

— M. Timorey, monsieur », annonça la voix de sa secrétaire particulière.

Dover bâilla et se rassit à son bureau. « Passez-le moi. »

L'écran afficha un visage tordu par la colère et le désespoir. « Rassurez-moi vite ! cria l'avocat. Vous n'avez rien signé ? »

Dover posa ses pieds sur son bureau et fit tomber la cendre de son cigare. « Je viens de conclure un marché avantageux, si c'est ce que vous voulez savoir. Un marché d'une grande portée. »

Les traits de Timorey s'affaissèrent. « Dites-moi tout.

— La compagnie Moon Mines est désormais légalement propriétaire des cent cinquante-trois millions de kilomètres carrés, des cent soixante-quinze milliards de kilomètres cubes et des 5×10^{19} tonnes de notre satellite. Autrement dit, nous avons acheté la Coopérative. Je suis le seul propriétaire de la Lune. »

Des larmes emplirent les yeux de l'autre. « Et vous avez payé cela combien ? Cher ?

— La somme n'est pas négligeable, admit Dover. Mais comme je suis allé sur la Lune voir nos réserves de minerai et celles de la Coopérative, je peux vous assurer, Timorey, que nous avons fait une bonne affaire.

— Combien ?

— Oh… » Dover tira sur son cigare. « Deux cents millions cash. »

Timorey porta la main à son front.

« Plus notre participation dans Antartic Energy.

— Oh ! »

Dover durcit le ton : « Qu'est-ce qui vous prend, Timorey ? »

L'avocat poussa un profond soupir. « Maintenant que vous possédez la Lune, qu'est-ce que vous comptez en faire ?

— Eh bien, continuer à exploiter les mines, évidemment.

— Espèce d'abruti ! beugla Timorey. Vous ne lisez donc jamais les journaux ?

— Bien sûr que si, quand j'ai le temps.

— Eh bien, prenez-le maintenant ! » L'écran s'obscurcit.

« Mademoiselle Foresythe, appela Dover.

— Oui, monsieur Spargill ?

— Le journal de l'après-midi, je vous prie. »

L'écran s'illumina. Dover posa les yeux sur la une.

NOUVEAU COUP DE THÉÂTRE SCIENTIFIQUE

LA TRANSMUTATION À PORTÉE DE MAIN

Une méthode de conversion à grande échelle d'un élément en un autre a été annoncée aujourd'hui par Frederick Dexter, le directeur de l'Applied Research Foundation. Selon nos experts, cette découverte aura sur notre société des conséquences aussi considérables que la révolution industrielle.

L'annonce historique a eu lieu ce matin au cours d'une conférence de presse. « L'appareil s'autoalimentant, il n'a besoin d'aucun apport énergétique du moment qu'on maintient un équilibre interne conforme aux théories atomiques établies, a précisé Dexter. La transmutation nécessite une température de centaines de millions de degrés, mais le processus d'équilibrage absorbant l'énergie produite par fusion comme par fission, la cellule reste à température ambiante. »

Dexter a annoncé que la Fondation fabriquera et commercialisera elle-même les unités de transmutation. Il a annoncé que la production débutait dès ces jours-ci en tailles allant de l'appareil électroménager aux monstres capables d'absorber plusieurs tonnes par minute.

« Je pense que nous entrons dans un nouvel âge d'or, a répondu Dexter à une question sur les effets économiques et technologiques de cette découverte. Le platine va devenir aussi bon marché que le fer et nous pouvons désormais obtenir autant de matériau pur que nous voulons à partir des déchets et des scories des systèmes de purification chimique déjà dépassés. Bien entendu, les mines vont... »

« Vous pouvez éteindre l'écran, mademoiselle Foresythe », dit poliment Dover.

Il s'approcha lentement du globe et le fit tourner. La surface grêlée lui râpa la paume. « Cent cinquante-trois millions de kilomètres carrés, marmonna-t-il. Cent soixante-quinze milliards…

— Encore M. Timorey, monsieur Spargill.

— Oui, d'accord. »

M. Timorey avait repris le contrôle de lui-même. Seul son cou enflé révélait les efforts que cela lui coûtait. Il parla d'une voix laborieuse, en détachant bien chaque mot.

« Monsieur Spargill, il est de mon devoir de vous faire part de votre situation exacte. Tout d'abord, Moon Mines ne vaut rien. Pas un kopeck. Quant à votre nouvelle acquisition, la Lunar Mineral Cooperative, elle n'a pas plus de valeur.

— Mais… je possède le satellite tout entier ! » protesta Spargill.

Les yeux de Timorey luisirent et sa bouche se tordit en une grimace acerbe. « Vous pourriez posséder tout le nuage de Magellan que cela ne changerait rien à votre compte bancaire. »

Dover accusa le coup.

« Personne ne vous achèterait la Lune même si vous n'en demandiez que dix dollars, aboya Timorey. Non, pardon, il doit sûrement exister deux ou trois étudiants prêts à jeter l'argent par les fenêtres et à vous en offrir dix, voire vingt dollars, juste histoire de se vanter de posséder notre satellite. Si vous recevez une offre de ce genre, je vous suggère de l'accepter : c'est la seule valeur financière qu'ait la Lune. Bon. Nous rayons donc Moon Mines, la coopérative et Antartic Energy de vos actifs. Il s'agit maintenant de trouver deux cents millions de dollars en espèces.

« Il y en a peut-être soixante-dix ou quatre-vingt millions en liquidités dans divers bâtiments, dépréciations, fonds d'amortissement et cætera. D'après les estimations auxquelles je me suis livré, payer le solde va vous obliger à vendre tous vos avoirs sauf... » Il marqua une pause spectaculaire. « ... l'Agence de Désinsectisation Sud-Saharienne à Tombouctou et un grand terrain en Arizona du Nord. Tous deux reçus par votre père en paiement de dettes qui n'auraient pu être recouvrées par un autre moyen.

— Vendez-les aussi, lui ordonna Dover. Vendez tout. Payez toutes les factures et déposez le solde sur mon compte personnel. » Il ajouta avec courage : « Tout se déroule très bien, exactement comme je l'avais prévu, en fait.

— J'ai peur de ne pas comprendre, déclara Timorey d'un ton glacial.

— Eh bien, de temps en temps, cela fait du bien à une grande organisation de se casser la figure, expliqua Dover d'une voix plate. Ça la tonifie, si je puis dire. »

Timorey passa à un langage plus familier. « C'est vous qui vous êtes cassé la figure, monsieur Spargill. Vous et personne d'autre. »

« Où donc a disparu Dover Spargill ? demanda un après-midi Roger Lambro alors qu'il discutait avec Mlle Deborah Fowler à Tivoli Terrace. Ça fait une éternité que je ne l'ai pas vu. »

Mlle Fowler secoua distraitement la tête. « Il ne se montre plus. D'après la rumeur… » Elle se tut, peu disposée à colporter des ragots.

Roger Lambro montra moins de délicatesse. « Oui ? »

Elle fit tournoyer le fruit confit dans son verre de Martini. « Eh bien… On dit qu'après sa gaffe monumentale, il s'est retiré sur sa propriété. » Elle leva ses yeux superbes vers la Lune accrochée comme une huître pâle dans le ciel. « Tu te rends compte, Roger, si ça se trouve, il nous regarde de là-haut… »

Sur le balcon en marbre d'une villa donnant sur le lac Majeur, un groupe d'hommes d'affaires entouraient leur hôte et associé Thornton Bray qui, un Armagnac dans une main et un Rosa Panatela Suprema dans l'autre, racontait une des anecdotes de sa vie d'homme d'affaires.

« Je me serais peut-être montré plus charitable si ce morveux à qui le lait sortait encore du nez n'avait été persuadé de me rouler. Me rouler, moi, Thornton Bray ! » Un rire étouffé. « Il croyait avoir tout pour rien ! Alors je suis entré dans son jeu, les affaires sont les affaires, après tout. Il a fait une ouverture, j'ai suivi jusqu'au bout… Ça, j'aurais aimé voir sa tête quand il a compris qu'il était gros jean comme devant !

— En parlant de la Lune, dit l'un de ses amis, elle a vraiment l'air jolie ce soir. Je ne me souviens pas l'avoir déjà vue si… eh bien, si paisible, si nacrée. »

Thornton Bray jeta un coup d'œil vers l'astre. « Oui, elle est magnifique. D'ici, en tout cas. Elle vous plairait moins si vous aviez exploité une mine dans cet endroit infernal, austère et aride.

— Elle a une drôle de couleur, nota quelqu'un d'autre. Bleue, verte et rose à la fois.

— Allons, mon vieux Jones ! le sermonna gentiment Bray. Tu as dû lever un peu trop le coude… Un autre ? Nom de nom, je crois bien que je vais en reprendre un, moi aussi. »

Cornelius Armitage, professeur d'astronomie à l'université de Hale, grommela avec humeur et frotta l'oculaire du télescope avec un morceau de tissu.

Assis non loin de là, un maître-assistant comptait les étoiles dans un échantillon de ciel. « Un problème ?

— Les lentilles sont très, très embuées. La Lune a l'air toute floue. » Il inspecta le verre. « Voilà qui est mieux. »

Il reprit son observation.

Le maître-assistant leva les yeux en entendant un nouveau bruit. Raide comme la justice, le professeur Armitage avait posé ses lunettes sur la table et se frottait les yeux. « Je lis trop. Il faut que je lève un peu le pied.

— Terminé pour ce soir ? » s'enquit le maître-assistant.

Le professeur Armitage hocha la tête d'un air las. « Je suis trop fatigué, je n'y vois plus clair. »

À l'Institut maritime, le lieutenant MacLeod surveillait le travail d'un étudiant. Il secoua la tête avec indulgence. « Si je me fiais à vos calculs, nous serions à cinq cent kilomètres à l'intérieur des terres. Vous avez dû oublier de corriger la réfraction. »

Le cadet Glasskamp fit une moue rebelle. De toute façon, le problème n'avait aucune utilité, plus personne ne se servait de la navigation céleste à cette époque de loran et de pilote automatique. Se baser sur l'occultation des étoiles par la Lune pour déterminer l'heure de Greenwich était un exercice dépassé depuis trois cents ans qu'on n'exigeait de lui qu'en guise de corvée.

Le lieutenant MacLeod en convenait, tout en prétendant par ailleurs qu'utiliser les vieux systèmes compliqués permettait, contrairement à toutes les méthodes rapides modernes, de clarifier les concepts d'angle horaire, de déclinaison, d'ascension droite, d'heure locale et cætera.

Le cadet Glasskamp se pencha à nouveau sur ses calculs. Vingt minutes plus tard, il releva la tête. « Je ne trouve aucune erreur. Le problème doit venir d'une observation défectueuse.

— Ridicule, estima le lieutenant. Je m'en suis chargé moi-même. » Il vérifia néanmoins les calculs de Glasskamp, une fois, deux fois, trois fois, et finit par ouvrir l'Almanach nautique pour calculer l'heure d'occultation.

Il se mordit la lèvre de surprise. « Vingt-deux minutes ? Incroyable. Je l'avais en plein dans le mille.

— Vous avez peut-être oublié de prendre en compte la réfraction de la lumière des étoiles autour de la Lune. »

Le lieutenant MacLeod posa sur le cadet Glasskamp un regard méprisant. « Il y a réfraction lorsque la lumière traverse une atmosphère. La Lune n'a pas d'atmosphère, et si elle en avait une… » Il calcula tout bas. « … en une heure, elle se déplace d'un demi-degré, soit trente minutes. L'atmosphère terrestre réfracte de mille secondes et s'il y avait sur la Lune une atmosphère aussi dense, il faudrait doubler cette valeur, puisque la lumière en traverserait deux. Deux mille. Disons mille deux cents, soit vingt minutes. Dans ce cas, cela créerait quarante minutes chronologiques à un demi-degré par heure. Apparemment, conclut le lieutenant d'un ton jovial, nous venons de découvrir que la Lune a une atmosphère à peu près deux fois moins dense que celle de la Terre. »

Ce dimanche matin-là, le petit déjeuner se déroulait avec sa placidité habituelle dans la demeure de Sir Brampton Pasmore. Sir Brampton lisait son journal technique préféré en mangeant son hareng fumé. Lady Iris, quant à elle, feuilletait le *Times Magazine*.

Elle laissa échapper une exclamation amusée. « Voilà qui relève de votre domaine, *dear*… » Elle lut : « “La Lune a-t-elle une atmosphère ? Des signes étranges et de mauvais augure”.

— Peuh ! se moqua Sir Brampton. Je m'étonne que le *Times* publie de telles balivernes sensationnalistes. Ce serait plutôt le style des Américains…

— Ils ont l'air très sérieux, fit Lady Iris en haussant les sourcils. Ils parlent d'apparitions de traînées de météorites.

— Ridicule, estima Sir Brampton en se replongeant dans sa lecture. La Lune a été entièrement prospectée il y a moins de dix ans. C'était avant les transmutateurs, bien entendu. Elle n'avait certainement pas d'atmosphère à l'époque, pourquoi en aurait-elle une maintenant ? »

Lady Iris secoua la tête d'un air peu convaincu. « Quelqu'un aurait pu l'en doter ?

— Irréaliste, très chère, murmura Sir Brampton.

— Je ne vois pas pourquoi. »

Sir Brampton mit son journal de côté. « C'est un problème scientifique, *dear*, je ne suis pas sûr que vous pourriez comprendre. »

Lady Iris prit aussitôt la mouche. « Suggèreriez-vous par hasard que…

— Non, bien sûr que non, répondit précipitamment Sir Brampton. Je voulais dire que… Eh bien, cela a à voir avec la vitesse de libération d'un corps céleste et avec le mouvement moléculaire des gaz. La gravité lunaire est trop faible pour retenir une atmosphère, du moins à la longue. Les molécules se déplacent suffisamment vite pour aller se perdre dans l'espace. L'hydrogène disparaîtrait aussitôt. Quant à l'oxygène et l'azote… eh bien, ils dureraient sans doute un peu plus longtemps, peut-être même des années, mais ils finiraient par se libérer. Et donc, comme vous le voyez, il n'est pas raisonnable d'avoir une atmosphère sur la Lune. »

Lady Iris tapota son journal d'un doigt têtu. « S'il est dit dans le *Times* qu'il y a une atmosphère, alors il y en a une. Le *Times* ne se trompe jamais. Pourquoi personne ne monte-t-il voir, qu'on en ait le cœur net ? »

Sir Brampton soupira. « La Lune n'intéresse plus personne, très chère. De nos jours, on se passionne plutôt pour les ruines martiennes. La Lune est inconfortable et dangereuse, on n'a rien à en apprendre, et maintenant que la transmutation supplée à tous nos besoins en minéraux, nous n'avons aucune raison d'y aller... En outre, il me semble qu'elle appartient légalement à un excentrique qui y refuse toute visite et entretient même une police spéciale pour refouler les visiteurs. »

« Tiens, tiens, fit doucement Deborah Fowler Lambro à son mari Roger. Tu te souviens de Dover Spargill ? Regarde ça ! »

Elle lui tendit l'homéojournal.

« La Lune est désormais habitable, annonce son propriétaire Dover Spargill... »

Les yeux brillants, Lady Iris toisa Sir Brampton : « Je vous l'avais bien dit. » Sir Brampton se recroquevilla derrière le *Report of the Royal Astrophysical Society*.

Thornton Bray marchait de long en large, les mains dans le dos. Serait-il possible que... Non, vraiment. Et pourtant... Dover Spargill avait été si oie blanche, si agréable à plumer...

Il tendit la main vers le visiophone et appela son avocat. « Herman, tu te souviens quand on a monté la Coopérative ?

— Ça fait presque vingt ans », répondit d'un ton songeur Herman Bulow, un homme grand au teint citron et au front plat comme un faucon.

« Il y avait un vieux type, mort depuis, qui refusait de signer. Il ne possédait que quelques kilomètres carrés, dans le cratère Aristillus, je crois. Lorsqu'on a vendu la Coopérative à Spargill, sa parcelle n'était pas comprise dans le marché. Je me demande à qui elle appartient maintenant. »

Bulow tourna la tête, s'adressa à une personne hors du champ, puis accorda à nouveau son attention à Bray. « Et cette histoire d'atmosphère ? »

Bray retroussa les lèvres. « Foutaises. D'où viendrait-elle ? La surface de la Lune est treize fois plus petite que celle de la Terre, cela représenterait des milliards et des milliards de tonnes.

— Spargill utilise peut-être des transmutateurs.

— Quand bien même ! Tu as une idée de la taille d'un projet de ce genre ? La Lune, c'est tout de même grand. Le plus important transmutateur dont j'ai entendu parler n'a qu'une capacité d'une centaine de tonnes par minute, du pipi de chat.

— Il pourrait avoir fait construire des installations spéciales.

— Avec quel argent ? Je sais de source sûre qu'acheter la Coopérative l'a nettoyé… Attends une minute. Je vais mener ma petite enquête à l'Applied Research Foundation. »

Il composa rapidement un numéro et obtint en quelques secondes un visage rond et prudent. « Bonjour, Sam ! »

Sam Abbey répondit d'un hochement de tête. « Que puis-je pour toi, Bray ?

— Il me faudrait une petite information confidentielle.

— Laquelle ?

— Est-ce que la Fondation a vendu des transmutateurs à Dover Spargill ? »

Le visage de Sam Abbey se fendit soudain d'un large sourire. « Je peux te répondre tout de suite, Bray : non. Pas un seul. »

Bray cilla. « Et comment expliques-tu toute cette histoire d'atmosphère sur la Lune ?

— Je ne l'explique pas, répondit Abbey avec un haussement d'épaules. Ce n'est pas mon boulot. »

Irrité, Bray marmonna un salut indistinct et revint à Herman Bulow, qui hocha la tête d'un air avisé. « La parcelle était libre. Je viens de l'enregistrer à ton nom. »

Bray serra ses lourdes mâchoires. « Très bien. J'ai légalement le droit de visiter ma concession. Loue-moi un vaisseau rapide… »

L'alarme du radar se déclencha à cent cinquante milles kilomètres de la Lune. Le pilote actionna l'interrupteur. « Vous approchez de ma propriété », aboya une voix.

Bray s'approcha du haut-parleur. « Je me rends moi-même sur la mienne, la concession Niobe dans le cratère Aristillus. Si vous m'en empêchez, j'appelle la Patrouille spatiale. »

La voix ne répondit pas et Bray imagina une recherche frénétique dans le cadastre et les titres de propriété. Dix minutes s'écoulèrent.

Puis une nouvelle voix s'éleva : « Vaisseau en approche, à qui appartient la concession Niobe ?

— À M. Thornton Bray.

— Oh, c'est vous, Bray ? fit la voix sur un autre ton. Il fallait le dire. Spargill au micro. Posez-vous donc au camp de base.

— Qui est… ? s'enquit prudemment le visiteur.

— Dans Hesiodus, au point sud de la mer des Nuées, à côté de Pitatus. Le vieux chantier Goldenrod. »

Le camp établi dans le cratère Hesiodus occupait un vieux complexe minier typique : un grand dôme de plastique ancré dans le roc par une toile de câbles qui servaient aussi à contrebalancer la pression de l'air qu'il contenait. Le pilote posa le vaisseau et Bray, déjà en combinaison spatiale, sauta à terre.

Trois hommes s'approchèrent. Derrière la visière du premier, Bray reconnut le visage de Dover Spargill.

Dover lui fit signe de la main. « Comment allez-vous, Bray ? C'est gentil de passer nous voir… C'est quoi, cette histoire de concession Niobe ? »

Bray lui expliqua. « … et comme elle n'appartenait à personne, je me suis dit que je ferais bien de la récupérer. »

Il avait examiné les environs tout en parlant. Le ciel lunaire, qu'il se rappelait noir, était d'un profond bleu hyacinthe. « Apparemment, tout ce qu'on entend dire sur l'atmosphère lunaire est vrai. »

Dover hocha la tête. « Oh oui… Venez au dôme avec nous. » Il guida Bray à travers une plaine de poudre de ponce. Les parois du cratère s'élevaient à un kilomètre et demi de là, de grandes flèches irrégulières au pied desquelles Bray distingua une rangée de cubes noirs.

« Quelle est la pression, maintenant, Spargill ?

— Un peu plus de sept livres.

— Barométriques ? Je veux dire, mesurées à la colonne de mercure ?

— Oh mon Dieu, non, excusez-moi ! Sept livres au dynamomètre. »

Bray grogna doucement. « Quel terrible gaspillage d'argent, Spargill.

— Vous croyez vraiment ? Je suis désolé de vous l'entendre dire, moi qui espérais arriver un jour ou l'autre à quelque chose d'utile… Regardez par là. » Il désignait la paroi du dôme. « Des géraniums. En train de pousser dehors, sur la Lune. Vous n'auriez jamais pensé voir ça, à l'époque, n'est-ce pas, Bray ?

— Mmmmh… À quoi servent les géraniums ? Quel gaspillage. L'atmosphère se dissipe dans l'espace au fur et à mesure que vous la créez. La gravité n'est pas suffisante. »

Dover referma le panneau extérieur derrière Bray et lui. Ils ôtèrent leurs combinaisons et Dover conduisit Bray au grand salon, où une douzaine d'hommes et de femmes lisaient, bavardaient, jouaient aux cartes ou buvaient de la bière.

« C'est une vraie colonie que vous avez là », fit Bray, déconcerté. « Ils travaillent pour rien ? »

Dover eut un petit rire. « Bien sûr que non ! Ce n'est qu'une petite partie de notre opération. Nous avons installé des unités dans presque toutes les vieilles mines… Un café ? »

Bray déclina d'un ton rude. « Que projetez-vous au juste, si je puis me permettre ? »

Dover se rencogna dans sa chaise. « C'est une longue histoire, Bray. Avant tout chose, j'espère que vous voudrez bien oublier le passé. J'imagine que je vous ai bien escroqué en vous rachetant la Lunar Mineral Cooperative, hein ? »

Bray s'étrangla. « Vous m'avez escroqué ?… Bon, oublions ça. Ce que je veux savoir, c'est à quoi rime toute cette… » Il pointa le pouce vers le ciel. « … toute cette folie.

— Ce n'est sans doute pas aussi irréaliste que vous le pensez, répondit Dover d'un ton apaisant. Songez à l'avenir, Bray. Voyez-vous ce que je vois ? Des forêts, des prairies, des pâturages. Lune, planète verte ! Des arbres de cent cinquante mètres de haut ! Nous sommes en train de remplir d'eau les cratères. Lune, monde aux millions de lacs ! Dans cinq ans, nous aurons treize livres de pression et nous pourrons vivre dehors.

— Gâchis, gâchis, gâchis ! martela Bray. Vous n'obtiendrez jamais une atmosphère stable. »

Dover se gratta la tête. « Bon, évidemment, je peux me tromper...

— Un peu que vous vous trompez, bluffa Bray. J'ai horreur de vous voir vous ridiculiser, Dover. En souvenir du bon vieux temps, je suis prêt à...

— Mon idée, l'interrompit Dover, était que la composition de l'atmosphère déterminait la vitesse avec laquelle elle se dissipait. Bien entendu, nous nous attendons à devoir procéder à des ajustements pendant une très longue période.

— Oui, évidemment...

— Mais en fait, nous produisons une atmosphère d'un genre particulier, assez différente de celle de la Terre. »

Les narines de Bray se dilatèrent d'intérêt. « Comment ça ?

— Eh bien, pour commencer, nous avons remplacé l'azote, de gravité spécifique 1, par du xénon, dont la gravité spécifique est de 4,5. Ensuite, nous utilisons pour notre eau non de l'hydrogène mais du deutérium et les isotopes les plus lourds possibles d'oxygène, de carbone et d'azote. On obtient ainsi une atmosphère assez dense, physiologiquement identique à l'atmosphère terrestre mais trois fois et demie plus dense. Ce qui nous permet de réduire notre perte de vapeur dans l'espace à trois fois rien. »

Bray fit craquer ses phalanges. Il devait y avoir une erreur. « Nous pourrions rendre l'atmosphère encore plus dense, si nous le voulions, poursuivait

Dover. Par exemple en mettant du radon à la place du xénon.

— Du radon ? Vous êtes fous, vous seriez irradiés ! »

Dover secoua la tête en souriant. « Le radon a de nombreux isotopes et tous ne sont pas significativement radioactifs. Sur Terre, on ne connaît guère que le produit de la désagrégation du radium, du thorium et de l'actinium. Mais le radon a un gros inconvénient : il est trop lourd. Une bourrasque de vent renverserait un homme, comme si on lui jetait un sac de sciure dessus.

— Mmmh, intéressant », fit distraitement Bray. Il fallait qu'il trouve le moyen de réparer ce qui lui apparaissait désormais comme une erreur de jugement : avoir laissé Dover devenir l'unique propriétaire de la Lune. Mais pas tout à fait l'unique… Bray, en tant que concessionnaire d'une parcelle lunaire, devait être consulté jusqu'à un certain point. Il fallait parler la douce voix de la raison à cet hurluberlu.

Il tâta prudemment le terrain. « Et que vous proposez-vous de faire avec tout ça ? » Il cligna de l'œil avec espièglerie. « Le vendre pour une grosse somme ? »

Dover eut un geste désapprobateur. « Je suppose que quelqu'un dépourvu de principes n'aurait aucun problème à devenir milliardaire en vendant le tout par parcelles… Pardon, vous disiez ?

— Rien, fit Bray en déglutissant avec difficulté. J'ai juste toussé.

— Mais ce n'est pas ce que j'ai en tête. Je veux voir la Lune devenir une banlieue verte de la Terre, un parc, une zone résidentielle. Je ne veux surtout pas de cages à lapins et d'hôtels touristiques…

— Bien entendu, vous utilisez les transmutateurs de l'Applied Research Foundation ?

— Bien entendu. Il y en a d'autres ?

— Pas à ma connaissance.

— Nous nous servons d'unités gigantesques construites spécialement pour ce projet. Nous en avons déjà mis deux mille en service. Nous les plaçons sous une montagne et des bulldozers poussent la roche dans leurs trémies. Nous installons deux nouvelles unités par semaine : le volume de matériau à transmuter est considérable et notre plan de marche prévoit d'en terminer dans quinze ans. Ce qui signifie que nous devons traiter environ trois milliards de tonnes par jour, rien que pour l'atmosphère. Pour l'instant, on tient la cadence. »

Bray grimaça et serra le poing. Devant le regard interrogateur de Dover, il lâcha : « Sam Abbey, de l'Applied Research Foundation... Quel foutu menteur. Soi-disant, il ne vous avait pas vendu le moindre transmutateur.

— Mais il a dit vrai : ils nous les ont prêtés gratuitement.

— Gratuitement ! ! ? »

Dover leva les mains en un geste de franchise. « Je n'aurais pas pu me charger du projet, autrement. Acheter la Coopérative m'a coûté à peu près tout ce que j'avais. Mais une partie de la dotation originelle de l'Applied Research Foundation vient de mon père, d'où certaines obligations à mon égard. En un sens, nous sommes associés dans l'affaire. » Il désigna du menton les autres occupants du salon. « Ce sont tous des employés de l'ARF, qui investit ici les profits du commerce des transmutateurs. Bien entendu, elle les récupèrera au décuple.

— Mais vous en gardez toujours le contrôle ?

— Tout est à moi, sauf la concession Niobe. » Dover rit gaiement. « Vous m'avez roulé sur ce coup. Je pensais être le seul propriétaire, et maintenant je crains que… Bon, peu importe. »

Bray s'éclaircit la gorge. « Comme vous le dites, nous sommes les seuls propriétaires, vous et moi. À mon avis, nous devrions former une espèce de conseil de surveillance afin, en quelque sorte, de protéger nos intérêts. »

Dover sembla surpris. « Vous croyez vraiment nécessaire une telle formalité ? Après tout, la concession Niobe…

— Je crains de devoir insister », fit solennellement Bray.

Dover fronça les sourcils. « Je ne pense pas que la concession vous prendra autant de votre temps que vous le craignez.

— Comment ça ? s'étonna Bray en haussant les sourcils.

— Eh bien… » Dover hésita « … vous avez déjà visité votre propriété ?

— Non, tout ce que je sais, c'est qu'il s'agit d'un carré de quinze kilomètres de côté au fond du cratère Aristillus. »

Dover se leva. « On ferait peut-être mieux d'aller y jeter un coup d'œil. »

Il décollèrent d'Hesiodus dans un petit appareil à ailes courtes et volèrent vers le nord en longeant Mare Nubium.

« Que du basalte, expliqua Dover. Dans quelques années, l'érosion devrait avoir produit un sol d'un rouge magnifique. »

Le golfe du Centre passa sous eux, puis le littoral oriental de la mer des Vapeurs. Devant eux se dressaient les grands pics des Apennins, et ils virent un peu sur leur gauche le grand cratère Eratosthène. Bray haussa le cou. « Ce n'est quand même pas de l'eau ?

— Si, si ! sourit Dover. Le lac Eratosthène est un de nos deux principaux points d'évaporation. L'eau arrivera plus lentement que l'air et la Lune restera un monde sec pendant encore pas mal de temps.

— Je crois que je vais mettre un grand hôtel sur ma parcelle, bluffa Bray. Avec un parc d'attractions, un grand casino, des courses de chiens. » Il donna un coup de coude facétieux à Dover. « Dieu merci, ici il n'y a pas de lois qui me limitent en ce domaine, hein Dover ? »

Dover se raidit. « Nous espérons nous gouverner nous-mêmes en nous basant sur notre bon goût natal.

— Eh bien, dit Bray, si j'avais un peu plus de place, je ne serais pas obligé de tout mettre au même endroit. Personnellement, l'idée ne me plaît pas, mais comment faire autrement ? Je n'ai que la concession Niobe, rien de plus. J'espère que ça ne sera pas trop laid... Peut-être que si vous me faisiez un prix honnête en souvenir du bon vieux temps, je pourrais vous rachetez un bout de la Coopérative, par exemple pour... »

Dover secoua la tête. « J'ai peur que ce soit impossible.

— Alors il faudra que je me débrouille de mon mieux à Aristillus, fit Bray d'un ton dur. Je mettrai peut-être un gratte-ciel. On en fera le point chaud de la Lune. Une espèce de Quartier Latin, de côtes de Barbarie.

— Ça a l'air intéressant. »

Les Apennins jaillirent vers eux sous l'appareil. « Magnifique paysage de montagne, commenta

Dover. Remarquable. Revenez dans vingt ou trente ans et vous verrez. Voilà le marais de la Putréfaction, en bas, et devant, ces trois cratères…

— Archimède, Autolycus et Aristillus, compléta Bray. Aristillus, futur point chaud de la Lune.

— … le lac Aristillus », fit distraitement Dover.

Bray se figea sur son siège. Le reflet de l'eau était inimitable.

« Un cratère superbe, dit Dover. Qui donne un lac superbe, profond de trois milles mètres, je crois. »

Leur appareil fit le tour de la surface bleue et placide. Une petite île saillait en son centre.

Bray retrouva sa voix. « Vous voulez dire, demanda-t-il, que vous avez noyé ma propriété sous trois kilomètres d'eau ? »

Dover hocha la tête. « Vous voyez ça ? » Il désigna une cascade d'eau qui jaillissait de la paroi orientale. « Le long de cette vallée, nous avons soixante unités qui produisent de l'eau et du xénon. Je donnerai votre nom à la rivière, si vous voulez. La rivière Bray… C'est vraiment regrettable pour vous que nous ayons justement choisi Eratosthène et Aristillus pour y créer nos premiers lacs. Je n'ai pas eu le courage de vous le dire lorsque nous étions au camp.

— Mais c'est inqualifiable ! rugit Bray. Vous avez inondé ma propriété, vous… »

Dover l'interrompit d'une voix conciliante. « Bien entendu, nous ignorions totalement que cela ne nous appartenait pas. Si j'avais été au courant de votre désir d'en faire un "point chaud", comme vous dites, je n'aurais jamais prévu d'y créer un lac.

— Je vous poursuivrai en justice. J'exigerai réparation.

— Réparation ? fit Dover d'une voix peinée. Quand même… »

Bray roulait des yeux furieux. « Je peux prouver que cette propriété valait des millions, qu'elle…

— Euh… il y a combien de temps que vous possédez la concession ? »

Bray se calma d'un coup. « Eh bien, en fait… ça ne change rien ! Vous êtes coupable de…

— Allons, monsieur Bray, il est évident que votre propriété était déjà noyée lorsque vous en avez pris possession. » Dover se gratta la tête. « J'imagine que vous en êtes tout de même le propriétaire légal. Mais je ne vois pas bien ce que vous pourrez en faire. À moins que vous ne la remplissiez de truites… »

Qui perd gagne

L'officier en chef Avery monta par le tube jusqu'à la passerelle, tout en têtant une bulle de café. Dart, le second, se leva avec raideur du siège où il avait passé son quart. « À vous de jouer. »

Mince, le nez en bec d'oiseau de proie, les cheveux gras et rares, Avery possédait un teint évoquant le cuir jauni. Des yeux noirs entre des paupières étroites, inclinés à un angle inusité au-dessus des pommettes, conféraient à son visage une expression de clown mélancolique. Dart était trapu, avec des traits tronqués, une chevelure rouge comme le poil d'un airedale, des gestes sûrs mais brusques. Étirant largement ses bras courts, il rejoignit son compagnon près de la coupole avant.

Avery se penchait pour regarder en haut, en bas, à droite et à gauche, suivant du regard les veines roses et bleu électrique sur le noir de l'espace macroïde. Il lança par-dessus son épaule : « Trop sombre ! Donnez de la puissance ! On ne voit pas à six mètres à ce niveau ! »

Dart, les yeux encore clignotants de sommeil, ajusta un rhéostat pour augmenter le flot de lumière polarisée des projecteurs de proue, et le fouillis de lignes de force dans l'espace macroïde apparut plus brillant et plus détaillé.

Avery grommela : « Ça change tout ! On distingue un point de concentration, là où ces deux lignes s'incurvent l'une vers l'autre. »

Dart vint observer les lignes tremblantes qui tendaient à se toucher. Des pellicules de couleur commencèrent à s'écouler de la zone : jaune pâle, roses, vertes. Soudain apparut une étincelle rouge incandescente.

« Voici le foyer, dit Avery d'un ton acide. À un mètre de votre nez, le centre d'un soleil. »

Dart se frotta pensivement le menton, heureux que ce soit Avery plutôt que le Capitaine Badt qui l'ait surpris dans son assoupissement. « Oui, c'est vrai.

— Entre petit et moyen, d'après le nœud de la ligne bleue intérieure. Bon. Voyons s'il y a des planètes ; on est ici pour ça. »

Ils fouillèrent la coupole pouce par pouce, en haut, en bas, à droite, à gauche. Dart s'écria : « Bon sang, la voici ! Exactement comme l'illustration du texte ! Peut-être qu'on se partagera la prime, après tout. » L'étincelle d'un rouge ardent passa au jaune ; l'écheveau de lignes colorées indiquant une planète commença à se dévider. Avery bondit en arrière pour abaisser le commutateur de dérive et les lignes s'immobilisèrent.

Il étudia un moment la carte dessinée sur l'hémisphère de la coupole. « Le soleil est à peu près ici. » Il désignait un point entre lui et Dart. « La planète se situe juste à l'intérieur de la coupole.

— On est de grands hommes », dit le second.

Avery grimaça un sourire. « Ou elle est vaste, ou elle est très loin dans une direction insolite.

— Avec tous ces mecs qui se trimbalent en se proclamant géniaux, reprit Dart, c'est bizarre que l'un d'eux n'ait pas encore trouvé ça ».

Avery examinait la coupole, à la recherche d'autres nœuds. « Trouvé quoi ?

— Ce qui se passe quand on entre dans l'espace macroïde.

— Vous êtes un rêveur. L'univers se rétrécit, ou alors c'est nous et le vaisseau qui grandissons à l'échelle cosmique. Le principal, c'est d'y arriver. Parlez-en à Bascomb, il vous fournira dix réponses différentes. Voilà un génie ! » Bascomb, le biologiste du bord, s'était acquis la réputation d'un polémiste et théoricien infatigable.

Avery jeta encore un coup d'œil au nœud de lignes. « Appelez le capitaine et sonnez l'alerte générale. On regagne l'espace normal. »

L'unigène était un organisme intelligent, bien qu'il ne compte parmi ses caractéristiques ni forme ni structure. Ses éléments composants étaient des nœuds d'une substance lumineuse faite ni de matière ni pourtant d'énergie. Il y avait des millions de ces nœuds, chacun relié à tous les autres par des filets semblables aux lignes de force dans l'espace macroïde.

On pouvait comparer l'unigène à un vaste cerveau, les nœuds correspondant aux cellules grises et les lignes de force au tissu nerveux. Il apparaissait sous l'aspect d'une sphère brillante ou bien il dispersait ses nœuds à la vitesse de la lumière dans tous les coins de l'univers.

Comme tous les autres éléments de la réalité, l'unigène était soumis à l'entropie ; pour survivre, il assimilait l'énergie tout au long de l'échelle des disponibilités, en la puisant dans les matières radioactives. Vivre, pour l'unigène, c'était rechercher constamment de l'énergie.

Il ne connaissait des périodes de plénitude que quand il s'alourdissait d'énergie et avait alors la possibilité de multiplier le nombre de ses nœuds par une sorte de parthénogenèse. À d'autres époques, les nœuds diminuaient, ne luisant plus que faiblement, et l'unigène cherchait alors les matières énergétiques comme un loup, suivant les planètes, les satellites, les météores et les étoiles sombres pour y recueillir des miettes de substance, même de basse qualité. Durant une période de jeûne, un des nœuds, approchant de la planète d'un petit soleil, prit conscience de la présence de quanta qui indiquaient une certaine radioactivité : un semis de couleur particulière contre un fond brouillé.

L'espoir, cette émotion faite de désir et d'imagination mêlés, n'était pas inconnu de l'unigène. Il accéléra la course du nœud, auquel la radiation parvint alors forte et nette. Le nœud descendit à travers une haute couche de nuages. La couleur luisante s'étirait, s'allongeait, et, près de son centre, brillait un point, tel un diamant sur une plaque d'argent, de toute évidence à l'endroit où la matière radioactive faisait surface. L'unigène dirigea son nœud vers ce point.

Tout en s'abaissant, l'unigène cherchait des indices de danger : les déchets des mangeurs d'énergie, les sources d'électricité statique, tels les nuages qui pouvaient briser les boucles serrées d'un nœud, d'une seule étincelle.

L'air était clair et la planète paraissait exempte de formes de vies dangereuses. Le nœud tombait, tel un flocon de neige étincelant, vers le foyer de concentration de la radioactivité.

Le vaisseau décrivait autour de la planète une orbite de reconnaissance. Le capitaine Badt, homme taciturne et porté sur la discipline, se tenait près du télécran de la passerelle, où lui parvenaient les comptes rendus des techniciens. Il gardait ses pensées pour lui.

Dart marmonna à Avery, d'un ton mécontent : « Je n'appellerais pas cela une planète pour touristes.

— Elle paraît assez sinistre par endroits, mais ça sent la prime ! »

Dart poussa un soupir en secouant sa tête rousse et ronde. « On n'a pas encore découvert de monde assez rébarbatif pour empêcher les colons d'y affluer. S'il n'y fait pas assez froid pour que l'air se congèle, ni assez chaud pour que l'eau entre en ébullition, et si on peut y respirer sans que les yeux vous sortent de la tête, alors c'est de la terre, et il semble que tous les hommes désirent en posséder.

— Je suis né sur une planète bien pire que celle-ci », déclara sèchement Avery.

Dart resta un moment silencieux ; puis, de l'air d'un homme qui refuse de s'avouer découragé, il reprit : « En tout cas, elle est habitable. Atmosphère respirable, température et gravité dans les limites critiques, et – jusqu'à présent – aucun signe de vie. » Il s'approcha de la coupole qui dominait à présent le monde d'en bas.

« Chez nous, l'océan est bleu. Il est jaune sur Alexandre, rouge sur Coralasan. Ici, il est vert. Et, bon Dieu ! l'herbe aussi est verte !

— Des conditions différentes, fit Avery. Le rouge et le jaune proviennent du plancton. Ce vert est dû aux algues, à la mousse ou au varech. Impossible de dire quelle en est l'épaisseur. Il se pourrait qu'un homme puisse marcher dessus et même y mener paître ses vaches.

— Des quantités de bonnes prairies, reconnut Dart.

— Dix millions de kilomètres carrés visibles d'ici. Sans doute la source de l'oxygène. Selon Bascomb, pas de végétation de surface. Peut-être des lichens et des buissons... Le fond de cet océan doit avoir une belle couche d'humus... »

Le haut-parleur du laboratoire cliqueta. À l'autre bout de la passerelle, le capitaine Badt aboya : « Rendez compte ! »

Le sonocode ouvrit le circuit ; la voix du géologue Jason annonça : « Compte rendu complet sur l'atmosphère. Trente et un pour cent d'oxygène, onze pour cent d'hélium, quarante pour cent d'azote, quatre pour cent de gaz carbonique, les quatre pour cent restants, inertes. En gros, une atmosphère du type terrestre.

— Merci, dit Badt de son ton officiel. Terminé. »

Il arpentait la passerelle, le front plissé, les mains derrière le dos.

« Le vieux est bien pressé, dit Avery à Dart tout bas. Je lis dans ses pensées. Il n'aime pas tes travaux d'exploration et il se dit que découvrir une bonne planète de classe A pourra lui servir de prétexte pour repartir vers la Terre. »

Le capitaine s'immobilisa, puis s'approcha du haut-parleur. « Jason !

— Oui, capitaine ?

— Qu'avez-vous recueilli sur la géologie jusqu'à présent ?

— Je ne peux pas vous dire grand-chose à cette altitude, mais le relief paraît résulter en général de l'action du feu plutôt que de l'érosion. Naturellement, ce n'est qu'une hypothèse.

— Peut-être est-ce une planète riche en minerais ?

— À première vue. Il y a beaucoup de plissements, de failles, des sédiments en quantité raisonnable. Là où les montagnes émergent de la bande côtière, je m'attends à trouver du schiste, du gneiss, du poudingue contenant du quartz et du calcaire.

— Je vous remercie. » Le capitaine alla devant l'écran grossissant pour observer le paysage au passage. Il se tourna vers Avery. « On va se dispenser d'autres analyses pour se poser. »

Le haut-parleur cliqueta. « Rendez compte ! » cria le capitaine.

Encore Jason. « J'ai repéré un gisement étendu de minerai radioactif, sans doute de la pechblende ou peut-être de la carnotite. Ça brille comme un phare quand j'abaisse l'écran à rayons X devant l'objectif. Le gisement court le long de la côte juste au sud du long bras de mer.

— Je vous remercie. » Badt se tourna vers Avery. « On atterrit là. »

Le groupe de reconnaissance, composé d'Avery et de Jason, avançait sur les petits galets noirs de la côte. À leur gauche, l'océan s'étendait jusqu'à l'horizon, une plaine d'un vert velouté, comme une immense table de billard. À droite, des ravins aux ombres noires menaient dans les montagnes – longues crêtes de roche dénudée. Le soleil était plus petit et plus jaune que celui de la Terre ; la clarté était pâle, tel le jour terrestre vu à travers une couche de fumée. Bien qu'on ait reconnu l'air respirable, les hommes portaient des casques à titre de précaution contre la possibilité d'existence de bactéries ou de spores nocives.

À travers un œil de télévision monté sur le casque d'Avery, le capitaine Badt suivait leur marche de son bord. « Des insectes ? Une vie animale quelconque ? s'enquit-il.

— Rien d'observé jusqu'à présent… Cet océan capitonné devrait être un excellent domaine pour les insectes. Jason y a jeté une pierre et elle reste sur le dessus, bien au sec. Je crois qu'on pourrait s'y promener, avec des raquettes.

— Quelle est cette végétation à votre droite ? »

Avery s'arrêta pour examiner le buisson. « L'équivalent de ce qu'il y a autour du vaisseau. Une de ces plantes à pinceaux, un peu plus grande que les autres. Le pays semble plutôt aride, malgré l'océan. Il faut de la pluie pour faire un sol fertile. Pas vrai, Jason ?

— Exact. »

Le capitaine Badt reprit : « On s'occupera de l'océan plus tard. Pour le moment, je m'intéresse à ce gisement d'uranium. Vous devriez être presque dessus.

— Je pense qu'il se situe à une centaine de mètres devant nous, un entablement de roche noire. Oui… le détecteur de Jason gazouille follement… Jason dit que c'est de la pechblende… de l'oxyde d'uranium. » Il s'arrêta net.

« Qu'y a-t-il ?

— Un essaim de lumières au-dessus. Ça volette comme des moustiques. »

Le capitaine ajusta l'image sur son écran. « Oui, je les vois.

— Peut-être une espèce de lucioles », avança Jason.

Avery fit quelques pas précautionneux, puis s'arrêta. Une des taches lumineuses s'éleva rapidement, fonça vers lui, vira autour de sa tête, tourna autour de Jason et retourna au gisement d'uranium.

Avery parla d'un ton hésitant : « Je pense qu'ils ne sont pas dangereux. Il semble que ce soit une sorte d'insecte. »

Le capitaine Badt intervint : « Bizarre comme ils se concentrent le long de cette roche. Comme s'ils se nourrissaient d'uranium ou qu'ils aimaient sentir les radiations.

— Il n'y a rien d'autre à proximité. Aucune végétation. Ce doit donc être l'uranium qui les attire.

— Je vais envoyer Bascomb étudier la chose de plus près », conclut le capitaine.

Le nœud qui avait le premier découvert la planète se posa sur une tête de pechblende où le rejoignirent bientôt d'autres nœuds, venus de régions moins profitables. L'absorption d'énergie commença : tassé contre la massive roche bleu-noir, un nœud pouvait dégager assez de chaleur pour vaporiser une grande quantité de minerai. Enveloppant alors le gaz, il procédait à une alchimie complexe qui libérait l'énergie latente. Il absorbait alors cette énergie en se comprimant, en renforçant sa structure, nouant ses boucles de force et les resserrant de plus en plus. Dans le même temps, par les filaments qui le reliaient au reste de l'unigène, il déchargeait un flot d'énergie, et partout dans l'univers les nœuds reprenaient tout leur lustre doré.

Dans la mesure où on peut considérer la surprise comme le fait d'assister à des événements auparavant jugés improbables, l'unigène éprouva de la surprise en sentant l'approche de deux créatures le long de la côte.

L'unigène avait observé des êtres vivants sur divers mondes. Certains étaient dangereux, comme les mangeurs d'énergie en métal poli qui nageaient dans l'épaisse atmosphère d'une autre planète riche en uranium. D'autres étaient sans importance en tant que concurrents pour la nourriture. Quant à ces créatures qui se mouvaient lentement, elles paraissaient tout à fait inoffensives.

Pour les examiner de près, l'unigène détacha un nœud et reçut un compte rendu de radiations infrarouges et de champs électromagnétiques.

« Des autochtones inoffensifs, conclut l'unigène. Des créatures qui vivent de réactions chimiques à un faible niveau d'énergie, comme les vers de terre de la Planète 11432. Inutiles comme source d'énergie, incapables de causer du tort à la dure énergie des nœuds. »

Négligeant de s'intéresser davantage aux deux créatures, l'unigène reporta son attention sur le gisement d'uranium... Étrange. À la surface du minerai apparaissaient des pousses qui évoquaient des légumes, un semis d'épines minuscules jaillissant de petites collerettes plates. Elles n'étaient pas visibles jusqu'alors.

Et voici qu'arrivait une autre de ces créatures aux mouvements lents. Celle-ci, tout comme les autres, émettait des radiations infrarouges, sur plusieurs longueurs d'onde, plus faibles.

La créature s'immobilisa, puis approcha lentement du gisement.

L'unigène l'observait avec un rien de curiosité. Il était incapable de précision dans la vision, aussi les mouvements des vers de terre lui parvenaient-ils sous l'aspect de taches de radiations fluctuantes.

La créature semblait manipuler un objet de métal qui brillait en réfléchissant la lumière du soleil… de toute évidence un morceau de pechblende qui avait attiré son attention.

Le ver de terre se rapprocha. Il fit quelques mouvements indistincts et parut soudain avoir étendu un de ses membres. Il bougea de nouveau et un filet de matière carbonée tomba autour d'un des nœuds.

Intéressant, songea l'unigène. Le ver de terre avait évidemment été attiré par la lumière et le mouvement. Ce qui laissait supposer de la curiosité ; cette créature était-elle plus évoluée que ne l'indiquait sa structure ? Ou peut-être se maintenait-elle en vie en capturant de petits animaux brillants tels que les méduses phosphorescentes de la mer ?

Le ver de terre resserra le filet. Pour résoudre le problème, l'unigène le laissa emporter le nœud.

Une coquille fragile faite d'un autre composé carboné fut placée sur le nœud et refermée.

Peut-être s'agissait-il de l'organe digestif du ver de terre ? Il ne semblait cependant pas y avoir de sucs digestifs, ni de mouvements de mastication ou de broyage.

Le ver de terre s'écarta un peu du gisement pour effectuer une succession de girations mystérieuses qui intriguèrent l'unigène.

Deux aiguilles de métal pénétrèrent dans la coquille fragile. Saisi d'une soudaine consternation, l'unigène tenta de libérer le nœud prisonnier.

*

* *

Avery et Jason poursuivirent leur route sur l'entablement de pechblende. Celui-ci disparut bientôt à la vue et les galets gris foncé montèrent de l'océan vert velouté jusqu'à l'épaulement puissant de la montagne.

« Rien par ici, capitaine, dit Avery. La côte et les montagnes sur une trentaine de kilomètres.

— Très bien. Vous pouvez rentrer. » Il ajouta d'un ton bougon : « Bascomb est allé s'occuper de ces lueurs clignotantes. Il pense que ce sont des émanations, comme les feux follets, »

Avery adressa un clin d'œil à Jason, puis, après avoir coupé la communication avec le vaisseau, déclara : « Bascomb ne sera satisfait que lorsqu'il en aura épinglé une sur une planche, à l'instar d'un papillon. »

Jason leva la main et fit signe à Avery d'écouter. Ce dernier rebrancha le circuit et entendit la voix précise de Bascomb.

« ... à une distance de neuf mètres, le spectroscope montre une bande uniforme, irradiant à intensité apparemment égale sur toutes les fréquences. C'est curieux. Les phosphores normaux émettent sur des bandes sélectives. Peut-être s'agit-il d'un phénomène de l'ordre du feu Saint-Elme, bien que j'avoue ne pas comprendre... »

Le capitaine Badt grommela avec impatience : « Ils sont vivants ou non ? »

La voix de Bascomb manifesta de l'irritation. « Je n'en ai certes pas la moindre idée. Après tout, cette planète est inconnue. Le mot "vie" a un millier d'interprétations. À propos, je remarque un genre insolite de végétation qui pousse sur la pechblende même.

— Avery n'a pas parlé de végétation. Je lui ai posé la question. »

Bascomb renifla. « Il n'aurait pas pu ne pas la voir. C'est une rangée de pousses d'environ quinze centimètres de haut. On dirait des piques, raides et sèches d'apparence, partant de suçoirs plaqués à la surface. Très semblables à ce que j'ai vu une fois sur Martius Juvénal, où un filon de pechblende émerge en surface... C'est vraiment singulier. On croirait que les racines ont percé la roche.

— C'est vous le biologiste. Vous devriez savoir. »

La voix de Bascomb se teinta d'enjouement et d'assurance. « Eh bien, vérifions. J'ai entendu parler d'émanations observées près de dépôts de pechblende, mais je n'en ai jamais vu. Peut-être la concentration de radioactivité agit-elle sur des minuscules condensations d'humidité... »

Le capitaine Badt toussota. « Très bien. Faites à votre guise. Soyez prudent et ne les dérangez pas ; elles pourraient être dangereuses d'une façon ou d'une autre.

— J'ai pris un filet et un flacon à échantillons. J'avais prévu de capturer une des lucioles pour l'examiner sous le microscope. »

— Vous devez savoir ce que vous faites, répondit le capitaine d'une voix lasse.

— Je consacre ma vie à l'étude de la vie extraterrestre, observa Bascomb d'un ton rogue. J'imagine que ces mites sont analogues aux tiques-étincelles de Procyon B... Bon. Si je règle mon filet... ça y est ! J'en tiens une. Dans le flacon à échantillons. Bon sang, ce qu'elle brille ! Vous la voyez, capitaine ?

— Oui. De quoi a-t-elle l'air sous le microscope ?

— Hum... » Bascomb braqua son appareil portatif. « Pas de mise au point possible. Je vois une concentration de feu ; sans nul doute, c'est là que se tient l'insecte. J'ai envie de faire passer une étincelle électrique dans le corps de la créature pour la tuer. Peut-être alors pourrai-je l'examiner sous un rapport supérieur.

— Ne les énervez pas... » L'écran devint d'un blanc éblouissant devant le capitaine, puis s'éteignit. « Bascomb ! Bascomb ! »

Le capitaine Badt ne reçut pas de réponse.

La destruction d'un nœud fit passer un violent frisson à travers l'unigène. Un nœud représentait une fraction intégrale du cerveau de l'unigène ; il avait été conditionné de façon à régir une catégorie de pensées bien définies. Une fois ce nœud détruit, toute pensée de cette même catégorie cessait tant que n'avait pas été produit un autre nœud doué exactement des mêmes fonctions.

Les incidences de l'événement causaient une nouvelle inquiétude. Les mangeurs métalliques d'énergie d'une autre planète usaient de la même méthode : un courant d'électrons frappant le nœud en plein centre, pour en bouleverser l'équilibre. Il en résultait un éclair d'énergie libérée que les ovoïdes de métal pouvaient alors absorber. Il semblait que le ver de terre, surpris par l'explosion, ait été détruit... il avait peut-être pris le nœud pour une créature de nature moins énergétique.

L'unigène songea qu'il serait peut-être bon de détruire les vers de terre dès leur apparition pour prévenir ainsi tout autre accident.

Autre souci : la végétation à piques répandait ses collerettes sur toute la surface du gisement, enfonçant profondément ses racines dans la matière-énergie. Il semblait que la substance déplacée passait dans la pointe. Quand l'unigène envoyait un nœud pour absorber l'uranium lixivié, il rencontrait une dure cuirasse de matière inerte, à l'épreuve du noyau calorifique du nœud.

Les nœuds clignotaient et tremblotaient dans tout l'univers tandis que l'unigène regroupait ses capacités de réflexion. Il fallait prendre des mesures rigoureuses.

Loin sur la plage, Avery et Jason virent l'éclair blanc de l'explosion, les sombres ravines s'illuminant brièvement d'une blancheur fantomatique. Vinrent ensuite un grondement roulant et un ébranlement.

Inquiet, Avery activa le circuit avec le vaisseau. « Ici Avery, capitaine Badt. Que s'est-il passé ? »

Le capitaine répondit d'une voix dure : « Ce fou de Bascomb vient de se faire sauter !

— On se trouve sur la plage, à environ un kilomètre du lieu de l'explosion, déclara Avery à la hâte. Doit-on…

— Ne faites rien ! coupa le capitaine. Ne touchez à rien. Cette planète inconnue est dangereuse. Bascomb nous l'a démontré.

— Qu'a-t-il fait ?

— Il semble qu'il ait balancé un courant électrique dans une de ces taches lumineuses et qu'elle lui ait éclaté à la figure. »

Avery resta silencieux, lançant un coup d'œil précautionneux au long de la plage. « On est passés tout près et elles ne nous ont pas du tout embêtés. Ce doit être l'électricité qui les dérange.

— Faites très attention au retour. Je ne peux pas me permettre de perdre d'autres hommes. Restez à l'écart de ces lumières.

— Oui, capitaine. » Avery fit signe à Jason. « En route. On longe la mer au plus près. »

En suivant le sol mouillé à l'extrême bord de la plage, ils franchirent la courbe du rivage et approchèrent du lieu de l'explosion.

« On dirait qu'il ne reste pas grand-chose de Bascomb, murmura Jason.

— Et ça n'a pas fait non plus un grand entonnoir. Drôle d'histoire.

— Regardez ! Ces insectes lumineux sont maintenant des milliers. Comme des abeilles autour d'une ruche. Et regardez ce qui pousse dans le minerai ! Et on parle des champignons… »

Avery braqua ses jumelles le long du gisement. « Sans doute en rapport avec les taches lumineuses. Il se pourrait que les lumières soient des spores ou du pollen, ou un truc analogue.

— Tout est possible. J'ai bien vu des lianes longues de cinquante kilomètres et grosses comme une maison, et, quand on les pique avec un bâton, elles frémissent d'un bout à l'autre. C'est sur Antée. Les gosses de la colonie terrestre s'en servent pour communiquer en morse entre eux. Ça ne plaît guère aux lianes, mais elles n'y peuvent rien. »

Avery observait les lumières dansantes par-dessus son épaule. « On dirait des yeux qui nous observent… Avant d'envoyer une colonie ici, il faudra détruire ces fichus insectes. Qu'ils viennent voler autour des appareils électriques constituerait un danger.

— Attention ! Il y en a deux à notre poursuite ! »

Avery répondit d'une voix mal assurée : « Ne vous énervez pas, mon vieux. Ils dérivent simplement avec le vent.

— Tu parles qu'ils dérivent ! » cria Jason en détalant vers le vaisseau.

L'unigène surveillait les vers de terre qui revenaient par la côte, probablement à la recherche du produit marin dont ils se nourrissaient. Pour empêcher toute autre destruction accidentelle de ses nœuds, il serait sage de détruire ces créatures dès qu'elles apparaissaient et d'en nettoyer cette partie de la planète.

Il détacha deux nœuds en direction des vers de terre.

Ceux-ci parurent deviner le danger et partirent en une course mala-droite. L'unigène accéléra les nœuds ; ils foncèrent à la moitié de la vitesse-lumière, percèrent les vers de terre, revinrent, puis firent la navette une vingtaine de fois, laissant à chaque passage un petit trou fumant. Les vers de terre s'écroulèrent sur les cailloux noirs et restèrent immobiles.

L'unigène ramena les nœuds au gisement d'uranium. Maintenant, un problème plus sérieux : cette végétation qui recouvrait la surface de l'uranium, avec ses collerettes et ses racines.

L'unigène concentra la chaleur de vingt nœuds sur une des piques. Un trou y apparut, qui affaiblit toute la pousse. Elle s'inclina, se recroquevilla et tomba.

Le plaisir était une émotion que ne pouvait exprimer la structure de l'unigène. Ce qui en approchait le plus, c'était le sentiment de flotter dans le calme, d'être conscient de la maîtrise de ses mouvements. C'est dans cet état que l'unigène entreprit l'attaque méthodique des piques.

Une deuxième tomba, tourna au brun pâle, puis une troisième…

Au-dessus de la planète apparut un objet volant, semblable à un ver de terre, sauf que ses radiations dans l'infrarouge étaient plus fortes.

Ces créatures étaient-elles donc partout ?

C'était l'officier en second Dart qui avait émis le premier la suggestion, timidement d'abord, en s'attendant à voir dans les yeux du capitaine Badt un éclair glacial qui l'aurait figé. Mais le capitaine était resté planté, telle une statue, le regard fixé sur l'écran inerte, toujours branché sur la longueur d'onde d'Avery.

Dart reprit avec un peu plus d'audace : « Jusqu'à présent, on n'est pas en mesure de soumettre un rapport concluant. La planète est-elle habitable ou non ? Si on part tout de suite, on n'aura aucune certitude. »

Le capitaine répondit d'une voix monocorde : « Je ne peux plus risquer d'hommes. »

Dart frotta ses cheveux roux hérissés. Il songea que Badt se faisait vieux. « Ces petites lumières sont malfaisantes, déclara-t-il avec emphase. On le sait. Elles nous ont tué trois hommes. Mais on a les moyens de les anéantir. Le courant électrique les fait exploser. Autre détail, elles sont comme des abeilles autour d'une ruche ; tant qu'on ne les dérange pas, elles ne s'occupent que de leurs affaires. Bascomb, Avery et Jason… ils sont morts parce qu'ils se sont trop approchés de ce filon de pechblende. Voici mon idée, et je suis prêt à courir le risque de la mettre moi-même à exécution. On assemble un cadre léger sur lequel on dispose des câbles qu'on charge alternativement en positif et négatif. Je prends ensuite l'hélicoptère et je laisse dériver le cadre au-dessus du gisement. Il y a maintenant tellement de ces lucioles qu'on ne peut manquer d'en faire sauter deux ou trois cents à chaque balayage. »

Le capitaine fermait et ouvrait les poings. « Très bien. Allez-y. » Il tourna le dos pour se replonger dans la contemplation de l'écran vide. Ce serait son dernier voyage.

Dart, aidé d'Henry, l'électricien du bord, construisit son cadre, y fixa les fils et l'équipa d'un accumulateur à potentiel élevé. Après s'être installé dans le harnais de l'hélicoptère, il monta tout droit, laissant filer quinze cents mètres de câble léger. Il ne fut bientôt plus qu'un point dans le ciel gris-bleu.

« Ça ira, dit Henry dans le micro de communication. Maintenant, j'attache cette cage à mouches au bout du filin, puis... Non, j'ai une meilleure idée. Il faut que le cadre se présente de face – j'y mets une bride et quelque chose qui traîne derrière. »

Il prit ses dispositions et abaissa le commutateur de l'accumulateur. « Paré ! »

À quinze cents mètres d'altitude, Dart se propulsait dans le ciel vers le gisement de pechblende.

Le capitaine avait les mains crispées sur la rampe de la passerelle et suivait sur le magnécran la progression de Dart.

« Plus haut, Dart, dit-il. Un mètre plus haut... là... ne bougez plus. C'est à peu près ça. Bon, tout doux... »

*
* *

La portée de perception de l'unigène couvrait les ondes radio les plus basses aussi bien que les ultra-cosmiques les plus actives, soit un spectre d'un million de couleurs.

La vision stéréoscopique était implicite du fait que chaque nœud servait d'organe visuel. La résolution des images s'obtenait en ne captant que les radiations perpendiculaires à la surface du nœud. C'est ainsi que chaque nœud recevait une image sphérique grossière, alors que des détails aussi ténus que le cadre tendu de fils restaient presque invisibles.

Le premier avertissement que perçut l'unigène fut la pression exercée par les champs électrostatiques qui approchaient ; puis le cadre balaya le gisement, coupant droit à travers la plus forte concentration de nœuds.

L'explosion calcina le sol, le fondit en un bassin de flammes de quinze mètres de rayon. Les nœuds qui échappèrent au cadre furent projetés en désordre de l'autre côté de l'océan.

Juste au-dessous du point de déflagration, la végétation à piques se trouva brûlée, mais peu affectée alentour.

La structure de l'unigène n'était pas plus capable de colère que de plaisir ; toutefois son désir de vivre était intense. Au-dessus volait le ver de terre. Un de ses semblables avait détruit un nœud au moyen de l'électricité ; peut-être celui-ci avait-il causé cette dernière et catastrophique explosion. Quatre nœuds montèrent à la vitesse-lumière, pour aller et venir à travers le ver de terre comme des aiguilles de machines à coudre ourlant un drap. La créature tomba au sol.

L'unigène rassembla ses nœuds à trente mètres au-dessus du gisement d'uranium. Quatre-vingt-seize d'entre eux détruits.

Il évalua la situation. Cette planète riche en uranium était aussi l'habitat de dangereux vers de terre.

L'unigène prit sa décision. Il y avait de l'uranium ailleurs dans l'univers, sur des milliers de mondes silencieux et sombres, dénués de toute forme de vie. La leçon était apprise : éviter les mondes habités par des formes de vie, si primitives soient-elles.

Les nœuds filèrent dans le ciel et se dispersèrent dans l'espace.

Le capitaine Badt desserra les poings sur la table.

« C'est réglé, dit-il d'une voix sans timbre. Tout monde sur lequel nous perdons quatre hommes de valeur en quatre heures… tout monde habité par des essaims de folles abeilles atomiques… n'est pas un monde pour les humains. Quatre hommes de valeur… »

Il resta un moment silencieux, affaissé, déprimé.

Le jeune enseigne arriva sur la passerelle, les yeux écarquillés. Les habitudes de toute une vie reprirent le dessus. Le capitaine Badt se gonfla, se redressa, se raidit. Sa tunique et son pantalon retombèrent normalement, l'autorité brilla de nouveau dans son regard.

« Enseigne, vous ferez fonction d'officier en chef jusqu'à nouvel ordre. Nous quittons la planète pour regagner la Terre. Veuillez vous occuper de tous les hublots extérieurs.

— Bien, capitaine », dit le nouveau premier officier.

La planète était calme. L'océan s'étendait, d'un vert éclatant, les montagnes s'enfonçaient dans les terres : pics, ravins, plateaux… roches noires, roches grises, poches de cendres amassées.

Sur le gisement de pechblende, la végétation croissait, de deux, quatre, six mètres : des tiges grises marquées de blanc, d'ivoire et d'argent. Dans chacune, une veine centrale s'ouvrit ; la pique devint un tube droit et rigide comme le fût d'un canon.

Au fond du tube, le fruit de la plante commença à se développer. Un réceptacle à spores enfermé dans une cosse où filtrait de l'eau. Au-dessous du réceptacle s'ouvrait un autre compartiment en forme de globe, communiquant avec la base de la pique par quatre canaux allant s'élargissant.

Une petite masse d'uranium 235 s'accumulait dans cette chambre… une once, deux onces, trois onces… de plus en plus diffusée à travers les membranes de la plante par un phénomène évolutif du métabolisme.

Le fruit était mûr. Une à une, les piques atteignaient leur point culminant. Une tension se manifesta au sein de la poche d'eau, et s'accrut au-delà du point de rupture. La poche éclata, inonda le compartiment inférieur au réceptacle des spores, puis entoura la masse d'uranium.

Une explosion. De la vapeur s'échappant par les tubes évasés, pour revenir dans le fût. Une poussée droit vers le haut. Des détonations sèches au fur et à mesure que les réceptacles jaillissaient des tiges. Plus haut, plus haut dans l'espace, avec une folle accélération…

L'eau se dissipa, une dernière bouffée de vapeur sortit des piques. Les réceptacles à spores filèrent en chute libre, sur leur lancée. Le champ gravitationnel de la planète faiblit, s'amenuisa, se réduisit à néant. Les réceptacles continuèrent leur dérive. Puis ils se refroidirent, s'ouvrirent largement. De chacun, un millier de capsules se répandirent dans l'espace, et la faible secousse du réceptacle qui se fendait les expédia par des routes suffisamment divergentes pour les disperser dans la direction de différentes étoiles.

L'infiltration sans fin de la vie à travers l'espace. Choc d'entrée sur une planète, dispersion des spores, recherches des éléments radioactifs, croissance, culmination, explosion, expulsion…

Puis l'espace, des années de dérive. Loin, plus que loin, au-delà…

Esquisse d'autobiographie
et autres faits

Alors que j'écris ces lignes, je viens d'achever un livre – **Escales dans les étoiles**[1] – d'environ neuf cent mille signes, y compris la ponctuation, les marques de paragraphe, les fautes et les corrections. Je l'ai confié à la poste et j'en ai fini avec lui, un sentiment fort agréable. Il diffère de tout ce que j'ai écrit auparavant, ce qui n'a, en soi, rien d'un signe d'excellence, mais je nourris quelque espoir qu'il plaise.

En tout cas, je dois à présent entamer un nouveau roman, ce qui n'est pas une mince affaire. Les personnages paradent devant moi. Les uns, je les aime, je les admire ; les autres, je les trouve inutiles. Ceux que j'utilise deviennent très réels ; certains restent avec moi pour toujours : Cugel, Madouc, Navarth le Poète fou, Howard Alan Treesong et Wayness Tamm, par exemple. Outre l'audition des personnages, je dois aussi effectuer la mise en place d'une douzaine

1. La sortie de **Ports of Call** chez Tor remontant à avril 1998, cette mention situe la rédaction de cet article au plus tard vers la fin de l'année 1997, quoiqu'il soit paru en 2000. (*N.d.T.*, comme *infra*)

d'idées, le choix d'un lieu, voire l'étude et l'évaluation d'un mode de vie tout nouveau ; chaque récit possède, ou devrait posséder, son atmosphère spécifique, ciment de l'intrigue. Sur ce plan, il y a des écrivains adroits et il y en a d'incompétents.

Bref, écrire est plus difficile qu'il n'y paraît. Il s'agit d'une occupation qui me sied, pourtant, et j'ai du mal à m'imaginer en pratiquer une autre. Mes goûts me tiennent à l'écart des activités de groupe ; j'aime fonctionner selon mes penchants, bien que, si nécessaire, je parvienne à m'adapter, ne serait-ce que pour éviter de me faire éjecter de la table du dîner.

J'ai opté, dans mon jeune âge, pour le métier d'écrivain, un choix qui, hormis ses bénéfices évidents, me permettrait d'étancher ma vive soif d'errances. D'aussi loin qu'il m'en souvienne, j'ai toujours rêvé de destinations exotiques, ces « endroits lointains aux noms si suaves ». Le voyage semblait alors empreint d'un romantisme bien plus vivace et fascinant qu'aujourd'hui. Sur les étals des kiosques trônaient *Argosy*, *Blue Book*, *Adventure*, *Golden Book*[2], autant d'incarnations de ce romantisme. Que sont leurs pareils devenus ?

À neuf ans, j'ai commencé, sur une des machines à écrire du bureau de mon grand-père, ma première œuvre de fiction, un récit de western qu'hélas je n'ai jamais fini. Ensuite, j'ai non seulement fini, mais encore soumis au *Saturday Evening Post* un conte des Mers du Sud : schooners, copra et Lascars

---

2. Ces magazines publiaient surtout de l'aventure exotique, mais on y trouvait aussi du policier, du fantastique, de l'historique et de la science-fiction. Un auteur protéiforme comme Murray Leinster a souvent écrit, dans divers genres, pour *Argosy*.

fripons. J'ignore si le *Post* l'a accepté ; on ne me l'a jamais renvoyé et on ne me l'a jamais payé.

La séduction du voyage exerçait son emprise de manière plus directe, aussi. Vers onze ou douze ans, j'ai résolu de descendre le Danube en kayak, de Donaueschingen jusqu'à la mer Noire, et j'ai échafaudé des plans précis dans ce but. Je me suis procuré des douzaines de cartes, brochures et guides touristiques auprès de l'Office de tourisme allemand. J'ai prévu le trajet dans ses moindres détails, décidé quel château visiter, dans quel village passer la nuit. Doux rêves ! Le fait que je n'aie pas l'ombre d'une chance de financer une telle expédition ne m'a en rien découragé. Quelle tristesse qu'au cours de mes voyages ultérieurs par monts et par vaux, je n'aie jamais descendu le Danube sur un quelconque bateau…

Troisième de cinq enfants, je suis né à San Francisco, dans le quartier stylé et aisé de Pacific Heights. Nous avions une maison de trois étages avec une belle vue sur la baie. Mes frères aînés s'y entendaient pour reconnaître les paquebots passant à toute vapeur sous le Golden Bridge à leur couleur, à leurs cheminées et autres emblèmes. J'étais trop jeune pour participer, mais je trouvais ce loisir sophistiqué et ce savoir désirable. De mon point de vue actuel, ces années semblent enjolivées d'une lueur dorée. La vie, paisible, regorgeait de bonheurs simples, comme de chevaucher mon vélocipède sur le trottoir ou de jouer avec une petite fille qui habitait plus bas dans la rue.

Mon père a découvert sur le tard que la vie domestique ne lui convenait guère. Il se tenait drapé dans sa sévérité, le plus à l'écart possible de ses cinq enfants. C'était un bel homme de grande taille : rude, dogmatique, et un peu brutal. Quand je l'évoque, les sentiments qu'il m'inspire mêlent un respect presque religieux, l'appréhension et le dédain.

Mon grand-père maternel était un avocat important, en ce temps-là. Il possédait, dans les collines du comté de Contra Costa, un ranch adjacent au Little Dutch Slough, l'un des nombreux cours d'eau qui forment un maillage de la région. À l'époque, notre famille a emménagé sur cette propriété, censément pour l'été, mais mon père a loué notre maison de San Francisco à un millionnaire contre une forte somme, puis il est parti au Mexique et il s'est servi du loyer pour payer la pension alimentaire. On n'a jamais regagné la ville. On était perdus et fâchés, notamment ma mère, qui rendait la sœur de mon père, la terrible tante Nellie, responsable de la situation. Elle avait sans doute raison, mais j'estime que tout était pour le mieux. J'ai passé une enfance idyllique sur le domaine. Ma chambre m'offrait le superbe panorama du Mount Diablo et de la Coast Range, à perte de vue au nord comme au sud.

Ce ranch était un coin merveilleux. Les gosses pouvaient nager, faire de la voile et du cheval, camper le long de la rivière, marcher pieds nus dans le sable, grimper aux arbres et lire. J'ai fabriqué des cerfs-volants élaborés que je lançais des champs de luzerne. J'ai aussi construit plusieurs voiliers, avec du bois de récupération et de la toile peinte, qui n'ont jamais très bien vogué.

Chaque week-end, mon grand-père débarquait dans son antique Packard Twin-Six, en compagnie de ma grand-mère, de mon arrière grand-mère, de divers copains et copines, et de toute une cargaison de fournitures diverses : un moment excitant. Il arrivait le vendredi, en fin d'après-midi. On avait ratissé et nettoyé la cour ; l'atmosphère était à l'expectative. Enfin, on voyait sa grosse voiture sur la route et on poussait des cris. Elle s'engageait dans l'allée, se garait sous un arbre, et dégorgeait passagers et bagages dans la confusion la plus totale. Deux jours durant, le ranch devenait une véritable ruche tandis que mon grand-père poursuivait ses diverses activités avec l'aide de mon frère cadet David, plus serviable que moi.

Le dimanche soir, c'était l'apogée du dîner final, le plus souvent un rôti de six côtes de bœuf ou l'équivalent. Puis la horde s'entassait de nouveau dans la Packard et s'en repartait par où elle était venue. Ma mère poussait un gros soupir de soulagement et s'affalait dans un fauteuil ; mais, la semaine suivante, tout recommençait. Formidable !

J'ai grandi en gamin de la campagne. J'ai fréquenté l'Iron House School et ses deux salles de classe, puis le lycée de Brentwood (pas la localité voisine de Beverly Hills, mais le Brentwood proche du confluent du Sacramento et du San Joaquin). Lorsque nous avons déménagé d'en ville, ma mère a emporté sa bibliothèque par caisses entières. Sa sélection était des plus disparate : la littérature sérieuse y côtoyait les romans d'aventures de Robert W. Chambers et autres auteurs semblables ; on y trouvait aussi une quantité surprenante de fantastique et d'horreur. Chambers lui-même a écrit quelques livres bizarres, **The Tracer of Lost Persons**, **Le Roi de jaune vêtu** et **Le Faiseur de lunes**, au moins. Il y avait bon nombre d'Edgar Rice Burroughs – tous les Tarzan et les John Carter – et quelques Jules Verne ; je me rappelle surtout **L'Île mystérieuse**.

Cinq enfants dans la famille, cela signifiait des centaines de livres de l'usine à fiction Edward

Stratemeye[3] : The Motor Boys, Dave Porter, Tom Swift, les Bobbsey Twins, Jack Lorimer, etc. Je les ai tous lus des centaines de fois. On avait les Oz, les Uncle Wiggily, et j'en oublie. À l'occasion des anniversaires et des fêtes, tous les enfants recevaient des livres en cadeau. La sournoise tante Nellie m'a ainsi donné **La série sanglante**[4] de S. S. Van Dine pour Noël ; je devais avoir douze ans. De toute évidence, on le lui avait offert et elle ne savait qu'en faire. J'ai bien aimé ce roman policier, néanmoins.

Edward Stratemeyer a aussi produit une série remarquable signée du pseudonyme collectif de « Roy Rockwood ». Je me demande souvent qui l'écrivait. Les volumes portaient des titres comme **Through Space to Mars, Lost on the Moon**, **The Mystery of the Centre of the Earth**[5] et ainsi de suite. Pour autant que je sache, il s'agissait des

---

3. Edward Stratemeyer (1862-1930), écrivain et agent littéraire américain. Son écurie a donné des dizaines de romans pour enfants, beaucoup, dont la série « Tom Swift », relevant de la science-fiction. Contrairement à certaines de ses autres séries, dont les « Alice » (« Nancy Drew » aux USA), signés Caroline Quine (Carolyn Keene aux USA) à la « Bibliothèque Verte », ces ouvrages sont inconnus en France, mais célèbres dans leur pays d'origine, où ils ont fasciné des générations entières de jeunes lecteurs
4. Le deuxième roman (1928) de la série consacrée au détective gourmet Philo Vance, dont certains volumes sont sortis au Masque. S. S. Van Dine n'est plus guère connu que pour son article souvent réimprimé sur « Les 20 règles du roman policier » – ou plutôt du roman de détection.
5. Ces livres, [Dans l'espace et sur Mars], [Perdus sur la Lune] et [Mystère au centre de la Terre] (merci, Jules), semblent inédits en français. La série narrait les aventures de deux jeunes garçons.

premières éditions populaires de livres de science-fiction – si l'on excepte Wells et Verne.

En tout cas, tous ces ouvrages ont constitué mes premières lectures. Je n'en suis pas resté là. J'étais un enfant précoce, et j'ai décidé de lire tout ce sur quoi je pouvais mettre la main, afin de posséder l'intégralité des connaissances humaines. Le projet paraissait moins irréalisable à l'époque qu'aujourd'hui. J'ai mené cette tâche à son terme de mon mieux et, vers dix ou douze ans, j'avais acquis ce que j'estimerais être le niveau d'un étudiant en faculté. Si j'étais futé, sans nul doute, on me trouvait aussi détestable, et totalement dépourvu de charme ; j'étais introverti, arrogant en catimini, et j'avais une opinion bien tranchée sur la façon dont on aurait dû mener le monde. Ma sociabilité brillait par son absence, et j'étais inapte aux relations humaines. Mes frères et ma sœur me tenaient pour un débile. L'opinion des deux aînés n'a jamais varié. Ils sont morts, à présent. Je m'empresse d'ajouter qu'il n'y a aucun rapport macabre entre ces deux faits.

Parmi les diverses explications possibles, je préfère croire que ma jeunesse, quinze ans à la sortie du lycée, contribuait à mon immaturité. J'étais timide avec les filles. Celles qui me plaisaient et que j'essayais d'impressionner ne voulaient rien savoir, ce qui me laissait perplexe. J'avais des intentions très honorables, si je me souviens bien ; j'aurais simplement aimé qu'une beauté m'écoute rêvasser et admire l'étendue de mon intelligence. Je vois maintenant que je m'y prenais mal.

Par chance, j'avais d'autres centres d'intérêt que les filles. Je jouais au tennis ; j'étais bon nageur. Durant cette période, j'ai commencé à écrire de la poésie que je trouvais tout à fait valable. À tout le moins, je m'y exprimais avec ferveur et je choisissais des sujets peu orthodoxes. Lors d'un dîner chez ma tante Nellie, en ville, j'ai rencontré Stanton Coblentz, un écrivain de science-fiction de la première heure, qui dirigeait *Wings*, une revue de poésie. Je lui ai permis de lire certaines de mes œuvres, mais il n'a guère été impressionné.

Entre-temps, j'avais découvert *Weird Tales* et *Amazing Stories*, ainsi que P. G. Wodehouse, Jeffery Farnol et Lord Dunsan[6], que je considère comme des influences majeures sur mon évolution d'écrivain. Et je tiens Wodehouse pour un auteur incroyablement sous-estimé.

Après mon diplôme de fin d'études secondaires, je me suis bien regardé et j'ai trouvé beaucoup à redire. J'ai décidé de me rebâtir, de laisser derrière moi mon excentricité puérile, et de devenir un type doué, adroit, compétent – ainsi qu'un séducteur invétéré. Cela m'obligerait à me débrouiller seul, puisque je n'avais personne pour m'instruire en la matière. Au besoin, je réussirais par la seule force de ma volonté.

D'abord, les filles. J'ai laissé pousser un peu plus longs mes cheveux, que j'ai enduits d'une cuillerée de vaseline et peignés en arrière, à la Jack

---

6. Wodehouse est l'auteur très prolifique de la série « Jeeves » (dernière édition chez Omnibus) dans une veine mordante typique de l'humour anglais. Farnol a écrit nombre de romans d'aventures historiques qui en ont fait l'un des plus gros succès littéraires du début du XXe siècle et un écrivain très prisé au cinéma (voir par exemple *The Amateur Gentleman*, avec Douglas Fairbanks, Jr.). Et Dunsany a donné l'un des premiers classiques de la *fantasy*, **La Fille du roi des elfes**, au sein d'une abondante production où le fantastique et l'Irlande tiennent une large place.

Teagarden et Rudolph Valentino – en vain : les filles riaient toujours quand je passais, roulant des épaules. J'ai acheté une motocyclette, dont je suis tombé amoureux, et, ainsi équipé, j'ai effectué un certain nombre de cascades dangereuses que je m'abstiendrai d'énumérer ; j'ai mes doutes quant à la prescription dans ce domaine.

La mort de mon grand-père a signé la fin d'une époque. Mes parents avaient divorcé ; mon père vivait toujours au Mexique, près de Tepic. La famille étant à présent sans le sou, je ne pouvais plus m'inscrire à l'université, faute de moyens. C'étaient des temps difficiles, le cœur de la Crise. J'en ai profité pour me métamorphoser. En l'espace de quatre ou cinq ans, le petit intellectuel dénué de sens pratique est devenu un jeune risque-tout doublé d'un touche-à-tout bien décidé à goûter la vie sous maints aspects. J'ai couru le pays et exercé divers métiers : cueilleur de fruits, ouvrier agricole, employé de la conserverie California Cannery à Antioch, une saison dans les asperges, deux dans les tomates. J'ai déniché du boulot à la Western-Knapp Enginering, une entreprise de construction industrielle : mines, fonderies, réservoirs, usines d'extraction, d'un bout à l'autre des Sierras autour de Bishop, de Copperopolis, de French Gulch et de Camptonville. J'ai trouvé à m'employer sur un chantier de forage qui cherchait du minerai le long du Sailor Flat, et à bord d'une drague qui raclait le lit de la Trinity River pour y chercher de l'or.

De retour à San Francisco, j'ai bossé à l'Olympic Club une année interminable, comme chasseur et garçon d'ascenseur, le nadir de mon existence : quand j'y repense, j'en ai encore des frissons. En fin de compte, on m'a renvoyé ; j'étais ravi.

Je me suis inscrit derechef à l'université de Californie à Berkeley, en physique. J'avais de bonnes notes, mais au beau milieu de mon premier cycle la bougeotte m'a repris et j'ai obtenu une dispense. Je me suis engagé en tant qu'assistant électricien à Honolulu, sur le chantier naval. On m'a assigné comme tâche de trimbaler des câbles de démagnétisation tout autour des coques de bateau. On crevait de chaleur au travail et le salaire était insuffisant : 56 *cents* de l'heure. Il m'était impossible d'en vivre, sans parler d'économiser, et, au bout de trois mois, j'ai regagné le continent ; je suis rentré un mois avant l'entrée en guerre des États-Unis.

J'ai trouvé un emploi de gréeur chez Kaiser Shipyards et entamé un cours de l'Army Intelligence : l'étude du japonais. Sur le chantier naval, pour m'exercer, je calligraphiais mes idéogrammes sur les plaques de fer destinées aux coques. Personne ne s'est jamais intéressé à cette activité, ni soucié de mes intentions.

Au bout de deux ans, il est apparu que je ne saurais jamais parler japonais couramment et on m'a renvoyé du cours. J'ai quitté le chantier naval, rejoint les Merchant Marines[7] et pris la mer comme matelot breveté. Ma vision me posait déjà des problèmes ; je n'ai pu m'engager qu'en mémorisant l'échelle d'acuité visuelle. Malgré ce handicap, je me suis acquitté de mon devoir.

---

7. Précisons qu'il ne s'agit pas, comme on pourrait le croire, et comme on l'a souvent écrit à propos de Vance, de la « marine marchande » civile, mais bien d'une marine militaire, vouée au transport des marchandises et de l'équipement, et qui a connu les plus grosses pertes, proportionnellement, de toutes les troupes américaines engagées durant la Seconde Guerre mondiale.

J'avais un peu gribouillé jusque là, mais, une fois en mer, je me suis attelé à la tâche pour de bon et j'ai rédigé les histoires parues par la suite sous le titre **Un monde magique**. Au bout de deux ans, j'ai quitté les Merchant Marines pour rentrer à Berkeley où j'ai rencontré et épousé Norma. J'avais vendu deux nouvelles médiocres, mais il me fallait désormais me consacrer à l'écriture si je voulais conserver, au moins en partie, le style de vie auquel j'étais accoutumé. Pendant que ma femme fréquentait l'université, je m'efforçais de produire des épopées à la E. E. « Doc » Smith, sans grand succès.

Nous avons, Norma et moi, pris des cours de céramique et, enthousiastes, décidé de fabriquer vaisselle, masques et articles divers, et d'ouvrir une boutique pour vendre, outre notre production, les matériaux et l'outillage nécessaire. Bien sûr, on manquait de fonds, et c'était un dur labeur, mais, l'espace d'un an, on s'est bien amusés, après quoi il nous a fallu renoncer. Entre-temps, j'avais essayé de rédiger du premier jet vendable et j'ai placé les deux premières nouvelles de la série « Magnus Ridolph ». La Twentieth Century Fox a acheté l'un de ces médiocres récits et m'a, du coup, engagé comme scénariste. Peu après, mon producteur a pris du galon ; mon contrat n'a pas été renouvelé. Mais peu importait : Norma et moi avons mis le cap sur l'Europe, pour y séjourner plus d'un an. Je me rappelle avoir terminé **Les Vandales du vide** pour la maison d'édition Winston lors d'un séjour à Positano. Ensuite, ç'a été New York, où on a loué un appartement dans lequel j'ai rédigé plusieurs scénarios de la série télévisée *Captain Video*. De retour en Californie, j'ai voulu continuer de collaborer au feuilleton en habitant une vieille maison dans les montagnes près de Napa, mais ce système n'a pas fonctionné.

Le *Santa Rosa Press Democrat* a envoyé Frank Herbert m'interviewer. Le résultat est paru sous le titre *« Jack Vance, expert en soucoupes volantes »*. Malgré cela, on est devenus bons amis et on s'est bien amusés tous ensemble. Les Herbert et les Vance, qui recherchaient l'aventure et le romantisme dans un coin bon marché propice à l'écriture, ont décidé d'une expédition. On est partis dans un fourgon Jeep équipé de placards et de filets renfermant toutes sortes d'objets et on a roulé jusqu'au Mexique. (Frank avait réuni une trousse de premier secours qui aurait fait la fierté de n'importe quel dispensaire campagnard.) Arrivés au lac Chapala, on a loué un grand appartement et on s'est installés. Un drapeau rouge au-dessus de la véranda proclamait, en guise d'avertissement, « Écrivains au travail », et tout le monde en tenait compte, y compris les petits Herbert. C'est là que j'ai entamé **Clarges**, roman que Betty Ballantine a rebaptisé d'un titre inepte, **La vie éternelle**, premier des livres de ma manière actuelle.

Depuis lors, il s'est passé bien des choses. Norma et moi avons beaucoup voyagé ; notre fils John nous a accompagnés dès ses trois ans et demi. Il en a eu quatre sur Bondi Beach, près de Sidney, en Australie. Je me remémore avec une vive nostalgie nos pérégrinations ; Norma et moi vivions sans doute, alors, notre période la plus heureuse, mariant à la perfection travail et plaisir. On dénichait un endroit agréable à la campagne, dans les montagnes, près d'un lac, d'une rivière ou de l'océan, on y louait une maison ou un appartement, et on s'attelait à la tâche. J'écrivais mon premier jet à la main ; Norma dactylographiait le deuxième et toute autre version nécessaire par la suite sur une petite Hermes portative. (En fait, on a usé deux portatives, la première étant une Olivetti.) Hormis ces vingt dernières années, la plupart de mes romans et de mes nouvelles ont été écrits au moins pour l'essentiel à l'étranger.

À présent, Norma et moi habitons les collines d'Oakland, dans une maison que l'on n'a cessé d'aménager depuis près d'un demi-siècle. Notre fils, John, m'a aidé pendant plus de la moitié de sa vie, et, depuis que ma cécité s'est déclarée, se charge de tous les travaux. Âgé de trente-cinq ans, ingénieur diplômé, il a épousé une jeune femme excellente sous tous rapports prénommée Tammy, et tous deux s'apprêtent à nous donner un petit-fils ou une petite-fille qui ajoutera sans nul doute une dimension nouvelle à notre existence.

À la fin des années 60, Poul Anderson, Frank Herbert et moi avons commencé à parler de construire un house-boat, que l'on utiliserait sur les cours d'eau du delta du San Joaquin et du Sacramento, un de mes rêves depuis mon enfance près du Little Dutch Slough. Et j'imagine que c'est moi qui ai le plus poussé à la roue, même si Poul et Frank n'ont pas été en reste. J'ai dressé un plan et nous avons passé un contrat d'association. Les sections de deux pontons ont été construites dans l'allée des Vance, transportées sur une plage près de la raffinerie Standard Oil à Richmond, assemblées et remplies de blocs de polystyrène expansé, pour la flottaison, puis les deux pontons ont été recouverts de contreplaqué et étanchéifiés à la fibre de verre. Une plateforme a été fixée sur les deux pontons terminés, lesquels ont été placés sur des rondins de bois afin de les pousser jusqu'au bord de l'eau à marée basse. À cette étape, les propriétaires de la marina où nous devions finir le house-boat nous ont fourni une bouteille de champagne pour le baptême ; ceci fait, nous avons trouvé d'autres bouteilles, pris un peu de repos, écouté du jazz New Orleans et attendu la marée haute.

Nous avons passé la plupart de nos week-ends à bâtir une maison sur la plateforme en attendant avec impatience le jour où le house-boat voguerait jusqu'au delta. Une nuit, durant une violente tempête, il a coulé. Que faire ? Après une sérieuse discussion, il a été décidé que deux d'entre nous devaient revêtir leur attirail de plongée, descendre jusqu'au fond en emportant des sacs en plastique pleins de polystyrène et d'air, les loger sous la plateforme et les attacher aux bords extérieurs des coques. Poul et moi avons passé deux journées harassantes, mais le bateau a fini par émerger. Nettoyer la vase a pris un peu plus longtemps.

Un an plus tard, resplendissant sous sa peinture blanche et turquoise, équipé de couchettes, d'une barre, d'un fourneau à bois et même d'une proue, notre house-boat était prêt pour son voyage vers l'estuaire. Il s'est échoué sur un banc de sable et il a fallu attendre la marée montante, puis nous avons dû faire halte à la marina sous le Carquinez Bridge jusqu'au point du jour, faute d'une clarté suffisante pour naviguer. À part ces deux retards, le trajet vers l'amont s'est déroulé sans incident et, une fois le bateau amarré à un taquet sur le quai du Moore's Riverboat Yacht Haven, sur la Mokelumne, il ne nous a plus valu que des moments de bonheur.

L'équipe d'associés a évolué. Frank nous a quittés, à cause d'ennuis de santé et d'un déménagement consécutif à Seattle. Un jour qui restera marqué d'une pierre noire, Norma et moi avons dû trouver des remplaçants afin de prévoir des voyages au plus long cours. Notre ami Albert Hall et ses deux enfants ont été ravis de nous rendre service, d'autant qu'ils faisaient déjà partie des habitués. Même Poul a fini par manquer de temps libre pour entretenir le bateau et en profiter. Un autre ami à nous, Ali Szantho, est devenu membre de l'association. Tous les écrivains s'étant retirés, de nouveaux propriétaires bénéficiaient du house-boat ; c'est donc là que s'achève ma contribution à son histoire.

Je vois souvent mon frère David ; c'est un ingénieur et un scientifique de bonne réputation, quoiqu'il soit à la retraite désormais. Son fils Stephen et sa belle-fille Marja ont fait le tour du monde sur un sloop Cal 2-27. Ces temps-ci, Stephen et sa femme organisent des croisières sur leur yacht de vingt-huit mètres, mais songent eux aussi à prendre leur retraite ; ils veulent construire un grand catamaran, ce que je tiens pour irréaliste, car un catamaran, une fois retourné, demeurera dans cette position. Sauf, me répondent-ils, qu'il restera à flot jusqu'à l'arrivée des secours – alors qu'un monocoque coulera.

Mon fils John et moi avons investi dans le bel *Hinano*, un ketch de treize mètres, dans le but d'explorer les Mers du Sud, voire au-delà, mais divers motifs, dont le fait que John, âgé de vingt-deux ans, ne s'était pas encore inscrit en faculté, ne nous ont jamais permis de concrétiser ce projet. Mon fils n'en démord pas, cependant ; il a obtenu son diplôme et veut son propre voilier de plaisance. Je crois savoir qu'il essaie de convaincre Tammy qu'un bateau ferait un superbe foyer où élever des enfants. Il y parviendra peut-être un jour.

Ce ne sera pas mon cas, je le crains, même si ce n'est pas l'envie qui m'en manque. Ma vue ne baisse plus, mais le peu qu'il me reste ralentit toutes sortes d'entreprises. Après mon prochain roman, j'ignore ce qui se passera. Nous verrons.

« Biographical Sketch & Other Facts »

Traduit par Pierre-Paul Durastanti

Sources des fictions

Tome 1

1. Le Penseur de mondes (« The world-thinker », *Thrilling Wonder Stories*, été 1945). En français : « Le Penseur de mondes », traduction d'E.C.L. Meistermann, in recueil : *Docteur bizarre*. Presses-Pocket, 1992 (SF, n° 5402). [Traduction révisée par Pierre-Paul Durastanti.]

2. La Planète de poussière (« Planet of the black dust », *Startling Stories*, été 1946). En français : « La Planète de poussière », traduction de Patrick Dusoulier. 1) in recueil : *Sjambak*. Le Bélial', 2006. 2) in recueil : *Sjambak*. Pocket (SF, n° 5491), 2010.

3. Un destin de Phalid (« Phalid's fate », *Thrilling Wonder Stories*, décembre 1946). En français : « Un destin de Phalid », traduction d'E.C.L. Meistermann, in recueil : *Crimes et enchantements*. Presses-Pocket, 1991 (SF, n° 5401). [Traduction révisée par Pierre-Paul Durastanti.]

4. Je bâtirai le château de vos rêves (« I'll build your dream castle », *Astounding Science Fiction*, septembre 1947). En français : « Le Château de vos rêves », traduction d'E.C.L. Meistermann, in recueil : *Châteaux en espace*. Presses-Pocket, 1993

(SF, n° 5403). [Traduction révisée par Pierre-Paul Durastanti.]

5. Les Potiers de Firsk (« The potters of Firsk », *Astounding Science Fiction*, mai 1950). En français : « Les Potiers de Firsk », traduction d'E.C.L. Meistermann, in recueil : *Pagaille au loin*. Pocket, 1994 (SF, n° 5404). [Traduction révisée par Pierre-Paul Durastanti.]

6. Château en Hispanie (« New bodies for old », *Thrilling Wonder Stories*, août 1950). En français : « Château en Hispanie », traduction d'E.C.L. Meistermann, in recueil : *Châteaux en espace*. Presses-Pocket, 1993 (SF, n° 5403). [Traduction révisée par Pierre-Paul Durastanti.]

7. Droit devant (« The ultimate quest », *Super Science Stories*, septembre 1950). [Sous le pseudonyme de John Holbrook.] **Inédit en français.** [Traduction de Pierre-Paul Durastanti.]

8. Maître de la galaxie (« Brain of the galaxy », *Worlds Beyond*, février 1951). En français : « Maître de la galaxie », traduction de Jean-Pierre Pugi. 1) in recueil : *Jack Vance*. Presses-Pocket, 1980 (SF, n° 5097, Le livre d'or de la science-fiction). 2) in recueil : *Papillon de lune* (Presses-Pocket, 1988 (SF, n° 5097, Le grand temple de la S-F). [Traduction révisée par Pierre-Paul Durastanti.]

9. Les Maîtres de Maxus (« Overlords of Maxus », *Thrilling Wonder Stories*, février 1951). En français : « Les Maîtres de Maxus », traduction de Pierre-Paul Durastanti. 1) in recueil : *Croisades*. Le Bélial', 2003. 1) in recueil : *Croisades*. Gallimard, 2005 (Folio SF, n° 205). [Traduction complétée.]

10. Les Dix livres (« Men of the ten books », *Startling Stories*, mars 1951). En français : « Les Dix livres », traduction d'E.C.L. Meistermann, in recueil : *Pagaille au loin*. Pocket, 1994 (SF, n° 5404). [Traduction révisée par Pierre-Paul Durastanti.]

11. Une fille en or (« Golden girl », *Marvel Science Stories*, mai 1951). En français : « Une fille en or », traduction d'E.C.L. Meistermann, in recueil : *Châteaux en espace*. Presses-Pocket, 1993 (SF, n° 5403). [Traduction révisée par Pierre-Paul Durastanti.]

12. Fils de l'arbre (« Son of the tree », *Thrilling Wonder Stories*, juin 1951). En français : « Fils de l'arbre », traduction d'E.C.L. Meistermann. 1) in recueil : *Docteur bizarre*. Presses-Pocket, 1992 (SF, n° 5402). 2) in recueil : *Le dernier château et autres crimes*. Le Bélial', 2013. 3) in recueil : *Le dernier château et autres crimes*. Gallimard, 2016 (Folio SF, n° 542). [Traduction révisée par Pierre-Paul Durastanti & Olivier Girard.]

13. Le Temple de Han (« The temple of Han », *Planet Stories*, juillet 1951). En français : « Le Temple de Han », traduction d'E.C.L. Meistermann. 1) in recueil : *Docteur bizarre*. Presses-Pocket, 1992 (SF, n° 5402). 2) in recueil : *Baroudeur*. ActuSF, 2009 (Les trois souhaits). 3) in recueil : *Baroudeur*. ActuSF, 2010 (Perles d'épice). 4) in recueil : *Baroudeur*. ActuSF, 2013 (Perles d'épice). [Traduction révisée par Pierre-Paul Durastanti.]

14. Mascarade sur Dicantrope (« The Masquerade on Dicantropus », *Startling Stories*, septembre 1951). En français : « Mascarade sur Dicantrope », traduction d'E.C.L. Meistermann, in recueil : *Pagaille au loin*. Pocket, 1994 (SF, n° 5404). [Traduction révisée par Pierre-Paul Durastanti.]

15. Le Robot désinhibé (« The plagian siphon », *Thrilling Wonder Stories*, octobre 1951). En français : « Le Robot désinhibé », traduction de Patrick

Dusoulier. 1) in recueil : *Sjambak*. Le Bélial', 2006. 2) in recueil : *Sjambak*. Pocket (SF, n° 5491), 2010.

16. La Gaffe monumentale de Dover Spargill (« Dover Spargill's ghastly floater », *Marvel Science Fiction*, novembre 1951). En français : « La Gaffe monumentale de Dover Spargill », traduction de Gillet Goullet, in *Les Univers de Jack Vance* [hors-série de la revue *Bifrost*]. Le Bélial', 2003.

17. Qui perd gagne (« Winner lose all », *Galaxy Science Fiction*, décembre 1951). En français : 1) « Une conquête abandonnée », traduction de [non mentionné], in *Galaxie* [1re série] n° 23, octobre 1955. 2) « Qui perd gagne », traduction de Bruno Martin, in *Marginal* n° 1, *Enfers et paradis de l'espace*, Opta, novembre-décembre 1973. 3) « Qui perd gagne », traduction de Bruno Martin, in recueil : *Pagaille au loin*. Pocket, 1994 (SF, n° 5404). [Traduction de Bruno Martin révisée par Pierre-Paul Durastanti.]

13127

Composition
NORD COMPO

Achevé d'imprimer en Italie
par GRAFICA VENETA
le 3 janvier 2021

Dépôt légal : février 2021
EAN 9782290220849
OTP L21EPGN000680N001

Éditions J'ai lu
87, quai Panhard-et-Levassor, 75013 Paris

Diffusion France et étranger : Flammarion